기해년도 조선통신사 봉행매일기 번각

享保信使奉行每日記翻刻

기해년도 조선통신사 봉행매일기 번각

享保信使奉行每日記翻刻

다사카 마사노리·이재훈 편저

　조선 후기에 들어 열두 차례 일본에 파견된 朝鮮通信使(이하, 通信使)
는 전 세계에서 유례를 찾아보기 힘든 조일 양국의 긴 평화의 상징과
도 같은 존재였다. 이 通信使는 동아시아라는 틀 안에서 행해진 국가
간 외교사절이라는 의미로도 중요하지만 인문 예술의 교류와 같은
실로 다양한 분야가 얽혀 있어, 그 무엇보다 학제 간의 협력이 절실하
다고 할 수 있다.

　이런 의미로 근래에 들어 연세대학교 허경진 교수님 아래에서 행해
진 『海行摠載』에 실리지 않은 사행록들과 시문창화집의 국역화는 학
제 간 협력을 도모할 뿐만 아니라 이제 막 연구에 발을 내디딘 연구자
들에게는 그야말로 오아시스와 같은 존재라고 생각한다.

　같은 맥락으로 우선 기해년도(1719)의 奉行每日記를 탈초하여 간
행하였다. 굳이 対馬藩主側의 每日記가 아닌 奉行側의 每日記를 탈초
하는 이유는 対馬藩主側의 기록이 대외적인 것도 포함하고 있는 반
면에 奉行側의 每日記는 온전하게 通信使에만 집중하고 있어 通信使
그 자체를 입체적으로 바라보는 데에 더 큰 도움이 된다고 여겼기
때문이다.

　작업은 이재훈이 초본을 완성하고 다사카 마사노리가 미판독문자

등을 보충하고서 각자 한 차례씩 원문과 비교, 대조하여 편집이 완성된 후에 또 한 차례 원문과 비교하였다. 쉼표가 기존의 탈초 문서들보다 유난히 많은데 이는 일본의 소로문(候文)에 익숙하지 않은 한국인 연구자들을 배려하기 위함이다.

시간이 다소 걸리겠지만 기해년도 奉行側의 每日記를 시작으로 1년에 한 권씩 임술(1686), 무진(1748), 신묘(1711), 갑신(1764) 사행 奉行側의 每日記를 차례대로 탈초하고, 이 작업이 끝나면 같은 순번으로 対馬藩主側의 每日記를 간행하고자 현재 작업 중에 있다. 기회가 닿는다면 러프하게라도 국역본을 만들 계획도 갖고 있다. 다만 온전히 개인이 하는 작업인지라 체제를 갖추지 못하거나 오탈자를 채 발견하지 못한 것도 있다. 이 점 너그러이 이해를 부탁드린다.

최종적으로 남은 미판독 문자 해결에 도움을 주신 箕輪吉次 선생님, 한문에 도움을 주신 선문대학 구지현 선생님, 사료를 사용함에 있어 여러 편의를 봐주신 慶應大學 도서관의 露木佳代子 선생님, 어려운 출판과 까다로운 편집을 맡아주신 경진출판 양정섭 사장님을 비롯하여 작업에 물심양면으로 도움을 주신 여러 선생님들에게 서면으로나마 깊은 감사를 드린다.

2021년 8월
다사카 마사노리·이재훈

参向信使奉行船中毎日記 ____ 151

参向信使奉行道中毎日記 ____ 283

제1부 宗家文書의 이해를 위하여

무진(1748)년 信使記錄의 구성과 對馬藩의 御用向*

다사카 마사노리

1. 머리말

　조선 후기에 조정에서 일본에 파견된 이른바 조선통신사에 관해서
는 방대한 분량의 기록물이 한국과 일본 양국에 현존한다. 그 중에서
도 일본 對馬藩이 남긴 信使記錄은 분량 면에서 압도적이다. 이들이
소장된 곳은 東京國立博物館, 慶應義塾대학 도서관, 그리고 대한민국
국사편찬위원회이다. 東京國立博物館 소장 信使記錄은 124권으로 분
량이 많지 않으나 조선후기 12차 통신사 중에서 1607년의 제1차 그리
고 제3~5차까지 초기의 기록이 25책이 있다[1]는 것이 특기할 만한

　* 이 글은 『한일관계사연구』 제69집(한일관계사학회, 2020.08, 35~61쪽)에 수록된 같
　　은 제목의 글을 수정한 것임.

　1) 田代和生監修, 『マイクロフィルム版對馬宗家文書第Ⅰ期朝鮮通信使記錄別冊上』, ゆま

일이다. 信使記錄의 대부분은 일본 慶應義塾대학 도서관과 대한민국 국사편찬위원회에 소장되어 있다. 이에 관해 田代和生(1981)가 "이 장서(藏書)의 중심은 임술(1682)년 통신사 이후의 通信使記錄이며, 앞서 서술한 한국 문교부 국사편찬위원회에 있는 같은 기록의 초고(草稿) 400여 책이 소장되어 있다"고 했고,[2] 이어서 三宅英利(1986)도 "임술 통신사 관련 기록부터 보존되어 있는데, 지극히 상세한 내용으로, 신묘통신사에 관해서는 131 항목으로 분류 되어 있고 번외(番外)로 10 항목이 더 있어 신묘통신사의 전모를 파악할 수 있다"고 언급했다.[3] 국사편찬위원회에는 1,157책이 소장되어 있다.[4]

對馬藩이 방대한 信使記錄을 작성한 이유에 관해서는 長正統(1968)[5] 이 "조선과의 외교 및 무역 문제를 처리하기 위해 고증(考證)하는 근거를 마련하기 위함이라는 것이 기록을 작성한 근간"[6]이었다고 했다. 信使記錄에 관해서는 이상과 같은 개관적인 언급은 있으나 구체적인 모습을 언급한 연구는 이루어지지 않았다. 다만, 箕輪吉次(2015)[7]가 임술통신사 기록을 자세히 들여다보고, 특히『御內所集書』와『重而可用集書』에 주목하여 信使記錄을 논한 바가 있어, 본고를 저술하는데 많은 시사점을 주었다.

信使記錄은 그 '부제(副題)에 연월(年月)이나 "참향(參向)", "하향(下向)"과 같은 명칭, 지명, 혹은 내용 가운데 핵심이 되는 용어를 넣는

に書房, 1998, 37~38쪽 참조.

2) 田代和生(1981),『近世日朝通交貿易史の研究』, 創文社, 24쪽.

3) 三宅英利(1986),『近世日朝関係史の研究』, 文献出版, 45쪽.

4) 국사편찬위원회(1990),『對馬島宗家文書記錄類目錄集』, 범례 참고사항 참조.

5) 長正統(1968),「日鮮関係における記録の時代」,『東洋学報』제50권, 456~510쪽.

6) 위의 논문, 503쪽 참조.

7) 箕輪吉次(2015),「壬戌年 信使記錄의 集書」,『한일관계사연구』제50집, 123~174쪽.

것이 일반적인데, 예를 들어 임술통신사의 기록은 '天和信使記錄'과 같은 표제가 있고, 거기에 그 내용을 암시하는 부제가 달려있다.8) 조선과의 관계에서 고증을 위해서도 필요했으나, 幕府에서 선례를 문의하는 일이 많아, 늘 선례를 고증하는 과정을 거쳐야만 했다. 하지만 어디까지나 對馬藩 안에서만 열람이 허락되었다. 필요할 때는 필요한 부분만을 발췌하거나 옮겨 써서 필요에 응했었다.

무진통신사의 信使記錄 초안 제작에 종사한 아지키 긴조(味木金藏)는 기해통신사 때에 眞文役을 지냈으며 雨森芳洲의 제자이기도 하는데, 본고는 그가 서술한 문서를 통해 대략적인 信使記錄 편집이 어떻게 이루어지는지에 대한 외관을 보았고, 서술 내용을 확인하기 위해 임술(1682)년, 신묘(1711)년, 기해(1719)년, 무진(1748)년, 그리고 계미(1763)년의 信使記錄目錄에서 信使記錄의 구성의 변화를 살펴보았다. 그리고 초안의 토대가 된 기록을 작성한 것으로 생각되는 "어용향(御用向)"에 관해 논하고자 한다.

2. 味木金藏의 「口上書」 및 「口上覺」

『延享信使記錄目錄』 121번째 항목이 "재차 통신사 내빙 시 고려 할 일, 붙여서 味木金藏 및 京都 주재 하마다 이자에몬(濱田伊左衛門)의 제안(重而信使之節考合ニ可相成事, 附味木金藏京都御留守居濱田伊左衛門存寄之覺書)"9)이다. 이 기록에는 무진년 통신사가 귀국 후 4개월이 지난

---

8) 위의 논문, 124쪽 참조.

9) 『信使記錄 百貳拾壹 重而信使之節考合ニ可相成事附味木金藏京都御留守居濱田伊左衛門存寄之覺書』(이하 『延享信使記錄121』), 慶應義塾대학도서관 소장 책자번호 53. 田

무렵인 11월 13일에 對馬藩의 江戶 번저(藩邸)의 "留守居役" 히라타 쇼겐(平田將監)에게 제출한 味木金藏[10)]의 「口上書」와 「口上覺」이 실려 있다. 味木金藏는 통신사가 江戶에 도착했을 때 번주(藩主)가 부재중인 번저에서 平田將監을 보좌하는 "留守居役佐役"이었다. 그러다가 信使 記錄 초안[11)] 작성을 하명 받게 된 味木金藏는 후일 또 통신사가 내빙 시에 참고할 수 있도록 이 「口上書」와 「口上覺」을 작성했다. 「口上覺」 은 味木金藏가 平田將監에게 구두로 올린 내용을 문서로 기록한 것이 라면, 「口上書」는 구두로 말씀을 올릴 때에 제출한 문서이다. 서로의 내용은 대체로 동일하지만, 「口上書」는 문서로 제출한 것인 만큼 요점 을 서술했다고 할 수 있다. 실제로 「口上書」가 한 줄에 15~17문자로 38줄인데 비해 「口上覺」은 한 줄에 역시 15~17문자로 55줄이다. 먼저 「口上書」의 일부를 발췌하여 인용한다.

　　三使에게 관백의 返翰을 전달한 날을 비롯해 "留書"가 없어 여러모로

　　代和生 감수, 『對馬宗家文書 第Ⅰ期 朝鮮通信使記錄』 제38릴, ゆまに書房, 90~125카트.

10) 『延享四丁卯年御留守 每日記 從正月四月迄』(田代和生 감수, 『對馬宗家文書 第Ⅱ期 江 戶藩邸每日記』 제51릴, ゆまに書房, 674~1056카트, 도쿄대학 사료편찬소 소장, 청구 번호 1-235) 4월13일조에는 味木金藏가 御用人을 면하고 히라타(平田)의 佐役이 된 경위가 기록되어 있다. 이에 따르면 味木金藏가 조선 관련 임무에 능숙한 사람으로 평가되어 있다. "御用人 味木金藏, 右者新信使將監佐役平山鄕左衛門御留守居樣ら兼 帶勤ニ被仰付置候處, 病気有之御斷申出, 無餘義相聞候付, 被差免, 然者詰合人差詰之事 故, 兼帶勤も難相成候, 依之金藏義今般御使ニ被差越, 其上訳官持渡之御書簡被差上候 迄ハ, 逗留茂被仰付義ニ候得者, 金藏義公邊者不功ニ候共, 朝鮮筋功者ニ有之, 殊正德享 保信使兩度共ニ致御供見聞も仕候得者, 此節幸出府之義, 將監佐役勤被仰付候, 勿論當 役御側勤, 其上御使ニ被差越候事故, 直ニ差留候段, 如何敷候得共, 信使御用之義者於御 家各別之御事候故, 功者之人不被召置候而不叶義故, 右之通申渡候間, 乍苦勞隨分被致 精勤候樣可被申渡候, 以上. 四月十三日 杉村大藏, 平田將監. 陶山庄右衛門殿."

11) 味木金藏가 명을 받아 작성한 초안이 田代和生(1981)가 언급한 慶應義塾대학 도서관 에 소장된 信使記錄 초고인지는 확정하지 못한다.

캐물어 존공께도 여쭈어보고 혹은 각 부처의 "편지(諸方手紙)"와 「御馳走方記錄」, 그 외의 기억을 먼저 정리하고 보여드려 존공께 첨삭을 받았습니다. 이와 같이 반한을 전달한 날의 일 등은 지극히 확실하지 않습니다. 저에 관해서는 사행이 江戸에 체류한 23일 중에 10여 일은 외근을 하였고 3일은 아팠습니다. 무엇보다 나이가 들어 밤낮을 가리지 않고 업무를 보며 더욱 더 몸과 마음이 피곤하여, 당연한 지시도 빼먹은 적도 있습니다. 물론 반한을 전달한 날의 일에 관해서는 아비루 다로하치(阿比留太郎八)에게 기록 작성을 맡겼으니, 제가 귀국한 후에 太郎八와 상의하면 될 것입니다. 전체적으로 알지 못한 일들도 있으니, 지극히 자신이 없습니다. 대체로 信使記錄 편집은 선대(先代)의 信使記錄에 따라, 御用向을 불러, 이번의 여러 임무에 관해 그 담당자가 막부로부터 받은 문서는 집서(集書)를 토대로 하고, 번내(藩內) 및 여정의 日帳, 또 신사봉행(信使奉行), 京都와 大坂의 여러 곳의 제역(諸役)들의 기록을 대조하여, 기록들이 잘 연결이 되도록 편집하는 것이어서, 결국 對馬藩에서 작성하지 않으면 어려운 일입니다. 그러나 江戸에 체류 중에 이루어진 것들은 막부와의 관계를 보더라도 중요한 기록들이 있으니, 江戸에서 충분한 검토 작업을 거치지 않으면 일이 어렵게 될 것으로 사려 됩니다. 그런데 제가 감당할 수 있는 부분은 감당하겠으나, 고령에다 몸도 아프고 기운이 쇄약해진 탓으로 그 마저 어렵습니다. 그렇게 아시고 江戸에 남아 있는 사람은 물론 문서 업무를 담당한 "祐筆"들에게까지 꼼꼼히 작업을 수행하도록 말씀 해 주시기를 부탁드립니다. 이상.12)

---

12) 『延享信使記錄121』, "三使江御書翰御往復之日を初, 留書無之候ニ付, 色々致穿鑿, 御手前樣江御尋申上, 或者諸方手紙, 又者御馳走方記錄, 其外覺居候趣を以先取立, 入御覽, 御添削被成候. 右之次第故, 御書翰之御取遣り日附等ハ甚無心元御座候. 私儀御在府廿三日之內, 十日余外勤ニ被召仕上, 三日病氣罷有, 第一老衰仕, 晝夜之勤ニ致勞役, 弥以不動不心附にて, 當然之差圖も拔申たるニ而可有御座候. 素り御書翰御往復之儀者阿比

무진(1748)년 6월 1일에 江戶城에서 일본의 관백, 구(舊)관백, 그리고 저군(儲君)에게 조선의 국서 및 별폭이 전달되었었다. 그로부터 6일 뒤인 6월 7일에 관백과 구관백 그리고 저군으로부터 이에 대한 답례로 반한과 별폭이 사행의 숙소인 동본원사(東本願寺)에서 전달되었다. 그런데 관백의 반한에 찍힌 날인과 저군의 별폭에 저군의 이름이 들어가 있지 않은 점을, 삼사가 선례와 다르다며 수정하기를 요청한 일이 일어났다. 통신사 내빙의 가장 중요한 행사인 국서의 교환에서 시비가 붙은 것이다. 막부와 對馬藩은 일본의 풍습이니 아무 문제가 없다며 삼사의 요청을 거절했다. 그러나 삼사는 수정 요청을 받아들이지 않는다면 귀국 길에 오를 수 없다며 뜻을 굽히지 않아, 對馬藩에서도 큰 문제가 아닐 수 없었다. 그런데 위 글을 보면 이 날의 "留書"가 없다는 것이다.

『延享信使記錄 十六 信使ニ付酒井雅樂頭樣より御書付を以被仰出, 附雅樂頭樣御用掛中江之御案內御屆等之覺書』[13]에 의하면 반한이 전달된 7일부터 9일까지의 기재가 없다. 이 기록에는 막부(幕府)에서 통신사 내빙을 총괄한 "노중수좌(老中首座)" 사카이 다다즈미(酒井忠恭)와 平田將監 사이에서 주고받은 1746년 8월부터 1749년 3월까지 의 통신

留太郎八江被仰付候故, 私歸國之上, 太郎八申談候ハ、埒明可申候. 全体不存事茂御座候故, 甚無心元奉存候. 惣而御記錄御編集之儀者, 御先代之信使御記錄を以, 御用向を呼出, 此度諸向之御用, 公儀預り候分ハ集書を土台ニ仕, 御奧幷御國海陸之御日帳, 信使奉行, 亦は京大坂信使ニ預り候諸役方之記錄を以見合, 致連續候樣ニ仕候ニ而, 畢竟御國ニおるて取立不申候得者難成候. 然共御當地御在留之間ニ被爲被行候事, 公儀預り重キ御跡留御座候故, 於爰元隨分御吟味不被成候而者難成與存候事共, 私心之及者吟味仕候得共, 老衰不動之上, 痛所有之, 至極不克氣分ニ御座候故, 相望不申候. 左樣被思召上, 御留守居ハ勿論御佑筆中ニ至り隨分致吟味候樣被仰付被下候樣ニ奉賴候. 以上"

13) 국사편찬위원회 소장, 등록번호 528. 등록번호란 국사편찬위원회 편, 『對馬島宗家文書記錄類目錄集』(국사편찬위원회, 1990)에 따른 표기이며, 국사편찬위원회 전자도서관(http://library.history.go.kr/)에서는 소장정보 번호이다.

사에 관한 서장이 기록되어 있다.[14] 조선 국왕이 보내온 국서에 대한 반한에 삼사가 문제를 제기했다면, 對馬藩에서 사카이에게 보고가 있어야 할 텐데, 이 기록에 반한이 전달된 7일부터 9일까지의 기록이 아무것도 없는 것은 의아한 일이 아닐 수 없다. 味木金藏의 글에 있듯이 번저에서 기록을 해야 할 서찰방(書札方)에서 일이 많아 제대로 된 "留書"를 남기지 못한 상황이 아닌가 하는 추정을 할 수 있다. 무진년 통신사가 가장 평화롭고 안정적인 사행으로 평가 받고 있는 가운데, 가장 큰 문제로 발전할 수 있던 반한의 문제로 對馬藩은 대혼란 속에서 혼잡한 기록 작업을 원활하게 수행하지 못한 상황이 발생했던 것으로 추정되는 부분이다. 반한이 전달된 6월 7일의 기록은 현재 잘 정리되어 『延享信使記錄 四十』[15]에 상세히 기록되어 있다. 味木金藏는 이 날의 일에 관해서 아는 바가 없었으나 眞文役인 阿比留太郎八가 작성하여 후일에 기록이 이루어진 것이다.

여기서 주목하고 싶은 것은 이어진 "信使記錄 편집 작업에 관한 서술이다. 먼저 편집 작업이 이루어지는 것이 '先代의 信使記錄'에 따라(御記錄御編集之儀者御先代之信使御記錄を以)"라고 했다. 그리고 업무 담당자(御用向)를 불러놓고 함께 편집 작업을 진행한다. 또 이번 사행에 종사해 임무를 수행하는 御用向이 막부로부터 받은 지시 사항 등은 "集書"를 토대로 하고, 京都와 大坂 등도 포함한 제역의 기록과 대조하며 전말이 연속되도록 편집한다는 것이다. 특히 "선대의 信使記錄에 따라" 편집 작업이 이루어진다고 하는데, 그 의미를 「口上書」에 이어서 기록된 「口上覺」에서 읽어낼 수 있어 다음에 인용하기로 한다.

---

14) 사카이 다다즈미(酒井忠恭)는 "老中首座" 자리에 1745년부터 1749년 1월까지 있었다.

15) 慶應義塾대학 도서관 소장, 책자번호 23, 내제번호 40. 국사편찬위원회에는 소장되어 있지 않음.

信使記錄 일은 각별히 중요하기 때문에, 온 힘을 기울여 작성하라는 명을 받았습니다. 이에 관해 신(臣)은 信使記錄과 관련한 여러 일에 종사했기에, 초안 작성을 명하신 것을 삼가 받들었습니다. 信使記錄 편집은 對馬 부중(府中)의 諸御用向을 토대로 삼아서 信使前後之集書 및 諸方之日帳記錄을 비치하고, 선대 信使記錄과 동일하게 하던지, 아니면 유취하게 하던지 지시에 따라, 시종이 연결될 수 있게 작성하는 것이기 때문에 對馬에서가 아니면 할 수 없습니다.16)

자신이 信使記錄 제작에 종사하게 된 경위를 언급하고 지금까지 기록 제작에 관여한 여러 임무를 수행하고 왔다고 한다. 실제로 味木金藏는 신묘년 기해년 두 차례 통신사 사행에 동반하여 江戸를 왕복하기도 했다. "信使記錄 편집에 관해서는 對馬 부중의 諸御用向이 토대가 된다(信使御記錄編集之儀は御在府中之諸御用向を土台と仕)"고 하고, 선대 信使記錄에 관해서는 "선대의 信使記錄과 동일하게 편집할 수도, 유취(類聚) 즉 임무나 사건 사항별로 분류하여 편집할 수도 있는데 그것은 지시에 따라(御先代御記錄之通ニ成共, 又ハ類聚ニ成共, 御差圖次第)" 가능하다고 진술하고 있다. 「口上書」에서 "선대의 信使記錄에 따라"라고 한 것은 "선대 信使記錄에 따라 御用向을 불러"라고 하는 의미가 아니고, "유취"하는 것과 대조하는 개념인 것으로 읽을 수 있다. 그것은, 「口上覺」의 "선대 信使記錄과 동일하게 하던지, 아니면 유취하는 식으로 하던지"라는 서술 때문이다.

---

16) 『延享信使記錄121』, "信使御記錄之義は格別重御考ニ相成候間, 隨分精御取立被成被置候樣, 蒙仰候. 就夫私儀右諸向ニ被召仕たる者ニ候故, 御草案取立候得与之御事, 奉畏候. 信使記錄編集之儀は御在府中之諸御用向を土台と仕, 信使前後之集書, 幷諸方之日帳記錄を取揃置, 御先代御記錄之通ニ成共, 又ハ類聚ニ成共, 御差圖次第, 始末致連續候樣, 仕立候事ニ御座候故, 御國にて無之候得者不相成候."

다시 「口上書」와 「口上覺」을 비교해 보면, 「口上書」에서는 ① 선대 信使記錄에 따라, ② 御用向을 불러, ③ 각 기록물을 대조한다고 했고, 「口上覺」에서는 ① 御用向을 토대고, ② 각 기록물을 대조하고, ③ 선대 信使記錄과 동일하게 혹은 유취하거나 지시에 따른다고 했다. 信使記錄 편집에 御用向이 없어서는 안 될 존재임은 일치한 내용이다. 각 기록물과 대조하는 과정이 있는 것도 일치한다. 그런데 선대 信使記錄에 관한 서술에 대해 어려 해석이 가능하다. 「口上書」의 "선대 信使記錄에 따라" 편집한다는 서술은 원칙적 주장인 것으로 이해가 되며 문제가 될 내용이 아니다. 하지만 「口上覺」에서, "선대 信使記錄처럼 편집할 수 있으나 지시에 따라서는 유취해 편집할 수도 있다"는 서술을 하고 있다는 것이다.

여기서 「口上覺」에서 말하는 "유취"가 어떤 편집 방법을 의미하는지를 알아보고자 한다. 유취는 같은 종류의 것을 갈래를 따라 모으는 것을 의미미녀, 그 반대의 개념은 다른 종류의 것이 섞여 있는 상태에서 모으는 것이 된다. 이것은 역사를 기술하는 방식을 두고서는 편년체(編年體)와 기전체(紀傳體)가 된다. 편년체는 먼 시대에서 가까운 시대로 연대순으로 역사를 기술하는 방법이며, 기전체는 한 인물, 한 사건, 한 사항을 중심으로 역사를 기술하는 방식이다. 「口上覺」에서 언급한 信使記錄 편집에 편년체 및 기전체 방식이 어떤 모습으로 나타나는지 고찰하기로 한다.

3. 類聚의 의미와 信使記錄의 구성

「口上覺」에서 언급한 유취의 의미를 알기 위해, 국사편찬위원회가 소장한 임술(1682)년부터 계미(1763)년까지의 사행의 信使記錄目錄을 이용하고 信使記錄의 구성을 고찰했다. 국사편찬위원회에는 임술 (1682)년부터 신미(1811)년까지 여섯 차례의 信使記錄目錄이 소장되어 있는데, 江戶까지 왕복하지 않고 對馬에서의 역지빙례(易地聘禮)로 이루어진 신미년 信使記錄은 제외했다. 임술년부터 다섯 차례의 信使記錄目錄은 다음과 같다. 목록에 기재된 항목을 계산하여 종 및 책 수량을 부기했다.

임술(1682)년: 『天和信使記錄目錄』, 국사편찬위원회 등록번호 50.
　　　　　　66종 70책.

신묘(1711)년: 『正德信使記錄目錄』, 국사편찬위원회 등록번호 213.
　　　　　　131종[17] 149책.

기해(1719)년: 『享保信使記錄目錄』, 국사편찬위원회 등록번호 392.
　　　　　　113종 131책.

무진(1748)년: 『延享信使記錄目錄』, 국사편찬위원회 등록번호 521.
　　　　　　105종 126책.

계미(1763)년: 『寶曆信使記錄目錄』, 국사편찬위원회 등록번호 728.
　　　　　　94종 133책.

---

17) 항목 위에 한문 숫자가 기재되어 있다. 한문 숫자는 135까지 있으나 94, 95, 122, 130번이 기재되어 있지 않아 131종이 된다.

무진년 통신사의 선대(先代) 통신사는 1719년에 江戶에서 국서를 교환한 기해년 통신사이다. 이때의 信使記錄의 구성은 『享保信使記錄目錄』[18]을 보면 알 수 있다. 이 목록에 따르면 『享保信使記錄』은 113종 131책으로 구성되어 있다. 한편 무진통신사의 기록 『延享信使記錄』은 『延享信使記錄目錄』[19]에 의하면 105종 126책이다. 기해년의 기록에 비하면 무진년의 기록은 8종 5권이 감소한 셈이다. 통신사는 매번 다른 상황 속에서 이루어지기 때문에, 그 기록도 매회 약간씩 다른 구성이 될 수밖에 없다. 그러나 회를 거듭할수록 기록은 증가하는 경향을 보인다. 임술년보다 전에 이루어진 통신사는 信使記錄目錄이 없기에, 田代和生·이훈 감수(1999)[20] 「수록사료목록」[21]을 참조하고 임술년보다 전에 이루어진 통신사의 信使記錄의 구성을 보면, 세 번째 회답 겸 쇄환사라는 명칭으로 파견된 갑자(1624)년 사행의 信使記錄은 2책만이, 병자(1636)년에는 14종 14책, 계미(1643)년은 12종 12책, 을미 (1655)년은 27종 27책으로 구성되어 있는 것으로 파악된다. 하지만 목록이 없어, 이들 信使記錄에는 없어진 책이 있을지도 모른다는 가능성을 염두에 둘 필요가 있다. 信使記錄의 구성을 논하기에는 적합하지 않음을 감안해야 한다.

　을미년 다음에 사행이 파견된 것은 임술(1682)년에 국서를 교환한 사행인데 기록물은 66종 70책에 달한다. 차례를 거듭할수록 기록물의 수량은 증가하는 경향을 보인다. 가장 많은 수량으로 이루어진 것은

---

18) 국사편찬위원회 소장 등록번호 392.

19) 국사편찬위원회 소장 등록번호 521.

20) 田代和生·이훈 감수, 『マイクロフィルム版 對馬宗家文書 第Ⅰ期朝鮮通信使記錄別冊 中』, ゆまに書房, 1999.

21) 위의 책, 144~149쪽.

신묘(1711)년의 기록으로 131종 149책이다. 그 다음으로 기해(1719)년 113종 131책, 무진(1748)년 105종 126책, 그리고 계미(1763)년 94종 133책으로, 종의 수는 감소하고 있다. 신묘년 信使記錄이 종 및 책 수가 가장 많은 것은 통신사 접대에 들어간 과다한 경비를 축소하기 위해 아라이 하쿠에키(新井白石)가 실시한 많은 변화로 인한 복잡한 협상과정에 기인하지만, 기해년부터 무진년을 거쳐 계미년까지 꾸준히 종수는 감소하는 경향을 보이는데, 계미년에는 94종으로 종의 수가 대폭 감소했다. 그런데 책의 수는 무진년의 126책에서 133책으로 증가했다. 이는 종의 수가 큰 폭으로 감소한 것이 결코 기록할 내용이 감소해서가 아님을 의미한다.

이와 같이 종의 수량이 신묘년에 정점을 찍은 후 감소하는 추세를 보인 이유를 도출할 수 있는 단서가 있는데 그것이 사행의 일본 국내 여정을 기록한 "(참향)參向 및 (하향)下向 매일기"이다. "참향 및 하향 매일기"는 "어공방(御供方)"과 "봉행방(奉行方)"에서 각각 작성한 매일기로 구성된다. 사행의 여정이라고 해도 그 여정에는 두 가지 측면이 있는 것이다. 하나는 사행의 여정이며, 또 하나는 사행을 호행하는 對馬 번주의 여정이다. "봉행방"이란 사행을 관리 안내하는 조직이며, "어공방"이란 번주를 모시고 동행하는 조직이다. 따라서 "봉행방 매일기"가 사행의 동향을 자세히 기록했다면, "어공방 매일기"는 번주의 신변 및 업무 기록이다.

信使記錄 구성의 변화를 가장 뚜렷이 보여주는 여정의 기록인 "참향 및 하향 매일기"가 어떻게 구성되어 있는지를 임술년, 신묘년, 기해년, 무진년, 계미년의 "信使記錄目錄"을 비교하기 위해, 무진년 것을 기준으로 다음과 같이 표로 나타냈다.

〈표〉御供方 및 奉行方의 여정 매일기 순서

	내용	임술	신묘	기해	무진	계미
어공방	쓰시마 재류중	6	96	96	81	90
	선중	19	98	98	82	91,92
	오사카 교토	30,34	100	101	83	93
	도중	35	102	103	84	94
	에도	39	104	105	85,86,87	95,96
봉행방	쓰시마 재류중	-	97	97	88	101
	선중	22	99	99	89	102
	오사카 교토	29	101	102	90	103
	도중	36	103	104	91	104
	에도	42	105	106	92	105,106
어공방	도중	50	106	107	99	97
	교토 오사카	52	108	109	100	98
	선중	58	110	111	101	99
	쓰시마 재류중	61	112	113	102	100
봉행방	도중	53	107	108	103	107
	교토 오사카	55	109	110	104	108
	선중	59	111	112	105	109
	쓰시마 제류중	-	113	114	106	110

숫자는 각 "信使記錄目錄"의 임술년 것은 항목 순서, 신묘년 것부터는 항목 위에 기재된 한자 숫자이며 전체 항목 및 한자 숫자는 임술년 66, 신묘년 135, 기해년 131, 무진년 121, 계미년 133까지이다.

임술년 信使記錄은 어공방 및 봉행방의 여정 매일기가 전체 66 중에서 6부터 59까지 띄엄띄엄 분포하고 있다. 그 사이 사이에는 이동한 곳에서 이루어진 임무에 관한 기록이 위치하고 있다. 예를 들어, 6 「信使對府在留中每日記」에서 19 「參向對出船ㅁ大坂參着迄每日記」 사이에는 7 「朝鮮人方ㅁ公儀江獻上物幷諸方此方江之音物覺書」, 8 「對府ㄷ而諸役付」, 9 「諸役誓旨控」, 10 「供之內ㅁ先登帳」, 11 「供日記諸役付

船組宿組」, 12「家中江申渡壁書并年寄中ら諸役江相渡覺書」, 13「輪番之僧壹人御增被成候覺書」, 14「參向海陸御馳走所江相觸候書壯」, 15「參向下向對府江諸方ら使者飛脚來候覺書」, 16「參向所々ら注進之壯控」, 17「信使宿見分之者差登候覺書」, 18「朝鮮ら御鷹御馬獻上之覺書」가 배치되어 있다. 7~18 기록은 사행이 對馬 재류중부터 大坂에 도착한 기간에 시작한 임무들이라는 것이다. 대체로 시간 경과에 따라 구성되어 있어 편년체의 편집 방법이라고 할 수 있다.

신묘년부터는 여정 매일기는 80 혹은 90부터 110 사이에 묶어서 구성되어 있다. 임술년보다 분류별로 편집하는 유취형식을 취한 모습이다. 신묘년과 기해년의 기록은 對馬 재류중, 선중(船中), 大坂, 京都, 육로 그리고 江戶 재류중으로 나누어지는 왕로 기록이 어공방과 봉행방의 기록이 번갈아 배치된다. 그것이 무진년에는 對馬 재류중부터 江戶 재류중까지 먼저 어공방 기록을 묶어서, 그리고 같은 여정의 봉행방 기록을 또 묶은 구성으로 유취한 형식이 더 진행되고, 계미년에는 왕복을 하나로 묶어서 먼저 어공방 그리고 봉행방 기록으로 임무에 따라 두 가지로 분류해 유취한 형식이 되었다. 따라서 신묘년에 정점을 찍은 이후 종의 수량이 감소하는 추세를 보인 것은 분류별로 편집하는 유취 형식이 진행되었기 때문이다. 날짜가 경과함에 따라 작성하는 것이 이름 그대로 매일기인데, 편년체로 작성되 매일기의 편집도 어공방과 봉행방으로 임무별로 나누어지는 더욱 더 유취 형식이 두드러지게 나타난 된 것이다. 후일의 고증을 위해서는 편년체보다 기전체가 편리할 것이며, 그래서 信使記錄 편집도 기전체적인 유취 형식을 보다 많이 도입했던 것이다.

4. 信使를 맞이한 對馬藩의 御用向

信使記錄 편집에 관해 味木金藏는 「口上書」 및 「口上覺」에, 信使記錄
편집에 관해 "선대의 信使記錄에 따르며, 또 御用向을 불러(御先代之信
使御記錄을以, 御用向을呼出)"하는 기술 및 "對馬 부중의 제어용향(諸御用
向)을 토대로(信使御記錄編集之儀는 御在府中之諸御用向을 土臺と仕)"라는
서술이 있었다. 여기서 "제어용향(諸御用向)"이란, 무진년 사행을 맞이
해 對馬藩이 사행을 동반하고 무사히 귀국할 때까지 각 부처에서 임무
를 실행하는 담당자를 뜻한다. 번에서는 그 모든 임무가 차질 없이
진행될 수 있도록 번신을 비롯한 사람을 적재적소에 배치하여 임무를
수행하도록 담당자를 임명했다. 어떤 "諸御用向"이 세워졌는지 알 수
있는 사료가 『信使記錄 六十八 御供之人數幷諸役附諸船組所々宿組御
先登之人數大坂殘人數江戸御宿坊詰同御留守番引替覺書』[22]이다. 이 기
록의 첫 항목이 「江戸御供之人數幷諸役付」이며, 그 다음부터 「同信使
附」, 「通詞之覺」, 그리고 「御船附」이라는 항목이 기재되어 있다. 항목
을 보면 "諸御用向"을 "제역(諸役)"이라고도 표기한 것을 알 수 있다.
"江戸御供"이란 앞에서 언급한 "어공방"이다. 두 번째는 앞에서 언급
한 사행을 가장 가까운 곳에서 동반 관리하는 "봉행방"이며, 그 외에
조선어통사와 배를 운행 관리하는 조(組)로 나누어 기록되어 있다.
이에 따라 "諸御用向" 혹은 "諸役"의 명칭 및 인원수를 표시하면 다음
과 같다.

---

22) 대한민국 국사편찬위원회 소장, 등록번호 648(초고), 649(정서). 田代和生·이훈 감수,
『對馬宗家文書 第I期 朝鮮通信使記錄』제27릴, ゆまに書房, 243~344카트는 국사편
찬위원회 소장 등록번호 649를 촬영한 것.

〈御供方〉=335명 임명되었으나 4명이 빠져 331명이 종사함.

1.惣支配, 2.與頭, 3.大目付與頭兼帯, 4.鐵砲足輕大將, 5.弓足輕大將, 6.旗奉行, 7.長柄奉行(-1), 8.勘定役, 9.船奉行, 10.供頭(4), 11.以酊庵附, 12.使者番(4), 13.馬掛, 14.宿札打(2), 15.御傳馬受取役, 16.小姓組(14), 17.表醫師, 18.案書役(2), 19.佑筆(3), 20.與頭手代, 21.乘り方, 22.徒士目付(2), 23.勘定手代(2), 24.日帳付(3), 25.日帳付並, 26.與頭書手寄附帳付兼帯(3), 27.賄掛(2), 28.銀掛(2), 29.衣類掛(2), 30.傳馬手代(2), 31.宿札打手代(2), 32.飼口目付, 33.馬醫(2), 34.大藏(惣支配)取次役, 35.船奉行手代, 36.側徒士並(6), 37.供步行(20, -1), 38.大目付書手, 39.使步行(10), 40.用人(3, -1), 41.小姓(8), 42.兒小姓(2, -1), 43.納戸掛(3), 44.奥醫師(2), 45.外科, 46.膳番(3), 47.奥佑筆(2), 48.奥日帳付側徒士兼帯, 49.側徒士(5) 50.奥茶道, 51.表茶道(3), 52.奥坊主(3) 53.表坊主(3), 54.料理人(3), 55.料理人不寢番(4), 56.弓(12), 57.持筒(9), 58.表筒(16), 59.簾(9), 60.足輕(37), 61.下目付(21), 62.鎗(24), 63.草り取(18), 64.厩(20), 65.飼口, 66.駕籠(14)

〈奉行方〉80명 임명되어 그 중 8명이 빠져 72명이 종사함.

1.信使奉行(2, -1), 2.裁判(2), 3.出馬掛(2), 4.宿見分(2), 5.賄頭(2), 6.人馬下知役, 7.進上御馬附, 8.同御鷹附, 9.眞文役(2, 1인 감소), 10.同書役(2, -1), 11.通詞下知役(10), 12.信使奉行附佑筆(4, -1), 13.兵左衛門(奉行)取次(-1), 14.直右衛門(奉行)取次, 15.出馬手代(4), 16.宿見分手代, 17.賄手代(3), 18.人馬下知役手代(5), 19.進上御鷹目附, 20.同御鷹匠(3), 21.輿添(20, -3), 22.大坂船番方(2), 23.大坂五日次掛, 24.同所御鷹匠, 25.同所船番(6)

〈通詞〉49명

1.大通詞, 2.正使附(2), 3.副使附(2), 4.從事附(2), 5.上判事附(2), 6.御馬御鷹附(2), 7.出馬方(4), 8.人馬方(4), 9.下行方(5), 10.大坂殘(4), 11.買物賣物役(2), 12.並通詞(17), 13.買物役(2)

〈御船附〉14명

　　1.御船頭(7), 2.日和稽古(2), 3.御楫取(5)[23]

　　사행에 대동하는 對馬藩의 조직이 크게 "어공방"과 "봉행방"으로
나뉘어 운영되었다고 앞에서 논했다. 이 외에 조선어통사 및 뱃사공
들이 별도 조직으로 기재되고 있다. 여기에 기록된 인원수는 임명된
당시에 총 478명, 그 중에서 12명이 감소되어 실제로는 총 466명이다.
임명 시, "諸役"에는 "어공방"에 66개, "봉행방"에는 25개, 통사는 13
개, 뱃사공은 3개, 총 107개가 있었다. 이들 중에서 실제 글을 써서
"留書" 내지 "日帳"을 작성한 사람은 "어공방"에서는 18.案書役 2명,[24]
19.佑筆 3명,[25] 24.日帳付 3명,[26] 25.日帳付並 1명,[27] 26.與頭書手寄附
帳付兼帶 3명,[28] 38.大目付書手 1명,[29] 47.奧佑筆 2명,[30] 48.奧日帳付
1명[31] 도합 16명이며, "봉행방"에서는 12.信使奉行附佑筆 3명[32]뿐이
기에, "어공방"과 "奉行方"을 합치면 총 19명이 된다. 그러나 이들이
信使記錄 중의 어느 책을 작성하는데 토대가 된 "留書" 내지 "集書"

23) 제역(諸役) 명칭 뒤 괄호 안 숫자는 임명된 인원수이고 마이너스는 감소한 인원수,
　　 괄호가 없는 제역은 인원수가 1인이다. 즉 (2, -1)은 2명이 임명되었으나 그 중 1인이
　　 빠졌다는 뜻이다. "御供方" 27은 겸임된 제역 명칭임.

24) 佐藤恒右衛門, 橋邊豊左衛門.

25) 淺井權平, 小嶋宇兵衛, 中嶋笹右衛門.

26) 嶋江松左衛門, 加城仁左衛門, 土井助左衛門.

27) 神宮春齋.

28) 松田畦右衛門, 春澤郡左衛門, 勝山傳右衛門.

29) 祝軍平.

30) 川邊淵右衛門, 加瀨藤五左衛門.

31) 三浦彈右衛門.

32) 中村文吉, 久井伊左衛門, 中川橘左衛門.

혹은 "日帳"을 작성했는지를 확정할 수 있는 기록은 없다. 뿐만 아니라, 위 19명 외에도 기록물을 작성한 인원이 있기 때문에 문제는 더 복잡해진다.

『延享信使記錄 八 宿檢分之人幷先觸足輕差越候覺書』33)를 예로 들어 본다. 이 국사편찬위원회 소장본이 정서(淨書)이며 초안은 慶應義塾대학 도서관 소장본34)인데, 초안의 「宿檢分河村太郎左衛門難波大助海陸覺書」35) 부분은 국사편찬위원회가 소장한 『海路信使宿檢分日帳』36)을 약간 생략한 외에는 거의 동일하게 편집한 것이다. 이는 佑筆이나 日帳付가 아닌 〈奉行方〉 4.宿見分인 가와무라 다로자에몬(河村太郎左衛門)과 난바 다시스케(難波大助)가 작성한 "日帳"이다. 이들 세 기록을 비교하기 위해 a.정서, b.초안, c.일장 순으로 무진년보다 1년 빠른 1747년 12월 14일 기사 일부를 인용한다.

a. 一我々儀相仕舞, 羽織袴致着, 若堂貳人對之羽織袴着, 同具挾箱ニ而上下六人手代役兩人茂羽織袴着同道御茶屋江揚り, 文右衛門申談候而, 當所押役神保彌次右衛門方へ太郎左衛門, 大助, 信使屋宿檢分ニ罷上り候由, 文右衛門方ヨリ申遣候処, 追付可致參上可致旨申來, 頓而彌次右衛門, 普請方惣支配八谷與五右衛門同道ニ而御茶屋江被參候付, [선으로 삭제 표시한 부분]殿樣ヨリ彼方御家老中江被遣候御切紙相渡, [선으로 삭제 표시한 부분]御渡被下候樣ニと[선으로 삭제 표시한 부분]御返答之儀者, 松原文右衛門方

33) 국사편찬위원회 소장, 등록번호 555.

34) 慶應義塾대학 도서관 慶應책자번호 7. 田代和生·이훈 감수, 『對馬宗家文書 第Ⅰ期 朝鮮通信使記錄』 제30릴, ゆまに書房, 765~879카트.

35) 위 마이크로필름 827카트.

36) 국사편찬위원회 소장, 등록번호 607.

迄御遺候樣申達ル. (…중략…) 上中下官居所下行渡所致檢分, 夫ヨリ長老御宿町人土肥長右衛門宅致見分[생략 부분]畢而繪圖役人付等持出, 御注文之所, 繪圖ニ張紙差圖いたし吳候樣與被申聞候付, 差寄致注文.

b. 一我々儀相仕舞, 羽織袴致着, 若堂貳人對之羽織袴着, 同具挾箱ニ而上下六人手代役兩人茂羽織袴着, 同道御茶屋江揚, 文右衛門申談候而, 當所押役神保彌次右衛門方へ太郎左衛門, 大助, 信使屋宿檢分ニ罷揚り候由, 文右衛門方ヨリ申遣候処, 追付可致參上旨申來, 頓而彌次右衛門, 普請方惣支配八谷與五右衛門同道ニ而茶屋へ被參候付, ~~相應之致挨拶~~, 殿樣ヨリ彼方之御家老中江被遣候御切紙相渡, ~~御家老中汪御逢被下候樣ニと~~~~申入相渡候処, 早速家老共方へ差越可申由被申候故~~, 御返答之儀ハ松原文右衛門方迄御遺候樣申達. (…중략…) 上中下官居所下行渡所致檢分, 夫ヨリ長老御宿町人土肥長右衛門宅致見分[생략 부분]畢而繪圖役人付等持出, 御注文之所, 繪圖ニ張紙差圖いたし吳候樣與被申聞候付, 差寄致注文.

c. 一我々儀相仕舞, 羽織袴致着, 若堂貳人對之羽織袴着, 道具挾箱ニ而上下六人手代役兩人も羽織袴着, 同道御茶屋江揚り, 文右衛門申談候而, 當所押役神保彌次右衛門方へ太郎左衛門, 大助, 信使屋宿檢分ニ罷揚り候由, 文右衛門方ヨリ申遣候処, 追付可致參上旨申來, 頓而彌次右衛門, 與五右衛門同道ニ而御茶屋江被參候付, <u>相應之致挨拶</u>, 殿樣ヨリ彼方之御家老中江被遣候御切紙相渡, <u>御家老中江</u>御逢被下候樣ニと<u>申入相渡候処, 早速家老共方へ差越可申由被申候故</u>, 御返答之儀ハ松原文右衛門方迄御遺候樣申達ル. (…중략…) 上中下官居所下行渡所致檢分, 夫ヨリ長老御宿町人土肥長右衛門宅致見分<u>候処, 卽刻吸物酒出候故, 我々挨拶申入候ハ今般少々御馳走をも達而御斷申入候樣ニ兼而申付置候間, 御斷申上候段, 色々申達候得共, 是非</u>

持掛被申候付, 受用, 畢而繪圖役人付等持出, 御注文之所, 繪圖二張紙差圖
いたし吳候樣と被申聞候付, 差寄致注文申候.37)

먼저 작성된 것이 c.인데, 한 줄로 밑줄 친 부분이 그 다음에 작성된
b.에서 생략되었고, 정서인 a.江戶 기재되지 않았다. 두 줄로 밑줄 친
부분은 b.에 기재되었으나 첨삭 과정에서 선을 그어 삭제를 표시하고,
a.에서 기재하지 않았다. c.는 宿見分의 임무를 부여 받은 가와무라(河
村)와 난바(難波)가 사행의 숙소가 된 건물을 점검하면서 그 곳에서
임무와 무관하게 식사를 제공 받거나 사람을 만났거나 한 일까지 기
록하여 충실히 임무를 수행했다는 자료로 스스로 기록한 것으로 볼
수 있다. 하지만 번의 입장에서는 후일의 고증을 위한 기록인 만큼,
사사로운 식사나 만남까지 기록할 필요가 없어 생략하거나 정서를
앞 둔 첨삭 단계에서 줄을 긋고 삭제 표시를 한 것이다. 이처럼 佑筆,
日帳付 등 원래 문장 작성을 임무로 하는 인원들 외에도, 자신의 임무
에 관해 기록을 해야 했던 御用向들이 있었다. 그런 예는 적지 않다.
앞에서 언급한 『延享信使記錄121』도, 江戶 번저에서 味木金藏가 작
성한 문서와 함께 京都 "留守居役" 하마다 이자에몬(濱田伊左衛門)의
제안서가 기재되어 있다. 濱田는 京都 번저에 주재했는데 이곳에서도
10책38)에 이루는 기록물을 작성했다. 이처럼 京都 및 大坂의 번저에서
작성한 기록들도 있고, 본 사행을 호행하여 江戶까지 왕래한 御用向들

---

37) 밑줄은 저자가 표기.
38) 『信使記錄』이라는 제목에 일번(壹番)부터 九番, 그리고 別帳까지 10책이며, 모두 국
사편찬위원회 소장, 등록번호는 일번이 540, 541 동문본이 두 책 있고, 이번 589,
삼번 690, 사번 692, 오번 693, 육번 694, 칠번 695 및 696 동일본 두 책, 팔번도
동일본 697, 698 두 책, 구번도 699, 725 두 책, 별장이 726, 727 두 책이 있다.

이 아닌, 江戸, 京都, 大坂, 博多, 田代, 그리고 對馬에도 번신들이 남아 임무를 수행했는데, 당연히 이들도 기록을 작성하고 그 일부는 信使記錄의 일부분으로 위에서 지적한 것처럼 편집되었다.

그런데 이들이 담당한 임무에 관한 기록은 충분한 내용을 갖추지 못했다고 味木金藏는 지적했다. 그 근거로 다시 앞서 인용한 味木金藏의 「口上覺」의 후속 부분에서 일부를 발췌한다.

信使記錄 편집은 對馬에서 하도록 명하시기를 부탁드립니다. 제가 수집한 초안이나, 구두로 전달한 내용 등에 관해서는 불확실한 부분은 과거의 규례를 참고하여 취합하고 기술한 경우가 자연스레 있습니다. 제역들의 일장(日帳)에 목록만이라도 있다면 검토하여 확인할 수 있으나, 앞에서도 말씀드렸듯이 대단히 미흡합니다. 對馬에서 편집 작업을 하는 사람에게 참고가 될 테니, 초안을 보내실 대는 (관백이 조선 국왕에게 보내는) 반한에 관한 기록은 물론이고 그 외의 기록물들도 남김없이 보내주시길 바랍니다. 또한 초안 작성 이후에 생각이 난 것들은 해당 날짜에 삽입하도록 기재해 두었으니 출발하실 때에 드리겠습니다.[39]

이에 따르면, 초안 작성을 하는 과정에서 토대가 되는 제역 즉 御用向이 기록한 "日帳"에, 목록만이라도 있으면 어떤 내용이 기록되어

---

39) 『延享信使記錄121』, "御記錄御編集之儀者兎角於御國可被仰付与奉存候. 今度取集置候御草案, 御口上等不相知分ハ事體先規を以取合, 書入候事自然ニ有之候. 尤諸向御日帳ニ目錄計成共取立有之候ハゝ吟味仕形も可有御座候得共, 先條ニ申上候通ニ而萬端無覺束奉存候間, 御國ニ而編集被仰付候人, 挟合之爲ニも可相成候ニ付, 今度之御草案御國江被差越候節者, 御書翰ハ素り之義, 其外之書物大下書迄茂不殘御下シ被成度御事奉存候. 且又御草案書起出來以後, 段々存付候義共ハ何月何日之所江可書入与仕, 書載仕居候間, 發足之節可差上候."

있는지 알 수 있을 텐데 목록조차 없어 어떤 일들이 있었는지를 파악하기가 어려웠던 것 같다. 信使記錄 초안 작성의 명을 받은 사람으로서 味木金藏는 초안 작성의 토대가 되어야 할 御用向들의 "日帳"의 기록들이 미흡했다고 판단하여 이러한 의견을 제출한 것 같다.

복수의 御用向의 기록을 信使記錄에서 한 책으로 편집한 것 중에 『信使記錄 六十九 御供之面々上下附幷御宛行附田舍給人足輕百姓御宛行覺書』40)가 있다. 이는 〈어공방〉 2.與頭에서 작성한 12책 중에서 현존하는 7책 중의 하나인 『信使御供之面々御宛行幷上下附』41)의 전반부분에 편집된 것으로, 두 가지 기록 내용은 일치한다.42) 이 기록에 따르면, 御用向으로 임명된 사람이 총 478명이라고 되어 있는데, 그들에게는 대동한 가신 혹은 하인이 몇 명이 있었는지를 알 수 있다. 실제 국내를 왕래한 사행에 동반되어 동원된 인원수를 계산할 수 있는 것이다. 예를 들어, 惣支配인 스기무라 다이조(杉村大藏)가 대동한 가신 및 하인이 15명이였던 것으로 기록되어 있다. 이를 모두 계산하면 사행에 동원된 인원은 총 1,600명 이상에 달하는 것으로 계산 된다. 무진년의 통신사 일행 477명43)을 호행하여 江戶를 방문하고 귀향하는 동안에 對馬藩이 동원한 1,600명을 넘는 사람이 번주의 지시를 따라 일사불란하게 움직였던 것이다. 조선 및 對馬를 합쳐 2천 명이 넘는 인원이 對馬와 江戶를 왕래하는 준비와 실제 왕래 과정에서 방대한 기록이 생산되었고 복잡한 편집 과정을 거쳐서 信使記錄이 탄생한 것이다.

---

40) 국사편찬위원회 소장, 등록번호 651.

41) 국사편찬위원회 소장, 등록번호 718.

42) 참고로 후반부분의 "田舍給人足輕百姓御宛行"의 기초가 된 기록물은 현재 찾아볼 수 없다.

43) 三宅英利(1986), 『近世日朝關係史の硏究』, 文献出版, 496쪽.

5. 맺음말

당시 江戶 번저 留守居役 히라타 쇼겐에게 그의 佐役 味木金藏가 올린 「口上書」및 「口上覺」을 통해 信使記錄 편집에 관해 살펴보았다. 味木金藏는 信使記錄 초안 작성과 편집에도 책임 있는 역할을 한 것으로 보인다. 그 내용에서 對馬藩의 御用向이 매일같이 작성한 "留書 혹은 日帳"을 근간으로 御用向들에게 확인하는 과정을 거치면서 초안을 작성하고 그것을 히라타 쇼겐이 첨삭하고 그럼에도 존재하는 많은 불확실한 부분을 對馬에서 御用向들을 통해 확정해 가는 과정이 있던 것으로 보인다. 그 과정에서 최초의 기록이 될 御用向이 작성한 "留書 혹은 日帳"이 미흡하다 못해 심지어는 중요한 사항에 관한 "留書"가 없어 초안 작성에 많은 어려움이 있었으며, 자신의 고령을 이유로 임무 수행에 어려움을 호소하는 모습도 볼 수 있었다. 날마다 "留書 혹은 日帳" 작성에 종사한 어공방의 案書役, 佑筆, 日帳付, 日帳付並, 與頭書手寄附帳付兼帶, 大目付書手, 奧佑筆, 奧日帳付, 그리고 봉행방의 信使奉行附佑筆 총 19명이 얼마나 정신없이 업무에 시달렸는지 짐작할만하다.

信使記錄의 구성은 임술년까지 사행의 여정에 따라 편년체적 편집이었던 것이 임무, 사건, 사항별로 편집하는 유취 형식으로 시대가 지날수록 이행(移行)되는 모습이었다. 후일의 고증을 위해 편의성을 추구한 결과로 보인다.

또 "留書 혹은 日帳" 작성자, 원래 문서를 다루는 御用向 19명 외에도 몇 명의 御用向이 있다는 것도 확인했다. 그러나 어느 御用向이 직접 기록을 작성했는지, 또 그 기록이 어떤 경위로 信使記錄의 어느 부분을 이루게 되었는지에 관해서는 무진년의 경우 신사기록목록에 기재된 126책의 초안과 정서[44] 및 그 외 주로 국사편찬위원회에 소장되어 있는 무진년 통신사 관련의 100점을 넘은 기록을 정리해야 한다.

　조선과 일본의 "국서"를 교환하는 조선통신사가 성공적으로 실행되기 위해서는 적지 않은 규모의 조직을 운영해야 했고, 고증을 위해서 여러 御用向에서는 상세히 기록을 작성해야 했다. 그 기록은 방대한 수량이 되었고 그 기록을 각 御用向에게 확인을 받는 과정을 거쳐서 비로소 초안이 작성된다. 그리고 초안에서 정서 작업을 거쳐서 정식적인 信使記錄이 완성된다. 앞으로 그 과정에서 어떤 첨삭 작업이 있었는지를 밝혀내야 한다.

---

44) 초안 및 정서 모두 없는 책(47. 別幅之御鷹幷殘鷹共二被差登候覺, 付餌鳥請取方之覺書)이 있는 한편 둘 중에 하나만 있는 경우도 있다.

참고문헌

〈사료〉

일본 慶應義塾대학 도서관 소장 사료

[7]八 宿檢分之人幷先觸足輕差越候覺書, [23]四十 公義ら之御返翰御印
之文字大納言樣ら之御別幅ニ御姓名御書載無之ニ付入組候始終之覺書,
[24]百 信使奉行大浦忠左衛門裁判役樋口孫左衛門下行役平山左吉牛窓
ら先達而大坂へ被差越裁判吉川六郎左衛門大坂ら先達而京都へ被差登
候覺書, [30,31]五十三 參向壱州勝本ら攝州兵庫迄御馳走書, [40]八十九
御參向船中信使奉行方每日記三月十七日ら四月九日迄. [53]百貳拾壹 重
而信使之節考合ニ可相成事附味木金藏京都御留守居濱田伊左衛門存寄
之覺書.

(모두 『延享信使記錄』이며, 『延享信使記錄目錄』의 권수 및 부제를 적었
다. [ ] 내의 번호는 慶應책자번호. 田代和生監修, 『對馬宗家文書 第Ⅰ
期 朝鮮通信使記錄』제32~38릴 ゆまに書房 마이크로필름으로 열람)

일본 東京대학 사료편찬소 소장 사료

[청구번호 1-235]延享四丁卯年御留守 每日記 從正月四月迄. (田代和生
감수, 『對馬宗家文書 第Ⅱ期 江戸藩邸每日記』제51릴, ゆまに書房, 674
~1056카트)

대한민국 국사편찬위원회 소장 사료

[50]天和信使記錄目錄, [213]正德信使記錄目錄, [392]享保信使記錄目錄,
[521]延享信使記錄目錄, [526]七 御拜借金御願幷御廻金御取越御願覺書,
[555]八 宿檢分之人幷先觸足輕差越候覺書, [607]海路信使宿檢分日帳,

[627]五十四乾 御參向海陸御馳走書乾(參向大坂ら御馳走書共二四冊二番乾), [628]五十四坤 御參向海陸御馳走書坤(信使來朝於江州彦根幷伊掃部頭差出候諸役人御馳走之覺), [629]五十五 御參向海陸御馳走書(參向起ら吉原迄御馳走書共二四冊三番), [630]五十六乾 御參向海陸御馳走書(參向三嶋ら品川迄御馳走書共二四冊四番乾, [631]五十六坤 御參向海陸御馳走書坤(箱根宿於旅館御賄二差出候手代下役足輕人數書), [632]五十七乾 御下向海陸御馳走書(下向品川ら見付迄御馳走書共二三冊壹番乾), [633]五十七坤 御下向海陸御馳走書(三官使下行臺所三ヶ所江遣候諸道具坤), [634,636]五十八乾 御下向御馳走書乾(下向濱松ら大坂迄御馳走書共二三冊二番乾), [635]五十八坤 御下向海陸御馳走書(歸國於今須御馳走之砌幷井伊掃部頭差出候役人覺坤), [637]五十九 下向兵庫ら勝本迄御馳走書共三冊三番, [648,649]六十八 御供之人數幷諸役付諸船組所々宿組御先登之人數大坂殘人數江戸御宿坊詰同御留守番引替覺書, [651]六十九 御供之面々上下附幷御宛行附田舍給人足輕百姓御宛行覺書, [652]七十 對州二而諸役付幷誓旨扣, [718]信使御供之面々御宛行幷上下附, [728] 寶曆信使記錄目錄.

(『延享信使記錄』일 경우 『延享信使記錄目錄』의 권수 및 부제를 적었다.

[ ] 내의 번호는 『對馬島宗家文書類目錄集』동록번호이자 국사편찬위원회 전자도서관 소장정보 번호)

〈저서〉

대한민국국사편찬위원회 편(1990), 『對馬島宗家文書記錄類目錄集』.

田代和生(1981), 『近世日朝通交貿易史の研究』, 創文社.

田代和生·李薰 監修(1998), 『マイクロフィルム版對馬宗家文書第Ⅰ期朝鮮通信使記錄別冊上』, ゆまに書房.

田代和生・李薫　監修(1999),『マイクロフィルム版對馬宗家文書第Ⅰ期朝鮮通信
　　使記錄別冊中』, ゆまに書房.

田代和生・李薫　監修(2000),『マイクロフィルム版對馬宗家文書第Ⅰ期朝鮮通信
　　使記錄別冊下』, ゆまに書房.

三宅英利(1986),『近世日朝關係史の研究』, 文獻出版.

泉澄一(1997),『對馬藩藩儒雨森芳洲の基礎的研究』, 関西大學出版部.

泉澄一(2002),『對馬藩の研究』, 関西大學出版部.

〈논문〉

長正統(1968),「日鮮關係における記錄の時代」,『東洋學報』제50권.

東昇(2015),「對馬藩における文化九年「毎日記」の引用・書き分けと職務」,『幕藩
　　政アーカイブズの總合的研究』, 思文閣出版.

山口華代(2015),「對馬藩における表書札方の設置と記錄管理」,『幕藩政アーカ
　　イブズの總合的研究』, 思文閣出版.

이재훈(2013),「기해사행(己亥使行)과 호코지(方廣寺)」,『일어일문학연구』84
　　권2호, 한국일어일문학회.

箕輪吉次(2013),「壬戌信使記錄の虛と實」,『일본학연구』제40집, 단국대학교
　　일본연구소.

箕輪吉次(2015),「壬戌年 信使記錄의 集書」,『한일관계사연구』제50집, 한일관
　　계사학회.

기해사행(己亥使行)과 종가문서(宗家文書)

이재훈

1. 기해사행 연구와 종가문서

임진왜란과 정유재란이 끝나고 조선은 세 차례의 회답겸쇄환사(回答兼刷還使)를 포함한, 총 12차례의 통신사(通信使)를 일본에 파견한다. 이 가운데 9번째 사행에 해당하는 기해사행(享保信使, 1719)은 문화적 교류가 활발한 사행 중의 하나로 뽑힌다.

기해사행 관련 연구에서는 제술관 신유한(申維翰)의 『해유록(海游錄)』이 가장 많은 지분을 갖고 있다고 해도 과언이 아니다. 신유한의 『해유록』은 섬세한 필치로 300년도 더 된 옛날의 기록이 마치 어제의 기록처럼 생생하여 사행록의 백미(白眉)로 불리며, 통신사 사행록 가운데 가장 많은 현대역본을 자랑한다. 그러나 사행원 가운데 제술관이라는 직급은 사행 전체를 관리하거나 돌아가는 사정을 속속들이 알 수 있는 자리가 아니었기에, 『해유록』을 다룬 연구의 주제들은 제술관 신유한의 일본관·일본체험, 주고받은 시문, 교류한 일본인 문인들과 학파로 한정될 수밖에 없었다.

『해유록』이외에도 기해사행에는 2점의 사행록이 더 존재하는데, 정사 홍치중(洪致中)의 『해사일록(海槎日錄)』과 자제군관 정후교(鄭后僑, 鄭後僑)의 『부상기행(扶桑紀行)』이 이에 해당한다. 이 둘은 그 소장처가 일본에 있어, 아카시서점(明石書店)에서 나온 신기수, 나카오 히로시(中尾宏) 편저의 '대계조선통신사(大系朝鮮通信使)'시리즈를 통해서만 접근이 가능한데 가격이 만만치 않은 데에다가, 정후교의『부상기행』은 초서(草書)로 작성되어 있기에, 1993년에 간행되었음에도 불구하고 활용도가 그렇게 높은 편이라고는 할 수 없다.

근래에 들어 연세대 허경진 선생 팀이 이 두 점의 번각(飜刻)과 현대어역본을 출간해,[1] 기해사행 연구에 대한 큰 갈증을 해소시켜 주고 있으나 아직 『해유록』만큼 크게 활용은 되지 못하고 있는 것 같다. 이러한 배경은 기해사행을 다룬 연구가 객관적 사건이나 정황에 대한 접근보다는, 당시대 유학자의 일본관, 일본체험, 일본 문사와의 교류라는 측면에 치중케 한 큰 요인이 되기도 한다. 『해유록』을 활용하여 훌륭한 성과를 올린 연구들도 두 말할 나위 없이 무수히 존재하지만, 기본적으로 사행록을 활용한 통신사행의 연구는 전적으로 체험자인 기록자의 문장을 신용하고, 기록자의 시선에 몰입하게 되어, 객관성이 결여될 가능성이 있다. 이 같은 문제를 해소하기 위해서는 다양한 사료를 적극적으로 활용해야 함은 당연하다.

---

1) 홍치중 지음, 허경진 역(2018), 『해사일록』(보고사); 정후교 지음, 장진엽 역(2019), 『부상기행』(보고사).

반세기를 넘어서는 통신사 관련 연구를 개괄한 장순순(2005), 하우봉(2018), 요코야마 교코(橫山恭子, 2020)[2]들은 공통적으로 통신사 연구에 사용되는 사료들의 편향성을 지적하며 쓰시마번(対馬藩)의 종가문서(이하 '종가문서')를 활용한 연구를 장려하고 있다. 이중 요코야마 교코는 통신사행에 따른 경제적 부담과 같이 연구가 미진한 부분이 생겨난 이유도 이 같은 현상에 기인한다고 언급한다.

종가문서가 통신사를 연구하는 연구자 사이에서 널리 사용되지 않은 이유는 접근이 용이하지 않기 때문이다. 종가문서는 한국의 국사편찬위원회(이하 '국편')와 일본의 게이오대학(慶應大學) 부속도서관(이하 '게이오대학'), 도쿄대학 사료편찬소, 일본 국회도서관, 나가사키현립 쓰시마 역사민속자료관(長崎県立対馬歴史民俗資料館)에 나뉘어 소장되어 있다. 이들 중 일본국회도서관의 일부 사료는 디지털 이미지화되어 웹상에서도 열람이 가능하나 이는 극히 일부에 지나지 않을 뿐으로, 통신사 연구의 태반을 점하는 게이오대학 소장본과 국사편찬위원회 소장본은 아직도 마이크로필름으로만 열람이 가능하다. 사료한 점은 짧으면 수십 장에 그치지만, 길면 600~700장에 달하기에, 필름을 대출해서 그 자리에서 다 보기도 쉽지 않을뿐더러, 이를 출력하는 데에도 막대한 금액과 시간이 소모된다. 게이오대학 소장본은 유마니서방(ゆまに書房)에서 정식으로 판매를 하기에 고가이긴 하지만 외부에서도 그나마 열람이 가능하나, 국사편찬위원회의 소장 자료는 관내에서만 열람이 가능하여 필요한 자료가 있더라도 일본 연구자 입장에서는 열람조차 쉽지 않다. 쓰시마번의 종가문서를 통한 통신사

---

2) 장순순(2005), 「통신사 연구의 현황과 과제」, 『한일역사공동연구고보고서』 제2권, 105~135쪽; 하우봉(2018), 「통신사연구의 현황과 과제」, 『비교일본학』 43, 1~20쪽; 橫山恭子(2020), 「朝鮮通信使をめぐる研究動向」, 『歴史学研究』 996, 18~27쪽.

연구는 실질적으로 한국에서 하는 것이 훨씬 유리한 셈이다. 그렇다고 하더라도, 일본의 고문서인 종가문서를 읽기 위해서는 일본어 고전 문법, 에도시대에 관한 기초적인 지식이 기본적으로 요구되기 때문에 한국이라고 해서 마냥 좋은 상황만도 아니다.

2. 기해사행의 부교매일기(奉行每日記)

1) 구성 및 체재

종가문서의 개관에 관해서는 일찍이 다시로 가즈이[3] 선생에 의해 정리가 되었기에, 굳이 여기에 이를 자세히 기록하지 않는다. 초심자를 위해 간략하게 기해사행과 관련된 내용만 정리하고자 한다.

종가문서의 신사기록은 최초 신사파견 요청을 막부가 쓰시마번에 명하는 문서부터 강정, 식단, 서간문 모음, 근무서, 맹세서, 명부, 특이사항 기록, 국서의 필사 등 다양한 장르로 이루어져 있다. 이중 통신사와 직접 소통하며, 가장 많은 직접적인 기록을 갖고 있는 것은 부교(奉行) 측에서 작성된 부교 매일기(奉行每日記)와 쓰시마 번주(藩主) 측에서 작성된 오토모카타 매일기(御供方每日記)이다. 이들은 서명 그대로 매일 통신사를 수행하며 일어난 일을 기록한 것들로 동래를 출발한 통신사가 후추(府中)에 도착하면서부터 에도에서 국서를 전달하고 다시 후추에 도착하는 약 6개월간의 긴 여정을 하루도 빠짐없이 기록하

---

3) ゆまに書房(1998), 『マイクロ版 対馬宗家文書 第一期朝鮮通信使記録 別冊 上』, ゆまに書房 중 "田代和生, 「対馬宗家文書」について"(9~41쪽).

고 있다.

　오토모카타의 기록은 번주 측의 기록이기에 통신사들과의 접촉도 기록되어 있지만 쓰시마 번주의 대외적인 교류도 다루며 사소한 사건이나 사고는 별도로 기록되지 않는 경우가 많다. 이에 반해 통신사 전반을 실질적으로 감독한 부교의 매일기는 통신사 삼사(三使)가 역관(譯官)이나 통사(通事)에게 전달시키는 이야기나 접대처(御馳走所)나 번주 측에서 통신사 측에 전달하는 이야기가 큰 축을 이룬다. 그리고 외부에서 통신사에게 보내는 서간, 선물, 인사말부터 관계된 인원들의 이름, 복장, 소속까지 빠짐없이 기록하고 있다.

　현재 통신사를 다루는 연구의 흐름에서 적지 않게 제술관이나 의원이 사행의 경험자, 혹은 필담창화집(筆談唱和集)의 주인공으로 연구의 대상이 되는 것에 비해, 매일기 속에서는 등장 횟수도 적지 않을뿐더러 존재감이 거의 없다고 봐도 무방하다. 실질적으로 부교매일기에서 가장 많은 접촉을 보이는 사행원은 단연 정사의 당상역관(堂上譯官, 上々官)인 한후원(韓後瑗, 韓僉知로 등장)으로, 한후원이 삼사가 결정한 내용을 거의 단독으로 전달하는 것을 보면 사행에서 당상역관이 수행하던 역할이 얼마나 중했는지를 알 수 있다.

　매일기이기에 날짜순으로 하루도 빠짐없이 기록되어 있으며, 기사의 처음은 날짜와 날씨, 체류지를 기본적으로 표기하나 이동이 없는 경우 누락되는 경우도 더러 있다. 본문은 개조식(箇条書き)으로 구성되어 있으며, 날짜에 따라 분량은 큰 차이를 보인다. 서간문은 3글자 정도 내려서 별도의 단락을 두고 그대로 필사하여 삽입하였고, 특기한 만한 사안 역시 별도의 단락을 두어 3글자 정도 내려서 기입하고 있으나, 기록되는 내역에 따라 체제는 다양한 편이다.

　대불전 연회 참가를 두고 벌린 분쟁과 같이 사안이 복잡한 경우에는, 별도의 책을 두어[4] 사건을 기록하고 있다. 여타의 내용도 "상세히는 오토모카타 일지에 있어, 여기에서는 기록을 생략한다(委細御供方日帳二書載有之候故、此所二略之)"와 같이 하여 상세한 기록을 삼가는 경우도 더러 존재한다. 사건에 하루에 끝나지 않을 경우에는 '~일자 기록에 상세하므로···'와 같이 참고를 요구하는 경우도 있다. 이 같이 참고 자료로 삼는 것들로 '返物帳, 別帳, 川船帳, 御馳走帳, 御音物帳, 御供年寄中日帳, 御誓壁書扣' 등을 들 수 있다.

부교 매일기의 특징 중에 하나로 대화를 있는 그대로 인용하는 점을 꼽을 수 있다. 통신사 측의 이야기를 전달하든, 일본 측의 대화 내용을 옮기든 "船将申候者、私儀者直二副使之船二参り、右之段申候由申候得者(선장이 말하길, '저는 바로 부사의 배로 가서, 이것을 말씀드렸습니다.'라고 말했더니···)"과 같이 대화문을 직접 인용하여 생생한 현장감을 느낄 수 있는 점은 사행록과 비견할 만하나, 대화문 이외에는 '~듯이 보이다', '~인 것처럼'과 같은 주관적인 묘사는 철저하게 배제되어 있어 사행록과는 확연히 다른 성격의 문서임을 드러낸다.

기해사행 부교 매일기는 아래와 같이 구성되어 있다.[5]

청구번호	내제번호	내제	국편문서번호
vol.29 (92-1-46)	番外(一)	参向信使奉行対府在留中日帳 (06.27~07.18)	462
vol.25 (92-1-46)	九十九	参向信使奉行船中毎日記 (07.19~09.03)	–

---

4) 信使記録51 『信使京都本能寺書休と被仰出候処往還共止宿被仕候次第并大佛二立寄間敷旨三使被及異難候付被仰論候上立寄見物被仕候覚書』.

5) ゆまに書房(1998), 『マイクロ版 対馬宗家文書 第一期朝鮮通信使記録 別冊 上』, ゆまに書房.

청구번호	내제번호	내제	국편문서번호
vol.26 (92-1-46)	百四	参向京都御発駕より江戸御着迄信使奉行道中毎日記 (09.12~09.26)	464
vol.26 (92-1-46)	百六	信使奉行江戸在留中毎日記 (09.27~10.14)	466
vol.26 (92-1-46)	百八	信使奉行下向道中毎日記 (10.15~11.01)	468
vol.27 (92-1-46)	百十	下向信使奉行京大坂在留毎日記 (11.01~11.09)	470
vol.27 (92-1-46)	百十二	下向信使奉行船中毎日記 (11.10~12.20)	472
vol.27 (92-1-46)	百十四	下向對府在留中信使奉行毎日記 (12.21~12.29)	474

국사편찬위원회와 게이오대학 소장본 모두 해로(海路)가 끝나고 교토(京)와 오사카(大坂) 체류 당시의 기록이 실렸을 「参向信使奉行京大坂在留中毎日記」의 소재가 불분명한데, 공교롭게도 해당 시기의 오토모카타의 기록도 존재하지 않아 이 시기의 확인은 용이하지 않다.

부교의 기록은 아니지만, 후추에 닿기 전까지는 信使記録10『国書并杉村三郎左衛門佐須奈迄被差越覚書』(국편: 415)를 통해 확인할 수 있고, 귀로(歸路)에 들어 후추를 벗어나고서는 信使記録115, 「信使護送之御使者杉村三郎左衛門帰国迄之覚書」를 참고할 수 있다. 또한 교토 대불전 방문을 둘러싼 논쟁에 대해서는 「信使京都本能寺昼休と被仰出候処往還共止宿被仕候次第并大佛ニ立寄間敷旨三使被及異難候付被仰諭候上立寄見物被仕候覚書」에 자세히 기록을 남기고 있다.

2) 게이오대학 소장본과 국사편찬위원회 소장본의 차이

이미 알려진 바와 같이 국사편찬위원회 소장본은 게이오대학 소장본을 바탕(下書)으로 청서(淸書)된 것으로, 그 내용은 물론 동일하지만 청서를 가하면서 다소의 수정사항이 곳곳에서 생겨났다. 필사하며 문장을 매끄럽게 하고자 수정을 가하거나, 조사 보충, 오자 수정, 문장 삭제 등을 행하는 경우가 이에 해당하는데, 간략하게 이를 정리한다.

a. 조사의 보충-아래는 조사를 보충한 케이스이다. 실상 게이오대학 소장본으로도 의미는 충분히 통하는 문장이었는데, 조사를 삽입하며 회화체같이 부드러운 문장이 되었다. 조사의 삽입이나 변형은 곳곳에서 쉽게 찾을 수 있는 수정 내역 중의 하나이다.

게이오: 今晩ハ上使有之候付…
국편:　 今晩ハ上使も有之候付…

---

b. 오기표기의 정정-彦를 극단적으로 흘려 쓰면 吉와 구분이 가지 않는 경우가 있기 때문인지, 게이오 본을 작성할 때에 저본이 되는 것을 옮겨 적으면서 吉를 彦로 오기하였다가, 후에 국편 소장본을 적으면서 수정한 경우에 해당한다. 吉川六郎左衛門은 사행 내내 등장하는 인물로 이름을 틀리기가 쉽지 않은데, 이를 틀리는 것을 보면 사행에 참가하지 않은 인물을 통해 전문적으로 필사가 이루어졌을 가능성을 점칠 수 있다.

게이오: 通詞下知役七五三杢右衛門‧河村太郎左衛門江彦川六郎左衛門を
以…
국편: 通詞下知役七五三杢右衛門‧河村太郎左衛門江吉川六郎左衛門を
以…

c. 혼란 방지를 위한 이름 명기-사행에는 두 명의 조로(長老)가 동행하였는데, 국편본에 들어 이름을 명시하여 주어를 명확히 하고, 중복되는 小刀拾本 중 하나를 제거하였다.

게이오: ゝ小刀拾本、長老ら書記弐人へ小刀拾本、染綿包弐つ被遣之ル
국편: ゝ加番菖長老ら書記弐人へ小刀十本、染綿包弐つ被遣之ル

d. 게이오 대학 소장본은 '采女取次ニ而' 다음에 문장이 끝나 버린다. 부자연스럽게 문장이 끝나 버린 셈인데, 이어지는 문장은 '右之通詞下知役中'와 같이 되어 있어 국편 소장본처럼 통사들의 이름이 나오는 게 자연스럽지만 이는 보이지 않는다. 게이오대학 소장본에서는 '采女取次ニ而' 다음 행이 바로 책이 접히는 부분인데, 이 부분 때문에 다음 문장이 보이지 않을 가능성도 있지만, 국편 소장본을 보면 접혀서 판독이 되지 않는 것으로 보기에는 그 양이 너무 많다. 아마 게이오 대학 소장본을 작성할 때 누락이 있었다가 국편 소장본을 작성하면서 문장이 매끄럽지 못한 것을 깨닫고 원본을 찾아 보완한 것으로 보인다.

e. 오기입에 따른 문장의 삭제-꽤 많은 부분이 삭제된 곳도 발견된다. 아래는 10월 4일 기사의 내용인데, 밑줄 친 곳이 통째로 삭제가 되었다. 제일 하단에, 생략되기 전 문장이 당상역관이 방문했다는 내용이고, 생략된 이후 문장이 당상역관이 돌아갈 때의 문장이니, 밑줄 친 문장은 애초에 문맥에 맞지 않는 문장이다. 최초의 자료를 보고 옮겨 적을 때에 문장을 잘못 배치했을 가능성이 있다. 그러나 잘못 삽입된 문장의 본래 위치를 찾지 못한 탓이었을까. 본 문장은 국편 소장본에서 위치를 수정하여 삽입되지 못한 채 그냥 삭제되어 버린다. 종가문서 신사기록의 개찬, 의도적 삭제의 가능성에 대해서 미노와 요시쓰구가 임술사행의 아쓰메가키(集書)를 대조하며 밝혀낸 바가 있는데,[6] 이들을 보아도 기록이 세밀하다고 해서, 모든 기록이 정확할 것이라는 무조건적인 신뢰는 지양할 필요가 있다.

---

6) 箕輪吉次(2015), 「壬戌年 信使記録의 集書」, 『한일관계사연구』50, 123~174쪽.

〻戸田山城守様、先月廿八日為上使、旅館江御入被成候ニ付、先規者翌日為
御礼、上々官致伺公候得共、山城守様御忌中故、差扣、今日巳之上刻、三使
ら上々官遣之

	上々官　参人
	小童　三人
	通事　弐人
	使令　六人
	杉村三郎左衛門
	鈴木左次右衛門
通詞	⎰ 阿比留儀兵衛 ⎱ 広松茂助

〻土井伊予守様、旅館江御出被成、采女江被仰聞候由、殿様江之御口上、今
日者信使屋、為御見舞、罷出候、一昨日者殿中首尾好御務被成、御満足可
被思召与存候、弥、御堅固御務可被成候、且又、先頃も御尋申入候処、早速
預御使者被為入御念義ニ御座候、御繁多之内、御届、御使者ニ及不申候与
之御口上也、中山出雲守様ニも御一座ニ而首尾克御務被成候様ニ与之御
挨拶ニ付、其旨、直右衛門・忠左衛門方江御案内申上ル

〻御馳走人牧野駿河守様、三使安否御尋ニ付、三郎左衛門承之、申達候所、
上々官を以相応之御礼有之

御家老	鳥居左兵衛
御用人	⎰ 藤田弥七郎 ⎱ 野沢源左衛門

〻右上々官帰り懸ニ此方御屋鋪江罷出…

g. 취소선의 무시-아래는 6월 30일의 기사에 등장하는 부분으로 원본
에는 선명하게 취소선이 그어져 있는데 이를 지키지 않은 경우에 해
당한다. 최초 작성자가 착각했던 것을 후에 필사한 사람이 수정했든
가, 혹은 누락이 있었을 것이다.

게이오:	右、上官中江被成下、扇ハ不被成下也、上官中江奉書ニ而和目録也
국편:	右、上官中江被成下、扇ハ不被成下也、上官中江奉書ニ而和目録也

f. 단순 실수-아래는 단순 실수에 의한 생략인데 단 한 곳에서 발견되었다. 원본에는 생략되는 부분의 앞에 있는 글자인 着와 생략된 부분의 뒤이어 따라오는 着가 바로 옆 행의 같은 자리에 있다. 필사하면서 흔히 범하는 실수 중의 하나인데, 아마 같은 글자로 인해 착각을 하고 한 행을 건너뛰었을 것이다.

게이오:	御老中様、御若年寄中江上々官罷越候付、兼而被仰出置候通、道操之通ニ罷出候処、表門番所ニ物頭壱人熨斗目着、表門外ニ給人弐人熨斗目着、御屋敷前之固足軽五六間置ニ壱人宛対羽織着、門之内左右ニ足軽四五人宛被差出置ル
국편:	御老中様、御若年寄中江上々官罷越候付、兼而被仰出置候通、道操之通ニ罷出候処、表門番所ニ物頭壱人熨斗目着、表門外ニ給人弐人熨斗目着、門之内左右ニ足軽四五人宛被差出置ル

3. 주의점과 가치

통신사 연구에 있어 축복과도 같은 종가문서이지만, 감정적 배경에 대한 이해가 필요하다. 종가문서를 읽다보면 사행에 참가하는 조선인들은 선례를 무시하고 늘 억지를 부리며 고집을 피우는 존재로 읽혀진다. 양측이 선례에 따라 원만하게 일이 끝난다면 다룰 내용이 적어지나, 분쟁이 일어나면 분량이 늘어나며 해당 사안이 부각되는 것은 당연한 일이다. 그리고 임진왜란·정유재란이 끝나고 백 년이 지나 일본인에 대한 부정적 감정은 막연한 감정만 남으며 다소 누그려졌다고 하더라도, 통신사와 부딪히며 사행을 호행하는 쓰시마번에 대해서는 전 사행을 통틀어 부정적 인식이 대대로 관통하고 있다. 기해사행은 더군다나 신묘사행(辛卯使行, 正德使行)에서 일어난 아라이 하쿠세키(新井白石)의 빙례개혁(聘礼改革)과 같은 일이 재발되지 않도록 선제적으로 강한 자세를 보였음을 배경으로 깔고 가야 한다. 이런 감정적 배경에 대한 고려 없이 자로 재듯 통신사의 언행이나 행동에 대해 평가를 내리는 것은 사료를 제대로 이해하지 못한다고 말할 수 있다.

또한 사료에 대한 무조건적인 신뢰는 지양해야 한다. 사행록과 쓰시마번의 기록을 비교해보면 충분히 기록되었어야만 할, 가볍지 않은 내용이 생략된 부분이 더러 있다. 이것이 순수한 실수인지, 의도적 생략인지, 반대로 어느 한 쪽이 거짓으로 만들어낸 이야기인지, 부교나 역관이 전달하기 껄끄러운 내용이라 왜곡된 이야기를 전달했는지는 기백 년이 지난 지금에 와서 확인할 도리가 없다. 오로지 정황만을 놓고 판단할 수밖에 없는 것이다.

그러나 그럼에도 불구하고 종가문서를 활용할 가치는 충분히 있다. 신분이 낮은 사행원들의 생활이나 식사, 생필품, 의원이나 역관의 실질적 역할, 마상재의 진행, 헌납용 매와 말의 관리 등 사행록에서 볼 수 없는 너무 많은 것들이 기록되어 있기 때문이다.

향후 종가문서가 잘 활용이 된다면, 50년이 넘는 긴 시간 동안 선학들에 의해 만들어진 단단한 뼈대 위에 자잘하고 수많은 피와 살을 붙여, 300년도 전에 있었던 통신사를 눈앞에서 그리듯 생생하게 재현해낼 수 있을 것이라 전망해 본다.

제2부 향보신사 봉행매일기 번각
(享保信使奉行每日記翻刻)

参向信使奉行對府在留中每日記
参向信使奉行船中每日記
参向信使奉行道中每日記
江戸在留中信使奉行每日記
下向信使奉行道中每日記
下向信使奉行京大坂在留中每日記
下向信使奉行船中每日記
下向対府在留中信使奉行每日記

일 러 두 기

1. 본서는 다음과 같은 게이오(慶應)대학 부속도서관 소장의 기해사행(己亥使行) 부교
   매일기(奉行每日記)를 탈초한 것이다.
   - (冊子番号：45)享保信使記録番外(一)　　　「参向信使奉行對府在留中毎日記」
   - (冊子番号：23)享保信使記録99番　　　　「参向信使奉行船中毎日記」
   - (冊子番号：26)享保信使記録104番　　　「参向信使奉行道中毎日記」
   - (冊子番号：29)享保信使記録106番　　　「江戸在留中信使奉行毎日記」
   - (冊子番号：30)享保信使記録108番　　　「下向信使奉行道中毎日記」
   - (冊子番号：31)享保信使記録110番　　　「下向信使奉行京大阪在留中毎日記」
   - (冊子番号：33)享保信使記録112番　　　「下向信使奉行船中毎日記」
   - (冊子番号：34)享保信使記録114番　　　「下向対府在留中信使奉行毎日記」

2. 최대한 원문 그대로 따랐으나, 다음과 같은 부분에서 임의로 표기하였다.
   - 본디 세로 읽기인 것을 가로 읽기로 변형하였다.
   - 한자는 가급적 현재 일본식 신자체(新字體)를 사용하였으나, 신자체가 없는 경우 원문
     을 따랐다.
   - 존경의 의미를 나타내는 개행(改行)과 궐자(闕字)는 따르지 않았다.
   - 한자의 의미가 사라진 히라가나(ひらがな)를 의미하는 한자는 히라가나로 바꾸어 표현
     하였으나, 江·与·者·而·茂·与는 그대로 한자로 표기하였다.
   - 쉼표, 가운뎃점은 임의로 표기하였다.
   - 히라가나 합자(合字)인 より는 ㅊ로, しめ는 〆로, して는 シテ로, こと는 ㄱ로 각각 표기
     하였다.
   - 원본이 훼손되어 판독이 불가능한 경우에는 (擦れ)로, 필름을 통해 글자가 보이지 않는
     경우에는 ■로 각각 표기하였다.
   - 문장에 오류가 있는 경우에는 원문과 동일하게 표기하고 (ママ)를 붙이거나, 주석을
     달았다.
   - 글자가 반복되는 경우 원문을 따랐다. 한자는 々, 가타카나는 ヽ, 히라가나는 ゝ로, 두
     문자 이상인 경우에는 〳를 두 배로 늘려 표기했다.
   - 원문에 삭제선이 있는 경우에는 삭제선을 따라 해당 부분은 표기하지 않았다.

3. 다음의 경우 국사편찬위원회 소장본을 참고하여 보충하였다.
   - 국사편찬위원회 소장본에는 있으나, 게이오대학 소장본에 없는 경우는 짧은 문장은
     원문을 따랐으나, 문장이 긴 경우 국사편찬위원회 소장본을 참고로 채워 넣은 부분도
     있다.
   - 원본의 들여쓰기 및 글자 크기가 도리어 식별을 어렵게 하는 경우 국사편찬위원회
     소장본의 표기를 따른 경우도 있다.
   - 책이 접혀 보이지 않는 부분은 국사편찬위원회 소장본을 참고로 채워 넣었다.

4. 한문의 쉼표 및 미판독 문자는 선문대학 구지현 선생님의 도움을 빌었다.

参向信使奉行對府在留中毎日記

```
┌─── 保護表紙 ──────────────────────────┐
│                                      │
│ （宗家記録）                          │
│                                      │
│    享保信使記録                       │
│                                      │
│                                      │
│    第四十五冊                         │
│                                      │
└──────────────────────────────────────┘

┌─── 内表紙 ────────────────────────────┐
│                                      │
│    享保四己亥年                       │
│                                      │
│     信使記録                          │
│                                      │
│       参向信使奉行對府在留中毎日記    │
│                                      │
│                                      │
│    番外                              │
│                                      │
└──────────────────────────────────────┘
```

享保四己亥年信使記録

　参向信使奉行對府在留中毎日記

六月廿七日 晴天南西風

ゝ辰上刻黒嶋之沖ニ朝鮮船相見江候由、遠見番ら案内有之候付、大浦忠左衛
門御使者屋迄騎馬ニ而参、小隼ら本船五拾挺ニ乗移ル、御附人御祐筆船橋
忠右衛門・西山太右衛門、真文書役味木金藏、同取次役柴田多四郎茂乗ル、
右四人計ニ而者人少ニ而朝鮮人見掛如何敷候付、乗組ニ而者無之候得共、
采女御附人御祐筆江崎忠兵衛・梅野一郎右衛門茂同前ニ乗ル、遠見之下迄漕
出、山下ニ繋浮、待合居候処、三使之船弐三町程近寄候付、取次役柴田多四
郎麻上下着、小使船ニ而三使之乗船江遣之、口上者、今度御渡海ニ付、采女
同前ニ御用承り候様ニと申付候故、為御迎、是迄罷出候与之儀申遣ス、扨又、
通詞を以上々官江可申達候者、船越ニ揖礼之儀者先達而申入候通故、此方
ら揖礼不仕候、併、三使先規之通御答揖被成事候ハ、如先例、揖礼可仕候、
此段申達否之儀無間違様ニ可申聞旨申遣候処、三使ら返答、委細口上之趣、
入御念儀ニ存候、答礼之儀者先達而申候通之義ニ候間、左様御心得候様ニ
与、三使銘々ら同様之返答也、答礼被致間鋪旨ニ付、二揖ハ不仕候而高欄之
内ニ座し罷有ル

ゝ此方乗船高欄之上計天幕のけ置、取梶之方行違候、少前、忠左衛門大紋風折
烏帽子着、高欄ニ上り、致着座、附々之面々麻上下着、忠左衛門後ニ並居、
若堂者布上下、又者羽織袴ニ而高欄之外廻りニ居ル、尤、若堂江刀為持置也

ゝ正使・副使・従事之船行違候節、立而銘々ニ二揖仕、三使茂曲録ヘ掛なから、
手を揚、会釈有之例ニ候得共、此度佐須奈ニ而迎接使杉村三郎左衛門、三使
江掛御目候義申達候処、先例、三使答揖有之候得共、国王使之儀ニ候ヘハ、
陪臣ニ対し立而答礼仕筈之儀無之候、古之例を考候得者、居なから手を揚
候古例ニ而候間、其通ニいたし対面可仕旨被申付候、色々申論候得共、承引
無之ニ付、委細府内ニ而可申論旨申達置、三郎左衛門義三使江対面不仕、罷
登候、依之、今日船越之揖礼、右多四郎を以申遣候返答之趣ニ候故、船越之
揖礼不仕也

ゝ三使之船を通し、おも梶之方漕抜ケ、先達而浦内江押入、立亀之下ニ繋り、
小隼ら揚ル、夷崎御番所へ罷有、諸事下知仕ル

〵殿様、国書為御迎、やら崎迄御出被成、波戸ら鎮鑰丸ニ被為召、御召船ニ御乗移、高欄ニ切組出来、畳ませ、段子之天幕張之、御直垂風折烏帽子、御帯釼、曲録ニ御掛り被成御座、やら崎と遠見之中程山下ニ御待合被成、三使之船近寄候節、おも梶之方御押せ被成、双方御船行違候時、御曲録之前ニ杉村三郎左衛門罷有、相図之扇を揚候時

　　殿様、正使与同時ニ曲録ら御下り被成、御双方二揖之御対礼、相済而本のことく曲録ニ御掛り被成、正使之船漕通候節、湛長老乗り船押出シ、正使之船ニ相並候時、互ニ曲録ら御下り、二揖有之、副使・従事江茂殿様并湛長老御揖礼、正使同前御対礼、相済而三使船之跡ら浦江御入被成、立亀浦ニ御船を繋キ、御羽織袴被召替、鎮鑰丸ニ而御揚り、直ニ光清寺江被為成、信使船揚、行列御覧被遊、杉村三郎左衛門御跡ら罷出ル

〵船越ニ御対礼之節、三使之装束

　　三使道太守隔船相揖冠服

　　　並雲紋紗黒団領

　　三使道下陸時冠服上同、波戸ら西山寺江被揚候装束

〵三使府内着岸之御使者仁位貞之允・久和重右衛門・乾許右衛門麻上下着、銘々小隼三艘ニ而三使船浦内江入候後、被遣之御口上

　　今日者順能御廻着珍重存候、只今ハ船越ニ掛目、太慶存候、御着御祝事為可申述、以使者申入候、右之御口上、上々官を以申達ル

〵正使・副使、浦口ニ而従事船を待合、同前午ノ上刻、波戸へ着船、同中刻、三使船揚有之

〵波戸ら客館西山寺迄之間、筵三枚並ニ敷之、上々官以下、此所を歩行候而客館ニ揚ル

〵国書者本座南ノ方へ置之、仏壇を国書置所ニ拵有之候付、台共ニ入之、錠ニ而〆、鑰者写字官受取置候由

　　先規ハ船揚前後之騎馬相勤候得共、此度者西山寺客館ニ付不及騎馬也

<table>
<tr><td>御馳走人</td><td>平田造酒之允
小川傳八</td></tr>
<tr><td>假町奉行</td><td>畑嶋伊左衛門</td></tr>
</table>

右、三使着船之節、浜江罷出居、船揚之下知仕、御馳走人両人者半上
下着、正使之先導ニ而客館江罷越、町奉行者朝鮮人陸揚相済、罷帰ル、
御馳走人ハ御饗応之節者長上下着候而罷出居、諸事見合、差図仕、尤
平日者羽織袴ニ而会所へ毎日相詰ル

〃大庁御横目頭弐人、三使以下船揚之節、浜江罷出、行列之跡先を押へ、客館
迄罷越ス

〃三使船揚、国書通り候節、諸番所番人下座仕、三使被通候節、大庁番人者板
縁ニ下座、浜御番人ハ御番所檀ら下ニ下り、堪忍会釈ニ応し、礼仕候様ニ申
渡置候得共、会釈無之

〃上々官三人、上判事三人、上官、次官、小童歩行ニ而、西山寺江揚ル

但、先規者上々官・上判事者駕籠、上官ら判事・小童迄馬ニ乗候得共、
此度者客館程近ク候故、駕籠・馬ニ不及也

〃采女・忠左衛門、先規者三使ら先江大庁江参り居、三使本堂江被至候時、庭
中迄出向、一揖仕、三使会釈有之、本堂江三使着座之筈候得共、此度者年寄
中揖礼之訳不相済候付、不出迎也、依之、館着以後、着船之為祝詞、采女・忠
左衛門狩衣着、客館江罷出候処、上々官三人出会候付、例之通双方一揖仕、
采女口上申達候者、今日者日和能御廻着被成、珍重奉存候、御祝辞申上候由
申達、扨、忠左衛門申入候者、私義、采女同前ニ御用承り候様ニ申付候、諸
事無御隔意可被仰聞由申入候処、則三使江申達、相応之返答上々官申聞、罷
帰ル

〃館着以後、追付落着之御料理出之

〃今日者朝鮮国忌日ニ而候故、若今日廻着候ハヽ、御料理之義、次官以上者魚
料理難仕可有之候、素り、初而御料理被遣候ニ、精進料理御出し被成候茂如
何敷候、重而日を替候而可被仰付候哉、上々官江内證聞合可被申越旨、昨夜
采女方江申遣候処、今朝返礼到来、則右之趣、韓僉知迄裁判ら相尋候処、殊
外遠キ国忌候間、御構不被成、魚料理御用意被成候様ニ申候、国忌之儀書付

被差出候付、御尋候而ハ、三使衆返答茂難仕可有之候間、弥魚物料理御用意
被成候様ニ委ク申聞候由申来候付、則魚物料理用意仕、出ス

〻　三使参着ニ付、裁判布衣、御馳走人両人・御勘定役畑嶋儀右衛門長上下着、
其外信使附之役人半上下着、大庁江相詰ル

〻　三使之通イ、書院小姓拾五人麻上下着、勤ル

　　　但、先規、三使之居間口暖蘆際迄書院小姓持参り、彼方小童ニ相渡候処、
　　　三使ち上々官を以、日本之小童終ニ見不申候間、直ニ日本小童通イ
　　　為致候様ニ被申候付、書院小姓直ニ三使之通イ始終相勤ル

〻　上々官・上判事・学士・良医之通イ、右書院小姓、三使通イ相済而勤之
　　　膳部之出方・通イ之者之手配、通詞下知役宜様ニ指図仕ル

〻　上官之通イ、町六十人子共拾九人布上下着

〻　中官・下官之通イ、平町人子共四拾人袴計着

〻　御賄掛頭役阿比留安左衛門、同手代春田十兵衛・米田庄左衛門・内野武左衛
門、添役御徒五人、其外下代等大庁へ罷出ル

〻　御膳掛立花源左衛門、御料理人三人

〻　朝鮮人之料理方為配膳用、御家中若堂袴羽織着、町ち配膳之者廿人、料理人
廿人袴計着、大庁江罷出ル

〻　船ニ残り候朝鮮人中官・下官夫々之居所ニ而御料理被下之、賄役御徒両人
相勤ル

　　　右通イ、平町人子共拾人袴計着

　　　配膳之者八人・料理人五人町ち袴計着

〻　右同断ニ付、通詞下知役二人并通詞、中官屋・下官屋ニ罷出、御饗応被下候、
下知仕ル

〻　杉村采女帰着之為御案内、光清寺江罷出ル、忠左衛門義も采女同道、為伺御
機嫌罷出候付、何茂同前ニ御前江被召出、御吸物、御相伴被仰付、御盃被下ル

〻　湛長老茂殿様御船揚以後、小早ニ而御揚、龍安院ち信使船揚御見物有之

〻　未中刻、三使を初末々迄御饗応相済、尤三使ち、御馳走被仰付、忝存候、宜

御礼申上候様ニと、裁判迄上々官を以被申聞ル、右之趣、御用人中江忠左衛門方ら以手紙、御案内申上ル

〃今日信使廻着之節、今朝御馬ニ付参候朝鮮人三人共ニ為迎、波戸迄罷出候付、通詞相附罷出ル

〃三使太庁江着之節、通詞下知役布上下着、中門之内北之方縁之下通江罷出ル

〃通詞下知役、平日ハ羽織袴着、昼者不残、夜者弐人宛、西山寺寄附、脇之間相詰、上官居間南岳院江も一両人ツヽ相勤候様ニ申渡ス

　　　三使銘々江

　　　御杉重壱組宛　　　　　　　　大高堅真ノ目録
　　　　　　　　　　　　　　　　　袋奉書

〃上々官江も御杉重壱組被成下之

　　　右先規之通、御饗応相済候、以後、御使者仮組頭杉村斎宮を以客館へ被遣候処、上々官三人共ニ寄附迄出迎候付、通詞阿比留義兵衛を以對馬守申入候、今日者天気能御府着、珍重存候、為御祝詞、使者を以申入候付、目録之通致進覧候旨申達候処、上々官内ニ入、三人共ニ追付罷出、三使ら之御返答申聞候者、為御祝詞、早々御使者殊御目録之通被下、忝奉存候、先刻ハ御料理被下、於所々ニも御使者を以御音物被下、重畳辱奉存候、殊客館之義景色も宜、旁被入御念御事大悦奉存候、従是ニて早々以使者可申入之処、廻着取紛、及延引候、如何様追付使者を以何角之御礼可申上与之義也

〃三使廻着之為祝詞、湛長老ら御使僧敦庵座元、客館江被遣ル、御馳走役平田造酒之允同道、客館溜り之間ニ而上々官三人出会、口上被申達、相応之返答有之

〃雨森東五郎義客館江罷出、上々官・学士・書記、其外兼而存候判事中江逢申度由願候ニ付、弥其通可仕旨申渡、素袍着仕、客館江罷越ス

〃使者屋今度信使奉行・裁判等会所ニ成り、御用之書物等指置候付、組之者壱人并御祐筆方使番用御庭之者壱人、夜番相勤候様ニ可被申渡旨、杉村斎宮江申渡ス

ゝ三使ら為問安、韓僉知・上下六人下・通事壱人上・小童弐人・使令弐人相附、
御屋鋪江罷上候付、御寄附、板縁迄組頭大浦兵左衛門・假組頭樋口弥五左衛
門・大目付樋口五左衛門綟子肩衣着、出向、誘引、通詞下知役七五三杢右衛
門麻上下着、先達而御屋敷江罷上居候付、御式台迄出向、橘梠之間江有付ル、
三使ら之御口上、兵左衛門承之、御用人を以申上ル、相済而御茶、重菓子、
吸物、重盛、皿盛、取肴二種、御酒、西瓜出ル、相伴、兵左衛門相勤ル、尤、
樋口久米右衛門罷出、挨拶仕ル、畢而御返答者御用人古川繁右衛門罷出、申
達ル、相済而追付退出

ゝ通詞小松原権右衛門・大浦長左衛門麻上下着、相附

ゝ右同断ニ付、大庁御横目頭、騎馬ニ而相附、御屋敷江参上

ゝ上々官を以三使江申達候口上之趣

　　　　　覚

奉行中相見之式、奉行中ニ者二揖いたし、三使ハ御座を被立、軽ク答
揖被成候先規ニ候処、此度者居なから御手可被揚与被仰聞、仍是、佐
須奈ニ而奉行中致相見いたし候一例欠申候、此儀近例終ニ無之事ニ
候段者勿論、軽ク答揖被成候時、三使御身ニ者、指而官体を被損候与
申程ニ者無之、奉行中ニ及候而者、居なから手を被揚候段、鄙辱之至
不申及与而茂御察可有之事ニ候、惣体対州之儀者貴国御一家同前ニ而、
殊ニ信使之節者両国之大事ニ候故、幾重ニ茂諸事申合、双方一致之心
ニなり、首尾好有之候様ニと存候処、ヶ様之微事ニ拘り、奉行中へ懸
御目候事茂成不申候而者、如何敷事ニ存候、尤奉行中不掛御目候とて、
別而三使御不自由成事者有之間敷候得共、古来ら御渡海之砌、御往来
之内ニハ毎度懸御目候処、此度ニ限り、其例相止候而者何とやら両国
之間ニ隔意生し候様ニ相見へ候段、外見ともニ如何敷候、何とそ少々
御心ニ叶不申候とも、此段御聞届被成、年久ク被取行候例式之通ニ被
成候ハヽ、何茂大悦可存候、宜御諒察頼存御事御座候、以上

　　　六月廿七日　　　　　　　奉行

右之通、朝鮮言葉ニ直し、意味少も違無之様ニ、通詞を以上々官へ被申聞、
三使江相達候様ニ可被仕旨、裁判江申渡ス、取次ニ通詞山城弥左衛門・小田

四郎兵衛ニも念入候様申付ル

〻三使手廻り之中官とも、通詞下知役ニ申出候者、我々共義者三使手寄ニ罷
在、用事相達候処、居所殊外手遠ニ有之候而差支候間、客館寄附之前ニ筵御
敷せ被下候ハ、此所ニ罷在候而用事相達度旨申出候、其通り可仕哉之旨、
裁判より米田惣兵衛を以被申聞候ニ付、返答ニ申遣候者、玄関之前ハ日本
人往来之道筋ニ候故、人交り如何敷存候、庭之内、中門きわニ筵を敷セ被差
置可然存候、碍茂無之上ハ、其通りニ可被致候、筵之義者差紙ニ裁判證印を
請、役方江遣し、可被相請取旨、惣兵衛ニ申渡ス

〻右同人申聞候者、三使ち葛水好被申候、望次第ニ出し可申哉之旨申聞候付、
三使者格前之事候間、被望候節者弥出し可申候、尤費無之様ニ可被致吟味候、
上々官も望候ハ、折節者振舞可被申旨申渡ス

〻礼曹ち之御書翰・別幅、廿八日、上々官御屋敷江致持参候儀、裁判を以上々
官へ承合せ候処、弥可致持参旨申聞候、且又、明後廿九日、殿様客館江御出
被成候義差支有之間敷哉之旨相尋候処、別而差支候事無之旨申候段、裁判
被申聞候故、其趣両様共ニ年寄中江手紙を以申遣ス、勿論御書翰、御屋鋪江
持上り候刻限、追而承合せ候処、明日四ツ時ニと申聞候故、其段も同役中江
申越ス

〻明日、礼曹ち之書翰・別幅、上々官持参之事、明後廿九日、殿様、三使屋江御
出之儀、裁判を以上々官江申達候処、弥明日書翰・別幅可致持参候、明後日、
殿様御出被遊候儀も差支無之候間、御勝手次第御出被成候様ニ、三使被申
候旨、上々官申聞ル、右之趣、御案内被申上候様ニ、尤明日四ツ時過、持参
仕筈ニ候間、無申迄候得共、以酊庵江茂可被仰遣旨、隼人・三郎左衛門方江
忠左衛門方ち以手紙申遣ス

〻御横目方ち、浜通り之挑灯、只今迄所々ニ九ツ燈候得共、此分ニ而者不足ニ
有之、明り少ク、難見通候間、今少シ御増被下候様ニと申出候付、仮与頭杉
村斎宮罷出、遂吟味候処、御横目方ち申出候通、挑灯少ク御行規方不宜候旨
被申聞候付、今三ツ相増、都合拾弐燈候様ニ、尤役方ち相請取候様ニ、浜御
横目方へ可被申渡旨、斎宮江申渡ス

〻明廿八日、上々官御屋敷江礼曹ち之御書簡・別幅、四ツ時過ニ可持上之由、

上々官・裁判江申聞候付、其段年寄中江申遣候所ニ、其以後上々官・裁判江
申聞候者、此度者御書翰・別幅之台用意不仕置候付、明四ツ時ニ持参仕候様
ニとの儀ハ成兼可申之由申聞ル、委細者廿八日之日帳ニ記し有之

〻朝鮮人方ら相望候而役方ら受取、相渡候分者何色ニよらす、通詞下知役ら
差紙いたし、裁判方ら證印を請、受取、相渡候様ニ、尤朝鮮人調候品者通詞
下知役ら買物役江差紙出し、買調、用事相達候様ニ申渡ス

〻従朝鮮国之別幅、御馬弐疋・芸馬三疋、昨夜府内浦着船、今朝船揚仕ル、委
細、御馬鷹記録ニ記之

〻信使在留中御使者屋江相勤候面々

		杉村采女
		大浦忠左衛門
御馳走人	平日者壱人ツヽ代々	平田造酒之允
		小川伝八
裁判役		樋口孫左衛門
		吉川六郎左衛門
真文役		雨森東五郎
		松浦儀右衛門
采女附御佑筆		江崎忠兵衛
		梅野市郎右衛門
取次役		高畠弾蔵
忠左衛門附御佑筆		船橋忠右衛門
		西山多右衛門
取次役		柴田多四郎
真文役		味木金蔵
		橋部正左衛門
御馳走人書手		小嶋権左衛門
		書院小姓三人
掃除坊主		弐人

〻三使為御用、蚊張三ツ、紅羽二重、蒲団三ツ、枕三、五日次方ら相渡ス

〻上々官方へ蚊張、ふとん、枕三人分相渡候由、通詞下知役ら申聞

〻信使在留中、御使者屋江組之者壱人、使番之御庭之者壱人、夜番申付ル

〃申ノ中刻、潮時宜敷候ニ付、三使乗り船并卜船共ニ波戸之内へ入申候付、通
　詞下知役并通詞罷出ル、尤御船掛手代近藤喜右衛門水夫召連、下知いたす

六月廿八日

〃杉村采女・大浦忠左衛門、裁判吉川六郎左衛門御使者屋江罷出ル

〃従殿様、三使江為問案、御使者津江多仲被遣候付、信使御馳走役小川伝八、
　客館江致同道、上々官江申達候処、三人共罷出、御口上承り、三使江申達、
　御返答茂三人罷出、申聞ル

〃今日、礼曹ら之御書翰・別幅、上々官三人、御屋敷江持上り候付、采女儀御
　屋鋪江罷出ル

〃御書翰箱載候台用意仕り不参候由申候付、檜物屋江被申付、用意候様ニ御
　勘定所江申渡ス、右台之義者朝鮮人方ら先規持渡り候哉、又者此方ニ而用
　意申付候哉、記録并勘定所払帳等遂吟味候得共、分明ニ不相知候、然共、白
　木之台と記録ニ有之候故、多ク者此方ニ而出来申たるニ而可有之与存、其
　上急成事ニ故、委細之吟味難成候付、急ニ用意申付ル、寸法、左ニ記之

　　　　　長サ弐尺五寸
　　　　　幅九寸　　　　　　　　　　但、槙也
　　　　　高サ壱尺

　　　　　　　　　　　　　　　　　　　　　真文書役
　　　　　　　　　　　　　　　　　　　　　　味木金蔵
　　　　　　　　　　　　　　　　　　　　　　橋部正左衛門

　　　右、両人共ニ御使者屋江相詰、真文書キ物等之御用相達候様ニ、吉川
　　　六郎左衛門を以申渡ス

〃通詞下知役中江小使壱人相渡り居候処ニ、用事多ク、壱人ニ而者殊外差碍
　候付、昨日ら銘々之家来を召仕候間、壱人御増被下候様ニ願出候、尤、諸用
　繁多ニ有之段者裁判茂見及、御増被下候得かしと被申候付、采女方江忠左
　衛門方ら同意被存候ハ、田舎者ニ而者弁し不申候間、御作事方ら壱人、今

日ら被差出候様ニ可被致旨申遣ス

〃右之通申遣候処ニ、御作事方へ者、余人壱人も無之由申来り候故、郡夫之内、
府内致吟味方角も存候而、ものをも申、働キ候者明日ら通詞下知役方江被
渡候様ニ、御郡奉行方江申遣ス

〃御歩行目付壱人宛、御使者屋江相詰、信使附之役人・家来共朝鮮人与入交り
不申候様ニ、行規申付、大庁廻り、浜辺江茂折々立廻り、所々番人等緩ニ無
之、若潜商之企等仕候者有之候か、遂見分候様ニ、昨日大目付中江申渡、今
朝より数藤源八罷出候付、右之段申渡、中間順番ニ罷出候者、相役中江申談、
相勤候様ニと、源八江申渡ス

　　　一芝草　　廿匁
　　　一梔子　　拾匁
　　　一槐花　　拾匁

　　　右者正使服薬用之由、通詞下知役七五三杢右衛門書付差出候付、差紙
　　　ニ六郎左衛門印判押之、相渡ス

〃明日殿様、客館江御出被成候時、三使之服、御饗応之日着被致候服相尋候処、
則上々官三人ち書付差出候処、先例之服ニ少も相違無之候故、為写、隼人
三郎左衛門方江遣ス、左、記之

　　一三使留館所、相接

　　　島主時、彼此倶冠帯行礼、
　　　三使往府中享時、冠帯節
　　　次亦同

　　　　　　　　　　　　　　朴同知
　　　己亥六月　日　　　　　韓僉知
　　　　　　　　　　　　　　金僉知

〃朝鮮ち飛船差渡、此便ニ三使献上之蜜嚢拾壱、一行中江之封状壱包、製述官
衣類壱包、佐須奈御横目方ち御送使掛方江送状相添、村船を以送越候を、御
送使方ち差出候付、通詞下知役貝江庄兵衛呼寄、右之品夫々ニ相渡候様ニ
申渡候処、右之送状ニ朝鮮人手跡ニ而請取之、裏書為致返候付、御送使掛江
相渡ス

胡椒壱斤宛	三使
同半斤宛	上々官三人江

　右被望候付、被遣之、表立被遣候与申訳ニ而無之候付、通詞下知役ら
　役方江之差紙ニ裁判吉川六郎左衛門證印被請、受取、通詞下知役ら
　上々官へ相渡ス

ゝ朝鮮人ら馬をくつろけ度之旨申出候付、曲馬御覧之場所ニ而乗せ候様ニ、
　彼方江申渡候処、右之馬場地拵、明日七ツ時前ニ者出来不申候間、金石之馬
　場ニ而乗せ候様ニ与、同役中ら申来候ニ付、明朝朝彰之内、金石馬場ニ而乗
　せ候様ニと、御馬附番十兵衛ニ裁判吉川六郎左衛門を以申渡ス、御馬方へ
　者御馬支配杉村三郎左衛門ら差図有之、尤、明朝御馬牽参り候節者番十兵
　衛并御横目・通詞下知役・通詞相附、大町ら黒門通り罷越、不行規ニ無之様
　ニ可仕旨申渡ス

ゝ今日、礼曹ら之書翰・別幅、上々官御屋鋪江致持参候時之式

ゝ礼曹ら之御書簡并別幅、今日、上々官三人、上判事壱人、御屋敷江持参仕候
　付而、以酊庵湛長老被仰請、於御書院、二汁五菜之御料理出、年寄中之内壱
　人并西山寺御相伴相務ル

ゝ上判事相添候義者先例無之儀ニ候得共、別幅上り候故、相附参り候様ニ、三
　使ら之差図ニ而駕籠ニ乗り、罷上ル

ゝ未ノ上刻、上々官三人参上、中之御門鳶木之下ニ而乗物ら下ル

ゝ上々官、御寄附前ニ至り候時、裁判樋口孫左衛門布衣着、御式台迄出迎、組
　頭大目付布衣着、御寄附拭イ板迄出迎、御広間江誘引、橺梠之間江着座、年
　寄中大紋着之、対面一揖有之、上々官江茶・多葉粉・菓子出之、御書翰御式台
　ニ而白木之台ニ載ル、御送使掛黒岩伝右衛門請取之、御広間江持通り、橺梠
　之間御床之上ニ置之

ゝ殿様御直垂被為召、御広間上段御茵之上ニ御着座被遊、御後ニ伺公之面々、
　左之通り

御太刀	御用人	布衣	鈴木政右衛門
御刀	同	同	古川繁右衛門
御脇差	大目付	同	樋口五左衛門
		素襖	奥御小姓六人

〃年寄中大紋着、御広間中段西之方障子際ニ伺公、上々官韓僉知、礼曹ら之書
　翰持出、御広間中段ニ而三郎左衛門請取之、御上段ニ持上り、礼曹ら之御書
　翰与致披露、御床之前ニ置之、三郎左衛門本之席ニ帰り候時、上々官三人御
　上段ニ上り、敷居より一畳目之所ニ而二拝、此時、殿様御褥之上ニ御立、拝
　礼御請被遊、相済而、直ニ口上申上候様ニと三郎左衛門申達候時、韓僉知御
　側江差寄、礼曹ら之口上申上ル

　　　貴国弥御平安可被成御座、珍重存候、朝鮮国別而相替儀無御座候、此
　　　度、日本国御代替ニ付、信使差渡候、宜御差図奉頼候

　右口上之内、残上々官二人并李判事義ハ一礼仕候所へ罷有候而、口上相済、
　不残御上段東之方違棚之前ニ着座、銀台天目ニ而茶銘々出ル、殿様ニ茂金
　台天目ニ而御茶被召上、遠方太儀之由、御挨拶被遊ル

〃殿様御茵之上ニ御立被成、上々官李判事中段ニ下り、自分御礼二揖して退
　ク、上々官三人・李判事樏椋之間へ着座

〃右之御通イ、御小姓組長上下着、勤之

〃御書翰、三郎左衛門御書院へ持参、殿様・湛長老御同前ニ御披見被遊、以酊
　庵・万松院江礼曹ら之書翰并別幅、殿様江之御書翰箱ニ入来ル

　　別幅物

人蔘	伍觔
虎皮	弐張
豹皮	参張
白照布	拾匹
白綿紬	拾匹
白木綿	弐拾匹
黒麻布	伍匹
花席	伍張

　　　　　際

　　右者殿様江

〃礼曹ら以酊庵江別幅

　　　　虎皮　　　　壱張

　　　　白照布　　　伍匹

　　　　白綿紬　　　伍匹

　　　　花席　　　　参張

　　　　油芚　　　　壱部

　　　　　際

〃礼曹ら万松院江之別幅

　　　　虎皮　　　　壱張

　　　　白照布　　　伍匹

　　　　白綿紬　　　伍匹

　　　　花席　　　　参張

　　　　油芚　　　　壱部

　　　　　際

　　　右之別幅物、御広間雲ノ間南襖之際ニ配之

〃右之別幅配として御歩行六人麻上下着、勤之、御送使掛黒岩伝右衛門、同手
　代弐人、買物役町人三人罷出

〃橘柄之間ニ而上々官へ煮麺・御酒・肴・菓子出之、相伴、先規ハ年寄中らいた
　し候得共、此度ハ夫ニ及間鋪旨申談、裁判樋口孫左衛門、寺社奉行小川又三
　郎相勤ル、通イ書院小姓布上下着、勤之

〃上々官江相附来候中官へ御寄附ら御広間へ通候廊下之溜りニ而、下官ハ同
　所廊下長床之前ニ而煮肴・御酒御振廻被成ル、通イ町人之子共相勤ル

〃右、上々官御屋敷江罷上り候付、太庁御横目頭土田甚五左衛門、大小姓御横
　目斎藤喜左衛門、通詞下知役小嶋又蔵、御歩行目付壱人、通詞小田四郎兵
　衛・広松茂介、組之者壱人罷越ス

〃以酊庵江礼曹ら之別幅物、勘定手代綟子肩衣着、以酊庵へ持参仕候様ニ、尤
　御使者と申訳ニ而無之候間、役方ら持参仕候趣ニ申達、差出、請取、證文取

之候様ニ、申渡ス

〃今日附番、大庁江壱人、宮谷橋江壱人、馬場先橋江壱人

〃右別幅并以酊庵・万松院別幅同前、御送使掛黒岩伝右衛門并手代役請取之

〃右之別幅、何茂勘定役畑嶋儀右衛門支配之

〃礼曹ゟ之御書簡・別幅之儀、正徳二年三使着船之翌日持参候得共、昨日者公
　儀御精進日故、今日差出候様ニ裁判役を以申達、上々官持参仕ル

〃以酊庵湛長老江為問案、上判事罷出候付、大小姓御横目渡部宇伝次并通詞
　脇田利五左衛門、足軽壱人相附、罷出ル

〃奉行中、三使江対面之義、三使納得被致候ニ付、明廿九日四ツ時、奉行中客
　館江罷出候様ニと、上々官中ゟ通詞山城弥左衛門・広松茂助を以裁判吉川
　六郎左衛門迄申入候段、六郎左衛門被申聞候付、右通詞弐人江忠左衛門令面
　謁、弥明日、罷出候様ニと申来候趣承候付、同役中江申遣候手紙、左ニ記之

〃六月廿八日、夜ニ入、戌刻、年寄中江忠左衛門方ゟ申遣候趣、左記之

　　　　唯今、上々官方ゟ通詞山城弥左衛門・広松茂助を以裁判江申達候者、
　　　　奉行中、三使江相見之儀漸被致得心、前例之通ニ礼式ニ而明日可致対
　　　　面候間、四ツ時罷出候様ニ可申達旨、三使被申候由申越候間、右之刻
　　　　限、御使者屋迄御越可被成候、尤、狩衣御着用可被成候

　　一殿様御出之刻限、昼時過、御出被遊候様ニ可申上旨、三使被申候由、是
　　　又上々官方ゟ申越候間、此旨被仰上、以酊庵江茂其段可被仰達候、尤
　　　時分見合、御案内可申上候

　　一殿様 明日客館江御出被遊候付、三使ゟ為問案、明朝辰上刻、韓僉知御
　　　屋敷江罷上候由申聞候付、先例無之候間、差扣候様ニと申聞候得共、
　　　問案計ニ而者無之候、三使被申候者、於佐須奈、迎接使江致面談、於
　　　爰許茂早速奉行中江対面仕先例ニ而候処、何角与及論談、延引候段、
　　　定而太守公達御聞たるニ而可有御座候間、如先規、今日対面仕候与之
　　　儀御届不申上候而者不叶事候間、明朝致参上、右之趣申上候様被申付
　　　候間、兎角可致参上由申候、同く者不入儀と存候得共、差而妨ニ可罷
　　　成事ニ而茂無之候故、強而差止め候儀も難仕候間、各内ゟ御壱人、明
　　　朝早々御屋敷江御出、御返答節ク可被仰達旨申遣ス、尤、問案罷上候

儀、与頭中、其外役々江茂被仰渡候様申遣ス

　右之通申聞候付、同役中江為使、御佑筆船橋忠右衛門江委細口上申含、尤、
　明日四ツ時狩衣着、客館江御出候様ニと申遣ス

〃書札方小使之儀、今度信使奉行江相附候、御庭之者四人之内両人宛相勤候
　様ニ申付候得者、御用差支候付、四人ともニ毎日勤候様ニ申付ル

〃信使御馳走役平田造酒之允・小河伝八儀者御使者屋江毎日壱人宛相詰、客館
　へ者代々一日ニ一度宛罷出、上々官江致面謁、三使之安否承之ル

〃津江多仲・越幸四郎、両人ハ代々毎日一度宛、三使方江之問案相勤、右問案
　被遣候節者御馳走役ら壱人、客館江致誘引、右両様者毎日之義ニ候故、此所
　ニ記し置也、尤、御馳走人問案使ともに平日者綟子肩衣着仕也

〃三使用之蒔絵硯箱壱送使方ら請取之、太庁茶湯方へ相渡置、上々官用之塗
　硯箱三通、是又右同断

六月廿九日

〃今卯中刻、芸馬之足窕候ため、金石馬場ニ曲馬乗朝鮮人罷越候付、御馬附番
　十兵衛上下六人鑓為持、歩行ニ而大小姓御横目大浦太郎兵衛、通詞下知役
　米田惣兵衛戻子肩衣着、通詞斎藤惣左衛門、岡田孫兵衛、大町ら黒門通り、
　罷越、窕候而、追付罷帰ル

〃殿様、今日客館江御見舞被遊候付、先例者無之候得共、三使ら為問案、韓僉
　知御屋敷江罷上り候付、小童弐人、通事壱人、駕籠壱丁、馬弐疋出之、尤、
　御横目頭早田軍四郎騎馬ニ而鑓為持、大小姓横目木寺利兵衛、組横目壱人、
　通詞下知役山本喜左衛門、通詞朝野才兵衛相附、参上、於御屋敷之次第御供
　年寄中日帳ニ記之故、略之

〃三使江御使者大目付樋口五左衛門布衣着、御口上、昨日者礼曹ら之御書翰
　并別幅為持被下、相達申候、其上、今日者其元江致伺公候間、後刻、客館ニ
　而可得御意候、旁、為可申述、以使者申入候

〃年寄中江、今日三使対面可被致候間、四ツ時罷出候様ニ与之儀ニ付、平田隼
　人・杉村采女・杉村三郎左衛門・大浦忠左衛門騎馬ニ而御使者屋江罷越ス、大
　庁之様子見合、能時分知せ候様ニと裁判役ら通詞下知役江申含置候処、巳
　ノ后刻、通詞広松茂助罷出、時分能候間、勝手次第罷出候様ニ与之儀ニ候由
　申聞ル

〃年寄中狩衣を着、使者屋西之裏門ら歩行ニ而大庁江罷越、中門通り鷹木下
　タ際ら筵三枚並敷、中門之内、南ノ方ニ武器飾、朝鮮人共大勢立並罷在ル、
　通詞下知役者本堂縁下薄縁ニ下ル、中門を入候而、刀を取、若堂江渡ス、若
　堂銘々刀を持て、中門之内左之方ニ罷在ル、中門ら内ニハ刀持之若堂計召連
　ル、若堂弐人内壱人ハ刀持、麻上下着、其外者羽織袴、年寄中刀を若堂ニ渡
　し、右之方筵之上を歩行して、薄縁ニ至、上々官三人薄縁迄出迎、互ニ一揖
　シテ溜間江居着、西ノ方壁際東西ニ着座、上々官参人挨拶等相済而、本堂江
　誘引、三使ハ西之方江立並被居、年寄中者東之方、本間之内ニ入て、敷居際
　方席敷続ケ有之上ニ立並、二揖仕、三使者銘々方席敷有之上ニ而、草之答揖
　在之、相済而銘々方席之上ニ着座、上々官韓僉知を以申入候者、船中御勇健、
　御着被成、珍重奉存候、御旅館手狭有之、御不自由可被思召候、御着之御祝
　詞為可申上、参上仕候与之儀申達、忠左衛門儀ハ今度、采女同前ニ各様御用
　相達候様ニ被申付候、御用之儀無御隔意被仰聞候様ニ別而口上申達、此時
　人蔘湯出ル、三使ハ銀之茶碗、年寄中ハ朝鮮焼茶碗也

〃右相済而、膳部出、焼酎三返出ル、三使者鑞器、年寄中猪口也

〃右相済而、相応之挨拶、韓僉知を以申達、如初、立而二揖、三使茂立而答礼
　有之、上々官迎ニ出候所ニ迄送出ル

〃上判事、上官等者本間之際通り南之方ニ立並、罷有ル

〃今日之膳部、銘々被相送候付、通詞岡田孫兵衛、使者屋迄為持来ル、朝鮮人
　ハ不相附也

〃裁判役茂先規、年寄中一度ニ罷出、末座ニ罷有、年寄中二揖相済而後二揖仕、
　三使茂草之答揖有之、膳部焼酎等同前ニ出候得共、西山寺座之内狭ク候付、
　裁判両人ハ次ノ間江控居、年寄中対面相済候以後、座ニ出ル

〃裁判樋口孫左衛門・吉川六郎左衛門布衣着、上々官誘引、座ニ出、年寄中着

座仕候、方席之上ニ而二揖、三使着座之侭ニ而答礼有之、方席之上着座、
上々官を以相応之口上被申聞、裁判方ら茂申入ル、引続キ、膳部出相済而、
如初、二揖シテ退ク

〻三使ハ北之方、年寄中ハ東之方ニ着座、裁判茂同前

〻通詞下知役中江逢可申之由、三使被申候故、何茂麻上下着、罷出、縁頬ニ並、
一統日本之礼仕ル、但、是者前例無之、常例ニ不成也

膳部

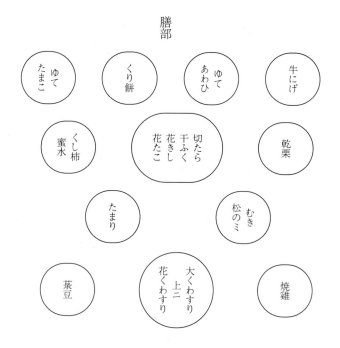

裁判膳部も同前

〻明日、製述官・写字官・画員等御屋敷江被召寄候儀、并七月朔日御設宴等之
儀、日取書付、裁判ら上々官江見せ、差碍等者無之候哉与承合候処、則三使
江申達、返答申聞候者、製述官・書画之儀弥明日致参上候様可申付候、朔日、
二日者彼方差支候故、御断被申入候、殊ニ暑気も強ク御座候間、此度者御用
捨可被下候、帰国之節、致参上、緩々可得御意与之事候得共、古例之儀ニ候
故、兎角不申請候而不叶義ニ御座候旨、裁判ら申達候付、左候ハ、、三日ニ
可致参上旨被申候由、上々官申候段、裁判申聞ル

〻右之趣被仰上、弥三日御設宴之儀被仰出候ハ、、役々江用意之儀被申渡、尤朔日ニ御案内之御使者被遣可然旨、平田隼人御屋敷江罷出被居候付、忠左衛門方ら申遣ス

〻来月三日、御設宴可有之候間、諸事、其心得ニ用意等可被申付旨、御郡方江申遣ス

　　　　覚

　　一六月晦日巳之刻、学士・写字官・画師、御屋鋪江参上之事

　　一同日午ノ中刻、馬上才御屋鋪江参上之事

　　一同日申ノ上刻、馬芸御覧被遊候事

　　一七月朔日、御設宴之事、附り、三使道・官服之事

〻殿様、今日、信使屋江御見廻被成候付、杉村采女・大浦忠左衛門狩衣着之、裁判樋口孫左衛門・吉川六郎左衛門布衣着之、御先江罷出ル

〻以酊湛長老使者屋迄御出、御待合被成筈ニ候間、長寿院之辺ニ罷在、御出被成候を見届、御屋敷江遂案内、御勝手次第大庁江御入被成候様ニ申上候得と、附番之御徒士申付ル

〻湛長老、使者屋迄御出、御待合被成候付、殿様火消番所前江御越被遊候節、三郎左衛門、以酊庵江御挨拶仕候ハ、對馬守茂追付被参候間、大庁表門迄御出、御待合可被成之由申入、追付御出被成ル、御座席之次第、御屋敷にて委細和尚江申達候得共、座位振代り候ニ付、其訳忠左衛門申達ル

〻大庁塀重門外之鷹木下ニ筵四枚並、堅一通り敷、鷹木ら塀重門迄者弐枚続之筵敷之、塀重門内ニ本堂迄者すり、筵之上ニ薄縁並敷之

〻殿様御衣冠御帯釼、未ノ下刻、大庁江御出被成、御先道具御鉄砲拾挺、漂民屋西表門前ら南之方江差置、鉄炮大将者御使者屋前通り道脇ニ罷有、御弓拾挺、札之辻ら南下官屋之前ニ掛差置、御弓大将者札之辻之前ニ罷在、長柄拾本者上道ニ差置、長柄奉行者久田道下りロニ可罷有候

〻殿様、唐門鷹木之下筵之際ニ而下輿被遊、上々官三人、鷹木之下迄出迎、采女・忠左衛門并裁判樋口孫左衛門、鷹木之下ニ堪忍仕ル

〻殿様御下輿被遊候時、西山寺表門ら以酊庵御出迎候而、従殿様少し跡ニ御歩

行、上々官三人御先導仕ル、采女・忠左衛門ハ御側左右ニ相附、尤、樋口久米
右衛門御供之組頭・御用人・其外御側廻り之面々・御徒迄も唐門之内ニ入

〃 裁判役吉川六郎左衛門本堂ニ罷有、殿様御出之前後、見計仕ル

〃 御持筒五挺、肩助弓三張ハ塀重門之内、東手ニ差置、御持筒五挺ハ切火縄台
笠立傘投鞘、御鑓大鳥毛白熊御持鑓等者南之方鑓立之前ニ持居候也

〃 殿様塀重門御入被成候節、北之方中門際ニ旗武器相持、立並、楽器吹之

〃 殿様、本堂江御揚被成候時、三使、縁頬南之方江被出向、殿様者北之方ニ御
立、互に御手を被揚、御会釈被遊、本座南之方御茵之前ニ御立被成、続而湛
長老、是又三使与互ニ手を被揚、会釈有之、座江御通り、西山寺ハ少し退き、
罷通、引下り、立並、三使も茵之前ニ立並、殿様・三使一同ニ二揖被成、相済
而以酊庵と三使二揖、畢而、西山寺も真之二揖被仕、三使ハ草之答礼有之、
相済而、御双方茵之上ニ御着座、西山寺ハ茵無之

　　　但、西山寺茂真ノ二揖被仕、三使者草之答揖有之先規ニ候得共、今日、
　　　殿様・湛長老御対揖相済、三使着座以後、西山寺罷出候付、居なから、
　　　手を被揚ル、右、先例ニ違候訳、上々官江申届ル

〃 殿様御後ニ御太刀持大浦兵左衛門、御刀持古川繁右衛門、御脇差持幾度六
右衛門、外ニ樋口久米右衛門布衣着仕、相勤、湛長老後ニ者伴僧三人、西山
寺後ニ書役之僧相詰ル

〃 杉村三郎左衛門狩衣着、騎馬ニ而御供仕筈ニ候処、三使年寄中江対面被仕、
相済而、直御用有之候付、御使者屋江罷有、御通り之節、御使者屋ら御供仕、
采女・忠左衛門同前、東之縁頬ニ着座

〃 殿様、三郎左衛門被為召、三使江之御挨拶被仰聞、上々官之内、韓僉知呼之、
御口上、朝鮮国御平安之旨承之、珍重存候、日本殿下御代替ニ付、為御使者、
遠境御渡海、暑気之節御太儀存候、爰元之義遠国之事候故、万事御不自由可
有御座与存候得共、対州之儀者多年御心安得御意申事ニ候間、朝鮮御同然
ニ被思召、緩々御休息可被成之旨、御口上之通、三郎左衛門伝之、則三使江
達之、時宜相応之御返答、韓僉知、三郎左衛門江申聞候故、則三郎左衛門、
御前江申上、勿論、殿様御意を承申通ニ、三使之口上、韓僉知江相達候節も
双方手を突、敬候心ニ伝之、韓僉知も同前也、又、正使、韓僉知を被呼、殿

様江之御挨拶、初而掛御目候故、祝候而、御茶・膳部出し可申旨、韓僉知東中央ニ出、三郎左衛門招之、三使ち之口上申聞候故、承之、則御前江申上、御時宜御相応也

〻人蔘湯、小童持出、御双方互ニ御戴被成、被召上、如初、御戴被成、小童江御渡被成

〻膳部被出之ル、正使ち韓僉知を被呼、朝鮮国之料理ニ而麁草ニ御座候得共、緩々と御上り被下候ハヽ、可忝由、韓僉知、三郎左衛門江申聞候故、承之、則御前ニ申上、御時宜御相応、韓僉知江伝之、殿様、三郎左衛門被為呼之、御口上、段々入御念候御馳走、忝存候、就夫、先例之義御座候故、近日各儀屋鋪江招請仕度候、御出被成候ハヽ、本望可存候、追付、日限之義、以使者可申進候与之趣、韓僉知を以三郎左衛門申達、韓僉知、三使江伝之、正使返答ニ、被入御念趣、忝存候、乍然、都発足いたし、及数日、殊釜山浦乗船以後、不順ニ有之、段々渡海も及延引候故、何とそ一日も早々乗船仕度候間、帰国之節、貴宅江参上可仕候、此度ハ御断申入度之旨、韓僉知を以被申聞候故、則三郎左衛門、御前江申上候処、屋敷江申請候義、旧例之事ニ候間、御乗船之御支ニ不罷成候様ニ可致候間、弥被仰合、御出可被下候之旨、三郎左衛門江被仰聞、韓僉知江伝之、則三使江申達ル、三使返答ニ、左様御座候ハヽ、兎も角も可任仰候、乍然、朔日・二日ハ正使精進日ニ御座候間、其外之日限ニ御極被下候様ニと被申聞ル、又々韓僉知を以三郎左衛門江被申聞候ハ、佐須奈浦渡海以後、段々入御念、御馳走被仰付、度々御使者、預御音物大勢御雑作ニ罷成候段、不残忝存候、此段、乍序、申入候与之儀、韓僉知申聞、則御前江申上候処、御返答相応之御時宜也

〻御酒二献出候而、副使、韓僉知を被呼、殿様江御挨拶有之、従事茂同前之口上ニ而、則三郎左衛門取次之、御前江申上、相応之御挨拶、韓僉知江伝之、其上ニ而、御前ち自分ニ茂御酒用ひ不申候故、御入被下候様被仰達候趣、三郎左衛門、韓僉知江申達候処、左候ハヽ、今一献出之、三献ニ而納可申由ニ而、御酒出之、酒納ル、膳部引之、畢而、三郎左衛門、御前江被為召、今日ハ初而得御意、大慶存候、此度者遥々御同道仕義御座候間、万端無御隔意、被仰聞候様ニと存候、旅館手狭ニ有之、甚暑之節、別而御退屈ニ可有御座候得共、御休息被成候様ニ被仰達ル、三使ち茂相応、御挨拶有之

〃右、御酒之半ニ湛長老、韓僉知を以三使江御挨拶有之、西山寺江者三使ら韓
　僉知を以御挨拶有之

〃殿様御茵之前ニ御立被成、如初、二揖被成、湛長老如初、二揖有之、西山寺
　謹而二揖有之、三使ハ答礼有之、相済而、御帰被成ル、三使被出向候所迄被
　送出、御会釈御出之時同前、上々官初御迎ニ出候所迄御送り申上ル、諸事之
　式、御出之時ニ同し、采女・忠左衛門者御駕籠ニ被為召候所迄罷出ル、三郎
　左衛門者致御供、大町入口町切之内ら騎馬ニ而御供仕ル

〃湛長老も引続キ御帰、番所之南木戸門之内ニ而駕籠ニ御乗り被成候也

〃殿様、今日大庁江御出之御行列、別帳有之

〃通詞下知役并大通詞嘉瀬伝五郎、三使附通詞ハ布上下着、其外惣通詞者羽
　織袴着仕、殿様御出之節者薄縁北手戸袋際ニ通詞下知役罷在、其跡ニ嘉瀬
　伝五郎、三使附之通詞罷在

〃通詞下知役并通詞之内、御下輿所江罷有、諸事見計仕候先格ニ候得共、此度
　之客館者下輿所手狭有之、殿様御通り被遊候節、堪忍之場所無之、差支候間、
　御出前ハ罷出居、追付御出と申時、相引候也

〃客館本間之内南ノ方ニ三使座を設、北之方ニ殿様・以酊庵之座を設候処、甚
　狭ク候故、三使之座を南之方江退ケられ候ハ、、可然旨申候得共、左候而者、
　柱之外ニ成候処、気之毒成由被申候故、左候ハ、、殿様与被振替、殿様・以
　酊庵南之方ニ安座被成、三使北之方ニ座し被申候様ニと申候得者、被致合
　点候故、其通ニ相済ル

　　右之通、殿様北之方ニ被成御座候得者、本座ニ御安座被成候故、日本
　　向ニ而者上座と見へ候得共、三使心ニハ柱之外ニ成候義を下座之様
　　ニ心得好ミ不被申候故、右之通振替相済候也

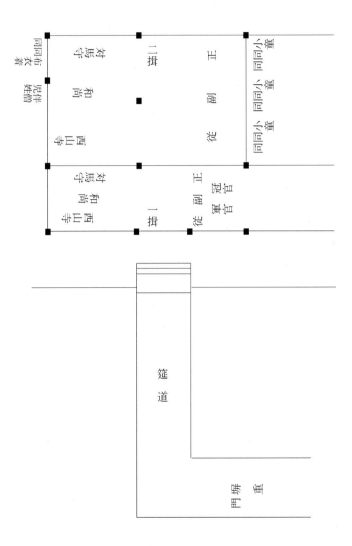

〃殿様、客館ニ而御振り被遊候御膳部、通詞下知役田城沢右衛門相附、御屋敷江為持上り、御用人古川繁右衛門を以差上ル

〃殿様、今日客館江御見舞被成候付、三使ら御礼之為問案、唐判事、鄭判事、御屋舗江罷上り候付、御横目頭早田軍四郎騎馬、大小姓横目渡部宇伝次、組横目壱人、通詞下知役米田惣兵衛戻子肩衣着、通詞堀半右衛門相附、罷越

〃以酊湛長老、今日三使方江始而御出之為御礼、御使僧被遣候付、御馳走役小河伝八客館江致誘引候由申聞

〃右同断ニ付、為問案、上判事之内、金僉正、以酊庵江罷出候付、御歩行横目坂本仁左衛門・組横目壱人・通詞下知役小田七郎左衛門戻子肩衣着、通詞土田仁兵衛相附、罷越

〃明日、曲馬下乗り御覧被成候付、兼而馬場之様子致見分度旨願候由、御馬附番十兵衛申出候付、勝手次第馬場へ罷出候様ニと申渡候処、今七ツ時分、馬上才弐人、尤番十兵衛騎馬ニ而御横目并通詞下知役員江庄兵衛、通詞石橋茂兵衛・田中伝八相附ス

〃右同断ニ付、馬場之様子致見分、軽ク下乗り仕義も可有之候間、不行規無之様ニ警固被申付候様ニと仮組頭杉村斎宮方江手紙を以申渡候処、今日者殿様客館江御出ニ付、警固人差支候付、打廻役中間召連、罷出候様申渡候旨、返答有之

〃明卅日、於馬場、馬芸御覧之筈ニ付、今夕、馬上才共馬場之様子下見仕度之旨申聞候付、御桟敷江ハ幕等打せ、其外不掃地ニ無之候様ニ役方江可被申渡候、且又、明日之馬芸、申ノ刻過ニ有之筈ニ候間、馬場拵無油断様ニ、尤馬場拵令出来候ハ、御作事掛ら早々遂案内候様ニ可被申渡旨、裁判吉川六郎左衛門ら組頭中江被申達候様ニと申渡ス

〃三使ら上々官江被申聞候ハ、今日、西山寺ハ拝仕筈ニ候処、亀末成仕形ニ候段被申候由、通詞を以裁判江申聞候付、致返答候ハ、先規、西山寺真之ニ掲仕、三使茂御立、草之答掲被致例ニ候処、西山寺遅ク進ミ出、早三使被致着座、居なから答掲被致候故、西山寺茂軽ク掲礼いたし候、拝いたし候与之儀、先規決而無事候、右、間違之段者此方ら御届可申と存候処、却而其元ら何角と被仰聞候段、難心得事候、此旨、三使江申達、間違之訳、記録ニ記し被置候

様ニと可申達候、委細者此方ら可申達旨申遣ス

〻今日者殿様と三使御盃之御取かわし不被成候訳ハ、御急キ被成候付、早ク御済可被遊御心ニ而、御盃事不被成候也

〻明日、曲馬有之候付、今晩ら夜飼等念入申度候間、馬屋脇之番所ニ一宿仕度由、理馬相願候旨、番十兵衛申聞候ニ付、弥勝手次第、右番所へ一宿いたし候而、随分念入、致夜飼候様ニ可被申付旨申渡、彼所之儀者売物買物役入交之所候間、御行規方之義被入念候様ニ、御横目頭幾度増右衛門召寄、申渡、尤、通詞下知役中江時々立廻り候様ニと申渡ス

〻明日、学士・写字官御屋敷江罷上候付、塩川伊右衛門家業之義ニ候間、罷出、相詰度之旨、雨森東五郎を以願出候ニ付、弥願之通被仰付候様ニ御差図可被成之由、平田隼人方江手紙を以申遣ス

       ┌御杉重一
       └手柳一　壱計入宛　　　　　三使江

       ┌御杉重一
       └手柳一　壱計入　　　　　　上々官中江

右、先例之通被遣之、御使者御用人鈴木政右衛門布衣着、勤之、御口上、今日御出之御挨拶被仰遣也、御目録認様、御供方日帳ニ記之

六月晦日

〃杉村采女・大浦忠左衛門、裁判吉川六郎左衛門、御使者屋江罷出ル

〃今日、書画并芸馬御覧被遊候ニ付、上々官・上判事・写字官・画員・馬上才御
屋敷江被召寄、左之通、朝鮮人罷上り候由、上々官ら書付差出ス、左記之

上々官	韓僉知
問案	韓僉正
物書候ニ付、遣之候由	朴判事
	製述官
	写字官弐人
	画員壱人
	馬上才弐人
	小童四人
	使令六人
	下官十三人

都合人員三十弐人

〃以酊湛長老ら采女方江御手紙ニ而、朝鮮人手跡御望之由ニ而、紙為御持被
遣候付、序次第、為書可差上之由返答申遣ス

〃平田隼人・杉村三郎左衛門方ら手紙ニ而申来り候ハ、今日御屋鋪江被召寄候
朝鮮人上中下、都合三十弐人之由付、用意之儀、立花源左衛門江申渡候処、
正徳之年四拾人前用意被仰付、都合七十人程参候付、俄ニ三十人前差足シ
難調、三十人ハ被差返候由申聞候、正徳年者馬芸御覧相済候以後、於御屋敷、
御料理被成下候故、馬場ら右三十人者為被差返由ニ候、今日之義者御料理
被成下候以後、曲馬御覧之筈ニ御座候故、曲馬前、御屋敷ら御書付之外之人
数増之分差戻し候義難成可有御座与存候間、芸馬者八ツ半過頃ニ馬場江可
牽来候故、其節無拠、附参候朝鮮人ハ此時参り候儀者差支無御座候、御屋鋪
江罷出候人数者弥三十弐人ニ可相極由、弥三十弐人前之用意申付候、正徳
之節、被差戻候刻、殊外違却為申由ニ付、為念、申遣候由申来ル、返答、得
其意候、兼而其段申渡置候間、左様御心得可被成候、尤、少者料理之余計可
有之義ニ存候由申遣ス

〃通詞下知役田城沢右衛門、裁判吉川六郎左衛門江申聞候ハ、三使乗り船、船底当り候段、船将共方ち三使江申達候付、船を外ニ繰出し候様ニ被申付候由ニ而、水主共騒キ申候、願者、日本船頭功者之者被遣、三使安堵被仕候様ニ仕度与申聞候付、得其意候、上乗船頭遣し、宜様可申付候由、沢右衛門へ申渡ス、右之通ニ付、御船掛り手代近藤喜右衛門召寄、右之趣申渡し、あしだを仕掛、潮干候節、船底当り不申候様ニ下知可仕之由申渡ス

〃信使府着之段、先規之通、館守方迄飛船を以為知之書状差越候付、朝鮮江便宜有之候段、三使方江裁判を以為御知申候処、封状一封参候付、書札方江相渡ス

〃三使御屋鋪江御招請之日限、弥来月三日ニ可被仰請候故、明朔日、隼人を以御案内可被仰遣与之御事ニ候由申来ル、則裁判樋口孫左衛門を以上々官江内所申達置也

〃今日、三使并上々官・上判事・学士・良医江依例格、左之通被遣之、御使者問案使之内ち越幸四郎布上下着、御口上、残暑甚候得共、弥御替り被成間敷と存候、御安否承度、以使者申入候付、別録之通、致進覧候、依之、其外へも目録之通、相送候与之御事、使者屋迄罷越、御馳走役誘引、大庁江罷出、宰領足軽壱人相附、但シ、西瓜・砂糖者別而昨日被遣筈ニ候得共、差支之儀ニ付、今日扇子同前ニ被遣候也

一扇拾本一箱宛　　内 弐本ハ利休形
内 弐本ハ黒骨筋平
内 弐本ハ黒骨平
内 弐本ハ青骨筋平
内 弐本ハ青骨平

但、箱之上扇子拾柄と張紙押付

〃地紙銀地絵様草花鳥獣之類、彩色絵様十本之内、弐三本ハ金地ニシテ、尤銀要也

〃箱桐くわん銀めつき緒絹平打茶色台檜かけなかし銘々乗ル

一西瓜十ヲ

一砂糖三斤　壱斤宛三曲足付也

右、三使銘々御目録認様奥記

一扇子七本宛　仕立模様、右同断
　　包紙之上ニ扇子七柄ト書付

　ゝ但、箱なし七本ツヽ、中奉書ニ而包、水引ニ而結之、三包を台一ツニ載
　　せ、台ハ檜かけなかし、但、此包ハ草之端物包也

一西瓜十五
一砂糖六斤　　弐斤宛三曲

右ハ上々官三人中江扇銘々七本宛、西瓜・砂糖ハ三人中江被成下、三色三
人中江一紙、和目録大奉書也

　一扇五本宛
　　但、扇之地・色・模様等右同断、台ハ上判事三人中江壱ツ、学士壱人、
　　良医壱人、台銘々

　一西瓜十五
　一砂糖弐斤

右者上判事三人、学士壱人、良医壱人江、扇ハ五本宛、西瓜・砂糖者五人
中江被成下、尤、五人中江奉書ニ而一紙和目録也

　一西瓜八十
　一砂糖五斤

右、上官中江被成下、扇ハ不被成下也、上官中江奉書ニ而和目録也
ゝ御目録認様、左記之

　　摺疊扇　　拾握
　　西瓜　　　拾顆　　　　　　　　大高也
　　砂糖　　　参斤

　　　計

　　己亥六月　日　　太守平 方誠

右、正使・副使・従事三人銘々如此、相認ル、袋認様、前ニ同前
ゝ隼人三郎左衛門方ら手紙ニ而申来り候ハ、只今以問案使、扇・西瓜・砂糖被
遣候、就夫、西瓜之儀、先例ハ上判事・良医・学士分も上官之内ニ而相済候得
共、此度ハ右之面々江扇を被成下、尤、御目録相添申候、左候へハ、西瓜之

義、上官中与有之候故、右之面々ハ除候様ニも可相聞哉と紛敷存候付、上
判事・学士・良医ニハ西瓜共別ニ致し被成下可然之旨申談候由申来ル

〻今日、芸馬并書画御覧被遊候付、前ニ書載之通、朝鮮人被召寄、未之上刻、
御屋鋪へ参上仕候付、組頭大目付縹子肩衣着、御寄附江出迎、上々官韓僉知、
上判事之内韓僉正并朴判事、学士、写字官弐人、画師壱人橘梠之間江通之、
一汁四菜之御料理出之、組頭大浦兵左衛門并雨森東五郎戻子肩衣着、相伴
仕ル、馬上才弐人扇之間ニ而二汁五菜之御料理出之、相伴無之、小童四人、
扇之間之縁頬、中官六人ハ同所板縁廊下、溜之間ニ而一汁三菜之御料理被
下之、下官ハ廊下長床之前ニ而煮肴・御酒被下之筈ニ候得共、今日者不参也

〻韓僉知・上判事・製述官・写字官・画師江之御料理、先規二汁七菜ニ而候処、
此度ハ役方存違ニ而一汁四菜ニ成り申候、上々官へもいつも二汁五菜、又
者七菜ニ而被下候筈ニ相極ル

〻芸馬二疋、月毛青毛并馬附之下官ハ未之中刻、馬場江参ル筈也

〻今日、御屋鋪江罷上り候、韓僉知・朴判事・製述官・写字官・画員、殿様江拝礼
仕ル先規ニ付、其旨を申聞候得ハ、韓僉知以下皆々拝礼ニ可罷出といたし
候処、製述官壱人、御前江罷出、拝仕候義不罷成之由申候而、韓僉知、其外
之者共色々申諭候得共、納得無之様子ニ相見へ候故、通詞共も先規有之儀
を違難申、不届ニ候段為申聞候へハ、相留メ、通詞広松茂助を以致返答候者、
頃日茂奉行衆、拝礼之義ニ付、何角と出入有之礼式之儀者三使殊外六ヶ敷被
申候、今日、我々共拝礼之儀、三使江相伺不申候ニ付、今日者拝礼御断申上
候、近日、三使御招請之節者二拝ニ而も三拝ニても可仕候と申切候、何も申
談候者、先規有之儀を違却申候段甚不届成事ニ候故、製述官者指置キ、韓僉
知・朴判事・写字官・画員計御目通江罷出、拝礼いたし候様ニ申付可然義ニ候
得共、左候而者、早速製述官先規をかヽせ、無礼ニ候段、三使方江御届無之
候而者相済不申候、総体、今度之三使、佐須奈をはじめ、礼式之事六ヶ敷被
申、殊ニ正徳年以来拝礼之儀ニ付、軍官共違却申事ニ候得者、此度も製述官
壱人之心ニ而も無之、上官中皆々、御前江罷出、拝礼相勤候事不快存候而、違
却申心ニ成り居可申茂難計候、左候へハ、製述官無礼之段卒然と御とかめ
被成、彼方意外之返答なと被致候而者如何ニ候故、今夕年寄中指寄候而、上
官中拝礼不罷成と申候歟、又者其儀ニ付、三使宴享ニ罷出間鋪与被申候時

者ヶ様へ二御処置可被成与申事迄議論を詰置キ、明日二而も被仰掛可然候、所詮、今日者製述官をはじめ、写字官・画員迄も御前二罷出候事、御止メ被成、書画者御次二而被仰付候へ者、別而指支候事無之候故、何二となく御前江被召出候事、今日者被相止可然と申談候而、右之趣、御前へ申上候二付、今日者一統之拝礼不被仰付候也

〃 写字官・画員等之芸術、御覧被遊先例二候得共、拝礼之訳二付、御覧不被成、裁判・組頭大目付并雨森東五郎挨拶にて書画相認メ、学士之唱酬者無之候、但、先格者殿様上段御茵之上二御立被成、右之者共中段御敷居を入、一畳目之所ら一同二二度半之拝礼仕ル、相済而、上段敷居際二被為寄、殿様二者御茵之上二御着座被成、中段二而詩作被仰付、書画御一覧被成、御入被遊格也

〃 申ノ刻、退出仕り、不残曲馬之馬場江罷出ル

〃 三使ら為使、韓僉正、御屋鋪江参上、組頭杉村斎宮・大目付幾度六右衛門、繻子肩衣着、御寄附二出迎、扇之間江誘引、三使ら之口上、昨日者残暑強御座候処、御出被下、初而寛々得貴意、珍重奉存候、御帰り被成候而茂御替り不被成候由、大慶奉存候、然者、軽少之至二御座候へ共、土産之物二候故、参着之験迄、別録之通、致進覧之候与之儀、仮組頭樋口孫左衛門取次之、御用人古川繁右衛門を以申上ル、相応之御返答、鈴木政右衛門を以被仰出、韓僉正江申達ス、進物之品、奥江記之、為警固、御徒横目一人・通詞一人・組之者二人相附、御横目頭等ハ先立而罷上り居候故、右之通也

〃 韓僉正江御料理出之候得共、給参り候由二而御断申聞候二付、西瓜計出之、尤、御料理之儀先規無之候得共、折節、今日書画・馬上才等罷上り、御料理出来居候付、出之也、但、先規ハ吸物・御酒・重引皿盛・取肴・銘々菓子・惣菓子出之格也、且亦、小童弐人扇之間東之縁頬、中官三人者同所溜之板之間二而一汁三菜之料理・御酒被下之、町人之子共袴計着、勤之、但、先格ハ中官・下官共二煮肴・御酒被下之候得共、今日者学士・馬上才二相附来り候者共二料理被下候席故、被下之

〃 今日、上々官・上判事共御屋鋪へ罷上り候、右為警固、太庁御横目頭森川伴右衛門・騎馬大小姓御横目木寺利兵衛繻子肩衣、足軽壱人相附ス

〃 通詞下知役小田七郎左衛門繻子肩衣着、通詞広松茂助・岡田孫兵衛・脇田利

五左衛門・田中伝八袴羽織着、相附ス

〃右、韓僉正罷上り候付、唐門之外、仮番所中ノ御門下輿ニ相詰候御徒組之者、初日ニ同し

〃若殿様江三使ら之目録、外面之式、先例宛所無之、単子与計書キ候茂如何ニ候故、御名を書可申由被申候得共、御名書キ候義者不敬之筋ニ候故、無用ニいたし、先格ニ準し、書載被致候様ニ与申達、通詞江内々ニ而申聞候者、彦千代様江進物之書付者例不宜候間、外之文字ニ改られ候様ニ有之度候、此段、其方共心入之様ニいたし、上々官ヘ申達候得と申付候、従此方、申遣候者、外面ニ奉呈か、奉贈か、両様之内書載候様ニ与申遣候処、未御幼少ニ被成御座候故、奉呈者如何ニ候故、奉贈平胤公与可相認由申来ル、右之趣、隼人・三郎左衛門方江申遣ス

〃三使之進物、白木台ニ据之、員数、左記之、但、白木台俄ニ出来難仕由申候ニ付、其訳御屋敷、隼人・三郎左衛門方江申遣候処、白キ台ハ礼曹別幅之品据り有之候付、此台を引替、可相用由申来ル

〃両殿様江之音物外面之式[1]

奉	呈	
對馬州太守拾遣平公 閣下		謹封

内面之式

人参	参觔
黄毛筆	参拾柄
真墨	参拾笏
白苧布	拾匹
虎皮	壱張
花席	伍張
色紙	参巻
石鱗	弐觔
清心元	拾丸
油芚	参部
際	

---

1) 아래의 표는 본디 세로쓰기이다. (이하 동일)

<table>
<tr><td></td><td></td><td>⌐印文朝鮮使者</td></tr>
<tr><td></td><td>從事官李</td><td>明彦</td></tr>
<tr><td>己亥六月　日</td><td>副使黄</td><td>璿</td></tr>
<tr><td></td><td>通信正使洪</td><td>致中</td></tr>
</table>

外面之式

奉　　　　　　　呈	謹封
對馬州太守拾遺平公　閣下	

└此上封之上ニ別贈卜小札付有之

内面之式

　　　別贈

清蜜	壱斗
海参	弐斗
菉末	壱斗
全鰒	参貼
焼酎	弐瓶

　　　際

　　己亥六月　日　　　　名印無之候

若殿様江之音物

外面之式

⌐御幼少ニ被成御座候故、奉呈とハ難仕之由申候、尤ニ候故、奉贈ニ相究候

奉　贈	謹封
平胤公	

内面之式

人参	弐觔
胡桃子	参袋
虎皮	壱張
花席	伍張
色紙	参巻
白貼扇	参柄
銀粧刀	壱柄

際

　　　　　　　　　　　　　　　　　　　　　┌印文如此也
　　　　　　　　　　　　　　　　　　　　┌─────┐
　　　己亥六月　日　通信使　　　　　　　│朝　鮮│
　　　　　　　　　　　　　　　　　　　　│使　者│
　　　　　　　　　　　　　　　　　　　　└─────┘

〻万松院・以酊庵江も先例、同日ニ音物持参仕候得共、今日ハ不差出候

〻殿様江之進物、橘梠之間床之前

〻若殿様江之進物者同所西ノ方襖際ニ配置、御送使方頭役黒岩伝右衛門、同
　手代買物役町人麻上下着、罷出、支配仕ル、進物配役御歩行六人戻子肩衣着
　候而相勤之、尤、長持二棹ニ入合、御広間御庭ら御座へ通ス

〻右相済而、申ノ中刻、殿様芸馬御覧ニ付、御桟敷、氏江弥市屋鋪前門限迄桁
　間四間入、壱間之切組、御桟敷建之、直ニ弥市上之物見ニ取付ケ、紫幕張之

　　騎法

　　　　馬上立揮扇　　　　　立一さん
　　　　左七歩
　　　　右七歩
　　　　倒堅才　　　　　　　さか立
　　　　隠障才　　　　　　　さかりふし
　　　　馬上仰臥　　　　　　くわんぬき通し
　　　　双騎並馳　　　　　　さうば
　　　┌馬上用鎗
　　　│馬上用偃月刀
　　　└右ハ稽古仕居候間、御望被遊候者乗可申由、兼而番十兵衛迄申聞
　　　　候付、従御桟鋪、吉川六郎左衛門を以右両馬乗り候様ニ被仰付之旨、
　　　　十兵衛ニ申渡、乗之

　　　右之通相済、殿様直ニ氏江弥市宅江御入被遊、御弁当被召上ル、依之、
　　　弥市方ら御雑煮・御吸物・御銚子被差上、酉ノ下刻、御帰被遊ル

〻若殿様ニ者樋口佐左衛門下も之角物見ら御覧被遊ル

〻以酊庵湛長老義者三浦刀祢之允、屋敷南ノ方ニ桟敷建之、御見物之赤幕張之

〻年寄中不残、裁判組頭大目付綟子肩衣着、御桟敷江罷出ル

〃御桟敷迄之御行列別帳ニ有之

〃御供廻り御徒迄御桟敷之下ヘ堪忍仕ル

〃御先道具ハ御出之節、氏江弥市門之内ニ繰込、同勢ハ三浦刀祢之允屋敷北
手之方ヘ召置也

〃御牽馬者弥市門ノ内、假繋キニ繋之

〃馬場為警固、辻堅御徒十人、組者十五人申付ル

〃芸馬ニ罷出候朝鮮人、打它李庵宅ニおゐて見物所出来、見物仕ル

〃上々官・上官迄者李庵宅ニ而飾頭・西瓜・煮肴・御酒、中官・下官江ハ西瓜・煮
肴・御酒御振廻被成、此所馳走人下知役為旁勘定役畑嶋浅右衛門罷出、尤裁
判役并大庁御横目頭壱人献上、御馬附番十兵衛罷出ル

〃今日、朝鮮人御屋敷江罷上り候ニ付、先乗、太庁御横目頭森川伴右衛門、跡
乗り当役ニ付、番十兵衛相勤ル、綟子肩衣着、大小姓横目木寺利兵衛、組之
者壱人歩行ニ而相附ス

〃右同断ニ付、通詞下知役貝江庄兵衛・児嶋又藏・山本喜左衛門・七五三杢右衛
門綟子肩衣着、通詞斉藤惣左衛門・加勢藤四郎・嶋居惣左衛門、国分源介・井
手五郎兵衛・栗谷藤兵衛・白水与平次羽織袴着、馬場江罷出ル

〃芸馬参ル節、太庁御歩行横目勝山安左衛門并組之者一人相附ス

〃采女・忠左衛門・裁判両人・東五郎、御屋鋪江罷出、製述官無礼之仕形、三使
江被仰達候様相伺候而、裁判孫左衛門・六郎左衛門江明朝罷出、申達候様申
渡、委細、翌日之日帳ニ記之

七月朔日、時々雨降

〃今朝七ツ時、大庁庭ニ而三使を始朝鮮人粛拝之式有之、木綿幕四張、薄縁筵
　三十枚宛、御作事方ち相渡ス

〃裁判樋口孫左衛門・吉川六郎左衛門為御使者、客館江罷越、上々官呼出し、
　御口上之趣申述候者、昨日製述官・写字官・画員等手前江召寄、才芸を試申
　候、右之者共、古来ち致二拝候先規御座候処、製述官義拝礼仕間敷之旨申候
　段承之候、隣好之義者諸事先規之通仕来候処、ヶ様ニ我侭成申分いたし候
　段不届之至ニ候故、其節急度其訳正し可申事ニ候へ共、其元江申達し、御呵
　り被成候様可致与存、其節差控申候、ヶ様先例有之儀を違却申候段不届ニ
　候間、急度御叱被成、重而ヶ様之義無之様ニ被成可然候、仍之、態々以使者
　得御意候

〃右之通申述候処、韓僉知申候者、昨日、同前ニ罷越居、御礼及違却せ候段、
　迷惑ニ奉存候、軍官中、其外拝礼と揖与之違心付居、一決不仕候ニ、製述官
　異難之心を是非と相極、拝礼為仕候段如何敷存、指扣へ、右之義製述官一己
　之儀ニ而無之、明後日、御屋敷江罷出候節、拝礼難仕与申筋ニ抱り居申候間、
　願者、先例を書付被下候様ニと申候ニ付、幸、書付致持参候間、不苦候ハヽ、
　三使道江掛御目候様ニ申達候処ニ、紙面之通尤ニ存候、此内、軍官十七名と
　有之候、名之字ハ下々之時書候字ニ候間、名ヲ員と御改被下候様ニと申候
　ニ付、早速御使者屋迄取帰り、削改候而、指出し候得者、相受取、先軍官之
　内、頭立たる者江得相談、其後、上々官三人、三使前へ罷出、右之段申述、
　暫間有之、三人共罷出、申聞候ハ、正徳之例致披見候、先例有之義ニ異難為
　申様も無之候間、弥正徳之例ニ拝礼仕候様ニ可申付候、軍官・上判事拝礼、
　先後之義者いつれに致し候而も之儀ニ候へ共、正徳近例之通ニ候得者、弥
　宜ク御座候与被申聞ル、又々、裁判申達候ハ、右真文覚書之内ニ書付有之候
　得共、為念申候ハ、軍官・上判事ち先ニ拝いたし候と申ハ、当地計ニ而之事
　ニ候、江戸ニ而者以前之通、上判事ち跡ニ拝礼不被致候而者不罷成事ニ候
　間、此段能々被入念候様ニ申候得者、左候ハヽ、又々可申達由申候而、三使
　前へ参、申達候得者、其儀も弥正徳之通ニ無違可申付候、扨又、製述官明後
　日、於御屋敷、一統拝礼いたし候以後、詩作被仰付候ニ付、罷出候節ハ二揖

為仕可申候之由被申聞ル、 製述官御叱之儀者御返事如何ニ候哉与相尋候ヘ
ハ、製述官儀先規不存候而、失礼いたし、気毒ニ存候、重而相慎候様急度可
申付候と被申聞ル、軍官之内、長興府使李思晟と申者、殊外おとなしき者ニ
而、日本江罷渡候上ハ何角と可申様無之候与、穏便ニ申候而、上々官共安堵
いたし候段、裁判ヘ咄申候由申聞ル

　　　先規真文、左記ス

府中設宴之時、上々官以下、各就其位、二拝為礼、辛卯年七月廿四日、因
任訳之請、照例謄出以付之云、壬戌設宴、上々官以下、拝位旧式、一、
上々官、中段檻内、近檻席子上立、二拝、一、上判事・判事・製述官・軍官・
写字官・良医・医員等、一概上官次段席子上、重行立、二拝、一、次官・通
事・小童、内縁敷板上立、二拝、一、中官、外縁敷板上立、二拝、一、下
官、庭上位、二拝、右考例書開如此、毋得臨時差慢、辛卯七月日、既而
廿六日設宴、午牌巳過、賓軺未駕、使人往而探之、軍官們有褻褻之説云、
詢其故則曰、這回軍官、多出閥閲之家、而上判事等、一係中人、拝謁之際、
不可落後、因使裁判、告於正使曰、上判事・軍官、拝礼之先後、座位之高
下、与夫接応贈賄之豊且倹、其来固非一日、今於拝見一節、必欲先於上判
事者、其故何耶、夫偌多従者之中、豈無一二豪族之人、然以軍官出来、則
亦軍官耳、安得遽棄旧例、強屈判事、而妄望別人之優待乎、且以豪族之人
厠於従者之列、此甚無謂也、其可使聞於他国乎、正使曰、如座位・接応・贈
賄、固非所論、其低東武之日、亦当循例施行、但在対州、則決不可以後於
上判事也、本州以為上々官以下、拝礼節次、毋廃旧例足矣、如其或先或後、
豈敢責備、於他国之人、第正使所言有似含糊、故再筆之於書云、設宴時、
拝礼軍官十七員為先、上判事次之、其他座位・贈賄・接応等、一応事体、全
依前例、上判事為先、軍官次之事、仍使裁判賫往則正使見之曰、如此可也、
然後、一行人衆、尽数赴席拝、是宴飲一従旧式、賓主盡歓而罷

　　　七月朔日

〃明後三日御設宴之為御案内、三使方江御使者平田隼人狩衣着、太庁江罷越、
兼而作事方江申達置塀重門ら本堂真中通りニ筵三枚並敷之、通詞下知役弐
人、通詞四人塀重門外迄罷出ル、裁判役御馳走役・通詞者本堂縁下迄下ル、
塀重門入テ、刀を若堂江渡し、本堂ニ至候時、上々官三人縁迄出迎候付、互

ニ一揖して、溜之間ニ居着、通詞山城弥左衛門を以御口上、上々官へ申達候ハ
　　残暑之節、弥可為御堅固、珍重存候、然者明後三日、旧例之通屋敷江
　　可申請候、御出可被下候、此段為可申入、以使者申入候との事

〃右、御口上之趣、則三使江申達、御返答、上々官申聞候者、弥御堅固被成御
　座、珍重奉存候、頃日者初而掛御目、致大慶候、然者、明後三日可被召寄与
　之御事忝奉存候、弥致参上可得御意候との義也、其上ニ而、隼人方江之口上、
　頃日ハ得面談、珍重存候、今日可掛御目候得共、正使者斎之日、副使不快ニ
　付、不能面話、残念ニ存候与之口上故、相応返答申達、相済、罷帰ル、裁判・
　御馳走役・通詞下知役・通詞出迎候所迄罷出ル

〃隼人罷通候筵道、太守之通ニ者有之間敷事候間、筵を北江下ケ、蹈上りも北
　より上り候様、三使之口上之由ニ而、上々官申聞候付、使者と自分ニ罷出候
　と、差別無之候而不叶義ニ候間、筵道之脇を歩行、真中を除ケ、上り場も脇
　ち片付可上由申達、其通仕也

〃御船奉行小田平左衛門方ち昨日被仰付候三使船之儀、今日杉丸太を以くみ
　手出来申候由申来ル

〃信使乗り船、今度於釜山浦、為致検分候処、副使卜船下廻り之船板継手等有
　之、不丈夫ニ相見へ候由ニ付、かすかい等為持遣、打候様ニ申達候処ニ、入
　御念被仰聞候、併、我国ニおるて日本之道具を用申候段如何ニ候、渡海いた
　し候而ハ、何分ニも御相談可仕候、先、手本之通、彼方ニ而為打可申由ニ而
　差返候、如何釘等も打申候哉、無心元存候間、近藤喜右衛門差越、検分申付、
　尤朝鮮船六艘ともニ検分為致不堅固之所ハ修補可被申付旨、小田平左衛門
　方へ杉村采女方ち申遣ス

〃明後三日、御設宴之御案内被仰付候、為御請問案、李判事御屋敷へ罷上ル、
　小童一人相附、御横目頭土田甚五左衛門騎馬、大小姓横目壱人、通詞下知役
　壱人、通詞壱人、組横目仮足軽相附、罷越ス

〃右者御屋鋪に而仮組頭樋口弥五左衛門出会、取次御返答、御用人古川繁右
　衛門を以被仰出ル、尤、菓子・茶出之

七月二日

〃杉村采女・大浦忠左衛門、裁判吉川六郎左衛門、御使者屋江罷出ル

〃采女・忠左衛門、客館江罷出、三使之御安否承之、序ニ従殿様之御口上取繕、
　上々官を以申達候ハ、兼々御乗船被差急候得共、七日ら前者悪日ニ而候故、
　七日夕飯後致乗船候、三使ニも此方ら御左右可申候間、其節、御乗船被成候
　様ニ申達候処、三使衆御返答ニ、委細得其意存候、弥、七日夕飯後、御左右
　次第乗船可仕与之御返答也

〃右之序而ニ采女・忠左衛門、韓僉知江申達候ハ、一昨日、於御屋敷ニ製述官
　御礼式之義ニ付、何角違却を申候、御礼式有之節者前日ニ先例之記録を得
　与相考、御屋舗江罷出候面々江委ク申聞せ、其上違却申候者者不被差出様
　ニ可致候之処ニ、ひとへニ韓僉知皆中江御礼式之儀委ク不被申聞故と存候、
　重而者可被念入旨申達ル

〃右、来ル七日、御乗船之義、三使江申達候間、御前江被申上候様ニと年寄中
　江以手紙申遣ス

〃三使衆乗り船・卜船共ニ為致見分、若不丈夫之所有之候ハ、修補可申付之
　旨、三使衆江申達候様ニ、上々官迄大通詞加勢伝五郎へ為申候処、弥見分被
　仰付被下候様ニ被申候付、近藤喜右衛門、通詞阿比留利平次差越、念を入、
　遂見分、修理所有之候者、早々繕候様ニと申渡候処、副使卜船ニ修補所有之
　候付、明日ら取掛、相繕可申旨申聞

〃誓旨、残り之通詞九人、仮町奉行畑嶋伊左衛門、御使者屋へ召連、罷出候付、
　同所寄附ニ而誓旨血判申付候、采女・忠左衛門本座ら遂見分ル

〃三使ら今日、左之衆中江音物被遣候付、先達而、裁判方ら為知之使遣之、尤
　万松院江之音物之義、先年寺焼失ニ而于今仮屋故、判事等難被差越候付、音
　物之義ハ買物役方へ請取、彼方同宿召寄、相渡候様ニ可被申付之旨、裁判江
　申渡ス

一大薬果三十立■　　　　　　以酊湛長老
一焼酒伍鐥　　　　　　　　　古川蔵人殿
一民魚弐尾　　　　　　　2)　平田隼人
一乾秀魚三尾　　　　　　　　杉村采女
一大口魚三尾　　　　　　　　杉村三郎左衛門
　　　　　　　　　　　　　　大浦忠左衛門
〃平田直右衛門在江戸ニ付、於彼地遣之筈　樋口佐左衛門
　ニ付、於御国元ハ音物無之　　　　　　万松院
　　　　　　　　　　　　　　西山寺

右之所々江問案等有之候ニ付、上判事金僉正・金判事・呉判事三人、小童六
人、使令六人、通事弐人罷出ル、音物之品ハ別帳ニ記之

〃通詞下知役児嶋又蔵、大小姓御横目大浦太郎兵衛、通詞田中伝八・栗谷藤兵
衛・白水与平次、組之者一人、右之通以酊庵江相附、罷越ス

〃今日、雨森東五郎大庁江罷出、年寄中ら三使江遣候目録書式、上々官三人江
申談候趣、左ニ記之

〃御年寄中ら三使江被遣候別幅、外面之式

　　謹奉　　呈

正使尊大人 閣下

右之如クニ有之候得共、謹奉呈の字、奉呈与相改候而者如何可有之哉と、
上々官江申談候処、三字ニ而ハとなへ悪鋪候間、其元ら音物被遣之時者奉
呈、返礼之時ハ奉謝与被成可然候と申、其通ニ相究ル、扨、尊大人と申義、
尊ノ字如何ニ候故、殿様らハ正使大人と被成、御年寄中らハ正使道大人と
被成可然候、尤、外面ニ者謹封とはかり書付、謹封之上ニ姓名ノ印ヲ押し
候而已ニ而、奉行姓名ノ書付ニ者及申間敷候と申候ヘハ、成程御尤ニ候由
申候故、是又、其通りニ相究ル

内面之式

　某物

────────────

2) 여기에 기재된 품목은 게이오본에서는 별지를 놓고 촬영한 것으로 보인다. 국사편찬
위원회본은 해당 부분이 존재하지 않는다. 첫 행의 마지막 글자는 반이 잘려서 판독
이 불가능하다.

某物

┌印ヲ名ノ字ノ上ニ押也

月 日　　奉行姓名謹具

是又、右之通ニ相究申候、尤、副使・従事皆々右之格ニ候、彼方申談相済候事ニ候間、向後ハ此通違無之様ニ可致事ニ候、閣下ノ字、旅行之時も不苦候哉と相尋候へハ、使臣之事ニ候故、旅宿之時も閣下与被成不苦之由申聞ル

〃大通詞加瀬伝五郎、右ハ大通詞と唱候様ニ被仰付置候付、上下之儀並通詞同然ニ被仰付候而者、格式をも御替被下候差別茂無之候ニ付、下壱人御増被下度旨、采女・忠左衛門方ら同役中江相談申遣候処、成程、尤ニ存候故、相伺候処、弥下壱人御増被下候、依之、増人之合力銀、木綿等之義者勘定所へ直ニ申渡候由、平田隼人・杉村三郎左衛門方ら申来候付、仮町奉行畑嶋伊左衛門を以伝五郎儀近年格式も御替へ被成候付、此度之上下中間壱人御増被下候、通詞之義者下行被下候ニ付、人数相極居候、依之、増人之分ハ従殿様、飯米、合力銀等被成下候故、其旨相心得候様ニと伊左衛門を以申渡ス

〃三使船并卜船共ニ為見分、近藤喜右衛門差遣候処、繕用之板鎹入候由申出候付、相調渡候様ニと申渡ス、則入用之品、左ニ記之

副使船

一板 壱枚　　　長サ五尺・幅七寸・厚サ壱寸五分

└右ハ上棚継用

一鎹 七枚　　　渡り八寸目鎹ニシテ

内、四枚ハ台継手付用

同、三枚ハ上棚手付用

右者取梶

一鎹 壱枚　　　渡り七寸目鎹ニシテ

└右者上棚継手付用

一同 壱枚　　　右同断

└台継手付用

右者おも梶

一銍 六枚　　　　　戸立板付用

一同 弐枚　　　　　網すり付用、渡り六寸ツ、

　右者御調被下切也

〃此度、御馬ニ相附登り候朝鮮人三人ハ三使之内、何方之附人ニ而候哉之旨、

　御城ぅ尋参候故、裁判六郎左衛門を以承合候得ハ、三人共ニ正使附之者之

　由申聞候故、其段申遣ス

雨森顕之允

同　徳之允

同　権之允

仁位弥三郎

　　　右者朝鮮人ニ逢、筆談仕度之旨、雨森東五郎願候付、大庁江罷出候義

　　　被差許、尤、顕之允一人ハ御行規御免被成候旨、御横目方江申渡ス

〃明三日、御設宴ニ付、罷上り候人数之書付差出ス、委細ハ三日之日帳ニ記筈

　ニ付、此所ニハ不記、同役中方ヘハ写候而遣之

〃上々官中、我々江寛ク対面不仕候付、罷出候様兼而申遣候処、今未下刻、御

　使者屋江韓僉知・金僉知両人罷出、尤、今日罷出候段、今朝ぅ相知候付、御

　屋敷江申遣、重之内一組素麺・吸物・取肴等致用意、御賄掛米田庄左衛門、御

　料理人壱人相附参候付、夫々ニ仕立出之、明日設宴之御礼式等申談、申中刻

　両人共罷帰ル、石重之内ハ上々官土産ニ仕候様為持遣之

〃杉村三郎左衛門方ぅ申来候者、三使衆明日御屋敷江被罷上候義、昼時ニ及

　候而者残暑も強ク、途中難儀可被致候間、何とぞ四ツ時過、御上り候様ニ被

　成度被思召候間、其段相通候様ニ申参候故、裁判吉川六郎左衛門江申渡、

　上々官を以三使衆ヘ申達候処、弥四時過参上可被致与之返答ニ付、右之趣、

　三郎左衛門方江申遣ス

〃以酊庵湛長老ぅ三使并上々官・上官中江御使僧を以左之通被遣候ニ付、右使

　僧を御馳走役小川伝八、客館ヘ致誘引、上々官を以被差出、左ニ記之

　　　杉重一組

　右者三使御三人中江

　　　杉重一組

右ハ上々官三人中江

　　　　同　一組

右ハ上官中江

〃五根緒村、給人糸瀬幾右衛門義、病気ニ付、良医ニ逢申度由、依願、対面被
　差免、則通詞下知役方江申渡、大庁江差越ス

七月三日　晴天、今日御饗応有之

〃杉村采女・大浦忠左衛門、裁判樋口孫左衛門・吉川六郎左衛門、使者屋江出仕

〃来ル七日、御乗船之筈ニ候故、三使之騎船・卜船共、大瀬之内ニ内やらいち
　外波戸江かけ浮置可然之旨、裁判を以上々官へ申含、三使江相達候処、弥か
　け浮候様ニとの事ニ而、今巳刻時分、不残かけ浮候也

〃別幅、御馬、御鷹、兼而ハ昨日乗船候様ニ申付置候得共、御献上馬之内、病
　馬有之、昨日之乗船差延候、今日、献上馬弐疋、曲馬三疋并御馬附朝鮮人三
　人、番十兵衛、馬医大浦勘右衛門、通詞斎藤惣左衛門・加瀬藤四郎、御厩之
　者四人乗船、御船改所前ら乗ル、朝鮮人ハ波戸ら鯨船ニ而本船乗ル

〃通詞下知役貝江庄兵衛儀先達而大坂へ被差越候ニ付、右馬船ニ乗ル

〃献上御鷹余慶共ニ四拾五居、平田登并御鷹師吉野磯右衛門、倉掛幾左衛門
　大坂江残り、御鷹師根〆与四右衛門餌打等乗船仕ル、右之内、京尹江之別幅
　用ニ弐居余計共ニ大坂江残り候筈也

〃今日、御屋鋪江三使被仰請候宴席之儀式、先規之旨書付くれ候得、何とそ間
　違無之様ニ仕度候と、上々官相願候付、雨森東五郎江申付、和文を以真文交
　りニ相認、遣之候、正徳之先規ニ者座宴ニ成り、製述官并書記、御座江罷出
　候而中段二畳目ら二拝仕、殿様ニ茂御茵之上ニ御立、拝御請被成候と有之
　候、此度ハ上官中総礼之時者製述官義先規之通、二拝為仕可申候得共、座宴
　ニ成り、被召出候節者二揖いたし候様ニ被成被下候得と、昨日、三使ら被相
　願候付、左候へハ、殿様御座御立可被成様無之候間、御手を被挙候而已ニ而

御済メ被成相当ニ候段申談し、硯匣、料紙出之置、三使道長老前与申ヶ条之
跡ニ呼、製述官於中段二帖目席子上ニ摺、太守座挙手と書載し、長老呈詩於
三使道と申ヶ條之跡ニ、製述官呈詩於太守と令書載、今朝為持遣し、追付、
裁判吉川六郎左衛門、客館江罷出候処、上々官相尋候ハ、製述官再度罷出候
時ハ、殿様御立被成候哉否と申候故、夫者儀式書ニ有之候通ニ御座被成候
而、御手を被挙筈ニ候、製述官二拝之時ハ御立被成、二摺之時ハ御座被成候、
釣合ヶ様無之候而ハ不叶事ニ候と申候得者、記録一冊持出候而、申候ハ、此
方之記録ニハ、大守下席立答摺と有之候故、殿様御座被成、御手被挙候分ニ
而者、製述官罷出候事成不申候、製述官不罷出候而者、三使、今日之宴享ニ
参候事も成不申候と被申候由ニ候故、色々と説キ諭し、其上是非と被存候
ハ、製術官病気と申、不罷出候へハ、相済事ニ候処、製術官之義ニ抱り、
三使宴席ニ御出被成間敷との義難心得候と、数遍為申聞、上々官共ハ落付
候得共、三使一円納得無之候間、信使奉行杉村采女・大浦忠左衛門、執事庁
江罷出、三使不埒成儀被仰聞、難得其意候と、段々申談候内、雨森東五郎跡
ら執事庁江罷出候処、韓僉知又々最前之記録一冊持出、東五郎ニ見せ申候
所、元来卯年、従事之書記南泛叟相認候、自分之記録ニ而、余与製述官入座
一摺、太守下席立答摺と書付有之候故、何茂申候者、是ハ私記と申物ニ候処
ニ、私記之趣を三使御信用被成候而、大守方之公録ニ記し有之義を御疑被
成候段、甚難心得候、其上、製述官義初度御前江罷出、二拝いたし候時も殿
様御立被成、再度罷出、二摺いたし候時も最前之ことく御立可被成事と被
存候哉、公録、私記之僉議ハ先指置、理勢を以論し見候而も決而無之事候、
然処ニ、製述官ハ二摺いたし候共、是非殿様ニハ御立被成候様ニとの申分、
一円不当事候、其上、製述官壱人之義ニ付、両国之公讌ニ御出被成間敷な
とゝの義、猶々難得其意候、乍去、ヶ様之微事ニ付、兎や角申論候段如何ニ
候故、所詮、製述官宴席ニ不罷出候歟、又ハ宴席ニ罷出候共、再度御前江罷
出候義相止候カ、両様之内、変通被成候へと、数遍論談ニ及候へ共、埒明不
申、上々官共茂計方を失候体ニ相見へ候処、起仲韓判事と申者、病中ニ候得
共、押而御接待之間へ罷出、軍官之内おとなしき人を呼集メ、小事を以公讌
を廃せられ候段甚不可然之旨、達而申候故、軍官共承届、三使前へ罷出候、
其間ニ通詞加瀬伝五郎も御接待之間江罷越、急度申候故カ、余程間有之候
而、上々官三人罷出、信使奉行江申聞候者、右呼製述官、於中段二帖目席子

上ニ揖、大守坐挙手と申、此一段之文句、御前江早々被仰上、御除可被下候、
左候ハヽ、三使可罷出之由被申候段申候故、今朝ら申入候ハ、此事ニ候処、
畢竟ハ皆達得と不被申達候故、ヶ様ニ入組候と存、近頃不聞事ニ候と、上々
官共をしかり候而、其上申候ハ、右之一句除申上ハ、製述官呈詩於大守と申
一句も除申筈ニ候与申届ケ、御前江申上候処、製述官、御前江罷出候義、両
国誠信之大義ニ預り候事ニも無之、殊日本ニ而学士ととなへ候而、重キ
職分之様ニ相心得居候得共、元来左様ニ而者無之、殊ニ此度之製述官ハ白
衣之進士之由ニ候得者、弥以之事ニ候間、被召出候事御無用可被成との御
事候故、右之二ヶ条除之、相渡候、追付、三使御屋鋪江被参候而、従者中ニ
拝いたし候時ハ、製述官拝礼、先規ニ不相替、二拝相務候、御前江被召出候
義ハ弥相止候也

　　　府中宴享式

三使道唐門外石壇上下轎

入門時奉行二人門際、出迎、奉行一揖、三使道挙手

歩至中間時、又有奉行二人、迎之、奉行一揖、三使道挙手

三使道至広間時　　　　　太守・長老広間

　　南縁頬出迎　　　　　太守・長老挙手

　　三使道挙手並行、入広間中段

　　三使道則東　　　　太守・長老則西

　　各立膳部前對揖有之　太守二揖訖、長老二揖

太守斜南向

　　上々官中段、檻内、近檻席子上立

　　　　二拝

　　上官・上判事並判事次段、席子上重行立二拝

三使道請　　　太守坐

三使道　　　　太守長老倶坐曲菉上

　　次官・通事・小童内縁敷板上

　　　　立二拝

　　　中官外縁敷板上立二拝

　　　下官庭上立二拝

太守致言　　　三使道答畢

挙箸

　　　酒三献

太守請為盃

　　　四献　　　太守与　　　正使道為盃
　　　五献　　　太守与　　　副使道為盃
　　　六献　　　太守与　　　従事道為盃

　　　酒三献

太守請休

太守長老与　　　三使道各立膳部前一揖

　　　別出

三使道入橘梧間更衣

太守亦同

休訖

太守　　　　三使道至広間上段、立茵前

　　　一揖　三使道則東　　　太守湛長老則西

就座

　　　献茶

太守致言　　　三使道答畢

平座

後段出

太守請為盃

第一献	太守与	正使道為盃
第二献	太守与	副使道為盃
第三献	太守与	従事道為盃

硯匣・料紙出之置　　　　　三使道長老前

> 呼製述官、於中段、二帖目席子上二揖
> 　　太守座、挙手

右之一句、依彼方望、除之

長老呈詩於　　　　　　三使道翌日、和韻

> 製述官呈詩於　　　太守

右之一句、此方ゟ除之

長老与　　　　　　　三使道為盃

　一献
　二献　　　如　　大守儀
　三献

畢

　一献
　二献　　　銘々盃之
　三献

畢

台子上安土器置　　　　三使道　　太守長老前

三使道使、上々官請収盃

各々挙土器、飲酒

畢収盃

三使道使、上々官申謝

三使道・太守・長老立茵前、二揖

太守・長老送至広間、南縁頬一揖、別去

　　　　如前

　　　奉行陪送如前

〻右書改礼式書、吉川六郎左衛門持参、相渡し、三使弥宴席ニ被罷出候ニ相極
り候故、杉村采女・大浦忠左衛門、使者屋へ罷帰候処、追付、韓僉知罷出、申
聞候者、製述官義此後若も御前江被召出候時ハ、製述官ハ二揖、太守ハ御立
不被成候而者成不申候間、此旨御屋鋪江参申届置候様ニと、三使被申付候
と申候故、采女・忠左衛門申候者、此度之仕形不届至極成事ニ候故、此後過
を悔候而、先規之通被成被下候へと相願候ハヽ、各別左無之候而者製述官、
御前江被召出候事、決而有之間敷候、無用之届ニ候と申へヽ、韓僉知申候
ハ、成程御尤ニ存候へ共、従事怒気之上より是非御屋敷江参、申上候得与被
申付候故、先罷出不申候而者成り不申候間、小童一人召連、御屋鋪へハ参不
申、道迄参候而帰可申与申候故、其段ハ勝手次第と申候所ニ忠左衛門宅江
立寄、暫罷有候而立帰候

〻三使御招請ニ付、年寄中ハ狩衣、寺社奉行・与頭・御印判役・裁判役・御用人・
大目付ハ布衣、勘定役・真文役ハ素袍、其外出座之諸役人ハ長袴、小役人ハ
麻上下着之

　　　　　　　　　　　　　　麻上下着
　　　　時分之御使者　　　　嶋雄只右衛門
　　　　　　　　　　　　　　上下十三人

〻三使、未ノ上刻、御屋鋪江参上、唐門之外石壇之上ニ而順々下輿、此時裁判
樋口孫左衛門・吉川六郎左衛門石壇之上迄出向、唐門被入候時、杉村采女・
大浦忠左衛門唐門之内迄出向、一揖仕ル、平田隼人・杉村三郎左衛門ハ唐門
と御寄附中程迄出向、三使銘々江一揖仕、三使銘々ら手を挙、答礼有之、出
迎候年寄中、先導して御広間江通ル、三使銘々ニ上々官一人宛相附、御寄附
前、左右ニ楽器・武器・旗等立並、三使御寄附ニ被揚候時、御広間之庭ニ通之
　　　但、御広間之庭南之方ニ鑓建用意いたし、青細引相添置節、鉞立所ハ
　　　別而南之方附縁之際ニ用意申付置、朝鮮人夫々ニ繕付候也
〻年寄中四人ハ三使先導いたし、橘梠之間と扇之間柱脇ニ檜縁ニ下テ、殿様

御後ニ留ル

〃殿様御束帯・御帯釼被遊、御太刀御用人鈴木政右衛門、御刀古川繁右衛門、
御脇差大目付戸田仙助持之、湛長老御同道ニ而御広間南之縁類、橢梠之間
と扇之間、柱切ニ御出向、三使と御立並、御互ニ御一揖被成、湛長老も引続
キ、三使と御一揖有之、殿様・湛長老御先導被成、三使同前中段ニ御入、三
使ハ東之方、殿様・湛長老ハ西之方、御膳部之前ニ御双方御立並被成、殿様、
三使と御双方御同前ニ二揖被成、相済而、湛長老、三使と二揖有之、西山寺
不被出也、御双方共ニ御立並被成御座候而、上々官以下拝礼御請被成候付、
殿様南面ニ御向被成候得者、三使ら韓僉知を以被申候ハ、南面ニ御向被成
候而者、三使方を御そむけ被成候段気毒ニ存候間、三使方ニ御向イ被下候
様ニと被申候へ共、以前ら之礼式之義ニ候故、左様ニも難成旨、隼人請答い
たし候内はや、其節之時宜ニ被応候哉、少三使之方江御向合被遊候ニ付、三
郎左衛門申上候ハ、御足ハ三使之方江御向合被成候御容チニ被成、御脇ら
上南面被遊可然と申上、其通被遊、上々官・上官・上判事並判事・次官・中官・
下官へ拝礼御請被成ル

〃殿様御後ニ布衣素襖着之面々、其外御側廻り之面々ハ附書院南手溜之間ニ
相詰ル、湛長老御後ニ御会下并清書役之僧相詰、御盃・御吸物等取次候ため、
殿様御膳脇左右ニ御腰物掛壱人、御納戸掛壱人相詰ル、湛長老御膳脇左右
御会下二人相詰、三使左右之脇ニ小童二三人宛罷有、取次仕ル、護衛之軍官
ハ三使之後ニハ不相詰也、大通詞加勢伝五郎ハ下段敷居之際ニ畏居ル

〃湛長老脇ニ清書役之僧四人罷在候得共、三使之脇ニハ小童弐三人ツヽ相附
居候迄ニ而、軍官等ハ壱人も居不申候故、長老之脇ニ人多ク候而者、釣合不
宜候ニ付、清書役之僧者退キ候様ニ与申渡し、除之

拝礼之次第

〃上々官三人ハ中段敷居之内ニ入、一帖目より一列ニ真之二拝仕ル

〃軍官・上判事・製述官・良医・写字官・医師ハ縁類ニ而一行ニ立並、真ノ二拝
仕ル、但、軍官之内一人・良医一人、二拝之礼を可致略と致シ候付、折節忠
左衛門手近ニ罷在候付、軍官ハ忠左衛門おさへ、良医ハ幾度六右衛門押付候
へハ、惣並ニ二拝ツヽ仕ル

〃右之拝礼相済、次官以下拝礼ハ先差扣置、三使ら韓僉知を以上官之分拝礼
相済候間、曲彔ニ御掛り被成候得、我々も曲彔ニ掛り可申之旨、御挨拶被申
聞候付、三使同前ニ曲彔ニ御掛り被成、次官以下拝礼御請被成ル

〃次官・小童ハ落縁ら拝礼

〃中官ハ落縁之外仮縁ら拝礼

〃下官ハ庭上ニ筵敷之、重行して拝礼、右不残、真之二拝仕ル、但シ、拝礼之
下知人大目付弐人、御目付弐人勤之

〃印信関帖ハ御饗応之節ハ正使、右御上壇御棚之前、机之上ニ置之、此机兼而
用意有之、白木板ニシテ、丹木ニ而色付板厚サ壱寸、長サ壱尺六寸、高サ壱
尺、幅七八寸、くり足ニシテ、中ニいのめ明ケ、足休め畳すり仕付ル

〃右拝礼相済而、殿様、三郎左衛門を被為召、三使江之御口上被仰含、中座し
て韓僉知招キ、御口上之通伝之

　　　　三使江御口上

　　今日者申請候処、天気能珍重存候、乍然、何之風情も無御座候得共、
　　緩々御語語被成候様ニと存候、此程者伺公いたし、得御意、殊預御馳走
　　忝存候由被仰達、三使ら相応之御返答有之

右相済而、御双方一度ニ箸御取被成、御一同ニ御戴被成、御膳ニ有之候品
被召上候而、殿様与正使一度ニ御盃持出、次副使盃持出、次ニ従事、以酊
庵盃一度ニ持出、御盃台共ニ両御手ニ御取、御見合、御一同ニ御戴被成候
而被召上、又御一同ニ御戴被成、取次之人江御渡被成、御肴一種宛出之、
三献相済、二献目相済而三使ら之御挨拶、今日者被召寄、下々迄種々御丁
寧之御馳走被仰付忝奉存候との義、韓僉知、三郎左衛門江伝之、則御前へ
申上ル

〃三献相済、殿様、三郎左衛門を被為召、上々官へ相達候御口上

　　今日、初而申請候付、祝候而、三使と御盃事可被遊之旨被仰達候処、
　　弥其通可仕之由御返答有之

〃四献目ニ正使と御盃事被遊、御盃持出候節、初之通御取被成、御互ニ御戴、
直ニ御通イニ御渡被成、正使之盃と御取替し被成、又御戴被遊、御左之御手
ニ台を御持、御右之御手ニ御盃御取、少被召上、御盃を台ニ御据、正使之方

御見合被成、御同前ニ又御戴被成、御通イニ御渡被成、此間、副使・湛長老・従
事ハ御酒被給候而、盃を持、御盃事相添、御一同被戴、盃を取次ニ被渡ル也

〃五献目ニ副使、六献目ニ従事と段々ニ御盃事被遊、其度毎三郎左衛門罷出、
韓僉知を以御挨拶之趣申達ル、御盃事之節ハ三使銘々江殿様御向合、御取
替し被成ル、其後、三献出之前後、九献ニ而納ル、一献之間ニ御肴又ハ飯粥
出ル、八献目之節、残暑も強、御退屈可被成候故、御酒を入可申候旨御挨拶
被仰入、三郎左衛門、韓僉知江伝之、九献目、御肴・御盃出、三郎左衛門を被
為召、御口上承之、中座して上々官江伝之御口上

　　　残暑甚敷、御退屈可被成候故、今一献出之、御酒を入可申候故、御休
　　　息之為と存、先私義勝手ニ入申候、頓而罷出、可得御意之旨申達、彼
　　　方ら之御返答、同人取次申上、右九献相済而、御入被成ル

〃又、最前之通御膳部之前ニ御立被成、御一揖被遊御中立被成、殿様ニ者附書
院ら九老之間ニ御移り、奥江御入被成ル、引続キ、湛長老も御跡ら御書院江
御通、御休息有之、三使ハ橘梧之間ニ而休息、此所ニ而支度被替、上着を茂
被取、西瓜・砂糖・水等出之

〃休息之内、正徳年ニ者雨森東五郎・松浦儀右衛門義罷出、詩作等有之候得共、
三使ら其挨拶も無之候故、其儀無之

〃御座江殿様御出前ニ蓬莱之花台銀みかき、御菓子を盛候而、上座之真中、御
帳台之際ニ出置

〃七五三御膳部前以御膳掛方ら飾置キ御装束替之間ニ御膳方ら引取之

　　　但、殿様御奥ニ御入被成、三使休息之間江被入候而、早速中段之簾お
　　　ろし置候而、御膳部引取之、上官以上之飾膳部も不残、三使不被揚、
　　　以前ら其所々ニ配置

〃上々官を始、冠官不残装束改ル

〃年寄中諸役人綟子肩衣着

〃殿様綟子御肩衣被為召、御広間上段ニ御出被成、此時三使も上段ニ被揚、御
互ニ御茵之前ニ御立、御一揖被成、三使ハ御床之前、殿様并以酊庵西ノ方ニ
御着座被成、別而御菓子花台御銘々ニ出ル、御茶、銀ノ台天目ニ而御銘々ニ
出、一同ニ御戴被成、被召上、相済而三郎左衛門被為召、韓僉知を以三使江

御挨拶、此程ハ預御使、殊色々御音信忝存候、今日者申請候処、何之奥茂無
之候得共、緩々御語被成候様ニと存候、御草臥も可有之候間、御平座可被成
候、拙者ニも平座可仕との御挨拶被遊、御互ニ御平座被成、押付後段出之、
三郎左衛門被為召、上々官を以三使江御挨拶御六ヶ敷可被思召候得共、祝候
而、又々御盃事可仕と被仰達、前之通御盃事三献相済而、三郎左衛門を被為
召、御口上有之、則韓僉知を呼、三使江被仰達候ハ、今日者緩々得御意、大
慶存候、稀之御出会ニ候故、随分御馳走申度候得共、何之風情も無御座候、
此度ハ遥々之御旅行ニ候間、爰元御滞留之内、緩々御休息被成候様ニと存
候、兎角、何事も宜様ニ御相談可申入候間、兼々左様御心得可被成候と御挨
拶被成候処、相応ニ御返答有之、夫より三使并湛長老江硯 梨子地重硯箱
也、料紙銘々出之候時、三郎左衛門被為召、韓僉知を以御慰ニ詩作被成候
様ニと御挨拶被成候処、御返答、我々義常ニ詩作等ハ好ミ不申、殊不得方ニ
有之候故、御免被成可被下候との御挨拶也、依之、以酊和尚之義ハ書簡御役
之事候故、押掛、詩を御認被遣候ハ、可然哉と、何茂致挨拶、則御詩作、三
使へ被遣之、彼方ゟ御詩作ニ我々被祝、忝存候、追而、和韻可進与之挨拶有
之、三使詩作有之候へハ、製述官・書記被召出、東五郎・義右衛門被召出先格
ニ候へ共、三使詩作御断故、不被召出也、仮令、三使詩作有之候とも、製述
官ハ不被召出筈也、追付、三使前之硯・料紙引之

〃相済而御銘々御肴・御盃出、殿様御盃事相済而、湛長老と三使御盃事有之、
御盃事之間々ニ御肴出ル、委細、御献立帳ニ有之

〃殿様与正使と右御盃事相済而、正使ゟ韓僉知を以御用向之義、三郎左衛門
江伝之、惣而今日御用向之御贈答ハ奥ニ記之、御盃事之内、日暮候付、燭燈之

〃九献目、御納之台ニ土器振出之、御前ニ三郎左衛門被為召候而、三使江御挨拶
残暑強御退屈ニ可有御座候、殊御酒も御用不被成候故、今一献ニ而、
御酒入可申候間、一盃宛ハ参り候様ニとの御事、三郎左衛門伝之、三
使ゟ之御返答、終日御丁寧之御馳走被仰付、忝奉存候、常ニハ御酒用
不申候へ共、此度之献精出し給可申候間、御酒御入被成可被下旨、韓
僉知、三郎左衛門江伝之、則御前江申上ル、九献目、銀之御銚子御
銘々ニ五ツ出ル、土器にて被給之、前後九献ニ而、御銚子入ル、台三
方、御肴等迄悉引之、銀之台天目ニ而御銘々御茶出し、双方御見合御

戴被成、御飲仕舞被成、又双方御見合、御戴被成通ニ御渡被成ル

〃三郎左衛門、御前江被為召、三使江之御口上有之、韓僉知江伝之

今日者残暑も強ク御座候処、御出被下、緩々御語被成候得共、何之風
情も無之、別而御残多存候、御宿も手狭ニ有之可為御窮屈与存候、乍
然、御心安事候間、朝鮮同前ニ被思召候而、緩々与御休息被成候様ニ
と存候、如何様近日以参可申入候由被仰入ル

〃相済而向を御見合被成、御茵之前ニ御立、二揖被成、跡ニ而以酊庵も引続二
揖有之而、三使被罷帰候時、殿様与正使と御並御歩行被成、副使・従事と湛長
老と御並歩行、最前御出迎被成候所迄、御送被成、御一揖有之而御入被遊ル

〃三使戌上刻、被致帰館

〃年寄中ハ最前出迎候所迄段々送出ル

〃年寄中詰所之義、御膳部御規式之内ハ狩衣着、三郎左衛門ハ殿様御膳部御
右之方ニ罷有、取次仕、其外之御年寄中ハ御広間南ノ縁頬、西之方障子際ニ
相詰、御居酒盛之内ハ中段、西之方障子際ニ相詰ル

〃三使帰館ニ付、御使者加納左助被遣之、今日者預御出、緩々得御意、大慶存
候、併、何之風情も無之、却而御草臥可被成候、御出之御礼、旁為可申述、
以使者申入候旨被仰遣、三使被繕候花台ハ御下向御饗応之節、被遣筈也

〃今日、御屋鋪江罷上り候朝鮮人、左記之

一上々官三人
一上判事三人
一製述官壱人
一良医壱人

右者通イ書院小姓麻上下着、勤之

一軍官拾壱人
一次上判事弐人
一押物判事弐人
一医員壱人
一写字官弐人
一別破陣弐人
一馬上才弐人

一曲楽弐人
　　　一伴倘三人
　　右之分、合人数卅五人、但上々官ら次官迄也、通イ六十人之子共麻上
　　下着
　　　一中官百五十五人
　　右、通イ平町人子共袴計着
　　　一下官弐百九人
　　右者中ノ門長屋ニ而料理被下之、配膳所ハ長屋之内溜りニ木屋掛、此
　　所ら仕出ス、通イ同断
ゝ信使御招請ニ付、行列前後之騎馬、左記之

　　　　　　　　　　　　　┌樋口弥五左衛門
　　　先乗り騎馬　　　　　│平田造酒之允
　　　　　　　　　　　　　└畑嶋伊左衛門

　　　　　　　　　　　　　┌樋口五左衛門
　　　跡乗り騎馬　　　　　│田中善左衛門
　　　　　　　　　　　　　└小川伝八

ゝ今日、三使御宴享ニ付、通詞下知役并通詞布上下着、御屋鋪江相詰ル、通詞
　　ハ三使被揚候節、夫々ニ相附罷出ル、尤、大庁当番之下知役ら一人并通詞ら
　　弐人相勤ル
ゝ右、同断ニ付、大庁大小姓横目三人、御歩行横目弐人布上下着、組横目羽織
　　袴着、相附罷出ル
ゝ通詞下知役大小姓横目ハ三使ら先達而上ル
ゝ今日、御屋鋪拝礼之絵図并諸番所辻堅等、御供方日帳ニ委ク記之
　　　御居酒盛之節、三使ら御用向被申達候趣、左記之

此ヶ条ハ殿様、正使与御盃事相済候以後

ゝ正使ら韓僉知を以被申上候趣、於御前、三郎左衛門江申聞候者、先年ら破船
　　損命之儀ニ付、段々入組ニ罷成居候、御誠信之上之儀ニ候故、何とそ首尾好
　　相談相済、入組之義出来不致候様ニ此段都表ニおるて朝廷方ら被申付候、

宜御聞届被下候得かし、幸、今日致参上候付、右之趣得御意候段申聞ル、則
三郎左衛門取次、御前へ申上、御返答ニ被仰出候ハ、段々被仰聞候趣致承知
候、此儀者御対談之上ニ而ハ難相極儀ニ候、兎角、其趣御書付被下候か、韓
僉知以書付、奉行中江申聞候上ニ而、得と相考、御返答可申入候、被仰聞候
趣ハ先承届候由被仰出、其段、韓僉知を以三郎左衛門伝之

此ヶ条ハ殿様与従事、御盃事相済候以後

〻暫間有之、正使前江韓僉知を被呼、御前江被申上候趣、三郎左衛門江伝之、
先年以来、公作米之義ニ付、東釜之下役人不届有之、爰元へ相渡し候約條之
米ニ水を加へ、或ハ土石を交へ、剰未収米有之段、朝廷方被承之、下々之致
し方と乍申、不届千万存候、此段、東釜下着之節、屹度遂吟味候様ニと被申
付候付、其段東萊江申渡候、ヶ様之儀者都表江相聞へ候刻、少も無、猶予屹
度被相正、専誠信を被相守候、此段、拙者共ち可申通旨、朝廷方被申付候故、
御内意申入候段、韓僉知、三郎左衛門江伝之、則御前江申上候処、御返答、
公作米之儀ニ付、先年以来ら下々之致し方ニ而、此方へ相渡し候米ニ水を
加へ、土石を交へ、未収米有之段、朝廷方御聞及被成、於都表、各へ被仰渡
候趣、御内意被仰聞、御誠信之段不浅、忝存候、仰之通、先年以来、公作米
之義ニ付、段々下々之仕業ニ而も可有之候、不届之義有之、役人共令難儀而
已ニ而無之、食用ニ仕候州中者共甚致迷惑由ニ候、御誠信之上、悪事を仕候
義、御こらし可被成と被仰含候段、重畳不浅存候、御帰国之節、朝廷方江宜
御礼之義頼存候由、韓僉知へ三郎左衛門伝之

此ヶ条以酊庵与盃事有之刻

〻暫有之、従事、御前江被申上候趣、韓僉知を以三郎左衛門江伝之、近年者此
方下々潜商殊外はひこり不届千万ニ候、此段、於都表、朝廷方被承之、今度
一行之人数、私下知仕事ニ候故、東萊下着以後、乗船之節迄も船荷物等厳敷
相改、当国渡海之刻も早速、此方六艘之船一行之人数不残厳相改申候、人蔘
之義者隠し商売、両国申合ニ而厳敷令法度事ニ候得共、下々相背族有之、気
毒ニ存候、其元下々至迄たとへ朝鮮人潜商之義申談し候共、組合不申候様
ニ急度被仰達可被下候、万一此方之者、左様之義仕候族有之候ハ、、早速可
被仰聞候、此段、為御心得申上候との義、韓僉知、三郎左衛門江伝之、則御
前江申上御返答ハ、被仰聞候趣致承知候、如仰、潜商之義両国申合、制禁致

事ニ候得共、近年下々制法を背キ、潜商之族有之、於拙者も気毒存候処、此
度、於都表、朝廷方ら第一人蔘潜商之義厳敷被遂御僉議候様ニ被蒙仰候由
被仰聞、両国申合、誠信之義ニ御座候故、御尤存候、弥、此方之人者兼々厳
敷申付置候、殊、各御同道申入事ニ候故、下々至り、其弊無之様こと段々厳
敷申付候得共、若相背者有之、於其元相知候ハ、、早速可被仰聞候、入御念
被仰聞候趣委細承届候与之御返答、韓僉知へ伝之

〃今日、正使・従事ら殿様江破船殞命之義并潜商之訳被申上候を、韓僉知方ら
真文を以差出候を、和文ニ認、御供方日帳ニ記之置、尤破船殞命之義ハ別帳
ニ記之

七月四日

〃杉村采女・大浦忠左衛門、裁判樋口孫左衛門・吉川六郎左衛門、御使者屋江
罷出ル

〃従事方ら上々官を以裁判江対面可被致候由ニ而、樋口孫左衛門・吉川六郎左
衛門、通詞阿比留儀兵衛・小松原権右衛門召連、罷出、日本礼ニいたし、指
寄候処ニ、従事、儀兵衛を以被申聞候者、先達而馬ニ相附候理馬并通事・下
官被差越候義、先例ニ者御座候得共、一行ニ召連不申、先達而差越候段、潜
商之品をも指越可申哉と、別而無心元存候、第一人蔘之義ハ出高も大概有
之物ニ候処ニ、潜商有之候而者対州之為、不宜儀与存候、御油断者有之間敷
候得共、随分行規相立候様ニ可被仰付候、此段、御前江申上候様ニ与之義ニ
付、裁判両人御返答ニ申入候者、被入御念、被仰聞候段御尤ニ存候、潜商之
義随分相防キ、往来之船中、又ハ乗組之者共厳鋪捜験仕事ニ御座候、此度、
先達而被遣候三人も各様ら具ニ行規被仰付、其上、対州ら横目をも相附、素
り、所々御馳走所ニ而も行規被申付、諸事厳密ニ被仕事ニ候、潜商之義、一
方ら行規申付候而も、双方之行規相立不申候而者難止物ニ御座候、御心を
被附被下候段、太守江申達、被承候ハ、、御尤ニ存可被申候、乍此上、以後
共ニ潜商之族無之様ニ、朝鮮国ら御下知被成候様ニ与奉存候由申入候旨、
孫左衛門・六郎左衛門申聞ル

〃番十兵衛乗り船ニ手紙ニ而申遣候者、今朝、従事方ら裁判を以被申聞候者、
此度御馬ニ相附朝鮮人、先達而罷越候、潜商等不仕候様ニと堅申付候得共、
無心元存候間、行規人江能々申達候様ニ被申聞候、彼方ら右之通念を入被
申聞事候間、潜商等不仕、勿論不行規成儀無之様ニ、貴殿ら毎度被申聞、通
詞へも其趣可被申渡候、且又、御馬ニ相附候朝鮮人共道中蚊帳之義、御馳走
方ら出不申候ハ、於大坂、役方ら受取、持越可被申候、尤、蠅追も此方御
屋敷ら被受取、右持手ハ御馳走方ら出申先規ニ候間、右之趣、大浦左近右衛
門、中原勘兵衛江も可被申談候旨申遣ス

〃三使方江大浦忠左衛門方ら音物、左之通遣之、左ニ記之

外面式

奉　　　　　呈	謹封
正使道大人 閣下	

　　鮮鰒一盤
　　素麺一盤
　　西瓜五顆

　　　計

　　　　　　　　　　　　　　┌朱印
　　己亥七月　日　　奉行平倫之 謹封

〃正使江右之通

〃副使同断

〃従事同断

　右、客館江若堂持参、通詞山城弥左衛門取次之、韓僉知江申達、三使江差
出之

〃朝鮮船繋居候所潮入深サ、波戸之内深サ、丈尺試ミ候様ニ御船頭小田村弥七、
御梶取横田権十郎并御船手之者差越、御横目之内ら立会、見分申付候様ニ
申遣ス

〃副使船修理所有之候付、大工三人板釘等持参いたし、修理仕候間、被得其意
候様ニ御横目方へ申遣ス

〃今日者風立候付、朝鮮船波戸外江繋居候而者無心元由、三使被申候段、韓僉

知申聞候付、御船奉行小田平左衛門江申渡、六艘共ニ波戸内ニ入、繋之、浜
御横目通詞下知役、通詞罷出、下知仕ル

〻裁判吉川六郎左衛門を以上々官江申達候者、昨日相顕候、此度一行之内陰
ニ人数増召連候趣書付、各方ら明文差出被申候様ニ与之義ニ候由申達候処、
左之通手形差出候付、記之、増人之儀者別而御馳走被仰付義ニ而ハ無御座
候、水主殊外寡く差支候付、右之通相増申候様申聞ル

　　　講定四百七十五人外
　　　加率下官十三名此外
　　　決無一人事

　　　　　　　　　　朴同知 印
　　　七月四日　　　韓僉知 印
　　　　　　　　　　金僉知 印

　　　裁判両公

〻今日、権僉正、御屋敷江上り候ニ付、大庁御横目頭森川伴右衛門、大小姓横
目一人、組横目内一人相附、通詞下知役小田七郎左衛門、通詞脇田利五左衛
門相附

〻小田平左衛門方ら申聞候ハ、先刻茂申達候通、波戸崎江繋居候朝鮮船、此風
根ニ而者、段々強ク波高ニ罷成候而ハ如何鋪奉存候間、従事乗船を初、卜船
共ニ四艘艫を舳ニ繰直し候儀早々被仰付可被下候、昼之内ニ而無御座候而
者、丈夫ニ繋せ候儀難成御座候、弥、其通り被仰付被下候ハ、、舳を沖ニ繰
直し、朝鮮人所持之網碇を以繋せ置、昨夕臨時ニ此方ら繋せ候網碇者先此方
へ揚ケ置、風波強ク候節ハ何時も遣シ申候様ニ仕置度由申聞候付、三使方江
六郎左衛門を以相届、弥右之通、繋直し申付候様ニ平左衛門方へも申遣ス

〻今日、信使屋江別下程被遣之、御使者御勘定役畑嶋儀右衛門素袍着、賄手代
布上下着、相附、罷出ル、品、左記之

一素麺九貫目、三箱ニシテ
一推茸四斗五升、三箱ニシテ
一葉大根三十把
一茄子五十
一鮑三十盃
一牛壱疋
一鯣十五連
一根芋七十五本
一塩鰤六喉
一家猪十弐疋
一鶏十五羽
一諸白三斗三樽ニシテ

右者三使江真目録相添

一素麺六貫目、三箱ニシテ
一葉大根弐十把一折
一茄子三十一折
一根芋三十本一折
一鶏六羽
一諸白三斗、三樽ニシテ
一推茸弐斗一折
一鯣十連一折
一家猪六足一折 但、猪之代り
一塩鰤六喉一折
一鮑一折十盃

右者上々官江手目録相添

一素麺壱貫目、壱箱
一鮑十盃一折
一塩鰤三喉一折
一諸白三斗、三樽ニシテ
一推茸弐斗一折
一家猪三足一折 但、猪之代り
一鶏三羽

右者上判事中江手目録

一推茸壱斗五升一折
一塩鯛三十枚二折
一諸白五斗、五樽ニシテ
一木茸五升一折
一家猪四足一折 但、猪之代り

右者上官中江手目録

一生鰒五十盃一折
└但、塩鯖百五十、天和ニ被遣候代り
一並諸白九斗五樽ニシテ
一塩鯛弐拾枚
└但、先規猪足ニ而候へ共、有合不申候付、塩鯛遣之

右者中官中へ手目録

一鯖三百二折
└但、先規ハ百五十ニ而候へ共、細ク候付、正徳年三百ニ成、当年も細ク候付、三百遣之、
一塩鯛三拾枚二折
└但、天和ニハ猪足十枝之代り、正徳年ニ者、塩鯛三十枚

右者下官中へ手目録

右之通浅右衛門大庁江持参、御口上、先例之通別下程致進覧候旨、上々官三人を以申達候処、則三使江申達、御返答

　　委曲致承知候、先規有之由ニ而品々余計ニ被掛御意、忝存候、先規と御座候付、致受納候、殊、上々官以下江も被下置候由、段々被入御念、御丁寧之至奉存候、是又、先規与被仰下候付、致拝受候様ニ可申渡候、御礼之義者宜申上候様ニ与之儀、右上々官三人を以被申聞候由、浅右衛門申聞ル

〻三使江之真目録

素麺	参匣
香蕈	参匣
萊菔菜	参拾把
茄子	伍拾顆
石決明	参拾枚
乾烏賊	壱盤
帯葉芋	壱盤
醢鰤	陸尾
家猪	壱盤
鶏	拾五隻
牛	壱頭
清酒	参樽

　　　計

月　日　御名不書也、奉書竪紙上包、仮ニ包之

　上々官以下奉書半切継紙ニ手目録

〻信使之節、三使江被遣候別下程之品真御目録ニ、御名を書キ、御朱印を押被遣候先例ニ候、然処ニ於朝鮮表一特送使、副特送使、別下程之品入来り候節、屹と目録相添不申、役目之朝鮮人持来候を、僉官之役人請取之、申事候、訳官之節も奉書半切ニ和文字ニ而手目録相認、被遣之事ニ候、然者、信使之節とても真御目録ニ、御名御朱印ニハ及申間敷義ニ候と、何茂申談、此度ゟ御名御朱印之儀者相止也、然共、三使被致披見候儀も可有之かニ候間、御目録ハ真文字ニ而奉書竪紙ニ相認也

〃杉村采女方ら上々官三人中へ左之通被送之

鮑一折	⎰朴同知 ⎱金僉知
⎰干いか一折 ⎱百合草一折	韓僉知

〃三使衆江平田隼人方ら庭前之蘭花一瓶被送之、韓僉知取次之、差出ス

七月五日

〃杉村采女・大浦忠左衛門、裁判吉川六郎左衛門、御使者屋へ相詰ル

〃風波強ク、船番之御横目中、船江乗り居候義難成之由申出候付、朝鮮船内ニ
　入候得共、墻出来不致候間、墻出来候迄ハ御馬廻り大小姓ハ浜横目番所へ
　相詰、御歩行ハ波戸先之給人番所へ相詰候様ニと申渡ス、尤、浜御横目頭へ
　も右之趣申遣ス

〃南風強ク、波も相増候間、波戸之なら石を吹起し可申候、若、なら石崩候
　ハヽ、波も打越し可申候間、大碇を二三頭、波戸江差出し、なら石ニ押へ候
　様ニ可被申付候、尤、下知之儀ハ浜御横目江申渡候旨、御船奉行江申遣ス、
　勿論、浜御横目へも右之段申渡候間、碇参り候ハヽ、差寄、下知いたし候様
　ニ申渡ス

〃御船奉行方江采女ら申遣候者、次第ニ風波烈ク罷成り候付、船々当り合損
　し申事も可有之候間、斤定蔵ら古畳弐三拾畳用心ニ取寄、浜之御蔵之出し
　ニ被差出置候様ニと、以手紙申遣ス

〃昨日、別下程被遣候御礼及雨中為見舞、三使ら金判事・小童一人・使令弐人
　罷上り候ニ付、太庁御横目頭土田甚五左衛門、大小銘横目一人、通詞下知役
　小嶋又蔵、是ハ先達而罷上ル、通詞一人、組之者一人相附ス

〃風雨強候付、采女・忠左衛門同道、安否為尋、太庁江罷越、上々官参人出会
　候付、韓僉知を以三使江之口上申達候者、今日者風雨強候得共、弥御勇健可
　被成御座、珍重奉存候、朝鮮船之儀も夜前六艘ともに役々へ申付、船溚江繰

込セ繋置候付、今日之風波ニも別條有御座間敷与存候由申達候処、三使江申達、返答申聞候者、被入御念、御出、忝存候、船之儀も役々江被仰付、船澹江御繰込せ被下候故、致安堵候との義也

〵三使方江裁判吉川六郎左衛門を以被仰遣候者、殊外之風雨ニ御座候得共、弥可為御平安与珍重奉存候、明日者客館江致参上、可得御意与存候、此段為可申述、裁判を以申入候与之御口上、上々官三人を以申達候所、三使ら之返答ニ被仰候者、仰之通、殊外之風雨ニ御座候、弥、御堅固被成御座候由、珍重奉存候、明日ハ此方江御出可被下之由、忝存候、乍然、殊外之風雨ニ御座候故、御苦労ニ存候、其上、明後日之乗船ニ御座候得者、末々迄之取込も可有之与存候間、御出被下候同前ニ候間、御出御無用被成可被下候与之返答也

〵右之節、六郎左衛門、上々官江申候者、雨天御徒然可有御座与存、為御慰、追付、杉焼御音信被申候、此風波ニ而五日次ニ生肴入不申候付、杉焼進せ申候者、外ニも生肴可有之与可被思召候得共、何とそ与存、浦内風強之所随分為悼申、漸少計取出し、五日次ニ入候程ニ者無御座候付、料理ニ申付、進せ被申候由申達候得者、三使ら之返答、上々官申聞候ハ、被入御念、忝存候、度々、御音物被下候故、別而料理差支候義も無御座候処ニ、御心被添候段不浅、忝奉存候、打寄賞味可仕候、宜御礼申上候様ニとの義也

杉焼料理

汁
　　　　　　　　　鯛
　　　　　　　　　大こん
　　　　　　　　　たまこ
　　　　　　　　　あわひ
　　　　　　　　　揚豆腐
　　　　　　　　　ねき
　　　　　　　　　にな

肴
吸物　　　猪
重引　　　にかひ
　　　　　かんひよう
皿盛　　　おはやき
　　　　　ねき
　　　　　太こん
　　　　　色かんてん
　　　すみそ
蓋天目　　鶏
　　　　　のつへい
むしりいか
くわし　　あやめ餅
　　　　　かすていら
　　　　　こまはうろ
西瓜・砂糖

〻右之品々、御屋敷賄方ニ而致用意、煮立候計ニ拵、御膳掛国分留兵衛并御料
　理人、其外御賄掛等相附、椀盤鍋等持越、大庁ニ而煮立、三使・上々官迄出ス、
　尤、上官迄も被振廻候ため、十四五人前致用意、持越ス

〻松平安芸守様御用、屏風押字廾四枚、味木立軒方ら雨森東五郎方江頼来候
　段、東五郎申出候付、書せ可申哉之旨、隼人・三郎左衛門方江申遣候処、御
　前江者可申上候間、書せ遣候様ニ申来候付、則東五郎江其旨申渡ス、此以後、
　ともに海陸ニて御大君様其外ら御頼有之候節、毎度相伺候而ハ差支可申候
　間、御望等有之候ハ、書せ遣度毎ニ委細帳面ニ記させ、一度差上、如何可
　有之哉、於御同意ハ被相伺、否被申聞候様ニ、隼人・三郎左衛門方へ申遣候
　処、則奉伺候へハ、其通仕候様ニ被仰出候段申来候付、其通被相心得候様ニ、
　裁判并東五郎江申渡ス

〻三使方江為御見廻、先規之通、たはこ・きせる、裁判吉川六郎左衛門を以被

遣之、仕立、左記ス

　一三重多葉粉入一組内ニ、<small>吉野・服部・新田割テ入、多葉粉之名真書ニシテ、重ノ内ニ入</small>

　　但、野良蓋重ノ高サ五寸弐歩、長サ六寸、横三寸、但、外法四方きちや
　　うめん内外黒ぬり、緑金粉ぬり、外金粉ニテ草花打枝もやう有之、緒
　　付之鐶銀かな物菊座緒紫八ツ打丸緒ニシテ、房有之一重ノ深サ壱寸三
　　分、外之高サ壱寸七歩、組用印篭組ニして、外箱相黒かき合かふせ、
　　蓋長サ七寸壱歩、横三寸、高サ緒すり共ニ七寸、但、外法り外箱之緒
　　萌黄絹真田

　一銀焗器弐対

　　但、竿金、梨子地、奉書紙ニ而包、白赤之上、上り水引ニ而繕之、上包
　　ニ銀煙菅四握

右、二色かけなかし台一ツニ載せ、三使銘々江被遣之、尤真目録相添、台
長サ壱尺八寸、横八寸

上々官江

　一三重多葉粉入、一組内ニ、<small>吉野・服部・新田割テ入、三種真書ニシテ重ノ内ニ入</small>

　　但、箱相内外赤かき合、緑金粉ぬり、外切はく緒付ノ鐶煮黒め菊座緒
　　紫平紐、外箱相黒かき合、緒木綿袋真田組箱ノ寸法、前ニ同し、きち
　　やうめん有之

　一銀煙器壱対

　　但、朱竿奉書紙ニ而包、上水引ニ而結之、包紙之上ニ銀煙菅二本

右、二色台一ニ載ル、上々官三人銘々ニ被遣之、和目録相添

　一銀焗器壱対宛、<small>杉原紙ニ而包、上水引ニ而結之、包紙ノ上ニ銀煙菅二本</small>

　　但、朱竿

　一新田多葉粉壱斤宛、<small>奉書紙ニ而包、上水引ニ而結之、包紙之上ニ新田煙草</small>

右、二色かけなかし台一ニ載、上判事三人銘々ニ被遣之、和目録相添
〻三使銘々江真目録認様、左ニ記ス、但、大高檀紙

　　截煙　　　参種

銀煙菅　　肆握

　計

己亥七月日　平 方誠　御朱印

袋ノ書付

　奉　　　　呈
　　　　　　　　　　謹封
　正使大人　閣下

　副使・従事同断

上々官和目録認様、左ニ記

　截煙　　　一組
　　　　　　　　　料紙奉書竪
　銀煙菅　　二本

　　以上

右上々官朴同知・韓僉知・金僉知三人銘々江上巻ニ、朴同知与書付、残両人
も同前

　南草　　　一斤
　　　　　　　　　但、奉書竪目録
　銀煙器　　二本

　　以上

右、上判事韓僉正・李判官・鄭判官、銘々ニ認巻上名書付ル

右裁判川六郎左衛門、使者被仰付、御口上申達し、右之品、上々官を以指
出候処、三使返答、被思召寄、両品被掛御意、毎度御懇志忝奉存候、烟草
之義者留置申候、烟器者手前ニも持越候故、御断申候、受納不仕与之御儀、
六郎左衛門、上々官迄申達候ハ、御慰のため、太守ら進覧被申候処ニ、御
返進被成候与有之候而者、少者気毒ニも可被存候間、願者、御受納可被成
候様ニ可被申達由申候処ニ、上々官共申候ハ、烟器之義ハ手前ニも所持被
致、其上正徳ニ茂御断被申候段、記録ニ相見へ候付、返進被仰候と申候ニ
付、六郎左衛門申達候者、総体音物之儀、手前ニ所持仕居候とて、受用不
仕事ニ候ハヽ、三使ら太守ニ被遣候音物、是又請不被申候而も、手前事か
き申候と申訳ニ而者無之候得共、御志を以被下候ヘハ、寸志之品ニ而も忝
被存事ニ候、其上、正徳ニ御請不被成候を例ニ被思召候と相聞候、以前之

信使、段々御受納被成候、然者、以前之三使ハ貪られ、正徳之信使ニハ清
廉ニ有之候とも可難申候、先例を以被贈候品ニ候間、一箇之例ニハ御抱り
不被成、御受用候ハ、可然由申達候処、韓僉知申候ハ、従事ハ其趣ニ被
存候、然共、正使、正徳之例ニ抱り被居候間、今一応御帰候而、御奉行ら
御挨拶有之候ハ、被受候事も可有之哉与申候ニ付、とても被遣候品受用
不被致も不快儀と存、罷帰、采女・忠左衛門江申達し、何茂存寄同前ニ存
候との指図ニ付、又々裁判罷越、奉行中ら之挨拶、上々官ニ申達し、三使
聞達之上、忝可致受納との義ニ而被相受、六郎左衛門罷帰ル

〃上々官・上判事江被下候たはこきせるも六郎左衛門持参、相渡之

〃製述官・良医へも正徳年ニハきせるたはこ被成下候へ共、此度、製述官儀拝
礼之違却有之、良医義者今度御屋敷江不被召寄候故、右之品不被成下也

　　　　一銀一枚宛　　　　写字官弐人
　　　　一同一枚　　　　　画員壱人
　　　　一同弐枚宛　　　　馬上才弐人

　　　　右者去月晦日、書画并馬芸相勤候付、先例のことく被成下ル、裁判六
　　　　郎左衛門持参、相渡ス

〃製述官、正徳年ニ者御目見仕候而、詩作もいたし候付、御銀被成下候へ共、
此度ハ御目見無之候付、不被成下、良医儀茂正徳年ニ者御目見仕、御様体を
も相伺候付、御銀被成下候得共、此度ハ御目見茂不仕候付、不被成下也、尤、
写字官・画員も先規ニ違、去月晦日、御目見ハ不仕候得共、製述官とハ訳違、
別而拝礼之御断も不申上、其上、書画をも相勤候故、先規のことく被成下ル

〃平田隼人、杉村三郎左衛門方江申遣候ハ、朝鮮人方ら調物仕度由相願候付、
通詞下知役ら裁判迄申出、致證印、買物役ら調遣候銀高、只今迄新銀拾五六
匁之高ニ而御座候、此以後、用事相頼候共、多ク之銀高とハ相見へ不申候、
然ハ、右之代銀只今相払候哉と、買物役方ら通詞以相尋候処、此節ハ少之銀
をも所持不仕候間、帰国之節、御厚恩之内を以仕払可仕候間、其間ハ繕置く
れ候様ニ申候由ニ御座候、天和之節も右之趣ニ而、其内ハ役方ら取替置被
申候様ニと、大坂ニ而か江戸表ニ而か俵四郎左衛門江被仰渡たる事有之候
様ニ覚申候、纔之銀高ニても有之、当時償得不申筋も相知申たる事候間、帰

国迄ハ役方ら取替候様ニも可被仰付候哉、此方ニても返済之儀重而滞不申
様ニ可申渡置候、弥御同意ニ候ハ、、役方へ可被仰渡旨申遣候処、返答ニ申
来候ハ、差当所持不仕、銀之儀候故、当分役方ら相繕置候様ニ不被仰付候而
者難成可有之与存候間、弥返済之儀相滞不申候様ニ申渡置候へ、役方へも
其旨可申渡由、正徳ニ買物差引役米田惣兵衛・平田左仲、請払之帳ニ五日次
物之内、残物売払候銀高凡五拾貫目余と相見へ候付、惣体買物之銀高、右之
内場ニ候ハ、、差而滞候義者有之間敷様ニ存候間、其心得肝要ニ候、爰元ニ
而之買掛ハ役方ら差出置候、對府出船いたし、風本ら江戸迄并御下向、江戸
ら風本迄之買掛之分ハ通詞中ら相償置くれ候様ニ申渡、如何可有之哉之旨、
返答申来候付、則其通可被申渡旨、裁判吉川六郎左衛門江申渡候処、六郎左
衛門被申聞候ハ、右之一件、上々官得与合点いたし、請負候上ニ而無之候而
者、後之成行無心元存候間、上々官へ通詞下知役を以可申達由ニて、則被申
達候処、上々官共申候者、諸方ら到来之品ニても、銘々自由ニ仕候勢ニ而無
之候故、右返弁之儀、我々請合候儀難成由申ニ付、左候ハ、、朝鮮人何分之
用事を申候とも、一銭之取替不仕候間、若、難儀之筋ともニ申候ハ、、其方
たち請合不申候故、右之通ニ候と相答可申候間、左様可相心得旨申達、其以
後少之品ニても調遣不申也、尤、前ニ取替候銀高、新銀ニ而七八十匁余も可
有之候哉、其分ハ五日次下行之銀、又ハ五日次物ニても差引仕候儀、不差支、
銀高之由ニ付、其侭ニ仕置候由被申聞ル

〻平田隼人方ら韓僉知方江左之通遣之

　　素麺　　　一台
　　西瓜　　　三ツ
　　酒　　　　二瓶

七月六日　雨天沖南風

〻杉村采女・大浦忠左衛門・裁判吉川六郎左衛門、御使者屋へ罷出ル
〻三使并其外へ、今日、御使者大目付樋口五左衛門を以御音物、左ニ記之
　　　　杉重一組宛　　　真御目録

右者三使銘々江

　　杉重一組

右者上々官三人中江

　　杉重一組

右者上判事三人、学士一人、良医一人、五人中江

　　杉重弐組

右者上官中江

右、御使者口上、先刻、裁判を以申進候通、殊外之風雨候得共、弥御無
異御座候由、珍重存候、然者、今日者以参可得御意与存、罷在候処、昨
日御断之趣致承知候、夫共ニ致伺公、得御意度候得共、段々御丁寧ニ
被仰聞候上、風雨も烈敷候得者、却而御旅宿之御妨ニ可罷成存、任御
断、御見廻不申候、此天気ニ而者明日之乗船不罷成候付、相延申候、
定日之義者追而可申入候、段々御出船之期も相延、気毒ニ可被思召候
得共、可致様茂無御座候、此方も油断不仕候間、左様御心得可被成候、
爰元、客館之義者手狭ニ有之、御退屈可被成と存候、余者重而面上ニ
可得御意候、此段、使者を以申入候付、目録之通り、令進覧之候、御使
者大目付樋口五左衛門布衣着、勤之

〆右、御使者五左衛門、御馳走役平田造酒之允致誘引、客館江罷出候処、上々
官朴同知・韓僉知出会候付、従殿様之御口上申達候所、三使ら之御返答為御
見舞、御使者殊御目録之通被掛御意、其上、上々官・上官迄も被下之、度々
之御馳走被入御念候御事、忝奉存候、今日、此方ニ御出之儀、御断申候付、
被仰下候趣、御懇懃奉存候、且又、風雨烈敷候付、明日之御乗船御延引可被
成之由被仰下、得其意候、天気晴次第、其元様ら御左右被成候節、御同前ニ
乗船可仕与之返答也、右、相済而、三使ら膳部出候様ニ被申候旨、上々官申
候得共、膳部ハ船江有之様ニ相聞へ候ニ付、風雨強ク候故、五左衛門ら達而
断申達、膳部請不申候由、五左衛門申聞ル

〆御出帆之節、三使衆之船并ト船共ニ御召船ら先ニ出船無之様ニ年寄中ら
上々官へ相渡候書付、左記ス

　　渡海時、太守船在前引導、三使

騎船并卜船、当成列行進、一看太守

船所向事

　　七月　日　　　　年寄中

　　　上々官

辛卯年出船之義ニ付、違却有之候而、此方ら殿様御出船之次第書付、被遣之候処、三使被聞届、伝令を以船将中江被申付候、委細ハ辛卯之記録ニ有之候、仍是、此度辛卯年之趣、別紙ニ書付御見せ被成候、則別紙之書付、左記之

　　第一鼓船上収拾

　　第二鼓扯錨

　　第三鼓発船

太守発船式如右

　　　伝令六船将処

　　島主騎船、第一鼓後、船中

　　什物、収拾整待、第二鼓後、

　　挙碇、第三鼓後、発船事、知

　　悉挙行者

辛卯年

三使道伝令如右

　　右之書付、裁判吉川六郎左衛門、客館へ致持参、上々官三人を以三使へ申達候処、成程御尤ニ奉存候、早速可申付候得共、此天気合ニ而者乗船も難計候間、乗船仕候節、急度可申付候、何事も御差図ニ漏候義者無御座候由、慇懃ニ返答被申聞ル、此時、相詰候大通詞加勢伝五郎并山城弥左衛門取次之

〃人馬方之通詞春田市兵衛申付置候得共、朝鮮人売物買物、通詞多田伊兵衛病気ニ付、御断申出、被差許候付、為代、申付ル

〃人馬方之通詞春田市兵衛代りニ並通詞之内ら岡田孫兵衛申付ル

〃並通詞一人令不足候ニ付、生田清兵衛、新規ニ申付ル

右通詞移り代、夫々被申付候様ニ仮町奉行畑嶋伊左衛門江以手紙申渡ス

右生田清兵衛、於御使者屋、誓旨血判申付ル、先規、町奉行召連出、誓旨申付候得共、畑嶋伊左衛門儀遠方ニ罷有、明日之御乗船急成義ニ候故、裁判吉川六郎左衛門方ゟ誓旨取寄申付候付、采女・忠左衛門遂見分、念を入相勤候様ニと申渡ス

〻御船奉行小田平左衛門ゟ手紙ニ而申聞候ハ、風雨強ゆなき高ク御座候而、伝間之通イも難成候ニ付、御物并御家中荷物之義静ニ罷成候而も、四五日掛り不申候而ハ何分ニ下知仕候而も積仕舞申間敷之由申越候付、左様ニ便々と日数掛候而者不宜候間、明日ニても静ニ成候ハ、指急キ、二日程ニ積仕舞候様ニ可被仕旨、返答ニ申遣ス

〻三使ゟ太庁浜両所御横目方江膳部二膳宛被相送候、受用可仕哉之旨、裁判迄申出候付、弥致受用、両所ゟ頭役壱人宛、客館江罷出、上々官迄一礼申達候様ニ申渡ス

〻昨日、三使江煙草・煙器・杉焼被遣候、為御礼、韓判事・小童壱人・通事壱人・使令弐人御屋敷江罷上り候ニ付、御横目頭吉田又蔵、大小姓横目一人、通詞下知役児嶋又蔵、通詞栗谷藤兵衛組之者一人相附、罷出ル、尤先達而同役中江御屋鋪江も被申上、組頭、其外役々江も問案有之段被申渡候様ニと以手紙申遣ス

〻今昼時ゟ南押穴風烈ク風雨強クゆなき高ク候へ共、三使船ト船共ニ墻之内ニ入置候付、別條無之、其外御供之船々御船奉行ゟ相働キ、致下知候付、一艘茂無別条候、御召替、小隼あたり合かきたつ少々損シ、御米漕船一艘流し、艫廻り損し候由、御船奉行御船頭ゟ追々申聞ル

〻杉村三郎左衛門方ゟ上々官三人中へ左之通音物有之

〻小手拭　六

〻煙草入　三

〻糒　六袋

〻新田煙草　三拾把

〻西瓜　六

七月七日

〃杉村采女・大浦忠左衛門、裁判吉川六郎左衛門、使者屋江出仕

〃以酊庵湛長老ら三使方へ当日之為御祝詞、御使僧被遣之候付、御馳走役平
田造酒之允客館同道也

〃殿様ら七夕之為御祝儀、三使并上々官・上判事・上官・中官・下官中江御使者
内山郷左衛門を以左之通被遣之、郷左衛門麻上下着、吉川六郎左衛門布衣
着、客館江同道仕ル

　　　外面大奉書

　　　奉　　　呈　　　　　　　謹封
　　　正使大人閣下

　　内面

　　　　素麺　　　　　壱箱
　　　　西瓜　　　　　参
　　　　鯛　　　　　　弐尾
　　　　塩鯖　　　　　五十尾
　　　　酒　　　　　　壱樽

　　　　　計

　　　　己亥七月　日　　　太守平　方誠

　　右大高檀紙

〃副使・従事、右同断

　　　和目録、但、大奉書

　　　　素麺　　　　　一箱
　　　　西瓜　　　　　五
　　　　鯛　　　　　　三尾
　　　　塩鯖　　　　　八十尾
　　　　酒　　　　　　一樽

　　　　　計

　　右ハ上々官中

素麺　　　　　一箱
西瓜　　　　　三
塩鯖　　　　　四十尾
酒　　　　　　一樽

　　　計

右ハ上判事中

素麺　　　　　一箱
塩鯖　　　　　八十尾
酒　　　　　　二樽

　　　計

右ハ上官中

赤飯　　　　　三桶
塩鯖　　　　　百六十尾
酒　　　　　　三樽

　　　計

右ハ中官中

赤飯　　　　　五桶
塩鯖　　　　　弐百六十尾
酒　　　　　　四樽

　　　計

右ハ下官中

〟三使ら七夕之御祝詞并、先刻御使者を以品々被遣候御礼之為問案、上判事
之内金判事御屋鋪江罷上り候付、宿横目頭平田軍四郎、大小姓横目一人、通
詞下知役小田七郎左衛門、組横目一人、通詞一人相附、罷上ル、帰り懸ニ以
酊庵へも問案相勤ル

〟売物買物役多田伊兵衛病気ニ付、依願、御供被差免、為代、春田市兵衛申付
候処、売買方無調法ニ有之由ニ而、以書付、御断申出候付、願之通被差免候
段、仮町奉行畑嶋伊左衛門を以申渡ス

〟右同断之訳ニ付、市兵衛、代り売物買物役可申付候処ニ、正徳年ニハ弐人ニ

而相済候、此度も服部又右衛門・田中伝八ニ而相済間敷候哉、本通詞江被相
尋、若両人ニ而ハ難相勤候間、今壱人御加へ被下候様ニと申出候ハヽ、人柄
等通詞中望茂有之事ニ候哉、左候ハヽ、申出候得、勿論伝五郎・弥左衛門江
相尋候ハヽ、存寄可申出事候、其上年行司ら吟味いたし、可差出候へ共、相
役之義者先又右衛門・伝八江被相尋、存寄申出候趣被申聞候様ニと、畑嶋伊
左衛門江申渡ス

〃去ル三日茶礼之節、三使ら被仰聞候義、今日韓僉知方ら真文相認、差出候付、
隼人・三郎左衛門方へ手紙相添、御返答之儀者可遂相談之旨申遣ス

〃七夕之為祝詞、采女・忠左衛門大紋着、客館へ罷出、上々官三人を以当日之
祝詞并、昨今も逆風強ク御出船茂相延、御退屈ニ被思召候段申達候処、相応
之返答、上々官罷出、申聞、次ニ今日者可掛御目与存候得共、正使儀耳を痛
候付、不懸御目、残念ニ存候与之返答也

〃軍官頭李府使・趙監察与申両人、采女・忠左衛門江対面仕度旨、上々官申聞
候付、双方一揖して座ニ着、相応之挨拶いたし、知人ニ罷成

七月八日　北ノ東風

〃杉村采女・大浦忠左衛門、裁判樋口孫左衛門、御使者屋江罷出ル

〃献上之御馬・御鷹船、今朝出帆仕候由、船掛方ら申聞ル

〃朝鮮人増人之義ニ付、三使江被仰達候大意

交隣使聘之往来、其人数相究候而ハ一人とても相増可申筈無之候段、
三使ニハ猶以御存之御事ニ候、此度被召連候人衆之義、朝鮮表ニおゐ
て双方申談、其数相極、已ニ江戸表へも敏申上候処、定数之外、陰ニ
増人被召連候段、御誠信とハ難申、何とも難得其意候、此儀ニ付、只
今何角と申論候而者、御出船も及延引落着、右相増候人数、朝鮮表江
御返し被成候事ハ定而其元ニも御迷惑ニ可被思召与察存候付、先此方
存不申候むきニいたし、何分ニも取繕見可申候、乍去、対州を出離候
而者所々之耳目ニ触申事ニ候故、万一公儀江相知申候而者、対州不念

ニ成候段ハ申ニ不及、何分之御咨可有之茂難計千万気遣ニ存候、此上、
無何事相済候ヘハ、其通ニ候、若も公儀ら御咨有之節ハ対州之力ニ及
申儀ニ而ハ無之候間、兼而左様ニ御心得可被成候、且又、訳官とも毎
度対州迄罷渡候処、間ニハ定数之外ニ増人いたし参候事有之候、不届
之仕形とハ存候得共、色々断をも申候故、宥免いたし置申候、ヶ様之
事茂有之候故、信使之時とても増人有之段、不苦候なとゝ、訳官共為
申入事も可有之候、此後ハ万一渡海訳官共増人いたし参り候ハゝ、増
人之分早速送返し、少も了簡仕間敷候間、御帰国之節、此旨東萊府使
江被仰達可被下候、已上

　右之趣、殿様ら急度被仰達候仕形一ツ
ゝ右之趣、年寄中ら申達、御前ニも御存知不被成むきニいたし候仕形一ツ
ゝ殿様にも年寄中とも無之、裁判自分之申分ニいたし、申達候様ニ致候仕形
　一ツ
ゝ裁判直ニ三使江申達可然哉、又ハ上々官を以申達可然哉之事

　　　右之趣、同役中江申達候処、被伺之、弥裁判を以三使江為申達候様ニ
　　　与之御事ニ付、樋口孫左衛門・吉川六郎左衛門差遣候趣、左記之

　右、御口上書之通り、裁判両人、三使江懸御目可申達之旨申渡、則両裁判
樋口孫左衛門・吉川六郎左衛門、客館江罷出、上々官を以掛御目度之旨申
達候処ニ、罷通り候様ニ与有之、正使居間ニ三使被差寄、其所江罷出、大
通詞加瀬伝五郎を以右書付之趣申伸候処、三使之御返答、被仰閙候通御尤
ニ存候、一行人数之義、於和館ニ上々官共申合、四百七拾五人ニ相定候由
ニ候得共、旗持・鑓持・何持与役当テ申付、格軍之勤方、夫々ニ議定為仕候
処ニ、右申合之人数ニ而者相足り不申、然処ニ如何可仕哉と申候処、上々
官共申候者、御馳走を請不申、自分ら召連候ハゝ、少之相増候義者苦ケル
間鋪由申候故、差碍も有之間敷かと存、拾三名相増来候、今更相減し候而
者差支候故、此分者召連不申候而不罷成事ニ御座候、万一東武御閙通り之
上、前以約諾之人数と違候段、御難題も御座候ハゝ、太守之御難ニ成不申
様ニ、我々ら何分ニも御断可申上候間、其段少も御気遣不被成様ニと奉存
候与之返答ニ而、右之趣則同役中ヘ申遣ス

〻通詞下知役田代沢右衛門、裁判吉川六郎左衛門江申聞候ハ、従事前ニ通詞
下知役中被召出、苦労いたし候与之挨拶有之、其上三使御銘々ら米六俵宛
都合十八俵、通詞下知役中江被遣之与之儀ニ付、忝仕合ニ奉存候旨、上々官
へ申達、退出いたし、扨上々官へ申入候者、三使ら之御音物之義者奉行へ申
達、得差図候様可致候間、左様被相心得候様ニ申置候、如何可仕哉之旨申聞
候ニ付、同役中江申遣候者、一応理り申候様ニ可致候、其上ニ而、達而被申
候ハヽ、致受用候様ニ被仰付、如何可有御座候哉之旨申越候処、返答ニ、
我々存候も達而申義ニ候ハヽ、受用被仰付候而も苦ヶル間敷与存候故、
其段相伺候処、爰元之様子ニら了簡可仕旨被仰出候由申来候付、一応辞退
仕候様ニ申渡候処ニ、通詞下知役中、上々官を以三使江相達候得者、尤ニ存
候、乍去、苦労被致候故、乍軽少、爰元遣残之米遣之候間、弥受用いたし候
様ニ与之義ニ候由申聞候故、然ハ、拝受致し候様ニ与、吉川六郎左衛門へ申
渡ス、但、日本俵ニシテ十八俵也

　　　右米之義、今度三使下々江厳敷下知被致、米拵も一日五合与申様ニは
　　　かり切被相渡、余り候分、売払不申候様ニ与急度被申付、一々被取揚
　　　候所、喰出し有之、船へ乗せ可申与いたし候を、船ニ乗せ可申らハ、
　　　通詞下知役中へくれ候様ニ与之事ニ而、右之通ニ成候由ニて、夫故、
　　　右之米日本之通三斗三升表ニ而候、此義者後来之例ニ罷成事ニ而無之
　　　候、下々共義願候者、我々義貧乏之者ニ候得共、日本ニ渡り候へハ、
　　　御馳走優分ニ御座候と承り、借銀仕罷渡候所、只今之通ニ而ハ難義仕
　　　申候得とも、三使御聞入不被申、下々之内届不致候而、米を以多葉粉
　　　買候とて、三十五笞罪被申付候由ニ候

〻昼時過、三使方江裁判樋口孫左衛門ニ御口上申含、客館江差越申候、御口上
者、兼而申遣置候通、昨日乗船仕筈ニ御座候処ニ、殊外之大雨風故、無其義
候、今日者天気も晴レ申候付、此方儀者国忌ニ而も御座候故、及暮、乗船い
たし候、各へも少先へ御乗り被成候様ニ与、太守被申候由、上々官を以申達
候処、三使ら之御返答ハ、被仰下候趣致承知候、乍然、客館船場ニ近く、殊
明日出船之程も難望、国書大切存候間、我々義ハ順風有之節、乗船可仕候間、
左様御心得可被下与之御返答也、孫左衛門申達候者、被仰聞候段ハ御尤ニ
奉存候得共、各様御乗船之義ハ東武江御案内被申上ル儀ニ候間、御乗船被

成、又御揚り候而も不苦義と奉存候間、弥御乗船被成、如何可有御座候哉之旨申達候処ニ、上々官共罷通り、其段申達候処、右如申達候、国書を切々乗せ揚ケ仕候義も如何ニ候間、順風ニ而候ハ、、夜之内ニ成共、御差図次第可致乗船候、東武江ハ我々共も御同前ニ乗船仕候由可被仰上候与之義ニ付、孫左衛門罷帰ル、右之趣、御屋鋪江申上候処、別而差支儀も無之候間、勝手次第ニいたし候様与之御事ニ付、樋口孫左衛門を以御口上、左之通被仰遣、拙者儀今晩致乗船候間、各も御乗船候様申進候処、船場近く候間、出船之朝早速御乗船可有由被仰聞、承届候、同く者今晩御乗船被成候方宜候得共、明日順風之程も難計候間、御勝手次第ニ可被成候、順風ニ而致出船候ハ、、可申進候間、無遅滞、御出船可被成候由被仰遣候処、相応ニ返答也

〃今晩弥御乗船被成候由、御届之御使者仁位貞之允被遣之

〃采女方ら判事共方江為音物、左之通遣之、塗台ニ据、和目録相添ル

西瓜	三ツ	李判事 鄭判事	一紙ニシテ
同	三ツ	金判事 韓判事	同断
同	五ツ	朴判事 呉判事 金判事 権判事	同断

〃三使残し被置候荷物、客館土蔵江入被置、鑰之義、韓僉知封印いたし、此方江預ケ置候様ニと、兼而致差図置候処、其通ニいたし、蔵之鑰、通詞下知役米田惣兵衛持参、裁判吉川六郎左衛門迄差出候付、則御勘定手代阿比留伝右衛門召寄、六郎左衛門渡之

　　　覚

　一六艘船上乗、拾弐人

右者通詞之外ニ通詞格ニ下行物被下之候先規候間、此度も先例之通無間違様ニ可被申談候、以上

　　　七月　日　　　　　　大浦忠左衛門
　　　　　　　　　　　　　　杉村采女
　　　　下行頭衆中

　右之書付、裁判吉川六郎左衛方ら手紙相添、遣之、重而記録仕立之節ハ下
　行頭方へも書付扣ニ可記之

〃信使ニ付、大坂・江戸ニ而朝鮮江之御書簡出来申候ニ付、御書簡紙并袋等書
　札方ら致用意、正徳年者西山寺へ渡し被置候、尤、筆墨之義ハ御勘定所ら被
　相渡候由、西山寺ら忠左衛門方へ手紙を以被申聞候付、早速御供方御佑
　筆嶋居長兵衛方江弥致用意、持越候様ニ、手紙ニ而申遣ス、西山寺義ハ御供
　被差免候付、右之通也

七月九日　南西風　朝曇天、昼時ら雨降

〃今朝、寅ノ下刻、客館ら喇叭吹候而、旗鑓等操出し、乗船之様ニ相見へ候ニ
　付、裁判吉川六郎左衛門、客館へ罷出、御乗船被成候儀ハ對馬守方ら御左右
　申進候節、御乗船被成筈ニ兼而申入置候処ニ、二番喇叭迄相聞候、武器等ニ
　至ル迄出候段難心得旨、上々官を以申達候処ニ、三使より御返答被仰聞候
　者、被仰聞候趣御尤ニ存候、太守ら之御左右無之内ニ無御届乗船仕候存寄
　ニ而曽而無御座候、太守ハ夜前御乗船被成、我々義ハ客館江罷在候付、順風
　之節陸ら俄ニ乗船仕候付、若下々油断いたし、船之出し方間後ニ罷成候而
　者如何鋪候ニ付、仕舞方之為、二番喇叭ニ而悉ク諸事仕廻切候様ニ申付置
　候、粧イ仕候与之御返答也

〃殿様為伺御機嫌、杉村三郎左衛門方へ采女・忠左衛門ら手紙を以申遣ス

〃不順ニ付、三使太庁江揚り被居ル

〃通詞下知役小田七郎左衛門罷出、三使ら上々官を以、風立候間、朝鮮船無心
　元存候、網碇被差出、御繋せ被下候様与之義ニ御座候、依之、朝鮮人罷出、
　碇を入可申与仕候へ共、通イ船無之候間、差出候様ニ被仰付可被下旨申聞
　候付、御船掛手代近藤喜右衛門召寄、通イ船早々差出し候様ニ、尤、次第ニ

風立候間、船附之者罷出、致下知、網碇等出し、繋せ候様ニ申渡ス

〃 三郎左衛門方ゟ以手紙、天気相悪敷候付、若風波強ク可罷成哉之旨、御船頭
共御案内申上候付、追付御揚被遊候、信使船も繋所悪敷候間、内やらい江
早々操込可然旨申来ル、依之、役々へ申渡、裁判樋口孫左衛門、通詞下知役
御船頭小田村弥七・近藤喜右衛門、通詞罷出、下知いたし、朝鮮人并水夫大
勢出、網を附、陸ゟ引せ候得共、潮参り不申候而、内やらい江難入候付、御
船掛所ゟ網碇等出し、波戸外へ繋置ク

〃 風波募可申様子ニ付、殿様午上刻、船改番所ゟ御揚被遊、依之、三使江裁判
を以御口上、今日者雨天罷成、風波募可申様子ニ付、拙者儀陸へ揚申候、明
日ニ而も順有之候ハヽ、早速御知せ申入、御同前乗船可仕旨被仰遣、上々官
を以申達候処、三使ゟ之御返答、風雨ニ付御揚被成候由御尤存候、順有之次
第、早々御知せ可被下候、我々ニも其節早速乗船可仕候与之義也

〃 三使方江問案之御使者津江多仲を以左之通被遣之

外面　奉書紙

　　　奉　　　　呈　　　　　　謹封
　　　正使大人閣下

内面

　　　龍眼　　　　　弐袋
　　　梨子　　　　　壱盤
　　　乾烏賊　　　　壱盤

　　　　計

　　　己亥七月　日　　　　太守平　方誠

　　　副使
　　　従事　　　　銘々右同品也

右御口上、弥御替り被成間敷、珎重存候、今日者雨天ニ罷成、気毒存
候、為問案、以使者申入候付、目録之通致進覧候との義、上々官を以
申達候処、三使ゟ之御返答、被仰、雨天ニ而御同前気毒存候、風雨ニ
付、御揚被成候由致承知、御尤存候、為御見舞、御目録之通被懸御意、
度々御音物被下、忝奉存候、如何様於船中得御意、御礼旁可申上候と

の義也

〻浜御横目石田甚平罷出、三使ら被申付候由ニ而、軍官、酒を為持参り、先刻
朝鮮船内やらい江引入候節、相働候日本水夫江酒を振廻可申由申候、如何
可仕哉之旨申聞候付、御横目ら可致挨拶候ハ、入御念儀ニ御座候、乍然、御
馳走之為相働申たる儀ニ候故、夫ニ不及候、御断申候由ニ而、断可申旨申渡、
則其段申達候ヘハ、彼方ら申候ハ、此儀我々了簡ニ而ハ無之候、三使ら振廻
候様ニ被申付、最早為持来候間、為給候様ニ達而申聞候段、又々申聞候付、
其上ハ断可申様も無之候間、沢山ニ給不申様ニ、御横目相附居、為給被申候
様ニ申渡ス

〻通詞広松茂助罷出、従事乗船之町上乗之内、小右衛門与申者、七十三ニ罷成、
極老之者ニて役ニ不立者之由被聞及、乗せ候儀無用ニ候、上乗弐人乗居候
間、一人乗居候ヘハ、よく候、小右衛門ハ乗せ不申候様ニ、従事被申候段申
聞候付、小田平左衛門召寄申渡、小右衛門召出し、遂吟味候処、小右衛門六
十三ニ罷成、年来らハ見掛も達者ニ相見へ、殊、功者成者之由申聞候付、則
裁判孫左衛門太庁江罷出、上々官へ致面談、茂助江被仰聞候趣承及候、三使
衆之儀ハ大切ニ存候付、上乗之内ニても対州之渡合、其外瀬戸内筋等別而
年功之者を撰申付候、小右衛門儀六十三ニ罷成候ヘハ、極老与申ニ而も無
之、達者成ニ候、如何様之訳ニて、其通被仰候哉と相尋候処、韓僉知申候
者、軍官之内ら右小右衛門義七十三ニ成及極老、何之役ニも不立者ニ候、上
乗相勤候ヘハ、手前之益ニ茂罷成候故、我々へ頼故而乗せ候様ニ、従事江申
込、其通被聞通候而被申事候、被仰聞候趣、則従事江申達候ヘハ、裁判其通
被申候上ハ、偽者有之間敷候間、弥小右衛門乗せ置候様ニ被申候由申聞、小
右衛門、大庁江呼寄、上々官見届、奥江入、相済ル

〻三使ら今日御音物被遣候御礼、風雨御見廻旁為問案与、韓僉正御屋敷江罷
越ス、使令弐人・小童一人相附、御横目頭土田甚五左衛門、大小姓横目壱人、
通詞下知役一人、通詞壱人并組横目一人相附、罷越ス

〻従事乗船之船はり、今日風波之節当り合、損申候間、二間程之材木壱丁御出
し、御繕せ被下候様ニ被申候段、通詞広松茂助罷出、申聞候付、則御船奉行
小田平左衛門召寄、近藤喜右衛門江検分被申付、今晩中修理出来候様ニ可
被申付旨申渡ス

七月十日

〃 杉村采女・大浦忠左衛門、裁判樋口孫左衛門、御使者屋へ相詰ル

〃 六郎左衛門義者風気ニ付、不罷出

〃 三使船頭漕船之儀、天和・正徳共ニ一艘茂被相附候例者無之候得共、万一渡
中ニ而大泙等ニ罷成、渡海難成候而ハ非常之変大切ニ存、隣国之聞へ、旁御
為不可然奉存候付、漕船壱艘宛御附可被成義と存、同役中遂相談候処ニ、何
も同意ニ付、今度致御供候鯨船拾弐艘之内八艘者御召船、壱艘ハ以酊庵船、
弐艘ハ信使奉行、残壱艘ハ船奉行乗り船ニ用船として相附候を、御召船ら
弐艘、船奉行江相附候鯨船壱艘、都合三艘、三使御乗り船ニ一艘宛、府内浦
ら引分ケ相附、若、火災、其外不意之儀有之候ハ、随分相働候様ニ可申渡
旨、御船奉行江申渡ス、尤、右鯨船之儀、壱州ら先キハ所々御馳走所ら相附
候付、壱州御着船被成候得者、相附候ニ不及候故、元のことく御召船并御船
奉行乗り船ニ引取候様ニ、依之、三艘之鯨船之船頭之名を書付、差出させ、
正使・副使・従事乗り船ニ何某与申者相附候段書付、通詞下知役中江相渡ス、
*委細者御誓壁書扣ニ記之[3]

〃 今度、新規ニ被相附候鯨船、天道船之上乗り并船頭之名、左ニ記之

    覚

正使乗船江		鯨船船頭	
上乗			浅右衛門
	御持筒作右衛門	伝道船頭	
	同組　品左衛門		利左衛門
	同組　妻右衛門		太郎兵衛
	御鉄炮野太右衛門		源兵衛

---

3) *부터는 국사편찬위원회 소장본으로 보충하였다. (*는 필자)

副使乗船江 上乗	鯨船船頭 　甚兵衛
御鉄炮幾左衛門 　御持筒嘉左衛門 　御鉄炮正左衛門 　足軽七蔵	伝道船船頭 　⎰小平次 　　市助 　⎱徳兵衛
従事乗船江 上乗	鯨船船頭 　又五郎
御簾正右衛門 　足軽平助 　同組雲蔵 　同助左衛門	伝道船船頭 　⎰伊平次 　　平左衛門 　⎱辰三郎
正卜船江 上乗	伝道船船頭 　⎰長右衛門 　⎱喜右衛門
御簾与兵衛 　足軽増右衛門	
副卜船江 上乗	伝道船船頭 　⎰清吉 　⎱半平
足軽瀧右衛門 　同組甚平	
従卜船江 上乗	伝道船船頭 　⎰弥五左衛門 　⎱福右衛門
足軽弾八 　組之者一人	

　右之通り府中伝道

〻右之通三使船ニ頭漕之鯨船壱艘ツ、被相附候得共、他領ハ騎船・卜船共ニ数艘ツ、漕船被差出、壱州ニおるても数艘之漕船備被置候処ニ、此方ら之漕船無之候而者見掛も不宜候、折節、天道船十五艘関船ニ相附たり候ニ付、此十五艘を三使船ニ鯨船共ニ四艘宛、卜船ニ弐艘宛被相附候得者、臨時ニ御附被成義ニ而も無之可然旨申談、其通りニ相極、左之通簾印、急ニ今晩中ニ出来候様ニ勘定役畑嶋儀右衛門江申渡、致出来候付、三使御銘々簾之色青木綿・赤木綿ハ有之、黄木綿ハ有合不申候ニ付、急場故、油布を以夫々ニ用

意為仕、左之通大文字ニ書せ、船奉行江相渡ス、勿論、通詞下知役へも外ニ
天道船拾五艘被相附候訳も書加へ、相渡ス

〻右拾八艘漕船之籏印、左ニ記之

　　　　　正青　　　　　　副黄　　　　　　従赤

　　右、四枚宛、但、正使・従事船之籏ハ木綿、副使船之籏ハ黄木綿ニ而急
　　ニ出来兼候故、油布を用ル

　　　　　正ト　　　　　　二ト　　　　　　三ト

　　右、弐枚宛右同断、但、何茂文字ハ墨ニ而書之

　　　　　覚

　　三使乗り船、当浦逗留中并壱州御着船迄小使船三艘被相附候間、三使
　　船近所ニ差置、用事相達候様ニ申付候、尤、渡海之節ハ三使船ニ右小
　　使船外ニ天道船三艘宛、卜船三艘ニ天道船二艘宛、都合十八艘相附候、
　　朝鮮船ら自然取落候物も有之候ハ丶、気を附取揚ケ、漕船ニも被相用、
　　其外不意之変等有之時分、早速船ニ附テ、三使船上乗り之面々、下知
　　次第相働候様ニ申渡候之間、三使船并卜船ニ乗り候面々被得其意、通
　　詞并上乗り之者共へも委細可被申含置候、已上

　　　　　七月十日　　　　　　　　　　大浦忠左衛門
　　　　　　　　　　　　　　　　　　　杉村采女
　　　　　通詞下知役中

〻三使附之上官五六人、韓僉知相附、海岸寺者景色も能候付、罷越、詩作ニ而
　も仕度之由相願候、訳官之節、願候得者、被差許候例も有之候故、同役中為
　相談、手紙を以申遣候処、例も有之候故、願之通罷越候様ニ申達候得、御序
　ニ御耳ニ茂可添置之由返答ニ付、弥罷出候様ニ韓僉知へ裁判を以申渡ス、
　海岸寺へハ裁判樋口孫左衛門方ら朝鮮人、左之人数罷越筈候間、掃除被申
　付置候様ニ、尤酒ニ而も被出候義ハ勝手次第ニ被仕候様ニと申遣候処、無
　人ニ御座候而、自分よりハ見掛能掃除仕義ハ難成之由返答有之故、御作事
　掛へ申渡、夫之者遣し而掃除申付ル

軍官拾六人
書記三人
韓僉知
 小童
 中官　十三人
 下官

但、最初ハ上官五六人と申来り候へ共、罷越候節ハ段々人数相増、此通り罷出候由、通詞下知役ら申聞候付、朝鮮人罷帰り候以後、隼人・三郎左衛門方江相増候訳申遣ス

右之通り罷出候付、太庁御横目頭吉田又蔵、大小姓横目一人、通詞下知役河村太郎左衛門、通詞五人組之者三人、浜御横目三井田菊右衛門、組之者一人相附、罷越ス、於海岸寺、酒・吸物・台菓子・素麺・水瓜出ル、下官中、煮肴・酒出之

〃従事乗り船ニ乗せ置候町船頭森山小右衛門義極老之由ニ而船働不自由相見へ、従事并乗組中気ニ入不申旨、小右衛門及承、断り申出候段、小田平左衛門申聞候付、願之通差免し候、為代、小鷹丸町船頭仙右衛門与申者ニ被差替候様、御船奉行平左衛門江申渡ス、右船頭取替候段、従事江被申通候様ニ、裁判樋口孫左衛門江申渡ス、則伝語官を以上々官へ小右衛門断申出候付、仙右衛門与申者ニ乗せ替候段申達ス

〃上々官中ら願候ハ、昨日之船せりニ朝鮮船少々損し候所、繕用ニ候間、左之書付之通り、所望仕度之旨申出候付、平田隼人方へ役方被遂吟味、有合不申候品ハ金石さへニおるて郡夫ニ被申付、伐せ、今日中ニ相渡候様ニ可被申付旨申遣ス、則品々左ニ記之

  覚
一かき立木七本
  樫木椎木両様之内、長サ壱尋、丸サ壱尺弐寸余
一碇横せん木三本
  樫椎両様之内、長サ弐尋半、丸サ壱尺弐寸余
一車軸丸太壱本
  網巻候所之車軸樫椎之内、丸サ壱尺余、長サ壱尋半程
右ハ従事ト船修理用
一碇実木壱本
  樫椎両様之内、長サ四尋、丸サ弐尺余

右ハ副卜船修理用

〃浜御横目頭方ら御横目河内軍太を以裁判迄申聞候ハ、従事船之船将より従
　事本船ニ乗居候町上乗半右衛門与申者へ酒壱斗程入候樽壱ツ、苦労いたし
　候ニ付、遣候由ニ而相送り候、如何受用可申付哉之旨申出候付、此間致苦労
　候由ニ而、船将ら之音信と申候而者不相応ニ相聞候間、幾重ニも断申候而
　差返候様ニ可被申付旨申渡ス

〃今日朝鮮人大勢海岸寺江罷出候処、住持ら種々致馳走候由、相附参り候通
　詞下知役河村太郎左衛門申聞、韓僉知も帰り掛ニ御使者屋ニ立寄、我々中
　ニも直ニ色々雑作被仕候由申聞候付、我々共ら挨拶いたし候段、裁判ら以
　手紙被申達候様ニと孫左衛門江申渡ス

　　　　　　　　　　　　橋部市兵衛
　　　　　　　　　　　　平山忠兵衛
　　　　　　　　　　　　斉藤市左衛門
　　　　　　　　　　　　白水与平次
　　　　　　　　　　　　井手五郎兵衛

　右五人学士・良医之通詞、　被仰付候用事有之節ハ申合、　相勤候様ニ通詞下
　知役を以可被申渡旨、樋口孫左衛門・吉川六郎左衛門江書付を以申渡ス

〃今日、殿様、若殿様江上々官・上官中ら着船之御音物差上候ニ付、通詞下知
　役米田惣兵衛先達而御屋鋪へ罷上居、奥御番所ニ而短簡十三通御用人鈴木
　政右衛門へ相渡ス、尤、買物役両人相附、罷出ル、御音物之品、御音物帳ニ
　記之

〃若殿様方江之進上物ハ御新宅江持参、於御寄附、短簡六通国分笹之允へ相
　渡ス

〃多田新蔵茂書記二人ニ逢、筆談可仕之旨相願候ニ付、被差免之旨、隼人・三
　郎左衛門方ら手紙ニ而申来候付、則御横目壱人相附、大庁ニ罷出、筆談仕ル

〃今日海岸寺江上々官・軍官罷越候付、右之御為礼、左之通遣之候由、通詞下
　知役申聞ル

　　　薬果拾五　　　　　　　　状紙弐束
　　　色扇子九本　　　　　　　団弐本

七月十一日

〃杉村采女・大浦忠左衛門、裁判樋口孫左衛門・吉川六郎左衛門、使者屋江出仕

〃今日、左之通裁判両人を以三使江被仰遣候付、上々官を以三使江申達ル

   覚

  一先頃、宴享之節、破船殞命之使者差渡候儀ニ付、三使ら被仰聞候趣有
  之候、此儀ハ江戸表ニ而御返答可申入候

  一潜商之儀ニ付、従事被仰聞候趣、御尤存候、自国之儀者随分厳諸事申
  付候得共、本州出離候而ハ他領之事故、自然与手茂届かたく御座候間、
  明日ニ而も致出帆候ハヽ、其許らも猶々御吟味可被仰付候、尤、此方
  ニ茂毛頭油断不致候間、左様御心得可被成候

 右之通申達候処ニ、殞命使之義被仰聞候趣承届候、潜商出入一件之義も被仰
 聞候趣御尤存候、委細承届候由御返答有之候旨、裁判両人罷帰、被申聞ル

〃此間、牛・家猪之骨、海ニ捨候由承届候、尤、先日、牛之血茂海ニ入候由ニ候、
ヶ様之節者古来ら志賀白木ニ而祓等被仰付たる由ニ候、於御同意ハ今日ニ
茂神主江被仰付、祓いたし候様ニ被仰付度旨、平田隼人方江両人ら手紙を
以申遣ス

〃三使之騎船三艘内やらい江居申候処、今申中刻潮直り候付、外波戸へ掛浮
ル、尤船掛所ら人夫等差出ス

〃殿様、今酉之上刻、御船ニ被為召、依之御用人中へ采女・忠左衛門方ら御機
嫌伺之、手紙遣之

〃三郎左衛門方へ手紙を以、今晩、殿様御乗船被遊候付、三使衆茂被致乗船候
様、御使者可被遣旨、先刻被仰聞候、此間も乗船之義御使者を以被仰遣候処、
三使衆ニ者出船之朝可致乗船由ニ而乗り不被申候、依之、裁判を以上々官
へ承合候処、三使衆ニハ陸へ別而荷物茂揚置不被申、上々官其以下迄も朝
夕之膳部をも船ら取寄せ給申候故、順有之節、早朝ニ而も夜中ニ而も御
知らせ被成次第、被致乗船候ニ少も差支候義無之候間、其分ニ仕候様ニと
申聞候、依之、御使者被遣候而も、右之申分ニ而又々乗船不被致候而者如何

ニ候間、御使者被遣候ハ、、右之趣ニ被応、御口上被仰遣可然旨申遣候処ニ、
則申上候得ハ、尤ニ被思召候間、御使者久和重右衛門被遣候、御口上、此方
ニ而申含遣候様ニ与申来ル刻、重右衛門義大庁江御馳走役平田造酒之允同
道、御使者相勤ル、御口上

> 今晩ハ風茂静ニ成候付、拙者儀致乗船候、夜中にても順と申候ハ、
> 御知らせ可申候間、早速御乗船被成候様ニと存候、為其以使者申入候
> との義被仰遣候処、委細奉得其意候、荷物等茂不残乗せ置候故、夜中
> たり共、御差図次第早速可致乗船候、被入御念、御使者、恐存候与之
> 返答也

七月十二日　沖南風

✓ 杉村采女・大浦忠左衛門并裁判吉川六郎左衛門、使者屋江罷出ル、樋口孫左
衛門義不快ニ而船江罷在ル

✓ 今朝卯ノ中刻、御船三郎左衛門方へ采女・忠左衛門方ら手紙を以申遣候ハ、
今日者順風之様ニ皆共申候、其元御船頭如何様ニ見立候哉、委細可被仰聞
之旨申遣候処、返答ニ申来り候ハ、阿比留伊右衛門・中西与三兵衛、只今、
沖ら罷帰り候処、日和之様子遂吟味候得ハ、沖南風ニ而天気相悪鋪、打降抔
もいたし候ニ付、御出船罷成日和ニ而無之由申候、然共、地ハ西嵐之様子ニ
有之候ゆへ、三使衆御疑心も可有之候間、不苦訳ニ候ハ、、船将ニ小田村弥
七ニ而も相添、小船に而沖見ニ差出シ、沖之様子、船将見候而、委細申達候
様ニ有之度候、尤、隼人為伺御機嫌、御船江乗居被申候付、申談候由申来候
得共、三使疑被申候様子曽而無之候故、不及其儀也

✓ 従事儀六艘船為改乗り被申候由、折節、吉川六郎左衛門客館江参り居候付、
通詞下知役申聞候故、左候ハ、、庭之内薄縁為敷候様ニ作事掛へ被申達候
様ニ申渡節、脇ら小通事申候ハ、私行ニ御座候間、夫ニハ及申さす候与申
候ニ付、左候ハ、、轎ニ御乗被成候節、有合之薄縁、其方共敷候様ニと申候
ヘハ、委細得其意候由申候て、巳ノ刻、従事被乗ル、尤、客館ら喇叭吹せ、

鉄砲放させ被罷出ル

〃今日、三使并上々官江為御見廻、煮麺・肴・御酒被遣之候ニ付、御船ら御膳番
　大浦甚左衛門、客館江持参、台所ニ而煮立、差出ス

〃従事義者船江乗居被申候故、取分候而、弁当之椀器ニ仕込、為持遣し候様ニ
　致指図、其通仕分ケ、通詞下知役川村太郎左衛門、通詞岡田孫兵衛相附参ル

　　　手組

　　こせうの粉
　　煮麺

　　吸物　　　　鯛
　　　　　　　　きくとうふ

　　　　　　　　たばやき
　　さしみ　　　ねき
　　　　　　　　すみそ

　　　　　　　　摺とうふ
　　蓋天目　　　うすくす
　　　　　　　　しやうか

　　皿盛　　　　焼鶏
　　むしりいか

　　　　　　　　やうし
　　くわし　　　みとり
　　　　　　　　こまばうろ
　　　　　　　　らくかん

　　右、三使并上々官ニ出之、尤、少々余慶申付置、詰合之上官江有合次
　　第ニ差出し候様ニ甚左衛門江申渡候処ニ、上々官致指図、夫々振廻候
　　由申聞ル

〃小田平左衛門方江申遣候ハ、只今者沖茂余程波立候様ニ有之候、後刻ニ至り、
　若風立可申哉与被存候、潮時能内ニ朝鮮船、波戸之内江入、繋せ置候様ニ可
　被致候由申遣候処、承届候、阿比留伊右衛門申談、由断不仕候旨、及返答

〃潮も満申候付、朝鮮船段々内ニ入繋ク、船附之面々罷出、下知仕ル

〃従事酉之中刻、船ら被揚ル

〃井上河内守様ら之御奉書并別紙御書付、大坂御城代安藤對馬守様ら以継船被
　差越、壱州風本ら以飛船被差越、七月十二日巳之刻到来、右御書付、左記之

　　　朝鮮人渡海、風立候頃ニ成り候、江戸着、差急候には不及候間、日和
　　　見合、乗船ハ勿論ニ候、船乗掛り、風波荒候節ハ不及申、何方之陸江
　　　も朝鮮人揚ケ可申候得共、左様ニハ無之、今晩歟明日者、強き風波に
　　　も可有之哉与存候迄之節も陸江揚ケ可申候、其所、家居すくなく見苦
　　　敷候とも無其構、揚ケ置、天気見合候而、海上静成節、渡海可有之候、
　　　右之趣、其方可相心得旨被仰出候間、可被得其意候、已上

　　　　　六月廿九日

七月十三日　雨天

〃杉村采女・大浦忠左衛門、裁判吉川六郎左衛門、御使者屋へ相詰ル
〃通詞下知役七五三杢右衛門罷出、韓僉知申候者、昨日、三使方江一種ツ、被
　遣、忝被存候、依之、御礼御見廻旁問案可差上由被申候、御船江可被差越候
　哉、如何可仕哉之旨相尋候由申聞候付、韓僉知へ可申達候ハ、信使奉行江申
　達候処、入御念儀ニ存候、併、御船之義、船せり之場所与申、殊雨天ニ候へ
　ハ、彼方迄被差越候段御苦労存候之間、御使者屋迄問案被差越候ハ、我々
　ら御船江通達可仕旨申渡、則其趣、韓僉知へ申達候処、三使被申候ハ、其通
　ニ而者略儀候条、御船江直問案可差越旨被申候段申聞ル
〃右之通ニ付、追付問案御船江被差越候段、杉村三郎左衛門方江以手紙、申遣ス
〃為問案、李判事御座船へ罷越ス、小童一人、使令弐人、通イ船ら罷越、通詞
　下知役小田七郎左衛門、通詞岩永源右衛門、同船ニ乗合、右船大小姓、御横
　目壱人并使令弐人ハ別船也
〃三使・上々官へ御使者を以御音物、左之通被遣ル

　　　西瓜　　　五顆
　　　砂糖　　　三袋
　　　　　計

己亥七月　日　太守平　方誠　御朱印

右、三使銘々真目録外面如例也

西瓜　　　　九
砂糖　　　　六袋　　但、砂糖ハ壱斤宛入也

　　　　計

右、上々官三人江和目録

ゝ御使者御供之内ら仁位貞之允被遣之

　　御口上

　　夜前ら雨中、御徒然ニ可有御座と存候、随而、別録之通御見舞之験迄
　　致進覧候与之御事、御返答、相応之御礼也

七月十四日　雨天

ゝ杉村采女・大浦忠左衛門、裁判吉川六郎左衛門、使者屋へ相詰

　　鯣　一折宛
　　酒　一樽

　　右者三使江中元之為御祝儀、御使者俵平广を以被遣候付、御馳走役平
　　田造酒之允同道、上々官を以差出ス、但、造酒之允、上々官迄申達候
　　者、中元ハ明日ニ而御座候得共、今日被遣候間、三使江御口上被申上
　　候ハ、、其訳申入候様ニと申達ル

　　鯣　一折

　　右、同断ニ付、上々官三人中へ被下之

ゝ以酊湛長老ら御使僧を以為御見廻、三使江西瓜五ツ被遣候付、平田造酒之
　允、使僧致誘引、上々官を以差出ス

ゝ殿様御船江御召被成御座候ニ付、采女・忠左衛門、当日之為御祝詞、御船江
　参上仕ル

七月十五日　雨天

〃杉村采女・大浦忠左衛門、裁判吉川六郎左衛門、使者屋へ出仕

〃裁判樋口孫左衛門儀者病気ニ付、不参

〃今朝、三使粛拝有之筈ニ候へ共、雨天ニ付無之

　　　但、粛拝有之時ハ草席三十枚、薄縁弐十枚入用ニ付、前日ら朝鮮人方
　　　江相渡筈由、尤所々御馳走方江も申達、請取らせ、相渡候也

〃従事ら裁判江逢可申与被申候由、上々官方ら申来候付、吉川六郎左衛門、客
　館へ罷出、通詞小田四郎兵衛・広松茂助召連、従事前ニ罷出候処、四郎兵衛
　を以被仰聞候ハ、永々不順ニ而致滞留、万端、太守御造作ニ罷成、気毒之由
　ニ付、六郎左衛門御返答ニ申候ハ、永々御滞留、殊、客館も手狭ニ有之、御
　退屈可被成候、勿論、遠国之義ニ候へハ、珍敷御馳走も不被仕候ニ付、太守
　も其事而已被申候と致挨拶、其後、従事ら被仰聞候者、潜商之義別而大切ニ
　存、此程も六艘之船々江自身罷越、荷改申付候得共、疑敷荷物相見へ不申候、
　此上、気掛ニ候ハ、対州ら御乗せ被成候面々之荷物、余程相見へ候処、此分
　改無之候故、万一双方申合之上、此荷物之内ニ隠シ置候事も可有之哉と疑
　敷存候間、右之荷物改被仰付候か、又ハ不残、陸江揚候様ニ被仰付度事之由
　被仰聞候付、六郎左衛門申候ハ、六艘船ニ相乗り候ハ、通詞下知役、又ハ横
　目之者、通詞等ニ而御座候、通詞下知役、通詞之儀ハ御存知之通不残爰元へ
　相詰候付、荷物ニハ封印仕、乗せ置候迄ニ御座候、今一人ハ横目役之者ニ而
　諸事吟味仕、少も胡乱成義無之様ニと制撕仕候役ニ御座候、殊、此程大人改
　ニ御乗り被成候節ハ与風御乗り被成、素り、白昼之義ニ候へハ、俄ニ朝鮮人
　ら右之者共江荷物可相預間も無之、其上、右申上候通、横目之外ハ不残陸江
　居申事ニ候へハ、猶以荷物可相預道理無御座候、此段、能々御賢察被成、右
　之荷物少茂御疑不被成候様ニと存候由申達候処、一通り尤ニハ聞へ候得共、
　何分ニも疑晴レ不申候間、右之荷物不残陸江揚候カ、又者御横目を以検捜
　被仰付候様ニ与存候由、達而被仰聞候付、其上ハ拙子一存ニ而御返答申極
　候も如何敷候間、罷帰、太守并奉行中へも申聞、追而差図之通可及御返答之
　由申入、罷帰ル

右之通吉川六郎左衛門罷帰、被申聞候ニ付、何茂申談候者、潜商之義
厳密ニ吟味可仕与、従事ら兼而殿様江被申上、御双方厳重ニ御制禁可
被成段被仰合候上ハ、此方ら乗り候者之荷物之改無之段、彼方気掛り
ニ候と被申候を、其侭ニ被成置候而者、彼方志無ニ成候間、此方ら乗
り居候面々之荷物ハ、此方御横目方ら従事目前ニ而、検捜可仕候者、
安堵可被仕与存、第一此方之人之荷物、此方御横目ら相改候分ハ少茂
支無之義と、何茂致一決候付、又々六郎左衛門、客館へ差越、従事へ
返答申達候ハ、大守并奉行共江申聞候処、潜商之品可在之哉と委く御
吟味被成候処、朝鮮人荷物之内、疑敷品曽而無御座候、此上ハ此方之
者共之荷物改無之ニ付、万一預り荷物も可有之哉と、無心元被思召候
段御尤存候間、重而御出御改之節、手前之者荷物ハ此方横目之者江為
改可掛御目候間、左様御心得被成候様ニと申達候処、早速従事被聞達、
私存寄之通申達候処、御懇意之御返答御尤之至、最早改被仰付候同前
ニ安堵仕候由、上々官を以被申聞ル、右之節、上々官共迄申達候ハ、
右上乗り通詞之内、山城弥左衛門衣類用宮紬弐本、紋さや壱反、岡田
孫兵衛与申者荷物之内ニ三生四反入置候由申出候、朝鮮物ニハ候へ共、
銘々兼而相調入置申たる事ニ候へハ、其節、御見出し候共、御疑無之
様ニと存、是又、為念申入置候由申達候処ニ、是又、従事被承、被入御
念儀与存候、左様之品ハ成程所持有之筈ニ御座候、委細承置候との返
答也

〃中元之為祝詞、采女・忠左衛門麻上下着、客館江罷出、上々官を以中元之祝
詞、雨中之見廻申入候処、三使ら之返答、為祝詞御出、忝存候、雨天・逆風ニ
付、久々逗留いたし、太守之御造作ニ罷成、迷惑ニ存候、乍此上、順風ニ成、
近日中出帆仕度与之挨拶ニ付、相応ニ返答申入ル

七月十六日

〃杉村采女・大浦忠左衛門、裁判役吉川六郎左衛門、御使者屋へ罷出ル、樋口
孫左衛門義ハ病気ニ付、不参

〻三使方江問案、津江多仲被遣之ニ付、為御音物、三使銘々杉重壱ツ宛、上々
　官三人中江杉重壱ツ組、二重物干菓子也、三使ハ真目録、上々官者和目録也、
　御使者御口上、打続不順ニ而嘸御気之毒可被思召与存候、随而、乍軽微、目
　録之通令進覧候候由、上々官取次之、三使江申達、上々官三人罷出、御返答
　相応也

〻三使衆ら被申聞候者、打続不順ニ有之候故、日吉利賽之為膳部等致用意、従
　者共外波戸近辺江差出し、楽を奏しさせ度候間、小船二艘借候様ニ被申聞
　候付、御勝手次第ニ被成候様ニ致返答、小船之義ハ三使船へ被相附置候小
　使船二艘差出候様ニ、浜御横目頭へ申渡ス、尤、右之趣、御召船三郎左衛門
　方へも申遣ス

〻上々官韓僉知、其外上官・軍官三十三人罷出候付、小船弐艘ニ而ハ、不足ニ
　候故、三艘差出し、表廻り、薄縁鋪之、水夫四人乗せ、其外ハ陸へ上ケ、御
　従横目壱人、組横目一人宛乗ル、通詞下知役・通詞者乗り不申、酉之刻、波
　戸ら船ニ乗、三艘もやひ、楽を奏し、海岸寺下之辺迄乗浮、暫有之而、戌ノ
　中刻、罷帰ル

〻通詞下知役中ら裁判吉川六郎左衛門迄申聞候者、通詞役之義ハ御触之通、
　去ル七日之晩ら乗船仕候而、船ら通イ、客館江相勤申候、依之、飯米之義、
　正徳之通被成下候得かし与申出候付、裁判方ら御勘定役畑嶋儀右衛門方江
　手紙を以申遣候処、隼人江相伺候処、如先規、乗船之日ら爰元逗留中之飯米
　被成下与之義ニ付、其段下知役中江六郎左衛門申達ス

七月十七日　晴天沖南風

〻杉村采女・大浦忠左衛門、裁判吉川六郎左衛門、御使者屋江相詰ル

〻平田隼人方江以手紙申遣候ハ、三使船瀬戸之内繋船之節、正使之船、住吉之
　華表ニ中り損候、ヶ様之節ハ御理之神楽上ケ申物之由ニ候へ共、其砌心付
　不申、其通ニ仕置候、打続不順ニも有之候故、神楽御上ケ被成可然之由、御
　船附之内ら申聞候間、今日飛脚被差立、早々御理之神楽上ケ候様ニ可被致

差図旨申遣候処、早速可申付由申来ル

〃御郡奉行所へ以手紙申遣候ハ、下行方ら今日五日次入候処、生蚫一盃も無
之由申聞候、此間者雨天ニ付、取揚不申ニ而可有之候得共、蚫之儀ハ朝鮮人
別而好申品与申、五日次ニ第一無之候而不叶物ニ候間、近郷へ早々被相触、
今日中挊出し、取揚次第早々持登候様ニ可被致下知旨申遣ス

〃上々官ら通詞小田四郎兵衛を以申聞候者、打続不順ニ而滞留之儀候へハ、
年若成軍官共気鬱いたし、難儀仕候間、小船ニ而浦内之礒辺へ罷越度候、被
差免候ハ、朝鮮人之内かつき仕候者有之候間、かつかせ可申候、尤、日本
人之内らもかつき仕候者二三人御出し可被下候、綱をも御引せ御見せ被下
候様被仰付被下候ハ、忝可存旨申聞候付、右之趣、三郎左衛門方江申遣候
処、其通申渡候へ、御前江も可申上旨申来候付、弥勝手次第罷越候様ニ、尤、
浦内近辺之礒辺へ参り、陸へ不揚候様ニ、扨又、不案内之所を朝鮮人かつき、
万一溺候而者隣国之聞へ旁如何敷候間、日本人計ニかつかせ候様ニ可被申
達旨、裁判吉川六郎左衛門へ申渡ス

〃朝鮮人綱引せ可申由申候付、年行司神宮十蔵召寄、手繰綱之儀申渡候処、佐
野屋吉兵衛方ら手繰綱并船之頭共ニ差出申候間、引子二三人被仰付下候様
ニ申聞候故、則小田平左衛門方へ水夫二三人可被差出旨、六郎左衛門方ら
申遣ス

〃三使乗船之通、船三艘用意申付、左之通、人数罷越ス

<table>
<tr><td></td><td>上官十九人</td></tr>
<tr><td></td><td>中官</td></tr>
<tr><td></td><td>下官　共ニ廿八人</td></tr>
<tr><td>御横目</td><td>大浦太郎兵衛
小田平八</td></tr>
<tr><td>御歩行横目</td><td>石田甚平</td></tr>
<tr><td></td><td>組横目三人</td></tr>
<tr><td>通詞</td><td>広松茂助
福山清右衛門
戸田仁兵衛</td></tr>
</table>

右三艘ニ乗組、志賀之磯辺へ罷越、役所ニ而手くり網を引せ、御船ら

遣し候、かつき之者へかつき等致させ、暮前罷帰ル、上々官ら右御礼、
　　　以通詞申聞ル

〃通詞広松茂助罷出、上々官申候ハ、明日ハ順可有之由、船将共申候故、今晩、
朝鮮船内やらいち出し、繋浮可申由、三使被申候段申聞候付、裁判吉川六郎
左衛門、太庁江罷越、上々官へ申入候ハ、茂助申聞候趣承届候、此方ニ而少
も無由断、船頭中召寄せ、三使船浮方之儀遂吟味候処、明日者二百十日之風
前ニ当候故、得与見極候上、被繋浮候様ニ可仕候、若、明日出船之日和有之
候ハ、五ツ時分、潮満次第繰出し候而も順風ニ候ヘハ、間ニ合申候、今晩
ら浮置候義ハ気掛りニ候由、倭船頭共不残申候間、此段、三使江申候様ニと
奉行中被申候由、上々官へ申達、則三使前へ罷出、申入候処、三使ら之返答、
被入御念候趣承届候、併、朝鮮船頭共、明日者順可有之間、船を浮可申由申
候付、弥浮候様ニ申候付、只今ニ至、相止候事も如何敷候間、弥浮させ可申
由被申候段、上々官共申候付、夫々六郎左衛門申候ハ、此方らも大切ニ存、
吟味之上、被申遣候処、其儀を御用不被成、御心次第之様ニ有之候而者、万
端気遣敷存候、先年も此方之申分を御用イ不被成、船急被成候故、不慮之変
も為有之事候、此節ともニ右之通御心次第之様ニ被仰候而ハ如何敷候間、
又々上々官中罷出、右之訳申達候様ニと申候処、韓僉知・金僉知申候ハ、従
事軍官頭、三使前江罷出居、色々之儀申候付、此上ハ何分之儀ニ而も罷出申
候儀ハ不罷成由申候付、六郎左衛門申候ハ、ヶ様之不埒成返答ニてハ、拙子
も罷帰、返答申候詞も無之候間、三使江申達候ヘハ、御聞届被成候与之御返
答之由可申達候、此上、御船御出し被成候とも日本人一人も手伝ハせ不申、
其方御心次第ニ仕置候間、押而、御出し被成、万一少之怪我有之候而も曽而
構不申候、為念、此段申置候由申達、罷帰ル、右之趣、御船三郎左衛門方へ
申遣ス、其後、船繋浮不申也

七月十八日 晴天

ゞ杉村采女・大浦忠左衛門、裁判吉川六郎左衛門、御使者屋江罷出ル

ゞ樋口孫左衛門病気ニ付、不罷出

ゞ殿様、此程不順ニ付、御揚り被成御座候得共、追付、御船ニ御乗り被成、順
有之候得者、何時ニ而も御出船被遊筈ニ候間、信使附之面々上下共ニ陸江
揚り居候人有之候ハヽ、早々乗船仕候様ニと、吉川六郎左衛門ら被相触候
様ニ申渡ス

ゞ三使逗留ニ付、不時之為御見舞、御使者越幸四郎を以左之通被遣候付、御馳
走役平田造酒之允致誘引、客館江罷出、上々官を以御目録差出ス

　　　　食籠　壱
　　　　　　　　　　宛
　　　　家猪　二疋

　　右者三使銘々

　　　　饅頭　一籠
　　　　家猪　三疋

　　右者上々官三人中江被下之

ゞ正使ら薬包用ニ候間、真綿子一へら所望仕度之旨被申候段、*通詞下知役米
田惣兵衛、裁判迄申聞候付、御勘定所江申遣、掛目弐匁取寄、遣之4)

　　　　　　　　　　　　　　　　　　　　　　　　（終わり）

---

4) *부터 (終わり)까지는 국사편찬위원회 소장본을 참고로 보충했다. (*는 필자)

参向信使奉行船中毎日記

享保四己亥年　信使記録

　参向信使奉行船中毎日記

七月十九日　晴天北東風

　　順能候付、御船より一番太鼓打、三使衆御乗船候様ニ与御差図之旨、杉村
　　三郎左衛門方ら申来候付、裁判吉川六郎左衛門、客館江罷出、上々官を以
　　三使江相達候付、寅ノ下刻、三使段々乗船有之、三使騎船并ト船、此方御
　　供船仕廻仕候付、御船より二番太鼓、三番太鼓段々打之、今卯上刻、殿様
　　御出船、続而三使并ト船共ニ府内浦出船、三使乗船ニ漕船四艘宛、ト船三
　　艘ニ漕船三艘宛相附、何茂木綿ニ而青・黄・赤色ニ正・副・従之文字有之旗を
　　立、此漕船ハ風本迄相附、兼而船奉行方江申渡置

　　　　但、町ら支配之漕船ハ府内浦口迄相附也

〃午ノ下刻、壱州風本御着船、三使早々着船ニ付、對馬瀬戸口ニ而帆を下ケ、
　　御船を被待合候付、乗通被成候節、御使被遣、浦江御入候様、被仰遣、殿様
　　御召船御先導被成、段々着船

〃松浦肥前守様御家老松浦主鈴、壱州押役小倉孫之允、風本押役柘植七郎兵
　　衛、小隼三艘ニ乗、浦口迄為迎被罷出

〃三郎左衛門方江采女・忠左衛門方ら取次役高畠円蔵・柴田多四郎を以殿様御
　　機嫌能当所御着船被遊、恐悦奉存候、三使衆茂無異儀被致到着、珍重存候、
　　就夫、三使衆勝手次第船揚被致候様ニ可仕哉之旨相談申遣候処、三郎左衛
　　門方ら返答ニ、殿様益御機嫌能被成御座候、則申遣候趣相伺候処、御馳走方
　　差支無之候ハ、、勝手次第陸揚り被致候様ニ可然旨被仰出候由申来

〃三使船聖母浦江繋之、此所波戸無之候付、船橋掛ル船橋廾七艘、長サ弐十一間

〃忠左衛門并六郎左衛門羽織袴着、先達而小隼ニ而陸江揚り、信使屋寄附江
　　相務被居候彼方信使方用達荏原右衛門左衛門・奥田安左衛門・葉山左内江致
　　対面、三使居間等致見分候上、御勝手次第御揚り被成候様ニ与、通詞下知役
　　を以三使衆江申達候処、追付三使船揚り有之、采女儀茂無之程陸江揚ル

〃采女・忠左衛門并六郎左衛門、客館寄附江罷出、三使衆被揚候節、一揖いた
　　し候処ニ、三使衆茂手を挙、答揖有之

〃三郎左衛門方江采女・忠左衛門方ら柴田多四郎を以三使衆只今船揚り被致候、
　　客館別条無御座候旨申遣候処、返答ニ、委細承届候、殿様ニ茂追付御揚り被

遊候、御序を以右之段可申上旨申来

〻聖母浦西之方ニ三使屋新規ニ建、并上官・中官・下官宿茂三使屋ら南ノ方ニ
一長屋ニシテ、新規ニ建、銘々入口ニ鑵貫門建之、夫々宿札有之、尤、惣構
竹垣也

〻下行物渡所茂下官屋之次ニ別而新規ニ建、惣構竹垣ニいたし、鑵貫門を建、
月俸所与札を打、無用之者、内ニ不入様ニ警固相附

　　　番所数、左記之

聖母宮より北之方江

　　船見番所一ヶ所　　　　侍弐人
　　　　　　　　　　　　　足軽四人

客館北之方入口
　番所一ヶ所　　　　　　先規之通、此方ら足軽弐人宛相詰也、

玄関番

　　番所一ヶ所　　　　　弓之者弐人 但、是ハ布上下着
　　　　　　　　　　　　鉄砲之者三人 相詰

下官長屋脇

　　番所一ヶ所　　　　　弓之者弐人 布上下着
　　　　　　　　　　　　鉄砲之者三人 相詰

花川口与申所ニ門を建、外之方ニ
　　番所一ヶ所　　　　　鉄砲之者四人相詰

〻上官・中官・下官宿兼而用意いたし有之候付、御馳走方ら案内者ニ通詞相附、
銘々宿江罷越

〻信使到着刻限之儀、六郎左衛門方より御馳走方江相尋候処、右之通午ノ下
刻与書付来候付、則杉村三郎左衛門方ニ写遣之

〻采女・忠左衛門、三使江到着之祝詞、上々官を以申達

〻為御見送、岡丹兵衛被差出

〻風ニより三使乗船漂流仕事茂可有之候間、正使船ニ者采女、副使船ニ者忠
左衛門、従事船ニ者与頭幾度六右衛門乗り船を相慕ひ候様、兼而被仰付候

故、朝鮮船之上乗り之侍中、船頭江兼而申渡候、尤、瀬戸、中筋、大坂着船迄右之通ニ相附候筈也

〃風本江御乗掛被成候節、浦口迄松浦肥前守様御家来、小船ニ乗、船越ニ漕船召連候間、采女・忠左衛門船ニ附可申候由被申候付、被入念儀存候、乍然、順能候付、漕船ニ者及不申候、三使乗船并供船江御附候様ニ与、上乗之者より申達

〃肥前守様ら之漕船九十六艘被差出、彼方船奉行浅山久助、漕船下知役財津宇左衛門・橘左平太、右三人小早ニ乗出ル、三使船一艘ニ漕船拾弐艘宛、ト船ニ漕船八艘ツヽ、湛長老乗船ニ同六艘、下行役人乗船ニ同四艘宛相附、采女・忠左衛門乗船ニハ、右ニ令書載候通故、漕船不相附也

〃右之外ニ用船之小船六艘、碇板船三艘被差出

〃三使江着岸之為御祝詞、御使者仁位貞之允被指越、羽織袴着、相勤

〃松浦肥前守様ら三使着岸之為御祝詞、御音物来ル、御使者小沢喜平次を以被遣之、奥田安左衛門同道、客館江被罷出、吉川六郎左衛門出会、御口上承之、御目録受取之、采女・忠左衛門江申達候上、上々官を以三使江申達、御音物差出、并上々官・上判事・製述官江之御音物茂相渡候処、三使より上々官韓僉知を以相応之御礼被申達候付、六郎左衛門取次之、御使者江申達候也、尤、上々官・上判事・製述官より茂御礼口上、韓僉知申達候也、御音物之品者御馳走帳ニ有之ニ付、此所ニ略之

〃肥前守様御家老松浦主鈴、押役小倉孫之允、奉行末吉形部左衛門、采女・忠左衛門ニ対面、参着之祝詞等申述度旨、御馳走人を以吉川六郎左衛門迄被申聞、則右三人江対面、相応之致挨拶、追付被罷帰

〃三使より問安、上判事李判官、御茶屋江参上、御口上、殿様御着岸之御祝詞并先刻御使者被遣候御礼、大浦兵左衛門取次之、相応之御返答有之、御茶・御菓子出之、通詞下知役并通詞相附、罷出

〃御用人鈴木政右衛門、御馳走所為見分、嶋雄只右衛門同道、客館江罷出、信使方用達荏原右衛門左衛門江対面、御馳走書之儀ハ出来次第、只右衛門江御渡被成候様ニ与申達、政右衛門儀ハ罷帰

嶋雄只右衛門

樋口冨右衛門

右者船中之間、御馳走書為請取役、此度新規ニ被仰付

〃三使着岸之為御祝詞、湛長老ら御使僧被遣之

〃三使衆より面々、乗り船上乗り之通詞下知役、御横目并通詞江御酒一樽・干
鯛一箱宛被相送、日本船頭江茂振舞候様ニ与之儀、須川嘉右衛門罷出、申達

　　　西瓜六ツ　　但、三宛二台ニ据之

右者三使衆被好候段、朝鮮人致噂候を御馳走方江被承候由ニ而被差出候付、
上々官召寄、兼而三使衆御望之品ハ通詞下知役中迄申達、其上ニ而用事相
達候様ニ申渡置候処、直ニ御馳走方江申達候段不届ニ存候、重而、ヶ様之
不埒成儀無之様ニ通事とも江申付候様ニ与申渡

〃客館江通詞下知役両人、通詞四人夜番相勤

〃輿添之御歩行弐人衆、寄附ニ不寝番申付

〃信使屋構之内北之方入口之番所ニ例之通、此方ら足軽弐人宛不寝番申付、
但、正徳信使之節ハ挑灯あんとう等ハ此方ら灯候得共、此度ハ御馳走方ら
夫々ニ被出之

　　　┌干鯛七尾
　　　│昆布五把　　　　　采女・忠左衛門両人中江
　　　└御酒一樽

　　右同断、裁判孫左衛門・六郎左衛門、両人中江

右者今日、肥前守様ら被下候内、上々官共ら相送度旨、通詞を以申聞候付、
相応之礼申達、致受用

　　蚊帳拾張　　　　　正使方江
　　同　拾張　　　　　副使方江
　　同　八張　　　　　従事方江

右者御馳走方江通詞下知役方ら申達、右之通請取之、三使附之通詞江相渡
ス、但、三使ら上官迄之分也、尤、出船之節ハ返弁仕筈也

　　但、蚊帳一張を、上官ハ二三人、又ハ四五人中ニ釣、頭計入、寝候由

〟所々御馳走所二而、万一出火之節ハ被致着候刻、三使被立退候方角心掛い
たし置、其節ハ何方江被立退候様二与相極置、通詞中江茂其心得いたし居
候様二可申渡旨、下知役中江六郎左衛門を以申渡

〟下行奉行平山左吉・大塔貞右衛門罷出、申聞候者、五日次渡方為見分、軍官
三人相附来、卯年下行帳面致持参、三使之五日次二雉子・塩鯛・干魚不相見、
其代りニしそたて・青大豆・花柚等相見へ、色数ハ相違無之候得共、品劣り候
故、難請取旨申候付、卯之年之帳面二雉子ハ無之、干魚ハ中官以下之下行二
ハ有之、上官以上之下行二ハ無之候、其上、先年初度之下行二ハ生肴無之
処、此度ハ生肴相見候間、受取候様二、時節ニより品之違ハ無之候而不叶事
二候由申諭候処、左候ハ、相尋候所二可伺由申、軍官三人罷帰候付、五日
次掛韓僉正茂致長座候而ハ、日本人与申談候与之疑有之由ニ而罷帰候、 如
何可仕哉与被申聞候付、吉川六郎左衛門召寄、委細申含、生肴者今晩受取不
申候而ハ損候付、受取候様二、上官・五日次目付之軍官江被申聞、惣而下行
物ハ其所々之土産二候故、不相定事候故、先々色品違ハ無之候而不叶段被
申諭、下行場江軍官目付として相附候儀茂先例無之候付、明日ら被相止候
様、上々官江可被申聞段申含、遣之

〟暫有之而、六郎左衛門罷帰、被申聞候ハ、平山左吉・大塔貞右衛門同前二
上々官三人・上判事韓僉正呼出、 申談候処、先刻軍官罷帰候節、五日次物
数々不足二有之、不受取候段、三使江申達候処、尤之由被申、今夕者相済不
申候、只今、裁判・下行奉行申分承候而ハ、尤二存候、先年与ハ時節茂違、色
数過不足無之候而不叶事二候故、今夕請取候様二仕度候得共、三使大洋渡
海故、草臥敏休ミ被申候、軍官申分、尤与被申候を乍存、今晩請取可申与ハ
難申入候、明朝、三使江相達相済候様二可仕候、将又、今度ら新規二軍官三
人を目付、心二被相附候故、却而申談も果敢取不申、半途二而罷立候付、今
日茂及延引候、兼而、奉行中江茂軍官相附候与之申理茂無之、其上、妨二成
候故、明日ら差止候様、三使江可申達候旨、得其意候、是又、委細可申入与
之返答之段、六郎左衛門申聞、左吉・貞右衛門儀者信使屋ら直二下行方江罷
出候故、不致祗候候由被申聞

〟右之通、下行渡方今晩不相済候付、御老中江被遂御案内候御馳走書二、卯之
年五日次渡方、即夜不相済候付、御馳走之一ヶ条被相省候先規御考、下行之

一事を被相省候而、御馳走書被差上、如何有之哉与、三郎左衛門方江申遣候処、下行、今晩受取不申候与而、御注進御延引被成候儀ハ如何敷候間、御馳走書ニ下行之一件相省、卯ノ年之通、今晩御注進被仰上候段、同人ら申来

〃客館門前北之方海際ニ松浦肥前守様ら左之通制札被建候付、左ニ記之、尤、写候而、杉村三郎左衛門方江茂遣之

條々

一　対朝鮮人無礼、無作法不仕事

一　濫妨狼籍不可致事

一　喧嘩口論停止之事

　　　　右之通可相守之、若違犯之輩、於有之候ハ、可行曲事者也、仍而如件

　　享保四年七月日　　　　松浦肥前守源朝官判

〃三使衆着船ニ付、杉村三郎左衛門儀、自分為祝事、三使屋江罷出候処、上々官朴同知・韓僉知・金僉知三人出会候付、口上申達候者、今日ハ順能、是迄御着船、目出度奉存候、先頃、於対府御旅館江参上仕候、以後ハ彼是与殊外取込、御安否伺ニ茂参上不仕候、弥、御替不被成候哉、御着之御祝詞旁為可申上、致参上候由申達候得ハ、則三使江申上候由ニ而、韓僉知申聞候ハ、入御念、尋問過分存候、可懸御目候得共、今日ハ殊外船草臥いたし候故、無其儀候由、三使被申候旨申聞ル、扨又、上々官三人江申入候ハ、太守被申候者、今朝対府御出船之節茂、当所御着船之時茂、太守乗り船を御待合与相見へ、御心を被用ひ被成方、左様御座候得者、海陸長途無別条御同道可被致与、別而大慶被存候由申達候得者、其趣、三使江可申達候、兎角、何事茂無間違、首尾能御座候様ニ与心遣仕事ニ御座候旨申聞、罷帰

七月廿日 晴天東風

杉村采女・大浦忠左衛門、裁判吉川六郎左衛門、真文役雨森東五郎、客館
江相詰、何れも羽織袴着

〃松浦肥前守様ら御使者浦新八を以御見廻之御口上ニ而、御杉重一組宛、三
使銘々江被遣之、吉川六郎左衛門取次之、上々官韓僉知・金僉知罷出、御礼、
御返答申達、使者同道、葉山佐内、右両人麻上下着、右之趣、御茶屋へ御案
内之手紙遣之

〃下行奉行平山左吉・大塔貞右衛門方江手紙ニ而申遣候ハ、昨晩、下行請取方
相滞候訳、上々官より三使江委細申達候処、昨晩者双方間違之儀有之、相受
取不申候、弥、今日、受取候様ニ申渡候、此度、軍官洪僉知、鄭裨将、黄別将
差出候儀者、前々より下行方江末々之朝鮮人罷出、不作法ニ有之由被及聞候、
五日次判事ら申付候而ハ届兼候付、左様之儀為制当、差出、下行之儀茂其座
ニ罷在候故、何角申達たる訳ニ候、下行受取方之儀ハ弥五日次判事相勤申
筈ニ候由被申候旨、上々官、裁判江申達候間、左様可被相心得候、且又、以
前ら相定候下行之外ニ、時々之菓物、馳走ニ渡候、梨子・柿・蒲萄抔有之節ハ
右之品出申候、此節ハ右之代りニ西瓜抔出候様ニ仕度候、水菓子好ミ候段
ハ兼而、於江戸表、信使御用掛江平田直右衛門ら被申達候、定而、諸方・
御馳走方江茂可被仰渡与存候、右之段、此方ら御差図申候訳ニ而ハ無之候、
各ら下行方役人衆江噂被致可然存候、責而、三使・上々官・上判事迄成共、被
遣候得かしと存候、三使よりハ好有之、昨日西瓜六、御馳走方ら出申候、若、
被遣候ハ、、三使江三ツ宛、其以下ニハ二ツ宛ニ而茂可然候、西瓜之儀者朝
鮮人殊外好申品ニ候間、上官中江被遣候得ハ、其上茂無之候得共、余計有合
不申候ハ、、上判事迄被遣候而茂不苦候由申遣

〃下行奉行左吉・貞右衛門罷出、今日、下行場江軍官三人、五日次判事罷出、
申聞候ハ、夜前、上々官を以三使江被申達候儀被承届候、五日次物書付被見
届候処、此分ニ而ハ不苦候間、相受取候様差図有之候付、可受取旨申、昨
夕・今朝之下行、夫々ニ相渡候由被申聞、其節、軍官江左吉・貞右衛門申達候
ハ、以前より例茂無之、各被罷出候段難得其意候、新法之儀ニ候得者、三使
より我々役頭江申達無之候而不叶事ニ候処、各新規ニ被相附候段、拙者共

江何方ら茂申付無之候、其上、目付役として廉直ニ受取候所被見届候迄ニ
而可然候、我々ニ茂対州ら目付両人被相附置候付、両国同然ニ品々善悪升
目之多募、検分有之候得者無其上候得共、昨日之如く熟談無之、半途ら通事
引連、罷帰、其後、否之返答茂無之、呼ニ遣候而茂、五日次判事迄不罷出候
付、昨夕之五日次茂受取不申、生肴損腐候、向後者目付役相応之儀を被見届、
五日次物ニ立交、差図かましき義無用候与申候得ハ、得其意候、三使より
我々三人江朝鮮ニおるて下行場江罷出、諸事廉潔ニ見届候様ニ被申付候得
共、此場所江罷出候儀無用与被存候ハヽ、明日ら差控可申哉と申候付、目付
相応ニ品之善悪升目之吟味計仕候得者、望候而も無其上候、不入儀ニ差図
かましく候付、差碍候与申達置候処ニ暫有之候而、信使奉行より手紙来、三
使ら茂下行物之儀、其所々ニ而時節相応之物相渡候付、卯ノ年之通全く可
相渡様茂無之段尤ニ候与被申候間、朝鮮人江申談、相渡候様ニ申来候、三軍
官検分ニ被罷出候段茂頭役ら差図有之候間、弥被立会、目付相応ニ被相務
候様ニ申達候旨、左吉・貞右衛門申聞、尤、杉村三郎左衛門方江茂無別条、
昨晩・今朝之五日次相渡候段申遣

ゝ今夕、平山左吉・大塔貞右衛門、采女・忠左衛門宅江罷出、申聞候者、今晩之
五日次、無別条相受取申候、軍官茂罷出候得共、最前与違、何之違却茂不申、
相済申候、尤、生肴・鮑等茂入来り、五日次物宜有之候、中官・下官中、卯不
足ニ而十六之代ニ鶏一羽当ニ受取申候、但、此鶏之儀中官・下官ニハ常ニ不
相渡品ニ候得共、此節、卵差支ニ付、鶏、右之割を以相渡申候、以来、中官・
下官ハ五日次ニ鶏ハ無之候

一　寒塩之猪弐脚宛　　　　三使銘々江
一　同壱脚宛　　　　　　　上々官銘々江
一　塩鯨　　　　　　　　　中官ら下官迄行宛之程

　　右、御馳走方ら被遣之、一昨日之下行ニ相控候分之由、下行役方ら申聞

七月廿一日 晴天

〃風本御滞船

〃通詞下知役山本喜左衛門罷出、上々官申候ハ、爰許聖母江日吉利賽仕度旨、
船将共申候、正徳年ニ茂其通被仰付候間、被差免可被下旨申候付、返答ニ申
達候ハ、正徳年ニ者数日不順ニ而滞留ニ候故、左様ニ茂可有之候得共、漸昨
日一日之儀ニ而長滞与申ニ而茂無之候処、早速日吉利賽仕候段如何敷候、不
順ニ而滞留ニ及候ハヽ、其内見合可被差免候間、其旨可被申渡旨申達、則韓僉
知江申聞候処、被仰聞候趣、御尤ニ存候、其通、船将共江可申聞由申聞ル

〃采女・忠左衛門ら韓僉知を以三使江之口上申達候ハ、昨今不順ニ而御滞留御
気毒可被思召候、弥、御勇健被成御座、珍重奉存候、何卒、近々ニ順風茂御
座候得かしと存候、御案否相伺候間、宜申上可給之旨申達候処、韓僉知・金
僉知罷出、相応之返答申聞

〃松浦主鈴・小倉孫之允・末吉形左衛門、三使案否為尋、客館江被罷候付、裁判
吉川六郎左衛門取次之、上々官を以三使江申達候処、則上々官韓僉知、通詞
相附罷出、相応之返答申達

〃主鈴・孫之允・刑左衛門、信使奉行詰間江御通候様ニ申達、被罷通候付、采
女・忠左衛門面談、相応之致挨拶、被罷帰

〃殿様ら三使方江御使者平田助之進被遣之、御口上、不順ニ而御滞留可為御
退屈与存候、自分ニ茂不相替罷在候、為御見廻、以使者申入候与之儀、上々
官を以申達候処、韓僉知を以相応之御返答有之

〃今昼、従事、朝鮮船ニ乗、船改被仕、兼而被申聞候者、先頃於府内、従事船
改被致候処、朝鮮人荷物ハ被相改、疑敷儀茂無之候得共、朝鮮船江乗り居候
倭人之荷物不相改候段気掛ニ候由ニ而、改之儀被申聞、今日茂其通之申分
ニ付、上々官江裁判ら申達候ハ、此方ら乗居候侍中ハ目付役之随分厳密ニ
吟味仕事ニ候、勿論、通詞上乗之者下々迄堅誓旨等申付置、遂穿鑿候付、疑
敷儀者無之候得共、行規之儀者両国申合之儀ニ候故、御望ニ候故、改させ可
申候、然共、日本人荷物、朝鮮人江改させ候儀者難成候、此方ら役目之者江
改させ可申候間、御検分被成候様ニ申達候処、弥、其通仕候得、従事検分ニ

ハ不及候、日本人改候を軍官江検分可申付由被申候付、御召船江申遣、為改
人、左之面々召寄、御徒目付長留宇左衛門検分ニ而、日本人之荷物、御関所
ニ而改之通、厳密ニ相改候様、尤朝鮮人ら相改可申由申候共、決而彼方之人
手を掛させ不申、勿論、軍官共無礼之仕形茂有之候ハ、、改相止、此方江其
訳届仕候様ニ申含、遣之候処、従事乗り船・同卜船ニ乗り候日本人荷物相改、
軍官遠掛より検分仕候処、少茂不審成品茂無御座候、右、弐艘相済候付、相
残船々之日本人荷物可相改候間、検分被致候様ニ申達候処、従事船之外ハ
構ヒ不申候由申候付、其分ニ而相済候由罷出申聞ル

御徒目付　　　　長留宇左衛門

御歩行　　　　　原太郎左衛門
　　　　　　　　山岡源七
　　　　　　　　小川貞五郎
　　　　　　　　組之者三人
　　　　　　　　下目付壱人

ゝ従事乗船・同卜船荷物改相済而、追付従事被揚

ゝ樋口久米右衛門方ら以手紙、采女・忠左衛門方江杉焼料理被仰付、御次ニ而
御振廻可被成候間、両人相揃罷出候様ニ、御意之旨申来候付、則両人共罷上
候処、御料理被下之候中、江戸表ら廿二番、七月四日迄之御状并京都・大坂
ら之書状到来

ゝ杉村采女方ら三使御銘々江梅酒一瓶、割多葉粉一箱ツ、被遣之、通詞下知
役河村太郎左衛門取次之、韓僉知を以差出之

七月廿二日　晴天

ゝ風本御滞留

ゝ杉村采女・大浦忠左衛門、裁判・吉川六郎左衛門客館江罷出

ゝ三使衆ら上々官を以今日之風之様子、船将を山江上ケ見せ申度之由被申聞
候故、其段ハ他領之儀故、決而難成候段申達候処、左候ハ、、浦口江小船ニ

而差出見せ申度旨被申聞候付、風ハ宜候得共、御出船不被成候様ニ疑心之
気味有之候哉と存候付、小田村弥七罷出候付、三郎左衛門方江御船頭両人、
小使船弐艘ニ乗せ、此方ニ被廻候ハ、三使ニ申達、朝鮮船将三人共ニ乗せ
分、浦口江差出、沖之様子得与見せ、三使之疑ヒ晴レ候様ニ仕度旨申遣候得
者、早速、小田村弥七・中西与三兵衛乗組参候付、上々官を以三使江、今日
ハ逆風ニ候段申入候而茂、船将を浦口江被遣度旨被仰聞候故、此方船頭呼
寄候間、船将三人共ニ被差添、沖之様子御見せ被成候様ニ裁判江申渡、上々
官を以三使江申達候処、御返答ニ、御船頭被差出、此方船将与同前ニ沖ニ御
出し、御見せ可被成哉之由被入御念儀ニ存候、只今、得与承合候得者、今日
ハ不順ニ而出船難成日吉利之由申候故、夫ニ及不申候由返答有之付、又々
申達候ハ、此方船頭ハ不及申、当領之船頭共夜も臥り不申、日吉利之様子、
入念、無由断相考申候処ニ、船将之申分を被信、何角被仰聞候段迷惑ニ存候、
先々ニ至り候而茂、日吉利之儀ニ付、御疑心有之候而ハ気毒成事ニ候間、此
方ら御案内不申内ハ、決而船将之申分を御用ヒ、御催促之気味不被仰聞候
様ニ、三使江能々申達候得と、上々官江申渡

〻通詞下知役之儀者客館江相勤候付、鑓為持候儀、依願、御国ニ而願之通被仰
付候、就夫、信使附御佑筆之儀茂客館江相勤、同格之人鑓為持候処ニ優劣有
之、可致難儀候間、被差許被下候様、杉村三郎左衛門方江申遣候処、願之筋
尤ニ相聞候付、鑓為持候様ニ三郎左衛門ら組頭中江被申渡候書付之写、左
ニ記之

　　　覚

一客館江相勤候御佑筆四人、鑓持之儀者道中ら御附被成筈ニ候得共、於御国、
　通詞下知役、依願、船中茂小人之内鑓持被相附候、同格之人、同所江相勤、
　外見共ニ迷惑仕候由相聞候、依之、小人之内四人之御佑筆壱人宛、被相附候、
　刀之儀者手前ら致才覚、差せ候様ニ可被申渡候

一御供之方御小姓、御腰物掛、御納戸掛、御小姓組、御佑筆、御繕掛、組頭手
　代、御勘定手代之大小姓、客館江就御用、被召仕候節ハ小人、又者水夫之内
　鑓持可被相附候、刀之儀者自分ら致才覚、差せ、召連候様ニ与可被申渡候、
　以上

七月廿二日　　　　　　　　杉村三郎左衛門
　　大浦兵左衛門殿
　　幾度六右衛門殿

　　醍醐湯一瓶

　右者、殿様江三使より暑気強節、被召上候得者、御養生ニ宜候由ニ而被進
　候付、通詞下知役梶井八郎左衛門、使ニ申渡、御茶屋江差上

　　同一瓶

　右者、三使ら以酊庵江被進候付、裁判より相届候様ニ申渡

ゝ湛長老江三使ら醍醐湯被遣候、為御礼、使僧来、河村太郎左衛門取次之、
　上々官江申達、韓僉知罷出、御返答申達

七月廿三日　晴天東風

　風本御滞留

ゝ杉村采女・大浦忠左衛門、裁判吉川六郎左衛門、客館江罷出

ゝ昨日、殿様江三使ら醍醐湯一瓶被進候付、為御礼、御見廻御使者久和重右衛
　門、客館江被遣、上々官を以三使江申達候処、追付相応之御返答有之

ゝ松浦肥前守様御家老松浦主鈴、三使安否為尋、信使方彼方用達奥田安左衛
　門同道ニ而、客館江被罷出候付、吉川六郎左衛門迄口上申達置、被罷帰

ゝ正使、昨日より不快之由承候付、上々官召寄、御様子相尋候処ニ、指而重キ
　儀ニ而ハ無之候得共、不食被致、夜茂被寝兼候、此間、別而残暑強候故、暑
　気当りニ而茂可有御座候、殊ニ、常ニ乗馴不被申船ニ、折々乗り被申、其上
　打続不順ニ茂有之、旁気爵茂被致候哉と存候、早速、薬等茂服用被致候、然
　共、気遣申程之儀ニ而ハ無御座候旨、医師中申候由、上々官申聞候付、采
　女・忠左衛門方ら上々官を以御見廻之口上申遣、尤、副使・従事ニ茂正使御
　不快之挨拶申遣

ゝ右、同断ニ付、吉川六郎左衛門、御茶屋江罷上、三郎左衛門迄正使御不快之

様子、上々官咄候趣委く申入候処、殿様ら樋口久米右衛門、御使者被仰付、
客館ニ罷出、上々官を以御懇意ニ御見廻之御口上申達、副使・従事方ニ茂正
使不快之御見廻被仰遣候処、則正使江上々官申達候得ハ、被入御念、御使者
被下、私不快ニ罷在候付、御懇御尋被成候趣忝奉存候、弥御平安ニ被成御座、
珍重存候、気分茂軽キ事ニ御座候間、御安心被思召被下候様ニ与之返答有之、
副使・従事より茂相応之御返答也

〻殿様より三使江杉焼御料理可被遣候間、其段、裁判ら上々官江相通し被置
候様ニいたし候得与、三郎左衛門方ら申来候付、則裁判ら上々官を以申達候
処、御勝手次第被送下候様ニ与之返答ニ付、其旨、三郎左衛門方江申遣候処、
暫在而、左之通御繕方ら仕立、三使銘々ニ杉焼之具一重鍋壱宛、上々官中江
同一宛、客館江被差越、御料理人山崎儀左衛門・糸瀬源右衛門、其外下目付
板本等相附罷出、客館ニ而煮立、銘々ニ差出、相済而三使ら上々官を以相応
之御礼有之候旨、六郎左衛門申聞、手組、左ニ記之

杉焼どぶさして	汁	鯛 あわひ たまこ 大こん	ねき ねいも あけたうふ

〻大坂役方ら三使船底入之深サ、書付差越候様ニ与申来候付、今日、御船頭小
田村弥七申渡、見分致させ候処、左之通書付差出候故、則写候而三郎左衛門
方江手紙相添、遣之

一三使船	荷積候而潮ニ浸候底入之深サ六尺程、尤、三艘ニ 少々、大小ハ有之候得共、多く之違無之候、 但、右之分、かね尺ニ而

　　　右之外、卜船ハ小振ニ候故、潮付茂少く候

〻三使騎船并卜船之船印旗柱并横竹等之寸法、左之通、尤、絵図茂記之

　　　己亥七月日

一騎船

    大旗竹長十七尺五寸　　　　但、日本曲尺ニ而三丈弐尺弐分五厘
    懸竹長十一尺　　　　　　　同弐丈壱寸三分
    旗体長七尺五寸　　　　　　同壱丈三尺七寸弐五厘
    広七尺五寸　　　　　　　　右同断

一卜船

    大旗竹長十六尺五寸　　　　但、日本曲尺ニ而三丈一寸九分五厘
    懸竹長十尺　　　　　　　　同壱丈八尺三寸
    旗体長六尺　　　　　　　　同壱丈九寸八分
    広六尺　　　　　　　　　　右同断

     己亥七月二十三日、尺量置付

一副騎船　　　　　　　　　朝鮮尺、一尺ハ日本曲尺ニシテ壱尺八寸三分也

    陞旗竹長十九尺　　　　　　但、日本曲尺ニ而三丈四尺七寸五分
    懸竹長十尺五寸　　　　　　同一丈九尺弐寸壱分五厘
    陞旗十幅付長七尺五寸　　　同一丈三尺七寸弐分五厘
    広七尺　　　　　　　　　　右壱丈弐尺八寸壱分

一卜船

    陞旗竹長十八尺　　　　　　同三丈弐尺九寸四分
    懸竹長九尺五寸　　　　　　同一丈七尺三寸八分五厘
    陞旗八幅付長六尺八寸　　　同一丈弐尺四寸四分五厘
    広六尺五寸　　　　　　　　同壱丈一尺八寸九分五厘

従事騎船・卜船之船印寸尺ハ副使同前故、略之

〃昨夕、年寄中三人・裁判両人・采女・都船主ニ而候故、松浦儀右衛門并三使船
之上乗江活鶏、其外五日次物之残有之候、進せ申度由、三使ら被申聞候段、
上々官ら裁判江申聞候得共、下行残与有之候もの、受用仕候段如何ニ候、先
例茂無之儀故、御無用ニ被成候様ニと申留ル

七月廿四日 大雨風

〃風本御滞留

〃采女・忠左衛門、裁判六郎左衛門、客館江相詰

〃昨夕より南押穴風雨烈候故、三使容体為伺、今朝、小倉孫之允・末吉利左衛門、
客館江被罷出候付、六郎左衛門玄関ニ而挨拶いたし、御来儀之段、三使江可
申達之旨申達ル、松浦主鈴儀者病気ニ付、不被罷出候由、両人之衆被申聞

〃采女・忠左衛門并六郎左衛門、正使之御病体相伺候処、今朝ハ少々御快候而、
菉豆粥、昨日らハ少し多くまいり候、段々御快方御座候由、上々官韓僉知・
金僉知申聞ル、尤、副・従事、風雨之安否相尋候処、右同人を以相応之挨拶
有之

〃昨宵ら風雨強、朝鮮船綱碇等之儀被入念候様、御馳走方江申達置候付、御馳
走方役人中被致心遣、段々繋せ被申候、依之、我々中遂面談、挨拶可致候間、
裁判同道被罷出候様ニ申渡候処、何茂船場下知ニ被罷出、御馳走役葉山佐
内被詰合候付、相招、我々中於詰間、遂面談、昨晩より之御役人中御心遣、
御苦労存候、段々風茂募候間、綱碇等丈夫ニ被差出、繋方弥被入念候様ニ、
采女・忠左衛門申達

〃杉村三郎左衛門方江手紙を以申遣候ハ、夜前ら強風雨ニ候得共、殿様益御
機嫌能被成御座、奉恐悦候、浦宜敷、御船々之気遣茂無之、珍重存候、朝鮮
船繋方之儀無由断、御馳走方江申達、夜前今朝ニ至茂、段々綱碇等被仕候、
正使御病気茂今朝ハ快方御座候由承り、一段之儀存候、早飯ニ菉豆粥少し
参り候由ニ御座候

〃殿様客館江御出被遊、正使病気御尋被成、河内守様ら被仰渡候趣を茂被仰
達候義、東五郎江茂申談候処、別而差支申儀も有御座間敷由申候、乍然、今
日者風雨強候故、御出被遊候儀御延引被遊候様ニ与奉存候、素、前方御出之
段、三使江申達、返答之様子可申上候、此天気ニ而ハ迚も、今日ハ御出被遊
間敷与存候故、三使江申達候儀者差控置候、明日ニ而茂御出被遊候節、可申
遣段申越

〃下行役中ら通詞下知役方江申来候ハ、風雨強、今日ハ下行場所へ取揃難成

候間、晴次第可相渡候間、軍官、五日次判事江其通申達候様ニ与之儀ニ付、
則其趣申達候由

〃風雨段々強ク候付、朝鮮船繋方之為下知、通詞下知役并通詞非番之面々不
残差出、下知仕、裁判吉川六郎左衛門茂折々罷出、下知仕

〃山々之松木枝を吹折、又ハ吹倒、民屋茂方々吹まくり潰申家茂有之由、客館
茂方々吹まくりニ付、御馳走方江申断、早速繕等有之

〃下官小屋不丈夫ニ相見候由ニ付、裁判六郎左衛門遣之、見分之上、致下知、
荷物等取除させ、番人等附置、下官ハ繋方之働ニ出、又ハ三使屋江参り居候、
跡ニ中官・下官居所建継之小屋吹潰し申候、然共、怪我人ハ無之由、六郎左
衛門申聞候付、火を能為消可被申由申渡、右之趣、三郎左衛門并御用人中江
遂案内

〃右之通ニ付、製述官・書記・写字官なと御馳走方詰所北之方ニ続キ建有之方
江被移サ、御馳走方番人ハ明ケ候而、脇江被移、居余り候中官・下官ハ客館、
或ハ朝鮮船ニ乗せ置也

〃御船三郎左衛門ら先刻之手紙、返答ニ申参り候ハ、強キ風雨ニ候得共、殿様
御機嫌能被成御座候、客館江御出被遊候儀、此風雨ニ而ハ御供廻等茂揃兼、
御召為揚ケ候儀茂不罷成候故、若明日御出船茂不被遊候ハヽ、弥明日客館
江御出被遊候様ニ与存候由申来

〃巳之下刻頃ら別而風強く成、朝鮮船繋方無覚束候処ニ、御馳走方役人小倉
孫之允・末吉刑左衛門、其外役々被精出、人夫大勢罷出、素り、此方役人、朝
鮮人共ニ精出し相働

〃右之通之風雨ニ付、三使衆船々繋方格軍働之様子検分可仕由ニ而、通詞下
知役詰間ら見へ候付、被罷出、牖より見分有之、正使ハ御病中故、御出無之

〃御馳走方役人衆、殊外之働故、采女・忠左衛門方ら為使、江崎忠兵衛遣之、
挨拶為致、何茂御働之段、対馬守江具ニ可申聞候旨申遣ス、返答相応也

〃風雨之間安、正使為御見廻、御使者嶋雄只右衛門被遣之、上々官韓僉知・金
僉知取次之、同人を以御返答申達

〃今卯之下刻より未之上刻迄大風雨吹詰候付、裁判六郎左衛門、両度迄浜江出、
御馳走方之面々ニ対談いたし、朝鮮船之繋方差図仕

〻未ノ中刻程ニ雨風少々静ニ成、西風ニ罷成、朝鮮船無別儀、尤当り合、少し
宛損し候得共、軽事ニ候故、明日ら為致修補可申候也

〻湛長老方ら三使安否可御尋、使僧被遣之、田城沢右衛門取次之、韓僉知・金
僉知を以申達、同人を以相応之返答有之

〻番所役人荏原右衛門左衛門・奥田安左衛門・葉山佐内、采女・忠左衛門詰間江
相招、致面談、御役人中御働ニよつて朝鮮船繋留、大慶存候、風茂余程静ニ
成、珍重ニ存候由致挨拶

〻小倉孫之丞・末吉刑左衛門、客館式台迄被参、夥敷風ニ而候得共、御船・信使
船共ニ無御別事、珍重存候由、吉川六郎左衛門迄被申聞候付、采女・忠左衛
門罷出、致挨拶、何茂御働之段、対馬守江具ニ申聞候由申達

〻正使船横目鈴木弥右衛門、客館江罷出、六郎左衛門江申聞候者、風波ニ而正
使騎船之垣立損し候付、丸木六本・狭之板壱枚四間程有之、松板入用ニ付、
致才覚呉候様申候由ニ付、早速用意いたし被相渡候様ニ与、御船奉行小田
平左衛門江申渡

〻葉山佐内、客館江被罷出、通詞下知役江被申聞候者、当領田之浦与申所江風
見之小旗一本吹散り参候付、則庄屋押船いたし、只今致持参候由ニ而、被差
出、通詞下知役受取之候処、正使風見之旗ニ付、則韓僉知江相渡候由、通詞
下知役申聞

〻杉村三郎左衛門方江申遣候ハ、今日之風雨ニ付、小倉孫之允・末吉刑左衛門、
其外役々被罷出、殊外被精出、綱碇等過分ニ差出、防被留候付、右両人江逢
候而、一礼申達候、主鈴方江ハ御使者孫之允、刑左衛門方者御意之趣、貴
様方ら被申遣、且又、烈キ風雨ニ付、公義江御案内之儀等被遂吟味候様ニ申
遣候処、正徳年之通御乗掛被成、風波強く、脇浦江着船之節ハ御継船御證文
ニ而御案内被仰上候得共、湊江繋船之中、三使衆陸江揚り被居候節、烈風ニ
候与て御案内被仰上候儀無御座候、併、今日之烈風ハ隣国損毛茂有之、所々
ら御案内茂可有之候故、信使之案否、公義ニ茂無御心元可被思召御事ニ候
故、無別条段、今度之飛船便ニ直右衛門方江申越、河内守様御用掛様江茂御
案内被申上候様ニ申越可然哉与存候、於同意ハ、其通ニ可仕由被申聞候間、
同意ニ候故、弥其通可被仰越之由申遣ス、且又、松浦肥前守様江者御状被遣、

京都・大坂御役人様方茂両所之御留守居罷出、御案内申上候様ニ可申越与存
候旨申来

〟三使方より韓僉知を以采女・忠左衛門江被仰聞候ハ、大風雨之所ニ何茂御
差図宜、其上信使附之面々、其外御馳走方働故、騎船・卜船共ニ無別条、大
慶存候与之御事ニ付、相応ニ御返答申達

〟大雨風ニ付、通詞下知役并通詞、船場江罷出、相働候付、風静ニ成候而、采
女・忠左衛門於詰間称美いたす、御馳走方綱碇等之儀、泙次第、御馳走方江
差返被申候様ニ申渡

〟朝鮮人乗馬・荷馬・長持等之書付大概相極差出候付、御船三郎左衛門方江手
紙相添遣之、爰元ニ而ハ貫目積、委細ニハ難極候故、少々ハ増減茂可有之候、
其旨、大坂江可被仰越候、長持之数、此分ニ而相済候得者、一段之儀ニ存候、
成丈、不相増候様ニ可申談由申遣、右書付、朝鮮人方人馬帳ニ記之

〟御馳走方役人衆、船場江被罷出候書付、左ニ記之

　　　一船場江罷出候役人共

　　　　　壱岐国惣押　　　　小倉孫之允
　　　　　奉行　　　　　　　末吉刑左衛門
　　　　　目付　　　　　　　市橋左次右衛門
　　　　　　　　　　　　　　　下目付召連

　　　　　勘定頭　　　　　　日高治左衛門
　　　　　　　　　　　　　　　下役召連

　　　　　当所押　　　　　　柘植七郎兵衛
　　　　　　　　　　　　　　　支配之者召連

　　　　　作事奉行　　　　　桑田平太右衛門
　　　　　　　　　　　　　　　下役召連

　　　　　　　　　　　　　　城　半右衛門
　　　　　　　　　　　　　　　支配之者召連

　　　　　月俸役　　　　　　許斐喜左衛門
　　　　　　　　　　　　　　　下役召連

　　　　　火之番　　　　　　船越内右衛門
　　　　　　　　　　　　　　　支配之者召連

　　　一上官以下之馳走人不残請取之、官舎前罷出

一浦内船繋才判

　　　船奉行　　　　　　浅山久助
　　　　　　　　　　　　　役人召連

　　　　　　　　　　船手方
　　　　　　　　　　　力竹弥兵衛

　　　　　　　　　　船場罷出裁判
　　　船ニ而罷出才判　財津宇左衛門
　　　右ニ同　　　　　橘左平太

一手明之侍罷出才判

一弓足軽大勢罷出

　　　覚

一苧綱棕綱共ニ三拾九房

一藁綱四十房

一鉄碇弐十番

　　　　　　　　　　船奉行
　　　船ニ乗浮迄才判　浅山久助

　　　　　　　　　　役人
　　　　　　　　　　　力武弥兵衛

　　　　　　　　　　小頭
　　　　　　　　　　　浦瀬権太夫
　　　　　　　　　　　裁判之者五人
　　　　　　　　　　　漕才判拾八人

　　　　　　　　　　船頭
　　　　　　　　　　　大山弥次左衛門

　　　　　　　　　　同
　　　　　　　　　　　近藤弥八左衛門

　　　　　　　　　　同
　　　　　　　　　　　木寺伝五右衛門

　　　七月廾四日

〃今日之風雨為伺御機嫌、夜ニ入、采女・忠左衛門、御茶屋江罷出、御目見被
　仰付、御次ニ而御用申談、退出仕

七月廾五日 晴天、沖南風

〻風本御滞留

〻松浦主鈴、客館江被罷出、昨日ハ烈敷風雨ニ御座候得共、三使衆并朝鮮船別
条無御座、下官小屋吹倒申候得共、人無別条旁珍重奉存候、昨日、持病気ニ
而三使御安否伺ニ茂不罷出候、葉山佐内江御奉行衆ら御懇意被仰聞候趣、
忝奉存候、今朝、少々快候付、三使之御安否承度、旁御式台迄致参上候与之
儀也、采女・忠左衛門、未出勤無之故、申置、被罷帰、右取次、高畠弾蔵

〻主鈴方江右之為挨拶、采女・忠左衛門方ら書状遣ス

〻御船頭小田村弥七罷出、今朝之日吉利、沖南風ニ而殊沖波高く、御出船難成
御座候、肥前守様御船頭衆江茂聖母之浜辺ニ而寄合申談候処、右同前之申
分ニ而御座候由申聞ル

〻頃日、江戸表ら以継船被仰越候趣、三使江被仰達候ため、并正使、此間少々
不快ニ有之候付、御見廻旁、今日、殿様、客館江御出被成候故、式台際ら門
之外迄薄縁長四枚並ニシテ、弐通門ら、外ハ右之方ニ二枚、左之方ニ四枚敷、
添都合薄縁十四枚、御馳走方江申達、被敷之

〻殿様戻子御肩衣被為召、以酊庵御同道ニ而、昼時客館江御出被成、門外薄縁
際ニ而御駕籠より被為出、上々官三人、門外薄縁際ニ而御駕籠より被為出、
上々官三人、門外左之方薄縁迄為御迎罷出、采女・三郎左衛門・忠左衛門并
樋口久米右衛門・裁判吉川六郎左衛門・組頭大浦兵左衛門、何れ茂戻子肩衣
着、門外右之方薄縁迄罷出、兵左衛門儀御刀持之為ニ差越被置、朝鮮人楽器
奏之、尤、武器飾之玄関、御上り被成、御休息所江御居着被遊

〻御対面所無之候付、三使之居間ニ而被成御対面、押付、殿様・以酊庵御通被
成候付、三使廊下迄被出迎、御互ニ御会釈有之而、殿様・以酊庵御通被成、
兼而正使・副使・従事之居間、仕切之襖を取除、殿様・以酊庵ハ従事之居間西
向、三使ハ正・副使之居間東向中ニ、副使之居間を隔、但座狭く、差支候付、
如此何茂方席之上ニ絵御座之茵、彼方ら敷之、御双方茵之前ニ御立被成、殿
様与三使一度ニ二揖、次ニ三使与以酊庵二揖、相済而茵之上ニ御居着被成、
樋口久米右衛門・大浦兵左衛門・鈴木政右衛門・古川繁右衛門御後ニ罷在、御

刀、繁右衛門持之、以酊庵附之弟子伴僧三人ハ年寄中後ニ罷在、采女・三郎
左衛門・忠左衛門、御次之間ニ相詰、裁判六郎左衛門相詰、此時三使より
上々官韓僉知被呼、御口上、此間ハ順能当所迄着船大慶仕候、弥、御替不被
成、珍重奉存候、今日ハ御出被下、忝奉存候与之儀、韓僉知ら三郎左衛門江
伝之、三郎左衛門承り、御前江申上、相応之御返答、并正使ニ者、此間御不
快之処、早速御快珍重存候与之御挨拶仰せ承り候而、韓僉知江伝之

ゝ三使より以酊庵江茂韓僉知を以挨拶有之

ゝ御前江三郎左衛門被為召、三使江之御口上、此間、東武執政方ら拙子方江継
船を以御内意被仰下候趣有之候事長く候故、委細以書中申達候由ニ而御書
付御渡被成、三郎左衛門、韓僉知江書付読聞せ、口上ニ而委細ニ可申達旨申
達ル、此書付之趣、韓僉知得心仕、委く申解得候儀難成可有之候故、大通詞
加勢伝五郎呼出、委細朝鮮ニ述、韓僉知江可申聞旨申達候得共、左候而ハ、
韓僉知、日本言葉通し兼候様ニ相聞、三使方之首尾不宜候間、能合点仕候故、
委く可申達由申候得共、右之御書付、韓僉知、三使江申達候内ハ伝五郎御次
之間ニ扣居、相達候処ハ韓語ニ而申継く、韓僉知、三使前江書付持参候而、
相控、具ニ申達ル、三使ら韓僉知を以御返答、三郎左衛門ニ伝之、東武ら被
仰越候趣委細被仰聞、承届候、朝廷之徳意感激仕候、江戸表ニ而御執政方、
近臣ニ掛御目候節、御礼可申上候間、先、其内宜被仰越被下候様ニ与之儀、
三郎左衛門、則御前江申上、右書付、左ニ記ス

　　　　　三使衆江申達候口上

　　　頃日、執政方ら継船を以申来候ハ、国書之儀一日茂早く江戸表江相達
　　　候様、上ニ茂被思召候得共、段々風烈時節ニ罷成候故、万一風波之難
　　　有之候而ハ如何被思召候間、随分、風汎を見合せ、若茂風波可有之哉
　　　与存候節ハ、各儀前広ニ陸ニ御揚り候而、少茂難儀無之様ニ可仕之旨
　　　委細ニ被仰下候、隣好を被重、使臣を大切ニ被思召候所ら、前規者無
　　　之候得共、右之通別而被仰出候段、私ニ至候而茂珍重奉存事ニ御座候、
　　　今日ハ此段為可申入、態々罷出候、右之趣ハ手前ニ当、被仰出候御内
　　　意之事ニ而御座候故、御礼之趣ハ執政方迄拙者ら取繕可申上候、乍去、
　　　御誠信之上より、右之通被仰出候段ハ三使ニ茂国之為ニ御悦可被成御
　　　事与存候、江戸表ニ而近臣之内、定而客館江被罷出、掛御目候人可有

之候、其節ハ為御知可申候間、右之趣、船中ニ而手前ら申入、朝廷之
徳意感激被成候与之趣、御挨拶被成可然存候、以上

　　七月廿五日

右之和文、信使方ニ而真文ニ直し候様ニ被申付、此通、直し候由ニ而
韓僉知差出候真文、左ニ記

　　頃自執政方、以継船来、言曰、国書之事、一日為急、其速到江戸之意、
　　則江戸亦為知之、然而此後、則節漸風烈、或有中路、波濤之患、則事
　　多難処之端、望須看其風汛以為護行、而三使臣、亦為詳審、預為登
　　陸、而少無難事之意、詳細分付於太守者、重其隣交之誼、且為使臣
　　之意也、此則自無前規、而今茲另為言来言、念殿下之重貴国、隣交
　　之厚意、至於太守、還亦感激、今日、則専欲達此意而来也、上頃之事、
　　専出於殿下之厚念故耳、其所致謝之意、僕当専人、従長馳告於執政
　　方、而然此莫非誠信之至意也、幸望三使臣、亦感殿下之懇意、到江
　　戸之日、近侍必将来、臨客館相奉之時、慇懃致謝之意、僕亦当為通
　　告、而切願三使臣、須諒此意、一如僕之所言、慇懃称謝、則不勝幸甚
　　云々

〟三使ら韓僉知を以、久々ニ而掛御目候故、御茶出し可申与之儀、三郎左衛門
　江伝之、御前江申上、人蔘湯御銘々出ル、通ヒ小童、御双方一度ニ御戴被成、
　被召上、如初御戴、小童江御渡被成

〟三使ら韓僉知を以麁草之膳部出可申与之儀ニ付、則御前江三郎左衛門申上
　候処、被入御念、忝存候、御勝手次第御出し被成候様ニ与之御返答、三郎左
　衛門、韓僉知江伝之

〟膳部御銘々ニ出、御双方一度ニ箸御戴、御見合被召上、此内、三使より韓僉
　知を以御口上、昨日ハ風雨烈敷候得共、御馳走方御自分様ら役々大勢被差
　出、下知被仕候付、朝鮮船無別条、大慶仕候、尤、船少々損し候所茂有之候
　得共、今日早速修理被仰付被下、忝奉存候与之儀、則御前江三郎左衛門申上、
　相応之御返答、韓僉知江申達

〟花焼酎三返出ル、御双方一度御戴被召上、如初御戴、小童江御渡被成

〟副使ら御挨拶有之、従事茂同前之旨、韓僉知、三郎左衛門江伝之、御前江申

上、相応之御返答有之

〃三献目ニ三郎左衛門被為召、種々預御馳走忝存候、最早御酒御納被成候様
ニ与之御挨拶、三郎左衛門承り、韓僉知江申達、今一返可出之旨、韓僉知申
候得共、差止、三献ニ而御酒納ル

〃膳部引而、御茶出ル

〃右、相済而御立可被成旨、三郎左衛門ら韓僉知へ申達、御双方御茵之前ニ而
御立、如初ニ揖有之而御帰被成、三使迎ニ被出候所迄被送出、互ニ御会釈有
之、殿様・以酊庵、御休息之間ニ御通被成

〃殿様御出ニ付、御馳走方ら御多葉粉、盆台子并干葉子かすていら・大みと
り・小わん一鉢被出之

<pre>
          御家老
           ┌松浦主鈴
          壱州惣押役
           │ 小倉孫之允
          奉行
           └末吉刑左衛門
          信使御馳走役
           ┌荏原右衛門左衛門
           │奥田安左衛門
           └葉山佐内
</pre>

右者今日對馬守、客館江罷出候付、其節被掛御目候儀茂可有之候由、采女
右衛門左衛門ら裁判を以内意申達置、何茂詰合被居候付、被召出、裁判
六郎左衛門披露ニ而被遊御逢、采女・三郎左衛門・忠左衛門、御前ニ罷出、
逆風ニ而信使滞留、何茂心遣被仕、殊昨日風雨烈敷候処、孫之允・刑左衛
門、其外役々被相働候故、朝鮮船別条無之、大慶ニ被存候由申達候処、御
直ニ茂心遣之段承、苦労ニ候与御意有之、右之人数両度ニ三人衆被召出

〃右相済而、殿様并以酊庵御帰被成、上々官、年寄中御出之節罷出候所迄出ル、
簾・武器建之、楽器吹之、御入候時同前

〃殿様、今日客館御出ニ付、客館門之左右盛砂・飾手桶等、御馳走方ら被差出、
諸番所下座仕、北之道筋堅〆足軽等出ル

〵今日之御膳部、左ニ記ス、尤、以酊庵膳部ハ精進仕置也

皿	くわすり	皿	たまこ	皿	だんこ
皿	西瓜	皿	鯛鱠 <small>ちよくからしす</small>	茶碗	ろくとう
皿	かたくり 松のミ	皿	魚まんとう	茶碗	推たけ 鶏 いりこ 大こん

〵以酊庵ゟ御帰以後、三使江御使僧来、先刻致参上候処、預御馳走、忝存候与
之御礼也、通詞下知役取次之、上々官江申達

〵先刻御出之為御礼、御茶屋并以酊庵江呉判事、三使ゟ被差越、通詞下知役一
人并通詞一人相附参ル、尤、御馳走方役人衆江申達、鯨船弐艘ニ而罷越、但、
以酊庵御旗宿遠方ニ而候故、呉判事罷出候以後、承之、六郎左衛門方ゟ以使
差留遣候得共、使之者不参前ニ以酊和尚御旗宿江茂相務也

七月廿六日　雨天北風

風本御滞留

〵杉村采女・大浦忠左衛門、裁判吉川六郎左衛門、客館江相詰

〵裁判樋口孫左衛門病中故、不罷出

〵従殿様、三使江御使者仁位貞之允、御口上、今日茂不順ニ付、御滞留御退屈
ニ可有御座候、昨日者致伺公、種々預御馳走、忝存候、正使御事、此間御不
快之処、弥段々御快御座候哉、御礼・御見廻旁、以使者申入候与之御事、
上々官韓僉知罷出、御口上承り、三使江申達、御返答相応也

味木金蔵

橋部正左衛門

右者客館江相詰候御佑筆中江船中鑓為持候様ニ被仰付候、就夫、右両人儀
も客館江相勤候付、鑓為持候儀、願ニ依被差許候旨、杉村三郎左衛門方ゟ

組頭を以申渡

〃杉村三郎左衛門方ゟ朝鮮人道中乗り候駕籠・上馬・中馬・乗掛馬等、夫々書分
遣候様ニ申来候付、裁判吉川六郎左衛門江申渡ス、上々官方承合先例之行
列等相考合、左之通書付、和瀧正蔵江相渡遣ス

　　到大坂城、入去、江戸人員三百六十五人、騎卜馬数

上馬七拾匹

中馬一百七拾匹

乗掛馬一百四匹

礼単
盤纏　　　　　　　］　合二百七匹
一行卜物

礼単物長持拾五棹　　　　此外又有魚皮卜物六隻

三使道賄長持六棹

　　上々官長持三棹

　　下官合羽入長持四棹

　　　　　　　　　　　　　　　朴同知印
　　　己亥七月日　　　　　　韓僉知印
　　　　　　　　　　　　　　　金僉知印

〃去ル廿四日之大風ニ中官・下官小屋吹潰シ、住居難成候付、上官を賄所之脇、
当所役人衆詰所、又ハ客館之内上々官以下之居所ニ割込差置、上官・次官之
小屋ニ中官・下官を召置候得共、大勢之儀ニ而差支候付、通詞下知役を以御
馳走方江申達候処ニ、右潰小屋之後ニ百姓家六軒有之候付、此所を明させ、
シメり之垣等堅固ニ申付、此所ニ今夕ゟ中官・下官之者召置也

〃藍嶋江被罷越居候、福岡御家老黒田靱負方ゟ一昨廿四日大風雨ニ付、殿様
伺御機嫌、三使衆安否為尋、書状、我々両人、杉村三郎左衛門連名ニして来
候付、返書ハ御船江遣、三郎左衛門方ニ而被相認、右之書状ニ別紙書付相添
来候故、左ニ記之

　　追啓、此表近年之大風雨ニ而信使船為漕用差出置候関船等数艘破損、
　　三官使揚場、波戸信使屋囲并民家茂少々致破壊候、此段御役人中迄其
　　表差越置候、古部伝太夫ゟ委細申伸候様ニ申遣事御座候、以上

　　　　七月廿五日　　　　　　　黒田靱負
　　　　杉村采女様
　　　　杉村三郎左衛門様
　　　　大浦忠左衛門様

〃藍嶋客館之絵図遂吟味候処、座札之書落し有之候故、彼方役人林又右衛門
　与申人方江吉川六郎左衛門方ら書状相添、別紙書付之趣被申越候様ニ申渡、
　則書状相認、左之通之別紙書付差越

　　　　覚

　　一書記三人・医員弐人之座札相見江不申候間、学士・良医之居間仕切之屏
　　　風御取掛、一間ニ被成、書記・医員之座札を御打添可被成候

　　一写字官三人・画員一人之座割札相見不申候、上官小屋之末座を拾帖敷
　　　程、屏風ニ而御仕切、其所ニ可被差置候

　　右、学士・医員之座敷江ハ屏風入可申候間、中屏風一双、座之隔ニ可被立
　置候

七月廿七日　晴天北東風

〃風本御滞留

〃杉村采女・大浦忠左衛門、裁判吉川六郎左衛門、客館江相詰

〃松浦主鈴・小倉孫之允、三使安否為尋、客館江被罷出候付、六郎左衛門出会、
　口上之趣、上々官江申聞候処、則三使江相達之、追付上々官罷出、相応之返
　答申達、尤、頃日大風雨之節、何茂被相働、被致苦労候与之一礼茂有之、相
　済而采女・忠左衛門対面、何角相応之致挨拶、畢而被罷帰

〃殿様より三使・上々官江為御見舞、御使者平田助之進を以左之通被遣之御
　口上、上々官江申達、御目録相渡之、追付上々官罷出、三使ら御礼之口上申
　達、并上々官拝領物被仰付候御礼茂申達、御目録、左ニ記

　　　奉呈　　　　　　　　　謹封
　　　正使大人門下

西瓜五顆
砂糖二袋　　　　　　三使銘々
糟漬鯛一桶

　計

七月日　　　　　平　方誠

右、真御目録料紙大高也

西瓜十顆
砂糖三袋
粕漬鯛一桶

　計

右、上々官江和目録、料紙大奉書

七月廿八日　北東風

〻風本御滞留

〻大浦忠左衛門、裁判吉川六郎左衛門、客館江罷出、戻子肩衣着

〻杉村采女風気ニ付、不罷出

〻客館江相詰候役人・通詞下知役・御佑筆・真文役・取次役両人戻子肩衣着、通
　詞ハ羽織袴着仕

〻韓僉知申聞候者、朱遣切候間、少被懸御意被下候様ニ与、忠左衛門江申聞候
　付、御船三郎左衛門方江申遣候処、掛目四匁参り申候付、則通詞小田四郎兵
　衛を以韓僉知江相渡候処、忝由一礼申聞

〻倉野弥太郎儀、曲馬絵図御用ニ付而、左之通御渡被下候様ニ申聞候付、御供
　賄方より相渡候様ニ、弥太郎方ら之書付ニ致證印、遣之

　　　〻朱半両　　　　　　〻こんしやう一両　　　〻にかわ十本
　　　〻とらさ一両

右之通受取之、弥太郎江相渡

〃采女・三郎左衛門方江忠左衛門方ゟ左之通申遣

以手紙致啓上候、此程、三使ゟ騎船・卜船江参り居候通詞下知役・御歩
行・通詞中江一船ニ米四俵ツ、被相送候得共、下知役并御歩行等ハ先
例茂無之、殊一行之朝鮮人喰出之下行米与相聞候付、為致受納候段不
快儀与存、断為申候処、又々軍官共、上々官江申聞候ハ、右之米ハ一
行之者共喰出しニ而者無之、三使五日次米之残ニ而候、三使ゟ志候而
被送候を達而断被申候而者、三使殊殊外気毒ニ可被存候、下知役衆・
御歩行衆、卜船ニ乗り候通詞之儀者記録ニ者不相見候得共、何茂被致
苦労候故、遣度旨、三使被申候、本通詞ハ先規茂有之儀ニ候間、弥致
受納候様ニ仕度候、此段上々官ゟ宜申達旨申候由、裁判被申聞候付、
此方之記録相考候得共、本通詞江米給候段不相見候故、東五郎を以彼
方之記録見申度由申遣候処、記録ハ三使之前ニ有之候故、取出し見せ
候事不罷成候、壬戌信使之節相勤候通詞之名迄記有之候、例無之儀ハ
仮令上々官心付申達候而茂難成候、先例有之候故、可遣由被申候旨、
上々官返答ニ而御座候、辛卯年ニ茂船中又ハ江戸ニ而茂本通詞江米給、
致受納候由、通詞共申候得共、其節此方江不申聞候故、記録ニハ書載
無之候、右之通先規茂有之、本通詞之儀ハ本船ニ乗、三使目通りニ而
相勤申事ニ候間、本通詞計江給候様ニ可申達与存候、如何思召候哉、
御了簡之通可被仰聞候、以上

　　　七月廿八日

　　　采女様
　　　三郎左衛門様

尚々通詞下知役御歩行并卜船ニ乗り候通詞之儀ハ先規無之儀ニ候故、本通
詞計江給候様ニ申達候方可宜与存候、如何思召候哉、委細御後ニ可被仰聞
候、以上

右之通申遣候処、先例之通、本通詞計受納いたし候様ニ有之度由、采女・
三郎左衛門返答ニ付、則裁判六郎左衛門を以上々官江其段申聞

加勢伝五郎

米四俵	正	山城弥左衛門
	副	小田四郎兵衛
米四俵	従	阿比留儀兵衛
	副	小松原権右衛門
米四俵	正	朝野才兵衛
	従	広松茂助

於御国之五日次米残

右、朝鮮白米拾二俵也、但、日本俵ニシテ三斗入也

〃加勢伝五郎儀者朝鮮船ニ者乗不申候得共、大通詞与被仰付置、其上大切之
御用之節、相務、致苦労候付、右之面々ニ相加へ配分仕候様ニ、裁判六郎左
衛門を以申渡

〃三使方ら上々官を以裁判六郎左衛門江被申聞候者、対州江便宜有之候様承
及候、依之、三使ら之御状二封、但、上包ニ朱印二ツ宛有之、其外一行之書
状、都合四拾六封被差出候付、高畠弾蔵ニ口上申含、小使ニ為持、御船江遣之

〃御国ら書状到来、去ル廿四日之大風雨ニ破損之所々、書付来ル

七月廿九日　晴天南風

〃風本御滞留

〃大浦忠左衛門并裁判吉川六郎左衛門、客館ニ罷出

〃杉村采女病気ニ而不罷出

〃雨森東五郎・松浦儀右衛門罷出

〃御船頭小田村弥七罷出、今日ハ南風ニ而其上泙風与申、殊潮茂悪敷候故、御
出船難成候由申聞

〃三使ら上々官韓僉知を以被申聞候者、今日ハ順風ニ而出船茂可罷成由、船
将共申候、数日逗留仕、御馳走方御造作ニ茂罷成事ニ候間、何卒出船仕、若
出船難成様子ニ候ハ、、浦口ら成とも押戻り可申由被申聞候付、返答ニ申達

候ハ、被仰聞候趣承届候、併、今朝此方船頭御馳走方船頭同前ニ未明ら浦口
江出、日吉利之様子見申候処、南風ニ而沖茂泙居、殊ニ潮悪敷候故、出船難
成由申候、此方、少も由断不仕候、其趣可申達旨申候処、韓僉知候ハ、浦
口迄朝鮮船将差出、沖之様子見せ可申由申候付、先頃茂一両度、其通申候故、
乗船用意申付候得共、船将不罷出候付、決而難成旨申候処、三使気休之為ニ
候間、是非与申候付、其上ハ勝手次第ニ仕候様ニ申達

〃右之趣、杉村三郎左衛門方江船越忠右衛門、使ニいたし、委細申遣、小使船
用意いたし、御船頭乗参候様ニ可被申付旨申遣候処、則小使船二艘致用意、
小田村弥七乗り参ル

〃客館寄附ニ而朝鮮船将呼出、弥七申達候ハ、先頃ら日吉利之様子、此方少茂
由断不仕、御馳走方船頭申談、吟味之上、不順之訳遂案内候処、其方抔ら見
定不申、風を卒尔ニ順風之由色々申候故、三使ニ茂御疑生し、何角与被仰候、
三使御滞留之儀ハ御馳走方夥敷造作有之事ニ候故、少し茂由断仕儀ニ無之
候、其方抔ハ風切之様子見候而、何角与可被申候得共、日本之海上方角・潮
行等中々其方抔為被存事ニ無之候、強而何角申候ハ、、不順ニ而も御出船
候様ニ可仕候、其節万一被及御難儀候ハ、、如何仕候哉了簡承度候、畢竟、
三使御大切ニ存候所ら様ニ申候由、通詞山城弥左衛門を以声高ニ申達候
処、上々官罷出、従事方ニ相聞、高吟ニ申候段殊外被呵候由ニ而、色々差留、
船将を追立、差返、此方ら態々従事方江相聞候様ニ高声ニ申達ル

〃追付船将三人・沙工三人、船場江罷出候付、小田村弥七・通詞小松原権右衛
門、小使船弐艘ニ乗分、浦口中之瀬戸ら半里程沖ニ召、列出、沖之様子見せ
候処、南風ニ而殊御馳走方之小船、平戸ら乗り参候、帆持之様子等見及、
中々出船難成由申、罷帰

〃右之趣、韓僉知江委細、通詞小松原権右衛門を以申聞

〃松浦主鈴・小倉孫之允・末吉刑左衛門、客館被罷出、三使安否尋之口上、吉川
六郎左衛門江申聞、被罷帰、則韓僉知江申達

　　　　　　　　　　　松浦肥前守様、御城下ら之御使者
　　　　　　　　　　　　安藤勝兵衛
　　　　　　　　　　　同道御馳走人
　　　　　　　　　　　　荏原右衛門左衛門

右者客館江被罷出、三使江之御口上、此間風波甚敷候得共、弥御堅固御乗
船、御別条有御座間敷与察存候、為御見廻、以使者申入候与之事、裁判吉
川六郎左衛門承り、上々官を以三使江申達、則上々官罷出、三使ら之御返
答相応ニ申達ル

| 草龍膽 知母 | 五匁 | 馬上才 |

右、病用候得共、難調由申出候付、御供医師方江有之候ハヽ、御調被下候
様ニ杉村三郎左衛門方江申遣候処、医師方江有合候由ニ而御用人中ら被差
越候付、裁判ら相渡

〃三使輿添御歩行之内、風本ら先達、大坂江被差登候付、三使大坂着船、船揚
等之節勤方之儀、与頭を以左之通申渡

　　　　　覚

　　　　　　　　　　　　田中吉右衛門
　　　　　　　　　　　　橋倉紋左衛門
　　　　　　　　　　　　大浦源内
　　　　　　　　　　　　永留与一左衛門
　　　　　　　　　　　　峯勝左衛門
　　　　　　　　　　　　仁位貞右衛門
　　　　　　　　　　　　豊田友右衛門
　　　　　　　　　　　　大浦又右衛門
　　　　　　　　　　　　斎藤四郎右衛門
　　　　　　　　　　　　大谷平九郎
　　　　　　　　　　　　山崎平吉
　　　　　　　　　　　　井野権右衛門

右之面々、三使大坂船揚之節、御一人ニ四人ツヽ、輿添被仰付候、右之内先
登り之人ハ羽織袴着、船揚場江相揃居可申候、御供ニ而罷登候面々ハ早々
相仕廻、行列之筈ニ合候様ニ可仕候

相良宇八
中村儀左衛門
山田善八
大久保平蔵
山崎清太
稲留源右衛門
津留本左衛門
春沢与八郎

右者三使乗船并卜船ら揚り候荷物為宰領、朝鮮人相附候付、右警固被仰付
候間、川口着船候ハ、、羽織袴着早々朝鮮船江罷越、通詞下知役并通詞承
合、二艘三艘間置ニ相乗、本願寺江可罷越候

　　右之通可被申渡候、以上

　　　七月廿九日　　　　　　　　　忠左衛門
　　　　　　　　　　　　　　　　　采女

　　与頭衆中

大浦兵左衛門・幾度六右衛門方ら手紙を以肥前守様ら頃日大風雨御見廻之
使者安藤庄兵衛、殿様江被差越候処、采女・忠左衛門并裁判孫左衛門・六郎
左衛門方江茂御意之御口上取次迄被申聞候由申来候付、則采女・忠左衛門
方ら御家老中迄以書中御請申上、書状、庄兵衛方迄口上書相添為持遣ス

　　一筆致啓上候、肥前守様益御機嫌能被成御座、奉恐悦候、然者、頃日
　　大風雨、為御見廻、三使對馬守方江御使者被差越候付、私共御懇之蒙
　　御意、難有次第奉存候、御請為可申上、各様迄如斯御座候、恐惶謹言

　　　七月廿九日　　　　　　　　　忠左衛門
　　　　　　　　　　　　　　　　　采女

　　松浦内蔵介様
　　松浦丹下様
　　今木主計様
　　熊沢蔵人様

〻御使者庄兵衛方江之口上書

　　　口上

　　肥前守様ら三使・対馬守方江為御使者、遠方御越、御苦労存候、依之、

私共江茂御意之趣、取次之者江委細被仰置候段承知之、難有次第奉存
候、則御家老中迄御請申上候付、書状為持進之候、御達可被下候、頼
存候、以上

七月廿九日　　　　　　　　　忠左衛門
　　　　　　　　　　　　　　　采女
　　安藤庄兵衛様

〃孫左衛門・六郎左衛門ちハ御請之儀、御使者庄兵衛方迄以書状申遣

〃三使方江古川繁右衛門、御使者被仰付、客館江被差越候付、忠左衛門并裁判
　六郎左衛門・雨森東五郎相詰居、上々官三人江御口上申達候ハ、今朝者風宜
　候段、其元船将共申入候付、船仕廻被仰付候由承候、出船之儀者此方より太
　鼓を打候而船仕廻被仰付候様ニと、兼而於対州申合置候処、大鼓茂打不申
　候ニ、如何様之儀ニ而船仕廻被仰付候哉、思召承度候、其外、申入候趣事長
　候故、書付を以申達候得与御聞届候而、御返答被仰聞候様ニ申達、書付差出
　候を、通詞山城弥左衛門書付を控居、朝鮮詞ニ而申聞、其外通詞小田四郎兵
　衛・朝野才兵衛・阿比留儀兵衛・小松原権右衛門・広松茂助、出席為仕置、弥
　左衛門申遣候処ハ、申継委細申聞候処、則三使江申達、追付上々官三人罷出、
　三使ち之御返答申聞候ハ、不順ニ而御滞留ニ候得共、弥御堅固被成御座、珍
　重奉存候、然者、今朝船仕廻仕候付、委細被仰聞候趣致承知、御尤ニ存候、
　今朝者順可有之由、船将共申候付、出船茂可有之哉与、船仕廻仕候、久々滞
　留いたし退屈之上、御知せ無之内、与風右之通之儀ニ御座候、此後ハ弥申合
　之通可仕候与之御返答申聞、口上之内、出船さへ不仕候得ハ、太鼓不打内ニ
　船仕廻仕候而茂不苦与被存意味ニ相聞候付、繁右衛門申候ハ、御返答之趣
　承届候、併、今朝之如く順能相見候得ハ、太鼓不打候而茂、船仕廻被仰付候
　付、御馳走方茂事さわかしく罷成候間、太鼓御聞被成候而、船仕廻被仰付候
　様ニ与之儀、今一応三使江申達候而、御返答申聞候様ニ申達候得ハ、又々、
　奥江入、三使江申達候而、御返答申聞候者、船ニ乗居候時ハ其通可仕候得共、
　陸江揚り居候節ハ太鼓を承り候而仕廻候与申候而者、大勢之事ニ候故、殊
　外仕廻兼申事ニ候、此後ハ順風ニ而、出船茂可有之様子ニ候ハヽ、太鼓より
　前ニ為御知可被下候、左候ハヽ、身仕廻等仕居、太鼓を承り候而、早速船仕
　舞仕候様ニ可申付旨返答ニ付、其通可申聞由申達

ゝ右之席ニ忠左衛門申入候ハ、不順之由申候而も、三使ニハ順有之候を、日本
船頭共不順与申候而、出船無之様ニ仕候事与御疑ニ思召候与存候間、向後
ハ順無之由、船頭ら案内申候ハ、、今朝之ことく朝鮮船将を沖之様子見せ
ニ遣候様ニ可仕候間、其通三使江申達候様ニ申達候得者、上々官申候ハ、此
後ハ左様ニ有御座間敷候間、夫ニ及不申候、日本船頭申分之通ニ可被仕候
由申候得共、此方ハ右之通申候段、三使ニ申達置候様ニ申達ル、右書付、左
記ス

　　　　口上

　　　今朝ハ風宜候段、其元船将共申入候付、船仕廻被仰付候由承申候、出
　　　船之儀者此方ら得与日和を見合候而、太鼓を打可申候間、其後船仕廻
　　　被仰付可然之由、兼而於対州以書付申入、弥其通可被成与之御返答ニ
　　　御座候処、如何様之思召ニ而、此方ら申入候を御待不被成、船仕廻被
　　　仰付候事ニ御座候哉、海上之儀ハ大切成事ニ而、此方念入候段ハ申ニ
　　　不及、順宜候処ニ一日ニ而茂致遅滞候而ハ、其所之費も無限、公儀江
　　　相知候而茂不宜候段委細不申入候而も、御推察可有之事ニ候処、何と
　　　やら対州之者猥ニ由断茂いたし居申候様ニ思召、　船いそき被成候段、
　　　何とも難心得存候、如何様、対州之者共所々ニ致滞留候儀を珍重ニ存、
　　　順風をも不順与申なし、令遅滞候事与思召候哉、御心入之程承度候、
　　　正徳年ニ茂此所ニ而今日之ことく御急候故、今少し見合申度日和ニ御
　　　座候得共、不得已令出船候処、殊外之風波ニ而、三使ニ茂御難儀被成
　　　候、定而、其許御記録ニ茂御書載可有之与存候、帰路之節茂兵庫を出
　　　候時、右同前之首尾ニ而、明石沖中ニ而被及御難儀、佐須奈帰帆之時
　　　茂其通ニ而、副使騎船破損いたし候故、兎角ハ其元之船将・沙工共見
　　　定不申候風を卒尓ニ申入候故、御疑茂生し違乱ニ及候事与存候、此以
　　　後ハ左様無之様ニ急度被仰付可然存候、此段、為可申述、使者を以申
　　　入候

　　　　七月廿九日

八月朔日 南風朝雨天

〃采女・忠左衛門・裁判古川六郎左衛門、客館江相詰

〃樋口孫左衛門病中

〃今日ハ三使望賀之拝有之筈ニ候得とも、当客館ハ庭狭、礼式相務候場所無
之候故、粛拝無之候、望賀有之節ハ裁判江申渡、御馳走方江申達、薄縁廾枚、
筵廾枚、募四張請取、朝鮮人方江相渡、粛拝相済而、以後通詞下知役致差図、
御馳走方江返進仕候筈也

〃今朝、卯之下刻ら雨降候得共、頓而天気晴候所、巳ノ刻、御船より御使御側
歩行山田式右衛門を以三使江被仰遺候者、順風之様ニ成候故、可致出船与
存候、御内意申進候、弥致出船候ハ、、一番太鼓打候時、申合之通、出船仕
廻被成候様ニ与之御事ニ付、上々官を以三使江相達

〃一番太鼓打候而、殿様御茶屋ら御船江被為召候段申参候故、其段、三使江申達

〃松浦主鈴・小倉孫之丞・末吉刑左衛門、三使安否為尋、客館江被罷出候付、裁
判吉川六郎左衛門取次、上々官を以三使江申達候処、追付、韓僉知・金僉知、
三使ら口上、数日致逗留、預御馳走、忝存候由御礼有之、其上、我々中遂面
談、今日者順風之由申候故、致出船候、不順ニ付、数日被致滞留、御役使中
別而御心遣ニ罷成候段挨拶申達

〃三使乗船被仕候段、御召船江高畠弾蔵を以御案内申上

〃今巳ノ中刻、三使乗船

〃殿様御先導被成、正使・副使・従事ト船兼而被相定置候順之通出帆有之

〃松浦主鈴・小倉孫之允・浦口迄為御見送、被罷出候付、高畠弾蔵、我々中ら之
使ニ、順茂弥宜相見候間、最早御引取被成候様ニ与申遣ス、船奉行ハ相附、
藍嶋迄被罷越

〃松浦肥前守様より被差出候早船并漕船、御馳走書之通被差出、藍嶋迄随ヒ
来、委細、左ニ記之

正使騎船	漕船鯨船拾弐艘
副使騎船	同断

従事騎船	同断
正卜船	天道船八艘
副卜船	同断
従卜船	同断

右之外、早船弐艘、藍嶋迄附参

漕船天道四艘	杉村采女船
同断	大浦忠左衛門船
同四艘宛	下行奉行両人船二艘
同四艘	同行方手代 御歩行目付　乗船一艘

〵 通詞下知役并通詞之者乗船ニハ浦口迄漕出し之漕船少宛相附、帆を掛候得ハ、
漕船者風本江引取、不相附也

〵 壱州ら之漕船ハ途中ニ而朝鮮船六艘共、藍嶋之漕船ニ替り候得共、藍嶋迄
附参ル也

〵 殿様御召船并ニ御供ニ相附候漕船之儀ハ御供年寄中日帳ニ有之候付、略之

〵 途中ら泙風ニ成候付、風本ら之漕船相附、正使・副使・従事之乗船、亥ノ上刻、
藍嶋へ着船、御召船茂引続御着被遊、卜船共ニ不残着船

〵 信使奉行乗船ニ者平戸之漕船計ニ候故、三使船ニ後れ候付、忠左衛門・六郎
左衛門儀、半里程沖ら鯨船ニ乗り移、正使之船ニ附、通詞下知役を呼出、御
着之御祝詞申達、御勝手次第ニ客館江御揚り被成候様ニ申達、直ニ客館江
罷出

〵 藍嶋ら出候漕船数、左ニ記之

正騎船	四十丁立、早船弐層 頭漕、天道弐艘
副騎船	廿六挺立之小隼一艘 頭漕天道四艘
従騎船	四十挺立早船弐艘 頭漕天道八艘

正卜船	┌舛挺立小隼三艘 └頭漕天道拾艘
副卜船	┌舛挺立小隼弐艘 └頭漕不付
従卜船	頭漕天道弐艘

〃信使奉行乗船采女船ニ漕船拾弐艘、忠左衛門乗船ニ拾四艘相附候与御馳走
書ニ相見候得共、夜ニ入候故、間違候哉、采女船ニハ一艘茂不相附、忠左衛
門船ニ者天道船壱艘相附候付、此方御船奉行小田平左衛門を以筑前船奉行
ニ相届候次第ハ奥ニ記有之

漕船四艘宛	下行奉行乗船弐艘
同四艘	同手代乗船壱艘

　　　　通詞下知役并通詞之者乗船

漕船不附	田城沢右衛門船
同弐艘付	米田惣兵衛船
同四艘付	児嶋又蔵船
同三艘付	七五三杢右衛門船
同不附	山本喜左衛門船
同段	小田七郎左衛門船

〃殿様御召船并御供船ニ相附候、漕船之儀ハ御供年寄中日帳ニ有之ニ付、略之
〃浦口迄為御使者山脇権之允与申人被差出候、御召船江被参、御口上被申達由
〃途中ら正使乗り船ニ上乗之者差越、通詞下知役江藍嶋江乗掛候得共、漕船
　数艘出候間、火矢打候儀被差控候様、通船を以申達候様ニ申遣
〃三使客館江被揚
〃三使船揚之波戸ら客館縁際迄薄縁三枚並ニ六拾枚敷之
〃御召船江三使揚陸之為御案内、柴田多四郎差上之、当所江御休息所茂御用
　意被成被置候、御機嫌次第ニ御揚被遊、爰許御役人江茂御逢被成度儀ニ奉

存候、且又、我々儀御祝詞ニ可罷上候処、夜ニ入、着船、直ニ客館江相詰候付、不得罷上候由、御用人中方江申遣候処、則申上候、追付御揚可被成候間、当所役人中御逢被遊可然人書付差上候様ニ与之御事ニ付、書付差上、右人数之書付、奥ニ記之

〻殿様ら三使御着船之為御祝詞、御使者山崎許右衛門被遣之、上々官を以御口上申達、御返答相応也

〻松平肥前守様ら御使者を以左之通被遣之、吉川六郎左衛門取次之

正使江御使者	竹田助次郎
副使江御使者	明石助九郎
従事御使者	蒲地久之允
上々官、其外江御使者	高田新左衛門

御菓子	一器
鰒魚	一折
昆布	一箱
干鯛	一箱
御樽	一荷

　　　以上

右者三使銘々、料紙大高

菓子	一器
鰒魚	一折
昆布	一箱
干鯛	一箱
樽	一荷

右者上々官三人銘々

折箱	三組
昆布	三箱
干鯛	三箱
樽	三荷

右者上官中

菓子	一器

干鯛	四箱
手柳	八

右者上判事・製述官

折箱	一組
昆布	一箱
干鯛	一箱
樽	一荷

右者次官中

折箱	三組
昆布	一折
鰑	二折
樽	三荷

右者中官中

折箱	三組
昆布	一折
鰑	二折
樽	六荷

右者下官中

〟当所御馳走之次第、為検分、古川繁右衛門被差越、御馳走書為請取、樋口富
右衛門罷出、御馳走書三冊請取帰

〟御馳走方ら蚊帳三拾張、通詞下知役請取、相渡、壱州ニ而者卅八張致借用候
得共、当所ニ而ハ上判事弐人分相増、卅張ニ成候由、通詞下知役ら申聞

〟当所江被罷出候御役人、左之通采女・忠左衛門遂面談

御家老	黒田靫負
御用人惣奉行	林又右衛門
惣見繕	三好甚左衛門
三使馳走役	大野十郎大夫
上々官馳走役	杉山清左衛門
上官馳走役	根本孫三郎

　　中官馳走役　　　　　庄野彦右衛門

　　下官馳走役　　　　　岡田三四郎

　　湛長老馳走役　　　　馬杉喜右衛門

　　対馬守様御用達　　　森彦左衛門

〻肥前守様より御使者吉田八之進を以左之通被成下候得共、兼而被仰付置候
　通申達、返上致させ候様ニと通詞下知役田城沢右衛門へ申渡、受用不仕候得
　共、記置也

　　　新金三百疋ツ〻

　右者大通詞壱人、下行方通詞五人江

　　　新銀十枚

　右者通詞卅九人中江

　　　新金弐千疋

　右者三使船上乗り、船頭拾弐人中江

〻殿様御茶屋江御揚被成、当所へ為御馳走、罷越被居候肥前守様役人衆、左之
　面々江於茶屋御逢被成、御馳走之御礼被仰達、追付御船江被為召

　　　　　　　　　　　　　　　家老
　　　　　　　　　　　　　　黒田靱負

　　　　　　　　　　　　　　中老格
　御馳走奉行　　　　　　　　黒田八右衛門

　　　　　　　　　　　　　　用人
　惣奉行　　　　　　　　　　林又右衛門

　　　　　　　　　　　　　　大組頭
　三使馳走奉行　　　　　　　大野十郎大夫

　　　　　　　　　　　　　　鉄砲大頭
　上々官馳走奉行　　　　　　杉山清左衛門
　証拠判役、惣見繕共　　　　三好甚左衛門

　　　　　　　　　　　　　　馬廻頭
　上々官馳走奉行　　　　　　根本孫三郎

　　　　　　　　　　　　　　右同
　湛長老馳走奉行　　　　　　馬杉喜右衛門

船奉行	松本主殿
浦奉行	大塩治兵衛
	番所脇
対馬守様御様御用達 信使方御役人衆聞次共	森彦左衛門
	右同
中官馳走奉行	庄野彦右衛門
	右同
下官馳走奉行 浦口迄之御使者	岡三四郎 山脇権之允

　　　　　以上

〻当所御着之御祝詞、八朔日之為御祝詞、御茶屋江采女・忠左衛門両人共ニ罷出

〻三使船并卜船江乗居候船頭共江肥前守様ら被成下由ニ而、御酒一樽宛、御船頭松本兵右衛門方ら被相送候付、御船奉行小田平左衛門方ら杉村三郎左衛門江相尋候処、御断申入候様ニ与之差図ニ付、則其段船頭共江申聞せ、致返進候旨、平左衛門方ら申聞

〻三使居間江被通候節、采女・忠左衛門儀例之通縁側迄罷出、正使・副使江一揖仕候得者、答揖有之、従事被揚候節茂椽頬迄罷出候得共、脇見茂不被致、此方を見不被申候付、揖礼不仕候所ニ、従事ら金僉知を以兼而迎送之儀断申達候付、奉行中罷出間敷与存、心付不申候、無礼与不存候様ニ被申候付、返答ニ申達候ハ、被仰聞候趣致承知候、今朝、韓僉知を以迎送ニ不罷出候様ニ被仰聞候儀、風本計之儀与相心得居申候、以前ら迎送相勤候者、信使奉行ら三使を敬候一事与存候、殊、迎送不相務候ハ、太守被罷出候節、御供仕候節ならてハ重立候用事無之候ハ、江戸迄茂不懸御目候様ニ可罷成候、左候而ハ如何敷事ニ候、夫共ニ迎送仕候而差支申儀有之、専之立たる御了簡も有之候ハ、可被仰聞候、左様無之候而ハ、古例を欠シ候儀、如何ニ候与、金僉知并上々官不残相招申聞、三使江申達候処、左候ハ、縁迄迎ニ罷出候を竹縁迄ニ而迎送候か、又ハ三使居間江被居付候而、奉行中罷出候ハ、三使ハ乍座、手を上ケ、奉行ハ日本礼ニ仕候様ニ与被申候付、最早今晩ハ相済たる事ニ候間、追而可申談旨申置

〻信使奉行乗船ニ筑前ら漕船一艘茂不相附、壱州ら之漕船、藍嶋迄附参候付、

御船奉行小田平左衛門呼寄、壱州之船役江厚く謝礼被申候様ニ申渡、当所
之船役江ハ如何様之訳ニ而、信使奉行乗船ニ漕船不被相附、挑灯ニ茂信使
奉行与申文字有之、洋中ニ而漕船見掛候付、喚り候而茂不相附候故、三使衆
乗船ニ後れ候、右之間違之儀、当所船役江被相断候様ニ平左衛門江申渡

〃今晩之下行物可相渡由、御馳走方ち被申候故、朝鮮人方江申達候而茂、今晩
ハ請取間敷之由被申候由、下行奉行平山左吉・大塔貞右衛門罷出、申聞候付、
上々官呼出、三使江申達候様ニ申渡候処、上々官罷出、申聞候者、今晩ハい
かに夜茂更候、其上、上官を差出候付、今日之船草臥、旁差支候故、明朝可
請取由被申候付、押返、又々御馳走之品を自由かましく被申候、夜ニ入、着
船之節ハ前々より夜明迄掛り被請取候例茂有之候処ニ、上官之草臥を御厭、
公義ち御差図之御馳走を異難被申候儀甚不当事ニ候間、急度上官被差出
候か、左茂無之候ハ、掛り判事韓僉知計被差出候様ニ申渡候間、上々官奥
ニ入、暫有之而罷出、申聞候ハ、最早熟談仕被居、上官一人も起居候人茂無
之候間、明朝御渡被下候様ニ達而申聞候故、左様候ハゝ、明朝未明ち無間違、
受取候様ニ与堅く申渡ス

八月二日 晴天北風、昼ち時々雨降

〃藍嶋、御留滞
〃杉村采女・大浦忠左衛門、裁判吉川六郎左衛門、客館江罷出、并雨森東五郎・
松浦儀右衛門茂相詰
〃黒田靱負、我々詰間江被罷出候付、致対面、何角相応之致挨拶
〃下行役平山左吉・大塔貞右衛門罷出、爰元下行物、兼而御国ち博多役西山庄
左衛門方迄書付遣候品数ち十種程不足ニ有之、肴ニ鯛一枚茂無之、雑魚二
三種有之、胡椒抔ハ少茂不被相渡、殊外麁末成仕形ニ候故、朝鮮人致立腹、
昨晩、今朝之下行受取不申候、左吉・貞右衛門茂色々申諭見候得共、得心不
致候、元、朝鮮人之申分尤ニ候故、可致様茂無之、早々御城下江被仰越、信
使御用掛ち御差図之通、諸事御取揃、御渡候様ニ与申達候、風本江者数日滞

留、殊ニ御城下茂手遠ニ候得共、御用掛ら御差図之通、無相違被相渡候、況、
爰許御馳走方之儀ハ御大家ニ而候段、朝鮮人茂兼而聞及居、下行等茂結構
ニ可有之与存居候処、却而風本ら劣り候段、拟々案外成儀笑止ニ存候、彼方
役人之申分ハ西山庄左衛門江問合、右之通ニ而相済候事与存居候由被申候、
段々押詰、相尋候得者、庄左衛門ら之書付ハ不持越由被申候、仮令、庄左衛
門了簡違ニ而間違いたし候而茂、御用掛ら被仰渡候御書付之趣ニ不被相心
得候而不叶事ニ候処、右之通被申候ハ、当時之弁与相聞候、左吉・貞右衛門
方ら申候ハ、信使御用掛横田備中守様ら御渡被成候御書付、拝見被致候哉
と相尋候得者、右御書付ハ拝見不仕候旨被申、旁不埒千万成事候由、左吉・
貞右衛門申聞候付、庄左衛門方江為心得、右之趣、今日書状之返答ニ申越

〻殿様、昨晩御着船被遊候、為御祝詞、三使ら問安上判事之内李判事、御船江
罷出候付、通詞下知役七五三杢右衛門并通詞斎藤市左衛門罷越、尤、船越ニ
口上、嶋雄伴五郎江申達候処、追付相応之御返答被申聞、罷帰候由、杢右衛
門罷出、申聞

〻右同断ニ付、乗船之儀ハ爰許御馳走役方江通詞下知役方ら對馬守方江三使
より為問安罷越候間、相応之船被仰付被下候様ニ与申達候処、則小早被申
付候也

〻爰許ら被差出候御馳走書之内ニ下行等、御書付之通相渡候与書載有之候付、
相違之段、御馳走役森彦左衛門江六郎左衛門を以相尋候処、被仰聞候趣御
尤ニ存候、拙者儀ハ役筋違申候故、下行之儀ハ曽而存不申候、被仰聞候趣承、
驚入候、早速下行役之者江相尋、追而委細可申入候由返答有之

〻殿様ら三使并上々官・上判事中江匂袋、左之通御使者仁位貞之允を以被遣候
付、於客館、上々官江御口上申達、差出候処、三使ら之御返答、毎々被思召
寄忝奉存候、御志之儀ニ候故、被懸御意候内、壱ツ宛致受用、余ハ致返進候
間、御礼之儀者宜申上旨、上々官を以被申聞、并上々官・上判事共も難有奉
存候、可然様ニ御礼被仰上被下候様ニ与、貞之允迄申達

〻天和・正徳共ニ製述官・良医儀、於御国御饗応之節被召出、詩作等茂被仰付
候故、御心入を以右両人ニ茂匂袋被下候得共、此度ハ不被召出、其上於御
国不礼之儀有之、以来懲候ために、御国ニ而茂臨時御心入之被下物ハ不被
下候、依之、此度茂不被成下方可然旨申談、此節不被成下也

匂袋五ツ　　　　　三使銘々

　　真之御目録、料紙大高

同九ツ　　　　　上々官三人江

同六ツ　　　　　上判事三人江

　　和目録大奉書

右、かけ流之台熨計包相添、三使ハ銘々台ニ据、并上々官中一台、上判事
中一台ニ据ル

八月三日　大雨風、南西風

〻藍嶋、御滞留

〻杉村采女・大浦忠左衛門并裁判吉川六郎左衛門、客館江罷出

〻今朝、風雨強候付、殿様卯下刻、肥前守様御茶屋へ御揚被遊

〻昨日、殿様ら三使方江為御見廻、御使者を以匂袋五ツ宛被遣之候処ニ、三使
　共ニ一宛被致受納、其余ハ返進有之候、尤、上々官・上判事三人者不残拝領
　仕候、依之、韓僉知へ如何様之訳ニ而一ツ宛受納、余ハ被致返進候哉与相尋
　候処、前々之記録ニ一宛受納、余ハ返進与記有之候故、不残ハ不被致受納与
　之御事候由申聞候付、韓僉知を以三使江申達候者、昨日太守ら匂袋被遣候
　ハ、旧例有之儀ニ而、何茂御受用御座候処、此度壱宛被仰請、余ハ御返進之
　儀、太守快被存間敷候間、不残御受用被成可然存候由申達候処、御返答ニ、
　被仰聞候者、先規有之間、不残致受用候様ニ与之儀得其意、尤ニ存候、今日
　間安差上候間、其節、右之訳申上候而致受用候間、左様相心得候様ニ与、韓
　僉知を以被申聞

〻辰ノ上刻ら頻ニ風波強く成、波高く波戸をも打越、六艘之朝鮮船危候付、通
　詞下知役并通詞差出、下知仕

〻人夫等被差出候様ニ、御馳走方役人衆相尋候得共、壱人茂不被相見候処、内
　役相勤候由ニ而、三宅次郎左衛門被罷出候付、忠左衛門申達候ハ、ヶ様ニ風

波強候節ハ於何方茂御馳走方之役人衆、人夫大勢召連被罷出、朝鮮船綱碇
等之心遣有之候処、船場へ御役人中一人茂不相見、人夫も不被差出候、朝鮮
船段々地ニ寄、只今之様子ニ而ハ無心元候間、早々被繋留候様ニ与申達候処、
御尤ニ存候、段々与申遣候間、追付役人共茂可罷出由ニ而、二郎左衛門儀、
大門之外へ被罷出被致下知、客館へ相詰候侍中、其外御船手之役人小人召
連、段々波戸江罷出、綱碇仕、尤、朝鮮人末々茂召連罷出相働、次第ニ波高、
朝鮮船危く相見候付、采女・忠左衛門、裁判六郎左衛門儀茂罷出、下知仕、
下行役平山左吉・大塔貞右衛門茂門外江相詰、罷在

〃御茶屋ら三郎左衛門、組頭大浦兵左衛門、船奉行小田平左衛門并山崎許右
衛門、組頭手代久和幸右衛門、同書手福嶋太郎右衛門、其外組之者等被差越

〃正使・副使為見分被差出、大門之張番所ニ御居附、暫有而大雨風ニ替り、風
波茂少々静ニ成候付、被罷帰、従事儀ハ不被罷出也、上々官・上官等ハ始終
門外ニ罷在、下知仕

〃御茶屋ら朝鮮船無御心元被思召上候由ニ而、為御使、御側歩行山田弐右衛
門・古村甚兵衛・大束弾右衛門、両度ニ被差越候付、浜之様体逐一申上

〃正使・副使、為見分門迄被罷出候儀遂御案内

〃風波静ニ罷成候段、取次役高畠弾蔵を以御用人中迄申上

〃三使より韓僉知を以被申聞候者、今朝ハ夥敷風波ニ而朝鮮船無心元存候処、
各御下知、宜繋留、令安堵候、段々風茂穏ニ罷成、珍重存候与之儀ニ付、相
応ニ御答申入

〃殿様ら三使江為御使者加城六之進被遣之、今日之大風波之御見廻也、上々
官韓僉知・金僉知取次之、御返答相応也

〃黒田靭負・林又右衛門・三好甚左衛門・大野十郎太夫・杉山清左衛門・根本孫
三郎・岡田三四郎・高田新左衛門・森彦左衛門被罷出、三使江風雨之見廻也、
六郎左衛門致挨拶、被罷帰、靭負儀ハ彦左衛門同道ニ而年寄中詰間へ被罷
通、風雨之挨拶有之而被罷帰

〃三使方ら御茶屋江為問安使朴判事被差上、小童一人・使令一人相附、御馳走
方ら案内者杖突弐人、通詞下知役須川嘉右衛門并通詞脇田利五左衛門相附

　　　　　三使ら之御口上

今日者夥敷大風雨ニ御座候得共、弥御替り不被遊之旨、珍重之御儀奉
存候、先刻者預御使者、忝奉存候、且又、昨日ハ珍敷品被懸貴意、御心
元之段忝次第ニ奉存候、然共、ヶ様之品沢山ニ申請候儀如何敷御座候
付、一宛受納仕、其外ハ返進仕候得共、先例不残申請候間、此度茂其
通ニいたし候様ニ、奉行中被申聞候間、不残申請度候、旁為可申上、
以使申上候由申来候付、御返答相応ニ而罷帰

〃 三使ら被差返候匂袋不残、御供方御佑筆中ら信使方御佑筆中迄為持遣候付、
上々官韓僉知を以三使江差出

〃 松平肥前守様、儒者櫛田平次・古野甚助、客館へ被罷出、森彦左衛門、裁判
吉川六郎左衛門迄申聞、学士江懸御目度由ニ付、先規茂有之候間、対談被致
候様ニ申達、東五郎致挨拶、誘引、其席ニ医者小野玄林与申仁、詩作持参ニ
而、右之儒者・製述官於居間、書記弐人罷出、唱和有之、委曲真文書方ニ可
扣之

〃 持筒頭ニ而内役之由、三宅次郎左衛門儀、今朝早天ら門外迄被罷出、下知被致、
殊外之働故、吉川六郎左衛門を以森彦左衛門迄申達、御家老黒田靱負殿江御
挨拶被成被下候様ニ申達候処、委細承届候、其段、靱負江可申聞与之儀也

〃 韓僉知申聞候ハ、正使騎船之用ニ候間、長サ壱尋半、厚サ二寸程之板弐枚、
御所望申度与之儀ニ付、何茂申談、御船奉行小田平左衛門方江六郎左衛門
方ら以手紙申遣候処、此方船井弐挺立弐艘之歩行板を弐枚可差越由ニ而、
早速来候付、上々官韓僉知方江申達、相渡之

〃 肥前守様ら三使江御使者久野善次、上々官以下江之御使者久保田藤蔵為御
見廻、目録之通致進覧候由、吉川六郎左衛門取次之、上々官韓僉知・金僉知
を以三使、其外江相達、御返答相応ニ而、右同人罷出、申達、上々官以下江
被下物之御礼茂申達

博多素麺	一捲
乾鱈魚	一折
博多練酒	一樽

以上

松平肥前守様

右、三使銘々江目録、料紙、大高檀紙

　　　　右同断　　　　　御名無之

　右、上々官江

　　　　博多素麺　　　　一捲
　　　　鯣　　　　　　　二折

　右、上官中江

　　　　博多素麺　　　　四捲
　　　　鯣　　　　　　　四折

　右、上判事、製述官江

　　　　博多素麺　　　　一捲
　　　　鯣　　　　　　　一折

　右、次官江

〃中官、下官江者無之

〃采女・忠左衛門儀、御茶屋江為御機嫌伺、罷出

八月四日　朝雨天、昼時ら霧、東風

〃藍嶋御逗留

〃杉村采女・大浦忠左衛門并裁判吉川六郎左衛門、客館江相詰

〃黒田靱負・林又右衛門・森彦左衛門詰間へ被罷出候付、采女・忠左衛門致面談、
　相応之挨拶仕

〃殿様今昼時過、御船ニ被為召、順有之而被為召候与申訳ニ而者無之、天気晴、
　真日吉利ニ成、海上茂静ニ成候、後程ハ汐茂悪候付、被為召候由、杉村三郎
　左衛門方ら申来

薬果一封
乾秀魚三尾
民魚弐尾　　　　　　三使中ら
干鱈三枚
焼酎一器

右、殿様江問安、鄭判事を以被致進覧、小童一人・使令二人、御馳走方小
隼二而御船江罷越、通詞下知役壱人并通詞壱人相附参

ゝ以酊庵江三使方ら右同人を以昆布・薬果・酒一器被饋之

薬果一封
干鱈二枚　　宛
焼酎一瓶

{
杉村采女
杉村三郎左衛門
大浦忠左衛門
樋口孫左衛門
松浦儀右衛門
}

右之通三使ら被相饋之

ゝ従事船二大鋏廾本、小鋏十本入用之由申出候付、裁判吉川六郎左衛門方ら
小田平左衛門方江申遣候処、爰元二ハ鍛治茂無之候付、御馳走方御船奉行
江申達候得ハ、彼方江有合候付、致借用、差出候付、則通詞下知役江相渡

ゝ殿様江三使方ら、先刻御音物被相饋候、為御礼、御使者久和重右衛門被遣之、
則上々官三人罷出、御口上承之、相応之御返答申達

ゝ博多役西山庄左衛門方ら去ル二日二遣候書状之返事到来、御馳走方役人三
宅次郎左衛門ら通詞下知役方江被相渡候付、則再答認、次郎左衛門江送届
給候様二相渡

ゝ去二日之晩ら三日之朝迄之下行、今日受取可申与催促仕候得共、昼之内相
揃不申、夜二入候而可相渡由、御馳走方より被申聞候付、受取二罷出候様二、
五日次掛之朝鮮人江申達候得共、不罷出候由、下行役ら申聞候付、上々官韓
僉知江、裁判ら何卒受取二罷出候様可被旨申達候処、上々官申候者、下行物
之儀、昨日茂申入候通、昼之内二被相渡候得、夜二入候而ハ色品之吟味も難
成候付、難受取段申達置候付、罷出候儀難成由、五日掛之朝鮮人申候由申聞
候付、色々申達候得共、右之通故、迚も今晩受取候儀不相成由二而受取不申、
朝鮮人申分尤二而、御馳走方不埒成儀二候故、今晩ハ被差控、明朝早々相渡

候様ニ可被仕旨、下行役江申渡

八月五日　北東風

藍嶋御滞留

〃采女・忠左衛門、裁判吉川六郎左衛門、客館ヘ相詰

〃裁判樋口孫左衛門病中

〃殿様、昨日御茶屋ら御船江被為召候付、為伺御機嫌、御用人中迄、采女・忠左衛門ら以手紙申遣

〃杉村三郎左衛門江、昨日三使ら被遣物有之候付、客館ヘ罷出、上々官を以御礼申達

信使方

役人中
輿添御歩行中
通詞中

右者侍中計呼寄、下モ関ら上江ハ遊興所茂有之候、依之、其所々ニ御歩行目付・下目付・組之者被相附置候、主人ハ不及申、召仕之ものニ至迄決而徘徊不仕候様ニ可被申付候、若、相背候ハヽ、下目付組之もの召捕、遂案内候様被仰付候、右之趣ハ兼而御国ニをるても被仰付置候得共、為念、又々申渡候、堅く被相守、召仕之者江茂能々可被申付候、通詞中江者下知役ら申渡候様ニ与、吉川六郎左衛門を以申渡

〃裁判ニ申渡候書付、左ニ記之

覚

道中ニ而殿様御通被遊候刻、朝鮮人馬ニ乗り居候ハヽ、下馬仕候様ニ、此段以前ら之旧例ニ候間、此旨、上々官江被申渡、御通之節、致下馬候様ニ堅可被申渡候、以上

八月五日　　　　　　忠左衛門
　　　　　　　　　　　　　采女

　　　樋口孫左衛門殿
　　　　吉川六郎左衛門

　右之書付、今日申渡筈候処、未日数も有之候故、大坂ニ而申渡可然旨、六
　郎左衛門被申候故、大坂ニ而無失念被申渡候様ニ与申達
〃爰元下行物相滞居候処、三日之晩ら四日之朝迄之下行、今昼請取、四日之晩
　ら明六日朝迄之下行、今晩請取相渡候由、下行奉行平山左吉・大塔貞右衛門
　ら遂案内

八月六日　雨天、北東風

　　藍嶋御滞留

〃杉村采女・大浦忠左衛門、裁判吉川六郎左衛門、真文役雨森東五郎・松浦儀
　右衛門、客館へ相詰
〃松平肥前守様ら三使・上々官江御使者井手勘右衛門・田中七之允を以左之通
　御目録相添被遣候付、吉川六郎左衛門出会、御口上承之、上々官を以御音物
　差出、上々官中江之御音物茂相渡候処、追付上々官罷出、三使ら相応之御礼
　有之、尤上々官茂御使者迄御礼申達、御音物、左ニ記之

　　　粕漬鰒魚　　一桶
　　　桑酒　　　　一陶

　　　　　以上
　　　　　　　　松平肥前守様

　右者三使銘々江御目録、料紙大高

　　　粕漬鰒魚　　一桶
　　　紫蘇酒　　　一陶

　　　　　以上

右者上々官銘々江料紙大高

〃今日、上々官三人、我々詰間江召呼、左之書付相渡、通詞、嘉瀬伝五郎相務

　　　覚

　　海陸於客館、上々官以下之居所、各其格ニ応、先規を帯、兼而其設有
　　之候処、銘々居所を争ひ、外之房内ニ移候而ハ、殊外混乱いたし、御
　　馳走方之役人中被存候所茂気毒ニ候、此度ハ護衛軍官之居所迄別而被
　　設置事ニ候間、入館之砌、兼而被設置候房内落着、擾乱之仕形無之様
　　ニ被致可然候、赤間関を初、其外何方ニ而茂擾乱有之候而ハ如何ニ候
　　故、申入事ニ候間、此段、三使江被申上、一行之面々得与致合点居候
　　様ニ可被致候、以上

　　　　八月　日

〃杉村三郎左衛門方ら手紙を以、空相茂悪敷候故、殿様陸江御揚被成度被思
　召候、此段、黒田靭負方江申達候様ニ与申来候付、則其段、使を以申遣候処、
　御勝手次第御揚被遊候様ニ与之返答ニ付、其旨、三郎左衛門方江申遣候処、
　追付殿様御茶屋江御揚被遊、依之、采女・忠左衛門為伺御機嫌、御茶屋江罷出

八月七日　北東風

　藍嶋御滞留

〃杉村采女・大浦忠左衛門、裁判吉川六郎左衛門、客館江罷出

〃黒田靭負・林又右衛門、三使安否為尋被罷出、上々官を以見廻之口上被申達、
　韓僉知・金僉知を以返答申達、畢而采女・忠左衛門詰間へ被罷出、面謁之

〃殿様夜前、肥前守様御茶屋江御揚被成候付、三使方ら為問安判事被差上候、
　依之、音物進覧被致筈ニ候由、韓僉知申聞候付、今日ハ重キ御精進日ニ候間、
　御音物ハ相扣、明日ニ而茂被差上候様ニ可被申達候由申入候処、然者、音物
　ハ差扣置、明日可差上由、上々官申候付、其段御用人方江為知、手紙遣之

〃御茶屋江為問安、李判事、小童一人、使令二人、通詞下知役一人并通詞一人

相附、御馳走方ら足軽二人、案内者いたし、追付罷帰

〃右為御返礼、御使者山崎元右衛門被遣之、上々官韓僉知・金僉知取次之、三使江申達、御返答相応也

〃樋口久米右衛門御用人中ら采女・忠左衛門方江申来候ハ、今日ハ天龍院様御正忌日ニ御座候、煮麺御振廻可被成与之御事ニ御座候間、爰元、御急用無之候ハヽ、御茶屋へ罷出候様ニ与之儀ニ付、追付参上、御礼可申上之旨御請申遣、無程罷上、煮麺御振舞御礼申上、夫ら客館江罷出

八月八日　北東風晴天

〃藍嶋御滞留

〃杉村采女・大浦忠左衛門并裁判樋口孫左衛門・吉川六郎左衛門、客館へ罷出

生鶏十首
乾鯛三十尾　　目録不添
乾鰯六十尾
猪脚三肢

右殿様江三使ら昨日問安之節、被致進覧候筈ニ候処、昨日ハ重キ御精進日故、被差扣候様ニ申達、留置、今日通詞下知役児嶋又蔵相附、御茶屋江持参仕、宰領義、持夫ハ御船江申遣出ル、右目録不相添候付、如何様之儀ニ而不相添候哉与、裁判を以上々官江申達候処、返答ニ申候ハ、右之品ハ朝鮮之土産ニ而茂無之、御馳走方ら参り候品之内ニ候を、御料理ニ茂可罷成哉と被致進覧候故、目録ニ不相添候由申候付、其通之儀ニ候ハヽ、左様ニ茂可有之事ニ候、左候ハヽ、去四日、三使ら被致進覧候薬果・焼酎之儀ハ朝鮮之土産ニ候処、目録不相見候、其訳ニ候ハヽ、只今ニ而茂相認被遣候様ニ可致旨申候得者、則三使江申達候処、左之通認被相渡候由ニ而、韓僉知ら吉川六郎左衛門江相渡ス、前々、不時之御音物ニハ日付之下ニ通信使与計書載、通信使之字有之、朱印被押候得共、此度ハ三使之姓名書載、朝鮮使者之字有之、朱印被押也、兼而此方ら之御目録ニハ御諱を御書載、對

馬州太守之章与有之御印御押、慇懃過候様ニ相見候得共、今日、彼方ら之
目録ニ茂姓名被致書載、相当いたし候、向後、三使ら御音物被差上候節ハ
此趣ニ被致候様、上々官江可申含也

　　　去ル四日之御音物御目録

　　　大薬果参拾立
　　　焼酎伍膳
　　　民魚弐尾
　　　乾秀魚参尾
　　　大口魚参尾

　　　　　際

　　　　　　　　　　　　　従事官李　┌─┐
　　　　　　　　　　　　　　　　　　│明彦│
　　　己亥八月日　　　　　副使黄　　│璿 │
　　　　　　　　　　　　　通信正使洪│致中│
　　　　　　　　　　　　　　　　　　└─┘

　　　外面之式、常之通也
〻殿様ら三使江御使者を以左之通被遣之

　　　梨子弐拾伍顆
　　　龍眼参袋

　　　　　際
　　　　　　　　　　　　　　　　　御朱印
　　　己亥八月日　　　　太守平　┌──┐
　　　　　　　　　　　　　　　　│方誠│
　　　　　　　　　　　　　　　　└──┘
　右三使銘々江

　　　梨子四十五顆
　　　龍眼六袋

　　　右上々官三人江和目録

右者御使者仁位貞之允、御口上、御旅館相替儀無御座、弥可為御堅固珍重
ニ存候、打続不順ニ而御滞留可為御退屈与察存候、先刻者品々被懸御意、
忝存候、為御見廻、以使者申入候付、別録之通進覧いたし候、上々官江ハ
太守ら三使江以使者被申候付、目録之通被相饋候与之儀、上々官三人江申
達候処、則相応之返答、上々官を以被申聞

〃為御慰、御茶屋江写字官・画師可被召寄旨、杉村三郎左衛門方ら申来候付、
則裁判を以上々官江申渡、三使江申達候処、写字官・画師三人共ニ罷出候様
ニ被申渡候処、西岩儀ハ一昨日ら病気ニ而罷上体無之由ニ而御断申上、月
岩画師并朴判事罷上候ニ付、上々官金僉知相附参ル、写字官・画師・朴判事
計罷出候而ハ、如先頃、御礼式之儀等違却抔申候而ハ如何敷候間、上々官附
添参可然由、三郎左衛門方ら申来候付、其訳申達、金僉知附参、小童ハ残置、
其外附参候中官・下官ハ差返罷帰候節、呼寄ル

〃通詞下知役山本喜左衛門并通詞小田四郎兵衛・浜松茂助相附、尤先払足軽、
御馳走方ら出ル

〃御茶屋ニ而殿様御羽織御袴被為召、御本間之内、上座御茵之上ニ御立被成、
金僉知罷出、二拝仕、相済而直ニ座ニ居着、殿様御茵之上御着座被成、三郎
左衛門を以三使之安否御尋被成候処、金僉知相応之御請、三郎左衛門迄申
上、相済、退座、又御茵之上ニ御立被遊、写字官・画師并朴判事一統ニ罷出、
二拝仕、退座、寄附江相扣居候処、右之面々一統ニ御座江被召出、書画被仰
付、二之間ニ毛氈敷之、写字官ハ南之方、画師ハ北之方ニ居候而、書画勤之、
殿様御茵之上ニ御着座、御覧被遊、追付被成御入

〃金僉知・写字官・画師・朴判事江二汁五菜之御料理被下、雨森東五郎相伴仕、
尤御酒・菓子等出ル、委細、三郎左衛門方記録記之、書画相済而罷帰、小童
両人江茂玄関溜之前ニ而一汁五菜之御料理被下

〃上々官韓僉知を以、今日ハ写字官・画師被遣、書画御覧被成、御満悦被思召候、
御礼之儀、三使江宜申入旨申達候処、則三使ら相応之御挨拶、韓僉知申聞

八月九日 晴天東風

藍嶋御滞留

〃采女・忠左衛門、裁判樋口孫左衛門・吉川六郎左衛門、客館江相詰

〃湛長老ら三使安否為御見廻、使僧有之、通詞下知役山本喜左衛門取次、上々
官江申達、御返答相応也

〃殿様、当所御茶屋へ御揚被成御座候付、采女・忠左衛門、為伺御機嫌罷上

〃殿様、昼時御船江被為召

〃副使ら通詞小田四郎兵衛を以我々中江西瓜二、裁判両人、同弐ツ有合候由
　二而、詰間ニ被贈之

　　　　以手紙令啓上候、今日茂逆風ニ而御同前気毒ニ存候、然者、我々方江
　　　　取次用ニ相勤候足軽共ら、荷馬之儀願出候、先例無之故、遂吟味候処、
　　　　先年者余馬多候付、折々内證借り候而、罷越たる儀与相聞候、其上、
　　　　下行方・人馬方ニ相務候同格之足軽共二両人中ニ荷馬一疋被成下候得
　　　　者、此格ニハ可被仰付儀与、尤先達而休宿共ニ罷越、取次、又ハ使ニ
　　　　遣候故、令遅々候而者差碍候故、両人中ニ荷馬一疋被成下、如何可有
　　　　御座候哉、我々方江相務候者、於其元御吟味次第、何れ共可被仰渡候、
　　　　勿論、其身ともハ辛尻一疋宛与相願候得共、役方附足軽格ニ両人中継
　　　　馬一疋被仰付候ハヽ、可然哉与存候、願書相添進之候、以上

　　　　　　八月九日　　　　　　　　両人
　　　　杉村三郎左衛門殿

八月十日　東風泙　藍嶋御出船、慈嶋江御着船

　　　丑之下刻、御船頭中西与三兵衛儀、杉村采女・大浦忠左衛門宅江罷出、只
　　　今之分ニ候ハヽ、泙ニ而風者地嵐ニ而御座候、寅ノ刻ら、瀬時らも能候付、
　　　三使被相仕廻次第、弥御出船被遊筈ニ御座候、此段罷出申達候様ニ与、杉
　　　村三郎左衛門被致差図候由申聞候付、即刻采女・忠左衛門、裁判吉川六郎
　　　左衛門、客館江罷出

〃御召船ら御側徒士山田式右衛門、御使ニ而、順有之与申ニ而ハ無之候得共、
　　只今之分ニ而者、泙ニ而潮宜敷候由、船頭共申候之間、早々御仕廻可被成候
　　由御知せ被仰遣、則上々官へ右之趣申達、采女・忠左衛門申候者、聊順与申
　　ニ而ハ無之候得共、泙ニ而潮能候付、為濫候而、御出船可被成与之御事候、
　　此段、間違無之様ニ可申達旨申渡、追付御船ら一番太鼓打之

〻黒田靫負并森彦左衛門江上々官致面談、三使衆ら之口上、逗留中預御馳走
忝存候、数日致滞留、御役人中茂別而御心遣、御苦労存候由挨拶有之

〻靫負・彦左衛門江采女・忠左衛門面談、順風ニ而者無之候得共、泙ニ而殊潮
能候旨、此方船頭共申候付、被致出船候、此度ハ数日之逗留ニ而、御役人中
別而御心遣、御苦労ニ存候、泙風之儀ニ候間、漕船之儀一入出精候様ニ御船
奉行江茂可被仰渡旨、相応ニ致挨拶

〻正使・副使ハ御知せ之旨被承、早速相仕廻被居候得共、従事仕廻方延引ニ付、
度々上々官を以早々御仕廻、御乗船候様ニ、潮時違候而ハ差支候間、此段
能々可申達旨催促仕、夫共ニ従事仕廻方令遅々候付、正使江軍官を以申達、
猶又、従事之軍官江茂六郎左衛門令催促候処、昨日、少々病気ニ有之、乗船
前、食事を仕廻被申候付、延引仕由

〻寅下刻、弐番太鼓打候而、三使乗船被仕、通道薄縁敷之、并挑灯等燈ル、何
茂着船之節之通也

〻三使、只今乗船被致候由、御召船江高畠弾蔵を以御案内申上

〻寅下刻、三番太鼓打候而解纜、御召船御先導、三使并卜船段々出船

　　　但、三使船・卜船其外信使方役人乗船ニ相附候漕船数奥ニ記之

〻黒田靫負・森彦左衛門為見送、浦口迄被罷出候候付、采女・忠左衛門方ら高
畠円蔵使ニ申付、海上茂静ニ候故、三使茂弥出船被致候、最早御引取被成候
様ニ与申遣

〻肥前守様御船奉行松本主殿早船ニ乗り、相附被参

〻慈嶋瀬戸口江標船弐艘差出有之

〻鐘崎之沖ニ而北風ニ成候故、御召船并三使船其外共帆を掛、芦屋灘迄ひら
き参り候得共、追付北東風ニ成候付、帆を下ケ為溜候処、段々風強、波立候
付、御召船帆をかけ、御乗戻被成候付、三使船共ニ帆を掛、乗戻ル、御船・朝
鮮船共ニ酉ノ上刻、慈嶋江繋船

〻三使船江忠左衛門方御附、足軽御鉄砲入右衛門使ニ申付、今日ハ逆風ニ成候
得共、無御別条、是迄御着被成、珍重奉存候、爰元之儀、御馳走場ニ而無之、
其上家居茂見苦敷、手狭ニ有之候故、早速陸江御揚り被成候様ニ与難申入候、
乍然、御船心茂悪敷、陸江御揚り被成度思召候ハヽ、当所役人江申談、御宿

相極、自是可申入候間、其節御揚り被成候様ニ、勿論被召連候人随分被相減、
小勢ニ而被成御揚可然之旨申遣候処、入御念候御使之趣承届候、爰元之儀、
御馳走場之外ニ而、諸事不自由成所候由兼而承及申候、家居等見苦敷候分
ハ、少茂不苦候、船ニ乗り居候而ハ、殊外難儀ニ存候間、早々陸宿被仰付候
ハヽ、小勢ニ而揚り申度旨返答有之

〃 三使陸揚之儀、御船江相伺候処、勝手次第被揚候様ニ可仕与之御事ニ付、吉
川六郎左衛門儀、先達而陸江揚り、信使方用人林又右衛門江致面談、三使陸
宿之儀申談候処、則西光寺ニ被申付候由申聞候付、其段、六郎左衛門方ら通
詞を以三使船江申遣候様申渡、三使共ニ戌上刻、段々船揚り有之

〃 杉村采女・大浦忠左衛門、西光寺江参、致見分

〃 右、西光寺手狭ニ有之ニ付、町宿六軒被仰付、上々官一軒、上判事一軒、病
人宿一軒、次官宿三軒申付、尤通詞下知役并通詞十人、右宿々ニ相附

〃 西光寺江茂通詞下知役并通詞夫々ニ相勤

〃 三使陸揚り被致候段、高畠円蔵使ニ申付、杉村三郎左衛門方江申遣

〃 采女・忠左衛門并六郎左衛門先達而西光寺江罷出、彼所手狭ニ有之候故、勝手
江引取居、三使衆着座以後、上々官韓僉知召寄、三使之安否并当所迄着船之
祝詞申達候処、相応之返答有之、尤西光寺手狭ニ而、我々居所無之候故、宿江
帰り候、若相替事茂候ハヽ、以裁判申聞候様与、上々官江申達置、罷帰

〃 三使之膳部拵候処、水木無之旨申候間、早々用意被仰付候様与、当所在番
村上藤右衛門江裁判ら申達、尤人足三人早速相附

〃 通詞下知役須川嘉右衛門并通詞広松茂助、西光寺江夜番仕

　　　藍嶋ら被差出候、漕船数

一四拾六挺立隼船二艘宛本漕

一弐拾挺立、通ヒ船

一伝道船拾弐艘宛末漕

　　　右、三使乗船ニ附、此外ニ水取船十壱艘、但、伝道綱碇船、但、丸頭船
　　　二艘差出候由書付ニ有之候得共、不相附也

一四拾弐挺立、隼船弐艘宛本漕、但、従事ト船ニハ三十八挺立二艘附

一伝道船拾艘宛末漕

　　　右、以酊庵船二附、外水取船九艘、綱碇船一艘差出由書付有之候得共、
　　　不相附

一漕船伝道拾艘宛

　　　右、信使奉行乗船二艘二附、外二水取船七艘も差出由二候得共、右同断

一漕船伝道廿四艘

　　　右、通詞船六艘二附、外二水取船十八艘与有之候得共、右同断

一漕船伝道十二艘

　　　右、下役乗船三艘二附、外二水取船十二艘与有之候得共、右同断

〃今朝出候前、早々御先江乗抜ケ候哉、慈嶋へ着船不仕候船数、小田平左衛門
　方ら書付差出候分、左二記之

一御召替小隼

一拾八挺立千歳丸伝間共　　　　　但、采女曳小隼

一同八千丸伝間共　　　　　　　　但、忠左衛門曳小隼

一同一葉丸伝間共　　　　　　　　但、仁位貞之允乗船

一同大日丸伝間共　　　　　　　　但、以酊庵曳小隼

一黒崎渡海小隼　　　　　　　　　但、大塔貞右衛門乗船

一同　　　　　　　　　　　　　　但、平山左吉乗船

一豊前渡海小隼　　　　　但、西山格右衛門　乗船
　　　　　　　　　　　　　　　数藤源八

一長州渡海小隼　　　　　　　　　但、鈴木幸助乗船

一三田尻渡海小隼　　　　　　　　但、戸田官右衛門乗船

一長州渡海小隼　　　　　　　　　但、御駕籠船

一三田尻渡海小隼　　　　　　　　但、御馬船

一長州渡海小隼　　　　　　　　　但、加城六之進乗船

一黒崎渡海小隼　　　　　　　　　但、小田七郎左衛門乗船

一豊前渡海小隼　　　　　　但、児嶋又蔵乗船

一若松渡海小隼　　　　　　但、米田惣兵衛乗船

一豊前渡海小隼　　　　　　但、七五三杢右衛門乗船

一同　　　　　　　　　　　但、山本喜左衛門乗船

一長州渡海小隼　　　　　　但、仁位郡右衛門乗船

　　　〆船数拾九艘

〻信使附之面々陸宿之儀、裁判六郎左衛門方ゟ林又右衛門方江申談候数、左
ニ記之

　　　　　以酊庵　宿一軒

　　　　　杉村采女　宿一軒　　　　　　藤八

　　　　　同人下宿一軒　　　　　　　　角次郎

　　　　　大浦忠左衛門　宿一軒　　　　彦三郎

　　　　　　但、下宿無之

　　　　　吉川六郎左衛門　宿一軒　　　伝太夫

　　　　　同下宿一軒　　　　　　　　　正三郎

　　　　　大塔貞右衛門　宿一軒　　　　権八

　　　西山格右衛門
　　　　　　　　　　　宿一軒
　　　数藤源八

　　　　　五日次掛宿二軒

　　　江崎忠兵衛
　　　梅野一郎右衛門　　宿一軒　　　弥七
　　　高畠円蔵

　　　船越忠右衛門
　　　西山多右衛門　　　宿一軒　　　伊平次
　　　柴田多四郎

　　　　　田城沢右衛門　宿一軒　　　　次郎八

　　　　　須川嘉右衛門　宿一軒　　　　権八

通詞宿　宿二軒　　　　　　　⎰伝助
　　　　　　　　　　　　　　⎱喜右衛門

　　　　〆船六軒

〃自分ニ而陸宿借り候分、左ニ記之、

　　　⎧川村太郎左衛門
　　　⎨阿比留儀兵衛　　　宿一軒　　宅左衛門
　　　⎩広松茂介

　　　⎧梶井八郎左衛門
　　　⎨小田四郎兵衛　　　宿一軒　　又三郎
　　　⎩小松原権右衛門

〃上々官方ら通詞下知役梶井八郎左衛門を以、爰元客館手狭ニ御座候、上官
　之内病人茂御座候処、居所無御座、差支申候間、客館近所ニ見合、閉門開門
　役之者、宿共ニ左之通被仰付被下候様ニ与申聞候付、則六郎左衛門方ら林
　又右衛門方江申達、則左ニ記之

　　　　上々官宿一軒　　　　　　善五郎

　　　　上判事宿一軒　　　　　　甚兵衛

　　　　病人宿一軒　　　　　　　又八

　　　　中官宿三軒　　　　　　　藤助
　　　　 └但、閉門開門役之者居所　又七
　　　　　　　　　　　　　　　　久右衛門

八月十一日 南風、朝雨降

慈嶋御滞留

〃三使安否尋、宿寺手狭く、采女・忠左衛門詰所無之候付、不罷出段、以使、韓僉知方江申遣、相応之返答也、尤、此方使不参前ニも茂助を以宿寺手狭候付、見廻ニ不及候様与之儀、三使被申候段、韓僉知方ら申越

〃樋口孫左衛門ら以飛脚、同役六郎左衛門方江申越候ハ、類船七八艘茂芦屋江乗入候付、御欠直シ之儀茂不存、夜前・今朝ニ至、南風強候付、当所江難罷越旨申遣候、我々両人ら令差図候ハ、慈嶋ハ浦狭く繋所悪敷、風波之節、当合候而大切ニ候故、此所へ被罷越候ニ不及候、御通船を見掛被致御供候様、且又平山左吉・大塔貞右衛門乗船、其所へ居候ハ、、下行請取方ニ差碍候付、漕船相附、早々此元江廻着候様ニ可被申渡之旨申遣、尤此段御船三郎左衛門方江申遣

〃殿様ら三使江煮麺・吸物・御菓子被遣之候付、御料理人相附、西光寺江罷越、彼方ニ而仕立、差出、勿論右之趣先達而通詞下知役江申遣、上々官を以三使江通達為仕置也

〃采女・忠左衛門、御船江為伺御機嫌、参上仕

〃以酊庵湛長老陸宿之儀、林又右衛門方江吉川六郎左衛門方ら申遣候処ニ、伝太夫与申者之家、御宿ニ申付候由申来候故、御勝手次第ニ御揚り被成候様ニ、采女・忠左衛門方ら以手紙申遣、右伝太夫方、殊外手狭有之ニ付、六郎左衛門宿与振替候而、和尚御揚被成

〃此方下行役人乗船、当所ニ欠直シ不申、何方江乗入候哉、註進無之候、夫ニ付、今晩、明朝之下行可相渡之由被申候付、通詞下知役并通詞立会、受取候様ニ可仕候間、目代ニ組之者二三人被相附度旨、吉川六郎左衛門方ら被申聞候付、組頭中江組之者二三人被差出候様ニ申渡候所ニ御旗幸八・足軽仙左衛門・九兵衛申付候由申来候由、弥立会、下行被受取候様、六郎左衛門へ申渡

八月十二日 晴天北風

〃慈嶋御滞船

〃信使屋江忠左衛門方ら柴田多四郎、使ニ申付、上々官江申達候者、三使衆弥
　御替被成儀無御座候哉、客館手狭ニ而嘸御窮屈可被思召与存候、御安否為
　可承、以使申入候、昨日ハ三使ら御使被下、委細御口上之趣、則御船江申上
　候、此段茂宜申達給候様ニ申遣候処、三使ら相応之返答、上々官申聞

〃松平民部大輔様ら藍嶋迄被差越置候、信使附廻之御使者飯田七郎左衛門方
　ら江崎忠兵衛方江以飛船、一昨日朝鮮船同前、藍嶋致出船候処、芦屋江着船
　之由ニ而、采女・忠左衛門方江見廻申来候付、両人方ら礼状遣ス

〃御船江為窺御機嫌、采女・忠左衛門代ルヘ参上仕、折節江戸表ら飛船着船、
　平田直右衛門方ら之書状到来ニ付、披見仕

〃朝鮮船ら火矢打候付、通詞下知役河村太郎左衛門召呼、上々官方江申遣候
　ハ、只今朝鮮船ら火矢を打申候、先日茂途中ニ而火矢打候付、従是、先キハ
　せばりニ而、其上御馳走方之船・漕船等茂数艘有之事ニ候故、火箭御打せ之
　儀御無用被成候様、三使江申達候得与申聞、其段三使江申達候得ハ、尤ニ存
　候由、三使ら御返答ニ候処、如何様之儀ニ而、今晩茂打申候哉、先日申達候
　節、三使江ハ不申達、上々官中間之返答与相聞候、右、申候通之訳ニ候間、
　万一船中ニ抔江火矢落候而ハ、三使之被成方不宜相聞候間、決而打不申候様
　ニ被仰付候様ニ与之儀、急度三使江申達、否之返答可被申聞旨、上々官方江
　申遣候処、韓僉知、三使之前ニ罷出、右之趣申達候処、三使ら之返答ニ、委
　細被仰聞候趣致承知候、先日、右之段、上々官申聞承届候、今晩、打せ申候
　訳ハ、一昨晩途中ニ而相図之為、火矢打せ申候処、少茂飛不申、如何様仕掛
　様不宜故与存候付、仕掛直シ為拭、沖江向打せ申候、右之訳、御届不申候段
　不念ニ候、向後ハ打せ申間敷候間、左様相心得候様ニ与之儀、三使ら之返答
　ニ韓僉知申聞

〃亥ノ上刻、船火事与申候而、波戸之方殊外騒敷候付、早速采女・忠左衛門并
　六郎左衛門、其外陸宿江罷在候侍中・通詞、追々馳付候処、其内取消候付、
　吉川六郎左衛門を以遂吟味候処、副使之船ニ御馳走方ら被附置候碇伝間挑

灯之蝋燭、底ニ焼付候而、挑灯焼ケ、蓬ニもへ付、蓬三枚焼候を、早速取消
候由申候付、不調法成仕形ニ候、委細ハ御馳走方役人衆ら吟味可有之由申
候而罷帰

〃 右之趣早速御船杉村三郎左衛門方江、忠左衛門御附足軽入右衛門江申含遣
之候処、則御案内申上候由申来

〃 三使方江通詞小松原権右衛門遣之、只今船火事之由申候付、我々并役々早
速船場江罷出候処、副使卜船脇ニ御馳走方ら被附置候碇伝間挑灯之火もれ
候而少計燃候得共、早速取消、無別条、珍重ニ存候、此段為御知申入候由、
上々官を以三使江申達候処、三使ら之返答ニ不慮之儀出来候得共、早速無
別条、珍重ニ存候、此方船ニも随分火之本入念候様ニ申付候、早々為御知被
下、忝存候由申来

〃 采女・忠左衛門罷帰候節、林又右衛門、其外火消役之人与相見、波戸江被罷
出候付、船火事之由申候付、罷出候処、右之通ニ而早速取消、無別条、責而
之儀ニ候由相応之致挨拶、罷帰

八月十三日 晴天北風

慈嶋御滞船

〃 采女・忠左衛門為伺御機嫌、御船江参上

〃 三使安否為可承、宿寺江柴田多四郎を以申遣候処、韓僉知罷出、口上承、三
使江申達、追付韓僉知ニ通詞山城弥左衛門相附罷出、三使之御返答申聞、其
上三使被申候由ニ而申聞候者、頃日、藍嶋出船之節、我々中船ニ乗り方及遅
延候付、下関ニ茂不得漕届候由承り、別而気毒ニ存候、向後、出船之順有之
節、各ら被相知候ハ、、早速乗船可仕候間、此旨奉行中江申達候様ニ、且又、
昨夜ハ此方船近ニ而火を誤候付、太守江問安可進候由被申候由、多四郎罷帰、
申聞候付、又々宿寺江多四郎差越、御船出し方之儀ニ付、被及御聞候由ニ而
委細被仰下候趣、被入御念御事御尤ニ奉存候、順有之節ハ早速為御知可申
候間、無遅滞、御上船可被成候、且又、昨夜御船近くニ而火を誤候付、太守

方江問安可被遣之由被仰下候得共、軽キ儀ニ而御座候上、太守船ニハ程遠候

付、問安被遣候ニハ及不申候由申遣候処、火を誤候段ハ昨夜早速奉行中ら

被相知候付、左様候ハ、、奉行中迄問安可被遣与之事也

〃三使ら采女・忠左衛門宿江右為問安、朴判事被遣之、通詞下知役壱人并通詞

壱人相附来、致対面、相応之返答申遣

〃昨日、江戸表、平田直右衛門方ら申越候儀ニ付、杉村三郎左衛門方江左之通

申遣

以手紙、令啓上候、然者、昨日到来江戸状之内ニ、於客館御饗応被下

候節、上々官ら冠官之分ハ一座、軍官・次官・小童二座ニいたし、差支

申間敷哉与相見候所ニ依、上々官・冠官・軍官一間ニ座割難成所茂可有

之候、左様之所ハ軍官与次官・小童一間ニ被召置候而ハ、軍官甚不快

ニ存、次官茂難儀仕事候間、次官・小童を中官、御饗応被下候席之内を

屏風ニ而仕切被召置候ガ、双方無違難相済候座割ニ候間、大坂・京・江

戸ニ而茂右之御心得ニ而、次官・小童を中官之席之内を仕切被召置可

然候、勿論、軍官之席ら外ニ次官・小童之席有之、中官与別間ニ居候而

も、又ハ中官之席を仮ニ屏風ニ而仕切候而も、其分ハ何之出入茂無之

相済申事ニ候、既ニ風本ニ而茂軍官之房内を屏風ニ而仕切、次官被差

置候ニ付、軍官其席を嫌ひ、居不申候付、中ニ通り道を設ケ候而、軍

官茂令納得候間、軍官・次官・小童同席与不見様、座を設候儀可然存候、

冠官之儀茂軍官ら軽じめ候得共、日本ニ而御馳走御用ひも違候付、達

而違却も不申候得共、次官ハ軍官ニ比較いたし候而ハ甚格違候者ニ而、

次官茂軍官近所ニ居候茂、甚迷惑かり候間、右之御心持ニ而、江戸江

之返書御認させ可被成候、次官を中官之席之内ニ仕切候而被差置候分

ハ、次官とも少茂違却不申候、軍官之席之内ニ入候而者、たとへ仕切

有之候而茂、軍官中納得不仕候間、此趣得与相聞候様ニ被仰遣可然存

候、以上

八月十三日　　　　　　　　采女

　　　　　　　　　　　　　忠左衛門

杉村三郎左衛門様

〃林又右衛門儀、忠左衛門宿江被罷出可得御意与之儀ニ付、則致面談候処、夜

前ハ不慮之儀出来、難儀千万存候、早速夜前、碇船ニ乗居候者共壱人宛召出、遂吟味候処、常ニ挑灯を艫ニ燈申候得共、風立候故、念を入候而船之内ニ燈し置候、少し之間、臥り候内、蝋燭もへ切、挑灯之底ニ燃付、蓬ニ火移、蓬三枚焼候付、早速蓬を海ニ投入候故、無別条候由申候、火之本之儀ハ兼々別而入念申付置候処、不慮之儀を仕出し、難儀至極ニ存候、早速右之者共ハ宰領之者相附、城下江夜前送遣候、御心入之程、気毒存候、思召寄之段、無御遠慮被仰聞被下候様被申聞候付、忠左衛門致返答候者、委細被仰聞候趣、入御念儀存候、火災之儀ハ何方ゟ出来可仕茂難計儀ニ而御座候、被仰聞候趣承候而ハ、彼者共茂入念、挑灯を船之内江燈候程ニ仕候得共、少之間臥り候而燃付候を不存候与相聞候、此間之疲れニ而、左様ニ茂可有之候、然共、早速取消、無別条、此上之儀ニ候、御国法茂可有御座候故、此方より何角申入候段、遠慮ニ存候得共、右之通早速取消無別条事ニ而、屹度被仰付候ニハ及申間敷候、相応ニ被成、御呵可然存候、扨又、此一件、對馬守方より江戸表江御案内ハ不申上候、若、御尋も御座候ハ、、其節、随分軽く可申上与存候、若し、肥前守様ら御案内被仰上御事ニ候得者、對馬守ゟ茂御案内不申上候而難成御座候、此方ハ右之通相心得罷在候間、左様御心得可被成旨申入候処、段々御懇意被仰聞、別而忝存候、委細、家老共方へ可申越候、采女殿江も右之趣宜被仰入被下候様ニ与被申、相応之挨拶いたし罷帰

〟黒田靱負、藍嶋ら為伺御機嫌被罷越、采女・忠左衛門宿江茂被罷出、折節、忠左衛門宿江采女茂参り居候付、被councillor候様与申達、林又右衛門同道ニ而、被参致対面、互ニ相応之挨拶仕候上、靱負被申聞候者、夜前ハ朝鮮船ニ附置候碇船之者共不慮之儀を仕、余程騒キ、各様ニ茂早速御出、御心遣被成候由、又右衛門方ゟ申越承之、驚入候、無調法之段可申入様茂無御座候、乍然、早速取消、朝鮮船茂無別事、此上之儀与存候、右之儀ニ付、今朝、又右衛門致伺候、忠左衛門殿江得御意候処ニ、何角御懇ニ被仰聞候趣、具ニ申聞、致承知、忝存候由申聞候ニ付、相応ニ致挨拶、其上ニ申達候ハ、当所ニハ又右衛門殿御座候而御心遣之事ニ候間、御自分ニハ御勝手次第藍嶋へ御引取被成候様ニ与申達候処、見合、其通ニ可仕由被申聞被罷帰

〟松平民部大輔様御家来飯田七郎右衛門為御迎、藍嶋江被罷越、去ル十日藍嶋同然ニ帰帆之処、逆風ニ付、芦屋江乗込、今日、爰元江罷越候由ニ而忠左

衛門宿所江被罷出候付、采女茂居候付、同前ニ遂面談、采女宿江茂為見舞被
罷出

〃御馬鷹ニ附登候伝道船、今日当所江下着、御馬鷹乗り船、七月廿八日大坂着
船、御鷹二居ハ殞候段申来候故、右之段、三使衆江可相達由、通詞下知役河
村太郎左衛門を以上々官迄申遣

八月十四日　雨天北東風

慈嶋御滞留

〃三使安否為可承、杉村采女・大浦忠左衛門方ら取次役高畠円蔵、柴田多四郎
使ニ申付、三使宿寺江遣之

〃殿様、今朝空相悪敷候付、卯ノ中刻、徳兵衛与申者宅江御揚被遊候付、采
女・忠左衛門為伺御機嫌、罷上

〃昨十五日朝、三使衆朝拝之式有之候付、筵三拾枚被相渡候様ニ与、吉川六郎
左衛門方ら林又右衛門方江以手紙申遣

米三俵　　　　　　　慈嶋
　　　　　　　　　　西光寺

右者通詞広松茂介、采女・忠左衛門宅江罷出、三使ら上々官を以被申聞候
ハ、彼岸ニハ寺方檀方中寺参り仕、施物等茂有之由承り候、然処、此度ハ
西光寺江三使揚居候付、参詣之人茂無之、不勝手ニ可有之候間、志計ニ右
之通遣可申候間、住持を呼、申渡候様ニ与之事候由、上々官申候故、其段
奉行中并裁判江茂申聞、追付返答可仕候由申達置候旨申聞候、先年、あぶ
との観音住持江米被相送候例茂有之、志之儀ニ候故、被相贈候段苦ケル間
敷候間、勝手次第ニ可被成候、乍然、他領之人を呼、上々官直ニ申渡候儀
ハ御法ニ違、難成事ニ候、其上、右贈物断申達、受納不仕儀茂可有之候、
左候得者、如何敷候間、右之段、裁判吉川六郎左衛門方ら御馳走方用人林
又右衛門方へ相達、彼方ら西光寺江被相達候様ニいたし、弥受納仕候ハ、
西光寺罷出、通詞下知役迄一礼申達候方可然由返答申遣候処、其通可致与

之儀ニ付、則六郎左衛門方ら又右衛門方江通達いたし候処、一旦辞儀有之
候得共、志ニ而被相送たる事候間、受用被為致候様ニ申渡可然旨申達、則
受用被為致、西光寺罷出、通詞下知役方迄一礼申達、尤当所在番村上藤右
衛門・萩原左太夫両人共ニ六郎左衛門方迄罷出、一礼被申聞

〃 右之訳、御序ニ被申上候様ニ与、三郎左衛門方へ采女・忠左衛門方ら委細手
紙相認遣之

〃 平田直右衛門方ら雨森東五郎方江書状を以申来候ハ、 江戸表ニ而三使入館
之時、両館伴御出向之場所ハ九尺之縁頬、玄関ら西之方江御出向被成可然
候、右之節、館伴ハ会釈被成形、御手を被組、御揚被成候而、御頭ハ不被下
ケ候哉、御頭を被下候哉、三使衆仕形如何ニ候哉と、右之通申来候故、東五
郎ら返答申遣候ハ

正 従
副 事
使 使

館 館
伴 伴

上 上 上
々 々 々
官 官 官

〃 正徳ニハ門外下輿之式有之候得共、 此度ハ階下迄輿ニ而乗込被申事ニ候得
者、三使鋪台被揚候刻、館伴御両人ハ兼而縁頬ニ御立待被成、三使前ニすゝ
み被至候時、互ニ二揖被成、上々官茂絵図之通ニ並被而、一度ニ二揖仕、揖
礼相済候而、左右ニ御分レ被成可然候、館伴初而之御相見ニ候得ハ、慇懃ニ
御頭を被下、二揖可被成御事御座候、手を被揚候計ニ而ハ揖与ハ難申、軽率
ニ相見可申候、三使茂同前ニ存候、上々官ハ一度ニ二揖仕、直ニ三使ニ付候
而参候故、館伴ら別而之御会釈ニ者及不申候、尤、館伴御立待被成候与之御
事、兼而可被仰合候得共、三使時ニ臨、被見送候事茂可有之候故、信使御奉
行ら成とも裁判ら成とも、手前次第ニ三使江気を被付可然候、且又、右之通
三使江揖礼被成御事ニ御座候ハ、国書先達而通候時、是又揖礼可被成御
事ニ御座候、道中ニ而国書下馬ニ不及与被仰付候訳とハ違可申かと奉存候、
弥、其元館伴江右之趣被仰含候而、弥此通被成候御事ニ御座候ハ、其訳
早々被仰遣、兼而三使江茂被仰合度御事ニ奉存候、天和之節ハ定而、出掛り
ニ御出迎被成候而、三使らハ手を被揚、館伴ハ御頭を少し御下ケ被成候位

之事ニ而可有御座哉と奉存候付、書状ニ申遣

〃 以酊庵并通詞之儀、御饗応被下候節ハ、下行之儀御断申候様ニ有之度旨、杉
村三郎左衛門方ら被申聞、尤存候付、通詞之儀者御饗応之節ハ下行御理申
候様ニ、此方ら申渡、以酊庵江者多田半兵衛を以御内意申達、御饗応之節ハ
下行御理被仰入可然存候由申談、其段半兵衛を以和尚江御内意申入候処、
被得其意候与之御返答也

〃 下行役方江手紙ニ而申渡候ハ、通詞上下之儀未相極候付、上下三人ニ被仰
付候得ハ、今壱人前之下行ハ追而可相請取旨、風本御馳走方ヘハ被届置候
段、先頃被申聞、承届居候、当所役人衆ハ勿論所々御馳走方江も相届被置候
様ニ申遣

八月十五日　大雨北東風

今寅上刻、粛拝被相勤、例之通筵等御馳走方ら被差出

〃 殿様陸ニ御揚被成御座候付、采女・忠左衛門当日之御祝詞、為伺御機嫌、御
宿へ参上仕

〃 三使宿寺江采女・忠左衛門方ら高畠円蔵、柴田多四郎銘々ら当日之祝事申遣、
此間ハ打続不順ニ有之、御退屈ニ可被思召候、遂参上、御安否承度候得共、
御宿手狭ニ有之付、態与伺公不仕候段、上々官韓僉知・金僉知を以申達候処
ニ、三使御返答、被仰聞候通不順ニ有之、各ニ茂可為御難儀与存候、折々為
御見廻、預御使被入御念儀忝存候由御返答也

〃 売物買物役乗船、芦屋江参り、爰元江居不申候付、乍当時差支候付、通詞平
山忠兵衛・白水与平次可申付哉之旨、吉川六郎左衛門被申聞候付、当時ニ而
も無之候而ハ差支候段承申候付、忠左衛門方申談、右之通申渡

〃 下行奉行大塔貞右衛門罷出、申聞候者、雨天ニ付、下行渡場無之、濡候而下
行難受取候付、晴候迄ハ差延候、依之、当日ニ差支候品ハ望次第相渡筈之由
被申聞候付、其通被致候様ニ申渡

〃 昼時ら北東風強吹立、朝鮮船江ハ御馳走方船奉行松本主殿并下役水夫召連

罷出、通詞下知役田城沢右衛門・須川嘉右衛門・梶井八郎左衛門、手明通詞
共不残罷出、夫々下知仕、朝鮮砂工江致差図、繋之

〃申ノ中刻ら南西風ニ相成、別而強有之、船之当り合、乗揚茂難成程ニ候故、
広松茂介罷出、軍官中江様子相尋候処、国書、于今正使船ニ有之、大風波ニ
而ハ大切ニ存候段申聞候間、早速上々官方右之通及承候、風茂強り可申
段難計、夜ニ入候而茂上ケおろし不自由ニ可有之候間、早々陸江御取寄被
成候様ニ正使江申上候様ニ、茂助を以申遣し、引続、阿比留儀兵衛ニ茂同然
申含、差遣候而茂、返答令遅々候付、采女方ら家来両度、使ニ申付、差遣候
処、弥上ケ可申候由ニ而、茂介を以申来候付、裁判六郎左衛門波戸上ケ場江
被罷出候様ニ申遣、猶又、采女茂船之検分、国書上ケ方検分、波戸江罷出、
軍官十人程罷出居、国書ニ相附、節鉞を先江為持、龍亭子を油紙ニ而包、客
館へ持上、六郎左衛門相附、西光寺江差越、三使ら采女方江厚く謝礼申来、
小田平左衛門、采女・忠左衛門方江昼ら暮過迄三度罷出、朝鮮船繋方、御馳
走方申談、夫々ニ堅固ニ申付、御供船弥入念、綱碇丈夫ニ申付候得共、西南
風故、当り合、上回り少々損し候船茂有之段被申聞、依之、通詞下知役立廻
り、令下知、通詞ハ風止候迄相附居、船将、水夫江委細申通候様ニ申渡

〃今夕、名月ニ付、采女・忠左衛門、御宿ニ被召寄、御盃被成下、於御次、御祝
之品々御振舞被成、年寄中三人ら御重之内一組進上仕

〃小田平左衛門、御宿江罷出、風茂少々静ニ成、気遣ハ無之候得共、風之吹廻
しニ朝鮮船当り合候故、上廻り損し可申哉与申聞候付、通差出船付下知を
受、朝鮮砂工ニ令差図候様ニ申渡

〃吉川六郎左衛門、御宿江被罷出、朝鮮船少ツヽ当り合候付、碇を為直候ハヽ、
可相止与存、当所船奉行松本主殿江小船一二艘被差出候ハヽ、繰替可申間、
直ニ申達候得共、船之通ひ決而難成由申募候付、先刻ら風茂静り、船之通ひ
も自由叶可申候付、是非被差出候様申達候得共、曽而承引無之候付、此方小
使船茂喚り候得共、近所ニ居不申候付、繋替候儀難成候由被申聞候、折節、
大浦兵左衛門御宿江被差出居候付、手代書手召連罷出、致下知、猶又、小田
平左衛門ら御馳走方江小船差出、被為繋候様ニ申渡、兵左衛波戸江差出候
処、追付御馳走方ら小船三艘被差出、繋直し候由被申聞、亥ノ刻ニハ風静り、
波止ミ無気遣候付、小田平左衛門、其外役々引取

〻今日者朝鮮国之秋夕、殊ニ逆風雨天ニ而逗留被致候故、三使江為御見廻、

　煮麺御送可被成与思召候得共、今日ハ従事精進日ニ候故、以御目録、素麺一

　盤御送被成可然旨、杉村三郎左衛門方ゟ申来候付、弥被遣宜可有御座候旨

　申遣、使者平田助之進を以三使計ニ御送被成

八月十六日　晴天北穴西風

　慈嶋御滞留

〻上々官方ゟ采女・忠左衛門宿江以小通事、夜前ハ余程之風雨ニ候得共、何茂

　被添御心被下候故、朝鮮船別条無之、珍重ニ存候、掛御目、御礼申上候迄ハ

　及延引候付、先以使申上候由申来候付、相応ニ返答申遣

〻客館江柴田多四郎遣之、上々官方江申遣候ハ、夜前ハ余程之風雨ニ候得共、

　朝鮮船別条無之、珍重ニ存候、三使ニ茂弥御替り不被成候哉、御安否承度、

　以使者申入候、将又、先刻者上々官方ゟ預使、入念儀存候由申遣

〻采女・忠左衛門儀夜前御祝被成下候御礼、為伺御機嫌、参上仕

〻正使卜船沖江繰出し、御船并惣之船之支ニ罷成候付、通詞山城弥左衛門、忠

　左衛門宿へ召寄、上々官江申遣候ハ、正使之卜船沖ニくり出し候付、御船并

　脇船之支ニ成候、惣而、船繋方之儀ハ御馳走方・此方役人立合候而致下知、

　繋せ申事候処、我侭ニ繰出し候様ニ有之段不宜候間、早々元之如く繰込候

　様ニ可被仰付旨、正使江申達候得、若風立繋所不宜与存候節ハ、何時茂此方

　ゟ致下知、無別条様ニ繋せ申事候間、此段能々申入候様ニ与申遣候処ニ、早

　速上々官ゟ正使江申達候得者、正使被申候ハ、船繋方之儀如何様共、委細成

　儀ニ不存候船将方ゟヶ様ニいたし候得者、宜候由申聞候付、可然様ニいた

　し候様ニ与申付たる事候、然者、御船并脇船之障ニ成候様ニくり出し繋置

　候段ハ不宜事候間、早々船将方江申遣、元之所へ繰込、不差支様ニ繋せ候様

　ニ与之事ニ而、則船将方江被申付候、船繋方等之儀ハクンチヤグ世話仕事

　ニ候間、弥左衛門儀茂波戸江罷出、只今承候趣を以宜致相談候様ニ与之事

　候、勿論、正使ゟ之返答ハ、被入御念被仰聞候趣致承知、御尤存候、早速、

船将方へ申付候間、くり直し申ニ而可有之候、此段宜相心得及返答候様ニ
与被申付候旨、上々官申候旨、弥左衛門罷出申聞、依之、御附人入右衛門江
申付、正使ト船くり入候節、小船無之候而ハ差支申事茂可有之候間、波戸江
罷出見廻り、小船入用候ハヽ、御馳走方役人中江申達候様ニ与申付

〃殿様今昼時、海上茂静ニ成、天気茂晴候故、被遊御乗船、弥御機嫌能被成御
座候由、御用人中ら申来

〃通詞朝野最兵衛罷出、三使より、昨日風雨ニ相働候御横目・通詞・上乗并筑
前之碇船之者江酒肴振舞度候得共、酒致払底、無之候付、酒之替りニ白米・
干魚遣度由被申候与之儀ニ付、御横目之儀ハ御断申させ候、筑前之碇船之
者へ被送候儀茂御無用被成可然候、其餘ハ御心次第ニ候、向後、其場ニ而酒
肴等御振廻被成候儀ハ、格別米等被下候儀者御用捨被成候様ニ与、吉川六
郎左衛門を以上々官迄申遣候処、其段、三使江申達候得者、左之通白米被送
候与之儀ニ付、則受用申付、其段三郎左衛門方へ申遣

　　　　日本升ニ而

　┌一白米壱斗五升宛
　│一干魚五宛
　└　騎船・ト船之通詞中一人前、如此

　┌一白米三斗入壱俵　　　但、惣通詞乗船、先へ乗抜、此四人当浦へ罷在、昨日相
　│一干魚壱連　　　　　　働候故、如此、
　└　惣通詞四人中

　　一白米七升宛
　　一干魚五ツ宛

　　　騎船・ト船迄ハ乗船頭中一人前、如此

〃林又右衛門儀、六郎左衛門宿江被罷出、昨夕風雨見廻、殿様今昼迄陸江被成
御座候得共、御宿手狭候付、罷上候段御差支ニ可罷成与差控候与之挨拶被
被申聞候段、六郎左衛門罷出、申聞候付、則采女・忠左衛門方ら其段三郎左
衛門方江申遣候処、三郎左衛門方ら又右衛門方江挨拶之書状可遣由申来

〃通詞下知役須川嘉右衛門、御船掛手代近藤喜右衛門、采女方江罷出、正使ト
船上廻り損し候、繕用ニ堅木六本、松丸太十本入用之由申出候付、吉川六郎

左衛門方へ申遣候ハ、右之木不調候而不叶物ニ候ハ、、当地役人中被申談
可被相整候、若、赤間関迄罷越候迄繕様茂有之候ハ、、相待可然候、被遂吟
味候様ニ申遣候処、則上々官を以正使江相伺候得者、船将召寄、上々官を以
被遂吟味候処、一渡之儀ニ候故、可相繕由申候段、六郎左衛門被申聞候付、
左候ハ、、早々用意被仕候ニ不及候、二三日茂逗留ニ及候ハ、、御取寄被下
候様ニ林又右衛門方江六郎左衛門方より被申達候様申渡
〃客館へ柴田多四郎遣之、上々官方江申遣候ハ、下行渡場ニ而朝鮮人楽器を
鳴シ躍仕候付、日本人珍敷存、大勢入込、騒敷候、日本人・朝鮮人入交候儀
ハ堅御法ニ候処、右之通如何敷候間、上々官方ら申遣可差留候、若、上々官
方ら申候而も承引不仕事候ハ、、其段三使江申達、被差留候様ニ可致旨申
遣候処、上々官方ら之返答、委細致承知、御尤存候、早速差留申ニ而可有御
座由申来、追付相止也

八月十七日　晴天

〃殿様、昨日御船江被為召、御痰咳之御気味被成御座候付、為伺御機嫌、御用
人中江以手紙申遣
〃黒田靱負方ら奥山治右衛門与申人、藍嶋ら差越、年寄中ニ致面談度之由被
申、采女宿ニ被参候付、遂面謁候処、靱負方より之口上ニ、一昨晩者風雨烈
御座候付、御船并三使船之儀、当浦ハ手狭ニ有之、繋場悪御座候付、気遣ニ
奉存候処、御別条無御座候由承知仕、恐悦奉存候、殿様・三使衆被為替御事
不被成御座候哉、御様体承度奉存、治右衛門差越候与之儀ニ付、采女返答、
如仰、一昨晩ハ強キ風波ニ而、気遣ニ存候得共、御役人中御下知宜、綱碇等
優分被差出、三使船・卜船共ニ繋留、致安堵候、被入御念、御自分を以遠方
被仰越候段、対馬守・三使江茂可申聞候、供船之内、垣立等少々損候船茂有
之候得共、乗り走ニ別而差碍候様ニ者無之段致挨拶、被罷帰、勿論、治右衛
門被差越候段ハ六郎左衛門方江附廻り之御用人林又右衛門方ら先達而通達

有之候段、六郎左衛門被申聞置也

〃右、治右衛門被罷越候段、御船三郎左衛門方江高畠弾蔵を以申遣

〃去ル十日、当所ニ御欠戻之節、通詞下知役・通詞之者、其外信使附之船八九
艘、芦屋へ乗込、滞船之内、薪令払底候付、自分ら可相整与いたし候而茂商
売薪無之候付、彼所役人中江相断、可調之由申達候而茂、無之由ニ而、不売
渡候付、殊外令難儀候段、以飛脚申越候由、六郎左衛門被申聞候付、林又右
衛門江申達被見候様ニ申渡、又右衛門方江六郎左衛門ら手紙を以右之次第
一々申遣候処、返答ニ委細致承知候、用事相達候様ニ早速可申越之由手紙
ニ而返答有之也

〃福岡御家老黒田美作・野村太郎兵衛・吉田式部・浦上三郎兵衛方ら使者とし
て富田七郎左衛門与申人被差越、殿様并三使衆、領内所々御滞船被遊、御退
屈ニ可被思召上与奉存候、其上、一昨晩風波烈、爰元之儀ハ浦狭ニ御座候付、
御船并三使船気遣ニ奉存候処、無御別条、恐悦奉存候、御安否為伺、差越候
与之口上、采女宿ニ而ハ申置、被罷帰候付、以使答礼申遣

〃右使者七郎左衛門、忠左衛門宿江被参候付、致面謁、右之通之口上被申聞候
付、相応ニ挨拶いたし、被罷帰、七郎左衛門被差越候儀茂先達而林又右衛門
方ら六郎左衛門方迄為知参候由被申聞候付、旅宿江被参候ハ丶、可致対面
旨申達

〃右使者来候付、福岡御家老中江連判之礼状可遣候間、相認させ候様ニ御船
三郎左衛門方へ申遣

八月十八日 晴天東風

御船頭阿比留伊右衛門方ら只今之通ニ而者泙与相見候間、御出船被成ニ而
可有御座由、忠左衛門方江申越候付、上々官方江、以使、三使衆御仕廻、
御船ら御左右次第御乗船候様可申達旨、以使申遣

〃寅下刻、御船杉村三郎左衛門方ら御側徒士山田式右衛門を以只今之分ニ候
ハ丶、泙風ニ而候故、御出船可被遊候、此段、三使方江致通達候様ニ与、采

女・忠左衛門方江申来候付、相応ニ致返答、則裁判吉川六郎左衛門、客館江
罷出、上々官を以三使江申達候処、委細承届候、相仕廻次第、追付可致乗船
与之返答也

〃卯ノ中刻、三使段々ニ乗船被致候付、采女・忠左衛門儀茂引続乗船仕

〃御船江高畠円蔵、使ニ申付、御覧掛被遊候通、三使共ニ只今被致乗船候故、
御案内申上候旨、杉村三郎左衛門方迄申遣

〃卯ノ中刻、慈嶋御出船、泙ニ而候故、殿様御召船并三使船・ト船共ニ御馳走
方ら漕船、去ル十日之通相附ス、尤、以酊庵乗船、采女・忠左衛門乗船ニ茂
十日之通ニ漕船相附候也

〃小倉領之境ニ而小笠原右近将監様ら漕船出候付、慈嶋ら之漕船引替、差戻ス、
小倉より之漕船、左ニ記之

一　正副従乗船三艘
　　　関船弐拾艘宛
　　漕船
　　　鯨船壱艘宛

一　同ト船三艘
　　　関船壱艘宛
　　漕船
　　　浦伝道四艘宛

一　碇船六艘

一　水船六拾艘

一　長老御乗船
　　　関船壱艘
　　漕船
　　　浦伝道三艘

一　信使奉行乗船弐艘
　　漕船浦伝道四艘宛壱艘

一　下行方役人乗船三艘
　　漕船浦伝道弐艘宛

一 ┌通詞船七艘
　└漕船浦伝道弐艘宛

一 ┌長老荷船壱艘
　└漕船浦伝道弐艘

一 ┌長老并信使奉行曳小早三艘
　└漕船浦伝道弐艘宛

一 ┌御召船
　└漕船浦伝道拾艘

一 ┌鎮鑰丸御召替小早
　└漕船浦伝道弐艘宛

一 ┌杉村三郎左衛門乗船五拾六挺立
　└漕船浦伝道四艘

一 ┌大浦兵左衛門乗船五拾六挺立
　└漕船浦伝道四艘

一 小田平左衛門乗船弐拾六挺立

一 久和重右衛門、仁位貞之丞乗船拾八挺立弐艘

一 御賄船廿六挺立

一 ┌御供之渡海五艘
　└漕船浦伝道弐艘宛

〻殿様御召船・以酊庵乗船早候付、内裏之前ニ御掛り、三使船を御待被成、
采女・忠左衛門乗り船茂右同所へ掛り、三使船を相待居候処、追付三使船通
船有之候付、采女・忠左衛門、裁判吉川六郎左衛門、小早ニ乗移、先達而客
館江揚候処、松平民部大輔様御内横山甚兵衛・大和四郎左衛門・松浦喜右衛
門被出会候付、対面、相応之致挨拶、右三人手引ニ而三使之居間、其外座廻
り致見分、右之面々被申候者、口祝菓子致用意候間、三使着座之節、差出如
何可有之哉之由被申候付、弥被差出可然之由申達、尤口祝菓子ハ着座前ら
座ニ出し有之也

〻内裏前迄民部大輔様ら之漕船被差出漕船数、左ニ記之

一関船四艘、通小早橋船、小船等拾艘宛

　　右、三使騎船

一同弐艘、橋船、小船等拾三艘宛

　　右、三使卜船

一同弐艘、小船拾弐艘

　　右、殿様御召船

一小船拾艘宛

　　右、杉村采女・大浦忠左衛門乗船

一小船六艘

　　右、杉村三郎左衛門乗船

一小船拾八艘

　　右、下行奉行平山左吉・大塔貞右衛門并下役乗船共ニ

一小船三拾六艘

　　右、通詞乗船六艘

〻御召船并三使騎船・卜船共ニ申ノ下刻、赤間関江追々着船

〻杉村三郎左衛門方江采女・忠左衛門方ゟ高畠円蔵・柴田多四郎、使ニ申付、
　御機嫌能被遊御着船候、御祝詞申遣、尤三使船江茂到着之祝詞申遣

〻三使船江采女・忠左衛門方ゟ通詞下知役・山本喜左衛門を以御勝手次第ニ客
　館江御揚被成候様ニ与申遣候処、追付船揚有之

〻客館門之内、不残薄縁門ゟ外船揚り場迄ハ筵弐枚並ニ敷有之

〻船揚り場ニ仮ニ掛出し有之、幅六間ニ長八間余也

〻三使船揚り之節、民部大輔様御家来、船揚り場北南之方ニ左之通被罷出

家老	毛利伊豆
大番頭	内藤与三左衛門
番頭格	宍戸権之介
使役	周布右内
赤間関在番	小幡源兵衛
目付	桂五左衛門
海上目付	宮道六左衛門

使番	榎本九郎兵衛
同	三浦安右衛門
作事方	栗屋八左衛門
検使	長井次郎兵衛

　右者南輪江罷出

海上御案内	村上図書
信使聞合之使者	飯田七郎右衛門
漕船支配	橋本治左衛門
同	沓屋八郎左衛門

　右者北輪ニ罷出

〃采女・忠左衛門羽織袴着、三使居間之縁頬南之方畳之上ニ立居候也

〃従殿様、三使到着之為御祝詞、御使者山崎許右衛門被差越、上々官を以三使
　江申達、即答有之

〃道中・船中共ニ三使入館・出館之節者信使奉行階上ニ立居、三使被罷通候時、
　一揖いたし、彼方ちハ手を被揚候先規ニ候処、従事了簡之由ニ而、向後ハ罷
　出候ニ不及与之儀、韓僉知を以風本ニ而申聞候得共、出船之砌故、得与不及
　論談、藍嶋着岸之節、先規之如く階上ニ立居候処、正使・副使ハ手を被揚候
　得共、従事ハ一礼茂無之、被罷通候而、追付韓僉知罷出申聞候者、従事申分
　ニ、奉行衆階上ニ被立候而、此方手を揚候ハ不当事ニ候間、無用ニ被致候様
　ニ可申達旨申付置候処、如何様之訳ニ而、今日茂被立居候様ニいたし候哉
　と、叱り被申候由申候故、信使奉行申候者、先規有之儀を左様ニ被申候段不
　聞事ニ候、此方共儀ハ三使江被附置候者ニ候得ハ、三使出入ニハ罷出可申
　事ニ而、用事之節ハ不懸御目候而不叶事ニ候、左様御申候而ハ此後懸御目
　候事茂成不申、何とも相済不申事ニ候、兎角、先規を相止候事成不申候故、
　弥其通ニ候ハヽ、階上ニ立居候而揖礼茂いたし申間敷候由申候得ハ、韓僉
　知申候ハ、三使申分ニ、三使得与座ニ被付候以後、各両人座ニ入、揖ニ不及、
　日本流ニ座ニ御付被成候ハヽ、三使手を揚可被申候、ヶ様ニ被成候ハヽ、成
　程可懸御目候由、三使被申候段申候、此意味ハ、彼方記録ニハ、信使奉行座
　ニ入、一拝いたし候趣ニ可被記置候与之事ニ而相聞候故、信使奉行申候者、
　先規を廃し、左様ニ仕置候事ハ、決而不罷成与申詰メ、其後茂毎度韓僉知ち
　申聞候候得共、兎角先規之通被成候得と堅申置、今日下モ関着岸ニ候故、例

之如く信使奉行両人階上ニ立居候得共、正使を初、手を不被揚被罷通候故、
此方茂揖礼不致候、暫有之候而韓僉知罷出、三使逢可被申之由申候故、三使
御逢被成事ニ候ハ、此方共ニ二揖可致候、三使ニハ御立被成候哉、又ハ座
を御立不被成、手計御揚候事ニ候哉、左様候而者懸御目候事不罷成候由申
候得者、韓僉知返答ハ不分明候処、金僉知申候ハ、成程、立被申候筈ニ候与
申候故、左様候ハ、弥相尋来候様ニ与申候処、韓僉知・金僉知両人共右之
趣尋ニ罷越、追付罷出候而、弥立被申筈ニ候由申聞候故、左候ハ、罷出可
申候与申候而、正使居間へ罷通候処、三使共ニ立被申候故、信使奉行弐人一
同ニ真之二揖いたし、三使茂答揖有之、畢而座ニ着、相当候挨拶仕ル也、惣
体、急用之節ハ三使座ニ入、揖ニ不及、座ニ着候事も有之候得共、常例ハい
つとても信使奉行ハ二揖、彼方ハ立候而手を被揚、畢而双方座ニ着可申事
也、三使ら韓僉知を以被申聞候挨拶之趣、左ニ記之

〃 正使ら韓僉知を以被申候者、久々不致対面候、是迄着船大悦仕候与之挨拶
ニ付、長々御逗留ニ候処、御疲労茂無御座、珍重奉存候、大洋、今日迄御越
之儀ニ候間、是より先キハ至而逆風強無之候ハ、久々御滞船も有之間敷
旨申候処、又、正使ら韓僉知を以被申ハ、太守ニ茂御堅固ニ被成御座、珍
重奉存候、各ニ茂達者ニ護行いたし、太儀ニ存候与之儀故、御口上之趣、太
守江可申達候、我々儀迄御尋被下忝存候旨申達候処、又、韓僉知を以被申
候ハ、久々之滞船難儀ニ存候、明日茂出船仕候様、用意仕候得と之儀ニ付、
兼々申入候通、此辺ハ潮行早く、汐時を考候付、何時ニ御出船可有之茂難計
候、太守方ニ茂聊油断不仕候間、漕候風潮ニ候ハ、御左右申入候刻限、無
御延引御乗船可被成候、前広ニ御通路可申由申達、起而真ノ二揖仕、三使ハ
起而答揖有之、退座

〃 右之訳ニ候故、御序ニ被申上候様ニと、杉村三郎左衛門方江采女・忠左衛門
方ら手紙遣之

〃 阿部伊勢守様ら当所迄、御使者伊藤左次右衛門を以左之通被遣之

　　　素麺一捲

　　　　以上　　　　　　阿部伊勢守

　　　但、御目録料紙大高檀紙　　　正縁与有之

右、三使当所迄着船為祝事、御使者を以来ル、客館ニ而吉川六郎左衛門取
次之、但、正徳年ハ当所迄以御使者、御音物有之候得共、天和年之先例無
之候付、御使者へ六郎左衛門申候ハ、定而、此儀者江戸ニ而御役人様方江
被得御差図候而之儀ニ而可有御座候由相尋得者、其段ハ得与不存候先例
ニ而致進覧候由承及候段被申候付、三郎左衛門方江船橋忠右衛門を以右之
訳申遣、遥々為被差越儀ニ候間、被致受用候様ニ仕、如何可有之候哉、勿
論、御前ニ茂被申上候様ニ申遣候処、殿様ニ茂御音物有之候得共、御受用
不被成候、三使ニハ、遥々為被差越事ニ候間、被致受用可然旨、則御前ニ
茂申上候由申来候付、上々官を以口上申達、御音物差出候処、三使ら茂上々
官を以相応之一礼有之、但、暫在而右御使者、六郎左衛門江被申候者、先
刻ハ私与風了簡違いたし、先例を以此度茂音物差出候旨申達候、正徳年ハ
伊勢守父、備中守方ら以使者音物差出候、天和年ハ備中守儀ハ福山国替前
之儀ニ候故、天和年之例者存不申候、定而、正徳年之例を以遣たるニ而可
有之旨被申聞

〟三使着船刻限之儀、裁判を以御馳走方江相尋候処、申ノ下刻与書付来候付、
則三郎左衛門方江茂遣之

〟民部大輔様ら三使以下下官迄、左之通御使者周布右内・三浦又右衛門を以被
遣之

　　　　檜重
　　　　鰑一箱
　　　　御樽一荷

　　　　　　以上

　　　　　　　　　松平民部大輔
　　　　　　　　　　吉元

　右、三使銘々、真ノ目録料紙大高檀紙也

　　　　檜重一組
　　　　干鱈一箱　　　　　上々官銘々
　　　　御樽一荷

　　　　　　以上

菓子折一 干鯛一折 御樽一荷	上判事 製述官

以上

菓子折一 干鯛一折 御樽二荷	上官 次官　四十五人

以上

菓子折二 干鯛二折 御樽三荷	中官百六十人

以上

菓子折三 干鯛一折 御樽五荷	下官弐百六十人

以上

右者和目録相添、料紙大高也、御名無之

〻民部大輔様御家老、其外信使ニ付、面立候役人衆、采女・忠左衛門詰間ニ被
罷出候付、致対面、何角相応之挨拶いたす、尤、人柄ハ三使船揚り之節、船
場へ被罷出候面々ニ而前ニ致書載置候故、爰ニ略之

　　八月十四日之晩ら同十五日之朝迄
　　同十五日晩ら同十六日朝迄
　　同十六日晩ら同十七日朝迄
　　同十七日晩ら同十八日朝迄

　　　合日数四日分

〻右者慈嶋ニ而松平肥前守様下行、風波強キ節、御城下藍嶋ら被取寄候儀成
兼、未収之分ニ而御座候、定而、一五日次分当所迄持越申たるニ而可有之候
間、爰許ニ而受取可申哉之旨、下行役平山左吉・大塔貞右衛門被申聞候付、
一五日次抔受取候而も不相済事ニ候間、彼方下行役人江被申達置、未収之分、

帰国之節受取候様ニ可被致旨申渡

〻客館ニ而茂詰合之人江料理用意有之、信使附宿々ニ茂料理用意有之由及承
候付、裁判両人を以、公義御役人達御耳湯茶之外堅く受用為被仕間敷、御届
申上候間、御料理ハ不及申、菓子・酒等ニ至迄、決而御用意不被成様ニ、仮
令被差出候而も、末々迄も一同御断可申段申入候付、被致許容、用意相止、
勿論宿々家来江茂湯茶之外、決而馳走受ケ不申様ニ堅申付

〻民部大輔様御家老毛利伊豆、其外重立候諸役人、三使参着之為祝詞、客館へ
被罷出、吉川六郎左衛門取次之、上々官へ申達、相応之即答有之

八月十九日　晴天北東風

赤間関御滞留

〻御船江為伺御機嫌、三郎左衛門方江采女・忠左衛門方ら手紙遣之候処、夜前
更候迄陸江被成御座候故、御風気茂洗与御醒不被成、御痰咳出候得共、随分
軽キ御事之由申来

〻馳走役大和四郎左衛門、裁判六郎左衛門方迄被申聞候者、於江戸、直右衛門
殿江茂申談置候、折節、逗留故、今日三使并上々官以下下官迄不残煮麺差出
申度候、依之、煮方之儀無心元存候間、功者之人江様子承合度与之儀被申聞
候付、御断為申達候得共、最早煮立させ居候由被申聞候付、御船三郎左衛門
方江御膳番壱人被差出候様申遣候得者、大浦甚左衛門御料理人召連、客館
江罷出、右四郎左衛門出会、申談ル、船ニ居候朝鮮人江も不残持運、御振廻
被成

| 煮麺 | ねき
こせう |
| 吸物 | たい
たうふ |

ふわへ
にしめあわひ

皿盛　　　　　　すみそ
　　　　　　　　　　　　ほら

　　　名酒

　　右、三使ら上官迄御酒・御吸物被出之

　　　　但、中官・下官江茂煮麺・御酒計御振舞被成

〻御国ら大坂江罷登候、無日切、飛船参着、書状箱到来候付、朝鮮人方江之書
　状七拾封為持来候付、裁判孫左衛門を以韓僉知江申達、三使其外江夫々相達

〻今昼時、民部大輔様儒者佐々木平太夫・山県長向・草場兵蔵并家老毛利伊豆・
　家来田中順硯被罷出、東五郎・儀右衛門出会、書記両人与筆談有之、製述官
　与書記壱人ハ病気ニ而不罷出也

〻杉村三郎左衛門方ら被申聞候ハ、御家中船之飯米差碍候付、於当所、相調渡
　筈ニ候処、朝鮮人方江五日次米餘り有之由及承候間、被相払儀ニ候ハヽ、相
　調させ可申候段申来候付、裁判両人ら上々官江申談候処、百俵程有之候付、
　可相払候代物ハ帰国之上、御国ニ而可相受取候段、上々官申聞候ニ付、三郎
　左衛門方江申遣、客館江役人差出、裁判得差図候様申遣候処、御徒目付長留
　宇左衛門・御賄掛武田甚五右衛門・龍蔵寺半平・下目付根次右衛門・御賄下代
　壱人・下モ男弐人・買物役町人田中伝八出会、判事相対ニ而、朝鮮船ら受取之

　　　　　　下行残米員数

〻朝鮮白米廿三石壱斗

〻中白米三石壱斗五升

〻伊藤杢之允儀病気ニ有之候付、一類中ら相願候ハ、朝鮮医師江為逢申度之
　旨、江崎忠兵衛、船橋忠右衛門を以裁判孫左衛門迄申聞候付、其段御船三郎
　左衛門方江申遣候処、弥願之通、被仰付候由申来候付、上々官を以三使江申
　達候得ハ、可差越之由ニ而、良医罷出、客館近所故、使令一人召連、通詞下
　知役小田七郎左衛門、通詞広松茂助相附差越、御馳走方ら警固相附

〻夜ニ入、樋口久米右衛門御用人中ら采女・忠左衛門方江手紙ニ而申来候ハ、
　牛窓ら大坂表江先達而被遣候信使奉行之儀、采女儀者信使御供此度初而被
　相勤候故、先様之儀無心元候間、願ハ、忠左衛門功者之儀ニ有之、公義御馳
　走最初之儀ニ御座候間、被遣被下候様被申上、殊忠左衛門儀者正徳信使之

　　　　　　　　　　　　　　　　　　　　　　　　参向信使奉行船中毎日記　　233

節茂京都江被差越候故、此度ハ大坂表相勤、采女儀者京都相勤候様ニ与之
御事ニ御座候、裁判之儀者大坂表孫左衛門、京都六郎左衛門相務候様ニ被
仰出候間、此段可被仰渡候、右之趣、依御意、如此御座候与之儀也

〃慈嶋滞留之内、大風ニ而朝鮮船あたり合、少し宛損し候付、修復用之品、於
慈嶋、御馳走方江申達候得共、左之品茂有合不申候付、爰元御馳走方江申達

覚

垣立用

一堅木板三枚	長サ壱尋
	幅壱尺
	厚サ三寸

右者、副使乗り船之用

垣立用

一堅木板拾枚	長サ壱尋
	幅四寸五分
	厚サ三寸五分

一松木板壱枚	長サ三尋
	幅壱尺弐寸
	厚サ四寸

一同断	長サ三尋
	幅壱尺二寸
	厚サ弐寸

右者、正使卜船之用

一船梁壱丁	長サ壱尋
	幅弐尺
	厚サ三寸五分

一松板五枚	長サ壱尋半
	幅壱尺五寸
	厚サ三寸五分

<pre>
　　　　　　　　　長サ壱尋
一垣立木五本　　　幅四寸五分
　　　　　　　　　厚サ三寸五分

　　右者、副使卜船之用

　　　　　　　　　長サ五尺
一垣立木五本　　　幅四寸五分　　　騎船用
　　　　　　　　　厚サ三寸五分

一松板八枚

　　　　　　　　　長サ壱間
　　内四枚ハ　　　幅壱尺三寸　　　騎船用
　　　　　　　　　厚サ三寸五分

　　　　　　　　　長サ四尺
　　内四枚ハ　　　幅五寸　　　　　卜船用
　　　　　　　　　厚サ三寸五分

　　　　　　　　　長サ四尺
一垣立木四本　　　幅五寸　　　　　卜船用
　　　　　　　　　厚サ三寸五分

一銕五拾本　　　　手本有之

　　内三拾　　　　騎船用

　　内弐拾　　　　卜船用

一落釘四拾本　　　七寸

一五寸釘弐拾五本　但、家釘

一あをり釘四拾本　三寸

　　右者従事卜船之用

　右之通、御馳走方ゟ被差出、段々修理申付ル

〃杉村三郎左衛門、客館江罷出、三使安否、上々官を以相伺、御返答相応也

〃上々官韓僉知、金僉知へ左之通、書付和文ニ認相渡

　　　覚
</pre>

一江戸・大坂客館之儀、随分〆り、宜様ニ被仰付候、若、しし垣なと破り候か、
亦ハ窓ら物之取替いたし候歟、又ハ錠前之有之所を押明ケ候者、甚不宜事
ニ候、万一右之仕形いたし候者有之候ハヽ、早速三使道江相届可申候間、急
度被仰付可然候、惣体、行規之儀所々御馳走所とても同然ニ候得共、江戸表
之儀ハ別而気を被附可然候、左無之候而ハ、此方兼々申合、不埒ニ相聞候而
已ニも無之、三使之御首尾茂不可然候間、此段三使江能々可被申達候事

一江戸客館中門ら外江者一行之人上下共ニ一切不被罷出候様ニ与之事候而兼
而可被申付置候

一道中荷馬多く成候而ハ如何ニ候間、所々ニ而音物・五日次之内、大概之品者
其所ニ而遣捨、成丈ハ先之宿江不被持越候様ニ可被致候事

一駄荷乗掛下タ共ニ貫目、日本之定り有之候間、乗掛下ハ片荷拾貫目宛、都合
弐拾貫目、駄荷者四拾貫目ニ候間、定之外重く無之様ニ荷拵可被致候事

一江戸表ニ而、三使・上々官ら下官迄之椀器皿鉢鍋釜、其外勝手遣ヒ道具、此
度ハ帳面ニ記、三使到着、一両日前ニ御賄方ら対州之役人江被引渡、発足以
後損失相改、残物之帳面相添候様、御賄司御役人ら対州之役人中江被申渡
候由申来候間、随分紛失無之様ニ、一行之面々江被申渡、発足之砌、此方役
人江相渡候様ニ可被申渡候、若茂、逗留之内破壊いたし候物有之候ハヽ、其
度毎ニ其品、此方役人ニ相渡候様ニ是又、可被申渡事

　　　　右之趣、江戸表ら申来候故、兼而為心得、書付見せ申候、以上

　　　　八月　日

ヽ出馬方ら上々官江兼而申達置度趣、和文ニ相認、船中ニ而真文ニ直し申達
候様ニ致し度旨願出候付、雨森東五郎江申付、真文ニ直し、今日裁判樋口孫
左衛門・吉川六郎左衛門を以上々官江相渡之真文・和文、左ニ記之、但、大坂
船揚之儀、真文之趣、和文与ハ違候也

　　　　條開

一　途-中発レスル程之時、上-馬中-馬各為二一列一ヲ、排二立シ於館-門之外二、
　　上-馬所リ在、建二赤-色-旗一為レ標、上二書二上-馬字一ヲ、中-馬所リ在、
　　建二白-色-旗一為レ標、上二書二中-馬ノ字一ヲ、各-馬胸-前、毎二定繋二一-小-
　　牌一ヲ、上-馬ハ書二上-馬ノ字一ヲ、中-馬ハ書シ中-馬ノ字一ヲ外二、作二上-馬-牌

中-馬-牌ヲ、令下シ該-騎之人ヲ上或ハ中-、各帯二一牌ヲ、就二立ル標処二、
照-験騎乗シ、無中臨テ時擾乱スル之患上、大-坂上-岸之時ハ、去ル「館ヲ路-
途非レ遠、該-騎ノ人-数為レ少ト、給スルニ以シ一-様馬-匹ヲ、不ル必シモ立レ標
付レ牌事

一 昧-爽之時、旗-色恐ラクハ難シ「ヲ認-識シ、故以二燈-籠ヲ為レ標、各書ルコ
上-馬中-馬ノ字ヲ、一二如二スル旗-式コ事

一 不レ論上-馬中-、馬皆出二於大官之家二、随テ其牽-到ルノ遅-早二、依テ
次桝二立ス館-門二、其-中-馬-疋肥-痩鞍-具ノ美-悪、未二必シモ無レハアラ
之、理勢固-然、若欲セハ揀-択去-取セント、非二独外-観欠レミニ雅、人-叢揎
擠之中、未二必シモ無シハアラ触-傷之患二、凡該-騎之人、務要ス依レ次須-
乗二センコ、雖レ遇二次-等二、亦須二容-忍ス、考フルニ諸従-前二該-騎之人、或ハ
親-自巡-行シ随二意揀-択シ、或ハ立在テ館-門二、遣テ奴搶-取セシム、因致二
譟-動ヲ為レ「患非少ニ、此-等事情、尤宜二謹-慎ス事

一 有二一等不-良之徒、動スレハ乗二昧-爽之時二、濫二奪二馬-匹ヲ、非-分二
騎-坐シ、或以レ牌借レ人二、使レ之濫-騎二、預-先申-飭シテ、使ムルノ無此-
幣二事

一 大-坂上-崖之時ハ、自有テ公-方ノ官-員、巡二-視ス左右二、倘或有ラハ
喧-嘩雑-乱之状、非二独致レミニ擾、恐ラフハ或失レハ体、況-且其-地甚為二
狭-窄シト、難二於廻-旋、雖レ極上指-撝之方、難レ免二顛-倒之患、凡ハ
該-騎之人、体二-量シ事-勢ヲ、毋レ為二一-促ヲ、庶クハ無レ貽二笑他-方二事

　　　　月日　　　　　　掌馬官
　　　　上々官

　　　　和文

一 道中発足之時、上馬ハ上馬と一列ニし、中馬ハ中馬と一列ニし、上馬有之
所ニハ上馬与書付之候赤旗を立、中馬有之所ニハ中馬与書付有之候白旗
を立置、上馬ニハ上馬与書付候札をむなかいニ付ケ、中馬ニハ中馬与書付
候札をむなかいニ付、外ニ又上馬与書付、中馬与書付ケ候札を銘々江渡置
候而、右之旗を立置候所へ被参、手前ニ被持居候札与馬ニ付置候札与見合、

乗り被申候而、入雑り無之様ニいたし置候、但シ、大坂船揚之節ハ客館迄註
進候而、馬ニ被乗候人数茂少く候故、上馬・中馬之差別無之、一様之馬を用
意いたし置候故、旗を立、札を付候ニ及不申候事

一 未明、発足之節ハ旗色見分かたき筈ニ候故、挑灯ニ上馬・中馬之字を書付、
旗之代りニ用候事

一 上馬・中馬共ニ皆々御大名方ら出申候而牽来候、遅速次第ニ館門之外ニ並
置候、其内ニハ馬並鞍皆具之善悪、自然与有之筈ニ候、若茂ゑり取ニ可致与
被致而ハ、外之見掛茂不宜、其上双方共ニ怪我茂有之哉と存候間、馬を立置
候次第之通ニ被乗候而、万一心ニ不叶馬ニ被取当候とも堪忍可被致候、此
以前茂自身馬立処ニ立廻、又ハ其身ハ館門ニ立候而、家来を遣し、馬をゑり
被申、殊外不埒千万成事ニ候、此度、左様之儀堅可被相慎候事

一 間ニハ無方成人有之候而、朝立之節、馬ニ乗ましき人ミたりに人之馬を取、
又ハ其身馬ニ乗候以後、自分之札を人ニ借し候而、乗間敷人を馬ニ乗せ候
事なと有之、不届之事ニ候間、此度ハ左様無之様ニ急度可被申付候事

一 大坂船揚之時ハ公儀御役人方御出候事ニ候故、見たり成ル仕形有之候而
ハ乱難いたし候而已ニ而も無之、歴々之仕形ニハ不相応ニ相見候、其上場
所狭く候故、いか程ニ存候而も手廻り不宜事可有之候間、其段を推察被致、
此方差図を被相待、差急被申間敷候事

　　　　月日　　　　　　　　出馬役ら
　　　上々官江

〃三使江以酊菴長老ら多葉粉三包、忍冬酒一瓶、使僧を以被饋之、取次須川嘉
右衛門、韓僉知罷出、返答有之

八月廿日 曇天東風昼時ら沖南風、申ノ刻ら雨天

赤間関御滞留

ゝ先頃、藍嶋ニ而被仰付候御注文之墨絵拾一枚出来ニ付、絵本三巻共ニ采女・
忠左衛門ら三郎左衛門方江手紙相添被差上候様ニ与為持遣

ゝ伊藤杢之允病気ニ付、夜前良医へ診脈相頼候得共、気分不勝候付、医員江も
見せ申度由相頼候付、則上々官を以三使江申達候得者、可遣与之儀ニ付、朴
別題罷越ス、通詞下知役児嶋又蔵并通詞橋部市兵衛相附罷越

ゝ右之通御案内被申上候様ニ与、三郎左衛門方へ以手紙申遣

ゝ通詞下知役方江小使無之、差支候段申出候付、使之者一人宛被相附、尤、飯
代いたし、相勤候様、役方江可被仰渡旨、三郎左衛門方江申遣

ゝ毛利伊豆内藤与三左衛門、村上図書宍戸権之介、三使安否為尋、客館へ被罷
出候付、裁判吉川六郎左衛門取次、上々官を以三使江申達候処、相応之返答、
韓僉知罷出申達

ゝ従事、今昼、正使・副使之卜船為荷改、船ニ被乗改相済而、追付被揚

ゝ朝鮮船ニ乗居候日本人荷物、先頃、風本ニ而之通、此方ら改ニ而可有之由、
従事被申候段、上々官申候付、御徒目付・御徒并組之者之儀御船江申遣、則
客館江罷出候処、最早従事被帰候付、改之儀如何可致哉と、上々官を以申達
候得者、此方者相済候而罷帰候間、勝手次第いたし候様ニ与之儀ニ而、彼方
ら改検分ニ軍官茂不被差出由ニ付、改不致也

ゝ殿様ら三使并上々官迄左之通被遣之、御使者樋口富右衛門御口上、上々官
を以申達

　　　弥可為御堅固、珍重存候、只今ハ順風之有之候得共、潮悪敷候、勿論、
　　　晩景ニハ潮茂直り候得共、従是先キハ十八里不罷越候而ハ、宜泊り無
　　　之候、左候而ハ、夜ニ入、通船難成候故、今日出船不罷成候、明日、順
　　　風ニ候ハ、、早ゟ為御知可申入候、為御見廻、目録之通致進覧候、
　　　上々官・上官江も御目録之通被相送候与之儀也、御目録、左ニ記

三使銘々江

    胡椒弐袋　　　　　　但、一袋江壱斤宛
    烟草参斤

      計

    己亥八月日　　　　　　太守平　方誠

上々官中

    烟草六斤
    胡椒三袋

      計

上官中

    煙草三十斤

右、三使ら相応之御返答、上々官三人罷出申達、上々官・上官中自分御礼茂申上ル

〃松平民部大輔様より三使并上々官江御使者三浦又右衛門を以御見舞、御口上ニ而、御音物来

     { 梨子一籠
     { 生鯛一折　　　　　三使銘々江

     { 素麺一曲
     { 鮮鮑一折　　　　　上々官銘々江

右御口上、裁判吉川六郎左衛門取次之、上々官を以申達、三使ら相応之御返答、上々官罷出申達

〃通詞下知役方江御用書物多く、料紙・硯箱等客館詰所へ持参候処、文匣無之、殊外差碍候付、相応之文匣壱御調被下候様願出候付、右之段、三郎左衛門方へ申遣、相応之文匣有之候ハ、御借し可被成候、若、無之候ハ、御調させ、御渡被成可然存候由申遣候処、相応之文匣無之候間、調候様ニ山野利右衛門江可申渡旨申来

〃通詞嶋井惣左衛門、家来藤左衛門与申者病気、岡田孫兵衛、家来伊右衛門与申もの老母至極病気、差発候段申来候付、両人共ニ帰国申付度由願出候故、

願之通被申付候様ニ樋口孫左衛門江申渡

〟小田平左衛門罷出、御船江罷出候処、御船頭阿比留伊右衛門申候者、しけ日吉利与相見申候間、只今御船繋居候場所ハ潮行悪敷候付、従是、下モ細江与申所へ御船・御供船共不残繋直し候、依之、朝鮮船茂細江江廻し可然候、其通被仰付候ハ丶、五ツ時分、潮宜く候由申候段申聞候付、右之段、裁判ら上々官を以三使江申達候処、其通被仰付被下候様ニ与之儀ニ付、弥細江江廻し可被申候、尤、御馳走方御船奉行江茂被申談候様ニ与、小田平左衛門へ申渡、勿論、御馳走方江も右之段被申達、人夫等被差出候様ニ吉川六郎左衛門を以申達ル

〟夜ニ入、横山勘兵衛・大和四郎左衛門方ら吉川六郎左衛門方江申来候者、朝鮮船繋方之儀夫々ニ用意仕罷在候、然処、今晩ハ殊外雨強降、其上暗夜ニ候故、廻し方別而大切ニ存候間、御見合被成、明朝廻し候様ニ被仰付候而ハ如何可有御座候哉、役人中申談候処、一統被存寄ニ付、御内談申候、思召無、御隔意被仰聞被下候様ニ申来候付、則勘兵衛・四郎左衛門方江六郎左衛門方ら申遣候者、委細致承知、御心付之段御尤ニ存候、差而風立申間敷由御船役之衆被申候ハ丶、明朝之見計ニ可被成候、若又、風吹立可申茂難計与被申候ハ丶、亥ノ刻時分月出候ハ丶、朧明りとも可罷成候間、其頃見合繋直候様ニ成共、何れ之道ニ茂其許御船役之衆、此方船役之者被申談、宜様ニ可被成旨、返答申遣候処、得其意候由申来ル、其後、風吹立不申候故、今晩ハ繋直し不申也

八月廿一日 雨天

赤間関御滞留

〟采女・忠左衛門、裁判樋口孫左衛門・吉川六郎左衛門客館江相詰ル

〟横山勘兵衛・大和四郎左衛門、裁判樋口孫左衛門江被致面談、今日ハ雨天ニ御座候故、三使衆并上々官以下下官迄菓子差出度之旨被申聞候付、其趣、采女・忠左衛門ら上々官韓僉知を以三使衆江申達候処、外之品ニ候ハ丶、御断

可申入候得共、食物之事ニ候故、請可申之由被申聞候付、御馳走方江孫左衛
門を以次官迄御出し被成、中官・下官江者御無用ニ被成候様ニ申達候処、最
早下官迄之用意申付候由被申聞候付、左様候ハ、御勝手次第可被成候、乍
然、御酒之儀ハ次官迄御出し被成、中官・下官江ハ決而御出し不被成候様ニ
与申達、被差出候、献立左ニ記之

皿煮染　　むし蚫
　　　　　玉子
　　　　　麩
　　　　　せんまい
　　　　　鯛小串

茶碗生菓子　　やうかん
　　　　　　　しなの餅
　　　　　　　竿もろこし
　　　　　　　さとう
　　　　　　　やうし

小皿香の物なら漬瓜

名酒　泡盛

右者三使并上々官・上官・次官迄、但、上官・次官ニハ名酒ハ不被出、平
酒出也

香の物　なら漬瓜　　　　　生菓子　あんひん餅
　　　　干鯛　　　　　　　　　　　玉ういろう
　　　　　　　　　　　　　　　　　沢もろこし

右者中官・下官

〻三使ら上々官韓僉知・金僉知を以大和四郎左衛門・横山勘兵衛迄御礼申達候
付、裁判樋口孫左衛門相附罷出、三使御礼之趣、孫左衛門申達、上々官以下
自分之御礼ハ上々官直ニ申達

〻右両人暫有之而、孫左衛門江被申聞候ハ、三使衆ら御礼与御座候而、上々官
を以被仰聞候趣、毛利伊豆ニ申聞候処ニ、忝次第ニ奉存候、則御礼之趣、江
戸表民部大輔方江可申越候与之儀被申聞

〻以酊庵会下遠蔵主・鏡蔵主・儀蔵主、三人中ら製述官江葉多葉粉音信有之、

勿論、短翰相副、東五郎方迄差越候付、被相渡候様ニ申渡

ゝ 下行奉行平山左吉儀、先例有之、牛窓ら大浦忠左衛門并裁判樋口孫左衛門、先達而大坂江被差越候、下行役ら茂一人被差登候先例ニ付、左吉被仰付候間、被申渡候様ニ与、吉川六郎左衛門江申渡

ゝ 正使ら韓僉知江製述官・書記共ニ朱を遣ヒ切り候由申ニ付、調呉度候、其方ら裁判江申達、調呉候様ニ被申候由申候旨、孫左衛門被申聞候付、御船三郎左衛門方江申遣候処、掛目五匁来候故、則裁判を以韓僉知江相渡ス、則正使江差出候処、忝被存候与之儀、右同人罷出申聞

八月廿二日 雨天

赤間関御滞船

ゝ 杉村采女・大浦忠左衛門、裁判樋口孫左衛門・吉川六郎左衛門并真文役雨森東五郎客館江罷出

ゝ 上々官韓僉知、孫左衛門江申候者、昨日、正使ら朱之儀被申達候処、掛目五匁被遣候、然処、副使茂朱被遣切候付、相調度与之事ニ候間、何卒被遣被下候得かし、副使江被遣事ニ候ハヽ、従事計ニ不被遣候茂如何敷候間、従事江茂被遣候様ニ仕度旨申候由、孫左衛門被申聞候、折節、忠左衛門儀為伺御機嫌、御船江致参上候付、三郎左衛門江相談候上、朱掛目五匁宛、副使・従事江被遣候付、裁判方ら韓僉知江相渡、差出候処、忝被存候与之儀、韓僉知罷出申聞

ゝ 民部大輔様御家来桂五左衛門・永田瀬兵衛・栗屋八左衛門・桜井正左衛門、朝鮮良医ニ脈頼度旨、福間藤左衛門を以被申聞候故、被差出候様ニ上々官を以申遣、良医房内ニ而対面有之、通詞山城弥左衛門・広松茂助取次之

ゝ 殿様江三使ら為問安、上判事之内鄭判事罷出候付、通詞下知役七五三杢右衛門并通詞金子伝八相附、御船江罷上ル、尤、吸物・御酒・菓子御振舞被成、小童・使令ニ者取肴ニ而御酒被成下、鄭判事、御船ら帰掛ニ、以酊庵ニも三使ら為問安罷出、雨天ニ付、乗船之儀小早ニ而も相応ニ被仰付被下候様ニ

与、御馳走方へ通詞下知役方ら申達候処、則小早被申付也

〃 与頭大浦兵左衛門、仮与頭幾度六右衛門方ら裁判両人方ら手紙を以段々冬
之衣類入申時節ニ成候故、先達而荷物差登候面々差支可申候故、御取寄可
被下候間、入用之品計書付、於大坂、存知之人方江頼遣、其人方ら御代官方
江書付差出し候ハ、御取寄可被下与之御事ニ付、御供之面々江其旨申渡
候間、信使附之役人中江茂右之趣申渡候様ニ与申来候付、早速裁判方ら申
渡候処、信使附之面々過半ハ冬具入置候櫃等乗り船ニ積置、左之面々先達
而荷物差登置候間、左之通御取寄被下候様ニ与書付差出ス、尤、当時入用之
分計与有之候処、荷数多候故、裁判方ら遂吟味候得ハ、或ハ家来を先ニハ差
登置候得共、郡附之者未得与人柄不存もの共ニ而、櫃等明ケさせ候事茂難
成、或ハ大坂江知人無之、其上兼而ヶ様ニ可有之与不存事ニ候故、入合ニい
たし置、何れを取寄可然存寄無之候付、左之通御取寄不被下候而ハ極而差
支候旨申出候付、則左之書付、兵左衛門・六右衛門方江裁判ら差越候也

	櫃弐ツ 皮籠壱	雨森東五郎
	一番之櫃一	江崎忠兵衛
	櫃弐ツ	梅野市郎右衛門
	半櫃弐 下付こり壱	梶井八郎左衛門
	竹皮籠壱	河村太郎左衛門
通詞	半櫃壱 同弐ツ 竹こり壱 半櫃壱 皮籠弐	斎藤市左衛門 平山忠兵衛 白水与平次 大浦長左衛門 橋部市兵衛

〃 三使大坂ら淀江川登り之節、朝鮮人台所荷物陸より牧方通被差越候節、相
附罷越候面々、左之通ニ候間、書付手紙相添、杉村三郎左衛門方江遣之

〃 通詞下知役田城沢右衛門・貝江庄兵衛、通詞大浦長左衛門・小田吉右衛門・井
手五郎兵衛・斎藤市左衛門・国分源介・土田仁兵衛

八月卄三日　晴天北風

赤間関御滞留

〃杉村采女・大浦忠左衛門、裁判樋口孫左衛門・吉川六郎左衛門、客館江罷出

〃殿様御風気ニ被成御座候付、為伺御機嫌、樋口久米右衛門御用人中江、以手
　紙申達候処、被申上、返答ニ申来候ハ、御風気御快方ニ被成御座、今朝御膳
　御快被召上候由申来

〃民部大輔様御役人横山勘兵衛・大和四郎左衛門、裁判孫左衛門・六郎左衛門
　被申聞候者、今日ハ三使・上々官以下迄菓子、銘酒、左之通差出度之由被申
　聞候付、此方ら申達候者、三使・上々官迄御出被成、其外ハ御無用ニ可被成
　之由、裁判を以申達候得者、兎茂角茂御了簡次第ニ可致候由ニ而、三使・
　上々官迄被差出、尤、上々官を以三使江申達、勿論御船江茂遂御案内

	むし蚫
煮染	巻玉子
	串海鼠

	銭糖
	紅にみとり
干菓子	かすり
	人参糖
	小りん

煎松茸ゆす

椙箸

| 名酒 | 梅酒 |
| | 焼酎 |

八月廿四日 晴天朝泙後、穴西風

〃卯下刻、御船頭阿比留伊右衛門方ら上乗之者を以当所御船頭申談候処、空茂晴候付、御出船可被成由申越候付、其段、裁判方江申遣、早速吉川六郎左衛門客館江罷出、右之段、上々官を以三使江申達、乗船之用意有之

〃杉村采女・大浦忠左衛門、追付客館江罷出

〃御船ら御側徒士山田式右衛門、客館江被遣被遣(ママ)、今日ハ泙ニ而候故、為押候而、出船可仕与存候、早々御仕廻被成候様ニ与之御知せ之趣、上々官を以三使江申達ル

〃毛利伊豆并内藤与三左衛門・村上図書・宍戸権之介被罷出候付、三使より上々官を以滞留中御馳走被仰付、忝存候、宜御礼被仰達可被下候、数日致滞留、各ニ茂別而御心遣、御苦労存候由挨拶有之、相済而采女・忠左衛門詰間ニ而致面談、信使滞留中御丁寧之御馳走、三使衆忝被存候、余程之滞留ニ而候処、何茂御心遣ニ而、万端首尾能御座候而、珍重存候由相応之挨拶申達、横山勘兵衛・大和四郎左衛門・福間藤左衛門茂被罷出候付、相応之挨拶申達ル

〃三使客館へ被出候付、采女・忠左衛門、例之通縁類ニ罷出、国書舁出候節ハ跪居、三使被通候時ハ起而罷在

〃客館より舩場迄薄縁筵、着船之節之通敷有之

〃信使附之重立候役人衆、船場道端ニ罷出被居候付、采女・忠左衛門挨拶仕

〃御船より御側徒士古村甚兵衛を以、只今御召船ハ御出船被成候、潮時茂有之候付、三使船後れ被申候ハ、田之浦ニ而御待合可被成与之御事ニ付、通詞下知役を以其段、三使江申達、早々御出船候様ニ申遣ス

〃御召船ニ引続、三使船・卜船段々、辰ノ中刻、赤間関出船、三使船、其外漕船之儀ハ着船之時之通也

〃為見送、毛利伊豆、其外重立候衆四五人、小隼ニ而浦口迄被罷出候付、采女・忠左衛門方ら高畠弾蔵、小使船ニ而遣之、是迄御出、入御念儀存候、三使江茂可申達候順茂能候間、御引取候様ニ申遣候処、伊豆被罷出、船越ニ挨拶有之

〃丸尾崎通船之節、三使船、其外船々江水木積候小船数艘出ル、在番工藤源兵
　衛与申人、采女・忠左衛門乗船江野菜持参候得共、断申達、返進

〃本山近クニ而御召船、其外朝鮮船共ニ帆を掛、戌之刻、防州白浦着船、浦口
　江小隼并漕船用小船数艘、挑灯燈有之

〃三使船江忠右衛門方ゟ柴田多四郎、采女方ゟ高畠弾蔵遣之、着船之祝詞申
　達、浦茂能、其上村家茂少く手狭候故、今晩ハ船ニ御座候而可然哉之旨申遣
　候処、得其意候、弥、船ニ一宿可仕候、明日順ニ候ハ、、早々御召船ゟ御知
　せ被成次第出船可仕候間、其段宜申上候様ニ返答申来

〃忠左衛門儀為伺御機嫌、御船江参上仕

〃村上図書・宮道六左衛門・飯田七郎右衛門着船之為祝詞、采女・忠左衛門船江
　被罷出

〃当所在番平岡八左衛門、着船祝詞として両人船江被罷出、肴・野菜持参被
　致候付、忠左衛門面談、一礼申達、音物御断申、返進仕

〃三使向浦江着船為御祝詞、御使山田式右衛門被遣之、上々官を以申達、則御
　返答相応也

八月廿五日　晴天西風

〃寅之中刻、御船より御側歩行山田式右衛門を以、順風ニ御座候故、三使船仕
　廻被召候様ニ可申達旨申参候付、三使船江高畠弾蔵、使ニ申付、順能御座候
　間、御船仕廻被仰付候様ニ与申遣候処、引続一番太鼓打、三番太鼓ニ而、防
　州向浦御出船

〃徳山浦口通船之節、水船之御馳走有之故、受用申付

〃深浦辺末行之在番阿瀬五郎左衛門方ゟ水・木・野菜来候得共、断申達、致返進

〃笠戸在番須田次郎左衛門、信使奉行乗船江魚・菜被致持参候得共、断申達、
　差返、尤、水船茂数艘被差出候故、水払底之船ハ致受用

〃上之関浦口ニ而、吉川左京殿ゟ附廻之使者横道又太郎、着船之為御祝詞、采

女・忠左衛門乗船江被罷出候付、相応ニ令挨拶

〃 申之上刻、御召船并三使船同然ニ段々上関御着船

〃 三使方江従殿様、御着之為御祝詞、御使古村甚兵衛被遣之

〃 御船より三使衆江着船之為御祝詞、御使被遣候、返答之趣ニ付、杉村三郎左
衛門方ら山田式右衛門を以、只今三使船江着岸之為御祝詞、御使被差遣候、
返答ニ、今日ハ爰許日高ニ致着船候付、弥順風ニ候ハ、直ニ致出船度之旨
被申候得共、御馳走場之事ニ候故、差留可申由申来、其前、三使船江高畠弾
蔵、使ニ申付、早々御着船被成、珍重ニ奉存候旨御祝詞申遣候処、今日者順
能致着船、御同然珍重存候、夫ニ付、今日ハ日高ニ致着船候付、風茂宜候ハ、
先之泊迄罷越度之由御返答ニ付、押返し、又々弾蔵遣し、日高ニ御座候故、
御出船被成度之由被仰下候得共、雨を持日吉利ニも罷成、先之浦茂七里不
罷越候而ハ、御繋船も難成、殊ニ当所ハ御馳走場之而、客館茂設被置たる御
事ニ候間、早々御揚り被成可然旨申遣候処、左様候ハ、可揚由被申聞、引
続通詞下知役山本喜左衛門・大通詞嘉勢伝五郎江茂、右之趣申含遣候処、押
付、客館へ被揚

〃 揚場ら門迄ハ筵三枚並門之内ら縁際迄ハ薄縁三枚並ニ敷有之、三使下輿所
より竹縁、花毛氈敷有之

〃 三使船揚之節、揚場迄為御迎、被罷出候面々、左ニ記之、尤、采女・忠左衛門
茂面謁いたす也

毛利若狭
村上図書
草刈太郎左衛門
志道六左衛門
井上半右衛門
山縣九右衛門
河野茂兵衛
岡部源右衛門
沓屋八郎左衛門
附廻り　　飯田七郎右衛門

右三使御着船之為御祝詞被成罷出、裁判孫左衛門取次、上々官韓僉知・金
僉知罷出、返答申達、相済而采女・忠左衛門詰間江被罷出候故、謁之

　　　　　吉川左京殿家来
　　　家老　　　吉川外記
　　　中老　　　栗屋十郎兵衛

　右三使御着之為御祝詞、被罷出候付、孫左衛門取次、上々官を以申達候処、
韓僉知・金僉知両人罷出、三使ら之返礼申達

〃殿様、於御船被成御逢候役人衆、左ニ記之

　　　　　　毛利若狭
　　　　　　草刈太郎左衛門
　　　　　　井上判右衛門
　　　　　　山縣九右衛門
　　　　　　川野茂兵衛
　　　　　　福間藤左衛門

　右之通被成御逢、其外、附廻之面々、御役人ハ蒲刈ニ而、被成御逢筈也

〃民部大輔様ら御使者草刈太郎左衛門・井上半右衛門を以、三使并上々官以
下迄御音物来ル、左ニ記之

　　┌　檜重　　　　一組
　　│　鮓　　　　　一折　　　宛　三使銘々江
　　└　御樽　　　　一荷

　　┌　檜重　　　　一組
　　│　鰑　　　　　一箱　　　宛　上々官銘々江
　　└　御樽　　　　一荷

　　　　菓子折　　　一　　　　上判事、製述官四人江

　　　　菓子折　　　一　　　　上官中江

　　　　菓子折　　　二　　　　中官中江

　　　　菓子大折　　三　　　　下官中江

〃殿様江三使ら檜重一組、鮓一折、三御樽一被遣候付、通詞下知役小田七郎左
衛門、御使ニ申付、差上

〃杉村采女・大浦忠左衛門江三使ら檜重一組、御樽一被遣之

〃裁判樋口孫左衛門・吉川六郎左衛門江も御樽一被相贈

〃吉川左京殿ら使者を以左之通進物

```
杉重          一組
串海鼠        一筥      宛
磐国酒        一樽
```

右、三使銘々江進物使者益田惣右衛門、大高真ノ堅目録、名并名乗、経永
与有之大奉書ニ而上包有之、上書ニ正使君・副使君・従事君大人与書載有之

```
杉重          一組
鮮魚          一折      宛
磐国酒        一樽
```

右者上々官三人銘々江使者森脇一郎右衛門を以来ル、真ノ目録、吉川左京
与計り記し有之

　　饅頭一折

右者上判事・製述官・良医中江

　　同断

右者上官中江

　　同断

右者中官中江

　　鮮鯛一折十枚

右者下官中江

　　右使者目加田八郎右衛門を以来

〃松平安芸守様ら為御見廻、御使者浅野勘太夫被罷越候付、吉川六郎左衛門
　取次、上々官江申達候処、金僉知罷出、三使ら御礼之返答申達

〃松平安芸守様ら上ノ関迄御使者松浦新五兵衛被差越置、松浦儀右衛門、親
　類ニ付、儀右衛門を以被申聞候者、殿様江御音物被成度、被思召候得共、此
　度者一統御断ニ被及候段、先達而致承知候付、蒲刈ニ被成御着候節、御受用
　被成間敷与被思召候故、爰許ニ而差出度之旨被仰越候由申聞候付、段々被
　為入御念御事ニ候得共、此度之儀ハ何方ニ而茂、御音物決而受用不仕候間、
　御用捨被成候様ニ、御使者へ申達候得与、儀右衛門へ申渡、勿論右之趣ハ御
　船三郎左衛門方江茂申遣

〻毛利若狭・村上図書・草刈太郎左衛門、三使御着之為御祝詞被罷出候付、裁
　判取次、上々官を以申達候処、韓僉知・金僉知罷出、致面謁、三使之御返答、
　吉川六郎左衛門を以申達ル

〻民部大輔様幷吉川左京殿ら御馳走書、樋口冨右衛門罷出、請取之

〻吉川左京殿より使者山田半蔵を以、采女・忠左衛門旅宿江着船之為祝詞来
　候故、為返礼、高畠弾蔵差遣ス

〻民部大輔様ら之漕船、赤間関ら被相附船数故、不記之

八月廿六日 晴天真西風 上関御出船、蒲刈御着船

　卯之上刻、杉村三郎左衛門方ら御側徒士山田式右衛門を以、采女・忠左衛門
　方江申来候ハ、順能候付、御出船被遊候、三使御同前ニ浦津御出船被成候
　而ハ、込合可申候故、瀬戸を落、御待可被成候間、三使茂早々御仕廻候様
　ニ可申達与之事ニ付、客館江裁判差出、上々官を以三使江申達

〻松平民部大輔様御家来、上関江被差越置候面々、番頭格草刈太郎左衛門、使
　番井上半右衛門、物頭目付兼帯山縣九右衛門、上関代官岡部源右衛門、布上
　下着、客館江被参候付、上々官罷出、御馳走之御礼申述ル、次ニ采女・忠左
　衛門対面、相応之致挨拶

〻吉川左京殿家老吉川外記・中老栗屋十郎兵衛江上々官対面、三使ら御馳走之
　御礼口上、裁判を以申達、相済而、右両人、信使方用人香川安左衛門・益田
　宗右衛門・森脇市郎右衛門・目加田次郎右衛門・大草一郎右衛門被罷出候付、
　両人共ニ対面、是又相応挨拶いたす

〻三使、客館江被出候付、例之通采女・忠左衛門縁類江罷出、国書舁出候節ハ
　跪居、三使被通候節ハ起而罷在

〻客館門之内、昨日之通薄縁三枚並、門外ら船場迄ハ筵敷有之

〻御召船・三使乗船幷卜船共ニ辰ノ上刻出船、漕船、昨日之通相附

〻民部大輔様御役人幷左京殿役人衆、今朝、采女・忠左衛門致対面候面々、船

場迄被罷出

〃民部大輔様御家老毛利若狭、早船ら浦口迄為見送被罷出居候付、柴田多四
郎使ニ申付、口上ハ、是迄御出、御苦労存候、此分ニ候ハヽ、順茂能可有之
候、御勝手次第、御引取候様ニと申遣ス

〃蒲刈一里半程ニ乗掛候節、日暮、雨降、潮悪敷、浦江漕入候事難成、御召船
被成御掛、三使船茂追々浦近く乗参候処、潮悪く浦江難漕入候付、浦ら半道
程之所ニ潮掛有之、丑ノ下刻、蒲刈江三使船・卜船共ニ着船

〃三使江采女・忠左衛門方ら柴田多四郎使ニ申付、無恙、是迄御着船、珍重ニ
存候、今晩、夜更候得共、船揚り可被成候哉之旨申遣候処、韓僉知罷出、口上
承之、正使船草臥ニ而休居被申候故、只今難申通候、兎角、夜明不申候ハヽ、
船揚被致間敷旨返答有之、今晩船揚無之

〃采女・忠左衛門、裁判吉川六郎左衛門儀ハ先達客館へ揚り、三使居所等、例
之通致見分

〃采女乗船、浦口江乗入候節、当所船役人衆方江高畠団蔵使ニ申付、今晩潮当
り候而、三使乗船、浦江漕入候事難成、殊天気相悪敷候間、早々漕船御出被
漕取可然之旨申遣、惣船頭安達文助江対面、口上申達候処、兼而民部大輔様
御役人中申談、彼方ら被差出候漕船を以、当浦迄被漕取筈ニ申合置候、殊夜
中只今差出候而ハ結句込合可申与存候、夫共ニ船奉行共致相談可申与之返
答也

〃殿様為伺御機嫌、三郎左衛門方迄采女・忠左衛門方ら団蔵使ニ申付、御船江
遣候処、弥御機嫌能被成御座候旨申来ル、扨又、当所へ出張之役人中江今晩
御逢可被遊候得共、此間、御風気ニ被成御座候付、無其儀候、明朝、御逢可
被成候間、人柄書付遣置候様ニ与申来候付、則左之通書付、団蔵を以遣之

御家老　　　　　浅野内膳

惣奉行　　　　┌天野伝兵衛
　　　　　　　└御牧源太夫

〃三使船、浦口江掛り候節、三郎左衛門方江忠左衛門方ら使を以、只今、潮悪
敷候付、浦江漕入候事難成候、御馳走方役々相待居可被申候間、浦口ニ而潮
待被成候段、御馳走方江被仰越、如何可有之哉之旨申遣候処、先刻、浅野内

膳為伺御機嫌、御船江被罷出候付、潮当り、着岸及延引候与之儀致挨拶候旨
返答ニ申来ル

〃三使船、地之家室前通船之節、御馳走方より水木船数艘被差出置、尤、所々
潮方在之所ハ標船相附有之

〃御用人古川繁右衛門、御馳走書受取役嶋雄只右衛門、客館へ罷出、西川文右
衛門江致対面、委細申談置、御馳走書ハ、明朝、三使船揚以後、受取申筈ニ
申合置也

八月廿七日 晴天

蒲刈御滞船

〃杉村采女・大浦忠左衛門并裁判樋口孫左衛門・吉川六郎左衛門、客館へ罷出

〃今朝、客館江正使ら朴判事を以被申聞候ハ、今朝ハ従殿様預御使者候、如被
仰下候、是迄無異致到着、大悦仕候、当所ハ御馳走場之事故、陸江揚り候様
ニ被仰下、得其意存候、朝飯仕舞候而、揚り可申候、且又、明朝ニ至、御出
船之順ニ茂罷成候ハ、、前広ニ早々可被仰知候、此段、我々共方ら宜申上候
様ニ与之儀ニ付、相応ニ返答仕候段、御船三郎左衛門方江以手紙申遣

〃三使巳ノ下刻、客館江被揚、采女・忠左衛門、寄附江罷出

〃船揚り場ら客館廊下迄筵敷有之、廊下口ら式台前鵇木際迄薄縁弐枚通り敷
有之、鵇木ら式台際迄不残、毛氈敷有之

〃松平安芸守様御家老浅野内膳、惣奉行天野伝兵衛罷出、三使到着之祝詞、吉
川六郎左衛門江被申聞候付、上々官を以三使江相達、三使ら上々官を以挨
拶有之、右同人取次之

〃松平安芸守様ら三使并上々官以下江之御音物、御使者を以御目録之通被遣
之、裁判吉川六郎左衛門取次之、上々官韓僉知・金僉知を以三使江申達、御
返答、右同人罷出、御使者へ謁之、御目録、左ニ記之

干鯛　　　　一箱
煎海鼠　　　一箱
三原酒　　　両樽

　　　以上

　　　　松平安芸守
　　　　　　吉長

右真書大高檀紙堅銘々

干鯛　　　　壱箱
煎海鼠　　　壱箱
三原酒　　　両樽

　　　以上

　　　　松平安芸守

右真書、上々官銘々、大高檀紙堅御名乗なし

　　　　　正使江之御使者
　　　　　　　　寺田佐助

　　　　　副使江之御使者
　　　　　　　　神平助

　　　　　従事江之御使者
　　　　　　　　足助九兵衛

右上々官迄右三人被相勤、其外江ハ御使者足助九兵衛被相勤

　　右、料紙奉書

　　　杉原弐束
　　　塩鯛壱折　　　　宛

　　右、上判事三人江

　　　杉原弐束
　　　塩鯛壱折

　　右、製述官壱人江

　　　杉原弐束
　　　塩鯛壱折

右、医師壱人江

　　煙草二笘
　　塩鯛壱桶

右上官中江

　　煙草五箱
　　干鰤弐箱

右中官中江

　　煙草五箱
　　干鰤二箱

右下官中江

以上

〃松平民部大輔様より当所迄附廻り之御使者飯田七郎右衛門・吉川左京殿ら
　見送之使者横道又太郎、客館寄附迄被罷出被相届、裁判両人令挨拶被罷帰

〃飯田七郎右衛門方江吉川六郎左衛門方ら手紙を以申遣候ハ、先刻、被仰聞
　候、昨日海路ニ而副使乗船并卜船洌ニ乗り掛候段御聞及、若ハ其許之御役
　人御心遣不宜故ニも可有之哉と被思召之由被仰聞候、朝鮮人とも梶を我侭
　ニ取候而、右之心遣有之由、其元御役人御導不宜与申訳ニ而ハ曽而無之、有
　田右内殿、殊外御働、其外御船手之面々被精出候故、別条無之候間、宜謝礼
　可申達之由、彼船江乗せ置候役人共ら申出候、可然様被仰達可被下候由申
　遣、返答相応也

〃従事騎船ニ此方ら御渡置被成候碇一頭、昨夜浦口ニ而切レ候付、取揚させ候
　様ニ、小田平左衛門ニ申渡候処、平左衛門方ら以書中申聞候ハ、先刻被仰聞
　候従事騎船碇之儀水漣之者共差出得共、于今、得取揚不申候、然者、御出
　帆茂無間様子ニ候故、引取せ候、就夫、右綱碇取揚之儀、当所御船役植木小
　右衛門方江頼遣置候、尤、彼船ニ綱碇無之候而ハ難叶御座候付、綱一房、碇
　一頭被借渡候様ニ与申談候由申聞候付、返答ニ、今日ハ御出帆無之候間、何
　卒潮干方ニ水漣為致取揚候様ニ被致之旨申遣ス、其外、承届候由申遣ス

〃今昼時、御船ら御側徒士山田式右衛門被差越、今日之潮ハ八ツ時ニ直
　り申候、泙も能候故、御出船可被成旨、三使江申達、被仕廻候様ニ与之儀

ニ付、其段上々官韓僉知・金僉知を以三使江申達、式右衛門儀差返候、然処、
三使より右両人を以被申聞候ハ、今朝、陸江揚り、間茂無之、其上国書折々
乗せ揚いたし候段茂気毒ニ存候、夫も鞆迄ハ夜更可申様ニ被存候、殊ニ昨
夕茂夜中、通船ニ而殊外疲申候間、今日之儀ハ致滞船候様ニ被成度候、明朝、
未明ニも順能候ハヽ、早々御知らせ可被下与之儀ニ付、通詞下知役七五三
杢右衛門を以右之趣、御船江申上候処、尤ニ被思召候間、今日ハ緩々休息可
被致与之御事ニ付、其段、右上々官を以三使江申達

〃御馳走方ち左之通被差出之由、裁判江被申聞候付、上々官を以三使江申達

    素麺
    吸物鯛   汁からし
    酒

    肴   ほら串焼
                かんひゆら

  右、三使并上々官・上官江

    素麺
    吸物鯛   汁からし
    酒

    肴   ほらくし焼

  右、中官・下官江

〃杉村三郎左衛門、三使安否為伺、客館江被罷出、上々官を以三使江申達、御
返答相応也

〃正使卜船御横目倉田弥三右衛門儀、病気ニ付、難相勤由ニ付、為代輿添之内、
相良宇八被仰付、於大坂、致快気候ハヽ、可相勤之旨、組頭、裁判を以両人
江申渡

〃御馳走書為受取、見分役古川繁右衛門、請取役嶋雄只右衛門、客館江罷出、
受取之

八月廿八日 晴天穴西風

〄 丑之中刻、御船頭阿比留伊右衛門方より上乗を以、只今之分ニ而ハ、順可有
之候間、御知せ申上候由、采女・忠左衛門方江申来候付、其趣、裁判方江申
遣、客館江罷出、早々三使被相仕廻候様ニ可被仕旨申遣候付、早速吉川六郎
左衛門罷出、上々官を以三使江申達

〄 采女・忠左衛門儀茂追付客館江罷出

〄 御船より御側歩行山田式右衛門、客館江被遣、順可有之由、船頭共申候間、
為御知申入候、早々御乗船候様ニ与之儀也、則上々官を以三使江申達候処、
相応之御返答也

〄 松平安芸守様、信使御馳走人西尾十兵衛・市橋武助被罷出候付、上々官罷出、
三使ら御馳走御礼口上申達、相済而采女・忠左衛門詰間ニ而、致面謁、今日
ハ順可有之由ニ而、三使衆乗船被致候、安芸守様ら御馳走被仰付、三使ニ茂
忝被存候、何茂御心遣故、無滞相済、珍重ニ存候由挨拶申達、浅野内膳儀ハ
為御見送、浦口迄罷出候付而、客館江者不罷出候由、両人挨拶也

〄 追付三使乗船被致候付、采女・忠左衛門、例之通客館寄附江罷出、三使被通
候節之式、昨日之如く也

〄 三使寄附前、毛氈之上ら乗輿被仕、通り道敷物等、昨日之通、尤、掛廊下左
右、船場、其外町筋所々数ヶ所挑灯燈有之

〄 三使乗船以後、御船より御側徒士古村甚兵衛を以忠左衛門方江申来候者、
順風ニ付、三使御乗船候様ニ被仰遣候而、乗船被致候得共、只今少々打降い
たし、天気相無心元候間、月之出を見定候而、否御左右可申候間、夫迄御控
候様ニ、三使江可申達旨申来候付、則御附足軽入右衛門を使ニ申付、三使船
通詞下知役方江申遣候処、三使ら得其意候与之返答也

〄 卯上刻、御船より山田式右衛門、三使船江被遣、弥順与相見候由、船頭申候
間、出船可仕候、太鼓を打候而、御出船候様ニ被仰遣

〄 追付三番太鼓打候而、御召船并朝鮮船、其外段々卯上刻出船

〄 浅野内膳并天野伝兵衛為見送、浦口迄被罷出候付、采女・忠左衛門方ら為挨

拶、柴田多四郎遣之

〃安芸守様御船奉行植木野右衛門、小隼ニ而鞆迄附廻り、其外漕船・碇船・水
薪船、数艘相附来

〃田嶋之沖、御通船之節、阿部伊勢守様御郡奉行小高平八、代官内田平助、御
使者船へ被罷出、左之書付被差出候由ニ付、記置

用人	大野杢
鞆奉行	不破此右衛門
船奉行	高田段右衛門

右、為御待請、阿伏兎迄罷出

寺社奉行	原田六郎右衛門
	下役一人
代官	一色久右衛門
	下役一人

右、阿伏兎観音江罷出

家老	真杉又兵衛
用人	岡田求馬
大目付	山岡治右衛門

右、為御待請、浦口沖迄罷出ル

〃三使乗船・卜船共ニ申上刻、備後鞆着船、采女乗船後レ候得共、追付着船、
忠左衛門乗船ハ余程後候而、遅く着船仕、三使騎船卜船共早く着船候得共、
浦内江不入、千貫嶋へ繋居候也

〃御船より采女方江山田式右衛門を以、三使直ニ通船可致与被申由ニ候、只
今、風茂高く成、其上先キ之御馳走所ハ卅里有之、日茂長ケ、殊当所之儀ハ
御馳走場ニ候故、通船差留候様申来候付、高畠弾蔵江右之趣、口上申含遣候
処、得其意候与之返答也

〃采女乗船江通詞下知役小田七郎左衛門、通詞嘉勢伝五郎罷出、我々乗船、先
達而着船仕候処、三使船・卜船共ニ帆を掛、直ニ出帆仕候様子ニ相見候付、
早速我々正使船江罷越、乗移、韓僉知ニ面談いたし、御召船茂当浦へ御留被
成候処、如何様之儀ニ而、直ニ御出船被成候哉、当所之儀ハ御馳走場与申、
殊ニ是ら先キ之泊りハ十三里ら内ニハ宜所茂無之、先キ之御馳走所ハ卅里

ニ而候得ハ、迎茂只今ゟ難参事ニ候、其上、御召船爰元江被成御座候ニ御相
談も無之、直御出船可被成与有之段甚不宜被成方ニ候、決而御出船不被成
様ニ正使ニ可申上旨、正使方へ聞候様ニ申候得者、何角色々申候得共、最早
帆茂掛不申、出船之体相見不申候付、罷帰候由、尤御船江も此段御案内申上
候由申聞ル

〃 従事船ニ乗居候通詞下知役河村太郎左衛門、通詞広松茂助、采女方江罷出、
先刻、多田のミ通船之節、従事ゟ日高ニ候故、鞆ニ滞船不仕、直ニ通船仕候
与、船中江被相触候付、我々、金僉知へ申候ハ、鞆之儀ハ御馳走所ニ而、殊
先キ之御馳走所ハ鞆ゟ廾里余有之候得者、迎も只今ゟ直ニ御通船候とも、
昼之内ニハ決而難参候、夜ニ入候而ハ日吉利合、旁大切成儀ニ候、其上、御
召船江御相談茂不被成、直ニ御通船被成候様ニ者難成候間、其訳従事江申
上候様ニ申候得者、趙監察申候者、御馳走所ニ候とて順有之候を捨置、御馳
走ニ拘リ可申候哉、其上、上ノ関ニ而も順有之候ハ丶、欠乗可仕旨、御召船
江被申達置候由申候付、我々曽而左様之儀、太守江被成御相談候儀不承事
候、勿論、太守ゟ左様之被仰付無之由申候得者、従事ゟ国書茂跡ニ而、正
使・副使茂後れ居候故、待合可申候、小使船を一艘附候へ、御召船江右之段
申遣候由被申候得共、不聞入罷在候処、阿伏兎之前ニ而、副使船通り候付、
朝鮮人を以船越ニ直ニ通船之段被申達候得ハ、副使ニ茂其通可仕由返答ニ
而、先江通り申候、其節、被申聞候者、副使茂直ニ欠乗可仕由被申候得共、
国書・正使茂跡ニ而御召船茂不参候故、待合候与之儀ニ而為押被申、段々浦
近く参候処、正使之船参り合候付、朝鮮人を漕船ニ乗せ、相談被申越たる様
子ニ候、暫在而、正使ゟ船将、漕船ニ乗り、使ニ而従事方江被申越候ハ、順
茂能候得共、先キ之泊りハ拾三里有之由承り候、左候而ハ、日茂長ケ候、殊
ニ御召船茂未跡ニ而候間、願くハ、今日ハ爰許江御滞船被成間敷哉と被申
越候、従事返答ニ、今日之様成順ハ又有之間敷候、ヶ様之順取失可申様無之
候間、弥、欠乗被成候様ニ可申入旨被申候得者、船将申候者、私儀者直ニ副
使之船ニ参り、右之段申候由申候得者、左候ハ丶、副使之返答、此方江申聞
候様ニ被申付候、追付船将参り、副使茂弥欠乗可被成与之事候由申候、其段、
早々正使ニ申候様ニ被申付、浦口江参候処、正使之船ゟ鉄砲を打候付、従事
船帆を掛可申与仕候付、我々、金僉知を以色々差留候付、金僉知、従事前江

罷出、其段申候得者、小童、金僉知を突出候付、此上ハ如何程留候而も承引
無之候、其上ハ可仕様無之候間、我々ニ者揚り申候、夫ニ而も不苦候哉与申
候得者、成程、揚り候様ニ、従事被仰候由申候付、太郎左衛門・通詞・上乗迄
不残漕船ニ乗移申候、従事立腹ニ而、何角被申候得共、夫故、外之朝鮮船茂
帆を下ケ、千貫嶋江繋り居申候、尤、右之段、御船江も太郎左衛門、御案内
申上候由申聞

〃正使船ニ乗居候須川嘉右衛門并通詞山城弥左衛門申候者、　従事ら右之通申
来、既ニ出船之様子ニ付、嘉右衛門・弥左衛門、直ニ正使前ニ罷出、段々申
達候得ハ、得与料簡可仕由被申、其後従事船出船不仕候付、此方ハ弥出船も
不被致由申聞

〃忠左衛門儀浦口ニ乗掛見候得ハ、　朝鮮船六艘共浦江者入不申、千貫嶋之方
ニ繋居、采女船茂彼方ニ押向ケ候付、忠左衛門船茂朝鮮船之方江遣候得者、
船頭申付、押向候処、正使騎船取直し、浦ニ漕入候体ニ相見候付、差控、浦
ニ漕入ル、忠左衛門并吉川六郎左衛門茂客館へ揚り掛ニ御船江為伺御機嫌、
参上仕、右従事欠乗可仕与被致候様子御船ニ而承ル

〃先刻、御船ら三使方江御使者久和重右衛門を以、当所ハ御馳走場ニ而、其設
茂有之候間、御勝手次第御揚り候様ニ被仰遣候処、正使風気ニ付、揚り申間
敷与之返答ニ付、又々吉川六郎左衛門、正使方江御使者として被遣、今日、
順風之由ニ而、従事之御料簡ニ被任、直ニ御通船可被成与被成候処、兎角仕
候内、御繋船之由、直ニ御通り可被成与之御所存難落着存候、当所ハ兼而相
定居候御馳走所ニ而、諸事御用意も有之事候得者、極而御滞船不被成候而
難叶事ニ御座候、早々客館へ御揚可然候由、前刻、以使者申入候処、其元ニ
者御風気ニ而御上り難被成由被仰聞候、何卒御膳、御上り被成候様ニ与存
候、夫共ニ御揚り難被成候ハ、、副使・従事計ニ而茂早々御上り候様ニ御相
談可被成候、此段、為可申入、裁判を以申伸候由、上々官韓僉知を以申達候
処、委細被仰下候趣承届候、自分ニも何卒相繕、上り候様ニ可仕候、副使・
従事ニも其段可申遣与之返答也

〃忠左衛門御船ニ罷在候内、韓僉知、小童一人・通事一人召連、漕船ニ乗り候
而、御船ニ参り、樋口久米右衛門江茂致面談由申ニ付、則久米右衛門罷出、
遂面談候処、今日爰許着船之節、直ニ掛乗り可仕哉と被致候得ハ、従事船ニ

乗居候日本人通詞・上乗迄不残小船ニ乗移申候、従事を捨置、甚不敬之仕形
ニ候、此段、御船江致参上、申上、屹与御呵被成候様ニ可申上旨被申付、罷
出候由申候付、委細承届候、併、当所之儀ハ御馳走場ニ而、御上り不被成候
而不叶事候処、直ニ御出船被成候、殊、先キ之泊りハ程遠く、日茂長ケ候付、
大切ニ存、差留候得共、御出帆被成様子ニ付、無是非小船ニ乗移候与推察い
たし候、右之通ニ候得ハ、畢竟其元之儀を大切ニ存候而之儀ニ候由申候得
ハ、従事、右之通被申付候付、致参上候得共、左候ハ丶、殿様御安否為伺、
罷上候由被仰上被下候様ニ申候而罷帰

〃 采女儀ハ先達而客館江揚り座廻り等、御馳走人衆誘引ニ而検分仕、忠左衛
門儀も御船より直ニ客館江罷出

〃 朝鮮船茂段々波戸揚場へ着船

〃 韓僉知儀、采女・忠左衛門詰間へ罷出、申聞候者、先刻者浦口ニ而従事船ニ
乗居候日本人、従事を捨置、悉く小船ニ乗移候段甚不敬之仕形ニ候、此段、
御船江参り、屹与御呵被成候様ニ申上、否之御返答承り参り候様ニ被申付
候、此旨、各様ニ茂申入候由申候付、両人返答ニ申聞候ハ、太守江御相談茂
無之、出船又欠乗等被成候ハ丶、急度差留候得与被申付置候故、再三差留候
得共、御承引無之候故、不得已揚候与相聞候、委細之儀ハ不承候、得与不致
吟味候而ハ否難申入候、畢竟、夫ハ細事ニ而候、爰元ハ御馳走所之儀ニ候間、
先御揚被成候様ニ可申達旨申候得ハ、御船江参り、此段申上候様ニ被申た
る事候間、殿様ら之御返答不申達候而ハ難成由申ニ付、左候ハ丶、追付以御
使者、右之通御返答可被仰遣候条、其通申達候様ニ申入、差返

〃 裁判樋口孫左衛門御使者ニ申付、正使船江遣之、韓僉知并軍官之内南川呼
出、両人江殿様ら之御口上ニシテ、只今ハ韓僉知被差越、被仰越候趣承届候、
遂吟味候而、否可申達候、先、其段ハ細事ニ候、当所之儀ハ公儀ら之御馳走
場ニ而、其設茂有之事候間、左様之細事ニ御拘リ、御揚被成間敷与有之候而
ハ、公義之聞旁不宜候間、早々御揚被成様ニ与申達候得者、則三使江申達、
両人罷出、三使ら之御返答、南川、通詞を以申候ハ、先刻申進候趣、御吟味
之上、可被仰聞候間、船揚仕候様ニ与之儀承届候、成程、追付揚り可申与之
返答也

〃 右之通孫左衛門江申含遣候、此段相伺、御差図之上、可申遣儀候得共、左候

而ハ、段々時刻も延引仕候付、申談、差越之候、此段、御序ニ被仰上候様ニ
与、杉村三郎左衛門方へ松浦儀右衛門を以申遣候処、則三郎左衛門・儀右衛
門、御前江被召出、申上候趣、御聞届被遊候、兎角、左様ニ無之候而ハ難成
被思召上候間、弥、其通申達、三使早々被揚候様ニ可仕旨被仰出

〃 孫左衛門罷帰、三使弥被揚候筈之返答之趣申聞、依之、御船へ七五三杢右衛
門を以御案内申上

〃 御船江西山多右衛門を以三使直ニ通船之儀ニ付、御使者を以屹度被仰達候
様ニ可仕間、樋口久米右衛門歟、御用人之内壱人、客館江被罷出候様ニ可
被仰付候、御口上等ハ此方ニ而申含、追而可申上旨、三郎左衛門方江申遣

〃 如例、三使屋検分として幾度六右衛門御馳走書為受取、樋口富右衛門同道、
客館へ罷越、吟味役礒太左衛門江申談、御馳走書受取之

〃 戌上刻、三使客館福禅寺へ船揚被仕、采女・忠左衛門、例之通三使被揚候刻、
縁類へ罷出、起而、罷在

〃 三使船揚場三間幅ニ長サ拾間、掛土橋、掛上り場ら客館門際迄筵弐枚並ニ
シテ、敷門之内ら本堂迄筵之上薄縁二枚、通ニ敷有之、尤、飾り手桶、盛砂、
挑灯燈有之、上官・中官・下官屋之道筋不残、筵二枚並、盛砂、手桶、挑灯同断

〃 上官・次官ハ浄泉寺、中官ハ阿弥陀寺、下官ハ明円寺宿也

〃 阿部伊勢守様ら三使以下江御音物、左之通被遣之、裁判樋口孫左衛門取次、
上々官を以三使へ申達候処、則上々官罷出、三使ら御礼、御返答申達

　　　　干鯛壱箱
　　　　昆布壱箱
　　　　御樽壱荷

　　　　　　計

　　　　　　　阿部伊勢守
　　　　　　　　　正縁

　　右、大高檀紙、三使銘々

　　　　干鯛壱箱
　　　　御樽壱荷

　　　　　　計

　　　　　　阿部伊勢守

　右、大高檀紙、上々官三人銘々

　　鰹節百

　右、上判事、製述官、良医江

　　鰹節五百

　右、上官、次官江

　　鰹節三百五拾

　右、中官中江

　　鰹節五百五拾

　右、下官中江

右、何れ茂中高檀紙

　　　　　　御使者

　　　三使　　　座間十郎左衛門
　　　上々官　　伊藤佐次右衛門
　　　上官下官迄　内藤忠兵衛

〻伊勢守様御家老真杉又兵衛・惣奉行岡田求馬・大野杢、長上下着、三使着之
　為祝詞、客館へ被罷出候付、裁判吉川六郎左衛門取次、上々官を以三使江申
　達候処、上々官罷出、三使ら相応之挨拶申達、相済而采女・忠左衛門罷出、
　致面謁、相応之挨拶仕

〻裁判を以上々官江申達候ハ、追付御船ら三使江御使者を以被仰遣候ハ、御
　用有之候、常ハ上々官を以被仰達候得共、上々官計ニ而無心元候間、軍官之
　内二三人被差出、上々官同然承り候様、三使江申達、軍官被差出候様ニ可仕
　旨申達候処、上々官罷出、三使被申候者、軍官之儀者左様之儀取次申職分之
　者ニ而無之候、殊、御用向之儀ハ上々官取次候役之事ニ候処、上々官取次無
　心元被思召候与有之候而ハ、上々官不埒之様ニ相聞、如何敷候間、軍官之儀
　者御用捨被下候様ニ与之儀候由申候付、采女・忠左衛門茂申候者、軍官江取
　次候様ニ与之儀ニ而ハ無之候、軍官被差出候得与被仰達候御主意ハ、御馳
　走所江者御繫船不被成候而難成段、兼而上々官を以度々被仰達候処、今日
　之通御馳走所被捨置、直ニ御通船可被成与有之候者、此方ら被仰達候趣を

上々官、三使江委細不申達候故、間違候与被思召候付、為念、軍官ら茂承り、
委細御聞通被成候様ニ与之思召与致推察候、軍官取次候様ニ与之儀ニ而無
之候間、被差出候様ニ申達候処、又々、上々官罷出、何れ之道ニも軍官之儀
ハ御用捨被下候様ニ被申候由申候付、其段甚不当儀ニ候、我々、其外之者ニ
而も用事有之候得者、軍官罷出不申候而不叶事候、況、太守ら用事ニ付、罷
出候様ニ被申達候を、異難被仰候段難得其意候、軍官不被差出候而ハ、たと
い明朝順有之候而も出船不罷成候由、差寄厳敷申候得者、韓僉知座を起、何
程ニ申候而茂、御断被申候を御聞通無之可致様無之、所詮身をはからい不
申候而ハ進退難遁ニ付、切腹仕候由申候而、従事居間之脇之間へ参り、高声
ニさけひ候故、裁判通詞杯、其儀ハ勝手次第ニ候、太守より被仰遣候儀を何
角与被仰候而、三使御承引無之候とて、其侭ニ可差置候哉、是非軍官不罷出
候而ハ決而不罷成由、強而申募候処ニ暫在而、軍官之内李長興被差出、上々
官同前ニ罷出候付、御使者樋口久米右衛門ニ差添、采女・忠左衛門并裁判両
人・雨森東五郎・松浦儀右衛門茂出席、久米右衛門申達候者、太守より三使
衆江被仰遣候趣、上々官江可申達候得共、此儀者兼而上々官を以度々被申
達候処、三使江委敷不申達候故、今日之様ニ間違出来候与気毒ニ被存候付、
各ニ茂得与御聞被成、三使江委細御通達有之様ニ可申達旨被申付候、得与
御聞可被下旨申達、大通詞嘉勢伝五郎江書付之趣、一通り口上申達、書付を
扣させ委細申達候処、李長興申候ハ、被仰聞候趣御尤ニ存候、太守江不構、
我侭ニ通船可仕所存、正使ニおいてハ曽而無之候、今日、順宜ニ付、何卒少
ニ而も先キ江参度、直ニ通船可仕哉与、従事何角与被申候得共、御船ら被差
留候故、滞船被仕候、被仰聞候趣、上々官申達候ハ、弥左様ニ可被仕候、
我儀ハ正使ニ相附居候付、正使江者可申達候、副使・従事江茂夫々ニ申達候
儀ハ遠慮ニ存候、正使ら副使・従事江具ニ被申達候様ニ可仕由返答ニ而、只
今之通三使江申候様ニ、上々官江李長興申而、上々官奥江入、追付罷出、
三使ら之御返答、委細被仰聞候趣致承知候、従是、先牛窓・室・兵庫、三ヶ所
之儀ハ御馳走所ニ候間、直ニ通船不致候様ニ与之儀得其意存候、弥、三ヶ所
ニ而ハ順有之候共、欠乗仕間敷候間、其通思召可被下与之御返答、上々官三
人、李長興罷在候席ニ而申聞候付、乍此上、弥無間違様ニ被仰達可被下候、
万一、以後間違候而ハ、御使者ニ参り候拙者一分茂立不申間、頼存候由申
候得者、委細得其意候由、李長興申候而、罷帰ル、御口上之趣、左ニ記

覚

公儀ら御定被置候御馳走所ニ而者必陸江御揚被成御儀、先規与申、兼
而申含置候事御座候処、今日之被成方、直ニ欠乗可被成、御心ニ御座
候由、何とも難得其意、私兼而申合候儀御取用無之而已ニ而も無之、
公義江対し、我侭不敬成仕形与存候、此元ら牛窓、室ら兵庫迄、此三
所ハ如何様之順風有之候而も船を留メ、御揚不被成候而ハ不相叶、古
来之定規ニ御座候、若又、今日之如く、欠乗可被成与御座候而ハ、毎
度埒明不申候事ニ御座候、弥、申合之通被成間敷思召候得者、其旨
早々江戸表江註進いたし可申候、万一馳走所之設ケ相止、何方成とも
行かゝりニ、御留船候様ニ被仰出候時、朝鮮之御外見可宜事とも不存
候、兎角、右申入候御馳走所へハ、たとい順風有之候とも御立寄可被
成候哉、又ハ心任せニ欠乗可被成候哉、御儀定御返答急度承度存候、
私儀茂公命を受、御同道申事候故、御心任せニいたし候而ハ、私一分
も相立不申候、依之、御儀定不相済候内ハ明日順風有之候とも、出帆
致間敷候、此儀ハ上々官江兼々申置候処、如何様終ニ不申達候故、ヶ
様ニ間違申たる事候哉、左候ハゝ、以来此方ら申候儀分明ニ申達候様
ニ可被仰付置候、以上

　　　八月廿八日

ゝ蒲刈ら相附候漕船、左ニ記

　　　覚

一三官使乗船三艘之漕船四拾六挺立之関船九艘、但壱艘ニ三艘宛

一同乗船之添船弐拾弐挺立之盪船三艘

一同卜船三艘之漕船四拾弐挺立之関船六艘、但一艘ニ弐艘宛

一對馬守様御召船之漕船四拾弐挺立之関船弐艘、并浦漕船拾四艘

一對馬守様御召船之添船弐拾弐挺立之盪船一艘

一同御家老乗船壱艘之浦漕船八艘

一信使奉行乗船之漕船弐拾弐挺立之関船二艘、外ニ浦漕船十弐艘

一御船奉行乗船之漕船八艘

一下行奉行乗船弐艘、并附船共浦漕船弐拾艘

一長老衆乗船壱艘之浦漕船七艘

一通詞乗船六艘之浦漕船三拾六艘

〻鞆ら被差出候漕船、左ニ記

　　一三使御船卜船倶六艘之元漕　　　十弐艘

　　一頭頭船　　　　　　　　　四拾八艘

　　一長老衆元漕船　　　　　　四艘

　　一頭漕船　　　　　　　　　八艘

　　一外ニ漕船　　　　　　　　七拾艘

八月廿九日　晴天西風

卯下刻、御船杉村三郎左衛門方ら御側歩行山田式右衛門を以、順風之由、御
船頭申候段申来候付、裁判吉川六郎左衛門を以三使江順能候間、御仕廻、御
乗船候様ニ与、上々官を以申達

〻今朝、阿部伊勢守様ら御使者庭間七郎右衛門・伊藤左二右衛門・内藤忠兵衛
を以三使并上々官以下之被遣物、通詞下知役田城沢右衛門取次、上々官を
以差出、左ニ記之

　　　扇子　　　　一箱　三十本入
　　　　　　　　　　　　　　　　　宛
　　　御菓子　　　一折

　右者三使銘々被遣之、御目録仕立、昨日之通

　　　扇子　　　　一箱　十本入
　　　　　　　　　　　　　　　　宛
　　　御菓子　　　一折

　右者上々官三人銘々被遣之、御目録仕立、昨日之通也

　　　御菓子　　　壱折
　右者上判事・学士・良医中江

干菓子　　　三折
右者上官・次官中江

　　　干菓子　　　壱折
右者中官中江

　　　干菓子　　　一折
右者下官中江

　　　　　　　通詞下知役
　　　　　　　　山本喜左衛門
　　　　　　　御横目
　　　　　　　　長留與一左衛門
　　　　　　　通詞
　　　　　　　　白水與平次
　　　　　　　　森田斎吉

右従事騎船ニ乗居候河村太郎左衛門・木寺久右衛門、通詞阿比留儀兵衛・広
松茂助儀、鞆之沖ら日高ニ有之候故、直ニ欠通り可申与被仕候付、鞆之儀
ハ御馳走所与申、兼而太守ら御馳走所へ御繫候様、太郎右衛門、通詞を以
色々与申候得共、承引無之、帆を掛被申候故、右之面々漕船ニ乗移り、従
事船ら揚り候付、論談有之訳ニ付差替、為代、従事乗船ニ乗り候様ニ申渡、
委細之儀者昨日之日帳ニ有之候故、略之

〃辰刻、御召船・三使船共出帆
〃阿部伊勢守様ら御附被成候漕船、左ニ記之
　　　一関船拾弐艘、三使船六艘ニ二艘ツ丶相附ス
　　　一伝道船九十六艘、元漕関船壱艘ニ八艘宛相附
　　　一同十艘、湛長老乗船ニ相附
　　　一同廾艘ハ采女・忠左衛門乗船、十艘ツ丶相附
　　　一伝道六艘ハ引小隼三艘ニ相附
　　　一同十弐艘ハ下行役人乗船、四艘ツ丶相附

一同卅八艘ハ通詞船七艘、壱艘ニ四艘ツ、相附

右之外、御召船并御供船ニ六拾二艘相附

〃阿部伊勢守様御家老真杉又兵衛、御用人岡田求馬・大野杢、浦口迄被罷出候
付、為挨拶、高畠弾蔵差出

〃下津井之前通船之節、松平大膳頭様より三使江御使者小関源次郎・柏尾伊
兵衞・佐々木十助を以左之通被遣候、正使ハ精進日故、品違之由

　　　　飴一箱
　　　　藤戸海苔一箱　　　宛
　　　　御樽一荷

　　右者正使江

　　　　砂糖漬菓子一筥
　　　　藤戸海苔一筥　　　宛
　　　　御樽一荷

　　右者副使・従事江銘々ニ被遣之

〃副ト船しもつい之前通船之節、潮早く、松嶋之瀬ニ乗上ケ候付、忠左衛門乗
船、下津井上ミ之浜江潮掛いたし、附人入右衛門、使ニ申付、牛窓船奉行方
江申遣候ハ、副ト船瀬ニ乗上ケ候様子ニ相見候、成丈、漕船等御附被漕出候
様ニ与申遣候処、爰許之儀ハ鞆・牛窓両所出合之場所ニ候処、右之船瀬ニ乗
上ケ候段、我々ニ至気毒千万ニ存候、早速此所へ罷越、心遣いたし、荷物等
茂陸江上ケさせ候得共、干潮ニ而少茂船浮不申、今晩四ツ時之潮ならてハ
浮かたく候、万一風波等有之候得者、別而大切ニ存候、兼而下津井江ハ潮掛
りニ而も可被成哉与存候付、三使衆御揚被成候様ニ宿用意茂申付置候故、
若気遣敷程之風波等有之候ハ、、御差図ハ得不申候得共、ト船ニ乗り居候
朝鮮人ハ陸江揚り候様ニ茂心遣いたし居候旨返答申来ル

〃右同断ニ付、早速六郎左衛門儀小早ら松嶋へ罷越、遂見分候得共、瀬ニ乗上
ケ居、潮満ならてハおり不申候故、上乗り之面々ニ茂無由断致下知候様ニ、
夫々ニ差図いたし置候付、罷帰

〃其後采女乗船茂通船之節、副ト船之様子見掛候付、高畠弾蔵、御鉄砲門平相
附、差越、荷物等小船江移し、何とそおろし候様ニ申遣、忠左衛門同然ニ汐

掛りいたし見届可申候処、正使、副使之船乗居候付、致通船、裁判六郎左衛門并御船奉行小田平左衛門茂松嶋へ罷越、下知仕、大煩頭様ら附廻之御使者物頭森川助左衛門、漕船数十艘連被罷越、詮入候所、修補被申付、始終相附被居候而、入念、被致下知、亥下刻、日比浦江被漕廻

〃副使方江御鉄砲門平を以卜船瀬ニ乗上ケ候得共、御馳走方御役人、此間、役人共相附居候而、致下知、別条無之候故、汐時直り次第漕廻可申候間、御気遣不被成候様ニ申遣候処、相応之一礼有之、返答也

〃御船三郎左衛門方ニ茂高畠弾蔵を以右之訳申遣候処、此方ニ茂卜船之訳見及候付、早速為見分、御側歩行古村甚兵衛差遣候処、其元ら被仰下候通致見分、罷帰候故、副使方江足軽、使ニ而、人数差越、落物等取揚させ可申之由申遣候処、副使ら酒樽等為持差越候由返答有之候由申来

松平大煩頭様御家来

郡代	八木惣兵衛
船奉行	梶浦丈右衛門

但漕船之儀、手下之役人召連、被罷越、催判有之、鞆迄も被罷越

水船催判	香取儀右衛門

右者大煩頭様御領内所々附廻

	南條八郎
	小崎彦太夫
児嶋郡奉行	西村小四兵衛

右者為御馳走、備中水嶋国境より下津井表迄之内ニ被罷出

児嶋郡奉行	今枝忠左衛門

右者同郡日比村沖ら被罷出

〃日頃之瀬戸之汐時悪敷成候而、御行船難成候故、御船・三使船并御供船共ニ不残日比浦江御繋船被成

〃采女・忠左衛門、御船江為伺御機嫌、罷出

〃副使卜船、今夜半過、松嶋ら日比江漕来、松嶋ニ而之次第、委細御供方日帳ニ書載有之候故、此所ニ略之

九月朔日 晴天北風、牛窓着船

〃殿様より三使江御音物之間茂有之、殊今日ハ朔日ニ而茂候故、三使江左之
通可被遣旨、杉村三郎左衛門方ら申来候付、弥被遣可然旨及返答候処、今日
日比繫船之節、御使者久和重右衛門を以被遣之、上々官を以御口上申達、御
音物差出候処、三使ら上々官を以相応之御礼有之、上々官茂拝領物之御礼、
御使者迄申達

　　外面之式

　　　奉呈

　　　正使大人閣下　　　　　　　　謹封

　　　　　五花糖　　　　一箱　　　但、四斤入
　　　　　温飴　　　　　一壷　　　但、五斤入

　　　　　際

　　　　九月日　　　　　　　　　平方誠

　右者三使銘々、真之御目録、料紙大高檀紙也

　　　　　五花糖　　　　弐袋　　　但、四斤入
　　　　　温飴　　　　　一壷　　　但、三斤入

　　　　　以上

　右者上々官銘々、和目録相添、料紙大奉書

〃今巳ノ中刻、御召船ら兼而被仰合之通太鼓打候付、三使并卜船共出船、三使
船ニ頭漕早船弐艘・天道船拾艘宛、卜船三艘ニ頭漕弐艘・天道船八艘、以酊
庵船ニ頭漕弐艘・天道船六艘、信使奉行両人乗船ニ頭漕壱艘・天道船八艘宛、
御船奉行船ニ漕船三艘、其外通詞船ニ茂四艘宛相附、申ノ上刻、牛窓着船

〃杉村采女乗船、先達而牛窓致着船候付、御召船御到着之節、杉村三郎左衛門
方へ高畠団蔵、使ニ申付、殿様御機嫌能御着岸之御祝詞申上、并采女儀先達
而着船仕候間、客館江罷出、三使居間等致見分、追付高畠団蔵、使ニ申付、
三使江御勝手次第御揚被成候様ニ与申遣

〃三使船揚有之候付、采女・忠左衛門、寄附溜之間へ罷出、国書舁込候節ハ跪、

三使被揚候節ハ起居候也

〟客館式台之際ら塀重門之際迄通り道毛氈敷之、門外より船揚場迄ハ筵三枚並敷有之

〟殿様、三使江風本ニ而御逢被遊候以後、久々御対面不被成候、其上、被仰達候御用も有之候付、今晩客館江御出被遊候筈ニ候由、杉村三郎左衛門方ら手紙ニ而申来候付、後刻御入被成候時分之儀ハ、自是、御案内可申上候旨及返答、三使被相仕廻候様子承合、御用人中迄申上候処、殿様御裏付上下被為召、酉之中刻、客館江御揚被遊候付、御召替、小隼ニ而被為召、客館御庭之先、御揚り場より御揚被成候節、御着船迄上々官為御迎、罷出、御庭中門之内西之方江朝鮮人武器飾之、御通り之節、楽器吹之

〟以酊月心和尚ニ茂先達而御使者被遣、那須助三郎所へ御揚被成、御待合、殿様御揚被遊候節、御使者被遣之、客館江被成御出

〟年寄中并樋口久米右衛門、裁判役樋口孫左衛門・吉川六郎左衛門、組頭大浦兵左衛門、御用人鈴木政右衛門・古川繁右衛門、大目付幾度六右衛門裏付上下着、先達而客館江罷出居、御出之節、御庭東之方江罷出

〟客館江御揚被遊候節、三使縁頬迄御迎ニ被罷出候付、御会釈被遊、本間江被成御通、殿様・湛長老ハ東之方、三使ハ西之方、彼方ら兼而敷有之候二枚重之方席之前ニ御立、二揖被遊、方席之上ニ御着座被遊、左之通被仰達

　　弥御堅固、段々御行船珍重存候、久々之御船中嘸可為御退屈与存候、大坂茂近寄候間、此分ニ而者近日上着可仕与、御同前大慶存候、副使江者昨日ハト船不慮之儀有之候得共、無別條、珍重存候、依之、今朝ハ早々預御使者、被入御念儀存候由、三郎左衛門を以被仰達、扨又、此度殿中之式、多くハ壬戌之通ニ被仰付由ニ候、辛卯ニハ三使衆御入館之時、館伴門外迄迎ニ被出候得共、此度者不被罷出筈ニ候故、門外下輿ニ及不申候、上使之節、階下迄之御送ニ而相済可申与存候、左様、御心得可被成候旨被仰達候処、三使より之返答、久々ニ而掛御目、珍重奉存候、先頃ハ不順相続、其上風波等有之、御退屈可被成与奉存候、此間ハ順能段々致通船、大悦存候、御規式等之儀ニ付、委細被仰聞候趣致承知、被入御念御事奉得其意候、如何様ニ茂御差図之通ニ可

仕候旨、相応ニ御返答有之、尤、副使よりも別而相応之挨拶有之

〃右御挨拶相済而、人参湯出ル、干菓子盛合弐ツ、朝鮮膳ニ据出ル

〃此方ら被仰達候者、此席ニ而御馳走方之役人中江遂面謁候間、拙者罷帰候
　　刻、各御送被成候ニ茂及不申候間、居間江御入候様ニ与被仰達候処、得其意
　　存候由ニ而、如初御立、二揖被成、三使ハ勝手江被引

〃御馳走方ら殿様并三使・以酊庵前ヘ餅・菓子被差出筈ニ而、御用意有之候得
　　共、御用相済、早速三使勝手江被入、和尚ニ茂被帰候付、不被差出候、殿様
　　ニ者役人中江為御対話、御招被成御座候付、右之菓子被差上候也

〃松平大膳頭様役人中江御逢被成候面々、左ニ記之

	熨斗目長上下着
大膳頭様御使者	古田伴右衛門
	同断
家老	池田主殿
	同断
三使馳走番頭	土肥右近
	同断
信使惣用達番頭	池田要人
	熨斗目半上下着
火消役番頭	山脇源太夫
	同断
郡代	小堀彦左衛門
	同断
同	八木惣兵衛
	同断
判形	野間五左衛門
	同断
大目付	大原五左衛門
	同断
船奉行	梶浦丈右衛門
	同断
物頭	浦上十右衛門

勘定頭　　　　　　　安田孫七郎

留役　　　　　　　　広沢喜之助

鞆迄御迎　　　　　　森川助左衛門

右之通壱人宛被召出、夫々相応ニ御挨拶被遊、三使ニ茂無異儀、被致到着珍重存候、各ニ茂何角心遣大儀ニ存候与之儀也、披露与頭大目付勤之

〻右相済而御帰被遊候付、上々官初之所迄送出ル、尤楽器吹之、小隼ニ被為召、木下七右衛門与申者所江御立寄被遊

〻松平大煩頭様ら三使以下下官迄、左之通浦口一里半程之所迄、御使者被差出御音物有之、則左ニ記

　　葱冬酒　　　一瓶
　　粕漬紅魚　　一桶
　　巧菓　　　　一樹

　　　以上

　　　　日本国備前国主
　　　　　松平大煩頭源

右者三使銘々、真ノ目録相添、料紙大高檀紙

　　但、正使船江之御使者船戸弾之進、副使船江之御使者古田伴右衛門、従事船江之御使者中村忠左衛門

　　巧菓　　　　一箱
　　粕漬紅魚　　一桶
　　平樽　　　　一荷

右者上々官銘々目録、右同断、但、御名計有之

　　巧菓　　　　一折
　　塩鯛　　　　一籠
　　平樽　　　　一荷

右者上官中江右同断

巧菓	一折
塩鯛	一籠
手樽	一荷

右者上判事、製述官、良医銘々江目録、右同断

巧菓子	一折
塩鯛	一籠
手樽	一籠

右者次官中江右同断

巧菓	一折
塩鯛	一籠
手樽	一荷

右者小童中江右同断

焼饅頭	一箱
塩鯛	一籠
樽	一荷

右者中官中江右同断

焼饅頭	一箱
塩鯛	一籠
樽	一荷

右者下官中江右同断

〃大煩頭様より被差出置候役人中、御馳走方ゟ書付被指出候分、左ニ記之

	家老
牛窓沖	池田主殿
殿様 三使 湛長老	使者三人
水船催判	生駒喜左衛門
邑久郡奉行	小川弥七郎
大多府奉行	平野十蔵

此者大多府沖江罷出、自然為御用、差扣居申候、

〃下行渡役人、牛窓ハ不及申、下津井ニも差出置申候、何方ニ而成共、御差図

次第相渡申心得ニ而居申候、尤、下津井ら下行船海上茂相添参申候

一此度ハ来朝帰帆共饗応無之、下行ニ而候得共、不意御用有之節、御手支為無
　之、其方々々江附申諸役人、侍共、歩行、其外末々之役人共、牛窓江茂差出
　置申候、以上

　　　　　九月

　　　　右之通書付被差出也

〃備前松嶋ニ而副使之卜船、瀬ニ乗り上ケ候節、大煩頭様ら小早船ニ而被差
　出置候役人并此方御船奉行小田平左衛門致下知、夫々相働候故、卜船無別
　条、何茂致太儀候与之儀ニ而、従・副使、左之通目録相添被差送候付、裁判
　方ら其段申達、音物夫々相渡

　　　　贈　幅

　　　　梶浦丈右衛門公
　　　　焼酒参鐥
　　　　大薬果十五立
　　　　乾大口二尾
　　　　大脯五條
　　　　扇子四柄
　　　　藐合元十五丸

　　　　　　際

　　　　己亥九月初一日　　　　　　通信副使

　　　　森屋清八郎
　　　　焼酒二鐥
　　　　中桂二十立
　　　　乾大口二尾
　　　　大脯五條
　　　　扇子三柄

　　　　　　際

　　　　己亥九月初一日　　　　　　副使所送

　　　　奉　　帖

　　　　小田平左衛門

焼酒三鐥
大薬果十五立
乾大口三尾
扇子五柄
乾道味五尾
大脯五條
清心元三丸
蕉合元十五丸

　　際

己亥九月初一日　　　　　　　　通信副使

〃三使其外下官迄御馳走方ら素麵、煮肴等被差出之

九月二日　穴西風

杉村采女、裁判吉川六郎左衛門、客館江罷出

〃大浦忠左衛門、裁判樋口孫左衛門、下行役平山左吉・松浦儀右衛門、御佑筆船橋忠左衛門、取次役柴田多四郎儀、大坂江先達而被差越候付而、今朝暁方出船仕

〃殿様、昨夕客館江御見廻被成候、為御礼、三使方ら李判事、御船江被差越、通詞下知役児嶋又蔵、通詞栗屋藤兵衛相附、御馳走方ら小早一艘被差出

〃以酊庵乗船江茂罷出、右同断之御礼ニ罷出候由申達

〃御船より御側歩行古村甚兵衛被差越、潮茂直り候段、三使衆被相仕廻、乗船候様ニ与之儀ニ付、上々官韓僉知を以三使江申達

〃御馳走方御役人衆江例之通上々官両人罷出、六郎左衛門挨拶ニ而、御馳走之御礼申達

〃巳ノ中刻、牛窓御出船被遊

〃三使為見送、池田主殿、浦口迄被罷出候付、采女方ら為挨拶、高畠団蔵遣之

〃諸船・漕船之儀ハ昨日、御着船之節之通也

〃三使、申ノ中刻、室津御着船

〃殿様同刻、御着船被遊

<pre>
            榊原式部大輔様御役人
      家老   竹田十左衛門
      中家老   柴田六左衛門
      同   石田佐左衛門
      用人格   三浦嘉右衛門
      同   太田角右衛門
      番頭   森三郎左衛門
      同   竹尾隼人
</pre>

右者三使、御着船之為御祝詞、長上下ニ而被罷出、吉川六郎左衛門取次、上々官を以申達候処、三使ら上々官三人罷出、挨拶仕

〃榊原式部大輔様ら三使并上々官以下江御目録之通被遣之、左ニ記之、裁判六郎左衛門、上々官韓僉知・金僉知を以夫々ニ相達

<pre>
      蒸餅   一折
      粕漬鰊   一箱
      魯酒   一荷
</pre>

右者三使銘々江被遣之、大高二枚重堅御目録、榊原式部大輔政邦与有之、御使者広松伝内

<pre>
      串鰒   一箱
      乾魚   一箱
      魯酒   一荷
</pre>

右、上々官江御使者苅部九三郎

<pre>
      干菓子   三器
      塩鰊   三桶
      魯酒   三樽
</pre>

右、上判事・製述官・良医江御使者気賀弥惣左衛門

<pre>
      蒸餅   二器
      鰍魚   三拾
      魯酒   二樽
</pre>

右、上官中

蒸餅	一器
鰍魚	十
魯酒	一樽

右、次官中

干菓子	一器
鰍魚	十
魯酒	一樽

右、小童中

素麺	三器
塩鰊	三器
魯酒	三樽

右、中官中

素麺	五器
干魚	五器
魯酒	五器

右、下官中

　　　右、上官ら下官迄御使者細井助左衛門

〃大浦忠左衛門、裁判樋口孫左衛門不順ニ而当浦逗留、客館江罷出、追付退出仕

〃室津より被差出候漕船、左ニ記之

一正使船江 {　元漕一艘五拾四挺立
　　　　　　頭漕二艘三拾八挺立
　　　　　　先漕小船十弐艘

一副使船江 {　元漕一艘五十弐挺立
　　　　　　頭漕二艘三十八挺立
　　　　　　先漕小船十艘

一従事船江 {　元漕一艘四十六挺立
　　　　　　頭漕二艘三十八挺立
　　　　　　先漕小船十艘

一正使卜船江　　　｛元漕一艘四十六挺立
頭漕一艘三十六挺立
先漕小船十艘

一副使卜船江　　　｛元漕一艘四十弐挺立
頭漕一艘三十四挺立
先漕小船十艘

一従事卜船江　　　｛元漕一艘四十弐挺立
頭漕一艘三十六挺立
先漕小船七艘

一信使方役人乗船江漕船小船九拾弐艘

一湛長老船江　　　｛元漕一艘三十四挺立
頭漕一艘十八挺立
先漕小船五艘

一殿様御召船江　　元漕一艘四十四挺立
　　　　　　　　｛但、使番須田与五右衛門与申者、乗せ遣候
頭漕一艘三十八挺立
先漕小船十五艘

一右之外為不時、漕船・小船三拾五艘用意有之

〃通詞下知役中江申渡候ハ、明日潮時之儀、御馳走方江申達、書付申請候様ニ申渡、左之通書付被差出

　　　　　覚

〃明三日、天気能見請申候

〃明日、明石瀬戸之潮、昼九ツ時分ニハ直り申候

〃御出船之刻限、明朝六ツ時ニ御座候得者、瀬戸潮時能罷成申候、以上

九月三日

〃丑后刻、御召船ち御側徒士古村甚兵衛を以、泙風ニ而天気相茂宜御座候間、御乗船被成候様ニ与申参候付、上々官を以申達候様ニ与、通詞下知役江申渡

葱冬酒	一器	宛
粕漬魴	一桶	

右者榊原式部大輔様ち三使衆乗船前被遣之、御使者奥平平之允

生鮑	十	宛
手樽	一	

右御同人様ち上々官江被下之、御使者戸田門十郎

〃寅ノ上刻、三使衆室津出船、従殿様、御使山田式右衛門を以、泙能候付、弥御御(ママ)出船可被成候、浦内狭候故、此方船致出船候由被仰遣候付、則上々官を以申達

〃播州加古郡二見村東西両所、御代官石原新十郎殿・増井弥五左衛門殿御手代罷出、水木之用意申付置候由ニ而、水船十艘被差出

〃明石沖通船之節、松平左兵衛督様ち御使者真崎闌太左衛門・二和元右衛門・鈴木七郎左衛門を以三使并上々官・上官迄御音物被遣之、則左記之

糟漬鯛	二桶	宛
干菓子	一箱	
石決明	三拾	
御樽	二荷	

右者三使銘々ニ被遣之

石決明	弐拾
干菓子	一箱
樽	一荷

右者上々官中ニ被遣之

糟漬鯛	二桶
御樽	三荷

右者上官中江被成下

〃兵庫浦口迄、松平遠江守様ら御使者被差出

〃申ノ上刻、三使兵庫着船、客館へ被揚

〃松平遠江守様ら三使并上々官江御使者小栗勘右衛門を以左之通被遣之

胡椒	一匣
南艸	一匣
御樽	一荷

右者三使銘々江被遣之、御目録大高竪、御名并御名乗有之

鱸	三尾
樽	一荷

右者上々官銘々江被下之

〃騎船・卜船共二荷入二有之候而ハ、川入差支候付、荷物、今晩上荷船を以先立
而大坂へ被差越候付、為宰領、御徒士六人、組之者六人、上荷船六艘被差出

〃先規ハ上荷船二朝鮮人相附、罷登候得共、此度ハ五日次米計被差登候故、不
相附、勿論、上荷船宰領御歩行、組之者茂減之也

〃朝鮮船梶拾二羽、兵庫御馳走方江残置也

〃右替梶、御馳走方江預置候付、御船奉行小田平左衛門、客館へ召寄、人夫五
拾人差出候様二申渡、則差出

〃御賄御代官所ら石原清左衛門殿御手代牧野弥一兵衛、森山五左衛門殿御手
代安江七之允を以三使并上々官江御音物有之候付、裁判吉川六郎左衛門取
次、差出候処、上々官三人罷出、御礼申上、則御音物、左二記之

白木御折	壱	
三重之御杉重	壱	宛
御樽	壱荷	

右者三使銘々江被遣之

白木御折　　　　一
　　御樽　　　　　　一荷

右者上々官銘々ニ被下之

　　杉重　　　　　一組　　宛

右者松平遠江守様ら三使銘々ニ被遣之、取次右同人

　　白木折　　　　　一

右御同人様ら上々官江被成下、取次右同人、則三使江申達候処、上々官罷
出、御使者佐田治右衛門へ直ニ御礼申達

〃三使宿見分御馳走書受取役鈴木政右衛門・嶋雄只右衛門、客館へ罷出、受取
之

〃三使并上々官以下江臥具、於兵庫被成下筈ニ、兼而公儀ら被仰出置候付、御
代官石原清左衛門殿・森山又左衛門殿ら御渡可被成与之御事ニ候得共、上々
官ら申聞候ハ、爰元ニ而ハ何角取込候故、大坂表ニ而御渡被下候様ニ与之
儀ニ付、其段御代官方江申達置也

　　　　　　　　　　　　　　　　　　　　　　　　（終わり）

参向信使奉行道中毎日記

享保四己亥参向

九月十二日 京都発足

〃殿様江三使ら為間安使韓僉正を以、昨日淀江残置候荷物未到着無之候、其
上、右荷物之儀ニ付、朝鮮人五六人茂相残し候付、此者共儀気遣敷存候、一
行之内一人にて茂跡江残し置、彼者共仁茂構不申、又爰元発足いたし候段
気毒存候、依之、右荷物・人共ニ到着いたし候カ、又ハ大津へ直ニ罷通り候
哉、其訳とくと致候儀承届不申候而ハ、罷立候儀決而難成与被申候由、上々
官申聞候付、淀へ跡残シ荷物之儀ハ此方ら役目之者相附置、随分念を入、送
届申事候間、此儀ニ付而ハ少茂御心遣御無用被成、早々御発足被成候様ニ
与存候旨申達ル、上々官、正使之前へ罷出、右之段申達候得共、兎角承引不
被致候由申聞、段々刻限相延、日たけ候付、殿様ら御使者を以発足之義被仰
遣可然之旨申談、忠左衛門方へ申遣候処、幾度六右衛門、御使者ニ被仰付、
客館へ被差越ル、三使江上々官を以御口上、跡残荷物未相達し不申候付、着
迄ハ御発足被成間敷旨令承知候、荷物之儀ハ家来并通詞共茂相附置候故、
無滞相達可申候、早々御立候而可然旨被仰遣候処、御返答ニ、爰元発足仕段
ハ別而不快之事ニ奉存候間、今日ハ当地ニ逗留仕存候由、兎角発足ハ被致
間敷との事ニ付、又々鈴木政右衛門御使者ニ被仰付、跡荷物ニ御拘リ、発足
不被成候段難心得候、如何様之御存念ニて、右之通被仰聞候哉、いつれ発足
及遅引候而ハ、先々泊り宿之着方も段々遅り不宜候由被仰遣候ニ付、上々
官を以申達候処、幾度茂同前之申分ニて不埓成ル御返答与申上ル

〃右之通ニ而段々発足相延、不埓ニ有之候付、上々官願出候ハ、右之申し分ニ
而ハ、迚発足可被致様子ニ無之候、何とそ罷成事ニ候ハ、、跡残し荷物人共
ニ淀罷立候而、直ニ伏見江通り候故、爰元へ着不申候哉、否人遣いたし度候
旨申候付、乗り馬等御馳走方へ申談、淀江中官二人内一人ハ通事、通詞松本
仁右衛門差越ス、依之、伏見ニ茂御馳走方ら早馬ニ而被差越度旨及相談候
処、其通致決定、菅弥市郎と申人罷越候付、北国や新右衛門方へ裁判樋口孫
左衛門・吉川六郎左衛門方より手紙相添、朝鮮人荷物并人共ニ大津のこと
く罷通り候哉、又ハ未伏見江茂不送来候哉否之儀承合被申聞候様ニ与申遣、
暫有而、伏見へ罷越候、早乗り之侍罷帰候所、未朝鮮人之荷物・人共ニ大津
江ハ不罷通旨、新右衛門方ら返答申来ル

ゝ俵四郎左衛門、御使者ニ被仰付、右荷物之儀ニ付、無覚束被思召、発足無之
候由、左様候ハヽ、上々官之内壱人残し被置候ハヽ、此方ら茂裁判役一人相
残シ置、夫々ニ遂吟味、急度荷物今晩中ニ泊り宿へ届キ候様ニ可申付候、是
式之儀御拘り候而、発足御延候段至而如何敷事候間、先発足ハ被差急可然
旨被仰遣候処、三使ら之返答ニ、被入御念被仰聞候趣、致承知忝存候、裁判
を被残置、御下知被仰付候与御座候上ハ、上々官共之内、残置候ニ茂不及事
ニ候、左様候ハヽ、任仰、早々発足可仕之旨御返答有之也

ゝ京発足前、上々官を以御馳走之御礼有之候付、采女取次、御馳走方之衆へ申
達ル

ゝ今午下刻、三使京都発足行列別帳有之

ゝ殿様、三使ら少シ先ニ御発足被遊ル、御行列之次第、京入同断

ゝ右之荷物延引仕候ニ付、為催促、裁判樋口孫左衛門、京都江被残置也

ゝ淀江為催促罷越候通事壱人、使令壱人、通詞下知役山本喜左衛門、通詞松本
仁右衛門罷帰、孫左衛門江喜左衛門申聞候ハ、段々荷物鳥羽通り着急キ参
り候段申聞候付、御代官御手代衆迄御届ケ申入、夫ら朝鮮人并通詞、大津へ
罷越、御案内可申上由申付ル

ゝ右荷物段々京着、大津江罷越候ニ付、孫左衛門義致発足

ゝ三使、申上刻、大津着

ゝ御馳走人青山周幡守様ら以御使者、三使銘々江御杉重被遣之

ゝ正使ら上々官を以、今朝京発足前、胸痛いたし候得共、押而発輿いたし候処、
道中もまれ候故カ、爰元へ着候得ハ、殊外痛強く候而致難義候、医師共申候
茂、吐なといたし候ハヽ、快可有之旨申候、此上、又々押而致発送候ハヽ、
差重可申哉と気毒存候、依之、今晩ハ当所へ致一宿、薬等服用、致養生候而、
明日発足仕度之旨被申聞候付、返答ニ申達候ハ、昨日茂昼休之筈ニ候処、不
意ニ京泊りニ成候故、亦々爰元御一宿被成度之旨被仰聞、何共気毒ニ存候、
乍去、我々了簡ニ而否之御返答難申入候、大守方へ相伺、御差図次第御返答
可申入旨申達ル

ゝ右同断之訳ニ候故、大浦忠左衛門方へ船橋忠右衛門、使ニ申付、右之趣委細
申含、兎角御使者を以委ク被仰遣可然旨申遣し候処、早速御用人古川繁右

衛門、御使者ニ被仰付、客館江被差越候付、上々官三人共ニ呼出し、采女・
三郎左衛門并裁判両人列座にて、繁右衛門御口上、大通詞加瀬伝五郎を以、
先刻ハ正使御不快ニ付、今晩ハ当所御一宿、養生被成度之旨、奉行共迄被仰
聞候趣承届候、昨日茂不意ニ京都泊りニ成、気毒ニ存候処、又々爰元一宿被
成候而ハ、東武之首尾茂如何敷存候、御繕被成、早々御発足被成可然候、夫
共ニ御気向不相勝、一宿不被成候而難成程之御病体ニ候得ハ、其段江戸表
へ註進不仕候而ハ不相済事候、左候得ハ、御病症を茂不申越候而ハ難成事
候条、病症書等被差出候ハ、相添、今晩御註進可申上候間、其通御心得候
様ニ与之御口上、上々官を以申達ル、扨又、副使・従事ニ茂御口上、正使御不
快ニ付、御一宿被成度之旨致承知候、乍然、少々之儀御座候ハ、御繕被成、
御発足候様、御相談被成候様ニ与相応之御口上申達候処、追付上々官を以
正使ら之御返答、被仰聞候趣承知仕候、少々之儀ニ御座候ハ、何とそ押而
発足可仕候処、最前ら奉行中迄申達候通、今朝痛押候而、罷立候故カ、爰元
へ着候へハ、殊外痛重り、致難儀候、依之、今晩一宿いたし、養生仕度候旨
御返答被申上候由、上々官共、繁右衛門へ申達ル、左候而、上々官申候ハ、
痛無之を痛候由にて虚言を構へ、一宿之儀申入候様ニ被思召候故、病症書
之儀被仰聞候ものと存候、聊偽りを可申候哉なとゝ散々我々共しかり被申
候、中々、病症書キ被差出様子ニてハ無之候、就夫、正使痛之様子、医師江
委細書せ、我々共ら差出し候而ハ如何可有御座候哉、何とそ左様ニ被成被
下候ハ、とくと痛之様子書付指出可申旨申聞候付、采女・三郎左衛門方ら
返答、正使ら直之證文被差出候ニ茂不及事候、上々官中ら之書付ニて茂相
済可申事候間、早々認差出し候得、御本陳へ差上、江戸へ御註進有之候様
ニ可仕旨申達候処、左様候ハ、其段、正使へ申達候上、病症書差出し可
申旨申聞、暫有而、病症書指出候付、早速西山多右衛門、使ニ申付、忠左衛
門方へ為持遣ス、則左ニ記之

ゝ右之訳ニ付、今晩ハ爰元一宿ニ相極ル也

　　両裁判公　　　　　　謹封
　　　　上々官

今日、自京站離発之時、正使道微有気不平之候矣、行次未及大津站、使道
猝患癨乱、僅々到站、嘔逆甚劇、先用薑砂湯、而少無顕効、委頓呻吟、

悶切々々、方与良医相議、又用正気散耳、使道病患如右、故今日森山站、
不得前進、望以此意、詮達于太守前、以為飛報之地如何

　　　　　　　　　　　　　　　　　　　　　　金僉知
　　　己亥九月十二日　　　　　　上々官　　韓僉知
　　　　　　　　　　　　　　　　　　　　　　朴同知

　　樋口孫左衛門
　　　　　　　　　　　両公
　　吉川六郎左衛門

ゝ今夜明ケ方、湛長老・菖長老方ゟ御弟子敦庵江宗守山ゟ被差越、左之通被仰
　聞ル

　　　　昨夜、被仰聞候通、今朝辰刻、両人共ニ宿坊寄出、至大津、致休息候内、
　　　　大守公御到着之段承之候付、即刻発足及暮、守山来着、御来泊相待申
　　　　候処、大津御投宿之段得承候付、様子無御心元、先不取敢、以使僧、御
　　　　尋申入候、御返答次第早速立帰可申候、右之段被仰上思召寄、被仰聞
　　　　可被下候、已上

　　　　　　　　　　　　　　　　　　菖長老
　　　九月十二日　　　　　　　　　湛長老

　　杉村三郎左衛門殿

右之通申来候付、敦庵・江宗ヘ三郎左衛門対面、夜及深更ニ候故、客館ヘ
被出候義ハ被差扣、先、各、昨日之旅宿ヘ参り致休息被居候様、弥発足ニ
極り候付、見合、客館ヘ罷出、問案被相勤、出駕之様子早々立戻り被申達
候様ニ与申入ル

ゝ右同断ニ付、采女・忠左衛門方ヘ手紙を以湛長老・菖長老方ゟ別紙之通守山
　ゟ被仰越候、夜及深更成内ニ候故、両人共ニ先於旅宿致休息被居候様ニ、弥
　発足ニ極り候故、見合、客館ヘ罷出、問案被相務、出駕之様子早々立戻り可
　被申達旨致挨拶候、今明ケ方、各様方ニ茂可被罷越由被申候得共、拙者方
　ゟ其趣可申達候間、御届之儀ハ御差扣候様ニ与申達置候間、御逢被成候
　ハヽ、右之趣ニ御挨拶候様ニ与申遣ス、尤、殿様ニ茂御口上有之候間、其御
　挨拶も被成候様ニ与申遣候処、忠左衛門ゟ致承知候、則御前ニ茂可申上
　旨申来ル

ゝ青山因幡守様御家老堀内源右衛門・吉原善右衛門江杉村采女・杉村三郎左衛

門致対面、相応之挨拶仕ル

九月十三日 雨天

〃今朝、殿様ら三使方へ御使者久和重右衛門被遣、御口上ハ、正使御病気如何
御快御座候哉、承度候、少々御快候ハヽ、何とそ御繕候而、御発足被成可然
存候、副使・従事ニも正使病気見廻之御口上被仰遣、養生之儀可被添御心候、
少々御快候ハヽ、何とそ御見繕、御発足候様可被仰談旨御口上、上々官を以
申達候処、御返答ニ病気為御見廻、預御使者、被入御念段恐奉存候、夜前、
吐仕候付、少ハ快方ニ候得共、医師江脈見せ候得ハ、脈体別而夜前ニ替事無
之由申候、然共、先々道茂程遠ク候間、何とそ今日致発足候様ニ可仕候、朝
飯仕廻候而可罷立候間、少々可致延引与之御返答、上々官罷出、申聞ル

〃湛長老・菖長老ら三使方へ御使僧被遣意趣旨、昨日爰元へ致休息居候処、押付
御着ニ付、御同前ニ致発足候而ハ、途中込合候付、先達而致発足候処、守山江
御越不被成、大津御止宿与承候付、如何様之訳ニて候哉、気遣敷存、早速両使
早追ニて罷越候与之儀也、右両僧夜前夜更候而着被致、右之段、三使江可申
達哉之旨被相尋候付、夜更、殊正使茂不快ニ而休被居候間、被差扣候様ニ申
達、今朝、客館江罷出、右之趣、上々官を以三使江被申達、返答相応也

〃御馳走人青山因幡守様、旅館江御出被成、采女・三郎左衛門被召出、正使夜
前病気御見廻、副使・従事安否御尋之御口上被仰聞候付、上々官を以三使江
申達候処、相応之御返答ニ而、少々快候付、追付致発足候、致止宿候処、御
馳走被仰付、克奉存候与之御礼口上も上々官罷出、申聞候付、采女・忠左衛
門申上ル、押付御引被成ル

〃三使、午上刻、大津発輿、殿様兼而者御先江御立被遊候へとも、正使病気ニ
て発足之事候故、発輿之儀を御聞被成、御立被遊候方可宜与被思召上、今日
者三使発足跡ら御発駕被遊ル

〃膳所与草津之間ニ三使小休所、本多下総守様ら被建置、役人衆相詰之居、水
菓子一篭出し被置、正使計立寄、昼飯被給、追付被罷立ル

〵守山宿二三里程之所迄館伴板倉近江守様御家来葉野忠兵衛、町橋迄御家老
　板倉杢右衛門、熨斗目・麻上下着、為迎被出ル

〵三使、申上刻、守山着、宿守山寺

〵御馳走人板倉近江守様、熨斗目・麻上下着ニ而旅館へ御出被成、三郎左衛門
　被召出、三使着之御祝詞被仰聞候付、上々官を以申達候処、三使ら相応之御
　挨拶、上々官罷出申聞候付、三郎左衛門御直ニ申上ル

〵当所御賄御代官久下藤十郎殿・角倉与市殿、旅館へ御出、三使着之御祝詞被
　仰聞候付、三郎左衛門ら上々官江申達候処、則三使ら相応之御挨拶、上々官
　罷出申達ル、与市殿ハ多羅尾四郎左衛門殿、御病気ニ付、御代り也

〵旅館検分鈴木政右衛門、御馳走書為受取、山崎元右衛門旅館江罷越、請取之

　　　　　　近江守様御家来

　　御家老　　　　　板倉杢右衛門
　　年寄　　　　　　葉野仲兵衛
　　御用人　　　　　富気久右衛門
　　旗奉行　　　　　渋川三郎左衛門
　　物頭　　　　　　折井小平次
　　　　　　　　　┌伊藤卯左衛門
　　取次　　　　　│小野田仁太夫
　　　　　　　　　└永井幸左衛門
　　目付　　　　　　安井覚左衛門

　　右之面々江三郎左衛門、裁判両人致面談ス

〵近江守様ら三使へ御使者鵜藤藤九郎を以杉折重壱宛、三使銘々ニ被差出ル、
　御目録相添

〵殿様ら三使江御使者乾許右衛門被遣之、御口上、今日ハ天気悪敷候得共、是
　迄御越、珍重存候、正使御病気、弥御快御座候哉、為御見廻、以使者申入候、
　副使・従事へ茂正使御病気御見廻、以使者申入候付、御同前申伸候、将又、
　明日ハ道法り十里余茂有之、殊日短ニも御座候間、寅中刻、御発輿可被成候、
　旁、為可得其意、以使者申入候与之御事、上々官を以申達候処、御返答相応
　ニ而被仰下候通、寅中刻可致出輿与之儀也

〵御代官之名書付くれ候様ニ、韓僉知申聞候付、雨森東五郎へ申渡、左之通書

付遣ス

西成郡守

久下藤十郎

愛宕郡守

角倉与一郎

最初ニ代官与書付遣候得ハ、代官ハ朝鮮ニ而軽ク心得居申候、是ハ館内ニ
而代官与申事を聞なれ居申候故ニ御座候而、三使之思入如何ニ候間、外之
名を書付呉候様ニ与望候故、郡守と書付遣候得ハ、何レ之郡と申候事書付
くれ候様ニ与申候故、右御両所様御支配所之内、重立たる郡名を書付遣申
候、向後ハ代官与申事、郡守与書付可然也、西成ハ摂州之内、愛宕ハ城州
之内ニ而候

〃人馬割御代官平岡彦兵衛殿、御手代川井弥一右衛門・鈴木九大夫殿、御手代
大野佐大夫へ三郎左衛門并六郎左衛門、人馬役樋口吉右衛門、同前ニ致面
談、朝鮮人荷馬、今朝差支、既大津発足難成候得共、跡ら荷物ハ段々可参候
間、三使ハ発輿被致候様ニ申達、発輿被致候、今朝之様ニ御座候而ハ、三使
所々江滞留被致ニ而可有之候間、随分不差支様ニ御催促可被成旨申入候処、
委細得其意候、随分不指支様ニ催促可仕由被申ル

九月十四日 雨天、昼時少晴

〃卯中刻、三使守山発輿

〃殿様、卯上刻、先達而御発駕被遊ル

〃三使発輿前、御馳走方御家老衆へ上々官三人罷出、裁判六郎左衛門取次、三
使ら之御礼御口上申達ル

〃巳中刻、三使八幡着、昼休、宿専修寺

〃御馳走人加藤和泉守様、旅館江御出、采女・三郎左衛門并裁判樋口孫左衛門、
御目見被仰付、相応之御挨拶被遊ル

　　　　　和泉守様御役人

　　　　　家老　　　　　　石川外記
　　　　　用人　　　　　　菅平馬
　　　　　同　　　　　　　菅十郎兵衛
　　　　　近習用達　　　　岩谷順平
　　　　　目付　　　　　　津山平右衛門

〻和泉守様ら三使銘々ニ御音物被差出、杉折一組宛、三使銘々被遣之

〻殿様御本陳ら御使御側歩行倉田佐兵衛を以三使江被仰遣候ハ、殿様御事、
　先達而御発駕被遊候間、追付御立被成候様ニ与之儀ニ付、上々官を以三使
　江申達ス、相応之御返答也

〻中官以下、於本堂、御料理被下之、通詞下知役并通詞立廻り致見分

〻井伊掃部頭様ら御使者池田太郎・植田長右衛門を以三使銘々ニ杉重一組宛
　被遣之、則上々官を以三使へ差出ス

〻御代官遠山半十郎殿儀ハ御出無之候

〻御馳走書、山崎元右衛門、旅館へ罷出、請取候

〻殿様午上刻、先達而御発駕

〻午中刻、三使八幡発輿

〻御馳走方御役人衆へ三使ら之御馳走之御礼、上々官罷出、述之、裁判樋口孫
　左衛門取次之

〻八幡領之町はつれニあつちと申所へ新規雪隠建有之、本多唐之助様御領分
　之由

〻市橋下総守様御領分ニ警固足軽弐十人、間々ニ立居、豊村ニ罷出居ル

〻三枝摂津守様御領分のとかわと申所へ新規ニ茶屋建之、侍二人、足軽数多
　相詰被居ル

〻山崎与申所へ新規之茶屋建有之、掃部頭様御馳走也、三使立寄不被申、直ニ
　被罷通ル

〻此所掃部頭様ら道筋為警固、足軽両人宛間々ニ罷出居ル

〻酉上刻、三使彦根参着、殿様先達而御着被成ル

〃御本陳大浦忠左衛門方ら申来候ハ、今日江戸表ら宿継を以御奉書致到来候
付、写差越候義、依之、公命之趣、今晩三使到着被致次第、客館ヘ殿様御出
被成可被仰達与之御事御座候間、三使衆ヘ申達、御出被成、宜鋪時節、御案
内可申上候、尤、不及延引候様ニ与之御事也

〃殿様御召物和巾・麻上下可被為召候哉、又ハ熨斗目御召被成候様ニ可申上候
哉、了簡之通可申上之旨申来候付、天和年御奉書頂戴之節、御熨斗目・御長
上下被為召候付、弥其通ニ御召被成候様ニ可被仰上候旨申上ル、弥其通御
召被成筈之由、且又、我々儀熨斗目半上下着可仕由申来ル

〃三使ハ公命を被承儀ニ御座候間、定而平服ハ着用被召間敷之間、相応之服
御着用候様ニ、上々官を以申達候処、道服ニ笠着可申候由、右同人を以被申
聞候付、其段御案内申上ル

〃三使江被仰渡候趣、別紙ニ書付来ル、左ニ記之

御奉書之写

一筆令啓候、朝鮮之信使、海上無為、去四日、至大坂着岸由、達上聞候
之処、遠境来朝大儀被思召候、此旨、信使江可有伝達候、恐々謹言

	水野和泉守 忠元在判
	戸田山城守 忠真在判
九月九日	久世大和守 重之在判
	井上河内守 正岑在判

宗対馬守殿

〃掃部頭様重立候役人、左記之

御家老	木俣清左衛門 長野十郎左衛門 三浦内膳
御家老脇	宇津木治郎右衛門

殿様御用達　　　　┌奥山六左衛門
　　　　　　　　　　　　└大塚権弥

　右之面々ニ采女・三郎左衛門致面談、相応之致挨拶

〃御出会之間取繕、殿様・三使・両長老御着座之所ニ毛氈鋪之

〃時分能候付、殿様御出被遊候様ニ可被申上之旨、忠左衛門方へ申遣ス

〃副使儀ハ病気ニ而御断被申上候付、其段申上ル、正使・従事計被罷出筈也

〃両長老江ハ殿様ら以御使者被遣筈也、勿論、客館門前ニ御出、御待合被成候
　様ニ与被仰遣ル

〃中官・下官江例之通御料理被下也

〃殿様、戌中刻、信使旅館へ御出、両長老玄関前へ御待請被成、御同前ニ御通
　り被成ル、楽器奏也、三使居間縁頬迄、為御迎被罷出、互ニ御会釈有之、毛
　氈之前ニ御立、御一揖有之、御着座、韓僉知儀御前江被為呼、左之通御口上
　御直ニ被仰含、三使江申達ス

　　　三使江被仰達候趣

　各船中無異、大坂着岸之旨、彼地ら江戸表江遂案内候処、達高聞、遠境来
　朝大儀ニ被思召候由上意ニ候、此段、各江可申渡与之御事、被蒙上意一段
　之儀存候

　　　後ニ御挨拶

　正使ニ茂御気色段々御快、当所迄御着、御同前珍重存候、今日ハ道法茂遠
　ク御草臥可被成察存候、寛々御休息被成候様ニ与存候、従事江茂御同然ニ
　申入候

　　　三使ら之御返答、相応也

〃右相済而、三使ら上々官韓僉知を以殿様江被申上候ハ、此間ハ人馬差支、荷
　物等相滞、気毒ニ存候、何とそ不相滞様ニ被仰付被下候様ニ与之儀ニ付、三
　郎左衛門取次之、殿様江申上候処、御返答ニ、委曲得御意存候、頃日、淀ニ
　て少々差支候得とも、其後別而差支茂無之候間、左様御心得被成候様ニ与
　之儀、韓僉知へ三郎左衛門申達、三使江申ル、夫ら御立被成、如初、御一
　揖有之、殿様御休息之間ニ御入被成、彦根御家老并重キ役人衆、左之面々ニ

御逢被成ル

御家老	木俣清左衛門 長野十郎左衛門 三浦内膳
御家老脇	宇津木治郎右衛門
御馳走人	奥山六左衛門 大塚権弥

　右、御家老ハ樋口久米右衛門披露之、其外ハ古川繁右衛門披露之仕ル

〃当所御馳走書、平田助之進、旅館ヘ罷出、御取也

〃当所役人栢原杢右衛門与申人、吉川六郎左衛門ヘ被申聞候ハ、当所竜潭寺
住持儀明暦・天和之信使以来、三使江致対面候間、此度茂対談仕度之旨被申
聞候付、天和・正徳之記録相考候得共、不相見ニ付、朝鮮人方之記録承合候
而茂不相見候、実ニ対面を申訳ニて無之、内所ら目見ヘ、心ニ而被罷出候故、
記録ニ不相見物与相聞候、先例、両度為被罷出与申儀、掃部頭様御家之御記
録ニ有之、正徳之節、被罷出候時ハ右杢右衛門茂居合候而、覚居申候由、尤
此節之住持、其節ハ先師之伴僧ニ罷出候由、旁惣ニ被申聞候上ハ偽り可有
之事ニ無之故、上々官江内證申達、三使御耳ニ入、御逢被成間敷哉与、六郎
左衛門ヘ申渡ス、正使被承之、先例有之儀ニ而内證ニ而逢申分ハ不支事候
間、可致面談之旨ニ而被相通、尤、先規之由ニ而、真文書付并詩作可致持参
候得共、真文之儀ハ執政志臣と申文字有之、此文字ハ公儀御老中之儀を執
政と称し候而持参候故、差扣させ、詩之義ハ別而相支候文字無之候得共、公
儀者之外、直ニ三使江詩文被呈候儀ハ遠慮も有之筋ニ御座候、得与先例致
吟味、追而差出可然候ハ、、差出可申候、若も相支江候儀有之候ハ、、差出
し申間敷候間、左様ニ可被相心得由申聞ル、三使逢被申候而、追付被罷帰ル、
六郎左衛門并雨森東五郎、通詞下知役、次之間ヘ罷有ル、上々官両人相附居ル

九月十五日

〆卯上刻、三使、例之通望賀之礼式有之付、御馳走方江薄縁筵等之儀、通詞下
知役方ゟ申達し、請取之、礼式相済而、返進致させ候也

〆寅下刻、従殿様、三使衆へ御使者久和重右衛門を以只今致発駕候、御勝手次
第ニ御仕舞御立候様ニ与之御口上、上々官韓僉知を以申達候、三使ゟ御返
答ニ、委細承知仕候、今朝ハ粛拝之日ニ候間、礼式等相済、発輿可仕候旨御
返答也

〆卯中刻、三使彦根出足

〆今昼、三使衆、江州坂田郡醍井本陳松井新助所へ三使被立寄候付、御代官古
郡文右衛門殿ゟ柿・梨子、三使江被差出ル、尤、上々官・軍官・判事等少々宛
残り居候人中江茂柿・梨子積合被指出ル

御代官　　　　　　　古郡文右衛門殿

手代　　　　　　┌　佐藤十兵衛
　　　　　　　　│　安井仙助
　　　　　　　　└　大塚新七

〆戸田采女正様ゟ三使并上々官中江御音物被差出ル、　糖餅一筐ツ丶、　三使
銘々へ御目録相添、差渡、紙五束ツ丶、上々官銘々ニ被遣ゝル

〆采女正様、旅館へ御出、三郎左衛門へ御目見被仰付、三使到着之御祝詞、御
口上書を以被仰聞候付、上々官を以三使江申達候処、御返答相応也、且又、
采女正様、殿様御本陳へ御出可被成候由被仰候故、其段先達而忠左衛門方
へ三郎左衛門ゟ申遣ス

御家老　　　　　┌　大高金右衛門
　　　　　　　　└　戸田治郎左衛門

御家老並　　　　┌　鈴木金兵衛
　　　　　　　　│　戸田儀右衛門
　　　　　　　　└　鈴木弥三左衛門

御用人 ｛ 安田森右衛門
高岡代右衛門
小里源太兵衛
河田忠兵衛

右之面々、三使御着之為御祝詞、被罷出候付、上々官を以申達ル、吉川六
郎左衛門取次之

〃御供方、大浦忠左衛門方へ手紙遣之、船橋忠右衛門江委細申含、差越之、左
記之

以手紙、致啓上候、三使衆酉中刻参着ニ而、愈相替義無御座候、然ハ、
今昼今須昼休之刻、上々官を以被申聞候者、今朝出馬通詞之内、副使
自分之中官上馬ニ乗居候を見出し、下り候様ニ致下知候得共、及異儀
候付、引おろし、其上ニ而致打擲候段、副使被承、殊外腹立ニ而、右出
馬通詞之者、御吟味之上、急度被仰付被下候様ニ与、金僉知を以被申
上候筈ニ而、御本陳江被差上候処、早御発駕被遊候付、我々江其段被
申聞候、両人相答候ハ、段々被仰聞候趣承知仕候、只今、昼休之義ニ
候故、吟味難成候、先、右相手ニ成り候者、頭役方ニ而致吟味、押込置、
委細吟味之義、太守方ニ而可有御座候、先、爰元ハ早々御発駕被成可然
旨申達候得ハ、弥無滞被致発足候、此義ニ付、追付韓僉知・金僉知、問
安ニ被差越筈ニ候間、格式を越候馬ニ乗候義、聢と御返答在之可然奉
存候、兼而御存知之通り、我々ら如何程申達候而も信用無之、却而被
腹立候ゆへ、兎角、従殿様一端被仰達候上ニ而、段々我々ら申達候
ハ、請方も可宜哉と奉存候、具成義ハ船橋忠右衛門へ申含候、已上

九月十五日　　　　　　　　　杉村三郎左衛門
　　　　　　　　　　　　　　杉村采女
大浦忠左衛門様

〃殿様江従三使、為問安、朴同知・韓僉知被差越、従三使之御口上、左記之

今日ハ天気克、当所迄御着被成、珍重奉存候、我々義も只今致参着候、
就夫、今朝、彦根罷立候節、副使召仕之中官、上馬ニ乗居申候を下り
候様ニ申候得共、下り不申候とて、日本人引下シ、打擲仕候、右之中
官、副使近仕之者ニ而御座候処、理不尽ニ打擲仕候段非法之義ニ御座

候、其仁茂相知居申由ニ候間、相応之科ニ被仰付可被下候、三使も同
前ニ被申候与之事、取次大浦兵左衛門
右之御返答、古川繁右衛門罷出申達ル、御口上、左記之

問案被下候、如仰、今日者天気能、御同前ニ当駅迄罷着、互珍重存候、
就夫、彦根御立被成候節、副使被召遣候中官、上馬ニ乗居候を下り候
様ニ申候得共、下り不申候ニ付、引下シ、其上、打擲仕候、尤、其仁茂
相知居申由ニ候間、相応之科ニ申付候様ニ与之御事ニ而、委細被仰聞
候通致承知候、上馬を乗り候者、中馬を乗り候儀ハ、公義ら被仰出有
之、兼而各江茂申達次第、混難不仕候様ニ堅被仰付候得と申合置候通
之義ニ候故、此度役人共ニ江も次第混難仕らせ不申候様ニ可仕旨堅申
付置候、然ハ、今日中官之者乗り不申筈之上馬ニ乗り居候を、下り候
得と申聞候而も、言葉計ニ而ハ下り不申候時ハ引下シ申候之儀ニ御座
候故、引下シ申候とて、少も無調法とハ難申候、其上ニ而打擲仕候由
被仰下候、引下シ申候迄ニ而可相済事を、何之故も無之打擲仕候ハ、
其打擲仕候段手過成仕形ニ候、乍去、別而打擲仕候故茂御座候而之事
ニ候哉、其段ハ不遂吟味候而ハ不相知候間、明日遂吟味候而、弥打擲
ニ及申間敷義を打擲仕候ハ、其打擲仕候所計を叱り、重而左様ニ無
之様ニ可申付候、扨又、此事之起り候も、畢竟、其元之中官乗り不申
筈之上馬ニ乗り、法を犯申候故ニ而候得ハ、中官之者、科ハ殊外重ク
御座候故、急度科ニ可被仰付与存候、何程之科ニ被仰付候哉承届、夫
ニ応、此方之打擲仕候者も相応ニ叱可申候間、左様御心得可被成候与
之御事

右之御返答、朴同知・韓僉知、得と落着罷帰ル

九月十六日 晴天、大垣発輿、名古屋泊

〃三使方江殿様御発駕前、御使河村久右衛門被遣之、先立而致発足候、各へも
　御仕廻被成次第、早々御発足被成候様ニと之事、御返答相応也

〃三使、卯中刻、大垣発足

〃三使発足前、上々官を以何角御馳走之御礼被申聞候付、裁判吉川六郎左衛
　門取次之、則戸田采女正様御馳走役衆江申達ル

〃於旅館、采女・三郎左衛門詰間江左之面々被罷出候付、致対面

家老	大高金右衛門
同	戸田治郎左衛門
家老並	鈴木金兵衛 戸田儀右衛門 鈴木弥三左衛門
用人	安田森右衛門 高岡代右衛門 小里源太兵衛 河田忠兵衛

〃このミ与申所へ、左之方ニ新規茶屋壱軒、雪隠有之

〃佐渡り川ニ懸ル小坂右之方ニ茶屋新規建有之、副使被立寄、暫休息有之、茶
　菓子・酒等出ル

〃同所左之方ニ新規番所建、侍衆麻上下着、足軽ハ羽織袴着、相勤ル

〃同所ニ船橋掛ル小船八拾壱艘也

〃船橋渡り番所、新規建、侍衆麻上下着、足軽ハ羽織袴ニ而相務ル、尤、武具
　等飾有之

〃佐渡川船橋百弐拾間新規ニ掛ル内、八拾間ハ御賄御代官辻甚太郎殿ら御掛
　ケ被成ル、残四拾間ハ戸田采女正様ら御掛ケ被成ル

〃墨俣入口左之方へ新規番所建、侍衆麻上下着相勤ル

〃起川ニ尾州様ら船橋掛ル、長サ四百六拾弐間余、幅弐間、船数弐百七拾艘、

両川渕ニ番所建之、尾張様ゟ之御馳走也

〃濃州墨俣川船橋之義ハ加納領御立合ニ而掛り候由、御役人等両方ゟ被差出、番所并番人之義ハ加納領ゟ被差出之

〃右、何茂船橋渡り候節ハ此方御家中ハ下馬仕ル

〃墨俣川と起川之間ニ茶屋一軒有之、副使御立寄、暫休息被致ル、菓子、酒等出ル

〃午上刻、三使起へ到着、次官以上ハ下行相渡り、中官以下御賄之御料理被下之

〃殿様ゟ起へ三使参着之為祝辞、御使者岩崎佐太郎被遣之、返答相応也

〃尾張様ゟ三使并上々官中江御音物被差出、杉重一組宛三使銘々、折一ツ宛上々官中へ、御使者桜井仁助、右取次吉川六郎左衛門、上々官を以三使へ申達、御礼、右同人を以被申達

〃尾張様ゟ起ニおゐて、此方御家中之面々江二汁七菜之御料理被成下ル、何茂御本陳罷出、致頂戴、尤信使附之面々ハ客館ニて御料理被下ル、其外下々江ハ銘々宿ニ而被下之ル

〃尾張様ゟ起迄御迎之御使者、并名古屋迄前後之騎馬、左記之

御使者　　　　片桐九左衛門
先乗り　　　　酒井半左衛門
跡乗り　　　　高木伝右衛門

〃午中刻、三使、起発足、戌中刻、名古屋江着、宿寺、性高院

〃尾張様ゟ三使銘々ニ御音物有之、左ニ記之

〃信使奉行・裁判、其外重立候役人江二汁七菜之御料理被下、通詞下知役・御祐筆・通詞共江茂御料理被下之

〃尾張様ゟ采女・三郎左衛門、旅宿へ御使者町与力坂賀兵衛を以両人銘々江馬飼料被下之、則致拝受、御家老衆迄以書状、御礼申上ル、御使者持参之手目録、奉書半切上包ニシテ、信使附杉村采女・杉村三郎左衛門与書載有之、書付左ニ写之

覚

一黒米　　二俵

```
一白米　　一かます
一大豆　　一俵
一糠　　　一俵
一藁　　　六束
```

　　　　以上

一三使ら尾張様、御名被相尋候付、尾張様衆へ申達候処、左之通書付被差越

　　　権中納言従三位尾陽侯源継友

　右之通書付被差出候得共、権之字も如何鋪候故、御書直し被成間敷哉と申
　入候へハ、如何様ニも宜、此方ら書直シ、遣し候へと被申候故、左之通書
　改遣之

　　　尾張中納言源継友

九月十七日　晴天

〃三使、辰上刻、名護屋出輿

〃三使ら昨日、当所止宿仕候処、御馳走被仰付、忝次第奉存候、御礼之儀宜被
　仰上被下候様ニ与之儀、上々官罷出、御馳走人織田藤四郎・箕形善左衛門江
　致面談、申達ル、相済而采女・三郎左衛門致面談、信使御馳走無滞相済、珍
　重奉存候、対馬守家来中へも段々被為入御念、御馳走被仰付、難有奉存候、
　乍憚、御礼之儀御役人中迄宜被仰上被下候様ニ申達ル

〃三使巳ノ下刻、唱海到着、尾州様ら設被置候客館へ昼休

〃尾州様御城代渡部新左衛門殿、三使着之為祝詞、客館へ被罷出、吉川六郎左
　衛門取次、上々官を以三使へ申達候処、相応之返答、上々官罷出、申達ル

　　　　折一宛

　右、尾州様ら三使江使者榊原勘ヶ由を以被遣、六郎左衛門取次、上々官を
　以三使江申達候処、相応之御礼、上々官罷出、申達ル

三使御馳走人　　　　　⎰石川内蔵之允
　　　　　　　　　　　　　　⎱星野七左衛門

〻客館、宿丁主ら三使江菊花、銘々進上之

〻殿様ら三使江御使者古川伊右衛門を以、今日茂天気能御発足、珍重存候、従
　事御病気も段々御快候は存候、今晩ハ上使有之候付、城主申談候儀も有之
　候故、拙者義先達而致発足候与之儀也、上々官を以三使江申達候処、相応之
　御返答ニ而、我々儀茂追付罷立可申与之儀也

〻三使追付唱海発足

〻河野江尾州様ら三使休息、茶屋一ヶ所被立置、御馳走人石原右衛門佐・大津
　瀬左衛門、其外徒士坊主足軽等相詰被居ル

〻杉重三組・御酒・肴・薄茶・濃茶、右之外、官人中へも右ニ準用意有之

〻右休息所用意有之候間、御立寄被成候様ニ、三郎左衛門方ら上々官方迄申
　遣候処、今日ハ岡崎ニて上使茂有之候付、致延引候而ハ、如何ニ候間、立寄
　申間敷との儀ニ付、其段、三郎左衛門ら御役人中へ申達ル

〻池鯉鮒駅へ御領主三浦壱岐守様ら小休所御用意有之、三使立寄、休息被致
　追付被罷立、尤、家老戸村惣右衛門、其外役々被相詰、右之外、御領分へ被
　指出候人数等御馳走書ニ記有之、此御馳走書ハ町奉行礒山勘右衛門持参、
　被差出ル

〻三使、酉下刻、岡崎駅着、止宿

　　　　　池鯉鮒宿迄迎使者
　　　　物頭　　岡部七郎兵衛

　　　　　岡崎町口迄迎使者
　　　　物頭　　水野与惣右衛門

　　右之通水野和泉守様ら被差出ル

　　　折　一合
　　　　計

　　　　水野和泉守様
　　　　　　　忠之

正使江		野田次郎右衛門
副使へ	番頭格	落合武左衛門
従事へ	同断	佐藤十右衛門

右、三使銘々ニ被遣之、吉川六郎左衛門取次、上々官を以申達候処、三使
ら相応之御礼、上々官申達ス

〃 和泉守様御家老神郷源左衛門・水野三郎右衛門、旅館江被罷出、三使着之祝事
被申聞ル、吉川六郎左衛門取次之、三使江申達候処、上々官罷出、相応之挨拶
申達ル、相済而采女・三郎左衛門致面談、年寄水野文右衛門へ茂致面謁也

〃 御代官飯塚孫次郎殿・都筑藤十郎殿、旅館へ御出被成候付、采女・三郎左衛
門懸御目、上使之座席等御見せ被成、検分仕ル

〃 当所御馳走書、山崎元右衛門罷出、受取之

〃 殿様、酉中刻、熨斗目麻御上下被為召、上使曽我周防守様、御旅宿江御出被
遊、鋪台御揚御座御江通り之節、次之間迄周防守様御出迎被成、御本座江御
通り被成ル、委細ハ御供方日帳ニ記之

〃 大浦忠左衛門ニ茂若御用茂可有之候間、御先江致参上候様ニ与之御事ニ付、
和巾麻上下着、致伺公

〃 周防守様、殿様相応之御挨拶相済而、御奉書御渡被成、上意之趣被仰渡ル、
扨、周防守様被仰候ハ、爰許勤之次第、井上河内守殿ら書付御渡し被成候、
此通りニ而違目茂無御座候哉、御覧被成被下候様被仰候付、則御披見被成
候所、兼而此方ニ而御書付被成被置候通ニ相違無之ニ付、弥此通ニ而宜御
座候由、御挨拶被成ル

〃 忠左衛門茂座江被召出、於旅館、上使之折渡、御尋被成候付、程能御挨拶申
上ル

〃 周防守様被仰候ハ、今晩ハ夜も更、殊御精進日ニ而気懸りニ候間、願ハ、明
朝相勤度候、夫共ニ今晩可相勤候哉と被仰聞候付、兼而ハ即日御勤被遊候
趣ニ三使江茂申達置候故、願ハ、今晩御勤被遊候へかしと奉存候、併、夜更
候上、御精進日ニ而御気掛りニ被思召上候ハヽ、明朝御勤被成候而も別而
差碍申義ハ無御座候、兎角、三使方承合、対馬守方ら御左右可申上由申上、
退出仕、直ニ信使屋江罷出、右之趣、韓僉知を以三使江申達候処、今晩ハ夜

更申候間、弥明朝御出被成候様致度由、三使被申聞候付、罷帰、御前江申上、
周防守様江御使者幾度六右衛門を以委細被仰遣ル

九月十八日

〃今朝、三使仕舞方御聞合被成、両長老へも先達而客館江御出被成候様ニと
御使者被遣之

〃殿様、御直垂被為召、客館江御出被成、御賄御代官飯塚孫治郎殿・都筑藤十
郎殿江御対面、御相応之御挨拶被成、相済而三使居間へ毛氈を六枚鋪、両長
老御同道ニ而、上使御対談之間へ御通、三使へ御対面

御口上

御堅固御旅行珍重存候、追付、為上使、曽我周防守殿御出被成候間、
申入迄茂無御座候得共、諸事御愍懃ニ被成候様ニ、三郎左衛門を以被
仰達ル

〃客館御用意相済而、上使へ御使者山川治五右衛門を以、御勝手次第御出被
成候様ニと被仰遣ル

〃上使曽我周防守様大紋御着、旅館へ御出、門外ニ而下乗、御入被成候時、楽
器奏之

〃上使御出之節、采女・三郎左衛門・忠左衛門、旅館門之前へ出、格子之先へ刀
を帯、罷出、御礼申、御馳走方家老役人中是又罷出、門之向ニ畏居被相詰、
上使ら各会釈有之、御帰之時も同前

〃殿様ニハ門と式台之中程迄御出迎、御一礼被成、両長老・御賄御代官茂右之
所へ引続御出、殿様ニ者御先導之為、上使ら少シ先ニ、脇之方を御歩行被成
ル、御賄御代官へも御会釈有之、上々官茂上使ら少先ニ歩行仕ル、三使着黒
紗冠帯、使者之間之角之折廻シ之縁迄被罷出、上使御立並、御会釈有之、三
使ハ左り、上使、右を御歩行、本間へ御入之節、次之縁ニ而被相扣、上使、
本間江御入候以後、三使も本間江入、上使ハ北之方、三使者南之方、銘々褥
之上ニ御着座、褥ハ御馳走方ら被出之、殿様ニハ本間之内、上使と三使之中

座ニ御着座、上使御会釈有之時、座を御立、上使之側江御寄候時、三使江之
上意、左記之

今度、遠境渡海太儀ニ被思召候、此旨、三使江可有洩達候与之御事

右之上意被仰渡候節、謹而御聞被成、初之中座ニ御退キ、韓僉知を御呼、
上意之趣被仰渡、韓僉知、三使之前ニ進ミ、上意与高声ニ申時、三使褥を
外シ、前ニすゝミ、謹而被承之、此時、直ニ御請ハ無之、三使ら上使江被
申上候、御口上、韓僉知御取次申、殿様へ申上候を、直ニ周防守様江被仰達

我々儀為御祝辞、今度罷渡り候処、海陸於所々御馳走被仰付、難有次
第奉存候、乍序、御礼申上候、御自分様ニも為上使、当所迄御越、御太
儀之御儀奉存候

右済而人参湯出候而、韓僉知を被為呼、三使江上意之御請被申上候様ニと
被仰遣、三使御請之口上、左記之

此度為信使、渡海仕候処、遠境、上使被成下、難有仕合奉存候、殊於
所々、結構成御馳走被仰付、重畳難有奉存候与の事

右之御請、韓僉知申上候付、初之通上使御側へ御寄り、三使御請之口上被
仰上、本之座江御居着相済而、上使、此方へ御会釈有之、初之通御褥之前
ニ御立並、二揖有之、三使ヲ初メ、被迎候所迄被送出、上使御会釈有之、
上々官門之内、中程迄罷出、一礼仕ル、殿様并両長老御贐御代官ハ式台と
門中程、初之所迄御送被成ル

〃上々官ら冠官ハ不残、黒紗を着、冠帯

〃周防守様刀持之家老壱人、次ノ間障子際相詰ル、軍官ハ次ノ間東ノ方ニ並
居、上使・三使之方を正面ニして立並罷有、年寄中ハ其前蹲居御刀持、裁判
等ハ縁類ニ群居

〃杉村采女・杉村三郎左衛門并裁判吉川六郎左衛門熨斗目半上下着、通詞下知
役・御佑筆和巾麻上下着、判事附通詞計布上下着仕ル

〃三使ら上使江御礼之使者、信使奉行杉村采女相勤ル

〃水野和泉守様御家老、其外役人中へ於旅館、御逢被遊ル

〃上々官を以三使へ、今日ハ上使首尾能相済、珍重存候、御勝手次第、御発足

被成候様ニ与之義被仰合、相済而御旅宿へ御帰り

〃曽我周防守様江御使者を以、先刻御奉書之御請、追付御旅宿へ御持参可被
成旨被仰遣ル

〃殿様御熨斗目麻御上下被為召、周防守様御旅宿へ御出被成、相応之御挨拶
有之、上意并御奉書与御請可申上之旨被仰入、周防守様御側へ御近寄、御請
之御口上、左記之

　　私儀今度朝鮮之信使致同道候付、難有蒙上意、其上御奉書致頂戴、旁
　　忝仕合奉存候、御礼之儀御老中様迄宜様ニ奉頼候、委細御奉書御請ニ
　　申上候と被仰達候而、御奉書御請、字頭を手前ニ成シ、被差上之、相
　　応之御挨拶相済而御帰り、直ニ御発駕被成候也

〃於吉田駅、御老中江御礼之使者被差越之筈也、委細御供方日帳ニ記之

〃御奉書御頂戴之為御礼、上使曽我周防守様、御旅宿へ杉村采女被差出ル、熨
斗目麻上下着、御口上、昨今ハ打続、得御意、珍重存候、三使ニも遠境上使
被成下、難有奉存候、私ぇ何分ニも宜御礼申上候様ニ被申候旨、御取次へ申
達候所、早速周防守様江被申上、罷通候様ニと有之候ニ付、罷通り候処、周
防守様御逢被成、被入御念、御使者被下候、拙者儀茂此度初而相勤候付、諸
事無心元存候所ニ、何茂取持ニ而首尾好相勤、珍重ニ思召候、対馬守殿、三
使へも宜申達候様ニ与之御事ニ而罷帰り、早速三使発輿ニ付、先乗り仕ル

〃杉村采女・杉村三郎左衛門并裁判吉川六郎左衛門熨斗目半上下着、通詞下知
役・御佑筆和巾麻上下着、判事附通詞斗布上下着仕ル

〃辰ノ下刻、殿様、岡崎御発駕

〃三使、巳之上刻、同所発輿

〃殿様、午下刻、赤坂御着、昼休

〃三使、未中刻、赤坂参着、昼休

〃当所御馳走三浦壱岐守様御賄御代官岩室伊右衛門殿

〃三浦壱岐守様、客館江被出、采女・三郎左衛門罷出、相応之御挨拶申上ル

壱岐守様御家老		九津見吉右衛門
三使用達	給人	大須賀忠右衛門
大目付		六郷孫四郎
本〆役		小原助之進

〻九津見吉右衛門儀、采女・三郎左衛門詰間ニ被罷出、致対談、相応之挨拶仕ル

〻中官以下、御料理被下之也

〻壱岐守様ら御使者を以左之通り、三使江被遣之

　　　　杉折　　　　一合

　　　　　際

　　　　　　三浦壱岐守明敬

　　　右、大高檀紙

　　右、三使銘々、御使者佐藤作右衛門取次、裁判吉川六郎左衛門

〻岩室伊右衛門殿御代官所五六はらと申所へ新規雪隠立有之

〻稲崎と申所へ右同断、一ヶ所有之

〻伊豆守様御領分小坂井宿へ町屋を小休所ニ被成、茶湯等仕掛、侍衆二三人
　被相勤ル

〻三使、酉ノ夕刻、三州吉田江到着、旅館悟真寺へ被揚ル

〻旅館上り口、箱鴈木毛氈敷有之

　　　　　御賄御代官　　　　┌森山勘四郎殿
　　　　　　　　　　　　　　└山田八郎兵衛殿

　　右旅館江御出ニ付、采女・三郎左衛門掛御目、御伝馬等之儀無滞様ニ、御下
　　役へ被仰付被下候様ニ申達ル

　　　　　　　　　　　　松平伊豆守様
　　　　御家老　　　　　　小畠助左衛門
　　　　御用人　　　　　　和田理兵衛

　　右、於旅館、采女・三郎左衛門遂対面

　　　　杉重　　　　　　　一合宛

右、三使銘々被遣之、大高壁御目録、松平伊豆守信祝と有之

　梨子
　　　　　　　　　　一籠ツ、
　葡萄

　右ハ上々官銘々被成下御目録仕立、三使同然

〃中官・下官、例之通御料理被下也

〃水野和泉守様ら送之御使者赤星直右衛門、旅館江被罷出候付、采女罷出、相
　応之挨拶仕ル

〃松平伊豆守様、旅館江御出、三使安否御尋、采女・三郎左衛門掛御目、相応
　之御挨拶申上、追付、御帰被成ル

〃殿様江三使方ら御杉重壱被進之候付、通詞下知役山本喜左衛門相附、御本
　陳江差上之

〃右為御礼、御使者久和重右衛門被遣之、御口上ハ相応也

九月十九日

〃卯后刻、三使、吉田発輿

〃三使、午中刻、遠州新居参着、旅館之儀、松平伊豆守様ら御設被置候ニ付、
　此所ニ昼休被致ル

　　　　　　御代官
　　　　御賄方　　　窪嶋作右衛門殿

　右旅館江御出ニ付、采女・三郎左衛門掛御目、人馬等御下知宜御座候故、
　不滞、相揃候旨御挨拶申入ル

〃御馳走書、平田助之進請取之

松平伊豆守様

御家老	西村治右衛門
御用人	岩上角右衛門
鑓奉行	松田八左衛門
大目付	長谷川善助

右之面々、於旅館、采女・三郎左衛門遂面謁

　　杉重　　　　　　　一組ツ丶

右、三使江伊豆守様ら於新居、銘々ニ被遣之、吉川六郎左衛門取次、上々官を以差出ス

〻三使未刻、新居出船

〻松平伊豆守様ら為御馳走

　一塗小早壱艘　　　　国書船ニ下知役一人、通詞一人乗り渡候様ニ波戸際ニ申渡、貝江庄兵衛、通詞岩永源右衛門乗渡ル

　　　右、国書乗船

　一黒塗屋形船三艘

　　　右、正使・副使・従事乗船銘々

　一同壱艘ハ　　　上々官ハ黒塗小早一艘ニ三人乗組候筈ニ、伊豆守様御馳走書ニ有之候へ共、三使騎船ニ一人ツ丶乗り候故、上々官乗り船ニ御心当有之船ハ両長老乗り船ニ成り候也

　　　右ハ上々官三人乗り船

　一屋形船拾弐艘

　　　右者采女・三郎左衛門、忠左衛門、并裁判両人、上官等之乗り船用ニ御用意有之

　一惣船数大小三百九拾六艘

　　　右之通り被差出候由、御馳走書ニ有之

〻殿様御乗り船黒塗小早壱艘、伊豆守様ら為御馳走、被差出、朝鮮人方之御馳走書外也、黒塗小早都合六艘被差出候也

　　　近藤三次郎殿

　　右ハ新居御番所前ニ御出張

宮城三左衛門殿

　　　右ハ舞坂之浜辺ニ御出張り候ニ付、采女・三郎左衛門、御側ニ立寄、御
　　　時宜申入ル、相応之御挨拶有之

〻松平伊豆守様ゟ御見送之為、御使者松井左膳、舞坂之浜迄被差越候付、采女
　　挨拶仕ル

〻三使、酉上刻、松平伯耆守様御領分、遠州浜松江参着、則旅館江止宿被仕

　　　　　　　　　　　　　　松平伯耆守様
　　御家老　　　　　　　　　岩城忠左衛門
　　御用人　　　　　　　　｛山本仙蔵
　　　　　　　　　　　　　　柴田権左衛門
　　物頭　　　　　　　　　　下山津右衛門
　　大目付　　　　　　　　　朝倉四郎左衛門

〻殿様より三使江御使者仁位貞之允を以左之通被遣之、御口上、今日ハ天気
　能新居御渡海、珍重存候、旅中為御慰、目録之通進候との御事也

　　求肥飴
　　　　　　　　　　　二器
　　養命糖

　　右、三使銘々相ノ木箱、絹真田緒付候而、銘々白木台也

〻松平伯耆守様ゟ御使者依田権右衛門、木下靭負を以三使并上々官へ被遣之
　　　折　　　　　　一合

　　右、三使銘々被遣之、御目録、大高竪御目録、松平伯耆守と計記有之

〻松平伊豆守様ゟ浜松迄、御見送為、御使者津田加右衛門被差越候ニ付、樋口
　孫左衛門遂面談、上々官を以三使へ申達ル

〻館伴松平伯耆守様、三使安否為御尋、旅館江御出被成候付、采女・三郎左衛門
　取次、上々官を以三使へ申達候所、韓僉知・金僉知罷出、三使ゟ御礼之口上申
　上候付、是又、采女・三郎左衛門御挨拶申上ル、裁判両人も奉行跡ニ罷有

〻御賄御代官亀田三郎兵衛殿御手代志村貞右衛門へ采女遂面談申達候ハ、正
　徳信使之節ハ三使通り筋ニ貧人乞食類被差停候所、今日ハ乞食貧人相見へ
　候ニ付、三使衆見被及候而、飢饉等ニ而、ヶ様之者有之候哉、左候ハ、、近
　習之人ニ物語被仕候由ニ御座候故、御馳走方へも、右之趣申達候、三郎兵衛

様へ被仰達、御同意ニ被思召候ハ丶、先々御中間中様方へ御通達被成被下
候様、尤、比丘尼類も被差控度旨申達候へハ、罷帰り可申聞之由被申、追付、
亀田三郎兵衛殿・増田太兵衛殿ら御使村田武助を以被申聞候趣承届、尤存候、
早速先へも可相触との事也

〃伊豆守様御家来朝倉四郎左衛門へ右之趣申達候得ハ、此方領分ニ乞食貧人
壱人も無之由返答也

九月廿日 晴天、浜松発足、掛川泊

〃今朝、三使浜松発輿前、上々官罷出、御領主松平伯耆守様御役人城代小川源
左衛門、御家老百足九郎右衛門へ対面、三使ら之口上、致止宿候付、何角御
馳走被仰付、忝存候との義、御礼申述候付、裁判吉川六郎左衛門取次、右両
人へ申達ル

〃右両人并用人雨森惣兵衛、番頭高畠六郎兵衛、三使馳走人百足半七郎江采
女・三郎左衛門対面、三使止宿ニ付、何角御心遣、御苦労ニ存候旨、相応ニ
致挨拶

〃松平駿河守様御領分境際ニ茶屋御用意有之、三使共ニ不立寄也

　　　　但、此茶屋ハ御代官大草太郎左衛門殿、御馳走書ニ有之

〃天龍川船橋掛ル長サ弐百弐十八間、船数五十弐艘、船場前後ニ仮番所二ヶ
所建、有之

〃三使、卯上刻、浜松発輿、巳ノ上刻、昼休、見付着

　　　　折　　　　壱合
　　　際
　　　　　松平伯耆守
　　　　　御名乗無之

右ハ三使銘々、御使者生形覚兵衛を以被遣之、真之目録相添、料紙大高也、
裁判吉川六郎左衛門取次之、上々官昼休着及延引、御使者之節筈ニ合不申

候ニ付、上判事之内、朴判事罷出、御目録請取、三使へ差出ス、追付三使ら
朴判事を以相応之御礼有之

　　但、上々官ニハ御音物無之

〃伯耆守様御家老沼野内蔵之助、三使着之為祝事、客館へ被罷出候付、吉川六
郎左衛門取次之、朴判事を以三使へ口上申達候処、追付朴判事を以相応之
返答有之

〃三使、申ノ中刻、懸川参着

　　桧重　　　　一累筐
　　　際
　　　　小笠原佐渡守
　　　　　長寛

右ハ三使銘々江御使者百足甚助を以被遣之、真目録料紙大奉書也、吉川六
郎左衛門取次、上々官を以差出

　　梨子　　　　一籠
　　　際
　　　　小笠原佐渡守
　　　　　御名乗無之

右者上々官銘々へ御目録、右同断

〃佐渡守様、客館江御出被成、采女・三郎左衛門へ御逢可被成之由、御用人を
以被仰聞候ニ付、早速罷出候処、御逢被成、三使へ到着之御祝詞被仰聞候付、
御口上承之、上々官を以三使へ申達候処、追付上々官を以相応之御返答被
申聞候付、則上々官召連、罷出、佐渡守様江申上ル、并上々官へ被下物之御
礼茂直ニ申上ル

〃佐渡守様御家老小川源左衛門・百足源太夫へ采女・三郎左衛門対面、相応之
致挨拶

〃松平伯耆守様ら附送り之御使者下山徳右衛門、懸川旅館へ被罷出候付、采
女・三郎左衛門出会、段々被入御念候趣、相応ニ致挨拶候処、追付被罷帰ル

〃御賄御代官美濃部勘右衛門殿・柴田藤十郎殿、旅館へ御出、采女・三郎左衛

門掛御目、并上々官へも御逢被成ル

〃明日、大井川為下知、通詞下知役田代沢右衛門・貝江庄兵衛・山本喜左衛門
　并通詞七人先達而罷越候様ニ申渡ス

九月廿一日　陰天

〃卯上刻、三使遠州掛川、出輿

　　　　　　小笠原佐渡守様御城代　　　　小川源左衛門
　　　　　　家老　　　　　　　　　　　　百足九郎右衛門

　右、旅館へ被罷出候付、三使ら御馳走之御礼口上、上々官罷出、申達ル、相
　済而采女・三郎左衛門致面談、相応之挨拶仕ル

〃日坂江三使小休所、本陳一ヶ所、御領主小笠原佐渡守様ら被設置、三使立寄
　被致休息、追付被罷立ル

　　　　　　折菓子
　　　　　　ひげこ
　　　　　　砂糖
　　　　　　葛

　此外、茶・多葉粉用意有之、被差出ル

　　　　　　佐渡守様町奉行　　　　　　森代十郎右衛門

　右被罷出、其外士以下・足軽等被差出、委細御馳走書ニ有之

〃巳ノ下刻、遠州金谷着、旅館へ昼休

〃佐渡守様ら三使・上々官へ、以御使者、左之通被遣之

　　　　桧重　　　　一組ツ丶　三使銘々
　　　　髭篭　　　　一ツ丶　　上々官へ

　右、吉川六郎左衛門取次、上々官を以申達候処、三使ら御礼、上々官罷出、申
　達ル

佐渡守様御家老	西脇東左衛門
御用人	多賀真左衛門
惣奉行番頭	小川才右衛門
三使・上々官御馳走人	多賀小平太

　　右、旅館江被罷出候ニ付、采女・三郎左衛門面談、致挨拶

〃御代官前嶋小左衛門殿、旅館江御出ニ付、三郎左衛門掛御目、御挨拶申入、
　追付御帰り被成ル

〃当所御馳走書佐渡守様御家来并御賄御代官前嶋小左衛門殿御手代井上織右
　衛門江平田助之進出会、受取之

〃三使金谷発輿、大井川被渡ル

出馬役	三浦酒之允
人馬下知役	樋口吉右衛門
川越手代	川内曽右衛門 / 山岡源七
	組之者六人

　　右、三使以下川越為下知、先達而大井川へ罷越、夫々下知仕ル、川越人足御
　　代官大草太郎左衛門殿ら被差出ル

〃御代官大草太郎左衛門殿、大井川江御出并御手代衆、金谷・嶋田両方之川端
　へ罷出居、下知被仕ル

〃太郎左衛門殿、金谷之方川端近辺江被成御座候付、御手代衆へ采女・三郎左
　衛門申達候ハ、太郎左衛門殿御出被成御座候而、諸事御差図被成、被為入御
　念御儀奉存候、三使衆以下迄無恙被罷渡候、可掛御目候へ共、我々ハ三使行
　列之内ニ罷有之故、其儀無御座候、此段、宜被仰上被下候様ニ申達ル

〃藤枝入口瀬戸川、仮橋掛ル

〃三使、申ノ上刻、藤枝着、止宿

〃御馳走人土岐丹後守様ら御使者御用人柘植宇左衛門を以到着之為御祝詞、
　三使并上々官へ左之通被遣之

　　　三使銘々
　　　桧重　　一合ツ丶

上々官銘々

素麺 一箱ツヽ

右、吉川六郎左衛門取次、上々官を以申達候処、三使ら御礼、口上、上々官罷出、申達ル

御賄御代官
竹田喜左衛門殿
日野小左衛門殿

丹後守様御家老
入来 寺田清兵衛

右、客館へ御出、三使着之祝詞被仰聞候付、六郎左衛門取次、上々官を以申達候処、三使より相応之返答、上々官罷出、申達ル

嶋田境迄迎使者
物頭 上田佐野右衛門

西御領分境
道奉行 加藤弥右衛門

西町口迄迎使者
物頭 井上九左衛門

右者通丹後守様ら三使着之節、被差出ル

用人 降屋直右衛門

町奉行
成沢八左衛門
江戸崎又右衛門

大目付
中村官兵衛
伊藤理左衛門

右、客館江被相詰、此外之役々并所々番所・番人等、委細御馳走書ニ有之

ゝ客館検分幾度六右衛門、御馳走書山崎元右衛門罷越、請取之

ゝ掛川ら三使為見送、小笠原佐渡守様御家来物頭高須金左衛門、藤枝迄罷越、為届、客館江被罷出候付、六郎左衛門面談、致挨拶

ゝ殿様ら御使者岩崎佐太郎、湛長老、菖長老より使僧両人、客館江被遣、三使、今日大井川無恙御渡り、当所迄御着之祝詞、安否為尋、被遣候処、上々官を以申達候処、何茂相応之御返答、上々官罷出、申達ル

九月廿二日　晴天

〃殿様、卯上刻、藤枝御発駕被遊ル

〃三使、卯中刻同所発輿

〃御馳走方役人衆江上々官韓僉知・金僉知罷出、吉川六郎左衛門取次之、御馳
　走之御礼申入ル

〃岡部宿はつれニ土岐丹後守様ら新規ニ茶屋建有之

〃丹後守様ら三使送之御使者加藤半左衛門

〃宇津の屋拵ニ茶屋、新規ニ建有之、侍国岡太左衛門、并、茶湯足軽等相詰、
　尤水桶等、数多飾有之、丹後守様ら之御馳走也

〃三使、右之茶屋へ被立寄、菓子等飾有之候を受被申、駕籠舁へ被為給之ル、
　尤、台子有之、茶等被給、書記被為呼、詩作等有之、別帳ニ記之

〃手越与申所へ新規ニ雪隠建有之、丹後守様より御馳走也、此外、所々ニ間を
　置候而雪隠建有之

〃阿部川ニ而川越之役人数多被差立、三使行中無恙被渡ル

〃正徳ニハ駿府就御饗応、阿部川茶屋ニ而衣服替被致候付、餅等於茶屋出候
　得共、此度者御饗応無之ニ付、天和之通不被立寄也、茶屋之前被通候節、三
　使江餅二重ツヽ、并上々官中へ同一重被遣之、御賄掛拵参、委細御代官日帳
　ニ有之

〃三使午ノ中刻、駿河府中参着、宿宝泰寺、昼休

〃御馳走人立花出雲守様・戸田主水正様・本多帯刀様・御代官小林又左衛門殿

〃御馳走書、山崎元右衛門罷出、受取也

〃三使へ御馳走人ら左之通被遣之

桧重一組　　　　　　立花出雲守
　御目録包のし　　　　　種甄
右ハ正使へ

同一組　　　　　　　戸田主水正
　御目録包のし　　　　　忠源
右ハ副使へ　　　　　御使者御家老
　　　　　　　　　　　恒川弥二兵衛

同壱組　　　　　　　本多帯刀
　同断　　　　　　　　　政淳
右ハ従事へ　　　　　御使者御家老
　　　　　　　　　　　清水善左衛門

　右、六郎左衛門取次之、三使へ申達、上々官取次、御返答御礼、右同人を
以使者へ申達ス

〃御城代青山信濃守様御内松浦忠太夫、宿口迄為迎、被罷出ル

　　　　　　　　　　覚

　　　　御城代　　　　　　青山信濃守様
　　　　御番頭　　　　　　松平駿河守様
　　　　御定番　　　　　　諏訪兵部様
　　　　町御奉行　　　　　津田外記様
　　　　御目付　　　　　　遠藤新六郎様
　　　　御代官　　　　　　小林又左衛門様

　　　右、駿府御役人様方

　　　　　　　　　　　　　立花出雲守
　　　　　　　　　　　　　戸田主水
　　　　　　　　　　　　　本多帯刀

　　　右、御加番

　　　　九月廿二日

〃出雲守様・主水正様・帯刀様江采女・三郎左衛門掛御目、客館諸事被為入御念
　之段、三使難有被存候段御挨拶申上ル

〃御代官小林又左衛門殿、三使着之御祝辞被仰聞、六郎左衛門取次之、上々官
　を以申達、返答相応也、上々官罷出、申達ス

〃三使駿州府中、未中刻、発輿

〃御役人中江上々官韓僉知・金僉知御馳走之御礼申達ル

〃三郎左衛門儀茂御用人衆へ一礼申述ル

〃殿様先立而御発駕被遊ル

〃府中与江尻之間ニ所々ニ新規之雪隠建有之

〃三使、申中刻、駿州江尻参着、御馳走人京極若狭守様

〃若狭守様御役人衆、左記之

家老	多賀蔵人
用人	西脇与三右衛門 岡浦右衛門
物頭	佐々宇右衛門
留守居	河村常右衛門
大目付	浅岡多仲
物頭	林源左衛門

〃若狭守様ら御使者岡浦右衛門・浅岡多仲を以三使并上々官江左之通被遣之ル

　　　桧重　　一組宛
　　右ハ三使銘々ニ被遣之、御目録大高京極若狭守高或与有之

　　　龍眼　　一箱宛
　　右ハ上々官銘々被遣之、御目録大高

　右為御礼、上々官を以御使者へ申達ス

〃殿様江三使ら為問安、朴判事被差越候付、通詞下知役米田惣兵衛、通詞栗谷
　藤兵衛相附、罷越ス

〃若狭守様、三使為御見廻、客館へ御出被成候付、采女・三郎左衛門罷出、御
　目見仕ル、三使へハ上々官を以申達候処、三使ら右上々官を以御礼有之、若

狭守様御馳走人迄申達ル

ゝ若狭守様御儀、此方様と御間柄ニ候故、御役人中近附有之、諸事御心易申談ル

　　上々官を以申達、右同人罷出　　岩出彦兵衛殿
　　　　　　　　　　　　　　　　　神保甚三郎殿

　　　　右客館江御出ニ付、三使参着之御祝詞被仰、御返答相応也、三使参着
　　　　之御祝詞被仰達ル、采女・三郎左衛門掛御目、御挨拶等申上ル

ゝ明朝ハ道程茂遠ク候間、殿様江ハ寅上刻、御発駕可被遊候間、三使江ハ寅中
　　刻、御発輿可被成旨可申達候由申来候付、其段、上々官を以三使へ申達ル

ゝ御本陳大浦忠左衛門方ら手紙を以申来候ハ、頃日被申聞候通詞下知役、信
　　使方御佑筆中へ被成下物之儀相伺候処、別紙之通被成下候旨被仰出候付、
　　則以組頭申渡

　　　　　　　　　　　　　　　通詞下知役
　　　　　　　　　　　　　　　　　田代沢右衛門
　　　　　　　　　　　　　　　　　米田惣兵衛
　　　　　　　　　　　　　　　　　児嶋又蔵
　　　　　　　　　　　　　　　　　貝江庄兵衛
　　　　　　　　　　　　　　　　　七五三杢右衛門
　　　銀三枚宛　　　　　　　　　　小田七郎左衛門
　　　　　　　　　　　　　　　　　山本喜左衛門
　　　　　　　　　　　　　　　　　須川嘉右衛門
　　　　　　　　　　　　　　　　　梶井与五左衛門
　　　　　　　　　　　　　　　　　川村太郎左衛門

　　　　　　　　　　　　　　　信使方御佑筆
　　　　　　　　　　　　　　　　　江崎忠兵衛
　　　銀三枚宛　　　　　　　　　　船橋忠右衛門
　　　　　　　　　　　　　　　　　梅野一郎右衛門
　　　　　　　　　　　　　　　　　西山多右衛門

　　右ハ信使方昼夜相勤、苦労仕、衣服等も他役らハ入増候付、先年も右之通
　　被成下候、此度、迚茂勤方相変儀無之、殊今程者諸色高直ニ有之候故、弥物
　　入茂有之筈と相見へ候付、被成下之ル

九月廿三日 晴天

〆今暁、三使江尻発輿之筈ニ候処、人馬差支候付、人馬割御代官方江樋口吉右衛門・一宮助左衛門、度々差越、催促為仕候得共、人馬出兼候付、発輿及延引候、　然所ニ殿様御本陳江人馬割御代官神保甚三郎殿・岩手彦兵衛殿御出、大浦忠左衛門江御逢、被仰聞候者、人馬差支候付、御役人衆度々被差越、御催促之段御尤存候、請負之者段々不埒いたし、馬子賃銀不相渡、寄せ置候馬茂垣を破り逃散し、何程ニ存候而も手ニ及不申候、只今ニ至リ候而も、請負之者致欠落、一人も居不申、手代之者二三人居候を撂置申候、右之通ニ候得ハ、可致催促、相手も無之候故、駿府・奥津江茂馬之義申遣候間、夜明候ハ、段々参り可申候故、　御出立を蹔御差扣被成被下候様ニ宜鋪申上候様ニ与之御事ニ付、忠左衛門申達候ハ、朝鮮人御馳走之人馬之数ハ兼而従公儀、被仰出、相極居度段、朝鮮人も能存知居申候処、僅之人馬差支、発足難成候間、被差延候様ニ与之義、対馬守方ら朝鮮人江申聞候事至而気之毒ニ存候、四五十疋有之候得者、当用之品計成リ共、先達而差越、先三使被致発輿候様ニ可仕候間、右之分早々可被差出候、残荷物之義ハ夜ニかけ候而成共、無滞、三嶋江可被送届候、被仰聞候趣ハ、対馬守江可申聞候由申達、則御前江申上候処、幾重ニも御心遣候様ニ申達候得与之御事ニ付、御返答相応ニ申達候処、心之及相肝入可申候、残荷物ハ歩行持ニ致シ候而成共、今晩中ニ三嶋江可送届由被仰、御両人御帰リ被成ル、然者、夜明方迄右四五十疋之馬埒明不申候ニ付、御代官衆方へ俵四郎左衛門差越為致催促、其節申遣候者、残荷物之義弥夜ニかけ候而成共、三嶋江無滞可被送届候哉、左候ハ、三使可被致発足候、左様難成候ハ、発足を扣被申而可有之候、決定之御返答被仰聞候様ニ与申遣候処、委細致承知候、馬差支候ハ、歩行持ニいたし候而成共、今晩中ニ送届可申候者、弥御発足被成候様ニ与之返答ニ而、其内馬茂四十疋程寄リ候故、先荷物追々附出候而、三使発輿被致候様ニ可申達候、残リ荷物之義ハ段々馬出次第附出し候様ニ、此方役人相残シ可置之由、忠左衛門方ら申聞候付、右之段、上々官を以三使江申達候処、弥発輿可仕与之御事也

〆卯ノ刻過、三使江尻発輿被仕ル

〆朝鮮人残リ荷物之義、俵四郎左衛門・樋口吉右衛門・一宮助左衛門并手代通

詞下知役三人、通詞十四人相残リ、荷馬出次第、段々三嶋江送届候世話仕候
様ニ申渡ス

〃相残り候朝鮮人、左記之

次上半事
　韓判事
押物判事
　金僉正
中官十二人
下官五十二人

〃人馬段々被差出候付、追々残リ荷物附合、朝鮮人相附、差越ス

〃荷馬相滞、最早夕飯時節罷成候付、俵四郎左衛門申談候上、御賄方江申達、
上判事弐人、中官三人、下官三十五人、通詞下知役三人并通詞十四人、御料
理被出之ル

〃御馳走人京極若狭守様御事、信使旅館へ御見廻可被成之所、少々御病被成
候付、御出不被成候旨、采女・三郎左衛門方迄御使者を以被仰下

〃油井宿ノ本陳を茶屋ニ御設被置候付、此所ニ三使被立寄、暫ク被致休息ル、
湯茶計出ル、御代官江川太郎左衛門殿・河原清兵衛殿御手代被罷出、此方役
人中迄挨拶有之

〃三使、午下刻、富士川船橋被渡ル

〃富士川弐瀬船橋弐ヶ所

同断　　　御用心高瀬船
同断　　　御用心、大乗物、但高麗縁御座、青染桐油有之　　　三挺

　是ハ若大雨満水ニ而船橋通行難成節、高瀬船ニ而渡船之節、三使
　乗輿之支度、如此也

右船橋西之方番所、松平采女正様御家来中之瀬ニ、東西ニ番所弐ヶ所有之、
是ハ御代官小林又左衛門殿ゟ番人被差置、東之方番所、京極若狭守様御家
来被相勤也

〃三使、未刻、吉原駅御馳走人松平采女正様ゟ御設被置候旅館江着、昼休被仕、
追付、発輿

〝采女正様ゟ三使江御使者岡部多右衛門を以左之通被遣之、吉川六郎左衛門
　取次之、三使江差出ス、上々官罷出、御礼申達ル

　　　　　桧重　　　　　　一組宛

　　　右ハ三使銘々被遣之、御目録大高、松平采女正宅基ト記之

　　　　　焼まんちう　　　一箱宛

　　　右ハ上々官銘々被下之、御目録御名乗り無之、其外右同断、御使者佐
　　　藤権太夫

〝松平采女正様、三使御着之為御祝詞、旅館へ御出被成候付、采女・三郎左衛
　門罷出、御挨拶申上、御出之段、三使江申達候処、上々官を以御礼有之候ニ
　付、采女・三郎左衛門取合、申上ル

〝采女正様、殿様江御逢被成度、御本陳江御出可被成之由被仰候ニ付、大浦忠
　左衛門方へ右之趣申遣ス

〝采女正様御家来、旅館江被相詰候面々、左ニ記之

　　　　　御家老　　　　　　戸塚平馬
　　　　　中老　　　　　　　岡部多右衛門
　　　　　御用人　　　　　　和田平太左衛門
　　　　　同断　　　　　　　藤田千右衛門
　　　　　御留守居　　　　　成瀬又左衛門
　　　　　物頭　　　　　　　佐藤権太夫
　　　　　給人裁判　　　　　紫田源右衛門

〝三使、戌中刻、豆州三嶋江着、御馳走人有馬左衛門佐様

〝左衛門佐様御家来、旅館江被相詰候役人、左ニ記之

　　　　　御家老　　　　　　有馬平之允
　　　　　御用人　　　　　　山崎五郎右衛門
　　　　　御留守居　　　　　吉田半内
　　　　　取次　　　　　　　伴田繁利
　　　　　物頭　　　　　　　黒木半兵衛
　　　　　裁判　　　　　　　三井権之允
　　　　　　　　　　　　　　藤井嘉七郎
　　　　　諸用聞役　　　　　林田伝右衛門

〃左衛門佐様、三使安否為御尋、客館江御出被成候付、采女・三郎左衛門罷出、
挨拶申上、上々官罷出、御礼申上、追付御帰り也

　　　　　　人馬割御代官　　　　　　　　河原清兵衛殿
　　　　　　　　　　　　　　　　　　　　江川太郎左衛門殿

　右客館江御出ニ付、采女・三郎左衛門掛御目、人馬等之儀無滞様ニ被仰付候
様ニ申達ル

九月卅四日

〃三使より有馬左衛門佐様御家老御馳走人中江上々官を以御馳走之御礼有之
候付、裁判吉川六郎左衛門取次之、申達ル、尤、御賄御代官河原清兵衛殿・
江川太郎左衛門殿へ茂同前ニ御礼口上有之

〃右御役人中へ采女・三郎左衛門対面、相応之致挨拶

〃卯ノ下刻、三使、三嶋発輿、午ノ上刻、昼休、箱根着

〃大久保加賀守様ら三使銘々へ御使者を以左之通被遣之

　　　　　　干菓子　　　　　　一組
　　　　　　　　大久保加賀守

　　右者御目録料紙大高竪、真書御名乗無之

〃午中刻、三使箱根発出

〃御代官鈴木小右衛門殿、采女・三郎左衛門へ被仰聞候ハ、天和・正徳共ニ箱
根御関所、国書通り候節ハ、番人致下座候付、三使以下不残、致下座候ヘ共、
此度者国書たりとも不及下座旨、従公儀被仰出候間、朝鮮人も下座ニハ及
間敷候、勿論、殿様御通り之節ハ先規之通下座有之筈ニ候由被仰聞候付、奉
得其意候旨御返答申達ル

〃右之訳ニ付、忠左衛門方へ河村太郎左衛門を以委細申遣ス、尤、先立・跡立
之者ハ前々之通下座致させ、行列ニ而罷通候者ハ、直ニ乗り通り候様可申
付旨申遣ス

〵右之通申遣候得共、国書ニも番所番人下座無之候故、一行之人数不残、下馬
無之

〵三使、酉中刻、小田原駅着、御馳走人大久保加賀守様ら御設被成被置候旅館
止宿

大久保加賀守様
御家老　　　　　　　　　大久保又右衛門
御年寄　　　　　　　　　広仲伊右衛門
御用人　　　　　　　　　大久保弥太夫

〵加賀守様より三使并上々官へ御使者杉浦一学・服部儀左衛門を以

杉重　　　　　一組
右ハ三使銘々ニ被遣之、御目録大高竪、大久保加賀守と真書ニ有之

小奉書　　　二十帖
右者上々官銘々被下之、大高竪、真御目録御名無之、

杉浦平太夫
渡辺十郎左衛門
御家老
岩瀬織部
大久保又右衛門

杉浦一学
渡部三左衛門
御年寄
広仲伊右衛門
近藤吉左衛門

右之面々、三使安否為伺、旅館へ被罷出候付、上々官を以三使へ申達ル

〵加賀守様より三使以下下官迄為夜食、煮麺御振廻被成ル、献立等ハ御馳走
書同前ニ被差出之

九月廿五日

〃卯ノ下刻、三使小田原発輿

〃殿様、辰上刻、発駕被遊ル

〃御馳走方御役人江三使ら為御礼、上々官罷出申達ル、裁判六郎左衛門取次之

〃采女・三郎左衛門儀茂大久保加賀守様御家老衆致面談、御礼申達ス

〃酒匂川船橋掛ル小船百艘、水夫一両人衆乗居ル、此外ニも小船数艘脇ニ繋
有之、此内、五艘ニ者日覆用意有之、かこ対之着物着、大勢罷有ル、船橋之
次第ハ御馳走書

〃加賀守様御領、梅沢宿ロニ新規之茶屋建有之、侍衆両人、足軽等数多相詰、
菓子色々飾有之、三使被立寄、暫有之而、発輿、尤台子飾有之

〃加賀守様御領分之内ニ間々新規之雪隠建有之

〃巳ノ下刻、三使大礒参着

〃殿様追付御着

〃大磯御馳走人鳥居丹波守様御代官遠藤七左衛門殿

〃中官下官、例之通御料理被下之

    丹波守様ら左之通御目録を以被遣之ル

        檜重   壱組宛

      大高御目録銘々   鳥居丹波守 忠利

  右ハ三使銘々へ、御使者安藤又左衛門

        干菓子   一箱宛

      大高同断   鳥居丹波守

  右ハ上々官銘々へ御使者鎌田源右衛門

家老		島居頼母
用人 町口迎		小嶋左仲
用人 三使用聞兼		安藤又左衛門
三使用聞兼 留守居		松山十兵衛
小童		
学士 用聞		吉田要人
判事		増田半蔵
上々官用聞		中村喜左衛門
取次		神谷半下
		鎌田源右衛門

〃御本陳、大浦兵左衛門方へ以手紙、申遣候ハ、今日者殿様、三使ら跡ニ御発
　駕被遊、三使茶屋等江被寄候節ハ、御待合被成、御退屈ニ可被思召上与存候
　間、昼休らハ三使ら先達而御発駕被遊、如何可有御座候哉、於御同意ハ可被
　仰上之旨申遣ス

〃午ノ上刻、三使大磯発輿

〃殿様、先達而御発駕被遊ル

〃御馳走方御役人中へ三使ら上々官を以御礼被申入、六郎左衛門挨拶仕ル

〃丹波守様御家老へ三郎左衛門面談、御礼等申達ル

〃馬入川船橋掛り有之、長百五拾間、幅九尺、船数九拾弐艘

〃申中刻、三使相州藤沢駅着、御馳走人堀左京亮様御出張り

御賄御代官		小宮山長右衛門殿
		柘植兵太夫殿
人馬方御代官		遠藤七左衛門殿

〃左京亮様、三使安否為御尋、旅館江御出被成候付、采女・三郎左衛門罷出、
　御挨拶申上ル、韓僉知・金僉知も罷出、三使より之御礼申上、追付御帰り也

〃左京亮様より三使并上々官、御使者田中右衛門、山田喜助を以左之通被遣之

　　　干菓子　　　　　　　一筐

　　　　但、杉重也

　　右、三使銘々被遣之、御目録大高竪、堀左京亮直治と有之

砂糖漬　　　　一盃

右ハ上々官銘々被遣之、御目録、右同断御諱無之

堀左京亮様家来

家老	堀八郎兵衛 山村頼母
用人	堀定右衛門 田中右衛門 野口彦兵衛
留守居	近藤次左衛門
物頭	寺本作兵衛 矢部権左衛門 牧田源六 上松半太夫
側用人	槙政右衛門 山本作太夫

〃殿様江三使方ら桧折一合被進之候付、米田惣兵衛を以差上之、古川繁右衛門取次之

九月廿六日　晴天

〃三使寅中刻、藤沢出輿

〃三使出輿砌、御馳走人堀左京亮様安否為御尋、旅館江御出被成ル、采女・三郎左衛門詰合不申候付、裁判孫左衛門罷出、御口上取次、上々官を以三使へ申達候処、三使ら御返答、上々官罷出、申達候付、孫左衛門相附、罷出、御前ニ而奏者へ口上申達ル、尤、昨日ら御馳走之御礼も申達ル

〃戸塚宿へ三使以下、小休所御用意有之候得共、不被立寄也

〃三使、巳中刻、神奈川着、昼休

〃御馳走人黒田甲斐守様ら三使上々官へ御音物、左記ス

三使銘々　　桧重　一組ツヽ　　　　　　御使者　　原田伝右衛門

　　　　上々官へ　　焼饅頭 一組ツヽ、白木折　　御使者　　佐々小左衛門
　　　右、御口上、裁判吉川六郎左衛門取次、上々官を以申達、如例、上々官
　　　罷出、三使ら御礼口上申達ル
〃御馳走人黒田甲斐守様、三使着之為祝事、旅館へ御出被成候付、采女・三郎
　　左衛門罷出、御口上取次之、上々官を以申達、則三使ら御返答、上々官三人、
　　采女・忠左衛門相附、罷出、相応之御返答申聞候を采女取次、御直ニ申上ル

　　　　甲斐守様御家来

　　　年寄　　　　　　　　┌井上伊織
　　　　　　　　　　　　　└原田伝右衛門

　　　御用人　　　　　　　宮井久米右衛門

　　　御留守居　　　　　　小幡万右衛門

　　　右、旅館へ被相詰居候付、采女・三郎左衛門致面談
〃午上刻、三使、神奈川発輿
〃甲斐守様御家老へ上々官、裁判六郎左衛門相附、罷出、三使ら御馳走之御礼
　　口上申達ル
〃川崎町本陳ニ小休所御用意有之候得共、三使不被立寄也
〃三使六郷川船ニ而被渡ル、公儀之御船也

	犀鵜丸	但、三拾挺立	国書	国書ハ正使之船ニ乗候筈ニ、兼
	住吉丸	同断	正使	而被仰付置候へ共、正使船ニ乗
小隼	橘丸	同断	副使	せ候而ハ、手狭ニ有之候故、若
	武内丸	同断	従事	船ニ御乗せ被下候様ニ、三使ら
				被申聞候付、別船ニ乗ル

　　　外ニ屋形船拾八艘、水夫七拾六人
〃御代官伊奈半左衛門殿御手代落合兵太夫・山浦喜左衛門、下役四人、川端江
　　罷出、下知被仕ル
〃三使、酉上刻、品川着、三使并上々官護衛軍官・小童宿玄性院、其外塔中罷
　　有ル
〃館伴松平豊前守様ら三使・上々官へ御音物、左之通被遣之

三使へ	杉重 一組ツヽ	御使者	高田茂左衛門
上々官へ	蒲萄 一籠ツヽ	御使者	山田大九郎

右、裁判六郎左衛門取次、上々官を以申達、三使ら御礼、上々官罷出、
申達ル

〃甲斐守様ら為見送、御家来吉田喜内、品川迄被差越ル

〃御代官伊奈半左衛門殿、旅館へ御詰被成ル

豊前守様家来
御家老	久林九兵衛
用聞	中村権右衛門 毛利平馬
御留守居	加藤庄左衛門
上々官 小童 用聞	大谷兵橘
諸道具 裁判	松平助左衛門

右、御家老・御留守居迄采女・三郎左衛門致面談

〃御馳走人松平豊前守様、三使着之為祝事、旅館御出被成候付、采女・三郎左
衛門罷出、御口上取次、上々官を以申達候処、三使ら上々官を以御返答被申
候付、采女・三郎左衛門相附出、相応之御返答被申候付

〃伊奈半左衛門殿ニも三使着之御祝事被仰聞候付、上々官罷出、御返答申達ル

〃三使ら明日発足、行列先ニ荷馬之末々罷越不申候様ニ申付候間、人馬役へ
申達置候様ニ被申聞候付、行列先ニ人馬相違不申候様ニ、樋口吉右衛門方
へ申遣ス、尤出馬役方へも其通被相心得候様ニ申渡ス

〃裁判孫左衛門・六郎左衛門御使者ニ被仰付、旅館ニ而上々官へ申達候御口上
書、左ニ記ス

淀発程之節、人馬不埒ニ有之候付、其旨京尹へ可被申達との事ニ而書翰
御認、京都御立之砌、裁判へ御渡候由承之、人馬之儀ハ拙子護行いたし
候上者拙子方ら埒明申事ニ而、各御心遣ニ成申事ニ而無之候故、其節、
拙子方ら早速京尹へ以使者、申達シ、人馬無滞様ニ申達候得共、外ニ故

障有之、当時差支申たる訳ニ而京尹被預候儀ニ而無御座候、其上、ヶ様
之儀ニ付、京尹へ各ら以書翰被申入候先規茂無之候故、御取次申候事難
成候ニ付、早々御返納申候様ニ裁判へ可申付与存候得共、時々馬之支有
之、御安心無之時節ニ途中ニ而、兎や角議論ニ及候段も如何鋪存シ、差
扣させ申候、最早、無別事、此元へ御着之儀ニ候故、致返納、総体上ニ
ハ薄待之御心、少も無之候所ニヶ様之儀、各ら書翰ニ及候而ハ、歴路之
郡守茂被及難儀候事ニ候故、此段も如何鋪存候、御帰国之節ハ、弥拙子
方ら執政方へ能々申入、少茂手支無之様ニ可致候間、御気遣御無用ニ候、
以上

右之通上々官江申達候処、今晩ハ三使臥り居被申候間、明日、可申聞由申
聞ル、通詞山城弥左衛門・小田四郎兵衛を以上々官へ申達候也

〻三使方江御使者乾許右衛門被差越之御口上ハ、昨夜者御菓子被懸御意、毎
度御心走忝存候、為御礼、使者を以申入候、且又、明日爰元発足刻限之義ハ
奉行共江申遣候間、可申遣由被仰遣ル、御返答相応也

〻三使ら上々官を以被申聞候ハ、明日江戸入之節、行列先ニ荷馬并末々之者
発足不仕、出輿跡ら段々罷越候様ニ申付候間、役々へ申達候様ニ与之義ニ
付、則出馬役之人馬方江申遣ス

〻通詞下知役七五三杢右衛門・河村太郎左衛門江吉川六郎左衛門を以申渡候
者、明日、江戸信使宿坊本願寺見繕、御賄御代官ら二宮杢兵衛ニ被仰付候、
朝鮮人方へ相渡り候、朝夕賄用之器物之品渡し方之為下知、通詞下知役之
内両人程申付、先達而早々差越候様ニ、平田直右衛門方ら申来候間、両人明
朝未明ニ爰元令発足、先達而本願寺へ罷越、三使参着前、諸事致下知候様ニ
申渡ス

（終わり）

江戸在留中信使奉行毎日記

享保四己亥年信使記錄　信使奉行江戸在留中毎日記

九月卅七日

〻三使、辰ノ中刻、品川駅出輿、午ノ下刻、浅草本願寺江着

〻殿様ニ者辰之上刻御発駕、三使ら御先江御越被遊ル

〻御馳走人松平豊前守様御代官伊奈半左衛門、信使旅館江御出被成候ニ付、
采女・三郎左衛門罷出、掛御目候処、三使安否御尋被成候旨被仰聞候ニ付、
三使江申達し候処、上々官を以豊前守様へ者、夜前も御出、忝存候、半左衛
門様江者道橋等結構被仰付、被入御念義ニ存候由御礼有之也

〻殿様并三使江戸入行列、別帳ニ記之

〻殿様ニ者卯ノ中刻、三使ニ者同下刻、御発駕之筈ニ候得とも、御留守居原宅
右衛門、江戸ら御迎、品川迄罷越申候者、江戸入早過候而者御行列見物
等之差支候由申聞候付、出足刻限之儀者御用掛江被仰上置候上之事ニ候得と
も、右之訳、平田直右衛門方江申遣候所、今朝御発駕之通遅ク御立被成ル也

〻信使御用掛松平対馬守様・大久保下野守様・横田備中守様、御馳走人牧野駿
河守様・中川内膳正様、御賄御代官朝倉半九郎殿・松平九郎左衛門殿・会田伊
右衛門殿・堀江半七郎殿、旅館江御出、御待請被成ル也

〻於本願寺、御用懸様御列座ニ而大久保下野守様ら采女・三郎左衛門江被仰渡
候者、火之元之儀随分念を入候様ニ被仰聞候ニ付、奉畏候、火用心之義者先
刻、奥野右京様ら茂被仰聞、其節茂申上候通心之及、入念申付候得とも、異
国人之義故、難届所茂有之候ニ付、対馬守家来共昼夜立廻り、行規申付居ニ
候段申上候処、成程、其段承居候得とも、今日者着之日と申、殊長途之疲茂
可有之候故、別而念入候様ニ被仰付候

〻下野守様被仰聞候者、明日、為上使井上河内守様・戸田山城守様、旅館へ御
入被成筈ニ候所、御装束被召替候宿寺、差支候ニ付、杉村采女宿源隆寺と申
寺、御作事御奉行方御見分之上、御座拵被仰付候故、采女義ハ本願寺江臥り、
諸道具并家来共者、同寺之隣り、江崎忠兵衛・梅野一郎右衛門罷有之、宿江
一所江召置ク

〻御用懸り様方平田又左衛門江被仰聞候者、三使江対面之義何時可然候哉、
貴殿者何と存候哉と被仰候ニ付、御返答申上候者、明日三使江御饗応、巳之

刻と相極候ニ付、右之節、三使被罷出候故、御饗応前、御逢被遊候ハヽ、三
使茂両度迄不被罷出、各様御手番も宜可有御座と奉存候、併、此義者私一存
ニ而難申上候間、家老ともへ申聞せ、若、差碍茂御座候ハヽ、忠兵衛様迄可
申上旨申上ル

〃三使、旅館着之節、御馬附朝鮮人三人共ニ為迎、浅草雷門前広小路迄罷出ル、
通詞一人并御馳走方之足軽四人相附罷出ル

〃三使旅館江被揚候節、牧野駿河守様・中川内膳正様寄附、上々官ニ御出席、
三使段々ニ被入候度毎ニ互ニ二揖被成ル

〃殿様御宿坊ら御側歩行津田四郎左衛門を以追付旅館江御入被成候御老中江
御届ニ御廻り被成候ニ付、被仰置、御帰可被成之由被仰下候ニ付、別而差支
無御座候、三使衆義只今参着被仕候、御勝手次第ニ御入被成候様ニ申遣ス

〃殿様追付御入被遊ニ付、楽器を奏し、上々官并釆女・三郎左衛門御式台庭上
迄罷出、上段之次、御対客之間ニ御着座被成候所、上々官御呼被成、三使江
着府之御祝詞被仰入、三使ら相応之御返答有之而、御用掛松平対馬守様・横
田備中守様・大久保下野守様、御目付鈴木伊兵衛様・稲生次郎左衛門様・御勘
定組頭奥野忠兵衛様江御対面被成、夫ら御馳走人牧野駿河守様・中川内膳正
様御詰所江御出被成、御対面、追付御帰被遊ル

〃通詞下知役三人、通詞十人、品川ら先達而本願寺へ罷越、夫々座拵等申談ル

〃御屋敷ら平田直右衛門并大目付平田又左衛門、御留守居鈴木左二右衛門・原
宅右衛門、其外御佑筆旅館江相詰ル

〃三使并上々官以下江御賄御代官ら被相渡候器物兼而被仰合之通、御国町人
二宮杢兵衛致支配、夫々ニ相渡し、朝鮮人ら手形請取、勿論通詞下知役中諸
事差引仕候様ニ申渡ス

〃三使ら次官迄ハ下行被成下候、小童者次官之内ニ加候故、今日者御料理不
被成下也、中官・下官江者御饗応被下之御献立ハ別帳ニ記之也

弐人衆	輿添	御歩行中
	仮	通詞中

右者三使逗留中、本願寺江不寝番被仰付候間、入念、相勤候様ニ、裁
判を以申渡ス

通詞下知役中
信使附御佑筆中

右者昼夜旅館江相勤、宿江罷下り候手透も無之候付、上下ともニ旅篭ニ被
仰付被下候様ニ申出候ニ付、御勘定所、遂吟味候所ニ勤方茂違候故、弥旅
篭ニ被仰付候様ニ申来候故、其通り申渡ス

杉村采女取次
高畠弾蔵

右同断ニ付、旅篭願候付、同前ニ被仰付ル

九月廿八日　今日御饗応

〃御馳走人牧野駿河守様・中川内膳正様御直ニ三使之安否御尋被成候付、采女、
御口上承之、上々官三人を以申達候処、三使ちも相応之口上、上々官を以被
申聞候ニ付、則采女取次、両御馳走人江申上ル

〃奥野忠兵衛様、采女御呼被成、両御馳走人御目掛松平対馬守様・横田備中守
様・大久保下野守様、三使御対面として御出、御待被成候、遅り候而者後刻
御饗応被下上使御入被成候節之支ニ茂成可申候間、此段、三使江致通達、最
早御対面候而可然との事ニ付、奉得其意候旨申上、早速上々官を以何茂様、
御待請被成候段申達候処、追付三使被罷出候ニ付、三郎左衛門先導いたし、
右御五人之御方ハ西之方縁頬ニ御並立被成候ニ付、三使被罷出候を身請、采
女御先導いたし、双方ら御出迎、上段之下対客之間ニ而、両御馳走人御用懸
之御方者東向、三使ハ西向ニ御立並、御互ニ御手を被挙、直ニ上段被為入、
兼而敷有之候毛氈之前ニ御立並、一統ニ二揖有之、氈之上ニ御着座、駿河守
様、采女江御会釈被成候付、御側江近寄候得者、三使江之御口上、今度為御使
者、遠境御越、御苦労ニ存候、我々儀為御馳走、御附被成置候、今日者初而
懸御目、珍重ニ存候との儀被仰含、次ニ対馬守様、其外ら茂相応之御口上被
仰聞候ニ付、韓僉知を以申達候、采女儀者口上相済候迄、下段ニ退キ居候処、
相応之返答、韓僉知を以被申聞候ニ付、采女茂上段ニ上り承之、右五人之御

面々ニ申上ル

〃右相済而又駿河守様、采女御呼被成候ニ付、御側江差寄候処、今日ハ御饗応
を御設被成置候、緩々御頂戴候様ニとの御事ニ付、其段、韓僉知を以申達候
処、難有仕合奉存候、御礼之義宜被仰上被下候様ニとの事、韓僉知を以被申
聞候付、采女取次、五人之御面々江申上ル、相済而人蔘湯出ル、一統ニ御戴
被成、被召上候而、天目、小童へ御返し被成、三使ら韓僉知を以今日者初而
得御意候、逗留中、寛々掛御目可申与之挨拶有之、采女取次之、五人之御
面々ニ申上候

〃右相済而御退座可被成との義ニ付、其段、采女、韓僉知へ相伝候時、双方御立
被成、二揖有之而御退座、三使座外へ被送出、初御出之節之通又互ニ御手を
被挙、畢而御五人者西之方、縁頬ニ御帰座、三使ハ直ニ御饗応被下候間、又元
之ことく本座床之前ニ、南向ニ毛氈之上ニ着座、追付七五三之御膳部出ル

〃三使・上々官迄七五三、上官ら次官迄五々三、通詞下官ふくさ料理、香物共
ニ二汁七菜之御料理被成下、委細者御献立帳ニ有之、但、中官・下官・通詞ハ
昨日着之日御饗応被成下ル

〃右御通イ御馳走方小姓組熨斗目長上下着、下段西之方敷居際ニ持出、小童
江相渡ス

御勘定奥野忠兵衛様ら通詞中江被仰渡候御書付之写

覚

長老并通詞着日御饗応、此度者両長老之宿坊ニ而御料理被下候、右之宿坊
茂小屋掛故、座席無之候間、替々混乱無之様ニ可被致候、場所者

長敬寺ニ而

長老弐人伴僧拾四人

右者精進御料理被仰付候間、両長老共ニ長敬寺江参着可被申候

善照寺ニ而

通詞四拾四人、先着共ニ并小姓侍中間迄

右者魚類御料理被下候

右善照寺、小屋掛手狭ニ付、替々通詞頂戴、終而両長老・小姓侍・通詞之侍

被下之、其次ニ両長老并通詞之小者可被下之

　　但、通詞之召使者主人御料理被成下候内ハ面々之宿坊ニ罷有、主人御
　　料理被下候以後ニ段々善照寺江可参候

〃御饗応之御膳部出候節、館伴并御用掛り之御方様向拝之縁頬ニ御並居被成
　候処、三使ら韓僉知を以御饗応之間、縁頬ニ御座候而者、座も違、殊ニ我々
　方ら相見江候而不敬ニ御座候間、気之毒ニ存候、御引取被下様被申候ニ付、
　采女取次、五人之御面々江申上候処、則初之ことく西之方縁頬ニ御並居被
　成ル

〃御饗応之献数相済而正使ら韓僉知を以、台之作り花別而見事ニ御座候、不
　苦被思召候ハヽ、直ニ致頂戴、居間江召置度之旨被申聞候付、其段、三郎左
　衛門取次、両御馳走人御用掛様江申上候処、左候ハヽ、御満足被成候、弥直
　ニ御取候様ニとの御事ニ付、其段韓僉知を以申達ル

〃右相済而三使ら韓僉知を以、御叮嚀之御饗応被成下、難有奉存候、何分ニ茂
　宜御礼被仰上可被下候との義ニ付、采女取次、両御馳走人御用掛之御方江
　茂申上ル

〃御目付稲生次郎左衛門様被仰候者、上使御入被成候節者対馬守殿家老之外
　決而一人茂座之内見江候所江召置不申相払候様、対馬守殿、休息之間之戸
　障子〆置候様ニとの事被仰聞候ニ付、其通ニ払置、伝言官四五人計、朝鮮人
　勝手口ニ相扣置

〃殿様、巳中刻、本願寺江被為入、御休息之間ニ御着座、上使御入被成候を御
　待合被成ル

〃今午ノ上刻、旅館江為上使、河内守様・山城守様御入被成ル次第者兼而御書
　付ニ而被仰出候通故、略爰ニ、此御書付御供方毎日記ニ記有之也

〃今日、三使着用之服、朝鮮人方ら書付差出候ニ付、左記之
　　　上使与三使相接時、倶着黒色雲紋大段団領着、烏沙帽黒靴子

〃上使御入被成候節者、正徳年ニハ対馬守家老中門外迄罷出申候、此度者御
　差図無御座候付、致遠慮、差扣罷有候与之儀、御用掛松平対馬守様江相伺候
　処、其段、河内守様・山城守様江御伺被成候へ者、先規之通罷出、御目付衆
　得差図、中門外江罷有候様ニ与之御事ニ候由被仰渡候ニ付、四人共ニ布衣

着用、中門外東之方隅ニ罷出居、御通り之節、御礼申上ル

〃 裁判・出馬役長上下着、人馬掛・五日次掛・真文役、其外小役人迄熨斗目麻上下着、御徒士・通詞ハ服紗半上下着

〃 采女宿寺源隆寺之儀、兼而上使御立宿ニ相極り居候由、依之、荷物等之儀片付ケ明置候様ニ、御目付衆ら平田又左衛門江被仰聞候ニ付、乍暫時、御老中御休息所江采女宿仕居候段不遠慮ニ存候間、宿替之義相願候得共、夫ニ不及候人を差置不申、荷物片付ケ、座廻り之分明ケ置候様ニとの御事ニ付、其通ニいたし候也

〃 朝鮮国別幅物品々、今日荷拵解、献上之用意取掛り候ニ付、御佑筆佐護分右衛門、本願寺江罷出、押物判事江立合、品々取揃候也、御弓之者并細工人等召連ル

〃 松平対馬守様ら来月朔日、登城御礼被仰付候、差支者有之間敷哉と御尋被成候、以前ら四五日掛り、献上物仕立、用意仕候通、両日ニ用意仕、晦日ニ差上候ニ付、仕立十分ニ者有之間鋪候得とも、其分ニ而不苦被思召上候得者、外ニ別而差支無御座候旨申上ル、尤、三使江相尋候処、彼方差支無之候、一刻茂早く国書差上度旨被申候ニ付、右之通御請申上ル

〃 御馳走人牧野駿河守様・中川内膳正様ら三使・上々官江両度ニ左之通御音物被遣筈ニ候、いつ頃、被差出可然候哉之旨、御用人方ら裁判樋口孫左衛門迄書付を以被相尋候付、附紙にて及返答、則左記之

　　　　覚

桧重	一組	
酒	二樽	三使江

桧重	一組	
酒	一樽	上々官江

　　　右者附紙ニ而、駿河守様らハ九月廿九日ニ被差出可然奉存候、内膳正様らハ十月二日ニ被指出可然奉存候

大和柿	一篭	
蒲萄		三使江
鮭	弐尺	

　　右附紙ニ而、是ハ未間も有之、三使衆手透承合被差出候様ニ追而
　　可申上候

大和柿	一篭	上々官江
蚫	一折	

　　附紙同断

綿	百杷	三使江
銀子	三拾枚	上々官江

　　右附紙ニ而、此返物者三使ら御両所様江御音物差出候以後、従是、
　　御内意可申上候

　　　以上

　　右者一方分ニ而御座候、右之通双方ら同様ニ被致進上候

〟御奏者御番酒井修理大夫様、旅館江為御検分、御出被成候ニ付、采女・三郎
　左衛門義御目通ニ罷出候処、殿様ニ茂海陸御堅固、信使御同伴被成、御満足
　ニ可被思召与之御意ニ付、相応ニ御請申上、御上屋鋪直右衛門・忠左衛門方
　江其訳申遣候、御使者ニ而も可被遣候哉、了簡次第申上候様ニ与申越ス

〟横田備中守様、朝鮮人竈所等之儀為御見分惣台所廻りニ御通り被成候ニ付、
　通詞一人被召連ル、此時、通詞下知役・通詞中所々ロ々ニ相詰罷有候処、備
　中守様被仰渡候者、御目付間々被立廻筈ニ候間、其節者通詞相附候様ニ被
　仰付ル

九月廿九日　曇天

〃昨日、上使之為御礼、三使ら上々官三人、井上河内守様江遣し被申、戸田山
　城守様江者御老中ニ而、来月四日迄御障御座候間、今日為御礼、朝鮮人罷越
　候儀差扣候様ニ与、河内守様御用人音羽庄兵衛・滝田半左衛門方ら夜前、御
　留守居方迄申来候ニ付、山城守様江者不罷出也

〃上々官三人平服、駕籠舁八人宛

〃小童三人ハ中馬、通事弐人・使令六人者歩行ニ而罷越、何茂駕篭馬御馳走方
　ら出ル

〃両御馳走方ら足軽四人、先払御双方かんはん羽織着

〃先乗、牧野駿河守様御番頭陶山七左衛門

〃杉村采女・原宅右衛門騎馬

〃跡乗、中川内膳正様御番頭三宅源太夫

〃通詞小田四郎兵衛・斎藤市左衛門相附ス

〃河内守様御屋敷廻り警固之侍・足軽并飾手桶差出有之、御門入候而、敷台際
　ら五間程之所迄薄縁三枚並鋪、取次田口宇右衛門・越知仁左衛門・音羽庄兵
　衛被罷出居候ニ付、互ニ手を揚ケ、会釈有之、三使共ニ先達而誘引、上々官
　先達、采女儀跡ニ附

〃御使者之間ニ罷通候処、御家老安部井貞右衛門・神戸半太夫・宇佐美四郎左
　衛門被立会、三人一度ニ互ニ二揖有之、着座、三使ら之口上、杉村采女申達
　候ハ、昨日者初而得貴意、珍重奉存候、為上使、御出被成結構之蒙上意難有
　奉存侯、御礼之義、御自分様迄申上候、御序之刻、宜被仰上可被下候、依之、
　上々官を以申上候与之儀御家老衆江申達し候之処、河内守致登城候間、帰
　宅之節、委細可申聞与之儀也、御茶出テ、小童江茂御次之間ニ而御茶出ル、
　相済而如初、二揖いたし、退座、御家老衆鋪台迄被送出、鋪台ニ而一揖有之、
　取次江も如初、下座鋪ニ而会釈いたし罷帰ル

〃御馳走人牧野駿河守様ら御使者根岸弥二右衛門を以三使并上々官江御音物
　被遣之、左記之

三使中江

　　桧重　　　　　　　一組
　　酒　　　　　　　　二樽
　　　　　　　　　　　長岡城主
　　　　　　　　　　　牧野駿河守源忠辰

上々官江

　　桧重　　　　　　　一組
　　酒　　　　　　　　二樽
　　際
　　　　　　　　　　右同断

　　右御使者御口上、裁判吉川六郎左衛門取次之、上々官を以三使江申達
　　候処、三使ら之御礼、上々官罷出、御使者江申達ル

〃林大学頭様・七三郎様・百助様、旅館江御出被成、三郎左衛門罷出、掛御目候
　処、御意有之候ニ付、三使江可致対面由被仰候ニ付、只今上々官御老中様方
　江罷出候、追付可罷帰候間、御待被成候様ニ申上候得者、上々官居不申候而
　も差支有之間敷由被仰候ニ付、惣而三使江御対面之節者上々官取次不仕
　候而者難成、御用向之義者猶以其通無之候而ハ不罷成由申上ル

〃大学頭様・七三郎様・百助様、製述官・書記江御逢可被成との義故、則其段、
　三使江申達、製述官・書記三人、殿様御休息之間ニ而筆談被成ル、牧野駿河
　守様・中川内膳正様も御出、御見物被成ル、松浦義右衛門、通詞広松茂助罷
　出、御取次仕ル

〃上々官帰宅仕候ニ付、大学頭様御父子、三使江御対面之義申達候処、従事者
　不快ニ付、正使・副使可掛御目候由被申、正使之居間江大学頭様・七三郎様・
　百助様御通り被成ル、正使・副使ハ銘々毛莆団敷之、上ニ茜を敷、大学頭様
　御父子者御銘々毛氈敷之、御双方ニ揖有之而御着座、大学頭様ら御口上、初
　而掛御目、珍重存候、拙者義祖父代ら前々信使江掛御目来候付、今日罷出候、
　御逢被下忝存候与之御口上、采女取次、上々官を以申達候処、三使ら相応之
　挨拶有之、大学頭様御父子ら御挨拶之上、詩作御出被成、三使ら茂相応之挨
　拶ニ而、国書等差上候ハ、、障ニ可罷成候間、和韻可仕由挨拶有之、人蔘湯
　出、相済而、如初ニ揖有之而御帰被成ル

〽曲馬乗り馬場検分之儀、昨日、御用掛りら被仰渡候段、直右衛門方ら申来候
ニ付、為見分、番十兵衛、今朝、吹上馬場江罷出、朽木丹後守様御家来山瀬
四郎左衛門被出会、検分仕、罷帰ル、馬場敷砂深く候ニ付、両方江かき除ケ、
幅九尺計ニして、砂一寸程御敷せ被成可然存候、弥其通可然候ハ丶、其段被
仰遣候様ニと直右衛門江申聞ル

　　　　以手紙、致啓上候、弥明日、朝鮮国ら之献上物差上筈ニ御座候、右献
　　　　上物路次之間入候、長持十四五掉桐油共ニ外ニ台包之用之桐油百枚程
　　　　細引御添御渡し可被成候、右之段為可申上、如此御座候、以上

　　　　　　九月廿九日　　　　　　　　　杉村三郎左衛門
　　　　　　　　　　　　　　　　　　　　杉村采女
　　　　　　朝倉半九郎様
　　　　　　松平九郎左衛門様
　　　　　　会田伊右衛門様
　　　　　　堀江半七郎様

〽馬上才申候者、曲馬之義久々立飼ニいたし置候ニ付、肥過候而むり申候間、
二三日茂強く乗り不申候而者、下見之節、用ニ難立候由申候付、今明日、御
屋鋪ニ而乗込せ可然候間、御用掛江被相伺候而、否可被仰聞候旨、直右衛
門・忠左衛門方へ申遣候処、返答ニ、相窺候而ハ、今日者不罷成候間、其旨
御届一通ニ而相済申候、然者、朝鮮人通り筋之辻堅等少々被差出事ニ候間、
爰元ニ而御用掛へ申上、其上ニ而朝鮮人罷越候様ニ可仕旨申来候付、御用
掛御詰所江三郎左衛門罷出候処、大久保下野守様被成御座候付、右之訳申
上、辻堅与申ニ而者無御座候、朝鮮人通り筋不行規ニ無之、為計ニ警固人等
御見合、少々被差出候様ニ御触被下候様ニ申上候得者、御城江御窺被成候
而、御返答可被成旨被仰聞候付、三郎左衛門申上候者、奉畏候、乍然、対馬
守方へ者三使ら急用等有之、折々朝鮮人罷越申義ニ候処、其度々相伺、御差
図相待候与申候而者、殊外差支申義ニ御座候間、右申上候通御届一通ニ而
朝鮮人罷通候間、其通被相心得候様ニ御触被成、相済候様ニ被仰付被下候
得かし与申上候得者、其後、下野守様ら弥朝鮮人罷越候様ニ与被仰渡ル

　　　　　　　　　　　　　　　金僉正
　　　　　　　　　　　　　　　馬上才弐人
　　　　　　　　　　　　　　　小童壱人

右御馳走方ら乗馬四匹并口附二人ツ、、警固足軽弐人宛被差出、尤罷帰候節ハ暮ニ及候故、馬一疋ニ竿挑灯弐箱・挑灯壱ツ宛被差出ル

小通事	壱人
使令	弐人
馬僕	壱人
通詞	斎藤惣左衛門 加瀬藤四郎 住永甚三郎

右之通御屋敷江罷越、番十兵衛罷違候付、樋口吉右衛門麻上下着、跡乗仕ル、通詞下知役一人相附罷越ス

ヶ 本願寺ら寺町通り、織田近江守様御屋敷脇前通りら佐竹右京太夫様御屋敷前通り、此方御屋敷江罷越候通り筋、屋敷々々ら警固少々被差出ル

ヶ 御上屋鋪馬場ニ而駆計乗ル、殿様御覧被遊、相済而金僉正、馬上才、其外相附参候朝鮮人江御屋敷ニ而二汁五菜之御料理被下、罷帰ル

ヶ 従事不快之段御聞被成、従殿様、為御見舞、御使者加城六之進被遣之

ヶ 今昼、大久保下野守様ら采女江被仰聞候者、曲馬下乗二日ニ而候得共、三日ニ仕、五日上覧差支申間鋪哉と御尋被成候付、馬芸之者、旦那屋敷江馬芸乗込ニ罷越候、相尋候而、御返答可申上旨申上候得者、返答之義、松平対馬守様迄申上候様ニ被仰付候ニ付、則馬上才江相尋候処ニ、弥三日下乗可仕由申候付、其段対馬守様御用人吉田十兵衛方江申遣ス

ヶ 御馳走人牧野駿河守様、三使安否御尋ニ付、采女承之、申達候処、上々官を以相応之礼有之、中川内膳正様御病気ニ付、御出座無之

ヶ 両御馳走人御留守居中ら裁判吉川六郎左衛門江被申聞候ハ、明後朔日、三使登城行列、対馬守様ら前後之騎馬、誰々御乗り被成候との儀御書付被下候様ニ与之儀ニ付、別紙行列之通り書付遣し候処、彼方ら茂前後之騎馬等夫々ニ書付被差出ル

九月晦日 晴天

〃殿様、今四時、為御習礼、御登城被遊ル、兼而被仰付候ニ付、杉村采女・平田
直右衛門・大浦忠左衛門服紗麻上下着、御供仕ル

〃杉村三郎左衛門儀乗り物、願之通被差護候ニ付、今朝、御目付大久保一郎右
衛門様江致参上、誓紙被仰付、依之、御城江不罷上也

〃明日、三使登城ニ付而、朝鮮国王ゟ別幅物拵等相済候ニ付、御饗応之間江台
ニ載せ飾之、三使江上々官を以申達候処、三使礼服着被致被罷出、立廻り見
分被仕ル、相済而三使上段ニ着座、献上之御馬二匹共ニ皆具為数敷台前ニ
牽之、番十兵衛相附、三使検分相済而、追付奥江被入ル

〃午ノ中刻、別幅物不残長持ニ仕込、段々操出シ、持夫等之義者御賄方ゟ被出之

〃近々曲馬御上覧ニ付、如先例、馬上才弐人ニ上着被成下候ニ付、段子宮紬、
御留守賄掛、西依半助、旅館江持参、馬上才ニ之通相渡ス、裁判樋口孫左
衛門致差図

> ┌ 段子　　　　　　八尺九寸
> ├ 同　　　　　　　三尺壱寸
> └ 紅裏　　　　　　弐丈四尺三寸

　　　　右、壱人前如此

> ┌ 宮紬　　　　　　八尺九寸
> ├ 同　　　　　　　三尺壱寸
> └ 浅黄裏　　　　　弐丈四尺三寸

　　　　右、同断

右者御屋鋪ニ而、仕立屋ニ為縫之候而被下之

　　別幅物ニ相附、御城江罷上候面々

　　　　熨斗目半上下着　　　　　　　吉川六郎左衛門

　　右者信使奉行相添罷上筈ニ候得とも、采女・直右衛門・忠左衛門義者御
　　習礼ニ付、御城江罷上り、三郎左衛門義者乗り物御免之誓紙ニ被召寄
　　候ニ付、裁判六郎左衛門相附、於御城、家老中御習礼相済候付、采女

儀坊主衆部屋ニ而衣服着替、熨斗目半上下着、罷出、別幅渡之、左之
面々も先規之通り罷出ル

熨斗目半上下	出馬掛り	山川作左衛門
同	御留守居	鈴木左次右衛門
同	通詞下知役	山本喜左衛門 梶井与五左衛門
同 のしめ半上下御佑筆	表御小姓組	保田喜左衛門 西山多右衛門 御弓之者四人

〃 御馳走方御両人様ら前後之騎馬壱人ツ、被差出之

〃 通り筋、三使登城之道筋也

〃 今日之長持十五掉、御賄御代官ら御出シ、長持台包候桐油并細引人足等者
御馳走方ら御出し被成候由、御代官衆方ら申来

〃 御賄方御代官衆、會所江三郎左衛門方ら申遣し候者、朝鮮人方江入用ニ候間、
鉄行燈拾ヲ、木行燈十ヲ御渡被下候様ニ、奥野忠兵衛様ニ申上候処、各様方
江申遣候様ニ与之義ニ御座候間、御渡し可被成之旨申遣ス

〃 土井伊予守様・大岡越前守様、旅館為御見廻、御出被成、三郎左衛門被召呼、
被仰聞候ハ、今日者爰元為見舞、罷出候、対馬守殿義茂御登城之由致承知候、
宜相心得可申達候旨被仰聞候ニ付、奉畏候、対馬守江可申聞之旨申上、追付
御帰被成ル、則御屋鋪直右衛門・忠左衛門方江手紙を以申遣ス、右御届之御
使者被遣可然之由申遣ス

〃 井上河内守様ら殿様江御奉書到来、三使衆登城之義明六ツ半時、御同道被
成候様ニと之御事之由、御屋敷ら申来候ニ付、信使附之役人中ニ相触、尤出
馬掛方へも右之刻限之積りを以前広ニ出馬等被差出様ニ被申達置候得与申
遣ス

〃 殿様、今日御登城、明日之御礼式御習礼有之候、相済而御退出、三使江為被
仰合、戌之刻、旅館江御出、先規之通上々官鋪台迄罷出、楽器奏之、両長老
ニも被仰遣、御出候而、対客之間於上段、三使江於御殿中之御礼式、上々官
を以被仰合、追付、御帰り被遊ル

〃上々官三人、采女・三郎左衛門詰間ニ呼出し、明日之御礼式之次第、御書付
　を以被仰出候を為書抜、三使江申達候様ニ申含ル、御礼式之次第、明日之所
　へ相記之
〃御目付高田忠右衛門様旅館台所御立廻り、火元被仰付候ニ付、通詞下知役・
　須川嘉右衛門、通詞召連、先立而立廻ル
〃両長老、明日登城之義、此方ら通達有之候様ニ与、松平対馬守様ら申来候ニ
　付、采女・三郎左衛門方ら両長老江申遣ス

十月朔日　晴天

〃朝鮮之国法ニ付、三使衆、今朝粛拝之礼式有之、依之、例之通夜前より御馳
　走方江薄縁莚幕之義、裁判方より申達シ、御用意有之、通詞下知役致支配、
　夫々ニ朝鮮人方ら例之通ニ仕ル
〃井上河内守様ら今朝、御渡し被成候御書付、左ニ記之
　　　印信関帖、殿上之間ニ為持度之由、三使願之段令承知候、願之通右二
　　　品、殿上之間迄為持候様ニ可被致候、節鉞者弥為持候義難成候間、可
　　　為無用候
　　　　十月朔日
　　　　宗対馬守江
　　　　　　但、半切紙折候上ニ此通書付有之
〃三使、今朝、登城ニ付、殿様ニ者被仰出候刻限ヲ御考、卯中刻、御登城被仰
　合候通り、三使江者御左右被承候而、辰之中刻、登城行列者別帳ニ有之
〃御城御礼式者別帳ニ有之
〃今日、御城江罷上り候信使附之面々、左ニ記之
　　　　　　　布衣着
　　　　　　　　　　　　杉村采女
　　　　　　　　　　　　杉村三郎左衛門

熨斗目長上下

裁判 〔 樋口孫左衛門
吉川六郎左衛門

同断

出馬役 〔 三浦酒之允
山川作左衛門

〃御城江罷上り候通詞下知役并通詞勉方、左ニ記之

熨斗目半上下

通詞下知役 〔 七五三杢右衛門
小田七郎左衛門
河村太郎左衛門

右者御式台前

熨斗目半上下

通詞下知役 〔 山本喜左衛門
須川嘉右衛門

服紗半上下

通詞 〔 白水与平次
岡田孫兵衛
陶山利左衛門

右者下輿所

熨斗目半上下

〔 児嶋又蔵
梶井与五左衛門

右者国書台、足軽ニ為持、中之御門迄罷通り、御留守居鈴木左二右衛門致支配、尤御馳走人中川内膳正様ちも侍弍人相附

服紗麻上下

通詞 〔 服部又右衛門
土田仁兵衛
国分源助
平山右兵衛
松岡源介
脇田利五左衛門

	出馬方通詞	梅野勘右衛門 堀半右衛門 住永甚三郎 阿比留利平次

右者大下馬江差出ス

	国書輿附	斎藤惣左衛門 森田弁吉
	通詞	大浦孫兵衛 加勢藤四郎 田中伝八 金子伝八 栗谷藤兵衛 井手五郎兵衛 松本仁右衛門 嶋井惣左衛門 大浦長左衛門 生田清兵衛 福山清右衛門 吉田藤兵衛 小田吉右衛門

右者行列之内ニ罷有、御式台前相勤、中官拝礼仕候節も塀重御門之内迄罷通り、御庭之内御目通りニ不相見候所迄罷出ル

脇紗麻上下
大通詞	加勢伝五郎

	三使附通詞	山城弥左衛門 小田四郎兵衛 阿比留儀兵衛 朝野藤兵衛 広松茂介 斎藤市左衛門

右者御鋪台江附上り、御座ニ而之御用勉之

〆国書、中之御門内ニ而取出し候様ニ、韓僉知江申渡し候処、正使江其趣伺候様子ニ而、正使ら被申候者、此所ニ而者国書出し候義者難成候、御玄関前ニ

而取出し可申由被申、三使歩行を被止、右之趣、韓僉知を以被申候付、上々官并ニ山城弥左衛門を以申達候者、此所ニ而龍亭子を御開き被成候者、天和年之例ニ而御座候、大切之国書を無例場所ニ而御取出し被成候様ニ可申入様無之候与申達候得者、自分之覚書を考被見候而、御門々悉く通り候而、取出し候与、留書ニ相見江、先ニ御門有之候ニ付、此所ハ場所違候与被申候ニ付、采女・三郎左衛門、伝言官を以直ニ申達候ハ、日本ニ而者門と中仕切と違有之、やね之作方違ひ、御玄関前之門者大門ニ而無之仕切与申ものニて候、是ニ被成御座候ハ、公儀之御役人様ニ而候、粗末成御下知聊無之旨申入候ニ付、被致納得、国書を台ニ載せ、上々官韓僉知、国書を取出し為持候而、御玄関ニ上ル、委細ハ御礼式帳ニ記之

ク 三使、平生出入ニハ何方ニ而茂鉄炮打せられ候得共、御城ニ而者鉄炮打候義無用ニ被致候様ニ申達候所ニ、相心得候由ニ而、三空銃持せ不被申也

ク 三使轎舁之義天和年之通両御馳走人牧野駿河守様・中川内膳正様ら六拾六人被差出候得共、三使ら自分之下官ニ舁せ被申、朝鮮ら持参之小轎ニ乗り被申候故、御馳走方ら出候輿舁者跡より相附参ル、是則先例之通也

ク 上々官駕籠舁者廿四人、御馳走方より出ル也

ク 弓箙・太刀并烟器等、下馬江残置候様ニ、軍官頭へ申達之候得者、下馬所へ残し置、御城江者持不上也

ク 御馳走方ら出候輿舁・駕籠舁、并ニ被相附候侍之人数、左ニ記之

覚	双方ら
国書附	侍六人
右轎舁	拾弐人
正使附	侍拾人
右轎舁	拾八人
副使附	侍拾人
右轎舁	拾八人
従事附	侍拾人
右輿舁	拾八人
上々官附	侍四人宛
右乗物舁	八人宛

ク 殿様・三使、殿上之間次ニ御着座、采女・忠左衛門、襖際入口ニ罷有、采女、

殿様御側江罷出、三使江御挨拶被遊可然旨申上候処、殿様ら御口上、今日者
天気能御登城珍重ニ存候、頓而御目見可被仰付候間、其内御休息被成候様
ニ与、追付御座等茂拝見可被仰付候間旨被仰付ル、韓僉知を呼、御口上申達
候所、三使ら之御返答如仰、天気能御登城仕、後刻国書を茂可差上与大悦存候、
御座等拝見被仰付、御礼式等宜御差図奉頼候との儀、韓僉知を以御返答ニ
付、右之趣采女御前ニ申上ル、直右衛門・三郎左衛門ハ上官居所等下知仕ル

〃暫有之而、松平対馬守様・横田備中守様并御目付鈴木伊兵衛様・稲生次郎左
衛門様御出、殿様江三使御同道、松之間江御通り、御座拝見被仰付与之義ニ
付、韓僉知、国書を持、先江進ミ、御役人方御手引ニ而、殿様・三使御同道、
両長老も御誘引、但、両長老者御車寄ニ被相控、国書を松之間西襖障子西向
ニ差置候様与、殿様ら韓僉知江御差図被成、其後御役人方御手引ニ而御
中段御礼式之間江殿様・三使御同道ニ而御座御見せ被成、御習礼有之、相済
而殿様・三使者松之間江御着座、上々官三人ハ同所板縁ニ罷有、右相済而三
使者韓僉知を被呼、口上被申候様子ニ而、御唐戸際泊り之廊下ニ采女罷
有候所、韓僉知招之候ニ付、伊兵衛様・次郎左衛門様江三使用事与相見江候
付、可罷出哉と御届申入、韓僉知側江罷出候処、正使之口上ニ而被申聞候者、
御座致拝見候所、先例之留書ニ、御座江角違ニ罷出候与記し有之候得共、正
面より真向ニ罷出、如何可有之哉と被相尋候ニ付、ヶ様之義ハ朝鮮国之礼
式ニ茂可有之候ニ付、節き様ニ可被成候、拝席之畳、四拝之御礼式等被入御
念、相違無之様ニ可被成旨申達し、右之趣、殿様江申上ル

〃稲生次郎左衛門様御出、上々官呼候間、采女罷出候様ニ与之義付、亦々韓僉
知側江罷出候処、三使被申候者、西より五畳目之席ニ而ハ筋違候ニ付、正面
より御礼申上、如何可有之哉与、韓僉知申聞候ニ付、五帖目と申候者、御中
段敷居際ら南江五帖目之事ニ而有之、東ら五畳目与申儀ニ而無之候間、弥
正面より御礼被成候様ニと韓僉知江申達ル

〃三使登城之官服、左ニ記之
　　三使登城粛拝時、倶着朝服金冠・珮玉・象笏・繡大帯・黒色段靴子
〃御殿中御規式首尾能相済而、三使申ノ刻、帰館被致ル
〃御城御玄関前ニ而中官江まんちう御振舞被成候節、左之面々下知被仕ル

御賄方 ｛ 上遠野磯右衛門殿
沖田四兵衛殿
高柳源四郎殿

〃御馳走人中川内膳正様ゟ御使者中川織部、三使江之御口上、今日者御登城
首尾能御勤、珍重ニ存候、私義病有之、登城不仕、残念ニ存候、為御悦、使
者を以申入候との義、吉川六郎左衛門取次、三使江申通候所、上々官を以相
応之御礼有之

〃今日、御登城首尾好相済候付、三使江為御祝詞、今晩、殿様本願寺江御出被
遊候付、湛長老・菖長老ニ茂御出候様ニと申遣し、追付御出ニ付、上々官を
以御祝詞被仰達候所、三使ちも上々官三人を以殿中ニ而之御礼、御出之御
礼申上、相済而暫被成御座、御帰り被成ル也

〃今日、大下馬ニ而蠧持之中官落馬いたし、殊外被痛候ニ付、御馳走方江通詞
下知役江申させ、駕籠ニ乗せ、旅館江返し候ニ付、御馳走方ち人等被相附ル＊
其以後御馳走方役人根岸弥二右衛門・小嶋又右衛門罷出、荷馬之中官痛之様
子如何有之候哉与被尋候付、貝江庄兵衛出会、殊外相痛候由申達ル5)

輿添御徒士 弐人
通詞 弐人 ｝ 宛
足軽 三人

右者本願寺不寝番被仰付、無間断、夜廻り仕候ニ付、夜食代被成下候
間、入丸を記し、差出候様ニ裁半江申渡ス

〃三使帰館之節、御馳走人牧野駿河守様、今日登城相済候御慶被仰聞候ニ付、
三郎左衛門承之、三使へ申達候処、上々官を以相応之御礼有之

---

5) ＊부터 글자 우측 상단에 ㄱ와 같은 기호가 4행에 걸쳐 있는데, 기호 아래의 문장은
국사편찬위원회 소장본에는 존재하지 않는다. (＊는 필자)

十月二日 晴天、江戸客館

〟杉村采女・杉村三郎左衛門、裁判樋口孫左衛門・吉川六郎左衛門、出馬掛三
浦酒之允服紗麻上下着、旅館へ罷出ル

〟平田直右衛門・大浦忠左衛門方より采女・三郎左衛門方江、以手紙、昨日登
城之為御礼、今日御老中様方へ上々官被差出候義、河内守様江被相窺候処、
彼方様ニ而も先規御吟味被成候得共、天和ニ上々官を以御礼申上候例無之
候間、此度茂無用之由御返答被仰出候旨申来候ニ付、則其段上々官を以三
使江申達候処、三使ら上々官を以返答ニ、被仰聞候趣承届候、乍然、是ハ重
キ御礼之義ニ御座候間、殿様ら何分ニ茂可然御礼被仰上被下候様ニ奉頼候
旨被申聞候ニ付、其趣、手紙ニ而及返答、尤三使ら殿様迄御礼之趣、口上書
相認、直右衛門・忠左衛門方江差越ス、左記之

> 口上
>
> 三使申上候、昨日者登城仕候処、御懇之御諚之上、御盃頂戴、且又従
> 者迄結構成御饗応被下之、重畳難有仕合奉存候、御礼、為可申上、対
> 馬守を相頼、御礼申上候

〟御用掛松平対馬守様・横田備中守様・大久保下野守様、旅館江御出被成、三
郎左衛門被召出、三使江御口上、昨日登城被成候処、万端首尾好御務、珍重
存候、弥御変被成義無御座候哉、右御祝詞、御安否為可承之、罷出候との御
事ニ付、則上々官を以御口上申達し候処、追付三使ら上々官を以相応之御
返答被申聞候付、三郎左衛門取次之、右、三人之御方様江申上ル

〟今日、林大学頭様・同七三郎様・同百助様御同道、旅館江御出、学士・写字官・
書記江御対面、書キ物等御頼被成度との事ニ付、其段、上々官を以申聞候所、
右之者とも罷出候ニ付、殿様御休息之間ニ而御御(ママ)対話、奉書紙卅枚程
御持参、上様御慰御用ニ茂可被成との御事ニ而御書せ被成ル、其内、学士義
者筆談等草臥候付、重而書せ候様可被成との御事ニ而相済、三使江御口上、
昨日者登城被成候処、万端首尾好珍重奉存候、御草臥も無御座候ハヽ、掛御
目度候、御逢可被成哉之旨被仰聞候ニ付、采女取次之、上々官を以申達候処、
正使茂不快ニ有之、掛御目候義難成、残念ニ存候、従事ニ茂此間相痛居候処、

昨日、押而登城、未平臥之体ニ罷有候故、不懸御目候、副使ニ者可懸御目候間、御通り被成候様ニとの事ニ候故、上々官を以返答有之候付、采女取次之、其段申上候処、御三人共ニ副使居間江御通り被成、双方互ニ二揖有之、御着座、相応之御挨拶在之候付、采女取次之、畢而大学頭様、硯を御請イ被成候付、被出候得者、御会釈之筆談互ニ有之、相済而、人蔘湯等出ル、其上ニ而副使ゟ上々官を以麁相ニ御座候得共、膳部用意いたし候間、差出し可申との挨拶有之、膳部出ル、畢而、退座可致との事ニ而、又如初、二揖有之、御帰り被成ル

〻御馳走方、通詞番所へ通詞之内不絶相勤候様ニ申渡し候得共、折節者不相詰様ニ茂相見江、如何敷候間、左之通組合相詰候様ニ可申渡旨書付、裁判を以通詞下知役へ申渡ス、則左ニ記之

　　　　覚

　　　　　　　　　　　　　　　　　┌岡田孫兵衛
　　　　　　　　　　　　　　　　　└松本仁右衛門

　　　　　　　　　　　　　　　　　┌吉田藤兵衛
　　　　　　　　　　　　　　　　　└白水与平次

　　　　　　　　　　　　　　　　　┌脇田利五左衛門
　　　　　　　　　　　　　　　　　└阿比留利平次

　　　　　　　　　　　　　　　　　┌梅野甚右衛門
　　　　　　　　　　　　　　　　　└嶋井惣左衛門

　　　　　　　　　　　　　　　　　┌春田市兵衛
　　　　　　　　　　　　　　　　　└井手五郎兵衛

　　　　　　　　　　　　　　　　　┌茂里田弁吉
　　　　　　　　　　　　　　　　　└国分源助

　　　　　　　　　　　　　　　　　┌川口源右衛門
　　　　　　　　　　　　　　　　　└栗谷藤兵衛

　　　右一組

　　　　　　　　　　　　　　　　　┌土田仁兵衛
　　　　　　　　　　　　　　　　　└福山清右衛門

　　　　　　　　　　　　　　┌橋部市兵衛
　　　　　　　　　　　　　　└金子伝八
　　　　　　　　　　　　　　┌大浦孫兵衛
　　　　　　　　　　　　　　└堀半右衛門
　　　　　　　　　　　　　　┌住永甚三郎
　　　　　　　　　　　　　　└岩永源右衛門
　　　　　　　　　　　　　　┌小田吉右衛門
　　　　　　　　　　　　　　└加瀬藤四郎
　　　　　　　　　　　　　　┌大浦長左衛門
　　　　　　　　　　　　　　└生田清兵衛
　　　　　　　　　　　　　　　齋藤惣左衛門

　　　右一組

　　　右者二人宛、通詞番所江相勤候様ニ裁判を以申渡ス

〃今朝、韓僉知申聞候者、三使衆被申候者、奉行中迄内意可申入候、前々信使
之刻、旅館江御飾物、以前之留書ニも有之候数々、此度者被相減、衣桁之外
曽而相見江不申候、海陸ニ而さへ料紙・硯・手拭懸等之飾有之候、御当地之
儀者格別之儀ニ御座候故、猶以御飾物等可被入御念事ニ候処、被減候義以
来之例ニ支候、勿論、差出被置候、迚茂曽而用申了簡ニ而ハ無之候得共、惣
而ヶ様之物迄被相省候様ニ有之候而者、其訳彼方記録ニ留申候故、此度之
三使衆難義ニ存候旨被申候由申聞候付、相答候者、右之品々皆々御用意有
之候、御入用次第可被仰聞候者可被指出候、頃日茂大学頭殿御父子御越之
刻、料紙御入用ニ付、差出候、別而差支候儀無之旨申候ヘハ、成程其訳之義
者能存候、爰元、着之日飾不被置候故、其所を気毒かり被申候、尤、被飾置
候而、彼方ら御引せ被成候様ニと被申候訳と、飾無之を乞被申候訳与大成
違ニ御座候、ヶ様之所も我々心を附候様ニ与、三使衆被申候由申聞ル、何事
茂丁寧ニ気を附被申候故、弥右之飾物、此方役人心付不申候而不差出、向ニ
いたし、差出させ如何可有之哉、此段遂相談候、ヶ様之軽き義迄茂道理を被
申立候故、御代官衆方らこいたし方麁相ニ無之様ニ、直右衛門方ら弥被申
達置可然旨、直右衛門・忠左衛門方江手紙を以申遣ス、尤、上々官方ニも
前々硯・料紙・手拭懸等も飾等有之候処、此度者飾無之候故、気之毒ニ存候
由申聞ル

〻御馳走人牧野駿河守様、三使安否御尋ニ付、采女承之、申達候処、上々官を
以相応之御礼有之

　　　両長老ゟ三使江之御音物、左記之

一素麺一器　　　三使中江

　　　右者湛長老ゟ

一南草百把　　　三使中江

　　　右者菖長老ゟ

右者昨日登城首尾能相済候為御祝詞、使僧を以来ル、通詞下知役児嶋又蔵
取次、上々官へ相渡、御返答、上々官罷出申達ル

　　　御馳走人中川内膳正様ゟ三使江之御音物、左記之

［一御杉重一組
　一御樽壱荷　　　　　　三使中江

［一御杉重一組
　一柳樽壱ツ　　　　　　上々官三人中江

右、御使者を以来吉川六郎左衛門取次之、上々官江相渡、則上々官罷出、
御返答申達、尤自分之御礼も申述ル

〻旅館門・戸口共、〆り方之錠鑰、御馳走方ゟ通詞下知役方江請取候ニ付、則
請取、證文左ニ記之

一対馬守居間廊下ゟ対客之間江取付之口〆切鑰

一対客之間ゟ上々官居所江取付、廊下入口〆切鑰

一台所ゟ中官居所江之廊下、北ノ口〆切鑰

一台所ゟ下官居所江取付、廊下〆切鑰

一中官居間ゟ膳仕立所、大廊下江取付之口二ヶ所〆切鑰

一大廊下ゟ下官居所江取付〆切鑰

一膳仕立所ゟ下官居所へ取付〆切鑰

一下行渡シ所ゟ下官居所へ取付、仕切、錠弐ツ鑰

一三使塗垂之鑰

一上々官塗垂之鑰

一上官塗垂之鑰

一対馬守門之鑰

一三使并上々官・上官共土蔵錠鑰三ツ

一対馬守居間東之方塀、正使之庭江通〆切、錠鑰共

　　　右之通慥請取申候、以上

　　　　　　　　　　　　　　　宗対馬守内
　　　　十月二日　　　　　　　　須川嘉右衛門
　　　　　　　　　　　　　　　　児嶋又蔵
　　　　牧野駿河守様御内
　　　　　石垣忠兵衛殿
　　　　　三堀太郎兵衛殿

　　　　中川内膳正様御内
　　　　　柘植友右衛門殿
　　　　　三宅源太夫殿

〻三使銘々江平田直右衛門方ら左之通音物遣之、尤、真文之目録相添

　　　種花壱台
　　　浅地飴壱箱　　　　　　宛

十月三日　晴天

〻曲馬下乗之義并為御下見御用掛御招可被成与之義、井上河内守様江被得御差
　図候処、弥其通り被成候様ニとの御事ニ付、今日、御屋鋪江曲馬乗被召寄ル

　　　　　　　　　　上判事　　韓僉知
　　　　　　　　　　　　　　　軍官弐員
　　　乗馬御馳走方ら出ル　　　小童弐人
　　　　　　　　　　　　　　　通事一人
　　　　　　　　　　　　　　　理馬壱人

曲馬ニ乗、罷越ス 　　　　　　　　馬上才弐人

歩行 　　　　　　　　　　┌使令弐人
　　　　　　　　　　　　　└下官七人

右之朝鮮人江相附キ罷越候役々

前後騎馬 　　　　　　　　和巾麻上下
　　　　　　　　　　　　┌番十兵衛
　　　　　　　　　　　　└樋口吉右衛門

通詞下知役 　　　　　　　右同断
　　　　　　　　　　　　┌児嶋又蔵
　　　　　　　　　　　　│貝江庄兵衛
　　　　　　　　　　　　│須川嘉右衛門
　　　　　　　　　　　　└梶井与左衛門

出馬役手代 　　　　　　　右同断
　　　　　　　　　　　　┌内山多左衛門
　　　　　　　　　　　　│村田庄八
　　　　　　　　　　　　└藤松領右衛門

通詞 　　　　　　　　　　和巾裏付上下
　　　　　　　　　　　　┌朝野最兵衛
　　　　　　　　　　　　│斎藤惣左衛門
　　　　　　　　　　　　│生田清兵衛
　　　　　　　　　　　　│井手五郎兵衛
　　　　　　　　　　　　│加勢藤四郎
　　　　　　　　　　　　│白水与平次
　　　　　　　　　　　　└国分源助

　　　　　　　　　　　　　組之者

〃四ツ半時、本願寺出立、通り筋、頃日曲馬足くツろげとして、御屋敷江罷越
　候節之道筋也

〃御屋敷ニ而隅長屋へ居着、御役人様方御出被成候内、御料理被成下ル、判
　事・軍官・馬上才へ二汁七菜・茶・菓子・鉢くわし等出ル、小童・中官・下官江
　者一汁三菜之御料理被成下ル

〃十兵衛并通詞下知役江上官並之御料理被成下、相伴仕ル通詞者中官並一汁

三菜之御料理被下ル

〻御用掛り松平対馬守・横田備中守様・大久保下野守様并奥野忠兵衛為御下見、御出被成ル、御勝手之御客様方不残御揃被成候而、朝鮮人馬場江罷通、判事・軍官・小童ハ馬検所南之端、屏風ニ而仕切、此所ら見分仕ル

　　　曲馬乗形

馬上立揮扇	立一さん
左右七歩	左七歩右七歩
倒竪才	さか立
隠障才	脇そひ
横尻載	横のり
馬上仰臥	鑽貫通し
双馬並駆	双馬
馬上用鎗	
馬上偃月刀	

〻立一さん乗り候節、扇を捨候而刀を振廻し候、此義、書付ニ茂無之、甚不宜候間、御上覧之節、決而其通不仕候様ニ、さて又、沈重雲、双馬者姜相周ら劣り候間、御上覧之節、双馬ハ姜相周計江乗せ候様ニ御用掛ら被仰出、右之趣、無間違候様ニ番十兵衛ニ申渡ス

〻曲馬相済而隅長屋江ニ而上官江者吸物・煮肴・御酒、下官江者煮肴・御酒被成下ル、相済而酉之刻、罷帰ル

御直参	人見七郎右衛門殿
同	徳力十之允殿
同	津田武左衛門殿
同	佐々木万次郎殿
同	飯田左仲
	小出儀兵衛

十月四日 晴天

〻戸田山城守様、先月廿八日為上使、旅館江御入被成候ニ付、先規者翌日為御
礼、上〻官致伺公候得共、山城守様御忌中故、差扣、今日巳之上刻、三使ら
上〻官遣之

上〻官　　参人
小童　　　三人
通事　　　弐人
使令　　　六人
杉村三郎左衛門
鈴木左次右衛門

通詞　　　｛阿比留儀兵衛
　　　　　　広松茂助

〻御馳走人河内守様・内膳正様ら壱人宛騎馬ニ而被参、乗物・馬等之義、御馳
走方ら出ル

　　戸田山城守様御役人

　　　　小見山次郎左衛門
　　　　星野小平太
　　　　吉田清次郎

　　右、林大学頭様御門弟、今日旅館江被罷出、製述官・書記江対面、饗応
　　之間北之方屏風ニ而囲、此所ニ而筆談有之、松浦義右衛門罷出、取次
　　仕ル

〻土井伊予守様、旅館江御出被成、采女江被仰聞候者、殿様江之御口上、今日
者信使屋、為御見舞、罷出候、一昨日者殿中首尾好御務被成、御満足可被思
召与存候、弥、御堅固御務可被成候、且又、先頃も御尋申入候処、早速預御
使者被為入御念義ニ御座候、御繁多之内、御届、御使者ニ及不申候与之御口
上也、中山出雲守様ニも御一座ニ而首尾克御務被成候様与之御挨拶ニ付
、其旨、直右衛門・忠左衛門方江御案内申上ル

〻御馳走人牧野駿河守様、三使安否御尋ニ付、三郎左衛門承之、申達候所、
上〻官を以相応之御礼有之

御家老		鳥居左兵衛
御用人	⌈	藤田弥七郎
		野沢源左衛門

〻右上々官帰り懸ニ此方御屋鋪江罷出、殿様江三使ら之口上ハ、此間者公儀
向首尾好御勤被成、御取持を以我々ニも御膳首尾克相勤、致大悦候、其上、
折々旅館江御出、御尋被成忝奉存候、御礼為旁、上々官差越候与之義ニ付、
御料理被下之、三郎左衛門ニも同前ニ罷出、追付罷帰ル

　　　右、上々官帰り候節者山城守様ら本願寺通前迄罷帰り、夫ら又常々御
　　　屋鋪江参候道筋を罷越ス

〻御馳走人中川内膳正様御病気ニ付而御出不被成候付、御使者中川織部、三
使安否御尋被成候付、六郎左衛門取次之、上々官を以三使江申達ス、相応之
御返答有之

〻殿様ら三使江御見舞之為、御使者佐治庄五郎被遣之、上々官を以三使江申
達ス、御返答相応也

〻忠左衛門方ら手紙ニ而申来候ハ、朝鮮人方下行余物、山城吉左衛門請込、願
ニ付門出之義御用掛江御窺之儀者如何相済申候哉、若未相済不申候ハヽ、
早々御伺被成、被仰渡度事ニ候、此義不相済候而者、通詞共茂迷惑仕候由承
り候、余物請込之義、吉左衛門江被仰付候ハヽ、朝鮮人方へ調候小間物茂彼
者方江一口ニ不被仰付候而ハ罷成間敷与存候、虚実者不存候得共、外之筋
ら小間物商売なと仕候族も有之様ニ粗承候、左候而者不宜候故、吉左衛門
方一口ニ被仰付可然存候、幸、今晩者御用ニ付、直右衛門殿も其元江御出之
事ニ候間、御決談之上、御用懸江之御窺等茂御済被成度与之由申来ル、尤、
御賄御代官江伺置候得とも、未否不被仰出也

〻信使五日次方御徒目付西山格右衛門・数藤源八義交代前ニ付、幾度六右衛門
方ら相伺、如先規、被差留、為代、倉掛甚左衛門・佐々木治左衛門被仰付ル、
今日、引越之由申来ル

〻御賄御代官衆方江裁判孫左衛門・六郎左衛門方ら以手紙申遣候者、御三家並
御老中様方江之進物之鷹籠、先規之通御拵可被仰付候、寸法・員数等書付、
遣之ス

御鷹籠　　七ツ　　　　　　高サ弐尺
　　　　　　　　　　　　　横弐尺

　右之通申遣候処、委細得其意候、早々可申付候、朝鮮花席之義者、此
　方ら差出候様ニ申来候ニ付、上々官江申達、花席七枚差出候付、為持
　遣之候以後、御屋鋪ら拵候鷹かこ・花席、旅館江参り候得共、最早入用
　ニ無之候付、差返ス

〻平田直右衛門・大浦忠左衛門方ら申来候者、殿様今日、戸田山城守様御退出
　後、御出、御対面被成、直ニ旅館之御休息所江御出被成候付、御馳走方役人
　衆江御逢被成可然存候、差而御用茂無之ニ付、我々供不仕候由申来ル

〻殿様酉之刻、旅館御休息所江御出被成、御対客之間へ御通り、両御馳走人御
　家来衆江御逢被成ル、相済而御宿坊大松寺へ御出、杉村采女・杉村三郎左衛
　門、裁判樋口孫左衛門・吉川六郎左衛門、出馬懸り三浦酒之允・山川作左衛
　門、下行役平山左吉、大塔貞右衛門、人馬役樋口吉右衛門被召出、御登城首
　尾克相済候付、御盃被成下ル、追付御帰り被遊ル

〻御馳走人牧野駿河守様、三使安否御尋ニ付、采女承之、申達候所、上々官を
　以相応之御礼有之

〻旅館対客之間江牧野駿河守様御出被成、書記・写字官・画員・上判事韓僉正被
　召寄、書記御書せ被成ル、尤、通詞下知役相附

十月五日

〻今日、吹上之於御馬場、曲馬上覧被遊候付、朝鮮人并此方ら相附候面々、卯
　之刻、本願寺江出足

上々官	参人
軍官	参人
馬上才	弐人
理馬	壱人
小童	参人
中官	七人
└内弐人ハ使令	
下官	八人

右之人数罷越候付、平田直右衛門・大浦忠左衛門方ら手紙ニ而申聞候
者、井上河内守様ニ而、鈴木左二右衛門江御書付御渡し被成候、其趣
者、田安御門番所ニ而曲馬ニ罷出候朝鮮人江御菓子被下候、座分之書
付差上候様ニとの御事ニ付、別紙之通御答書被差出筈ニ候、記録考合
候処、正徳ニ者上判事茂参候由相見得候共、天和ニ者不相見候、依之、
此度者天和之格を以書出申候間、此人数ニ壱人茂相増し不申候様ニ
上々官へ可申達候、曲馬ニ罷出候朝鮮人ニも五ツ時、雉橋御門迄罷越、
待合候様ニ与御用掛りより御内意ニ而御座候間、六ツ半時ニ本願寺出
立候様ニ、天和年ニ者軍官三人之外ニ五人、三使江色々申入、押而罷
出候由相見え候得共、其節者御詳定所故、差支も無之相済申候候(マ
マ)得共、今度者田安御門之御番所ニ而御菓子被下候故、場所も手狭ニ
候付、先規之外一人も不罷出候様ニ能々申達し候様ニ申来ル

〃今日、曲馬就上覧、罷越候面々

熨斗目麻上下		杉村采女
		平田直右衛門
		大浦忠左衛門
熨斗目麻上下	裁判	樋口孫左衛門
同断	御留守居	原宅右衛門
同断	御馬附	番十兵衛
服紗半上下	通詞下知役	七五三杢右衛門
	御佑筆	大浦伊助

右、直右衛門・忠左衛門義者御免ニ付、駕籠ニ而御屋鋪ら罷出、采女、其
外通詞下知役、御佑筆ハ馬ニ而本願寺ら朝鮮人江相附罷越候ニ付、昨夜ら

御屋敷江申遣ス、正徳年ニ者、通詞下知役乗り馬者御馳走方ら出候由、記録相見へ候得共、此度者此方役人乗馬を御馳走方江可申達様無之候付、此方之御馬ニ御乗せ被成候方可然段申談、其通ニ仕候也

小田四郎兵衛
朝野最兵衛
　通詞　　　斎藤惣左衛門
加勢藤四郎
斎藤市左衛門

　　右之通り、差越ス

〃今日之道筋、左ニ記之

　　　本願寺ら常盤橋迄ハ登城道筋之通、常盤橋御門之内江入、松平伊予守様屋鋪前脇、酒井左衛門尉様屋敷脇前、夫より酒井修理大夫様屋鋪前、戸田山城守様屋鋪前一ツ橋御門之内、御春屋前通り、雉子橋御門を出、清水御門前出、土屋平三郎様屋敷前通り、元飯田町坂御用屋敷脇、田安御門、罷帰候道筋同前也

〃雉子橋御門江罷越、采女・直右衛門・忠左衛門并裁判樋口孫左衛門、御門番所江罷上り候処、御徒目付三宅権七郎殿江諸事申談候、尤、直右衛門・忠左衛門ハ先達而罷越ス、暫有之而田安御門江罷通り候様、権七郎殿被申候付、上々官ハ駕籠、其外ハ馬ニ而田安御門江罷通ル

〃田安御門へ罷通り候処、鈴木伊兵衛様・朽木丹後守様・丸毛美濃守様御番所江被成御座、茶・多葉粉出ル、無程、馬場御見せ被成候様ニ申上候処、見分仕候様ニ被仰聞候付、馬上才・理馬并口附之者、通詞下知役、通詞召連、罷通ル、其節、伊兵衛様江采女申上候者、三使より上々官与軍官者馬場末ニ罷通り、様子遂見分、申聞候様ニと被申付、被差越候間、御通し被下候様ニ与申上候得者、成程尤ニ候間、相通候様ニ被仰付候ニ付、直右衛門其外役々相附罷通ル

〃馬場入口へ新規ニ仮番所を御設被置、此所ら刀を取候様ニ有之、采女・忠左衛門并警固御歩行山田源七・原太郎左衛門、通詞朝野最兵衛并口附之朝鮮人三人召連可罷通哉之旨、伊兵衛様江申上、馬場末ニ罷通ル、尤、公儀御徒士衆手引被仕、馬場末ニ三宅大学様并御徒目付衆二人被罷居、諸事下知被仕、

馬場末左之方ニ薄縁十枚程敷有之、此所ニ鑵湯次ニ挽茶を湯ニ立、蒲萄・柿・梨子大体壱ツニ盛合、白木膳ニ乗せ有之、馬上才給用ニ相備被置、御小間使一人并小人両人通イ用ニ相詰ル

〃田安御門番人秋田主水正様御家来被相詰ル

〃巳之上刻、出御

〃従御前、見通し之所ニ幕を張、足軽相附、神尾左兵衛様、御堅メ之由

〃吹上馬場之脇、東大手際ニ、弐間ニ四間之御番所出来、此所ニ上々官・軍官中被召置、馬上才衣装替茂仕ル、此所ニ茂水菓子三色出ル

〃馬芸上覧前、大学様御差図ニ而いまた間も有之候間、薄縁御敷せ被成、休息仕候様ニ被仰候ニ付、此所ニ采女・忠左衛門罷有

〃馬芸一扁乗り候而者、右御設被置候薄縁之方ニ馬を引込、馬上才茂少し休息仕候而芸馬仕ル

〃午之中刻、芸馬相済而、御徒目付衆、馬場之外ら被参、仮番所江罷出候様ニ被申候付、口附之下官召連、仮番所へ罷帰ル、上々官并其外朝鮮人不残、此方役人相附、田安御門へ罷出ル

〃田安御門ニ而上々官・上官一座、屏風にて仕切之、次官・小童一座、次之間江中官罷有、下官者幕囲之内ニ罷有、御吸物・御菓子・御酒三色、御菓子者けんひ・やき饅頭、上々官ら次官迄御振舞被成ル、器物白木御仕立也

〃中官者白木・片木、御菓子・煮肴盛合、御吸物・重引・御酒被下之ル、下官者赤飯にしめ片木ニ盛合被下之、御酒者不出也

〃年寄中ハ御番所奥之方ニ屏風ニ而仕切罷有、樋口孫左衛門・原宅右衛門、御馳走之下知仕候

〃先規、年寄中并此方役人江御菓子御振舞被成候得共、御出し不被成候ニ付、宅右衛門・鈴木伊兵衛様江御尋申上候得者、御用意無之由被仰候ニ付、采女、伊兵衛様へ申上候者、天和・正徳共ニ我々中江御菓子頂戴被仰付来候処、今日者不被成下哉之旨申上候得者、左様候得者、前広ニ井上河内守殿江御窺有之候故、何之用意も無之由被仰候而、先規ニ違、御菓子ハ不成下也

〃右相済而罷帰り候節、先規者無御座候得共、御馳走茂被仰付、朝鮮人只今罷

帰候との御案内有之可然旨申談、井上河内守様・松平対馬守様・横田備中守
様・大久保下野守様江御使者原宅右衛門差出ス

　　　　芸馬乗形

　　立一さん
　　左七歩右七歩
　　さか立
　　脇そひ
　　くわん貫通し
　　双馬

御所望之時、乗り候分、左之通り

　　馬上用鎗
　　馬上偃月刀

　　　　以上

〃御返翰之下見、昨日、三使江被仰付候所、今日、上々官を以左之書付之趣、
　三使ら被申聞候付、平田直右衛門方ら手紙相添、左之通申遣ス

　　以手紙致啓上候、今日、書付進申候書式之儀、昨晩被申候得者、宜候
　　得とも、今日被申出候故、難被仰之由、御尤ニ者存候得とも、訳者別
　　紙ニ書付候通ニ而、再三相願被申事ニ候間、何とそ林大学頭様江被仰
　　上可然存候、以上

　　　十月五日　　　　　　　　　杉村三郎左衛門
　　　　　　　　　　　　　　　　杉村采女
　　　平田直右衛門様

　　　　覚

一三使与申字、興起与申字、御本書同列ニ成居候得共、興起ハ国王御身ニあた
　り候文字ニ御座候故、三使と申文字と同列ニ御座候而者、三使身ニ茂難儀
　ニ奉存候事ニ御座候故、興起之字者一字上りニ被成被下候様ニと相願被申
　候事ニ御座候

一興起之字、国王御身ニあたり候文字ニ而、一字あかりニ成候得者、故遵と申
　文字、幣拘と申文字、礼意と申文字、彼此と申文字、皆々国王ニ当り候事ニ
　御座候故、興起之字同列ニ無之候而ハ不罷成也

一亦可与申文字ハ三使と申文字、同列ニ成りとも、書下シ成りとも成候得者、
　宜鋪御座候

一三使と申文字、日本国と申、国之字之列ニ成候様ニ有之度義与存候事ニ御
　座候

一歳号ハ日本国と同列ニ成候様ニ与存候事ニ御座候

張り紙(国史編纂委員会所蔵本では省略)

　　　同六日

一昨日、御返翰御参来、三使江内見被仰付候処、御書面之内ニ三使好所有
　之、其処、書付被差出、今日、林大学頭様、本願寺へ御出被成折柄故、何
　とぞ三使願之通御心入を以御改被下候得かしと、真文役雨森東五郎ら申
　上候得ハ、得と被成御覧、千字之高下尤ニ候、遥々被罷越候使者首尾能
　様ニと思召、未御清書無之候間、御改被成候様ニ可被成之旨被仰聞

一延享年信使之節者御返翰御草案聊使拝見被仰付候処、願之筋も無之趣ニ
　相見申候

〃従殿様、三使并上々官江御見舞として、御使者岩崎佐太郎を以左之通被遣
　之ル、従事、頃日、少々病気ニ付、御見舞之御口上茂相添、上々官を以三使
　江申達候処、則上々官罷出、御礼之御口上申達ル

水菓子	一筺	蒲萄 柿

右者三使銘々、御目録相添

水菓子	一籠	同断

右者上々官三人中江被下之

〃於御国、茶礼之節、殿様江三使ら破損殞命使之義御断被申上候、御返答之趣、
　破損殞命之記録ニ有之

〃今度、朝鮮国ら別幅之内鞍之義麁草ニ相見江候付、朝鮮国王之御召鞍も此
　通りニ候哉、相尋申上候様ニ被仰出候由、直右衛門・忠左衛門方ら申来候
　付、上々官ニ委細相尋候処、真文を以委く書付差出候ニ付、松浦儀右衛門へ
　申渡、和文も認させ、直右衛門へ遣ス、真文・和文者真文控帳ニ有之

〻中川内膳正様御出、旅館所々御見分被成候ニ付、通詞下知役小嶋又蔵并通
　詞之者御手引仕、所々御検分被成ル

〻林大学頭様旅館江御出、製述官・写字官江御逢被成、筆談被成、三使江御逢
　可被成由被仰候得共、上々官三人他出故、御断申入、三使江御対面無之

〻御城御側坊主成嶋道筑被参、御馳走人牧野駿河守様御居所ニ朝鮮人之内、
　セキチマト申者へ鷹之義被尋候ニ付、通詞広松茂助・橋部市兵衛取次之、申
　達し候、勿論、右道筑被参候事ハ直右衛門・忠左衛門方、先達而申来候付、
　其用意申渡置也

〻奥野忠兵衛様ら被仰下候者、昨日杉岡弥太郎殿・辻六郎左衛門殿ら朝鮮人帰
　国入用之人馬書付参候故、被差越候、此通りニ而差碍者有之間鋪哉之旨申
　来候付、得と致拝見、追而此方ら御返答可申上旨申遣ス、返書、左ニ記之

　　　御手紙致拝見候、昨日、杉岡弥太郎様・辻六郎左衛門様ら朝鮮人帰国
　　　入用之人馬書付、拙者共へ御渡被成、一両日中ニ御返答申上候様ニ被
　　　仰付候処、我々拝見仕、今日中出来兼候ハ、明日、御返答申上候様
　　　ニ与之御紙上之趣、奉得其意候、夜前ら人馬之儀司り候役人共差寄申
　　　談候処、御書付之通り之人馬数相揃、無遅滞差出候得者、何之差支も
　　　無御座候得共、今度参向之通り之請負人ニ而者、又々於宿々、差支可
　　　申与存候、纔之人馬差支候而者、朝鮮人共存候所茂有之、外聞も不可
　　　然奉存候間、明日か今晩ニ而も人馬役人共江御手代衆面談仕候様ニ被
　　　遊、今一応被遂御僉儀候上、御決定被成、如何可有御座候哉、請負人、
　　　此度之ことくニ仕候而者、最初者慥ニ申上候而も、先々違変可仕候処、
　　　気之毒千万ニ奉存候、於道中茂、伊奈判左衛門様御支配所人馬割之通
　　　ニ被仰付候得者、何之支も無御座、人馬滞之義有御座間鋪哉と奉存候、
　　　願者、明日者旅館江御出被遊、我々存寄御聞被遊可被下候、已上

　　　　　十月五日　　　　　　　　　杉村三郎左衛門
　　　　　　　　　　　　　　　　　　杉村采女
　　　　　奥野忠兵衛様

〻正使ら朱少々御所望有之与之儀ニ付、御屋敷へ申遣し、壱両被遣候付、上々
　官を以差出ス

〻御馳走人牧野駿河守様、三使安否御尋ニ付、申達し候処、上々官を以相応之

御礼有之

〻御馳走人中川内膳正様御病気御快、今日ら御出之由ニ而、三使安否之尋ニ
付、采女承之、三使江申達し候処、相応之御返答、上々官罷出、申聞候付、
其趣申上ル

十月六日 江戸

〻杉村采女・杉村三郎左衛門、裁判役樋口孫左衛門・吉川六郎左衛門、出馬役
三浦酒之允、人馬割役樋口吉右衛門、真文役雨森東五郎・松浦義右衛門、旅
館江罷出ル

〻夜前八ツ時過、韓僉知方ら三郎左衛門方へ急ニ申談候儀有之候間、罷出候
様ニと申来候付、罷出候而、采女方江も人遣之、六郎左衛門・東五郎茂旅館
へ罷出候処、韓僉知申候者、執政方并若御老中江自分音物ニ鷹被相添候義、
前例無御座候処、今夕、三使被申候者、此度殉鷹少く、殊鷹廿三居有之候ニ
付、別幅ニ鷹一居宛被書添候、如何可仕哉と申聞候付、先例無之儀者我々江
御相談之上御極可被成候処、押而御書載被成、殊ニ御役柄茂違候処、御請可
被成義も難計候、乍然、此度礼曹之別幅ニ鷹相添候義、天和・正徳ニ無之候
付、朝廷方御承引無之候を、各ら被弁候段被申聞置候故、今更、強而此義も
難申入候、畢竟、三使自分音物之義ニ候故、無用共被仰間敷候間、其趣、御
上屋敷江相伺、御役人方へも申上、否御返答可申入旨申入置、船橋忠右衛門
使ニ申付、右之訳申遣、礼曹ら之別幅外ニハ鷹不相添段被申上置たるニ而
可有之候間、明朝、上々官不罷越前、先達而河内守様江御届可被申上与存候、
亦者、上々官江三郎左衛門相附、罷出候間、其節、御届申上可然候哉之旨申
遣候処、兼而不被申聞置、急成義ニ而如何舗候得共、礼曹ら之別幅之品と申
ニ而も無之、三使自分音物之義ニ候故、御届申上候分ハ差而支有之間敷と
存候条、明朝河内守様江原宅右衛門差出、御届可申上候間、御用意有之候様
ニ可申達之旨、忠左衛門罷帰、申聞ル

〻今朝辰中刻、直右衛門・忠左衛門方ら手紙ニ而、御老中様・若年寄衆・松平対

馬様・殿様江三使自分音物之内、鷹一居ツ、被相加度由、三使被申候通、今朝、
河内守様江宅右衛門を以相伺候処、弥其通遣し被申候様ニとの御事候由申
来候間、則上々官へ其段申渡ス

〃二三日以前、礼曹之別幅之名目書付差出候内ニ首執政壱人と有之、執政三
人と有之候付、此義者兼而上々官申達置、就中韓僉知者能合点仕居候、大執
政者兼々申入候通、当時闕官ニ而無之、一統執政之名目にて四人被成御座候
付、無優劣一様ニ被相送候様ニと申入、首執政之名目を消候而、朴判事江相
渡置候付、夜前ら別幅之品、三使前ニ而包候而、此方役人江相渡候節、執政
之別幅一様ニ改之、請取置候処、今朝、書簡別幅差出候付、三郎左衛門相附、
罷出候故、別幅ニ色品引合見候得者、井上河内守様江之別幅、天和年大執政
之別幅ニ而候故、初而相違有之段相知レ、兼而被仰上候員数并大執政之通
被相送候而ハ間違成儀大切ニ候付、上々官召寄、相尋候処、韓僉知返答ニ此
義者四五度も被仰付候付、当時、大執政ハ無之候付、執政四員之別幅不残、
壬戌年執事之格ニ被相送候様ニ、朝廷江申達候得ハ、此度之別幅執事之例
ニ相済候段、一段働と致称美候、勿論、其砌、樋口佐左衛門、馳走訳ニ下り、
其後、都江不罷登候付、委細之儀者見届不申、壬戌執事之別幅之通と申上候、
夜前ハ鷹之儀付取紛、今朝別幅相違之段、三郎左衛門より被申聞、初而承之、
驚入候、兼而御国江講定ニ罷渡候節も大執政無之段被仰聞、早速朝廷へも
申達置候、其以後、樋口孫左衛門よりも、其訳度々申聞、当五月、三使下府
以後、上々官三人ら執政四員書翰・別幅一様ニ壬戌年之通ニ可相送段證文差
出し、其以後、執政京尹之別幅之色品も書付差出し、聊相違無之と相心得居、
今日初而別幅之違有之段承之、絶言語候、此上者如何様ニも宜取計くれ候
様ニ、公儀向不相調候而ハ公儀ら不相添鷹子、上々官ら書加へ置候段相顕、
死刑を不免ニ付、絶命ニ相極候段申聞候付、数ヶ度念入、證文茂取替し置候
付、公義江も執政方一様ニ被相送候との義、遂御案内置、今更、河内守様江
大執政之格ニ被相送候而ハ、前後令齟齬、朝鮮之御首尾者不及申、此方之役
人迄如何様之御咎ニ逢可申茂難計候、然共、韓僉知無調法をしらへ候而も
不取返事、何とて於釜山浦、色品を見届不申候而、上々官ら色品書付被差出
候段、重々不届千万麁末之仕形可申様無之候、此上ハ右相違之段、殿様ら執
政方へ被仰上、否御差図次第ニ可仕段申聞、早速樋口孫左衛門・松浦義右衛

門江右間違之段申含、御上屋敷同役中へ差遣し、礼曹之別幅を今朝、初而見
届、兼而之申合、上々官共之證文ニ致相違、驚入候、乍然、礼曹之印紙ニ而
候故、書改可申様も無之、殊ニ礼曹ら不相添、鷹子を御執政方任御望、上々
官ら相償置候付、三使へ申達候事も難成候間、此上ハ可被成様も無之候付、
河内守様へ御執政方一統ニ別幅被相送候様ニくれへ申渡候、其通ニ證文
等、上々官ら差出置候処、差上候期ニ至り、別幅ニ引合見候得者、少々品数
相増候、如何様之了簡ニ而礼曹ら被相増候哉、兼而之申合ニ致相違候得共、
遠方被差越候品故、可差上段被申上、否早々被仰聞候様ニと申遣候処、直右
衛門早速河内守様へ罷出、相伺、彼方ら否之返答可申遣旨申来ル

河州様江直右衛門持参之口上書、左記之

> 此度、礼曹方ら御老中様方江之書翰ニ相添候別幅之儀、兼而被仰出候
> 通、彼国江以書付急度申達置候付、弥御差図之通用意仕由、兼々申聞
> 候、対州へ罷渡候節も早速対馬守念を入、相尋候得者、弥以前之通相
> 違無之由申聞候処、今朝、上々官差出候付、音物之品、別幅ニ引合見
> 申候得ハ、河内守様江被致進覧候、員数之外ニ御老中様与違、品数少
> 多候故、様子相尋候得者、河内守様御事者此度信使之御用も御勤被成
> 候御事故、各別ニ奉存、音物之数少計相増候由申聞候、兼而之御差図
> ニ相違仕候段如何敷奉存候得共、彼国ら為差越品ニ候故、後刻、差出
> 可申候、此段、兼而不被申聞、今朝被申聞候故、御案内及延引候、以上
> 林大学頭様ニ而ハ

> 右之趣、河内守様江も申上候付、爰許様江も御案内申上候、以上

宗対馬守内

十月六日　　　　　　　　　　　平田直右衛門

〃今昼時過、直右衛門方ら執政方若年寄衆江之別幅早々差出候様ニ与申来候
　付、三郎左衛門布衣着、上々官三人召連、罷出ル
〃上々官三人礼服、駕篭舁八人ツ丶、駕篭脇御馳走方ら歩行士弐人相附ス
〃小童弐人、上通事弐人、使令六人ハ歩行ニ而罷越、何も駕籠馬、御馳走方よ
　り出ル、小童馬脇ニかんはん着いたし候足軽弐人ツ丶、相附ス
〃両御馳走方ら足軽弐人先払、御双方かんはん羽織着

〻先乗り、牧野駿河守様御内者頭槙只之進熨斗目着

〻杉村三郎左衛門布衣着、御留守居鈴木左次右衛門熨斗目長上下着、騎馬

〻跡乗り中川内膳正様御内者頭塩山権左衛門熨斗目着

〻通詞斎藤市左衛門茂里田弁吉服紗麻上下着、相附ス

〻礼曹ら御老中様方江之別幅物并三使ら御老中様方御若年寄衆江自分音物之
　義者先達而吉村勝左衛門熨斗目長上下着、騎馬ニ而宰領御弓之者三人羽織
　袴着いたし相附、罷越、先々にて取次之人江手日記を以引渡置、尤別幅之品
　者奥ニ記之

　　　　　長持　拾棹
　　　　　釣台　拾弐
　　　　　宰領足軽　拾六人
　　　　　持夫　百弐拾四人
　　　右、宰領足軽・持夫共ニ、両御馳走方らのかんはん着

〻御老中様、御若年寄中江上々官罷越候付、兼而被仰出置候通、道操之通ニ罷
　出候処、表門番所ニ物頭壱人熨斗目着、表門外ニ給人弐人熨斗目着、御屋敷
　前之固足軽五六間置ニ壱人宛対羽織着、門之内左右ニ足軽四五人宛被差出
　置ル、尤、表門左右ニ飾手桶有之、玄関下座敷際ら門地幅際迄、筵鋪之五六
　間之間ハ薄縁鋪有之

〻上々官玄関ニ至候時、取次之人長上下着、下座薄縁敷出候迄被罷出居候付、
　互ニ手を揚ケ、会釈有之、直ニ先達而誘引、上々官者先ニ立、三郎左衛門ハ
　跡ニ附、御使者之間江罷通候処、御老中方ニ而者御家老布衣着、若年寄衆に
　ては、御家老素袍着被出会、上々官と互ニ手を揚ケ、会釈有之、書院江同道
　ニ揖有之、着座、三使ら之口上、杉村三郎左衛門申達、御書翰別幅差出シ、
　次ニ三使自分之音物目録差出候処、被相請取、致登城候間、帰宅之節可申入
　由ニ而、勝手へ被入候処、押而茶・多葉粉・菓子出ル、小童ニ茂御次之間ニ而、
　茶・多葉粉出ル、相済而、如初ニ揖有之、退座、御家老衆ハ式台迄被送出、一
　揖有之、取次之人茂如初下座敷迄被罷出候付、会釈して罷帰ル

〻広間詰之面々、熨斗目半上下着、給仕人長上下着相勤ル

　　御老中様、若年寄衆江上々官罷出候節、被出会候家老、御取次之人数、

左ニ記之

井上河内守様ニ而

御家老
田口判兵衛
宇佐美四郎左衛門
遠藤与喜丞

御取次
田口宇右衛門
越智仁右衛門
音羽庄兵衛
足立庄介
伍藤四郎右衛門
細野三太右衛門

久世大和守様ニ而

御家老
亀井清左衛門

御取次
小嶋団蔵
富田孫七郎

戸田山城守様ニ而

御家老
鳥井左兵衛

御用人
藤田弥七郎
野沢源左衛門

水野和泉守様ニ而

御家老
松本主祝

御用人
牛尾四郎左衛門
二本松七郎

井伊勢掃部守様ニ而

御家老
菴原主祝

中老
西江藤左衛門

御用人
正木舎人
三浦五郎右衛門

松平肥前守様

三宅孫兵衛
諏訪伊助
横山瀧右衛門

大久保長門守様

御家老	天野孫兵衛
御用人	本庄弥一右衛門

大久保佐渡守様

御家老	吉田久左衛門
御用人	宮岡庄左衛門

石川近江守様

御家老	牧十右衛門
御用人	大橋庄右衛門

御老中方
若年寄衆　　　江　朝鮮人罷越候道筋

〃本願寺より東仲町、雷神門前より駒形堂前通浅草橋横山町、本町江常盤橋御門ヘ入、松平伊予守様御屋鋪前、酒井左兵衛尉様御屋敷脇ら久世大和守様ヘ罷越、夫より神田橋御門内通り、酒井修理大夫様前通り、戸田山城守様江罷越、夫ら元之道小普請定小屋前龍之口ら和田倉御前江入、松平肥前守様、水野和泉守様、井上河内守様ヘ罷越、夫ら外桜田御門を出、井伊掃部頭様ヘ罷越、元之道通石川近江守様江罷越、御厩前、大久保佐渡守様、大久保長門守様江罷越、夫ら松平下総守様御屋敷脇ら和田倉御門江出、龍之口、小笠原右近将監様御屋敷脇後通り、常磐橋御門元之道筋罷帰候

〃礼曹ら執政御四人江之別幅之品、委細御音物帳ニ有之

　　　平田直右衛門・大浦忠左衛門方ら之手紙、左記

　　以手紙、令啓上候、林良以様・同良喜様并成嶋道筑老、旅館江御越之筈ニ候、鷹之義心得之者ニ御役人様方、於御詰間、御対談被成居候間、今日、曲馬乗り候馬芸之者理馬鷹之義、心得候者、致対談候様可仕旨、今夕、河内守様江御留守居被召寄被仰渡候間、右之御方御出候ハ、、無滞、対談有之候様ニ可被仕候、右、御三人御越之刻限、早く候而者込合可申候間、八時過御越被成筈ニ候由、河内守様被仰渡候、然処、成嶋道築老ニ者明日五ツ過可有御越由御噂有之由、仁位玄春、今晩申出候間、道築老ニ者早々御越被成義も可有之候

〃戸田五助様抔も旅館江御越、鷹心得候者ニ対談可有之候、日限者不相知候

由ニ候得共、大形明日ニ而可有之候、惣而、御側向ら朝鮮人為対談、旅館江
御出被成候義、其度々ニ御案内有之間鋪候、対談之者ハ学士・良医・馬芸之
者・理馬鷹之儀心得候者ニ而可有之候、何れニ成共、其節対談之御方御申聞
次第、朝鮮人罷出候様ニ可仕旨被仰渡候、尤、対談之間之義者前ニ書付之通
御役人様方御詰所ニ可被成由ニ候、随分急度不致様ニいたし、朝鮮人もく
つろき候而致対談候様ニ菓子・吸物・酒等、御馳走方ら一日代ニ被差出候様可
申達旨被仰渡候間、其通可被仰渡候、右之段為可申達、如此、御座候、以上

　　尚々、急度無之、心易御出会有之様ニ思召候間、くい違無之様ニ御心
　　得可被成候、以上

　　　　　十月五日　　　　　　　　　大浦忠左衛門
　　　　　　　　　　　　　　　　　　平田直右衛門
　　　　杉村采女様
　　　　杉村三郎左衛門様

右之通昨夜以手紙申来候故、旅館江被相詰候御徒目付荒川権六殿・藤本権
兵衛殿、御両人江吉川六郎左衛門方ら左之通書付差出ス、左ニ記ス

　　　覚

〃林良以様・同良喜様并成嶋道築老、其外ニ戸田五助様、山本善甫老なと御出
　候ハ、御申聞之通朝鮮人共差出し、御尋之義為承候様ニ御対談之間、御役
　人様方御詰所ニ仕、随分屹与無之様ニいたし、朝鮮人もくつろき、対談いた
　し候様仕、菓子・吸物・肴等御賄方ら成共、御馳走方ら一日代ニ被差出候様
　ニ成とも、手寄宜様可仕旨、井上河内守様ら留守居被召寄、被仰渡候、已上

　　　　　　　　　　　　　　宗対馬守様内
　　　　　十月六日　　　　　　吉川六郎左衛門
　　　　荒川権六様
　　　　藤本権兵衛様

〃林大学頭様・同七三郎様・同百助様、旅館江御出、学士・書記三人御対談、書
　物御頼、御書せ被成ル

〃御目付渡辺外記様・上田新四郎様、御小人目付壱人御同道、旅館為御検分、
　御出候故、通詞下知役山本喜左衛門致手引、旅館・朝鮮人居所、台所まわり
　御検分有之

ゝ御馳走人牧野駿河守様ら御使者田中文右衛門長上下着、三使并上々官江左
之通被遣候付、吉川六郎左衛門取次之

　　　　但、上々官義ハ御老中様方江礼曹ら之別幅并三使自分之音物致持参候
　　　　付、李判事を以差出候処、相応之御礼有之候付、六郎左衛門取次、御
　　　　使者江申達ル

　　　　　　目録外面之式　　　　　　大高奉書包

　　　　　　通信三使官ト有之

　　柿・蒲萄　　　一籠
　　鮭　　　　　　二尺

　　　　際

　　　　　　　　　長岡城主
　　　　　　　　　　牧野駿河守源忠辰

　　右者三使江真御目録相添

　　柿　　　　　一籠
　　蛔　　　　　一折

　　　　際

　　　　　　　　　右同断

　　右者上々官江御目録料紙、右同断

ゝ直右衛門・忠左衛門方ら来候手紙、左記之

　　　　以手紙、令啓上候、今晩、河内守様ニ而半左衛門を以左次右衛門江被仰
　　　　渡候者、射芸之儀此方御屋敷ニ而殿様御所望向ニ被成、被仰付候ハ、
　　　　御用掛衆其外御側向之衆可被遣候間、日限等相究候而申上候様ニとの
　　　　御事ニ候、騎射者御屋舗之馬場ニ而も可罷成候得共、帆的者可罷成哉
　　　　無心元存候、とかく騎射帆之仕候者弐三人も被遣、馬場之様子見分被
　　　　仰付候ハ、其上ニ而成不成之義者河内守様へ可申上候、騎射帆的入
　　　　候道具なとも可有之歟と存候、何々入候との義委細御註文書被成可被
　　　　遣候、精兵御撰被成、四五人為射候様ニ与存候、弥射候ハ、、八日な
　　　　らてハ日柄無之候、若者七日ニ茂可被成哉、日限餘近々ニ候故、先者
　　　　八日ニ被成候様ニ与存候

十月五日　　　　　　　　大浦忠左衛門
　　　　　　　　　　　　平田直右衛門
杉村采女様
杉村三郎左衛門様

　右之通昨夜申来候、折節、今日御上屋敷江御用之書画被仰付候ニ付、写字
官・画員被召寄候付、射芸之達者成軍官両人相添、罷越ス、則人数左ニ記之

　　　　　　　　　　　　　　　軍官弐人
　　　　　　　　　　　　　　　写字官弐人
　　　　　　　　　　　　　　　画員壱人
　　　　　　　　　　　　　　　韓僉正
　　　　　　　　　　　　　　　朴判事
　　　　　　　　　　　　　　　小童弐人
　　　　　　　　　　　　　　　使令弐人
　　　　　　　　　　　　　　　通事壱人

　右之者共、御上屋敷江罷上り候付、乗馬之義出馬役方ら御馳走方江申達し、
被差出也

〃朝鮮人御上屋鋪江罷越候付、通詞下知役小田七郎左衛門、通詞小田四郎兵
衛、金子伝八、生田清兵衛相附、罷越ス

〃写字官・画員江御用之書画被仰付、軍官両人へも御屋鋪之馬場之様子見分被
仰付也

〃一昨日、御返翰之写、三使江内見被仰付候処、昨日、三使ら御書面之内ニ御
好所有之、其分書付被差出候付、被申上候趣、直右衛門・忠左衛門方江申遣
置候処、今日、大学頭様、本願寺江御出被成候ニ付、宜序而与存、東五郎申
談、何とそ三使願之通ニ御手前様ら御心入を以御改被下候かし与、好之通
申上候得者、得与御覧被成、文字之高下尤ニ候、遥々被罷越候使者首尾能様
ニ与存、未清書不致候間、御改被成候様ニ可被成之旨御快く御請合被成也

　　　　　　　　　　久世大和守様御使者
　　　　　　　　　　　　　　　　　　　芦田伊十郎
　　　　　　　　御使者同道　　　　　　田丸作大夫

　右、三使江之御口上、今日ハ上々官を以御目録之通被懸御意忝存候、為御
礼、以使者申入候、上々官へも、遠方預入来、御太儀ニ存候との御事、吉

川六郎左衛門取次、上々官他出故、李半事を以三使江申達候処、相応之返
答有之候付、則李判事致同道、罷出、御使者へ返答申達ル

　　　　　　　　　　戸田山城守様御使者
　　　　　　　　　　　　　　　　　小林又兵衛
　　　　　　　御使者同道　　　　篠田十兵衛

　右、三使江之御口上、右同断

　　　　　　　　　　井伊掃部頭様御使者
　　　　　　　　　　　　　　　　　正木舎人
　　　　　　　御使者同道　　　　浅井喜三郎

　右者御使者口上、同断

〆林良以様・同良喜様并成嶋道築老・山本善甫老本願寺江御出、 良医・製述官・
　画師江御対面、尤鷹之義心得候朝鮮人ニも御逢被成ル

〆中川内膳正様ら製述官・韓僉正・朴判事・写字官弐人、画師〆六人江重而、書
　画御頼可被成との御事ニ而硯箱壱ツ宛、但内壱ハ蒔絵、残ハ黒塗墨一挺
　ツ、小柄小刀壱本ツ、相添、銘々江被遣之候付、其段、彼方御用人ら采女江
　被申聞候ニ付、通詞下知役へ申渡、夫々ニ相渡ス、尤、音物帳ニ有之

〆御馳走人牧野駿河守様・中川内膳正様、三使安否御尋ニ付、三郎左衛門承之、
　申達候処、上々官を以相応之御礼有之

〆加番和尚菖長老ら以使僧、左之通被遣之ル

　　　　一汗巾七ツ　　　　　写字官江
　　　　一同 五ツ　　　　　画師江

　右之通来り候ニ付、通詞国分源介を以相渡ス

〆信使一行中江朝鮮国ら書状三拾四通、御国ら到来ニ付、通詞下知役山本喜
　左衛門を以夫々ニ相渡ス

十月七日　晴天

〃今日、御三家様方江三使ら音物遣し被申候付、尾張様・紀州様江先達而久和
重右衛門熨斗目半上下着、進物為持、罷出、追付三使ら朝鮮人を以御音物進
覧被仕候、依之、先達而持参仕候由ニ而手目録を以御取次江引渡、罷帰ル、
水戸様江者御普請半故、朝鮮人ハ不罷越候得共、三郎左衛門持参仕候付、是
又、久和重右衛門持参御音物之品、委細者御音物帳ニ有之

〃道筋、本願寺ら常磐橋迄ハ登城道筋之通常磐橋ら黒田豊前守様御屋鋪前脇、
榊原式部大輔様御屋敷前、小普請小屋前龍之口、夫ら和田倉御門江入、松平
肥後守様御屋敷前、松平下総守様御屋鋪前、水野和泉守様御屋敷前、井上河
内守様御屋敷脇前、外桜田御門を出、井伊掃部頭様御屋鋪前、御堀端通、内
藤丹波守様御屋鋪前、松浦内蔵之允様御屋鋪前、半蔵御門前、麹町壱丁目通
り、五町目ら左江紀伊国様江参、夫ら元之道江戻り、麹町六町目ら四ツ谷御
門江出、右江御堀端通り、榊原七右衛門殿御屋鋪前、市ヶ谷、八幡前橋ら左
江尾張様御屋敷江参ル、罷帰候道筋、元之通也

〃御三家様方江参候朝鮮人、左ニ記之

上々官		金僉知
上判事	⎰	韓僉正
		李判官

御三家様方江者上々官三人罷越筈ニ候得共、韓僉知・朴同知ハ病気故、
上判事之内両人相加り罷越ス先例、上々官病気之節、上判事ら相勤候
例茂有之候付、今日茂右之通也

		小童三人
		通事三人
		使令六人
		下官三人
和巾麻上下着	通詞	朝野才兵衛
		広松茂助

右、朝鮮人江相附、罷越候人、左記之

布衣烏帽子着	騎馬	杉村采女

熨斗目長上下着	裁判 御留守居	⌈ 吉川六郎左衛門 　 原宅右衛門

牧野駿河守様御家来

熨斗目長上下着	物頭	萩原要人

中川内膳正御家来

	物頭	三宅源太夫

〃上々官・上判事駕籠、小童乗り馬共ニ御馳走方ら罷出ル

〃紀州様江参上、御門之外ニ而乗物ら下ル、御門之内より御玄関迄莚五枚並敷、其上ニ薄縁敷有之、宅右衛門義先達而致参上、御玄関ニ而三使ら上々官、使ニ被申付、伺公仕候付、対馬守家老杉村采女、裁判吉川六郎左衛門差副候与之義申入ル、奏者番衆六人布衣着之、敷台へ被迎出候付、互ニ一揖、奏者番衆両人、先達而誘引、使者之間拭板ニ御家老衆三人久野肥前守殿・水野丹後守殿、渡辺数馬殿狩衣太刀帯被出迎、此所ニ而二揖仕、並行御広間中段上座南之方ニ三使音物被配置、上々官・上判事同所東之方、御家老衆ハ西之方上檀を後ニして立並、双方一度ニ二揖有之、着座、采女判事方江差寄り、三使ら口上承り、御家老衆へ申入候者、頃日ハ初而得貴意、大慶仕候、御前首尾克御礼相済、難有奉存候、弥御勇健被成御座、珍重奉存候、御当地へ罷越候御祝義迄、目録之通進上仕候与之義申達、目録相添、御家老衆三人共ニ奥へ被入、此間ニ干菓子五色盛合、白木縁高ニ盛、白木三方ニ載、銘々ニ出ル、采女義ハ判事之次敷居を隔、着座、六郎左衛門・宅右衛門ハ縁頬ニ着座、何茂朝鮮人同前之御菓子出、引続、濃茶ふくさ相添出ル、相済、水菓子・ふとう・なし・かき、鑵之鉢盛合出、薄茶出、畢而諸太夫衆三人被罷出、御返答、御口上之趣遂披露候処、預御使者被入御念義ニ候、殊ニ御目録之通被送下、御満足思召し、宜相心得申入候様ニ与之御事ニ候由、采女江被申聞候を判事申達し、相済而判事ら御馳走之御礼申上、罷立、如初ニ揖、退座、御家老衆三人共ニ初被出迎候所迄被送出、此所ニ而二揖有之、罷帰ル

〃上々官江相附候小童・通事ヘハ御寄附、奥之間ニ而御菓子・御茶御振舞被成ル

〃尾州様江致祇公候処、御門之内ら筵之上ニ薄縁敷有之、奏者番衆布衣着弐人鋪台迄被罷出、互ニ一揖仕、先達而誘引被仕、拭板之上ニ奏者番衆三人布

衣着ニ而被居、一揖有之、跡ら附被参、御家老大道寺駿河守殿諸太夫之狩衣
着、少刀ニ而御書院縁頰次之間迄被出迎、一揖有之而御本間へ着座、三使ら
之音物、本間之上座ニ被配置、采女口上承り、駿河守殿江申入候者、頃日、
御前首尾好御礼申上、難有奉存候、於御在所、弥御勇健可被成御座奉存候、
此度、御領内罷通候節、御馳走被仰付、道橋掃除等迄被入御念、忝奉存候、
御当地へ罷越候御祝義迄、目録之通致進覧候との義申達ル、奥へ被入、此間
ニなし・かき・ふとう縁高ニ盛出、次ニ干菓子銀之鉢ニ盛、引続出、其後薄茶
出、相済而駿河守殿被罷出、御口上之趣、早速国元江以飛脚可申越との義、
采女江被申聞候を、判事へ被申達候、御馳走之御礼申上、罷立、駿河守殿初
被出迎候所迄被送出、二揖有之、罷帰ル

〃小童・通事へも御寄附、奥之間ニ而御茶・御菓子被下之

〃水戸様へ之御音物ハ御普請未出来無之ニ付、朝鮮人罷出候義差扣、此方御
家来を以三使ら之御音物差出候様ニとの御事ニ付、杉村三郎左衛門并裁判
樋口孫左衛門、御留守居原宅右衛門同道、何茂熨斗目半上下着、小石川御屋
敷江致参上、御取次太田藤右衛門を以三使ら之御口上、紀州様ニ而之御口
上同前ニ申達ル、御音物差出候処、則御屋敷江被成御座候間、追而可被申上
との義也、罷帰ル、御目録、御音物帳ニ有之

〃御用掛松平対馬守様、両御馳走人江三使ら之御音物、此方御使者浜田伊九
郎を以被遣之、此方ちも宰領足軽壱人相附、其外ニも御馳走方ら出ル音物
等ハ別帳ニ有之

〃昨日、御老中様方江罷越候朝鮮人名御尋ニ付、書付遣し候様ニ、直右衛門方
ら申来候付、則相尋、左之通書付遣ス

朴同知
韓僉知
金僉知

小童

デク ジ ホク
鄭時豪

バキ テ ホイ
朴虜會

クム ヲン サ
金彦佐

小通事 ┌ 李碩萬（リセグマン）
　　　 └ 姜意味（カグヲルミ）

使令 ┌ 鄭守命（デグシユメギ）
　　 │ 李自隱老未（リゾヲンノミ）
　　 │ 金加叱八里（クムカトクバリ）
　　 │ 李之奉（リチボグ）
　　 │ 金善己（クムセンクイ）
　　 └ 鄭鐵伊（デグテルイ）

〃直右衛門・忠左衛門方ゟ以手紙、軍官之内騎射仕候者有之段御聞被成、御覧
被成度思召候間、三使江申達シ、随分達者成人三人、明八ツ時過被指出候様
ニ屹与被仰達候而者如何ニ候間、殿様ゟ御所望向ニ三使江申達可然候、委細
之義者兼而申置候通ニ候由、尤馬者朝鮮馬一匹有之候得共、続申間敷間、其
元ゟ為牽候様ニいたし可然旨申来ル、依之、上々官韓僉知江左之通申達ル

　　軍官中之内達者ニ騎射仕候人有之段、太守被承、見物仕度由被申越候、
　　随分達者成仁三人、明日午時被遣候様ニとの事ニ候、此段三使江被申
　　上、弥被差越被下候様ニ可被申上候、以上

右之通韓僉知を以三使江申達候処、騎射之軍官江被申渡候処、病気ニ付罷
出候義難成由ニ而御断申上ル、其趣、直右衛門・忠左衛門方江申遣ス

　　　　御直参　　　　　　　　　┌ 桂山三郎左衛門殿
　　　　　　　　　　　　　　　　└ 秋山判蔵殿
　　　　佐竹右京太夫様御内　　　　大田治太夫
　　　　松平安芸守様御内　　　　　天津源之進
　　　　林大学頭様学寮　　　　　　川副兵左衛門
　　　　同　　　　　　　　　　　　真木弥市
　　　　同　　　　　　　　　　　　井上仁左衛門
　　　　諏訪安芸守様御内　　　　　村上舎人
右、旅館江被罷出、製述官・書記与筆談有之、雨森東五郎・松浦儀右衛門罷
出、取次之

ゝ奥野忠兵衛様、三郎左衛門様へ被仰聞候ハ、頃日、采女・三郎左衛門申聞候
朝鮮人江被成下候下行余り物之義、則御用懸より河内守様迄被相窺候処、
弥物替ニ仕、又ハ払候義勝手次第ニ可仕候、其内、通イ筥通イ樽類、御賄方
江返候筈之品紛出シ不申候様ニ堅可申付候、此段忠兵衛様ら采女・三郎左衛
門江可被相達旨、御用懸中ら被仰付候与之御事ニ付、早速申上候通被仰出、
朝鮮人共難有可奉存候、弥、通イ筥通樽之類御賄方江差戻候器之義下行方
役人共随分入念、紛出し不申候様ニ堅可申付旨申上ル

ゝ裁判役へ相渡候書付、左ニ記之

朝鮮人江被成下候下行余り物之義物替ニ仕、又払候義勝手次第ニ可仕
候、其内、通イ筥通イ樽類御賄方へ返し候筈之物紛出し不申候様ニ堅
可申付旨被仰付候間、其旨相心得御賄方江差戻候器物等随分念入、決
而紛出し不申候様ニ買物役江可被申付候、以上

十月八日　　　　　　　　　　　杉村三郎左衛門
　　　　　　　　　　　　　　　杉村采女
樋口孫左衛門殿
吉川六郎左衛門殿

右之通被仰付、則買物役江茂申渡候間、被得其意候様ニ与、下行役平山左
吉・大塔貞右衛門へ申渡ス

ゝ松平対馬守様御用人吉田十兵衛、御意之由ニ而、来ル十一日上使御出之刻
限、平田又左衛門江被尋候付、左之通書付、十兵衛ニ相渡ス

来ル十一日、三使江御暇之上使何時ニ客館江御出被遊可然哉之旨御尋
被遊候、早速、対馬守方へ申遣候処、御返物それ〳〵ニ被配候以後者、
上使何時ニ御出被遊候而茂差支義無御座候間、上使ニ御出被遊候御
方様御勝手次第御出被遊可然奉存候、勿論、上使御出之刻限御極被遊
候ハ、其段、対馬守方へも被仰知可被下候、已上

　　　　　　　　　　　　　　　宗対馬守内
十月七日　　　　　　　　　　　平田又左衛門

右之通書付差出候処、則被申上候得者、刻限申上候様ニとの御事ニ付、左
之通書付、十兵衛ニ相渡ス

来ル十一日、信使旅館江上使御出被遊候刻限、午之刻ら未之刻迄之内
ニ御出被遊候義、別而指合之義無御座候、以上

宗対馬守内

　　　　十月　　　　　　　　　平田又左衛門

〻直右衛門・忠左衛門方ら申来候者、此度、礼曹ら御老中様方へ之別幅之品、
　天和之通と、此方らハ随分念入被仰達置候処、韓僉知念入不申候而、此度河
　内守様江之御音物間違致出来候、已来、御尋之義も可有之候間、真文之證文
　を請取置候様ニ申来候ニ付、則證文草案、雨森東五郎・松浦儀右衛門江申渡、
　為調、此通認差出候様、韓僉知江申渡候処、則草案之通真文認差出ス、左ニ
　記之

　　　　覚

今番礼曹所贈執政礼物、曽已自同、貴州照依壬戌年例、一一書示、不啻丁
寧、僕亦以執政四員処、一依壬戌年執事例書呈、而其後僕処事粗率、以致
物件相違之弊、今因貴州、極力弥縫、僅得無事、然自顧罪咎、惶恐無地、
謹此伏弁、用為執照事

　　　　已亥十月初日　　　　　　韓僉知印
　　　　杉村采女公
　　　　杉村三郎左衛門公

〻井上河内守様御用人滝田判右衛門方ら朝鮮人之弓矢見申度由被申聞候間、
　借り遣し候様申来候付、則上々官へ申遣、軍官所持之弓矢并矢篭ともニ加
　り候而為持遣之、相済候ハ、早々被差返候様ニ手紙相添、遣ス

〻御目付渡部外記様・上田新四郎様旅館火之元為検分、御出御廻り被成候付、
　杉村三郎左衛門并樋口孫左衛門、通詞下知役、通詞相附廻ル

井上河内守様御使者

　　　三浦酒之允取次　　　　　　　　　　　井上武兵衛
　　　朴判事を以返答　　　　　同道　　　左野十郎太夫

平田又左衛門取次
同人を以返答

水野和泉守様ら御使者
　　　　　星野弥三左衛門
同道　　由良弥左衛門

吉川六郎左衛門取次
金僉知を以返答

松平対馬守様ら御使者
　　　　　伊川治右衛門
大久保長門守様御使者
　　　　　吉田喜内
大久保佐渡守様御使者
　　　　　堀越多宮
石川近江守様御使者
　　　　　丸伊兵衛

　　右三使ら音物遣し被申候、為御礼、旅館江被遣候ニ付、三使江申達、
　　相応之返答申達ル、何も御使者熨斗目長上下、同道者半上下也

〃両長老ら上々官方へ使僧を以音物有之、則左ニ記之

　　一白草　　　三包　　　菖長老ら
　　一長汗巾　　三包　　　湛長老ら

〃殿様ら御使者平田直右衛門を以三使方江被仰遣候ハ、弥御堅固可有御座与、
　珍重存候、兼而明後九日、此方招請之儀、御案内申入置候得共、尚又直右衛
　門を以申入候、弥被仰合、御出被下候様ニ上々官を以申達候処、上々官を以
　相応之挨拶ニ而、正副使ハ弥参上可致候、従事ハ痔之痛差発候付、難致参上、
　御断申入候与之儀也、直右衛門申候ハ、祝候而之儀ニ候間、何とそ御繕被成、
　御揃而御出被成候様ニ与、又々申遣候処、返答ニ、致参上、何角之御礼申上
　筈ニ候得共、病気之事ニ候間、御免可被下候、併、其内快く御座候ハゝ、可
　致参上与之返答也

〃直右衛門・忠右衛門方ら以手紙、河内守様ら朝鮮射法御尋ニ付、相尋、委細
　書付遣候様ニ申来候付、裁判六郎左衛門江申渡、軍官江相尋候而騎射之法
　書付遣ス、弓法之書付ハ射芸覚書、十月八日之所ニ委記有之

十月八日 晴天

〻杉村采女・杉村三郎左衛門并裁判、旅館江相勤ル

〻殿様旅館御休息之間江御入被遊、上々官被為呼、三使安否御尋被成候而被
仰入候者、兼而申入候通、明日者弥私宅へ御出可被下候、従事ニハ御痛御快
御座候哉、明日者何とそ御差繕、御出可被下候、御休息所茂用意申付置候間、
規式相済候ハ、、御勝手次第御休息被成候様ニ可致候、何とそ御揃御出被
下候様ニ与之御事被仰入候処、則三使江申入、上々官を以御返答被申上候
ハ、安否御尋被下、殊明日弥参上可仕之旨忝奉存候、申合、弥参上可仕候、
従事ら御返答者、分而被為仰聞候通忝奉存候、私義も何とそ差繕、申合、参
上可仕候与之返答也

〻右相済而、殿様、本堂御対客之間江被為入御馳走役牧野駿河守様・中川内膳
正様・御作事奉行柳沢備後守様御詰合被成候付、御対面被成、寺社御奉行土
井伊予守様御目付三宅大学様ニも御出御座候ニ付、御対面被成、相済而、午
之中刻、御帰被成、備後守様・大学様江者、今日初而御逢被成候付、御挨拶
之御使者被遣候

〻菖長老方江三使ら韓僉知を以礼曹ら之別幅并三使ら自分之音物被遣之、持
夫、御馳走方ら出ル、通詞下知役小田七郎左衛門、通事吉田藤兵衛相附、韓
僉知義御使之趣一通相済、已後、直朝鮮人江字為御書被成、暮ニ及候付、一
汁五菜之御料理・御菓子出ル、佐治庄五郎相伴仕ル

〻土井伊予守様・柳沢備後守様、御代官松平九郎左衛門様、旅館為御見舞、
段々ニ御出、御通り被成ル、通詞下知役・通詞相附

〻帆的騎射、来ル十日ニ有之候ニ付、場所験分として左之面々罷越ス

軍官	⌠揚先達 ⌊金先達
馬上才	姜裨将
使令	弐人

右之面々、上野車坂ノ下迄罷越ス、御目付鈴木伊兵衛様・稲生次郎左衛門
様、其外御小人目付并御大工甲良左衛門、先達而右之場所江御越被成ル

		杉村三郎左衛門
裁判		樋口孫左衛門
通事下知役	{	田代沢右衛門
		児嶋又蔵
通事	{	山城弥左衛門
		広松茂助
		森田弁吉

右之面々、相附罷越ス

〃林良以様・同良喜様・山本全甫・成嶋道築老、御馳走人牧野駿河守様、於御詰
　間、製述官・書記江御逢被成、筆談有之

〃林大学頭様・同七三郎様・同百助様御同道ニ而御出、製述官へ御対談有之、
　尤、御饗応之間之内、屏風囲仕、筆談等有之、右之御三人江朝鮮人方ら膳部
　出之

〃御馳走人駿河守様・内膳正様、三使安否御尋ニ付、三郎左衛門承之、申達候
　所、上々官を以相応之御礼有之付、其趣申上ル

十月九日　晴天

〃兼而御案内有之、今日御屋敷江三使御招請ニ付、時分之御使者大目付仮組
　頭幾度六右衛門熨斗目長上下着、旅館江被遣之

〃正使・副使、巳刻、御屋鋪江御越、従事ニ者病気ニ付、不被罷出、今日朝鮮人
　参上之人数、左ニ記之

　　　正使
　　　副使

　　　　　上々官三人
　　　　　上判事三人
　　　　　上官弐拾五人
　　　　　次官九人
　　　　　中官八拾六人　内十一名小童

　　　　　　外ニ追而壱人相増候得とも、其通ニ仕置也

　　　　下官八拾人

〃旅館ニ相残候朝鮮人

　　　従事官

　　　　　上官八人
　　　　　次官一人
　　　　　中官五拾八人 <small>内五名者小童</small>
　　　　　下官八拾壱人

〃今日、御屋敷江罷出候信使附之面々、左ニ記之

従事病気ニ付、壱人宛代り合候而、罷越ス	布衣着	杉村采女
		杉村三郎左衛門
裁判	熨斗目半上下	吉川六郎左衛門
出馬役	同断	三浦酒之允 山川作左衛門
下行奉行	同断 但し、跡乗り申渡ス	平山左吉
真文役	同断	雨森東五郎
同書役	熨斗目半上下	味木金蔵 橋辺正左衛門
通事下知役	同断	児嶋又蔵 小田七郎左衛門 河村太郎左衛門 田代沢右衛門 山本喜左衛門
御佑筆	同断	江崎忠兵衛 梅野市郎右衛門
		本通詞 五人 仮通詞 廾七人

　　客館留守番

	病気ニ付、跡乗り
裁判	樋口孫左衛門
下行役	大塔貞右衛門
人馬役	樋口吉右衛門
	病気ニ付、跡乗り
	松浦儀右衛門
御佑筆	⎰ 船橋忠右衛門 ⎱ 西山多右衛門
通詞下知役	⎰ 米田惣兵衛 须川嘉右衛門 ⎱ 貝江庄兵衛
	通詞六人

〃御馳走人牧野駿河守様・中川内膳正様御出、三郎左衛門へ被仰候者、従事病
気ニ付、今日対馬守殿方へ御出無之由、御所労之様子御聞、御見舞可被仰達
候間、従事之身近き官人江御対面可被成之由ニ付、通詞山城弥左衛門を以
申達候得者、軍官壱人被差出候故、御双方口上、弥左衛門へ申渡し、三郎左
衛門承之、申上ル

〃昨日以酊庵江三使ゟ御音物被遣候付、為御礼使僧来ル、返答相応也

〃御目付木下清兵衛、火之本為見分、御廻りニ付、通詞下知役须川嘉右衛門相附ス

〃今日御屋鋪江従事御出無之ニ付、御饗応之膳部、御屋鋪ゟ井野久兵衛、御料
理人壱人相附被遣候付、夫々仕立、従事居間江差出ス、従事附之上官・中官・
下官迄御饗応之膳部被差越候付、通詞下知役并通詞之者相附、御振舞有之也

〃今日従事江被遣候高盛之膳部を横田備中守様・牧野因幡守様・鈴木伊兵衛様
御出、御丁寧之御仕立之由ニ而御覧有之度由、三郎左衛門被仰聞、御同道ニ
而御覧有之

〃公儀御医師衆、旅館江御越、良医江御逢、寛々被成候節者、牧野駿河守様ゟ
御一手ゟ御饗応被成来候所、此間、御医師衆御出之節者、公儀御賄御代官ゟ
御饗応有之候付、駿河守様役人衆へ相尋候ニ通詞下知役貝江庄兵衛へ尋
させ候所、成程前々ハ駿河守方ゟ致饗応候得共、此間ゟ御賄方引請ニ罷成、
御代官衆ゟ御饗応被成候様ニ罷成候由返答也

〃御屋敷御饗応相済、正副使、戌之刻、帰館被致、送り之御使者平田又左衛門
　のしめ長上下着

〃藤堂和泉守様ら三使銘々ニ桧重一組宛、上々官中ニ同一組被遣候付、正副
　使之御礼并上々官之御礼共ニ御屋鋪ニ而相済候得共、従事ハ御出無之ニ付、
　右桧重送り参り候ニ付、右和泉守様ら之御口上申達、差出ス、上々官江被成
　下候桧重も送り来ル也、右之桧重、従事ら軍官を以采女方江我等病気ニ付、
　御屋鋪ら御送り、入御念候段、忝存候、御徒然ニ可有之由ニ付、被相贈ル

〃今日、御屋敷ニ而見物もの、於御庭、舞台奥行被仰付

　　躍画シ
　　木偶つかい
　　辰松座

〃直右衛門・忠左衛門方江申遣候手紙、左ニ記之

　　明日、騎射ニ殿様御出不被成候而茂不苦候故、御出ニ者及不申候与、
　　鈴木伊兵衛様被仰候由、是者三使并朝鮮人方之様子御存知無之故、被
　　仰たる事ニ御座候、元来、殿様御見物被成候与申事ニ候故、三使も無
　　拠、軍官ニ被申付、軍官茂殿様ニ対し、罷出候事ニ御座候所、万一殿
　　様御出不被成候而ハ、彼方迄御欺キ被成候様ニ三使を初被存候而ハ、
　　上々官共至極難義いたし候義者不及申、此已後、諸事之支ニ可罷成候、
　　家老中罷出候分ニ而者中々合点可致様無之候、万一殿様御出無之候上
　　ハ騎射相勤候事、不罷成抔も申切、罷帰候様ニとも有之候而ハ御外聞
　　と申、至極不宜事ニ御座候故、殿様ニ者是非御知不被成候而者不相済
　　事ニ御座候間、為念、又々申進候、以上

　　　　十月九日

　　尚々、明日者御返簡為御内見、御登城之由、林大学頭様御物語ニ御座
　　候、弥左様有之候ハ、、御城相済、直ニ上野へ御出被成可然候、以上

　　　　直右衛門様
　　　　忠左衛門様

〃今日、信使通り筋、本願寺ら新寺町、織田山城守殿前通ら御屋敷へ被罷越、
　路之警固、水手桶用意、夜ニ入候付、通り筋者挑灯燈之

〃御屋敷江罷越候信使附供之面々・御馬廻り、御軽キ御料理、大小性中者かき
の飯、御歩行・通事中へ者赤飯にしめ御振舞被成ル

十月十日

〃杉村采女・杉村三郎左衛門、裁判吉川六郎左衛門、出馬役三浦酒之允・山川
作左衛門、其外小役人、旅館出仕

韓判事
小童壱人
使令弐人
小通事壱人

右者殿様江三使ら自分之御音物、今日、御上屋敷江被差上候付、右之
面々罷出ル、尤、通詞下知役米田惣兵衛、通詞山城弥左衛門相附、別
幅品々者御音物帳ニ有之

〃正使・副使ら昨日御饗応之為御礼、金僉正を以申来ル、従事者病気ニ而不被
罷出候付、御饗応之品被送遣、末々ニも不残御料理被下候付、為御礼、金判
事被差越候、通詞下知役・通詞、右同人

藤堂和泉守様

右者正使・副使江御使者藤堂主馬同道、高木佐二右衛門、御口上、昨日
者初而掛御目、珍重存候、御見舞旁、使者を以申入候との御事、従事
江御口上、昨日者於対馬守宅、可得御意与存候処、御不快ニ而御出不
被成、御残多存候、御痛如何御座候哉、為御見舞、使者を以申入候と
の御事、吉川六郎左衛門取次、韓僉知を以三使江申達候処、追付相応
之御返答有之、六郎左衛門取次、御使者へ申達ル

〃今日、殿様御所望分ニ被成、軍官之射芸、御用掛、其外御側衆ニ被掛御目ル、
場所ハ兼而御用掛ら被仰付置、上野車坂之下ニ御用意有之

直右衛門・忠左衛門方江手紙ニ而申遣し候趣、左記

〃騎射之義殿様御所望之分ニ被成御覧候付、御桟敷之義早良左衛門殿江申談

候処、殿様御桟敷ニハ彼方ら八幕御張不被成候由ニ候、依之、御国ニ而曲馬
御覧被成候御格式茂有之候付、其訳申達候得者、御尤ニ存候間、左候ハ丶、
此方之幕遣候得、御張せ可被成由、左衛門殿被申候間、柴幕一張、早々為持
可被遣候、御道中、御用之幕可有御座候、若、差支候義も有之候ハ丶、段子
のませ幕ニ而茂被遣候様ニ、右之訳者御役人中様江左衛門殿ら被申達由ニ
候間、直右衛門・忠左衛門方江手紙を以申遣ス

　　　　　　下官三人

　　　右者為帆的、幕張用、先達而罷越候ニ付、通詞下知役小嶋又蔵、通詞
　　　森田弁吉相附、罷越ス場所江御目付鈴木伊兵衛様・稲生次郎左衛門様
　　　被成御座、委細之義者芸馬帳ニ記之

〃三使ら此方御家門様方江音物有之、委細者御音物帳ニ有之

〃大坂小田平左衛門方ら書状を以大坂残朝鮮人囲之内ニ罷有、　歩行も不仕、
　殊外致欝気、副使従事船之船将共病気差出、難義いたし候、然者、囲之外近
　所ニ竹林寺与申淨土寺御座候間、為欝散、右寺迄罷越度旨、達而相願申候趣、
　委細書状を以申越候付、今晩、左之通伺書相認、松平対馬守様御用人伊川治
　右衛門へ相渡、御序ニ被差上被下候様ニ申達ル

　　　　　　　覚

　　　大坂表江相残居候船番之朝鮮人囲之内ニ罷有、歩行茂不仕、殊外致欝
　　　気、頭立候内ら船将弐人病気付之由、就夫、囲之外廾間程之所江竹林
　　　寺と申有之候、此寺迄歩行仕度之由相願候段、彼地江相附居候対馬
　　　守役人共ら申越候付、則三使方承合候処、病気之義御座候故、竹林寺
　　　迄之歩行御免被仰付可被下候哉之旨、三使被申候、御免被成被下候
　　　ハ丶、役人共相附置、御行規方無緩様ニ可申付候、此段奉伺候、以上

　　　　　　　　　　　　宗対馬守内
　　　　　　　　　　　　杉村采女
　　　十月十日　　　　　杉村三郎左衛門

〃御馳走人駿河守様・内膳正様、三使安否御尋ニ付、承之、申達候処、上々官
　を以相応之御礼有之

十月十一日 晴天

〃今日、信使江御暇之上使被為入候付、御用掛松平対馬守様、衣冠下襲御着、
　横田備中守様・大久保下野守様大紋、御馳走人牧野駿河守様・中川内膳正様
　大紋御着、何茂旅館江御詰被成ル

〃松平対馬守様、今日三使江被遣物之御目録并上中下官、夫々ニ被下物之御
　目録、采女江御渡被成、受取置候也

〃公儀ら朝鮮国王江之御返物被成下物之品々、上使御出前、旅館江参ル、御目
　付鈴木伊兵衛様・稲生次郎左衛門様・御納戸頭渡辺久左衛門殿、同組頭児島
　源兵衛殿・太田嘉兵衛殿・御納戸衆六人、馬具も有之候付、諏訪部文右衛門殿、
　右之役々御出、呉服屋屏風師・鞍師、夫々ニ細工人被召連、被配之御返物之
　品者御音物帳ニ有之

〃殿様、巳中刻、旅館御詰所之玄関ら御出、御休息所へ被成御座

〃上使御出時分、衣冠下襲、御帯釼被為召、杉村采女・平田直右衛門・杉村三郎左
　衛門・大浦忠左衛門布衣并組頭大浦兵左衛門、御用人鈴木政右衛門、御刀持
　内野権兵衛、右三人茂布衣着、尤御供廻素袍着三人被召連、裁判役・御留守
　居・出馬役者熨斗目長上下、其外者熨斗目半上下、通詞者和巾半上下着仕ル

〃上使久世大和守様・水野和泉守様、本願寺塔頭源照寺江御出被成ル

〃殿様、源照寺江御出、大和守様・和泉守様江御対面被成候処、三使江被仰渡
　候上意之趣、御内意御聞被成、先達而本願寺江御帰被成、松平対馬守様ニも
　源隆寺江御出、追付御帰被成、少之間有之而、上使大和守様・和泉守様、旅
　館江御出被成、上使之次第兼而公儀ら仰出之御規式、左ニ記之

　　　　　信使御暇ニ付、上使之次第
一本願寺江松平対馬守、先達而相越、今日御暇之上使ニ付、三使以下江被下物
　之御目録共、宗対馬守家来江渡置之

　　　　但、被下物者御目録共ニ御納戸頭持参、於本願寺、松平対馬守江渡之
一国王江之御返物者上使之當日、先達而本願寺江遣之、書院之下段本間之内、
　東西ニ並置之、三使江被下物ハ西之庇西之方、北之庇東之方、北之庇上所江

並置之、其外被下物者上使之席ニ不出之

一為上使、大和守・和泉守、本願寺江相越、塔頭源隆寺へ立寄、装束着之、衣冠
重を着、太刀帯、桧扇子

一源隆寺江宗対馬守、松平対馬守茂罷越ス

一本願寺塀重門ら御書院式台際迄十間程之所、塀重門之外ニも五六間之間、
薄縁鋪之

一大和守・和泉守、源隆寺ら歩行ニ而罷越

一御目付弐人布衣、塀重門之外右ニ出向

一表御祐筆組頭・表御祐筆仮布衣、御返簡筥先立而持参、塀重門之外御目付有
之所江扣罷有

一宗対馬守・松平対馬守衣冠重を着、太刀帯、牧野駿河守様・中川内膳正・横田
備中守・大久保下野守各大紋、庭中西之方中程迄出向、上々官二人、東之方
江罷出

一御返簡筥、上使之先ニ立、玄関之上畳縁迄御祐筆組頭・御祐筆両人ニ而持参、
此時、松平対馬守御返簡ニ差続、縁頬ニ上り、対馬守ハ北之方御祐筆組組
(ママ)頭者南之方ニ扣、対馬守差図有之而、直ニ御祐筆組頭・御祐筆上段江
持参、床之上中央ニ差置之、対馬守茂御返簡ニ差続而上段ニ上り、御返簡之
側ニ扣、罷有、御祐筆組頭・御祐筆者西之縁頬ニ通り、勝手之方江退く、対
馬守者上使・三使玄関ニ而一揖相済、上段江通り候節、下段西之方江退く

一上使会釈有之而、宗対馬守・牧野駿河守様・中川内膳正西之方、上々官二人
ハ東之方、上使ニ先達而玄関ニ上り、対馬守・御馳走人ハ縁頬西之方、上使
之後ニひらく、上々官ハ同所東之方、三使之後江ひらく、備中守下野守ハ上
使之跡ニ従ふ

一三使東之方縁頬ニ出向、上使・三使互ニ一揖有之、上々官壱人、三使之後ニ
従ふ、上使者西之方、三使者東之方、順々ニ立並、上段江揚ル、上段ニ而茂
上使者西之方、三使ハ東之方、茵之前ニ而互ニ二揖有之、各、茵ニ着座

一宗対馬守、玄関より上使之跡ニ従ひ、下段西之方、上段際、其次ニ松平対馬
守立並ひ、上使・三使二揖相済而両人共ニ着座

一上々官三人、三使之跡ニ従ひ、下段東之方ニ有之

但、三使、玄関ニ出向候節、上官等、三使之後ニ立並ひ、上使・三使上
　　段ニ通り候時者北之縁頬東之方ニ罷有

一上使供之布衣着之者刀持ともに五人宛、上使ニ従ひ、玄関江揚り、北之縁頬
　西之方ニ罷有

一御馳走人両人者上使上段ニ着座之内、下段東之方、埋闕之外鋪居際ニ着座

一備中守・下野守者庭中ら上使之跡ニ従ひ、下段埋闕之外、御馳走人之後座ニ
　有之

一御目付両人者、上使之跡より玄関江上り、縁頬通り、東西ニ罷有

一上使、宗対馬守江会釈有之而対馬守上段江揚ル、上意可申渡旨申聞、対馬守、
　上使之側江進む、尓時、三使江上意之趣、対馬守江大和守申渡之、対馬守承
　之、少し退き、上々官呼之、上座之上々官壱人、上段江上り、上意之趣、対
　馬守申渡之、上々官、三使之側江進ミ、三使へ銘々ニ上意伝之、過而対馬守
　上段下ら一畳目西之方、上々官同所東之方江退罷有、此節、小童人蔘湯持出
　之、畢而上使、対馬守江会釈有之而、三使御請之義申達之、対馬守、其旨、
　上々官江申渡、上々官承之、三使之側江進ミ達之、則三使御請申上ル、上々
　官少し退き、最前上意を承候所ニ而対馬守江三使御請之趣、上々官達之、対
　馬守最前上々官江上意被伝候所ニ而承之、上使江対馬守申伝之、上々官者
　下段江退く

一右過而三使江被下物之御目録、対馬守家老布衣着之、縁頬通り西之方より
　持出、下段上り三畳目ニ扣江有之時、対馬守座を立、下段ニ而請取之、上段
　江揚り、座ニ着候時、大和守并三使并従者江被下物之義申聞せ、御目録可相
　渡之旨、対馬守江申渡之、対馬守、上々官を呼、伝之、上々官、上段ニ揚り、
　承之、御目録請取、三使之前ニ持出、銘々ニ渡之、三使御目録頂戴之、対馬
　守者上段元之座、上々官者下段江退く、対馬守家老差引有之而、上々官三
　人・上判事一人・製述官壱人・上官一人、下段下より一畳目江呼出置之、尓時、
　対馬守家老、上々官・上官江被下物之御目録、如最前、下段江持出、対馬守
　方を伺候節、上々官・上官江被下物之儀相達し、御目録可渡旨、対馬守申聞
　之、則、対馬守家老御目録渡之、下段西之方江ひらく、上々官以下御目録を
　持、少し進ミ出、上使江向ひ、頂戴して退く、対馬守家老も退く、上々官者

下段元之座江着座

一中官・下官江之被下物御目録者、上々官等御目録頂戴之内、対馬守家老西之
方ら縁頬通り持出、東之縁頬ニ而渡之、畢而、対馬守家老下段江罷出、中
官・下官江茂被下物有之、御目録頂戴之旨、上々官江達之、上々官上段江揚
り、三使江伝之、従者迄弥飲物被仰付候、御礼、三使、上々官を以申上之、
上々官少退き、最前上意承候所ニ而対馬守江上々官達之、対馬守最初上意
を伝候所ニ而承候、三使御礼之趣、上使江対馬守申伝之、対馬守・上々官下
段江退く

一右過而、上使・三使座を立、茵之前ニ而二揖有之而、上使・三使如初、東西ニ
立並、退出、三使出迎候所迄送之、上使・三使互ニ一揖有之、宗対馬守・松平
対馬守・御馳走人・上々官弐人先達一揖之間、玄関式台東西ニ立留り、庭中
最前出向之場迄送之、対馬守・松平対馬守御馳走人ハ西之方、上々官ハ東之
方江ひらく

一上使之刀持、其外布衣着之者、上使之跡ニ従ひ、罷出

一備中守・下野守者上使退出、先達而庭中最前出迎候所江罷出有之

一御目付者上使退出、先達而塀重門之外左右、最前出向候所江罷出ル

一上使召供之者布衣着五人、近習之者五人麻上下着、其外白張着四人召連之

〻上意之趣并三使御請、左ニ記、但、是ハ御規式書之外也

　最初

　上意罷渡、無異ニ而、珍重被思召候、御返簡・御別幅共ニ被相渡候、帰国
　御暇被成下候与之御事ニ候、右之段、久世大和守様被仰渡候ニ付、末座中
　央ニ御出、上々官韓僉知御呼出、上意之趣被仰渡、則韓僉知、正使之前ニ
　参り、上意之段申入候時、三使共ニ茵をはつし被罷出、謹而上意之趣被承
　之、其已後、茵ニ着座、殿様ニ者上意、韓僉知ニ被仰渡候、以後、上段
　西之端江隔掛ケ、御着座被成、韓僉知ハ上意、三使江申渡候以後、下段前
　之席江着座いたし、人蔘湯出ル、相済而大和守様ら殿様御呼、三使御請被
　申上候様ニと有之候付、前之通中央ニ御出、韓僉知御呼、三使ら御請被申
　上候様ニ与被仰渡、則韓僉知、正使前ニ参り、御請御口上承之、三使ら之
　御口上、上使を以御返翰・御別幅共ニ御渡被成、採納仕候、帰国仕り、国

王へも可申聞候、逗留中者御馳走被仰付、忝次第奉存候、殊、御暇被成下、難有奉存候、御礼之義何分ニも宜鋪被仰上可被下候

〃右之旨、韓僉知、殿様江申上候付、前之通中央にて御聞被成、大和守様御側江被為寄、三使御礼之趣被仰上、御退被遊候節、杉村采女、三使江被成下候御目録、下段上ら三畳目ニ持出候付、殿様下段江御下り、二畳目ニ而御目録、采女方ら御請取、上段ニ御上り、末座ニ御扣江、大和守様方御窺被成候処、三使江之御目録并従者共江之御目録被相渡候様ニ与被仰聞候ニ付、前之通上々官上段中央ニ御呼出、三使江之御目録被成下候、尤、従者江茂被成下候段被仰渡、三使江之御目録、韓僉知へ御渡被成候処、韓僉知、正使之前ニ罷出、上意之段申入候得者、三使共ニ茵をはづし被罷出候故、正使・副使・従事之御目録銘々ニ渡之、三使共ニ謹而頂戴之被仕、本之通り、茵ニ着座被致ル、杉村三郎左衛門罷出、下段末座扣、殿様江相窺候体仕候故、夫々相渡候様ニ御差図被成候ニ付、則下段末座一畳目ニ東之方、上々官・上判事・製述官・軍官順々ニ一列ニ着座致候ニ付、三郎左衛門、御目録、上々官ら順々ニ渡之、何れ茂一統二畳目ニ罷出、御目録頂戴之仕り、致退出、上々官者前之席へ致着座、中官・下官江之御目録、杉村采女、東之縁頬ニ而判事之内召出し渡之、右御目録被成下候段、下段末座ニおゐて、上々官江達し、三使江被相達候様ニと申入候ニ付、其段、上々官、正使江申達ス、三使ら上々官を以御礼之御口上、三使銘々御目録被成下、其上従者共ニ茂御目録被成下、忝次第奉存候、御礼之義、宜鋪被仰上被下候様ニとの御口上、韓僉知、殿様江申上候ニ付、前之通上段末座、中央ニおゐて御聞被成、則大和守様江被仰上、相済而下段ニ御下り被成候処、上使・三使前之通御茵之前ニ御出、二揖被成、直ニ御立、三使送り所、前ニ同シ、迎同前、殿様式台鴈木際ニ御扣、御馳走人御両人・松平対馬守様、御同前ニ御立被成御座、上使・三使一揖相済候体御覧被成、先達而御歩行、御迎ニ御出被成候処迄御出、御一礼被成ル、上使御宿坊ニ御帰以後、殿様ニ茂御装束之侭、上使御宿坊江御出、上使首尾能御勤被成候御祝詞被仰置、御帰り被成、尤御休息之間ニ御入、三使江茂、上使首尾好御請被成候由、上々官を以被仰入

〃鈴木伊兵衛様、三郎左衛門江御渡被成候御書付、左ニ記之

　　朝鮮国王江被遣物之内御鞍箱・御屏風箱、道中底付不申候ため、外箱

申付候得共、朝鮮人江渡候節者外箱者取り、一重笘ニ而相渡候様、宗
対馬守方へ可被申達候

　　　十月

〃奥野忠兵衛様江差出候書付、左ニ記之

　　公儀ら礼曹江之御返物入候長持之義、天和之留書相考候処、木曽路参
　　候義不相見候、往還共ニ東海道へ罷越申候、以上

　　　十月十一日　　　　杉村采女

　　　奥野忠兵衛様

　　右之書付、御賄御代官手代衆を以会田伊兵衛殿江遣之候処、相達候由
　　返答有之

〃御徒士目付山田平大夫殿、三郎左衛門江被相渡候書付、左記ス

　　朝鮮、先荷物之義、信使通行之道筋を可被差越候

　　　十月十一日

〃国書箱之鑰ハ松平対馬守様らたばこ入包ニ包鑰与書付有之、殿様江御直ニ
　御渡被成候付、采女請取、上々官韓僉知を以三使江相渡ス

〃御卓箱之鑰式一箱ニ入、やろふうた、さなた緒付、奥野忠兵衛様ら六郎左衛
　門江御渡被成、御屏風鑰者銘々之屏風箱ニ詰付有之候付、六郎左衛門請取
　之、御佑筆中ニ渡置

〃御返物被成下物、夫々ニ仕込せ候付、上々官を以三使江申達候得者、韓判事
　被差出候付、書付之通引渡ス

〃綿入候長持八掉御賄方江申遣候処、則為持来候付、検分之上、御馳走方之士
　衆夫々ニ被仕込、鞍・御屏風箱、御卓弐脚、何茂箱数之内、一色之内を一箱
　宛蓋を披き、韓判事見届させ、鞍卓者彼方ら来候外箱ニ入、御御(ママ)馳走
　方江相渡、礼單置所、徳本寺江遣しおく

〃上使を以御暇被仰出候、為御礼、御老中様方へ上々官三人遣し被申候ニ付、
　杉村采女熨斗目長上下、御留守居鈴木左次右衛門熨斗目半上下着、騎馬ニ
　而同道仕ル

〃上々官三人紗帽公服着、駕篭舁八人宛、但、士弐人ツ、布上下着相附、小童

三人、上馬足軽二人宛相附、小通事二人、使令六人歩行ニ而罷出ル、但、士・
足軽・駕籠舁馬、両御馳走方ら出ル

〃 通詞広松茂助・斎藤市左衛門麻上下着、相附ス

〃 先乗牧野駿河守様ら物頭槙只之進・中川内膳正様ら跡乗物頭塩山権左衛門、
何茂熨斗目着

〃 御老中様江罷出候節、取次之衆、薄縁迄出迎、誘引、御家老布衣着、被出迎、
上々官と会釈、二揖、迎送等去六日、御老中様方江上々官罷出候節之通也、
御書院江着座いたし、三使ら之口上、采女承之、申達ル、大和守様、和泉守
様ニ而ハ先刻、為上使御出、得御意、珍重存候、以上意早々御暇被下、殊ニ
品々頂戴、従者迄茂夫々ニ拝領物被仰付、難有奉存候、御礼之儀宜被仰上可
被下候、依之、以上々官申上候与之義也、河内守様・山城守様ニ而ハ、以上
使御暇被下、殊ニ品々被成下、従者迄茂弥拝領物被仰付、難有奉存候、御礼
為可申上、上々官を以申上候与之義也、何方ニ而茂御他出故、追而可申聞与
之義ニ而罷帰ル、大和守様・山城守様ニ而ハ茶・たはこ出ル

〃 御老中様方ニ而出会之人、左ニ記之

水野和泉守様

御家老 { 松本主祝
拝郷源左衛門
牛尾四郎左衛門 }

取次 { 斎藤茂兵衛
由良弥左衛門
中村紋左衛門 }

井上河内守様

御家老 { 田口判兵衛
宇佐美四郎左衛門 }

取次 { 音羽庄兵衛
安達庄助
林伊大夫 }

久世大和守様

　　　　　　　御家老　┌　大久保沢右衛門
　　　　　　　　　　　│　九里元右衛門
　　　　　　　　　　　└　三宅甚蔵

　　　　　　　取次　　┌　山路伊織
　　　　　　　　　　　│　芦田伊十郎
　　　　　　　　　　　└　井上友久

　戸田山城守様

　　　　　　　御家老　　島井左兵衛
　　　　　　　年寄　　　藤田弥七
　　　　　　　取次　　　野沢源左衛門

　右、御家老・御取次衣服等、去ル六日上々官罷出候節之通也

　　　　　　　　　　　戸田五助様
　　　　　　　　　　　御鷹師三人
　　　　　　　　　　　成嶋道築老
　　　　　　　　　　　山本善甫老

　右、旅館江御出、駿河守様、御休息所ニ而朝鮮人鷹附之者一人・朴判事
　罷出、御対面被成、鷹之義御尋被成、御賄方ら御料理・御吸物・煮肴・御
　酒出ル、仁位玄春御佑筆大浦伊介并通詞斎藤惣左衛門相詰ル

〻曽我周防守様ら三使方江御返物有之、委細者御音物帳ニ有之

〻殿様、上使相済而御宿坊江御出、上々官帰宅御待合被成、罷帰候段御案内申
　上候而、夜ニ入、本願寺江御詰所へ御出被成、上々官三人被召出、三使江御
　陰便之御用被仰達、采女・直右衛門・三郎左衛門・忠左衛門并六郎左衛門・東
　五郎、其外通詞相詰ル

　此一件、河内守様江之礼曹ら之音物相増候付、昨日ら上々官へ被仰掛
　候、御用向也

　藤堂和泉守様ら御使者

　　　　　　　　　　　　藤堂外記
　　　　　　　同道　　　林　善大夫

　亀井能登守様ら御使者

　　　　　　　　　　　　寺田弥五八

右、三使ら御音物被遣候、為御礼、御使者来ル、三浦酒之允取次之、申
達、朴判事罷出、三使ら相応之御返答申達ル

ゝ下行払物請払役山村吉左衛門へ兼而申渡置候ニ付、今日、旅館西之方御門
ら往来札を以通用いたし候様ニ相極ル、尤、旅館之内下行門迄ハ御賄御代
官方ら被差出置候、持夫ら持出、下行門外ら吉左衛門方ら之持夫持出ル筈
也、則札拾一枚相渡ス、但、壱枚ハ印鑑之為ニ会田伊右衛門殿江吉川六郎左
衛門方ら差出シ置、札之形、左記之

裁判
御預印

㊞ 下行残之払物
朝鮮人
持夫壱人

裏ニ拾壱枚之内与記之

十月十二日　晴天

〻今日、於御屋鋪、曲馬有之、委細者曲馬帳ニ有之

〻昨日、従公儀、朝鮮国王江之別幅之品々、今日、御馳走方ゟ荷拵有之候付、徳本寺江通詞下知役小田七郎左衛門・山本喜左衛門罷出、彼方役人中ニ立会

〻公儀別幅之鞍廾口、荷拵有之候処、内を詰候品無之候故、若損し候而者如何鋪候付、三使江公儀ゟ被成下候綿を以詰候而可然旨致差図、則三使江上々官を以令内談候処、弥其通ニいたし候様ニとの事ニ付、御馳走方之衆へ李判事立会、右之綿百把、長持ち出之、御馳走方へ相渡ス、一筥ニ綿五把宛ニ而詰、廾箱分百抱也

〻平田直右衛門・大浦忠左衛門方ゟ申越候者、井上河内守様御用人中ゟ申来候間、朝鮮人射芸之節、相用申候

　　　　強弓
　　　　おもき矢之根
　　　　強弓に而射候矢

　　　右借り候而差上候様ニ申来候付、承合候所ニ強弓ニ而射候矢者荷拵被申付、長持仕込候付、取出候義難成、強弓一張・矢壱本・常之弓矢一通り幷帆的射候矢一本差出候ニ付、御屋敷ニもたせ遣ス、右、強弓者揚、先達ゟ差出ス、常之弓矢、帆的之矢ハ金先達ゟ致借用候而差越ス

〻明後十四日、朝鮮国江御返物入候長持、古川伊右衛門・小柳左平宰領被仰付、被差立候ニ付、十四日ゟ淀迄ハ十三日振りニ被差越候積り、美濃路海道、道操り、左ニ記之

　　　江戸ゟ美濃路、淀迄日数十三日

　　　　川崎迄　　　　　四里半
　　　　藤澤迄　　　　　八里
　　　　小田原迄　　　　十二里
　　　　沼津迄　　　　　九里半
　　　　江尻迄　　　　　十二里
　　　　金谷迄　　　　　十里半
　　　　浜松迄　　　　　十二里

赤坂迄	十一里
宮迄	十二里
大垣迄	十一里
鳥本迄	十一里半
守山迄	十里
淀迄	十里

〻大坂御堂御馳走人岡部美濃守様御家老衆方江信使奉行方ら朝鮮江之御返物
入候長持、先達而差越候段、以書状、申遣ス、則右両人江相渡ス

〻紀州様・水戸様ら三使江御返物被遣之、紀州様御使者山本七郎右衛門布衣着、
添使者岡井善右衛門麻上下着、水戸様御使者武藤林右衛門布衣同道、小池
源太右衛門熨斗目長上下着、右何茂旅館本間東之方ニ段々着座、御返物者
本間ニ被飾之、三浦酒之允・吉川六郎左衛門取次之、御口上之趣、上々官韓
僉知・金僉知を以三使江申達ス、右同人を以御返答相応也、委細、御音物帳
ニ有之

〻御馳走人中川内膳正様ら三使銘々江柿・蒲萄一籠、鮭二尺宛并上々官銘々江
柿一籠、蚫一折宛、御使者を以被遣之

〻牧野駿河守様・中川内膳正様・亀井隠岐守様・同能登守様・林大学頭様・同七
三郎様・同百助様ら御使者を以三使江御返物被遣之、委細者御音物帳有之

〻平田直右衛門・大浦忠左衛門方江申遣候者、御返物入候長持之義、爰元へ御
詰被成候御役人中申談候而、来ル十四日差立申筈ニ相極申候間、御届有之
方江者其元ら可被仰達候、大坂へ発足日限之義先達而其元ら被仰達候様ニ
相聞へ申候、其外、御届等有之方ニ者其元ら可被仰遣候、大坂御馳走人美濃
守様御家老衆ニ者先規、我々方ら添状いたし、差越筈ニ候間、左様被相心得
候様ニ申遣ス

朝鮮国王江之御返物、明後十四日、差立申筈ニ御座候、此段、御案内
申上候、以上

十月十二日 　　　　　　　宗対馬守内
　　　　　　　　　　　　　杉村采女
　　　　　　　　　　　　　杉村三郎左衛門

右之書付、御賄御代官衆方江渡之

〟徳本寺ニ而御返物之荷拵有之、御代官会田伊右衛門殿御手代堀伝太夫、為
　下知、罷出候由、吉川六郎左衛門方へ届有之候付、吉川伊右衛門・小柳左平、
　通詞下知役弍人罷出ル

〟林良以様、旅館へ御出、朝鮮医師・製述官江御逢被成候付、仁位元春、通詞
　広松茂助相附、勤之

十月十三日

〟三使衆来ル十五日江戸出輿ニ付、今日、従公儀、於旅館、御饗応有之候ニ付、
　午之后刻、三使上段ニ着座、熟饌之仕立、三汁十五菜之御料理出ル、御通イ
　ハ両御馳走方御小姓組熨斗目長上下ニ而持出、下段ニ而小童ニ渡ス、三使
　計之御饗応一通り相済而奥江被入

〟上々官・軍官・上判事、中段之間ヲ屏風ニ而仕切、一座相済、其跡ニ製述官・
　学士・医員・写字官・書記并次官迄御饗応被下候、三汁九菜之御料理也、上々
　官通イハ熨斗目長上下、其外ハ熨斗目半上下着、是又両御馳走方両小姓組也

〟中官・下官者明後十五日、発足之朝、御料理被下筈也

〟殿様御暇之為御礼、今日、御登城被遊候ニ付、年寄中御供仕、罷出候様ニ与
　之御事ニ付、不残御供仕、依之、旅館御饗応之方ハ裁判吉川六郎左衛門随分
　心遣イ仕、相済候様ニ申渡ス

〟裁判出馬掛熨斗目長上下着、下行役人馬役通詞下知役、御祐筆中熨斗目半
　上下着、縁頬ニ相詰ル

〟御饗応半ニ三使ら上々官ヲ以段々御丁寧之御饗応被下、忝奉存候、各様迄
　御礼申上候由ニ付、吉川六郎左衛門、上々官同道ニ而次郎左衛門様迄右之
　御礼申上ル

〟御饗応相済候節茂右之通御礼被申達、退座

〟牧野駿河守様・中川内膳正様并御賄方御代官衆、旅館江始終御詰被成ル

〟御用掛松平対馬守様・横田備中守様・大久保下野守様、旅館江御詰被成ル

〃年寄中者殿様、御登城被成候ニ付、御城江罷上ル、依之、裁判・出馬役・人馬
　役・通詞下知役・御佑筆中縁類ニ相詰ル、裁判・出馬役熨斗目長上下、其外者
　のしめ半上下着

〃今日、御饗応之御献立、別帳ニ有之

〃奥野忠兵衛様ら六郷川潮時之義被仰聞候付、平田直右衛門江相渡候書付、
　左ニ記之

　　　来ル十六日、六郷潮時明六ツ時ら五時迄之内相通候得者、能候間、品
　　　川出立、右之心得有之可然候、尤、参向之時之通、於品川宿ニ伊奈判
　　　左衛門役人江茂被申談候由ニと存候、已上

〃井伊掃部頭様・松平肥後守様・藤堂和泉守様・松平備前守様・毛利周防守様・
　永井飛弾守様ら御使者を以三使江御返物被遣之、委細御音物帳ニ有之

〃小刀拾本、長老ら書記弐人へ小刀拾本、染綿包弐ツ被遣之ル

十月十四日

〃杉村采女・杉村三郎左衛門・裁判吉川六郎左衛門、其外役々本願寺江出仕
　　　　　　　　　　　　　樋口孫左衛門
　　右者病気ニ付、裁判役御理申上候付、被指免候
　　　　　　　　　　　　　三浦酒之允
　　右者出馬役被仰付置候得共、樋口孫左衛門代り裁判役被仰付候
　　　　　　　　　　　　　幾度六右衛門
　　右者出馬役三浦酒之允、裁判役被仰付候付、為代、出馬役被御仰付候
　　右之通被仰付候旨、直右衛門・忠左衛門方ら手紙ニ而申来ル、尤、右之
　　面々へ者大浦兵左衛門方ら手紙を以申来候也

〃殿様ら三使江曲乗馬御所望被成度旨被仰出候ニ付、上々官を以右之段申達
　し候所、安き御事候、不被仰聞候とも可致進覧と存居候所、幸之義ニ御座候

故、三匹ともに進覧可仕との返答、上々官韓僉知罷出申聞ル

京極若狭守様	水野和泉守様	戸田山城守様
久世大和守様	大久保長門守様	大久保佐渡守様
石川近江守様	松平対馬守様	井上河内守様ら

右、今日段々ニ御使者を以三使江御返物被遣之、委細者御音物帳ニ記之

〃三使方江方々ら御返物被差送候、銀子之義、持越之義難成候付、於爰元、殿様方江差上置、帰国之節、公木、手形ニ而成とも御渡被下候様ニとの事ニ付、銀子ハ今晩、俵四郎左衛門、手代并御賄掛召連、被罷出候様ニと申遣候処、俵四郎左衛門、手代橋倉式左衛門、賄掛平間喜兵衛罷出、銀九百弐拾枚改之候而請取、尤朝鮮人方ら之手形、左ニ記之

己亥十月十四日、捧上都数

私礼単回礼、綿子壱千三拾把

　　　　銀子玖百貳拾枚

　　　　　又玖百両

　　　色絹二十匹

　　　染絹三十端

　　　色羽二重二十匹

　　　又、綿子壱百把、回礼鞍子、曩去

　　　到釜山還権次

　　　　　　　　韓判事印

　　　　両裁判

己亥十月十四日

礼曹了四執政回礼、別幅丁銀子肆百枚、綿子肆百把、書付於裁判六郎左衛門、到釜山還権次　　　　　　　　李判官

己亥十四日、私礼単回礼、銀子玖百二拾枚、又玖百両合、銀子四千八百五拾両代、公木貳百二拾一、同三十六疋

右者明年公木之内二佰二拾一、同之十六疋相渡可申候

右者明年公木手標二百二拾壱、同三十六疋、代以此記、代除事

〃殿様、旅館江御出被遊、上々官韓僉知被召出、釆女取次ニ而

└通詞下行役中

　　右之通詞下知役中江道中駕篭三挺被仰付置、御番明之人代々休息仕候
　　得共、沢右衛門・惣兵衛、両人之義者老仁之義ニ候故、銘々ニ駕篭一挺
　　宛被仰付被下候様ニと相願、通詞下知役中ら茂かこ弐挺御増被成被下
　　候様ニと、願出候得とも、先例無之、殊ニ御時節も違ひ候故、願之通
　　難被仰付、依之、願書差返し候、右之通被申渡候様ニと、六郎左衛門・
　　酒之允方江申渡ス

〃杉岡弥太郎様・奥野忠兵衛様・深津八左衛門殿、列座ニ而被仰聞候者、河内
守殿江朝鮮人荷物先立之證文并先触之義原宅右衛門を以被仰上候由ニ候得
共、今度者請負人馬ニ而宿々之人馬不差出候付、御老中之御證文、今度ら出
申ニ不及候、勿論御用懸ら御先触有之、其後御勘定中らも被相触候との義
被仰聞候付、駅路不差間、宿々之人馬不出候而者、御老中様之御先触ニ及申
間敷由被仰聞候得共、信使荷物罷通候節、御先触有之候者、以前之古例ニ候
故、御老中様之御證文相止候段新法之義ニ候故、同しくハ河内守様ら御證
文御出し被遊候様ニと奉存候段申上候得者、古例欠候与申候段難黙止候付、
御用懸御三人御詰合候故、御尋申入候而、河内守様へ被仰上候様ニ可仕段
被仰聞、折節鈴木佐二右衛門も罷有候ニ付、被召寄、右之趣被仰聞候処、無
程又々御呼、御用懸江相伺候処、今度者河内守様ら御触無之候間、左様相心
得候様ニと御用掛被仰渡候旨被仰聞候付、先者奉畏候、対馬守方江申聞候
上ニ而、御請可申上候と申達ル

　　右之趣ニ添御耳思召寄茂被成御座候ハハ、早々被仰聞候様ニと直右衛
　　門、忠左衛門方江委曲手紙ニ相認、差越候処、左之通返礼来ル

　　御手紙致拝見候、朝鮮人荷物先立之御證文并先触之義、此度者請負人
　　馬ニ而宿々之人馬不差出候付、御老中之御證文出申ニ不及候、勿論御
　　用掛ら御先触有之、其後ニ御勘定中らも被相触候との義、杉岡弥兵衛
　　様・奥野忠三兵衛様・深津八左衛門殿列座ニ而被仰聞候付、古例欠之段
　　被申上候故、御用懸ニ御窺之候処、今度者河州様御先触無之旨被仰渡
　　候由、委細御紙面之通承届候、各被申上候通古例欠候段気之毒ニ存候
　　得共、信使之節、人馬請負と申儀も無之事ニ而新法之事ニ候へ共、従

上、被仰付事候得者、可被成様も無之義ニ候故、御触之義も右之通り
ニ被仰渡候上ハ可被成様も無之事ニ候間、左様ニ被相心得、御請可被
申上候、已上

　　　　十月十四日　　　　　　　　忠左衛門
　　　　　　　　　　　　　　　　　直右衛門
　　　　采女様
　　　　三郎左衛門様

　右之通返答申来候付、杉岡弥三郎様江左之通書付を以申上ル

朝鮮人荷物差立候節者、従御老中様御一名之御證文、対馬守方江被成下、
道中所々江御先触茂被遊候段、旧例ニ付申上候処、今度者通し人馬ニ候故、
御老中様御證文ニ不及との義惣御用懸様被仰渡、承知仕候、以上

　　　　十月十四日　　　　　　　　杉村三郎左衛門
　　　　　　　　　　　　　　　　　杉村采女
　　　　松岡弥太郎様

〻御代官伊奈半左衛門様、御手代中ら書付被相渡候ニ付、左ニ記之

　　　御当地付出し人馬之内官人并長老・通詞之分ハ火除場・矢来場ニ而引
　　　渡、対馬守様分、柳原小屋場ニ而相渡候様ニ仕候様ニ奉存候御事

　　一対馬守様人馬之内請取、切々相済候分ハ拙者共方へ改御座候様ニ仕度、
　　　奉存候御事

　右之通書付被相渡候ニ付、書写し候而直右衛門・忠左衛門方へ手紙相添、
殿様附之分者柳原ら被相請取候様ニ可被申渡旨申遣ス、尤両長老方へも為
御心得、写し候而手紙相添遣ス、人馬下知役樋口吉右衛門ニも書付相渡ス

〻横田備中守様ら御留守居鈴木左次右衛門江被仰渡候者、参向之節之通所々
ニおゐて音物決而受用不仕候様、末々迄堅申渡候様ニとの御事候付、信使
附役人中へ申渡候書付、左記之

　　　今度御帰国之砌、於所々、音物等之義下々迄堅受納仕間敷旨、今日、
　　　横田備中守様被仰渡候間、参向之節被仰付置候通、馳走かましき義者
　　　勿論、音物決而受用不仕候様ニ、弥堅被相守、下々江茂急度可被申付
　　　候、以上

十月十四日　　　　　　　杉村三郎左衛門
　　　　　　　　　　　　　杉村采女
　信使方
　　役人中

〃井上河内守様へ礼曹ら之音物、大執政之格ニ准シ、品多被差越候得共、御並
　ニ違ニ候故、御受用無之、過上之分被差返候ニ付、直右衛門・忠左衛門方江
　手紙を以申遣ス、紙面、左記之

　　　以手紙、致啓上候、河内守様ら御使者を以虎皮壱枚・魚皮五枚・青皮二
　　　枚・筆三拾本・墨弐十丁、御返進被成候付、御宿坊之役人中江預り置候
　　　様ニ申付置候得共、明日御発駕之事ニ候故、為持、差越候、三使方江
　　　御返進被成候義者、大坂又ハ御国ニ而被差返候而茂可相済与存候、役
　　　方江請取之、持越候様ニ可被仰付候、已上

　　十月十四日　　　　　　杉村三郎左衛門
　　　　　　　　　　　　　杉村采女
　　平田直右衛門様
　　大浦忠左衛門様

〃殿様旅館江御出被遊、上々官被召出、被仰置、御帰被成ル、御口上、河内守
　殿、別幅之義首尾好相済、珍重存候、将又、明日、弥御仕舞、御発足可被成
　候、又明朝可致伺公候との御事、采女、御口上承之、韓僉知江申聞ル

〃河内守様ら被差返候別幅之品最早荷拵相済候由ニ而、忠左衛門方ら被差返
　候ニ付、通詞下知役田城沢右衛門・米田惣兵衛を以韓僉知へ相渡ス

〃残鷹三居有之内弐居者殿様江差上置度候、同一居者采女・三郎左衛門江可遣
　旨、韓僉知を以三使ら被仰聞候付、其趣、御屋鋪江申遣ス、御受用被成、
　我々ニも申請、謝礼申達ル

〃両御馳走人御出、三使安否御尋ニ付、采女承り申達候処、上々官を以相応之
　御礼有之

　　　　　　　　　　　　　　　　　　　　　　　　　　　（終わり）

下向信使奉行道中毎日記

```
┌───  内表紙  ──────────────────┐
│                                          │
│   享保四己亥年                            │
│                                          │
│                                          │
│  ◎信使記録 信使奉行 下向道中毎日記       │
│    百八                    墨付六十枚     │
│                                          │
└──────────────────────────┘
```

享保四己亥年

　信使記録 信使奉行、下向道中毎日記

十月十五日 晴天

〟二使今日、江戸旅館本願寺発輿

〟御馳走人牧野駿河守様・中川内膳正様大紋御着、御用掛松平対馬守様・横田
備中守様・大久保下野守様熨斗目長上下、鈴木伊兵衛・稲生次郎左衛門様羽
織袴ニ而今朝ら本願寺江御詰被成ル、伊兵衛様・次郎左衛門様ハ備中守様御
同然ニ先へ御越シ、泉岳寺江御待被成候由也

〟御馳走人ら今日天気能、三使出立之御祝詞、采女江被仰付候付、上々官を以
申達候趣、三使ら相応之御返答、上々官罷出、申達ル

〟殿様、巳中刻、御道中御支度御羽織袴ニ而本願寺江被為入、御対面所江上々
官三人被召出、三使江御口上、弥今日致出立候、御勝手次第御発輿被成候様
ニ被仰出候趣、相応之御返答、上々官罷出、申上ル、夫ら両御馳走人其外御
用掛御役人中江御暇乞、相応ニ御挨拶有之、御帰被成、大松寺江被為入、三
使出立、御待合、跡ら御発駕被成ル

〟国書ハ三使ら先ニ玄関前江出之

〟追付三使出輿、両御馳走人大紋ニ而対客所縁頬ニ御立並、互ニ一揖被成、在
留中御苦労被成候与之趣、上々官韓僉知を以三使ら挨拶有之、乗輿、直右衛
門江茂太儀被致候与直ニ被申達、朴同知伝之、直右衛門一揖いたし、三使答
揖有之

〟械入居候朝鮮人呉判事、権僉正弐人ハ御役方江病人と申達候而、かこ用意、
御発駕跡、暫有之而差立ル

〟跡残り荷物長持十五掉、今日荷拵いたし、明日差立ル筈ニ御馳走方江申談
置候也

〟三使、未中刻、品川旅館東海寺着、止宿、本願寺ら之道筋、参向之通也、

〟品川御馳走人松平豊後守様、三使着前ら旅館江御詰被成御座、三使着以後、
采女・三郎左衛門并六郎左衛門・酒之允被召出、御目見被仰付、三使着之御
祝詞被仰聞候付、采女取次、上々官を以三使江申達候処、相応之御返答、
上々官罷出、申達ル

〳御代官伊奈半左衛門様ニも旅館江御詰被成ル、采女・三郎左衛門へ被仰聞候
　ハ、明日六郷川、潮時五ツ時過候而ハ不宜候間、品川発足、七ツ半、三使発
　輿被致候様ニ可仕旨被仰聞候付、其段、上々官を以三使江申達、尤忠左衛門
　方江も右之刻限、発輿之筈候由申遣ス

〳軍官之小童壱人途中ニ而気分悪敷候付、御町奉行中山出雲守様御組与力三
　村伊左衛門下知ニ而新両替町四丁目ら名主伊左衛門江被申付、駕籠ニ而品
　川迄罷越ス

〳豊後守様ら三使、上々官江御音物

　　　　三使銘々江御目録大高

　　　　　　水菓子　　　　　　壱篭
　　　　　　　　計

　　　　　　　　　松平豊後守
　　　　　　　　　　　澄猶

　　　　上々官面々御目録なし
　　　　　　折一宛
　　　　　　右、御使者高田大右衛門を以被遣之、三浦酒之允取次、上々官を以申
　　　達候処、三使ら御礼、上々官罷出、申達ル

〳旅館江被相詰候豊後守様御役人参向之通候也、御馳走書、吉川六郎左衛門
　請取ル

　　　　射芸之節、罷出候者
　　　　　　　　　　　銀三枚　　　　　判事
　　　　　　　　　　　銀三枚宛　　　　軍官六人
　　　　　　　　　　　銀弐枚宛　　　　次官弐人
　　　　　　　　　　　　　　　　　　⎧小童三人
　　　　　　　　　　　銀拾枚　　　　⎨中官七人
　　　　　　　　　　　　　　　　　　⎩下官九人

書物被仰付候者

銀二枚宛	物書候者八人
銀三枚	絵師壱人

外

銀弐枚	写字官壱人
銀弐枚	画員壱人

常々所望多候而、致苦労候付

右之通被成下候、以上

　　亥十月十五日

　　右之通り被成下候段、上々官江申渡、銀之儀ハ大坂ニ而可相渡旨申渡
　　置ク、此被成下銀、上ら被成下候を、殿様ら被成下分ニシテ被成下ル、
　　委細、江戸日帳ニ而可見合事

〻殿様ら三使方江御使者浜田伴九郎被遣之、今日ハ天気能、是迄御着、珍重存
候、問安旁、以使者申入候与之御事也、上々官を以申達候処、三使ら相応之
御返答有之

〻大浦忠左衛門方江船橋忠右衛門便ニ申含遣候ハ、今朝御立前、横田備中守
様、采女江被仰聞候者、今日者天気能御発足珍重奉存候、御出迄相扣可申候
得共、芝口辺迄先達而罷越候付、其儀無御座候、然者、今度御帰国之節、
所々ニ而御音物決而受用無之様ニ、参向之節之通堅可被守候、尤御三家方
之御音物ハ尾州殿之通、記(ママ紀)州殿・水戸殿ともニ御受納候様御老中・
京尹等之御音物も同前ニ而拙子儀ハ役茂違候故、見のかし聞捨ハ不仕候、
目付之者付置候間、少之儀ニ而も屹与達御耳候様ニ仕候、只今迄さへ御首
尾宜候ニ此以後、少ニ而も左様之儀有之候而者只今迄之御首尾、打くつし
申儀ニ候、各ニハ随分可被相守候得共、下々ハ左様無之物ニ候間、堅被申付
候様ニと被仰聞候付、委細被仰聞候趣、誠ニ良薬を給候、同前ニ而忝奉存候、
決而馳走かましき儀者、勿論毛頭音物受用不仕候様、堅申付置候、対馬守江
委細申聞、尚又屹与可申付旨申上候処、弥其通相心得候様ニ与之御事ニ而
曽而難題かましき被仰分ハ少も無御座、殿様を思召候而之、被仰分ニ御座
候間、右之趣被仰上、御家中末々迄尚亦屹度被仰渡候様ニ申遣ス

十月十六日 雨天

〃 杉村采女・杉村三郎左衛門并吉川六郎左衛門、丑之上刻、旅館江罷出ル

〃 御馳走人松平豊後守様、旅館江御詰被成ル、并御家老役人中如参向、被相詰ル

〃 御代官伊奈半左衛門殿手代衆も被相詰ル

〃 今日之道程遠く候付、三使衆も寅之上刻、発輿之筈也

〃 殿様先達而御発駕被遊筈ニ候処、人足出方之儀ニ付、差支え有之候故、三使
　　跡ら御発駕被遊ル

〃 三使方ら上々官韓僉知罷出、例之通御馳走之御礼申達ス

〃 寅ノ上刻、三使品川発駕

〃 殿様跡ら御発駕

　　　行列之内先乗り・跡乗り之面々、乗り前、左之通相極ル

　　　　先乗り之組ハ宿ら罷立、昼休、旅館江直ニ罷出、相勤、跡乗り之組
　　　　仕舞候而、出勤候節、致交代、先乗り仕、止宿ニも先乗り之組直ニ罷
　　　　出、詰切、跡乗り之組ハ直ニ旅館ニ可相着候事

〃 六郷船渡ニ付、従公儀、御出被成候御船ニ被為召御渡被成、堀七郎兵衛殿御
　　預り之御御船也

〃 同所渡場江御代官伊奈半左衛門殿、御手代落合兵太夫、品川之方山浦喜左
　　衛門、川崎之方、右両所江被差出置、下知被仕ル、殿様御通り之節、御乗場
　　江堪忍被致居候付、御会釈被成、其外堀七郎兵衛殿御船役之衆江も御会釈
　　有之、御通シ被成

〃 六郷渡し場江公儀ら御廻被成候御船数、左ニ記

　　大川内又十郎殿御預り

　　　　武門丸　　　三十挺立　　　　　正使乗船

　　三渕縫殿御預り

　　　　住吉丸　　　三十挺立　　　　　副使乗船

　　石川源兵衛殿御預り

　　　　犀鷁丸　　　三十挺立　　　　　従事乗船

　　堀七郎兵衛殿御預り

　　　　橘丸　　　　三十挺立　　　　　殿様御乗船

ヽ上々官・此方年寄中・其外重立候役人ハ屋形船十五艘ニ而往来して渡ス

ヽ先道具并中官其外馬駕籠、此方信使付御供之末々之者者常々渡し船四艘ニ
　而往来して渡之

ヽ右渡し方之儀御代官伊奈半左衛門殿御手代衆江左之面々致対談、無滞様ニ
　双方ゟ下知仕ル

　　　　　　　　　　大勘定　　　　俵四郎左衛門
　　　　　　　　　　勘定手代　　　山野利右衛門
　　　　　　　　　　賄掛り　　　　平山新五右衛門
　　　　　　　　　　御徒士　　　　小川貞五郎
　　　　　　　　　　　　　　　　　下目付弐人
　　　　　　　　　　　　　　　　　組之者五人

ヽ国書乗り船御用意無之ニ付、参向之通り、殿様御乗り用之船乗せ渡之、夫ゟ
　暫間有之而、殿様ニハ御渡シ被遊ル

ヽ六郷川端江朝鮮人為下知、幾度六右衛門・通詞下知役、尤御供方ゟ俵四郎左
　衛門其外之役人者御供方日帳ニ有之

ヽ三使神奈川、巳之上刻着

ヽ御馳走人黒田甲斐守様ゟ三使并上々官江御音物、左記

　　　　　　蒲萄
　　　　　　柿　　　入合一篭宛
　　　　　　梨子

　　　　　　　計　　　　　　御目録料紙大高
　　　　　　　　　　　　　　　黒田甲斐守長治

　　右ハ三使銘々、御使者井上伊織・小畑万右衛門を以被差出候、吉川六
　　郎左衛門取次之、三使江上々官を以被差出、右同人を以御礼有之

　　上々官江

　　　　梨子

柿　　　入箱壱籠宛
　　　蒲萄

　　右御目録無之

〃甲斐守様、三使安否為御尋、旅館江御出被成候付、御口上、采女承之、上々
　官を以三使へ申達候処、則金僉知を以相応之御挨拶有之、采女取次、申達ス

〃御代官小宮山長右衛門殿・柘植兵太夫殿、三使着之祝詞被仰聞、上々官金僉
　知を以挨拶申達ス

〃巳之下刻、神奈川発輿

〃殿様先達而御発駕被遊ル

〃申之中刻、藤沢参着

〃品川ら藤沢之間休息所江三使不被立寄

〃御馳走人堀左京亮様、御代官小宮山長右衛門殿・柘植兵太夫殿、旅館江御出、
　三使着之御祝詞被申聞、則上々官を以三使江相達、相応之返答也

〃左京亮様ら以使者、左之通被遣之

　　　　　素麺　　一箱　　　御使者　堀貞右衛門
　　　　　　　計

　　右、三使銘々　　　堀左京亮様　長治

　　　　　同　　　一箱　　山田喜助
　　　　　　　計　　　　堀左京亮

　　右、上々官銘々ニ被遣之、御目録、大高檀紙

十月十七日

〃三使、卯上刻、藤沢発輿

〃御馳走人堀左京亮様ら旅館、為御見廻、御出可被成候処、少々御不快ニ付、御出不被成候旨、御使者を以申参候付、七五三杢右衛門取次、上々官を以三使江申達候所、御返答相応也

〃左京亮様御家老・御役人参向之通被相詰ル

〃三使、巳上刻、大磯駅江参着、御馳走人鳥井丹波守様ら御設被置候旅館江昼休

〃丹波守様ら三使并上々官江御使者安藤又左衛門を以左之通被遣候付、三浦酒之允取次、上々官江相渡ス

梨子　　　　　　　　　入篭一宛
柿

右ハ三使銘々被遣、御目録大高竪也、御名計書載有之

柿　　　　　　　　　　一篭宛

右ハ上々官銘々被下候御目録大高竪、御名無之、取次同人

〃丹波守様、旅館江御出被成候付、三郎左衛門御挨拶申上ル、三使御着之御祝詞被仰聞候付、上々官罷出、掛御目、三使江申達ス、御返答相応也

〃御馳走人丹波守様、御賄御代官遠藤七左衛門様ら御馳走書、三浦酒之允請取

〃丹波守様御役人、左記之

杉浦平太夫
渡部七郎左衛門
岩瀬織部
大久保又右衛門
松浦一学
渡部三右衛門
近藤吉左衛門

〃大磯ら小田原之間ニ大久保加賀守様ら茶屋御設、水菓子・茶・多葉粉等御用意被成被置候付、三使茶屋之前ニ輿を被据、茶被給相詰被居候御用人中江

被入御念候段御礼、上々官を以被仰入、其外、上々官なとハ茶屋へ揚候而、
菓子・湯・茶等給ル

〻申上刻、三使、小田原着、御馳走人大久保加賀守様御設被置候旅館江被揚ル

　　　　　饅頭　　　　　　一箱宛

　　　　右ハ加賀守様ら三使銘々ニ被遣之、御使者内柴丹治、御目録、名計有
　　　　之、取次酒之允

　　　　　南艸　　　　　　五十杷宛

　　　　右者上々官銘々被下候、御使者服部儀左衛門

〻御馳走書、三浦酒之允請取

十月十八日

〻三使ら上々官を以何角御馳走之御礼有之候間、采女ら致挨拶

〻寅ノ下刻、三使、小田原之駅発輿、午ノ中刻、箱根着

〻殿様御旅宿江大久保加賀守様ら御使者被遣候付、為御返礼、御使者仁位貞
　之允、信使旅館迄被差越、御馳走方役人衆へ御口上申達置

〻御代官鈴木小右衛門様も殿様御旅宿江御見舞被成、被仰置、御帰候付、御返
　礼之御使者右同人、旅館迄罷出、御口上申達ル

〻加賀守様ら三使江御使者正木徳太夫を以左之通被遣候付、吉川六郎左衛門
　取次、上々官を以差出候処、追付相応之御礼、上々官を以被申聞候付、六郎
　左衛門取次、御使者江申達ル

　　　　　柑子　　　　　　一箱宛

　　　　右御目録、料紙、大高也　　　大久保加賀守様、御名乗無之
　　　　　　　　　　　　　　　　　但、上々官江ハ御音物無之

〻御賄御代官鈴木小右衛門殿、三使安否為御尋、旅館江御出ニ付、吉川次郎兵
　衛御口上承之、上々官を以申達、追付相応之御返答有之候付、則六郎左衛門

取次、申述ル

〃箱根おいだいらと申所江加賀守様ら新規之茶屋御設被置候付、三使共二被
立寄、菓子・茶・御酒等御出し被成候付、緩々休息有之、

〃右之節、書記・画師も被召連候付、御馳走方衆ら八遠慮二而望も無之候得共、
三郎左衛門裁判方ら気を付、少々書画致所望、則書せ候而詰合之御役人衆
江遣之

〃於箱根、旅館御馳走書請取候節、大久保弥太夫、御馳走書請取候人迄二申候
ハ、おいだいら茶屋之儀御参向之節者箱根御馳走書之内二記置候得共、箱
根者御代官御賄二而候故、此方ら小田原御馳走書之内二致書載候、御馳走
書之次第参向二少も相違無御座候、右、おいたいら茶屋計、小田原之御馳走
書二記候迄之違二候旨被申聞ル

〃午ノ下刻、三使箱根発輿、酉之上刻、三嶋着、

〃有馬左衛門佐様ら三使并上々官銘々江左之通御使者有馬平之允・山崎五郎
右衛門を以被遣候付、六郎左衛門取次、上々官を以差出候処、追付相応之御
礼、上々官を以有之候付、則六郎左衛門取次、御使者江申達ル

　　　　　素麺　　　　　　　　一曲宛

　　　　　　　　　　　　　　有馬左衛門佐　純寿

　　右、真ノ御目録、料紙大高二枚重

　　　右、同断

　　右、上々官江料紙大高、目録

　　　　　　　　　　　　御名計

〃殿様、今日難所御越被成候付、三使ら為問安、朴判事被差越候付、通詞下知
役米田惣兵衛・金子伝八・栗屋藤兵衛相附罷上ル

〃殿様ら三使江御使者岩崎左太郎被遣、御口上、今日者難所御越候得共、無御
障、珍重存候、為御見舞、以使者、申入候と之御事、上々官承之、三使江申達、
追付相応之御返答有之

〃神奈川御馳走書之儀昼休之節不被差出、藤枝之駅ら六郎左衛門・酒之丞方ら
書状を以黒田甲斐守様御役人衆へ申遣シ候処、今晩、彼方ら相達候付、則手

紙相添、忠左衛門方へ遣之

〃箱根御馳走書・三嶋御馳走書、両度ニ請取、則忠左衛門方江手紙相添、遣之

十月十九日　晴天

〃丑中刻、三使三嶋発輿

〃御代官河原清兵衛殿・江川太郎左衛門殿、旅館御詰被成候付、上々官罷出、
　三使ら御挨拶申達ル

〃御馳走人有馬左衛門佐様ニハ今朝御不快ニ付、旅館江御出不被成候由、御
　家老衆吉川六郎左衛門迄被申聞ル

〃辰下刻、駿州吉原着、昼休、本陣也

〃御馳走人松平采女正様ら為迎、中老岡部太右衛門町口迄藤田千右衛門被罷
　出ル

〃采女正様ら御音物左ニ記

　　　　三使銘々

　　　　　蜜柑　一篭
　　　　　のし包添　　　　　　　　　　　御使者和田平左衛門

　　　　　　　　　　　松平采女正　定基

　　　　上々官銘々

　　　　　割莨莕一箱　　　　　　　　　　御使者柴田源右衛門
　　　　　　　　　　　松平采女正

　　　右、吉川六郎左衛門取次、上々官を以申達候処、三使ら御礼口上、
　　　上々官罷出申達ル

〃采女正様、旅館江三使着之御祝事被仰聞、杉村三郎左衛門取次、上々官を以
　申達候処、三使ら相応之御返答、上々官罷出申達ル

〃当所御馳走書、三浦酒之允、旅館ニ而成瀬又左衛門ら請取

〃午上刻、吉原発輿

〃富士川船橋掛有之、江尻御馳走人京極若狭守様ら番所番人被差出ル

〃由比之宿本陳、三使小休所ニ被設置、御代官小林又左衛門殿御手代衆相詰
　被居、三使とも被立寄、暫休息被仕、茶・多葉粉出ル

〃酉中刻、三使江尻着、止宿、本陳也

〃御馳走人京極若狭守様ら為迎、御用人岡浦右衛門町口迄御用人西脇与三左
　衛門被罷出

〃若狭守様、三使着前ら旅館江御詰被成、着以後、三郎左衛門江御逢被成、御
　家老衆を以江戸表首尾能御勤、爰元御着、珍重ニ存候、且又、江戸ニ而ハ
　早々被掛御意、忝存候由被仰聞候付、則上々官を以三使へ申達候所、返答ニ、
　弥御堅固、当所御御（ママ）滞留、御苦労ニ存候、如仰、江戸表首尾能相勤、
　大悦仕候、然者、軽微之品致進覧候付、御礼被仰聞、御慇懃存候与之御事ニ
　付、右之趣、忠左衛門迄御案内申上ル

〃若狭守様ら御音物、左ニ記

　　　　三使銘々真書

　　　　　素麺　一箱　　　　　　　　　　御使者西脇与三左衛門
　　　　　　　　　　　　　　　　　　　　京極若狭守　高或

　　　　上々官銘々真書

　　　　　素麺　一箱　　　　　　　　　　御使者浅岡多仲
　　　　　　　　　　　　　　　　　　　　京極若狭守　御実名なし

　　　　右、三浦酒之允取次、上々官ヲ以申達候処、三使ら上々官を以御礼口
　　　　上被申達ル

〃当所御馳走書、三浦酒之允受取之

〃吉原御馳走人松平采女正様御役人中江裁判ら遣候書状、若狭守様御役人衆
　へ御届被下候様ニ与相渡ス、書状、左記ス

　　　　覚

一縮面黒色、朝鮮丸、大合羽壱、但、ゑりハ無紋黒ひかづらと也

一油青紙笠覆壱

一木綿わた入地半壱、但、朝鮮人着用

一杏 壱足

　　　右之通、今日朝鮮人吉原昼休之節、副使台所ニ而見失申候旨申出候、
　　　已上

　　　　　　　　　　　　　　　　　　　宗対馬守内
　　　　　　　　　　　　　　　　　　三浦酒之允
　　　　　十月十九日　　　　　　　　吉川六郎左衛門
　　　　　松平采女正様
　　　　　　御役人衆中様

　　一筆致啓上候、今日吉原昼休之節、副使台所ニ而別紙之通、朝鮮人見失候
　　旨申出候間、被遂御吟味有之候ハ丶、早々被差送可被下候、此段、為可申
　　述、如此御座候、恐々謹言

　　　　　十月十九日　　　　　　　　酒之允
　　　　　　　　　　　　　　　　　　六郎左衛門
　　　　　采女正様
　　　　　　御役人衆中様　　　　　此返答ハ終無之也

十月廿日　晴天

ゝ三使、寅ノ中刻、江尻発輿
ゝ御馳走人御役人衆江上々官韓僉知・金僉知罷出、諸事御馳走之御礼申達ス、
ゝ殿様、卯ノ上刻、御発駕被遊ル
ゝ三使、辰ノ上刻、駿府参着、法泰寺昼休

　　　　　　　　　　　　　　　　　┌　一柳対馬守様
　　　　　　　御馳走人　　　　　　│　朽木主水様
　　　　　　　　　　　　　　　　　└　久貝忠左衛門様

　　　　　　　御賄御代官　　　　　┌　岩出彦兵衛殿
　　　　　　　　　　　　　　　　　└　神保甚四郎殿
ゝ中官以下定式之通夫々ニ而於宿所、御料理被下也

正使江一柳対馬守様ら御使者御家老神山九郎左衛門を以左之通被遣
申ル

　　　　紅柿　一籠　　　　　　　　熨斗包
　　　　　　　　　　　　　　　　　目録添
　　　　真目録大高二枚重

　　　　　　　　　　　　　　　　取次　吉川六郎左衛門

副使江朽木主水様ら御使者宮川三郎右衛門、取次六郎左衛門

　　　　密柑　一籠　　　　　　　　包熨斗鮑
　　　　　　　　　　　　　　　　　目録添
　　　　同断

従事江久貝忠左衛門様ら御使者百々三郎左衛門取次、右同人

　　　　黄橘　一籠

〃宇部野屋茶屋ニ不被差寄、駕籠立テなから、茶給可申由被申候由、六郎左衛
　門申聞ル

〃三使、巳之上刻、駿府御発輿

〃殿様、跡ら御発駕被遊ル

〃阿部川茶屋江三使可被立寄哉と御用意有之候得共、三使不被立寄也

〃阿部川被相越候役人、参向之通也

　　通詞下知役米田惣兵衛并通詞加勢藤四郎・福山徳右衛門・白水与平次、阿
　　部川江先達而罷越ス

〃三使藤枝駅江申ノ上刻、参着、泊り御馳走人土岐丹後守様御賄御代官

　　　　　　　　　丹後守様御内跡乗り
　　　　　　　　　　　　　　上田佐野右衛門
　　　　　　御家老　　　　　寺田清兵衛

〃当駅御代官竹田喜左衛門殿・日野小左衛門殿、三使安否伺として旅館江御出、
　吉川六郎左衛門取次之、上々官を以三使へ相達ス、早速韓僉知罷出、相応之
　御挨拶申達ス

〃土岐丹後守様ら三使并上々官江左之通御使者柘植宇左衛門を以被遣之、取
　次六郎左衛門

　　　　海蔘　　一箱宛

　　　　　御名乗りなし

　　　　右、三使并上々官銘々江被遣之ル

〃三使方江并上々官、三郎左衛門方ら蜜柑・栗入合籠壱宛被遣之候を、通詞下
　　知役児嶋又蔵取次、被差出ス

〃丹後守様并御代官御馳走書被差出ル、御本陳江手紙相添、遣之

〃殿様ら三使方江并上々官江、以御使者、蜜柑壱籠宛被遣之、御使者久和重右
　　衛門、則上々官を以差出ス、右同人を以御礼有之

十月廿一日

〃三使、寅中刻、藤枝発輿

〃御馳走人土岐丹後守様御出無之、御役人ハ参向之通り被相詰

〃三使ら上々官を以御馳走之御礼有之

〃今日、大井川御渉被成候付、三使川渉為下知之、左之通先達而差越ス

出馬掛	幾度六右衛門
	同手代
通詞下知役	米田惣兵衛
	小田七郎左衛門
通詞	井手五郎兵衛
	吉田藤兵衛
	森田弁吉

〃三使、辰ノ下刻、金谷到着、昼休被仕

〃御馳走人等小笠原佐渡守様ら三使并上々官へ左之通被遣候之御使者多賀真
　　左衛門、取次三浦酒之丞

　　　　柑子　　一篭宛

　　　　右ハ三使銘々ニ被遣之、小笠原佐渡守長寛と大高御目録ニ記し有之

　　　　　柑子　一篭宛

　　右者上々官銘々被遣之、御目録奉書、御名無之

〃土岐丹後守様ら送り、御使者上田佐野右衛門、金谷旅館迄被罷出候付、三浦
　酒之允致会釈、被罷帰ル

〃御賄御代官鈴木小右衛門殿、旅館江御出被成候付、采女・三郎左衛門掛御目、
　御挨拶申入ル

〃上々官中ら蜜柑壱篭、殿様江進上仕度之旨申聞候付、通詞下知役山本喜左
　衛門相附、御用人中江手紙候添、差上ル

〃巳ノ中刻、金谷発輿

〃日坂宿本陳を茶屋ニ御設、菓子・杉重等用意有之候付、三使被立寄候様ニ裁
　判を以申達候ヘハ、三使被立寄、暫被致休息

　　　　　　御代官　　　　　　　　　　　　来代七郎右衛門殿
　　　　　　　　　　　　　　　　　　　　　山中全平
　　　　　　佐渡守様御家老　　　　　　　　大庭重五郎
　　　　　　　　　　　　　　　　　　　　　大久保幸左衛門

　　　右、日坂江御詰

〃御馳走方御代官方双方之御馳走書、酒之丞請取

〃三使未ノ中刻、掛川到着

〃御馳走人小笠原佐渡守様ら三使江御使者百束判助を以左之通被遣之、取次
　三浦酒之丞

　　　　　柿　一篭ツヽ

　　　右、三使銘々被遣之、大高御目録御名、金谷之通り

　　　　　柿　一篭宛

　　右ハ上々官銘々被下之

〃御馳走人佐渡守様、三使御着之為御祝詞、旅館江御出被成候付、采女・三郎
　左衛門并上々官罷出候所、御家老衆を以御口上被仰聞候付、則三使江申達
　候処、上々官を以御礼有之、采女・三郎左衛門、又々罷出、御返答申上ル

〃御代官美濃部勘右衛門様、旅館江御出ニ付、采女御挨拶申入ル

〃今日、大井川御渉被成候付、為問安、三使ら朴判事被遣之

十月廿二日 雨天、昼前ら晴天

〃三使発足前、何角之御馳走之御礼、上々官を以被申聞候付、三郎左衛門取次、
　御馳走方役人衆江申達ル

〃卯刻、三使、掛川発輿、巳ノ下刻、昼休、見付着

〃松平伯耆守様ら三使銘々江御使者産方格兵衛を以左之通被遣候付、吉川六
　郎左衛門取次、上々官を以差出候処、相応之御礼有之候付、六郎左衛門取次、
　御使者江申達ル

　　　　　柿　一篭宛

　　　　　　　松平伯耆守

　　　　　　　　御名乗無之

　　　右、真目録料紙大高奉書包

　　　　　但、上々官江ハ御音物無之

〃正使、今朝不快ニ有之候付、従殿様為御見廻、御使者浜田伴九郎被遣候付、
　上々官を以御口上申達候趣、追付上々官罷出被為御念、御使者被下、忝奉存
　候、気分茂快罷成候間、御心安被思召被下候様ニとの御返答也

〃伯耆守様御家老沼野内蔵之助、信使奉行詰間江被罷出候付、采女・三郎左衛
　門対面、相応之致挨拶

〃天龍川船橋掛ル

〃申ノ下刻、三使浜松駅江着

〃伯耆守様ら三使并上々官へ御使者依田権右衛門・木下鞍負を以左之通被遣
　候付、三使江之御口上・目録、吉川六郎左衛門、上々官江之御目録、田城沢
　右衛門取次、上々官を以差出候趣、追付相応之御礼有之候付、六郎左衛門取
　次之、御使者江申達ル、上々官ハ直ニ御使者江御礼申達ル

　　　　　干菓子　一箱宛

松平伯耆守
御名乗無之

右、真目録料紙大高奉書包

〃伯耆守様御家老岩城忠左衛門、両人詰間へ被罷出候付、対面相応之致挨拶

〃伯耆守様ゟ三使へ御使者、御用人尾見与兵衛、御口上、江戸表首尾克御勤、御堅固、是迄御到着、珍重存候、以参、御祝事可申述候処、此間、持病気ニ御座候付、使者を以申入候との御事也、采女取次、上々官を以申達候処、相応之御返答有之、相済而

〃殿様ニも初而江戸表御勤被成候処、万端御首尾能御座候段御承知、珍重被思召、次ニ我々義も無恙相勤、珍重被思召候、此段御逢被成可被仰聞候得共、御不快ニ付、御伝言被成候との御事ニ付、采女・三郎左衛門両人共ニ御使者江御請申上ル

十月廿三日 晴天

〃三使、卯上刻、浜松発輿

〃伯耆守様御家老岩城忠右衛門、旅館江相詰被居候付、上々官罷出、三使ゟ御馳走之御礼、口上申達ル

〃三使舞坂ゟ新井被渡候付、通詞下知役米田惣兵衛、通詞小田吉右衛門・福山清右衛門・白水与兵衛、舞坂船場へ先達而罷越、朝鮮人乗船荷物下知仕ル

松平伯耆守様御家老
番頭　久保田与右衛門
物頭　塩田久助
郡奉行　葛山由右衛門

右之外、士・足軽等舞坂江被差出

松平伯耆守様ら

　　　　小隼六艘　　　正使船　　┌上々官四人　　　判事弐人
　　　　　　　　　　　　　　　　│小童四人　　　　書記一人
　　　　　　　　　　　　　　　　└中官四人　　　　下官一人
　　　　　　　　　　　　　　　　　└山城弥左衛門

　　　　国書船壱艘　　国書　　　　書記一人　　　┌節鉞ハ供船ニ
　　　　　　　　　　　　　　　　　画員一人　　　└而渡ル
　　　　　　　　　　　　　　　　　└下知役平田惣兵衛

　　　　殿様壱艘

　　　　三使三艘　　　副使船　　　軍官三人
　　　　　　　　　　　　　　　　　小童四人
　　　　　　　　　　　　　　　　　中官四人
　　　　　　　　　　　　　　　　　└小田四郎兵衛

　　　　両長老壱艘　　従事船　　┌軍官弐人
　　　　　　　　　　　　　　　　│通事一人
　　　　　　　　　　　　　　　　│小童弐人
　　　　　　　　　　　　　　　　└下官五人
　　　　　　　　　　　　　　　　　└小田吉右衛門

└但、舞坂ら之仕出シニ候故、松平伯耆守様御相対ニ而伊豆守様ら被
　差出由也、船飾等参向之通

御代官ら

　　　日覆船十弐艘

　└上官以下乗船也、尤、采女・三郎左衛門・忠左衛門も此日覆船ニ而渡

ゝ右之外朝鮮人并荷物等、御代官方ら寄船数艘被差出、罷渡ル、尤、荷物計ハ
　参向之通新船場へ渡ス

ゝ伊豆守様ら舞坂迄迎之御使者倉垣管八郎被差出ル

ゝ三使、今切船場ら被揚、三使ハ乗輿、上々官以下朝鮮人ハ船着ら宿迄筵道之
　上歩行

　　　　　　　　　　通詞下知役
　　　　　　　　　　　田城沢右衛門
　　　　　　　　　　　貝江庄兵衛
　　　　　　　　　　通詞
　　　　　　　　　　　土田仁兵衛
　　　　　　　　　　　加勢藤四郎
　　　　　　　　　　　橋部市兵衛

　　　右、新井船場ヘ罷在、下知あああ仕

〃伊豆守様ら今切并新船場ヘ被差出候士番人等、委細御馳走之書ニ有之

〃三使、巳中刻、新井着、昼休、宿本陳

〃松平伊豆守様ら三使江御音物、御使者岩上角右衛門

　　　　　三使銘々

　　　　　　蜜柑一篭宛

　　　　　　　御目録、真書御実名有之

　　　右、三浦酒之允取次、上々官ヲ以申達候処、三使ら御礼、上々官罷出
　　　申達ル

〃御賄御代官窪嶋伊右衛門殿、三使着之御祝事被仰聞候付、上々官罷出、三使
　　ら之御返答申達ル

〃伊豆守様御家老西村次右衛門江三郎左衛門致面談、諸事被入御念候挨拶申
　　達ル

〃午上刻、新井発輿

〃二川本陳江松平孫四郎様ら三使小休所御用意有之ニ付、三使ともニ門前ニ
　　輿を被据、茶被給ル、干菓子・水菓子、三方ニ盛合候を、三使銘々、輿之内被
　　差出ル

〃申下刻、吉田着、止宿、宿坊悟真寺

〃吉田宿外レ迄伊豆守様ら為迎、御用人石川佐右衛門被罷出ル

　　　　　三使銘々

柿一篭ツヽ　　　　　　　　　　　御使者　和田理兵衛
　　　　　御目録前ニ同し

　　上々官銘々江

　　蜜柑一篭ツヽ　　　　　　　　　御使者　松井五郎太夫
　　　　　　御目録

　　　右、伊豆守様ら被遣、三浦酒之允取次、上々官を以申達候処、三使ら
　　　御礼、上々官罷出、申達ル

〃松平伊豆守様、旅館へ御出、三郎左衛門被召出、三使着之祝事被仰聞候付、
　上々官を以申達候処、三使ら相応之御返答、上々官罷出申上ル

〃御賄御代官森山勘四郎殿・山田八郎兵衛殿も御出、三使着之御祝事被仰聞候
　処、上々官罷出、相応之御返答申達ル

〃勘四郎殿・八郎兵衛殿并伊豆守様御家老小畠助左衛門江三郎左衛門致面談、
　諸事入御念候、挨拶申達ル

十月廿四日　晴天

〃杉村采女・杉村三郎左衛門并裁判三浦酒之允、旅館江罷出ル

〃殿様、卯ノ上刻、吉田御発駕被遊ル

〃三使、卯ノ中刻、吉田御発輿

〃御馳走人松平伊豆守様御役人中江上々官罷出、御馳走人之御礼申達ル

〃采女・三郎左衛門も罷出、御礼申述ル

〃御代官森山勘四郎殿・山田八郎兵衛殿御詰被成候故、右上々官、采女・三郎
　左衛門御礼之御挨拶申達ル

〃巳ノ上刻、三使、赤坂参着

〃殿様先達而御着

〃御馳走人三浦壱岐守様

```
                              御家来
              御家老        戸村惣左衛門
                            九津見吉左衛門
              元メ役        小原助之進
              取次          加藤与兵衛
              大目付        六郷孫四郎
              御道具方      山村助右衛門
```

〻三浦壱岐守様ら御使者戸田惣左衛門を以左之通り被遣之

```
        梨子          一篭宛
        蜜柑
                      壱岐守明敬ト有之
```

　　右者三使銘々、取次幾度六右衛門

〻壱岐守様ら御馳走書、六郎左衛門請取之

〻御賄御代官岩村伊右衛門様ら御馳走書、御手代菊間左市兵衛を以被差出候
　付、右同人請取之

〻壱岐守様旅館江三使到着之為御祝詞、御出被成候付、采女・三郎左衛門并
　上々官三人罷出、御口上承之、三使江申達候処、御返答相応也、則采女・三
　郎左衛門、上々官罷出申上ル

〻午ノ上刻、三使赤坂発輿

〻三使、申ノ中刻、岡崎参着

〻御馳走人水野和泉守様并御代官飯塚孫四郎殿・都筑藤十郎殿、此御両人、旅
　館へ御出、三使安否御尋、則上々官を以三使へ申達ス

```
                      和泉守様御役人
                      家老        水野三郎右衛門
                      番頭        拝郷源左衛門
```

〻和泉守様ら三使銘々ニ御使者を以左之通被遣之

```
        蜜柑        一籠宛
                      水野和泉守様之
                                    野田次郎右衛門
                      御使者        落倉武左衛門
                                    佐藤十右衛門
```

右、吉川六郎左衛門取次之、上々官を以三使江差出之、右同人を以御
　　　使者江一礼之挨拶有之

〃御供方大浦忠左衛門方ら申参候ハ、頃日之江戸来状ニ奥野忠兵衛様ら御手紙
　を以朝鮮人江戸出立之日、朝鮮人共馬小屋江参、馬を奪取、殊之外為致混雑
　候、此如ニ候得者、道中共ニ無心元候、尤、其段、人馬役樋口吉右衛門江相
　断置候得共、猶又、拙者ら途中迄申越、朝鮮人共入込不申候様ニ堅可申渡由
　ニ候、左様之不届之儀無之様ニ、三使衆江相届ケ候而、急度朝鮮人江申渡候
　様ニ御小人目付も大勢相附参り候由ニ候故、不埒之仕形有之候而ハ、三使
　衆為ニも不罷成事候間、能々可申諭旨申来候、此段、三使衆江申達候而、江
　戸表江之返書、其趣可申遣候由申来候付、右之段、上々官を以三使へ申達ス

〃旅宿何方も同前と申内ニも、今夕者御止宿者御領主茂御各別ニ候得者、
　下々迄万端不埒之義無之様ニ役々可申渡由ニ付而左之通申渡ス

　　　　　　　　　輿滞御歩行
　　　　　　　　　　　　　　┌ 佐々木貞四郎
　　　　　　　　　　　　　　└ 高雄藤右衛門
　　　　　　　　通詞
　　　　　　　　　　　　　　┌ 小田吉右衛門
　　　　　　　　　　　　　　└ 白水与平次

〃右不寝番、明日乗用之駕籠四丁、御供方ら用意被致候様ニ吉川六郎左衛門
　方ら大浦兵左衛門方へ申遣ス

〃出駕籠之儀泊り宿迄被仰付与之御事被仰渡也

〃名護屋江先達而通詞下知役・通詞被差越被下候様ニと、殿様方江以御使者被
　仰遣候付而、田城沢右衛門、通詞召連、今夕ら罷越候様ニ申渡ス

〃中官・下官御料理被下之

十月廿五日　雨天

〻三使、寅中刻、岡崎出輿

〻御馳走人水野和泉守様御家老・御役人中、旅館江被罷出候付、采女并上々官
　三人共ニ御馳走被入御念候段、御礼申達ス

〻池鯉鮒之本陳を三浦壱岐守様ら茶屋ニ御設被成被置候付、三使ちよつと被
　立寄、追付発輿、別而御用意物も無之、茶計出ル

〻阿野と申所へ尾州様ら新規ニ茶屋御設被成被置候付、三使被立寄候処、杉
　重一組ツ〻、三使へ被遣之、其上御吸物・御酒・濃茶・薄茶迄出候付、寛々被
　致休息ル、上々官・上官中へまんちうにしめ銘々木具ニ盛出ル、御馳走人石
　原右衛門佐・大津瀬左衛門、両人相詰ル

〻三使、午后刻、鳴海到着、昼休被仕

〻尾張様御役人ら裁判吉川六郎左衛門江尾州様ら之御馳走書之儀名護屋ニ而
　壱所ニ御渡し可被成与之事也

〻御参向之通り、此方御家中并下々又々迄、御料理被下之

> 成瀬條理
> 石川内蔵之允
> 星野七右衛門
> 小沢九郎右衛門

　　　　右者鳴海御馳走役也

　　　　　梨子　　　　一篭宛

　　　　右者従尾張様、三使銘々ニ被遣之、御使者山崎又兵衛、取次吉川六郎
　　　　左衛門

〻三使、酉上刻、名護屋到着、旅館性高院へ宿被仕

　　　　　桧重　　　　一組宛

　　　　右ハ尾州様ら三使銘々被遣之、竪御目録御使者一色六左衛門、取次三
　　　　浦酒之允

〻江戸表ニ而尾州様江三使ら御音物被遣之候付、為御返物、左之通り被遣之

白銀　　　弐百枚

右ハ三使ヘ為御返物被遣之

　　　白銀　　　六十枚

右者江戸ニ而三使ら使ニ罷出候、上々官三人中江被成下ル、御使者毛
利治部左衛門、取次吉川六郎左衛門

　　　　　　　　　御小袖弐　　　　杉村采女
　　　　　　　〔御小袖壱
　　　　　　　　御羽織壱　　　　　吉川六郎左衛門

右ハ江戸ニ而三使ら之使、上々官江相附、罷出候付、被下之

　　　　　　　　銀弐枚宛　　〔朝野最兵衛
　　　　　　　　　　　　　　　広松茂助

右同断、通詞ニ罷越候付、被成下

〃朝鮮人方江裁判ら手形相渡ひかへ、左記之

　　覚

一銀弐百枚者

右、従尾州様、三使江被遣之候御銀、別幅之御銀入置候箱ニ納置候間、於
大坂引分ケ、此方江請取、重而釜山浦ニ而相渡候様ニ可仕候、以上

　　　　亥十月廾五日　　　　　三浦酒之允
　　　　　　　　　　　　　　　吉川六郎左衛門
　　　　　　韓判事

〃采女・三郎左衛門江参向之通従尾州様、馬之飼料被成下

〃殿様旅館江御出、左之面々ニ御逢被成、御馳走之御礼等被仰達ル

　　　　　　　　　　　　　　成瀬隼人正殿
　　　　　　　　　　　　　　阿部能登守殿
　　　　　　　　　　　　　　山澄将監殿
　　　　　　　　　　　　　　河村縫殿殿

　　右、四人之衆ヘ御逢被遊ル

二番ニ 壱人ニ御逢被成候	大番頭	成瀬織部殿
三番ニ 四人ニ御逢被成ル	御用人 寺社奉行 御供頭 大目付	中西甚五兵衛殿 小笠原三九郎殿 岩田長右衛門殿 内藤浅右衛門殿
四番ニ 二人ニ御逢被成ル	大寄合 御国奉行	織田藤四郎殿 箕形善左衛門殿

〃旅館ニ而年寄中并信使附諸役并通詞下知役・御祐筆中、御料理被下之

〃銘々宿々ハ旅籠相払候様被仰付、相払申也

十月廿六日

〃三使、名護屋発輿前、何角御馳走之御礼、上々官を以被申聞候付、三郎左衛門取次之、則尾州様御役人衆江申達ル

〃三使、卯上刻、名護屋発足

〃因幡与申宿外ニ尾州様ら新規之茶屋、参向之通御設被置ル、此所へ三使・上々官、上官、其外被立寄ル、兼而檜重三組・大折三、其外御酒・肴等御用意有之、其外、三使ら以下迄煮麺御振舞被成、米左衛門・飯嶋重左衛門被相詰ル

〃午上刻、昼休、起着

〃尾張様ら御使者兼松源兵衛を以三使銘々江左之通被遣候付、吉川六郎左衛門取次、上々官を以差出候処、相応之御礼有之候付、則御使者へ申達ル

　　　　蜜柑　　　一籠宛

　　右、御目録無之

〃於起、尾州様ら此方御家中、信使附小役人迄二汁五菜之御料理被下ル

〃三使、午ノ中刻、起発足、酉ノ中刻、大垣江着

〃戸田采女正様ら三使銘々江御使者戸田権兵衛を以左之通被遣之候付、三浦

酒之丞取次之、上々官ヲ以申達候処、追付相応之御礼有之候付、六郎左衛門
取次、御使者江申達ル、即、左記之ス

　　　外面奉書包ニシテ

　　　　　儀帖　　　　　　戸田采女正
　　　　謹具
　　　　柿餅　　　　　　壱函
　　　　黄橘　　　　　　一籠
　　　　　際

　　　　　　戸田采女正氏定

　　右、御目録料紙、大高弐枚重

〃殿様ら三使并上々官江御使者浜田伴九郎を以左之通被遣之

　　　　　小刀　拾柄宛　　　　但、台かけ流しのし包相添
　　　右、三使銘々
　　　　　小刀　五柄宛
　　　右、上々官江銘々

〃殿様、当駅迄御着之御祝事并先刻御音物被遣之、為御礼、三使ら金判事、御
　本陳江被差出ル、通詞下知役児嶋又蔵并通詞脇田利五左衛門相附罷上ル

　　　　　　　　　　　　　　　金判事
　　　　　　　　後　　　　　　使令弐人
　　　　　　　　前　　　　　　小童弐人

　　右之通罷出候付、乗用之駕籠壱挺、御馳走方江申達、被差出候也

〃尾張様ら三使為御見送、片桐九左衛門・高木伝右衛門、大垣迄被差越、旅館
　江被罷出候付、采女・三郎左衛門、於詰間、対面、何角相応之致挨拶

十月廿七日 曇天

〃三使、寅ノ下刻、大垣発輿

〃旅館江被相詰居候采女正様御用人衆へ上々官罷出、三使ら御馳走之御礼、
　口上申達、采女・三郎左衛門も罷出、諸事被入御念候、挨拶申達ル

〃西町口迄送之御使者・家老并大高文十郎、其外左之通江被罷出

御領分境、長松村
在方支配役麻上下
伊藤伝右衛門

目付麻上下
黒川杢右衛門
代官壱人

道奉行
谷源五左衛門
番村市右衛門

垂井迄送御使者家老並
和田七郎左衛門

彦根迄送
戸沢七左衛門

同所迄朝鮮人荷物送使者番頭
安井甚兵衛

〃関ヶ原二而竹中主膳様御役人被罷出、先乗り杉村三郎左衛門へ被申聞候者、
　当所御通珍重奉存候、御用等被仰聞候様ニとの義也、三使江被入御念候趣、
　可申達旨申入ル

〃巳上刻、今須着、昼休

〃御代官辻甚太郎殿、御賄之甚太郎殿、三郎左衛門へ三使着之御祝事被仰聞
　候付、上々官を以申達候処、三使ら相応之御挨拶、上々官罷出申達ル

〃井伊掃部頭様らも戸塚左太夫・勝平次右衛門、其外参向之通御役人被相詰ル

〃当所御馳走書、甚太郎殿御手代ら三浦酒之允、請取

〃三使、巳下刻、今須発輿

〝山崎茶屋江掃部頭様ら士・坊主・足軽等差出被置、三使不被立寄也

〝摺針峠江掃部頭様ら参向之通茶屋被設置ル、三使ともニ立寄、暫休息いたし、追付被立寄、茶・多葉粉出ル

　　　　三使銘々

　　　　　　杉折四重組　　井伊掃部頭様ら

　　　右、為迎、南御領分境迄御使者を以被遣之

〝彦根町端迄為迎、形部八右衛門被罷出ル

〝登智川・宇尾川・丹生川假橋掛ル、奉行人、其外御領中江被差出候役人、先払案内者旅館へ被相詰、役人等委細御馳走書ニ有之

〝三使、酉上刻、彦根着、止宿、宗安寺

〝井伊掃部頭様、御馳走也

　　　　三使銘々

　　　　　　蜜柑壱篭宛　　　　　　　　井伊掃部頭様ら
　　　　　　　御目録のし相添　　　　　　御使者八木原太郎兵衛

　　　　上々官銘々

　　　　　　蜜柑壱篭宛
　　　　　　　同断

　　　右之通被遣之、酒之允取次、上々官を以申達候処、三使ら御礼口上、上々官罷出、申達ル

　　　　　　　　　　　　　　掃部頭様御家老
　　　　　　　　　　　　　　　木俣清左衛門
　　　　　　　　　　　　　　　三浦内膳
　　　　　　　　　　　　　　　長野十郎左衛門

　　　右、旅館江被罷出候付、采女・三郎左衛門致面談候処、三使衆、江戸表首尾好御勤、是迄御着、珍重奉存候、御安否相窺候、此段、江戸表ら申越候由被申聞候付、即上々官を以申達候処、韓僉知・金僉知罷出、采女相添出、三使ら返答、掃部頭様、弥御勇健可被成御座、珍重奉存候、於江戸表、先頃ハ初而得御意、大慶仕候、当所止宿仕候処、諸事御丁寧

ニ御馳走被仰付、忝奉存候、御便之節、宜被仰越被下候様ニとの御返
答、采女申達ル

十月廿八日

〃杉村采女・杉村三郎左衛門并裁判吉川六郎左衛門・三浦酒之允、旅館江罷出ル

〃三使、寅下刻、彦根発輿

〃殿様、先立而御発駕被遊ル

〃御馳走方御役人中江上々官罷出、三使ら御馳走之御礼申入ル、尤、采女・三
郎左衛門も挨拶仕ル

〃三使、午上刻、八幡参着

〃殿様、先達而御着被遊ル

〃御馳走人加藤和泉守様、旅館江御詰被成、三使参着之御祝辞被仰聞、則上々
官を以三使へ申達シ、右、上々官を以相応之御挨拶申上ル

和泉守様御役人

家老　　　　　石川外記
同　　　　　　松下安太夫
用人　　　　　菅十郎兵衛

〃和泉守様ら三使へ之御音物被遣之、御使者菅十郎兵衛

黄橘　　　　　　　　一篭
江州水口城主
加藤和泉守
藤原嘉矩

　　右、三使銘々、大高檀紙

〃掃部頭様ら見送之御使者

〃中官以下、於本堂、御料理被下之、御賄御代官方ら御仕出シ、通詞下知役・
通詞立廻ル、致見分

〝和泉守様御家老石川外記、采女詰間ニ被罷出候付、相応之挨拶いたす

〝殿様ら三使江御使者岩崎左太夫被遣之、御口上、今日者風立殊外冷申候得
　共、別而御替被成間敷与存との御見廻、以使者、申入候、拙子も追付致出立
　候間、御心次第御発輿可被成与之御事也、則韓僉知を以三使へ申達、御返答
　相応也

〝和泉守様、旅館へ御出、三使安否御尋被成、采女取次之、上々官を以三使へ
　申達、則同人を以相応之御返答有之

〝午中刻、八幡発輿

〝殿様、先達而御発駕被遊ル

〝三使、申中刻、守山参着

〝御馳走人板倉近江守様、三使参着之為御祝事、旅館へ御出、上々官を以三使
　へ申達候処、右同人を以相応之御礼有之、采女取次之

〝御代官大草太郎左衛門様、右御同前、御同席故、御挨拶被成候付、御返答申
　上ル

〝近江守様ら三使江御音物被遣之、御使者宇渡野藤九郎、六郎左衛門取次之、
　上々官を以三使江差出、御礼之儀右同人を以御使者江申達ス

　　　　柿　　　　　　　　　一箱
　　　　　板倉近衛守　重治

　　　右、三使銘々、大高二枚重

	近江守様御役人	
家老		大石三右衛門
年寄		桑野仲兵衛
用人	{	水野半
		富気久右衛門
物頭		折井小平次

〝中官以下御料理被下之、御代官御賄也

〝近江守様御馳走書、折井小平次方ら三郎左衛門請取之

〝御代官多羅尾四郎左衛門様ら御馳走之御證文御出シ被成ル

〃御本陳忠左衛門方ら手紙ニ而申来候付、大津ら采女儀上々官被召連、先達
　而京都ニ相越候儀御前へ申上候、且又、礼曹ら之音物入用之箱并台等、御賄
　方ら本多下総守様本能寺御役人方江御渡被下、下総守様、御留守居ら大津・
　青山、因幡守様役人衆江被相渡候由、京都役方ら申来候段申参ル

〃俵四郎左衛門義病気ニ付、朝鮮医師へ逢申度之由被相願被差免候付而旅宿
　へ医師遣し、為逢候様ニ与、仮組頭樋口孫左衛門方ら裁判方へ申来候由申
　聞候付、則太郎左衛門へ申達、良医駕籠ニ而被差越候様ニ申達ス

十月廿九日　晴天

〃三使、辰上刻、守山発輿

〃板倉近江守様御家老へ韓僉知罷出、御馳走之御礼申達ル、采女挨拶仕

〃御賄御代官多羅尾四郎左衛門様・久下藤十郎様御出ニ付、且又、采女御礼申達ス

〃守山と大津之間ニ新規之茶屋御設被置候得共、今日ハ寒冷烈ク候付、立寄
　間敷候由、三使被申候故、其趣、茶屋へ相詰被居候、役人中江裁判申達ル、

〃三使、午中刻、江州大津宿、本長寺江到着被仕

〃御馳走人青山因幡守様御家老・御役人中参向之通被相詰ル

〃因幡守様并御代官内山七兵衛様、旅館江御出候付、采女・三郎左衛門掛御目、
　三使御着之御祝詞被仰聞候付、上々官を以申達候所、三使ら韓僉知を以相
　応之御礼有之

```
　　　　　大柑
　　　　　蜜柑　　　　　　　一篭ツ、
　　　　右、青山因幡守　　　　　　　　御使者　青山主水
```

　　　三使銘々被遣之、御目録竪大高

〃明朝、京都江先達而三使ら御所司、其外江音物被差越候付、上々官、采女相
　附、罷登人数、左之通り

上々官弐人

小童弐人

使令弐人

下官弐人

通詞

朝野最兵衛

白水与平次

右之通り、明朝丑ノ中刻、発足仕候筈ニ付、宰領として御歩行壱人・御
弓之者弐人被差出候様ニと御本陳大浦忠左衛門方へ申遣ス

〻板倉近江守様ら送り之御使者渋川三郎左衛門、旅館へ被罷出候付、三浦酒
之允罷出候而、致挨拶

〻明朔日、京入、先乗り・跡乗り、左之通申渡ス

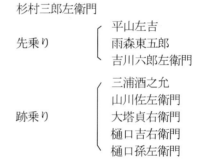

杉村三郎左衛門

先乗り
  平山左吉
  雨森東五郎
  吉川六郎左衛門

跡乗り
  三浦酒之允
  山川佐左衛門
  大塔貞右衛門
  樋口吉右衛門
  樋口孫左衛門

〻明日、三使京入ニ付、御本陳ら御使者佐治庄五郎を以左之通被仰越候付、
上々官韓僉知・金僉知呼出し、加勢伝五郎・山城弥左衛門を以申渡候、御書
付并返答、左之通也

　　三使江

御使者口上、昨日者風立余程吹候得共、御堅固御旅行、是迄御到着、
珍重存候、手前ニも不相替罷有候、然者、兼而申達候通明日者京都昼
休以後、於大仏、従公儀御馳走有之、夫ら三十三間堂ニをゐて先例之
通自分らも御馳走仕候付、手間取申候、依之、自分ニ者明朝寅上刻、
爰元致発足可申候、各ニも其後押続御発足可被成候、此段為可申述、
以使者申入候

従事江

　昨日者御到来之由ニ而一種被懸御意、毎度思召寄之段別而忝存候、為
　御礼、以使者申入候

右之通、従殿様、被仰遣候付、三使江申達候所、大仏江被立寄候儀者存寄
有之候故、御断申上候由被申候ニ付、段々論談有之、委細ハ十一月朔日二
日之日帳ニ記録候付、此所略之

十一月朔日　大津発足

〃今朝、旅館玄関之前ニ而粛拝之式有之候付、薄縁莚等先規之通御馳走方ら
　出ル、尤、幕張之

〃三使、卯下刻、大津発輿

〃三使発足前、止宿ニ付何角御馳走之御礼、上々官を以被申聞候付、采女取次
　之、青山因幡守様役人衆へ申達ル

〃△三使、巳中刻、○京都昼休、本能寺江着、道筋、左記ス

　　　大津ら京本能寺、夫ら三条橋向、大和大路通・大仏・三十三間堂正面
　　　通・伏見海道・五条橋通・寺町通・四条通・室町通・松原通・油小路・七条
　　　通・大宮通・鳥羽海道

〃杉村三郎左衛門義、今日、先乗りいたし、三条橋辺ニ参り掛り候処、雑色、
　左之面々橋際ニ被罷出居、三郎左衛門跡押へ之者ニ、我々儀者信使行列先
　払ニ而御座候由被申聞候付、被入御念候由申達ル、本能寺大門迄先払ニ被
　参候而脇江被立居候付、三郎左衛門駕籠ら出、御苦労存候旨申達ル、被罷出
　候人数、左記之

雑色衆	⎰	萩原七郎左衛門
		五十嵐源五
同手代	⎰	永田太次右衛門
		中井重九郎
		沢与左衛門
		西村九左衛門

　　　　　　　　　　　　　　　　　　　　　　（終わり）

下向信使奉行京大坂在留中毎日記

内表紙

三使江申達ル返答相応也(ママ)

享保信使記録

◎

百十

下向

信使奉行京大坂

在留中毎日記

読合済　■三郎
　　　　■■衛門　　（擦れ）

享保四己亥年、信使記録

　信使奉行京都大坂在留中毎日記

一 十一月朔日

〃三使、今朝、大津駅発輿、京都本能寺着、但、京都ハ昼休之筈ニ候処、大仏一件之儀ニ付、本能寺御止宿ニ成ル

〃御所司松平伊賀守様江礼曹ら之書簡・別幅、三使自分音物被相送候付、兼而京都御留守居中原伝蔵を以彼方承合、今日被相送、左之面々、三使ら先達而大津発足、道筋、左記之、但、中原伝蔵義昨晩大津迄罷下ル

　　　大津ら直ニ三条通り、西堀川二條、御城馬場へ入

〃松平伊賀守様御門前辻竪飾手桶差出有之、御門之内敷居際ら御式台迄莚敷之、中程ら御式台迄薄縁敷之、御式台之左右、御奏者被罷出候所江茂薄縁敷有之

〃右音物、小川貞五郎麻上下着、御弓之者弐人、道中支度ニ而宰領仕、御所司御門前迄罷越

〃音物入候長持弐掉御賄御代官ら出ル、持夫御馳走方ら出ル、尤、大津ら御所司迄道中宰領人御馳走方らも被差出

〃音物台等之儀者江戸表ら先達而京都江

〃大津ら直ニ三条通り、西堀川二条、御城馬場ニ入ル

〃[6)]右音物、小川貞五郎麻上下着、御弓之者弐人、道中支度ニ而宰領仕、御所司御門前迄罷越

〃音物入候長持弐掉御賄御代官ら出ル、持夫御馳走方ら出ル、尤、大津ら御所司迄道中之宰領人御馳走方ら被差出ル

〃音物台等之儀者江戸表ら先達而京都江申遣置、先規之通公儀ら御用意有之、大津へ参り居候付、進物仕立之儀通詞下知役山本喜左衛門へ申渡し、前夜ニ夫々仕込、宰領人江相渡置候也

〃為使者、上々官韓僉知・金僉知、小童弐人、通事弐人、使令四人、下官弐人先乗り、中原伝蔵熨斗目長上下、跡乗り杉村采女布衣着、京都御馳走人本多下総守様御家老前後騎馬ニ而被相附ル、上々官ハ駕籠、小童・通事ハ馬ニ而参ル

---

6) 이하 두 문장 +세 번째 문장 초두는 위 세 문단의 반복.

ヽ礼曹并三使ら御所司江之御音物之品者御音物贈答之帳ニ有之故、不記之

ヽ先達而中原伝蔵罷出、三使ら上々官使者ニ申付、伺公仕候付、対馬守家老之
　者相附、罷出候旨申達ル、此時、音物宰領之面々、玄関ニ而夫々台ニ据、彼
　方御家来中江相渡、上々官罷通、御座江被配置之

ヽ上々官御所司江罷出候節、取次之面々熨斗目長上下着、下座敷をはつし、栗
　石迄被罷出、互ニ手を挙、会釈有之而、取次之人先達而歩行、使者之間ニ置
　候時、御家老鈴木助之進・久和主馬、用人戸奈十郎左衛門布衣着、使者之間
　縁頬迄為迎、被罷出居、上々官と互ニ二揖有之、上ミ之使者之間ニ着座、
　茶・多葉粉出、暫有之而、御書院ニ罷通り候様ニとの事ニ付、采女相附、罷
　出候処、伊賀守様本座ニ御茵之上ニ御着座有之候付、次之間上之鋪居ら二
　畳目之所ニ而二揖仕候処、伊賀守様ニも御立被成、御手を被揚、又御茵之上
　御着座、上々官も直ニ着座仕候処、采女江先へと被仰聞候付、一畳程ニ差寄
　候処、近く寄候様ニ与有之候付、御側二三尺之所江罷出、朝鮮之使者申上候、
　弥御堅固御勤被成、珍重存候、我々儀江戸表首尾好相勤、今日、京着仕候、
　依之、礼曹ら之書翰・別幅、上々官を以進之候、次ニ軽少之至御座候へ共、
　目録之通致進覧候との口上申上候処、御返答被仰聞候ハ、弥御堅固、今日御
　上京珍重存候、早々預御使者、礼曹ら之書翰并別幅為持被下、相達被入御念
　義存候、各ちも目録之通被懸御意忝存候、礼曹江之書翰等、自是、使者を以
　可申入候間、宜申達候得、上々官遠方罷越、大儀ニ存候、茶・多葉粉等給、
　緩々致休息、罷帰り候様ニ、采女ニも太儀いたし候との義被仰聞、奥へ御入
　被成候付、初のことく御立被成候付、上々官も前のことく二揖いたし、着座、
　追付菓子・多葉粉出、暫いたし、罷立候付、家老・用人初之所迄被送出、互ニ
　二揖有之、奏者初之所迄送出、双方手を挙、会釈有之、罷帰ル

ヽ今日、采女、上々官召連、御所司江罷出候節、従殿様、伊賀守様へ被差出候
　御口上書持参、意趣ハ三使存寄有之、大仏江被立寄間鋪之由被申候付、其段
　委細被仰遣候、則別帳ニ委ク記之

　　　　口上

　　　今日、朝鮮之三使、其御地昼休以後、大仏江立寄候節、御菓子等之御
　　　馳走被仰付、相済、三十三間堂ニ而私方ら少々馳走之品差出候段兼而
　　　申達置、猶又昨晩、三使へ申聞候処、返答ニ申聞候ハ、先例之通大仏

江御立寄候様ニ与之御事忝奉存候、乍然、存寄之旨有之ニ付、此度之
義者立寄候儀達而御断申上度旨ニ而、色々申諭候へ共、承引不仕候故、
実意如何様之訳を以強而御断被申上候哉と相尋候処、大仏之義者太閤
秀吉公御建立之地ニ候段、朝鮮国江前々者得与不相知、近年、其訳致
流布、右之地ニ立寄候段不宜義と沙汰仕候付、此上立寄候而ハ至而
我々首尾不宜候故、何分ニも御断申上候了簡ニ御座候、勿論、従公儀
之御馳走之儀者縦途中ニ而も頂戴仕候覚悟ニ御座候間、相応之場所ニ
幕ニ而も御囲せ被置被下候ハ、何分ニ軽ク被仰付候とも無異難、頂
戴可仕由申聞候付、私申達候ハ、右之趣前広ニ被申聞候ハ、東武ニ
者御老中方江御断申上候筋も可有之候処、明日、罷越候節ニ至り、被
申聞候段難心得候、明暦以来、度々被立寄候旧例、御馳走之御設も有
之段者相知たる事候処、於爰元ニ急ニ被申聞候段如何敷候へ共、達而
断被申聞候を自分一存ニ而返答も難存事候間、御自分様へ相伺、御差
図次第ニ今昼、於本能寺、返答可仕旨申達置候、如何可被仰付候哉奉
伺之候、委細、家老杉村采女口上ニ申含候、以上

　　十一月朔日　　　　　　　　　宗対馬守
　　采女口上覚書

大仏之儀旧跡有之を太閤秀吉公御再興之仏閣、其以後致回録、只今有
之候仏閣ハ御当家ニ至、御建立被遊候段、明白ニ相知たる訳具ニ申聞、
明暦以来三度之信使も被立寄、今度事草被申聞候段違却之筋と存候段、
色々申諭候得共、一切納得不被仕候、依之、私存候ニハ従東武之御馳
走を軽ミ候筋ニ茂相聞可申歟と存候間、御自分様ら之御返答ニ、少々
御呵之趣を以大仏立寄候旧例を欠キ、御断被申上候上ハ、何方ニ而も
御馳走之品可被差出様無之事と被思召候間、直ニ淀江被罷通候様可申
達之旨、私方へ之御返答被仰聞候而如何可有御座候哉、乍慮外、存寄
之通申進候との趣

ゝ右申上候処、朝鮮人江御逢被成候以後、御返答可被仰遣之由、十郎左衛門被
　申聞候付、上々官御暇被下候節、御返答之儀申上候処、上々官ニ附添、不被
　帰候而も不苦候ハ、差扣候様ニとの御事ニ付、相待罷有候処、十郎左衛門
　罷出、被申聞候ハ、御口上書遂披見候処、朝鮮人江戸ニ而不申出、前夜ニ至

り、御断被申候段、関東へ相聞候而茂不礼ニも可相聞候付、縦一夜なと逗留
之分ハ不苦事ニ候、御代々、三度之旧例欠ケ候段気之毒被思召候付、成たけ
御申諭候様ニ可被成候、事ニハ軽重有之処、朝鮮ニ而之沙汰を用ヒ、大仏之
実説を不被用段、三使之了簡違と思召候、少々延引仕候而も大仏江被立寄
候得者、江戸江無御案内相済候間、能々被仰諭候様ニ、十郎左衛門を以被仰
出候付、委細御返答之趣奉畏候、三使江申達、承引無之候ハ、又々御案内
可申哉、又者直ニ発足も可仕候哉と相尋候処、御留守居中を以御伺被成可
然存候、勿論、大仏江被立寄候付而御菓子等、御振廻被成候先規ニ候故、立
寄不被申候者脇之茶屋野辺江被休候分ニ而ハ御菓子被下ニ不及候由被申聞
候付、委細承知仕候、罷帰、対馬守へ可申聞旨申達、退出仕候

〃采女儀帰り掛ニ直ニ御屋敷へ罷出、委細御前へ申上、尚又、忠左衛門、其外
御用人中江申談、本能寺へ罷出ル

〃右同断之訳ニ付、三使大仏・三十三間堂被立寄候様ニ為可被仰達、殿様本能寺
へ被為入、三使御饗応之間ニ御着座、両和尚ニも御出被成候様ニと、御使者
被遣、御出被成候付、上々官被召出、御口上被仰含、色々被仰諭候へ共、一円
合点不被仕、太閤秀吉公御建立之地ニ候故、立寄間敷旨被申切、幾度被仰達
候而も同前之御返答ニ而承引無之候故、兎角不被立寄候而ハ不相済事ニ候得
共、同シ御返答ニ而埒明不申候付、先御帰り被成候旨被仰達、御帰り被成ル

〃殿様ら御所司江御使者御留守居中原伝蔵を以、三使大仏江立寄候様ニと
色々申諭候得共、一円承引不仕候、此上思召寄も御座候ハ、被仰聞可被下
候、委細之義者町御奉行山口安房守殿を以可申上候間、御差図被成被下候
様ニと被仰遣候処、被仰聞候趣承届候、安房守殿を以被仰聞、存寄之義も御
座候ハ、可申入候との御返答被仰聞ル

〃御所司江古川忠右衛門、御使者被仰付、三使京止宿被仰付候ハ、其内ニ何
とそ大仏へ被立寄候様ニ可申諭候、如何可被仰付候哉、御差図被成被下候
様ニと被仰遣ル

〃今晩、三使本能寺止宿被致候様ニと御所司ら御差図之旨、町御奉行山口安
房守様、采女・三郎左衛門へ被仰聞候付、被仰聞趣奉得其意候、早速対馬守
江可申聞旨御返答申上、罷立、通詞下知役員江庄兵衛を以忠左衛門方へ申遣
し、委細之儀者追付、采女・三郎左衛門罷出、可申上旨申遣ス

〃委細者京都止宿成候記録有之

〃采女義御屋敷へ罷出ル

〃古川繁右衛門為御使者、旅館江罷出、上々官召出、御口上被申含候、委細ハ
　大仏一件之記録ニ有之

　人柄、左記ス

	萩原七郎左衛門
雑色衆	五十嵐源五
	永田太次右衛門
同手代	中井重九郎
	沢与左衛門
	西村九左衛門

〃松平伊賀守様ら三使到着之為御祝詞、御使者北沢格左衛門被遣候付、三浦酒
　之允取次、上々官を以申達候処、相応之御返答有之候付、則御使者へ申達ル

〃右御同人様ら三使江之御使者堀勘太夫を以左之通被遣候付、酒之允取次、上々
　官を以差出候処、相応之御礼有之候付、則酒之允取次之、御使者江申達ル

　　　饅頭　　　　　　壱合

　　　　際

　己亥十一月朔日　　　　　松平伊賀守様
　　　　　　　　　　　　　　御名乗無之

　右、御目録料紙大高也

〃松平伊賀守様ら礼曹参判江之御返物并三使江御返物附り、上々官江之被遣
　物、今日御使者田渕藤左衛門を以左之通被遣候付、酒之允取次、上々官を以
　差出、尤、上々官江被遣物ハ直ニ相渡ス、御目録之式、左記ス

　　　　別幅

　　　白銀　　　　　壱百枚
　　　綿　　　　　　壱百抱

　　　　際

　　享保四己亥年十一月日
　　日本国京尹源　　　　　忠周　朱印

〃京尹ら礼曹江之御返翰之式之事

〃御書翰箱者黒塗浅キ裕和巾ニ而包、桐白木外箱ニ入、台ニ据ル、高サ壱尺、
　弐寸程

　　　　　白銀　　　　　　　　百枚
　　　　　　　計
　　　　　　右具
　　　　　贈儀

　　　　享保四己亥年十一月日
　　　　　　　　　　　　松平伊賀守忠周

　　　　右者三使江

　　　　　白銀　　　　　　　　三十枚
　　　　　　　計
　　　　　　　　　　　　松平伊賀守

　　　右者上々官江料紙大奉書

　　右者三使江之御目録料紙大高檀紙奉書包ニ〆上ニ三大官使与書付有之

〃京都御馳走人本多下総守様ら殿様江於大津、御使者を以松平遠江守様・御母
　儀様、於江戸、御死去被成、十一月六日迄御忌中ニ付、井上河内守様江被相
　伺候処、御馳走之所ヘハ家老計被差出候様ニ与之之(ママ)事、依之、信使江
　迎送使并、於本能寺音物返物之使者等之義如何可被成候哉と御所司江被相
　伺候処、忌中之事故、被差扣可然旨、御差図有之候、尤、返物之義者、於江
　戸、河内守様江被相伺、御差図次第可被成旨被仰聞候付、則河内守様ヘ被相
　伺候与之御届有之

〃御馳走人本多下総守様ら三使江御使者坂田半太夫を以左之通被遣之、并
　上々官江茂被遣物有之候付、吉川六郎左衛門取次之

　　　　但、来ル六日迄ハ下総守様御忌中之事候故、御目録預り置、御忌明次
　　　　第差出筈也、尤、銀子ハ上々官ヘ相渡置、則左記ス

　　　　　綿子　　　　　　　　百抱　　　　三使
　　　　　　右表
　　　　　微敬
　　　　　　際

享保四己亥年十一月日

本多下総守藤原康人印

右真目録料紙大高也

白銀　　　　　三十枚　　上々官
計

本多下総守

右目録、料紙大高也

〃御所司松平伊賀守様江礼曹ち之書翰・別幅、三使自分音物被相送候付、兼而
京都御留守居中原伝蔵を以彼方承合、今日被相送ル、左之面々、三使ち先達
而大津発足、道筋、左記ス

書翰別幅并三使自分之音物等ハ別帳ニ記之

十一月二日　晴天

〃三使、京都滞留

〃三使、大仏江立寄候儀難成候由被申候ニ付、今朝、殿様、松平伊賀守様江御
出被成ル、委細ハ大仏一件之帳ニ記之

〃松平伊賀守様江三使大仏立寄之儀納得被致候為御使者吉川六郎左衛門被遣
之、委細ハ大仏一件之帳面ニ記之

〃三使方へ為御使者吉川繁右衛門被遣之、三使発足之義今晩ハ最早夜ニ入候
間、止宿、明朝発足、大仏江被立寄候様ニ与之儀被仰遣、繁右衛門、旅館江
罷出、上々官を以申達候処、則御返答、奉得其意候与之義也

〃御町奉行山口安房守様、諏訪肥後守様旅館へ御詰被成御座候付、采女・三郎
左衛門罷出、三使大仏立寄之義被致納得候、則伊賀守様へ従対馬守方、其段
申上候得者、今晩者最早夜ニ入候付、止宿、明朝発足、大仏江被立寄候様ニ
被仰渡候段御届申上ル

〃御賄御代官増井弥五左衛門殿、旅館へ御詰被成候付、三使今晩止宿、明朝発

足、大仏江被立寄筈候段御知せ申上ル

十一月三日 晴天

〃今日、京都発輿ニ付、本能寺江役々之面々不残相詰ル

〃上々官三人・朴判事、采女・三郎左衛門詰間ニ罷出、申聞候ハ、従事被申候者、
今朝者殊外不快ニ有之候間、大仏へ者正使・副使可被参候故、従事儀者遅々
罷立、淀江直ニ罷越候様ニ仕度由被申聞候付、何茂申談、返答ニ申達候ハ、
左様之義者決而不罷成候、跡江御残り被成候而者、公儀之御役々も御勤不
被成、人馬共ニ残し置候与申候義も尚又難申達候間、何とそ大仏ニ御同前
ニ御越可被成候、今朝辰之后刻、御発足と被仰合候得共、少ハ延引仕候而も
不苦候間、得与御保養被成、御一同ニ御発輿可被成候由、右上々官を以従事
江申達候得者、奥江入候而又罷出、申聞候ハ、右之趣、従事江申達候得者、
従事被申候者、何とそ大仏御饗応相済候迄之内、養生仕、追付跡ゟ出立可仕
由被申候段申聞候、其段ハ尚以不宜候、如何程ニ御申聞候而も不罷成事ニ候、
公儀御饗応を不敬ニ思召候段甚不当事ニ候、何とそ被相繕、正副御同前ニ
大仏江御越不被成候而ハ不罷成候段、上々官を何も屹としかり、御手前なと
申分不宜故、左様之我侭被申候、如何様ニ被申候而も決而不罷成候由申切、
遣之候、又々罷出、申聞候ハ、大仏江参り、御饗応頂戴可申候得共、水夫も
遣イ不申、官服も着仕候体ニ無之、不快ニ候間、大仏迄者可罷出候、夫とも
ニ暫間も可有之候間、正副ハ被罷立候様ニ可仕与之義ニ付、左様候ハ、大
仏門之内ニ輿御立、尤武器等も大門ゟ内ニ入被申候様ニ可被仕由、上々官
へ申入、右之趣一々殿様方江雨森東五郎遣之、遂御案内候処、左様候ハ、
正副計被致出立、従事ハ跡ゟ早々被仕廻、被罷越候様ニ与之御事、其上従事
方へ之御使者内野一郎左衛門被遣之、御口上者、御不快之由、折角御保養可
被成候、少御快候ハ、跡ゟ御立、大仏江可被罷越候与之御事、上々官、従
事ニ申達、相応之返答有之

　　　右相済而、又々御使者浜田伴九郎被差越、正使・副使江之御口上、只今
　　　発足いたし候間、追付御発輿可被成与之御事、則上々官を以三使へ申

　　　　　達ス

〃従事跡ヘ被相残候付、采女・忠左衛門、御馳走方御代官衆方ヘ右之趣申達ス

〃所司代伊賀守様江右之為御届、御使者中原伝蔵被遣之ル

〃従事暫被相残候付、裁判吉川六郎左衛門・内野一郎左衛門相残ル、被罷立候
　節、前後騎馬相勤ル通詞下知役、七五三杢右衛門・河村太郎左衛門、通詞六
　人、阿比留儀兵衛・大浦長左衛門・金子伝八・広松茂助・生田清兵衛・松本仁右
　衛門

　　　　本能寺ら大仏迄之道筋

　三条橋向大和大路通、大仏、三十三間堂

　　　　大仏ら淀迄之道筋

　正面通、伏見海道、五条橋通、寺町通、四条通、室町通、松原通、油露
　通、七条通、大宮通、鳥羽海道

〃殿様、巳之上刻、御発駕被遊ル

〃正使・副使、本能寺、巳中刻出輿

　　　　　　　　　　　　　京出之行列、前後之騎馬
　　　　　　　　　　　　　　　　杉村采女
　　　　　　　　　　　　　　　　山川佐左衛門
　　　　　　　　　　　　　　　　大塔貞右衛門
　　　　　　　　　　　　　　　　雨森東五郎
　　　　　　　　　　　　　　　　三浦酒之允
　　　　　　　　　　　　　　　　樋口吉右衛門
　　　　　　　　　　　　　　　　杉村三郎左衛門
　　　　　　　　　　　　　三条橋ら先払雑色衆
　　　　　　　　　　　　　　　　萩野七郎左衛門
　　　　　　　　　　　　　　　　五十嵐源五
　　　　　　　　　　　　　　　　永田太次右衛門
　　　　　　　　　　　　　　　　中居重九郎
　　　　　　　　　　　　　　　　沢与右衛門
　　　　　　　　　　　　　　　　西村九左衛門

〃殿様先立而大仏江御越、御席之囲イ有之候付、此所ヘ御着座被遊、大仏ニ而
　之御馳走之次第并絵図、別紙ニ有之

〃正使・副使、巳之下刻、大仏参着

〃大仏二王門之内定番所へ妙法院御門跡様御家来被差出置ル

〃正使・副使参着之節、大仏二王門之外、左右ニ朝鮮武器建並ル

〃右之節、楽器ハ不残行列ニ而本堂階下際まで順々ニ参り、両使参着之節、左
右ニ分り並

〃大仏殿之内三使居所、其外従者等之席夫々ニ仕切有之、座割絵図ニ詳也

〃公儀ら三使巳下へ被下候品、委細御献上帳ニ記之

〃御代官増井弥五左衛門殿・内山七兵衛殿、其外ハ手代本堂江被相詰ル

〃大仏所々本多下総守様ら之御番人等、御馳走書ニ記有之

〃従公儀、殿様御拝領之御杉重、御代官衆ら被差出、古川忠右衛門取次之、御
前へ差上之

〃両長老中へ御杉重一組、公儀ら被下之

〃両使、其外上々官・上判事、衣装替仕ル

〃大仏之式相済而、殿様、両使ら先立而御歩行ニ而三十三間堂江御越被遊ル、
三十三間堂ハ殿様ら之御馳走故、正副を御待請被遊ル

〃両長老引続キ、三十三間堂江御出

〃上々官弐人朴同知・韓僉知、先立而通事下知役相附、歩行ニ而三十三間堂江
至ル、金僉知義者従事跡へ被残候付、相残ル

〃正使・副使、大仏堂階下ニ而乗輿、直ニ三十三間堂江被罷越、階下薄縁際ニ
而下乗有之、拝殿唐戸際ニ両使被立並ル、殿様・両長老御出迎、御一揖有之、
御銘々御席江御着座、正使・副使も着座、毛氈敷之

〃書翰・輿、両使座之内北方ニ毛氈鋪之、机二脚置、其上ニ安置、囲之

〃殿様・両長老、御同道間之内ニ御入、御一揖有之、両使ハ南向、殿様・両長老
ハ北向御着座、大浦忠左衛門、韓僉知招之、御口上申達、尤、御銘々毛氈敷
之、座之飾物等ハ先規之通り也

　　　　　御口上之趣

〃殿様ら御口上、先規ニ付、爰元へ御寄候様ニと申入候、緩々御休息候様ニと

之御事、忠左衛門承之、韓僉知江申達候而、正・副江相達候処、相応之返答也

〻御酒中ニ正・副ゟ色々御馳走忝奉存候、最早、段々日茂たけ申候間、銚子御入被下候様ニと被申、相応之御挨拶ニ而、頓而御酒入

〻両使席唐戸際畳二十四帖敷内四帖丸柱切合セ、三方金屏風ニ而囲之、座之前唐戸鋪居之上不残毛氈敷之、唐戸之上紫御紋之幕張之、拝殿之内不残薄縁鋪之、縁側北ゟ南迄薄縁一枚並ニ鋪、縁頬柱並ニ引、両之赤幕張之

〻三使用之雪隠、堂之前定番所之脇ニ壱軒建之、外茅垣ニ而囲之

〻上々官・学士・医師・上官・次官座畳東西之方一畳通り敷、　中通り薄縁敷之、両使之座ゟ北之方、北南金屏風ニ而囲之

〻上々官居所二枚屏風ニ而袖仕切を付ル

〻中官・下官座ハ上官座北之方一間之内薄縁敷之

〻上々官座之前縁ゟ通道階掛之

〻上々官座ゟ下官座北之方矢倉之所迄縁先ニ幕を張、白木綿引、両之幕張之、同所唐戸之上ニ引、両之赤幕押廻し張之

〻殿様御座、縁先ニ幕串を立引、両之御紋之赤幕張之、同所唐戸之上ニ紫御紋之幕張之

〻殿様御座御次共ニ二十八畳御座之内、丸柱之方切合一畳御座、金屏風ニ而囲之

〻殿様御雪隠御座縁際、御賄小屋之方ニ建之、外茅垣ニ而囲之、南向御通り口縁ニ階掛之

〻両長老居所畳十二帖鋪之、丸柱之方切合ニシテ、仏前之方仕切、金屏風ニ而囲之

〻両使射場見物被致本尊之脇ゟ裏内陳ニ出候所、不残薄縁敷之、裏内陳左右紋紙屏風ニ而囲之

〻賄小屋御座縁際ゟ二間半引取、拝殿ゟ二間引取入、三間ニ梁間八間ニ建之、やね押葺壁紺幕を以上下四方押廻シ引之、小屋通り口、堂之縁ゟ階掛共縄結、尤小屋北東之角ゟ拝殿縁角迄紺幕張之

〻御家中座不残薄縁敷之、御座之後丸柱之間、一ツ置紋紙屏風ニ而囲之、通イ

口縁ニ階掛之、但、縄結也

〃御家中家来居所、賄小屋方南之方筵弐百枚鋪之

〃三十三間堂北之方ニ朝鮮人用雪隠二軒並ニ建之

〃三使通イ奥表御小姓組勤之

〃上々官ら下官迄給仕、御得意之者并御代官手代之者勤之

〃竿挑灯用意有之

〃御膳番立花源左衛門并御料理人召連、先立而京都へ罷越、三十三間堂ニ而
御饗応出方支配仕ル

〃三十三間堂ニ而従殿様御馳走之次第、御献立帳ニ書載有之故、此所ニ不記

〃三十三間堂御馳走之次第相済而、殿様・両長老、両使江二揖有之、両使階下
ら乗輿被致、大仏本堂之前、最前之道を被帰、二王門ら被出、淀通り被参ル

〃従事、午ノ上刻、本能寺出立、大仏のことく被罷越候処、最早両使発輿ニ付、
建仁寺前ニ従事輿立之、従事・従者先道具ハ大仏表門前迄参ル、両使行列之
通被相通候節、場所ニ乗入ル、若脇道ら淀江直ニ被罷通候而者如何ニ付、淀
道ニ御供方ら樋口孫左衛門御歩行并足軽等大仏門前へ被差置ル

〃従事事、先道具を寺町三条上ル角ニ立置、直ニ寺町通を被罷越候趣ニ下知
いたし被置候由相聞へ、不届之仕形ニ候故、左様ニハ決而不罷成候旨申達
候、勿論、寺町通之門をうたせ、足軽とも付置候

〃最初ニハ病気ニ而御饗応之席へ被罷出候事成不申候ハ、　大仏之門内へ輿
をかき、輿之内ニ而饗応相待被申候様ニと申、其後ハ門外ニ輿をすへ被相待
候様ニと申候へ共、何茂上々官共此方申候通ニハ不申達候哉、又ハ申達候
而も聞入無之候哉、落着不被申、其身ハ建仁寺前辺ニ輿をすへ、先道具者大
仏之近所迄参居、通事を遣し、正使・副使饗応相済候を、聞合候而出足被致ル

〃今日、殿様、先へ御立被成候以後、三使発足之筈ニ候、しかる処ニ右従事出
足之議論相済不申内、出立之喇叭被為吹、軍官共段々出来候間、通詞を以為
申聞候而も、中々相止可申勢ニ而無之、急場之事ニ候故、雨森東五郎喇叭を
引キおろし、軍官共前ニ立候而殿様御発足も無之候所ニ、三使可罷立と被
致候ハ、如何様之事ニ候哉と音高ニおらひ候へハ、軍官共段々内ニ入り、出

足相止候、右東五郎いたし方無礼ニ候とて、正使立腹被致、上々官をしかり
被申候由

〃従事、先乗り本多下総守様ら寺元小弥太、跡乗り中根清左衛門、

〃三使、酉上刻、淀旅館出着

〃館伴松平和泉守様御家老御役人中、参向之通旅館江被相詰ル、

〃御賄御代官平岡彦兵衛殿・鈴木九太夫殿、旅館へ御出ニ付、采女・三郎左衛
門懸御目、御挨拶仕ル

〃和泉守様ら三使銘々江蜜柑一籠ツヽ、御使者松原九左衛門を以被遣之、取
次吉川六郎左衛門

〃亥ノ刻時分、殿様ら従事方江御使者吉田兵太夫被差越、御口上書持参、則
上々官朴同知・韓僉知を以従事へ差出ス

今日者御病気之由ニ而大仏江御立寄無之候、如何御快候哉、御保養専
一存候、就夫、各御通り候道筋者、兼而公儀ら御極置被成候処、今朝、
御自分義者脇道を参候様ニ与、従者共へ御差図有之由承候、他国之使
者ニ御越候而、右之通我侭成働を可被成与之御心入難得其意候、此後
ハ能々御慎被成可然存候、此段、為可申入、以使者申入候

右之御返答ハ明朝、信使奉行両人江可申達由、上々官申聞ル

〃御馳走書御賄方御證文、三浦酒之丞請取之

〃中官・下官御料理被下之

十一月四日　朝晴天

〃朴同知・韓僉知申聞候ハ、夜前従事方へ之御使者、御口上之趣可申聞と存候
処、夜更最早寝入被居候故、今朝申聞候処ニ従事被申候者、脇道を参候様ニ、
従者ニ申付候由御聞被成、委細被仰聞候趣承届候、左様ニ而ハ無之候、正
使・副使、大仏江被参候行列ニ不相構、此方之行列ハ跡へ引分ケ居候様ニ申
付候、曽而脇道参り候様ニハ不申付候間、其通り御返答申候様ニ申聞候付、

采女・三郎左衛門申候者、三四人も慥ニ承届候者有之候間、都訓導被遂吟味、
御申付無之義を可申様無御座候間、御僉議之上、偽を申候者を科杖ニ行ひ
被申候様ニ与、上々官へ申達候所ニ、殿様御発駕被成之旨申来候付、三使茂
追付出立取込被申候付、其通りニいたし置、何茂申談、大坂ニ而可申糺由、
上々官へ申渡ス、畢竟吟味相詰候而者如何鋪所も有之故、右之通ニ而相止置
申候

〃三使、寅刻過、淀乗船被仕

〃国書幷三使乗り船、参向之通公儀川御座ニ被乗ル

〃上々官・上判事乗り船、此度ハ左之通ニ被仰付

公儀御船浪早丸	裏付上下
	樋口孫左衛門
国書船	貝江庄兵衛
	加勢伝五郎
同難波丸	同断
	吉川六郎左衛門
正使船	小嶋又蔵
	山城弥左衛門
同土佐丸	同断
	三浦酒之允
副使船	七五三杢右衛門
	小田四郎兵衛
同中土佐丸	同断
	多田半兵衛
従事船	小田七郎左衛門
	朝野才兵衛
上々官船	吉村勝左衛門
上々官船	嶋雄只右衛門
上々官船	一宮助左衛門
上判事船	番十兵衛
上判事船	幾度又右衛門
湛長老船	久和重右衛門
菖長老船	佐治庄五郎

三使大坂、船橋先乗跡乗

先乗り袴羽織　　　　　　　　　　　　　跡乗り袴羽織
　　　　　　　　　　　　　　　　　　　　　吉川六郎左衛門
　　　　　　　　　　　　　　　　　　　　　吉田治部左衛門
　　　　　　　　　　　　　　　　　　　　　浜田伴九郎
　　杉村采女　　　　　　　　　　　　　　吉村庄兵衛
　　三浦酒之允　　　　　　　　　　　　　平田左仲
　　仁位貞之亮　　　　　　　　　　　　　岩崎佐太郎
　　山川治五郎　　　　　　　　　　　　　下行役壱人
　　樋口富右衛門　　　　　　　　　　　　出馬役弐人
　　　　　　　　　　　　　　　　　　　　　杉村三郎左衛門

　　御折　　　一合
　　御杉重　　一組
　　御樽　　　一荷

右者従公儀、国書船ニ被差出、和泉守様御使者尾崎小左衛門

　　御折　　　一組
　　御杉重　　一組　　　　　宛
　　御樽　　　一荷

右者従公儀、三使へ被成下候を、御馳走人松平和泉守様ら御使者尾崎小左
衛門相附、三使乗船銘々へ被相届

　　御折　　　一合
　　御樽　　　壱　　　　　　宛

右ハ従公儀、上々官銘々江被成下候を、御同人ら御使者尾崎小左衛門相附、
上々官乗り船江被相届

　　松平隠岐守様川御座御馳走人　　　　　　　上々官韓僉知
　　山中与右衛門　　　　　　　　　　　　　　田城沢右衛門
　　隠岐守様ら杉重一組被下候　　　　　　　　阿比留儀兵衛
　　此外御料理も出ル

　　松平安芸守様川御座御馳走人　　　　　　　上々官朴同知
　　大橋助右衛門　　　　　　　　　　　　　　米田惣兵衛
　　安芸守様ら杉重一組被下之　　　　　　　　広松茂助
　　其上御料理出ル

松平淡路守様川御座御馳走人
小寺五兵衛
淡路守様ら杉重一組被下之
其上御料理出ル

上々官金僉知
須川賀右衛門
斎藤市左衛門

松平土佐守様川御座御馳走人
植木市郎兵衛
土佐守様ら杉重一組被下之
其上御料理出ル

上判事弐人
次上判事壱人
脇田利五左衛門

伊達遠江守様川御座御馳走人候
御杉重一組被下之、其上御料理出ル

上判事壱人
橋部市兵衛

阿部伊勢守様川御座　　　　　　　湛長老
松平民部大輔様川御座　　　　　　菖長老

〃辰下刻、三使牧方着船被仕

〃御馳走人谷出羽守様御賄方角倉与市殿ら旅館御設被置、諸事御用意有之候
得共、三使衆旅館江被揚間敷之由被申候ニ付、采女・三郎左衛門旅館へ罷出、
出羽守様御家老役人中へ致面謁、一礼申達、両御馳走書、船橋忠右衛門・梅
野一郎右衛門請取之

〃小童・中官・通詞・下官ハ御料理被下之

　　　　　丹波栗　一篭宛

　　　右者谷出羽守様ら三使銘々江被遣之、御目録大高竪御名計有之

　　　　　　　　　　　　　山本喜左衛門
　　　　　　　　　　　　　河村太郎左衛門
　　　　　　　　　　　　　　岡田孫兵衛
　　　　　　　　　　　　　　生田清兵衛
　　　　　　　　　　　　　　土田仁兵衛
　　　　　　　　　　　　　　金子伝八

　　　右之面々、淀ら大坂江先達而差下ス

〃三使申中刻、大坂西本願寺江着座

〃御馳走人岡部美濃守様御役人御賄御代官桜井孫兵衛殿・石原新兵衛殿手代
衆、三使着前、本願寺江相詰被居ル

〃三使ら殿様江為問案、朴判事被遣之候ニ付、例之通通詞下知役・通詞之者相附参ル

〃殿様、旅館江御出、上々官被召出、三使到着之御祝被仰置、御帰り被遊

〃以酊庵より三使江御着之為御祝詞、使僧来ル、上々官を以（ママ）

十一月五日

〃杉村采女・杉村三郎左衛門、裁判吉川六郎左衛門・三浦酒之允裏附上下着、旅館江出仕

〃御馳走人岡部美濃守様ら三使銘々、御使者中与左衛門を以黄橘一篭ツ、并上々官江御使者大嶋権太夫を以右同前一篭ツ、被遣之、取次吉川六郎左衛門、上々官を以差出候処、追付相応之御礼、上々官を以被申聞候付、則御使者江申達ル

〃本願寺御門跡ら三使江御返物、御使者嶋主膳を以被遣候付、吉川六郎左衛門取次之、上々官を以差出候処、相応之御礼有之候付、御使者へ申達ル、委細者御返物帳ニ有之故、略之

〃信使附侍中下々迄本願寺門出入之義、江戸表旅館ニ而之通、吉川六郎左衛門・三浦酒之允方へ預り之印鑑を以出入仕候様ニ申渡候間、其元らも侍末々迄本願寺門出入之節者樋口孫左衛門・大浦兵左衛門、印鑑を以往来仕候様ニ被仰渡候得、勿論諸色持通り候、指紙之證印も右之面々ら被出之候様ニ可被申渡旨、大浦忠左衛門方江手紙を以申遣ス

　　但、門出入札ハ肌吉紙を幅壱寸程、長サ三四寸程ニシテ、裁判預り之印判壱押、又同印判を割判ニ突之候也、尤、壱人弐人と紙札ニ書之

〃曲馬上覧被成候付、御銀、公儀ら被成下候処、配分之儀ニ付、上々官・上判事・軍官等内證何角申分有之、不埒ニ相聞へ候付、上々官ら通詞を以御記録ニ書載有之候通書付くれ候様ニと申候付、則先規之通書付候而、広松茂助を以上々官へ相渡ス

〻殿様、昨日三使到着為御祝詞、旅館江御入被遊被仰置、御帰被成候付、三使
ら御礼之問案、李判事被差上候付、小童一人・使令弐人相附、通詞下知役小
田七郎左衛門・通詞井手五郎兵衛相副罷上ル、但、判事ハ駕籠、小童ハ馬ニ
而参ル、御馳走方ら先規之通出ル

〻朝鮮人乗組之人数、参向と違候付、左之通書付下行役へ裁判方ら相渡ス

　　　下向

副使騎船之判事壱人、卜船ニ移ル
従事騎船、判事壱人、卜船ニ移り申候

　　　右ハ副使・従事船ら此度ハ判事壱人宛減し、卜船之方ニ判事壱人宛相増
　　　申候、

　　　　　次官壱人
　　　　　中官壱人
　　　　　下官壱人

　　　右者参向之節、御馬ニ相附、先達而罷登り候者共三人、此度正使卜船
　　　ニ相増申候、諸方ら被相尋候節者、此旨を以被相答候様ニ可被申渡旨、
　　　裁判へ申渡ス

〻去ル四日、殿様旅館江御出被遊候節、来ル九日ニ御乗船可被遊由被仰達置
候得共、未如何様共、御返答無之候、三使衆へ申達、否聞極、早々申遣候様
ニ御乗船日限相済候ハヽ、其段御役方へ御留守居を以御届可被成旨、忠左
衛門方ら申来候付、酒之允へ申含、上々官を以三使へ申達候処、御返答ニ被
申候ハ、此方ちも九日乗船仕候様ニ可申上と存候処、被入御念被仰聞候趣、
奉得其意候、弥九日乗船可仕旨被申聞候付、忠左衛門方江手紙を以御城代
御町奉行御船奉行岡部美濃守様并御代官衆へも御留守居を以御届被成候様
ニと申遣ス

〻三使衆兼猿廻し御望之由ニ付、爰元承合候処、別而差支へ事無之候、明日な
と被見候而も差支間敷哉之旨、忠左衛門方ら申来候付、酒之允申含、上々官
を以三使へ申達候処、被入御念、被仰下候趣忝奉存候、猿廻し被遣被下候
ハヽ、一覧仕度候間、明日ニ而も御勝手次第被遣被下候様ニとの返答被申
聞候付、其段、忠左衛門方へ手紙を以申遣ス

〃三使騎船并卜船へ乗り候通詞下知役并通詞之義、以書付、申出候付、左之通
　乗り組候様ニと裁判を以申渡ス

正使船	通詞下知役		児嶋又蔵
	通詞	⎰	山城弥左衛門
			朝野才兵衛
副使船	通詞下知役		貝江庄兵衛
	通詞	⎰	小田四郎兵衛
			斎藤市左衛門
従事船	通詞下知役		小田七郎左衛門
	通詞	⎰	小松原権右衛門
			阿比留利平次
正卜船	通詞	⎰	住永甚三郎
			井手五郎兵衛
二卜船	通詞	⎰	梅野勘右衛門
			福山清右衛門
三卜船	通詞	⎰	栗谷藤兵衛
			嶋居惣左衛門

十一月六日　晴天

〃杉村三郎左衛門并吉川六郎左衛門、旅館江相詰ル

〃采女義病気ニ付不罷出

〃京都御馳走人本多下総守様ら三使江御返物、京都ニ而被差出筈候処、御忌
　中故、京都ニ而此方へ受取相扣置、今日御忌明ニ付、右之訳、上々官へ吉川
　六郎左衛門申達、目録相渡、品ハ京都ニ而上々官へ渡置候也、御目録、京都
　之所ニ記有之

〃三使ら御馳走人岡部美濃守様、本願寺江之音物、此方ら御使者佐治庄五郎
　持参仕ル、尤、宰領足軽壱人、此方ら相附、持夫釣台等ハ御馳走方ら出ル、

箱台ハ兼而江戸ら申越、御賄御代官方ニ而用意いたし有之、委細御音物帳
ニ有之故、此所へ不記之

〻今日、信使拝領銀為受取、裁判三浦酒之允、大坂役大浦左近右衛門、通詞下
知役田城沢右衛門、御徒小川貞五郎、倉掛数右衛門、何茂和巾麻上下着、大
手腰掛江罷出、尤足軽六人羽織袴着、持夫紺之着物着、町ら出ル、辰中刻、
罷出、左近右衛門、大手御門御番所へ罷出、御金奉行御用審根岸権兵衛殿・
富士市左衛門殿并御手代衆、御詰合ニ付申達候処、御銀百七拾参貫七百弐
拾匁、但銀数四千四拾枚、箱数四拾壱箱御城内ら腰掛迄被指出、権兵衛殿・
市左衛門殿并御下知衆相附、被罷出、書付ニ引合、受取候様ニと被仰開候付、
沢右衛門・貞五郎・数右衛門差寄、箱数書付、引合、封之侭受取、先規ハ端銀
相改、受取候得共、此度ハ端銀ニも大黒屋封印有之ニ付、不相改、封之侭受
取候而、右御両人江酒之允、左近右衛門御銀無相違、受取候由申上、本御證
文差出候処、御手代衆へ相渡候様ニ被仰候付、則御手代衆へ相渡、退出仕ル

〻右御銀一箱弐人持ニシテ、腰掛ら御堂迄行列、左ニ記ス

　　　先乗り大浦左近右衛門、次ニ此方足軽弐人、夫ら御銀四拾壱箱、中程
　　　ニ足軽弐人、御銀跡ニ同弐人、次ニ御徒弐人、田城沢右衛門鑓為持、
　　　跡乗三浦酒之允、御堂へ帰ル

〻道筋ハ本町筋を通、御堂表門前江出、表門ら入ル、内江入候時者御馳走方足
軽罷出、奥江通之、裁判六郎左衛門・酒之允、御銀受取参段、上々官へ申達、
不残相渡ス

〻御銀入候箱ハ白木仕立、細引ニ而結之、上封有之

〻御銀請取手形写、左ニ記ス

　　　請取申銀子之事

　　　銀合三千九百八拾枚

右者朝鮮人江被下候付、御老中方、以御添状、請取申者也、仍、如件

享保四年亥十月　　　　　佐野六右衛門印
　　　　　　　　　　　　　　武嶋左門印

　　　　大久保長三郎殿
　　　　根岸権兵衛殿
　　　　井関弥右衛門殿
　　　　富士市左衛門殿

　　　　　請取申銀子之事

　　銀合六拾枚

右者朝鮮人江被下銀、先達而遣候證文之外ニ、別而此書面之通御老中方以
御添状、請取申者也、仍、如件

　　　享保四年亥十月　　　　　佐野六右衛門印
　　　　　　　　　　　　　　武嶋左門印

　　　　大久保長三郎殿
　　　　根岸権兵衛殿
　　　　井関弥右衛門殿
　　　　富士市左衛門殿

ゝ湛長老ら金判事・韓僉正・西岩・月岩、四人銘々江以使僧、五色粛紙弐束ツ、
　被遣之

ゝ町御奉行北條安房守様・鈴木飛弾守様、旅館江御出、書画御覧被成度由ニ付、
　写字官弐人、画員壱人、上々官同前ニ罷出、采女・三郎左衛門義も御詰所へ
　被召出、下知役小田七郎左衛門、通詞御座江相附罷出ル

ゝ御馳走人岡部美濃守様ら三使銘々江御使者堀口万右衛門を以御返物被遣之、
　并上々官中被下物在之、委細ハ返物帳ニ有之、金判事・西岩・月岩・翠軒方へ
　御使者堀弾右衛門を以扇子一箱・紋紙一箱宛被遣之、何茂吉川六郎左衛門取
　次、上々官を以三使江申達候処、上々官を以相応之御礼有之

ゝ副使船上乗吉川小左衛門病気ニ付、為代、川村久右衛門申付候由、大浦兵左
　衛門方ら申来ル

十一月七日 晴天

〃本願寺ら三使江御使者高山半左衛門を以御返物被遣、取次裁判三浦酒之允、
委ク御返物帳ニ有之故、略之

〃本多下総守様ら御使者嶋左吉右衛門、御口上ハ、先頃京都御出立之時分者
預御使者、委細家来共江被仰置候趣致承知、被入御念義、忝存候、在所ニ罷
在候付、以使者、申入候由、上々官を以三使へ申達、相応之御返答有之

〃今日、御屋鋪ら猿舞被遣之、弐疋参ル、三使見物被致候付、正使之居所之中
庭ニ而猿舞有之、采女并六郎左衛門・酒之允、通詞下知役立廻り致見分

〃写字官二人、画師壱人、韓僉正江殿様ら薬鑵五ツ宛和目録を以被成下之、此
間、御用之御書物度々被仰付、苦労仕候付、被成下之御目録、裁判酒之允
夫々ニ相渡ス

〃大坂へ残り候朝鮮人病気ニ付而、薬用候員数、御留守居方ら左之通書付差
出候ニ付、先規之通奥書いたし、与力衆江差出候様ニ、大浦左近右衛門・中
原勘兵衛ニ相渡ス

　　　　　　覚

　　　正使船将宗代将　　　　　　服薬三十七貼
　　　副使船将張談沙里　　　　　服薬十八貼
　　　従事船将金哨官　　　　　　服薬六貼
　　　正使船将金守命　　　　　　服薬六貼
　　　副使船将徐僉知　　　　　　服薬二十八貼
　　　副使卜船水夫姜庚申　　　　服薬六貼
　　　副使卜船水夫李貴望　　　　服薬二十八貼
　　　中官朴通事　　　　　　　　服薬二十五貼

　　　　已上

　　十一月五日

　　合薬百五拾四貼　　但、日本貼ニシテ千五百四拾貼

右者大坂ニ残候朝鮮人之内并献上之御馬附之朝鮮人、病気之節、嶋井仙庵
療治申付、相用申候、則帳面ニ朝鮮人證印請置、相違無御座候所、如件

亥十一月七日　　　　　　中原勘兵衛印
　　　　　　　　　　　　　大浦左近右衛門印
　　杉村采女殿
　　杉村三郎左衛門殿

右之通留守居之者共、遂吟味、書付差出候ニ付、則致證印、差上之申候薬料之義如何可被仰付候哉、奉伺之候、以上

　亥十一月七日　　　　　　杉村三郎左衛門印
　　　　　　　　　　　　　杉村采女印
　　磯矢八郎右衛門殿
　　二木右近右衛門殿
　　古屋近左衛門殿
　　伴藤右衛門殿
　　田中武兵衛殿
　　八田軍平殿

　右ハ肌吉半切ニ認之、采女・三郎左衛門印押之

〃京都醍醐大納言様ら三使江之御返物到来之由ニ而、中川惣左衛門、旅館江持参、委細ハ御返物帳ニ有之故、略之

十一月八日

〃三使明九日、乗船之筈ニ兼而相極り居候所ニ、雨天ニ付、荷物積候義難成候故、御屋敷江相伺候所、左候ハ、天気晴次第ニ乗船候様ニ可申達候旨申参候故、上々官を以三使へ申達ル

〃雨天ニ付、明日乗船相延候段、御馳走人岡部美濃守様へハ御使者三浦酒之允、御賄御代官方へハ大塔貞右衛門被遣之

〃公儀ら礼曹江御返物荷ハ今日、船へ乗せ候付、北浜迄下し置、本船ニ乗せ候付、船役之人罷出、船頭立会乗候様ニ可被申付旨、大浦忠左衛門方へ申遣ス

御城代	安藤対馬守様
御馳走人	岡部美濃守様
御町奉行	北條安房守様 鈴木飛弾守様
御船奉行	松平孫太夫様

　右、従殿様御使者大浦左近右衛門御口上、兼而者明九日、三使乗船之筈ニ
御座候処、天気悪ク荷物積候義難成候故、乗船難仕旨、三使被申候故、差
延申候、天気晴次第荷物為積可申候、尤乗船定日相極り次第、追而従是御
届可申入候

十一月九日

〃大坂逗留

〃杉村采女・杉村三郎左衛門、裁判吉川六郎左衛門・三浦酒之允、旅館江出仕、

〃殿様ら三使江御使者幾度又右衛門被差越ル、御口上、昨日ニ変り、今日者能
　天気ニ御座候、依之、今日中ニ荷物等積仕廻、明日御乗船候様ニ与存候、尤、
　明朝五ツ時過、爰許御出立、屋鋪江御立寄、御休息候而御乗船可被成候、拙者
　儀も后刻罷出可得御意候との御事、上々官を以申達候処、追付三使ら之御返
　答ニ如仰、今日者天気好成申候、此分ニ御座候ハヽ、弥明日乗船可仕与珍重
　存候、明朝五ツ時過、御左右次第出立、御屋敷へ立寄候様ニとの御事忝存候、
　弥御差図之通、以参、御礼可申入候、従事儀ハ病気未疊無御座候付、御屋鋪へ
　立寄候義者御断申上候、被入御念、預御使者、忝奉存候との御返答也

　　　真針　　　弐
　　　小刀　　　三本
　右者軍官之内南川江、此間折々御用之書キ物被仰付候付、殿様ら右之通被
下候旨、忠左衛門方ら手紙ニ而申来、右之品、稲野市右衛門、旅館江致
持参候付、通詞下知役を以南川江相渡ス

　　　大浦忠左衛門方ら之手紙、左記

以手紙致啓上候、夜前、別幅之荷物、北浜江運送之節、御馳走方ら御
　　使者被差添候由承候故、西村栗右衛門差出、尤給人衆被相附候故、栗
　　右衛門計ニ而難相済事与存候故、早速小田平左衛門申渡、差出し、挨
　　拶為仕候、御馳走方ら御使者相添申事候ハヽ、樋口吉右衛門北浜江被
　　差出、致下知、右御使者江挨拶等仕候様ニ可被仰付事与存候、且又、
　　御馳走方ら挑灯茂不被差出候故、此方ら差出させ候、もはや此義相済
　　たる事ニ候得共、記録ニ茂書載可仕候故、此段申進候、具ニ日帳ニ記
　　置候様ニ可被仰付候、已上

〆醍醐大納言様・御簾中様ら上々官三人銘々江御返物被遣候ニ付、江崎忠兵衛、
　御使者向ニ申付、夫々相渡ス、委細御返物帳ニ有之故、略之

〆大浦忠左衛門方ら手紙を以爰元へ残鷹五居有之候、差当り、御望之方も無
　之候処、弁々与被差置候而ハ御費茂有之候故、御放被成度候、先年、爰元ニ
　而放し候処、里江出、飼鳥をけ候而致難儀候由、船越新七申聞候間、兵庫迄
　御持越、彼所山ニ而放し可然旨相談申来候付、只今迄御飼被成置、惜しき義
　ニハ候得共、御費も御座候故、兵庫ニ而御放し被成可然旨返答申遣ス

〆雨森東五郎義采女乗り船高蘭ニ御乗せ被成筈ニ候処、先頃ら相痛罷有、寒
　気之節かうらん住居ハ難義ニ存候間、外之船江御乗被成被下候様ニと相願
　候、松浦儀右衛門義ハ老母召連、跡ら罷下り候、然者、東五郎一人役ニ候処、
　寒気ニ中り、若強ク相痛候而者御用差支候故、いつれの船ニ成り共、御乗せ
　組被成可然旨、忠左衛門方江申遣し候処、五十六丁住吉丸之屋形ニ居候様
　ニ組付置候旨申来候付、則東五郎江茂其段、裁判を以申渡ス

〆殿様、三使為御見舞、裏付御上下被為召、今夕旅館へ御出被成候付、先規之通
　上々官向拝之階下ニ為御迎、罷出ル、尤、常之通双方ニ武器飾之、楽器吹之

〆湛長老・菖長老ニ茂御出被成候様ニ御差図之旨、采女・三郎左衛門方ら御知
　らせ申入置候付、御出被成ル、

〆殿様、向拝御馳走人御出会之間ニ御着座、御賄御代官桜井孫兵衛殿へ御逢
　被成、何角相応之御挨拶被遊ル、畢而、三使之居間ニ御通被遊候様ニと、
　上々官罷出、申上候付、奥江御通被成候処、従事病気未、聢無之ニ付、正使・
　副使両人、正使居間之前縁頬迄被出向候付、双方御見合、御手を被揚、御会

釈有之、座ニ御通被成、兼而用意有之方席之前ニ御建、御互ニ二揖被成、次ニ両長老も正副使と二揖有之、御同前ニ方席之上ニ御着座、殿様ら采女被為召、正副使へ御口上、此間ハ久々不懸御目候、弥、御変不被成、珍重存候、先刻、以使者、申入候通此分ニ御座候ハヽ、弥明日乗船可致候、尤、明朝、御乗船時分ニ者使者を以御左右可申入候間、其節御出立、直ニ屋鋪へ御立寄、御休息被成候而御乗船候様ニとの御事ニ付、韓僉知へ御口上申達候処、正使・副使へ相達、則韓僉知を以御返答被申候ハ、如仰、此間ハ不掛御目候、弥、御勇健被成御座、珍重奉存候、然者、明日、御乗船可被成之旨奉得其意候、此分ニ御座候ハヽ、天気も能可有御座候故、弥、乗船可仕与大慶ニ存候、明朝、御左右次第、早速致出立、御屋敷へも立寄、御礼可申上候との義ニ付、采女承之、御前へ申上ル

〃又、采女被為召候而、昨日者破船殞命之義ニ付、預御書翰、致披見候、此方、存候とは違候訳も気毒ニ存候、又々、得と先例等相考、追而御返答可申候との御事ニ付、金僉知を以御口上申達候処、御返答ニ被仰聞候趣致承知候、致延引候分ハ少茂不苦候間、何分ニ茂御了簡被成、宜様ニ御済被下候様ニ与之儀ニ付、采女取次之、御前江申上ル、相済而、初のことく方席之前ニ御建、御互ニ二揖被成、直ニ正使・副使縁頬迄被送出候付、御互ニ御手を被揚、御会釈有之、直ニ御帰り被成ル

〃御帰掛ニ岡部美濃守様為御対面、向拝御出会之間ニ御着座、美濃守様御出、御対面、何角相応之御挨拶相済而、美濃守様ニハ御詰間へ御入被成候付、御家老中与左衛門・堀江万右衛門、添奉行前川元右衛門被召出、御逢被成、相済而、美濃守様又御出被成、采女・三郎左衛門、裁判役両人江召出、御逢被成、畢而、殿様御帰り被成ル、上々官御出之節之通ニ階下迄御見送ニ罷出ル

〃醍醐大納言様御簾中様ら上々官三人銘々ニ御返物被遣之ル、御使者中川四郎五郎、旅館へ持参、則上々官へ相渡之、御返物之品、御音物帳記之

(終わり)

下向信使奉行船中毎日記

享保四己亥年　信使記録

　下向信使奉行船中毎日記

十一月十日 晴天

〻今日、三使大坂川口、辰下刻、乗船

〻御馳走人岡部美濃守様、旅館江御詰被成候付、三使より上々官韓僉知并上判
事之内李判事罷出、今日、弥致乗船候、滞留中預御馳走、忝奉存候与之御挨
拶有之、三郎左衛門相附出、美濃守様江右之口上、三郎左衛門取次、申上ル

〻御町奉行北條安房守様・鈴木飛弾守様に茂旅館ニ御詰被成候付、三使より
滞留中何角預御心遣、忝存候与之挨拶、右両人相附出、三郎左衛門申上ル

〻如先例、三使御屋敷江被立寄筈ニ候得共、従事ハ病気ニ付不被立寄也、御屋
敷より御使鈴木弥三兵衛被差越、御用意致出来候間、御勝手次第、三使衆御
出被成候様ニ申来、則上々官を以申達ル

〻正使・副使、辰下刻、本願寺出立、行列ニ而被参、国書ハ直ニ川御座ニ被為乗、
国書附と判事護附ス、従事茂追付出立、直ニ乗船被致、川御座ニ而被相待ル

〻前後之騎馬、何茂裏付上下着

先乗り	杉村采女・吉川六郎左衛門・幾度六右衛門・平山左吉・樋口吉右衛門
跡乗り	杉村三郎左衛門・三浦酒之允・嶋雄只右衛門・大塔貞右衛門・久和重右衛門・吉村庄兵衛・樋口富右衛門・平田助之進

〻国書并従事乗船之前ハ跡乗ハ下馬ス

〻正使・副使、御屋敷江被参、杉村采女・大浦忠左衛門裏付上下着、御玄関与御
門之中程迄迎ニ罷出ル、采女儀致先乗候付、出迎候也

〻正使・副使、御式台与御門中程より薄縁際ニ而下興輿より被出候時、采女・
忠左衛門儀真ノ一揖、手を上ケ、草々答礼、副使茂同前也

〻正使御寄附、上之間江着座、屏風ニ而囲之、副使被揚候を被待合、同前御座
江被通候付、殿様御和巾御裏付上下被為召、并両長老平服、御書院御縁頬ら
御出、御寄附、上之間杉戸際まて御出迎、御会釈被成、御本間へ御入、御茵
之前ニ而二揖相済而、正使・副使、床之前東向、殿様・両長老ハ西向御茵之上
ニ御着座、殿様より正使・副使江之御口上、忠左衛門を以此度ハ江戸表首尾

能御勤、是迄御着珍重存候、今日、御乗船候処、天気能一段之儀存候、緩々
御馳走申度候得共、御乗船之儀故、御仕廻御乗船被成候義を御馳走と存、御
盃事仕迄ニ可致候、従事御病気ニ而御出無之、残心之事存候由、韓僉知、正
使江申伝、相応之御返答有之

〻煮餅・御吸物台盃、御銘々ニ出ル、一献目正使・殿様、二献目ニ副使と御盃事
被成、三献目御銚子廻り、納ル、正副・両長老御盃事無之、御菓子・御茶出ル、
右御盃事相済而緩々得御意度候得とも、御乗船之義候故、最早銚子入可申
候由、忠左衛門を以韓僉知へ被仰達、御銚子入ル

〻正使より口上ニ、此度ハ御介抱故、江戸表首尾能相仕廻、是迄到着仕、殊御
国・江戸・爰許ニ而茂御屋敷江被召寄、段々預御馳走別而忝奉存候、何方之
御屋敷茂手広、奇麗ニ御座候、御身分様ハ三ヶ所之内ニ而何方へ御住イ被
成候方御快思召候哉、御咄し申度事、数々有之候得共、言語通し不申候得ハ、
心底之程難申入、気之毒存候との義ニ付、御返答ニ、如仰、此度ハ首尾能御
仕廻、是迄御着、御同前大悦存候、被仰聞候通言語通し不申候而心底之程御
物語申候事も難成、御同前気之毒存候、扨、三ヶ所之屋敷之内ニ而ハ何方へ
致住居候方快存候哉と御尋被成候、何方迚茂麁末成宅ニ而候故、別而替事
も無之候得共、生還之義ニ候得ハ、国元へ居候段心安存候由御返答被成ル

〻正使より韓僉知を以、裁判樋口孫左衛門病気ニ有之、湯治仕候由承候、逢申
度候間、被召出被下候様ニと被申候付、其段申上候処、御返答ニ、孫左衛門
へ御逢可被下由被入御念儀忝存候与之御事ニ而孫左衛門被召出、日本真ノ
礼仕候処、朝鮮以来何角預心遣、過分存候、病気ニて湯治被仕候由承候付、
逢申候与之相応之挨拶有之ニ付、殿様より被入御念候段忝存候との御挨拶
有之

〻正使・副使より、今日ハ先規之通被召寄、色々預御馳走、忝奉存候、最早御
暇申候与之義、韓僉知を以御挨拶有之ニ付、忠左衛門取次、御前江申上、御
相応之御答有之、正使・副使御帰候付、御茵之前ニ而二揖被成、跡ニて両長
老茂二揖有之、殿様・両長老最前之所迄御送被成、御互ニ御手を被揚、忠左
衛門義初迎ニ出候所迄罷出、一揖仕、正使・副使答礼前之ことし

〻上々官、本間之後ニ而煮餅・酒・菓子出之、上判事・学士・医師、右同間、屏風
ニ而仕切、煮餅・酒出ル

〃上官御寄附上之間

〃並判事・次官ハ御寄附次之間、次官ハ屏風ニ而囲之、間を仕切

〃小童ハ表祐筆部屋

　　　右、何茂煮餅・酒出ル、具成事ハ献立帳ニ有之

〃中官・下官ハ馬屋之前ニ莚薄敷、饅頭・酒出ル

〃三使御通ヒ、御小姓組裏付上下着之、相勤ル

〃上々官御通ヒ、御歩行裏付上下着之

〃判事・上官・次官・小童、通イ御得意之者羽織袴ニ而勤ル

〃印信関帖ハ御書院、麻之上ニ置之

〃国書ハ先規、御書院縁頬西之壁際ニ台ニ据、屏風ニ而囲置候付、此度茂其通
　ニ用意いたし有之候得とも、従事乗船ニ付、国書ハ直ニ御船ニ遣被置ル、但、
　三使共ニ被立寄候刻ハ国書、御屋敷江来ル先規也

〃先道具ハ不残川船ニ被差越之、御屋敷江ハ巡視之簾・節・鉞持せ被参ル、楽
　器ハ御屋敷前西之方ニ操通し置

〃御屋敷表町左右辻堅警固人、先規之通、町御奉行より被差出、此方より侍足
　軽出ル

〃正使・副使難波橋被渡、北浜船場ら公儀川御座ニ被乗、其外川船被差出候、
　御大名様方淀下り之通也

〃三使被致乗船、殿様被遊御乗船候を被相待、午刻、御乗船御跡より被致出船、
　御船之先ニ川筋案内之小船二艘、御船奉行より被差出ル、川御座行列之儀
　ハ別帳ニ有之ニ付、略之

〃御町奉行鈴木飛弾守様、三使船場前之町屋之内江御出被成御座、采女・三郎
　左衛門、格子之前ニ立寄、時宜仕ル御会釈有之

〃川御座乗組之覚

町屋形川市丸二番御座ら大振絹幕引多有之を張、少々上廻り仕置ニ御手船ニ相見候様ニ仕立ル、具成事ハ川船帳ニ有之ニ付、略之	裏付上下着	三使先乗	杉村采女 杉村三郎左衛門
		信使附	御佑筆 通詞一人

472　기해년도 조선통신사 봉행매일기 번각

船	装束	役人
公義之御船波速丸 **国書船** 　製述官一人 　書記一人	裏付上下 羽織袴	三浦酒之允 通詞下知役梶井与五左衛門 通詞加瀬伝五郎
同紀伊国丸 **正使船**	裏付上下 羽織袴	吉川六郎左衛門 通詞下知役児嶋又蔵 通詞二人
同土佐丸 **副使船**	同断 羽織袴	大浦兵左衛門 同断　貝江庄兵衛 通詞二人
同小土佐丸 **従事船**	裏付上下 羽織袴	内野権兵衛 通詞下知役小田七郎左衛門 通詞二人
松平隠岐守様御船 **上々官第一船** 　韓僉知・小童一人・使 　令二人	裏付上下 羽織袴	吉村勝左衛門 通詞下知役田城沢右衛門 通詞一人
松平安芸守様御船 **上々官第二船** 　朴同知・小童一人・使 　令二人	裏付上下 羽織袴	吉田治部左衛門 通詞下知役米田惣兵衛 通詞一人
松平淡路守様御船 **上々官第三船** 　金僉知・小童一人・使 　令二人	裏付上下 羽織袴	山川治五右衛門 通詞下知役須川嘉右衛門 通詞一人
松平土佐守様御船 **上判事第一船** 　韓僉知(ママ正)・金判 　事・韓判事・次官二人	裏付上下 羽織袴	吉村庄兵衛 通詞下知役七五三杢右衛門 通詞一人
伊達遠江守様御船 **上判事第二船** 　鄭判事・次官五人・下 　官一人	裏付上下 羽織袴	平田左仲 通詞下知役山本喜左衛門 通詞一人

阿部伊勢守様御船
　湛長老一艘

松平民部大浦様御船
　菖長老一艘

小屋形、此方之船　　　　　但、裁判両人共ニ国書船ト正使船ニ乗り候へ共、行列ニ入
　裁判乗組一艘　　　　　ル

　右之外、行列船・供船等淀下り之通也

〻川御座御出し被成候御大名様方ら、御銘々川御座江乗り居候朝鮮人江御杉
　重一組・吸物・御酒被遺ル

〻朝鮮船、難波嶋ニ繋居候付、三使此所ニ而本船ニ被乗移ル

〻菖長老ハ爰許ら直ニ御登り候故、途中より御乗抜ニ而三使本船近ク被乗掛
　候節、正使・副使・従事之川御座ニ押寄せ、船越御暇乞有之而、追付二番御座
　ニ御乗移、御登り被成

〻三使本船ニ被乗移候以後、采女・三郎左衛門乗船、三使船ニ附、通詞下知役
　呼出、乗船之祝事申達、銘々乗り船へ乗ル、御召船者川上ニ被成御座候付、
　直ニ御船江御祝詞申上、御前江被召出、御吸物、御相伴被仰付、御盃頂戴之
　仕ル

〻先規者朝鮮人荷物船之番船有之候与、留書ニ相見候得共、此節ハ不相見

十一月十一日　晴天西風

〻不順ニ而、川口御滞留

〻御船大浦忠左衛門方ら手紙ニ而申来候ハ、今日者西風強、御出船茂難成御
　座候間、三使へ其段可申達之由ニ付、高畠団蔵、三使方へ為使、右之趣申遣
　候処、三使ら之御返答ニハ、今日ハ西風強、御出船難被成よし致承知候、何
　とぞ兵庫迄罷越、於彼所、一両日致逗留、荷積り抔仕度候間、此旨、大守江
　可申上之由ニ付、右之趣、御船へ申遣ス

〻大浦忠左衛門義、内々采女・三郎左衛門へ被申聞候者、冬向ニ成候得ハ、頭
　冷致難儀候間、長髪被差免被下候様ニとの義ニ付、則奉伺候処、被差免与之
　御事ニ付、三郎左衛門方ら忠左衛門方へ手紙を以申遣

十一月十二日

〻寅下刻、御召船大浦忠左衛門へ高畠団蔵使ニ申付、采女・三郎左衛門より申
　遣候ハ、今朝之風、北東風之様に相見候間、御船頭へ被承合、船仕廻等早々
　被仰付可然旨申遣候処、返答ニ成程北東風之様ニ此方ニ而も申候付、先刻、
　一ノ洲潮満之深サ、当所之標さしニ御船頭差添、積せ候処、一二ノ標木之方、
　瀬三尺八寸立候由、御船・三使船共ニ五尺余寸無之候而ハ、何分ニ上荷取候
　而茂通船難成候由申候付、右浅ミ之分、一町程御堀せ被成被下候様ニと御
　船奉行松平孫太夫様江御留守居中原勘兵衛を以被仰越候由、尤右出船難成
　訳、三使方江裁判罷出被申達候か、又ハ裁判方ら下知役まて使を以申達置、
　後刻、川さしへ之議定相済候節、罷出、被申達候様ニいたし可然由申来候付、
　右之趣、裁判吉川六郎左衛門江申渡

十一月十三日　雨天

〻大坂川口御滞留

〻三使方江取次役高畠弾蔵、使ニ申付、夜前より風雨烈敷候得とも御替被成
　事無之哉之旨、見廻之口上申遣ス

〻従事乗り船水かのき吹起し、難波嶋之向上人川之洲崎遠干之所へ吹付、致
　難儀候段承届候付、早速裁判六郎左衛門義小船より罷出、被致下知候様ニ
　と申渡候処、早速罷越ス

〻綱・碇無之候故、御船ら被遣被下候様ニと、上ハ乗之者御船へ罷出申達候付、
　早々差出候様ニと忠左衛門方ら御船頭へ被申渡候付、則綱壱房、碇一頭来

候段、六郎左衛門申聞ル

〃右之訳ニ付、御船頭小田平左衛門義難波嶋江罷越、諸事下知仕ル、三使船六
艘共ニ綱・碇不足ニ候故、被差出被下候様ニと御船奉行与力若林新五兵衛・
津田三太左衛門江平左衛門申談候処、段々被差出候付、夫々繋之、尤、一艘
ニ綱一房、碇二頭宛被差出候也、従事船之儀ハ晩之汐ニ浮申筈ニ候得共、吹
込之風止候ハ、潮茂少く可有之候、左候得共、唯今之荷物積込居候而ハ浮
方無覚束事ニ相見候故、上荷を拾四五艘茂取申度候段、平左衛門、右両人江
申達候処、上荷船之儀ハ町御奉行方より御差図之筋ニ候間、彼方へ可申達
与之返答ニ付、其段、御船へ平左衛門ら遂案内候由、六郎左衛門申聞ル

右之訳、平左衛門方ら直に忠左衛門方へ相伺、得差図候付、委細之儀
者御供方日帳ニ記有之候也

十一月十四日 晴天西風

〃不順ニ付、難波嶋御滞留

〃采女為伺御機嫌、御船江参上仕ル、三郎左衛門義ハ病気之気味差発候付、不
致参上也

〃従事乗り船、昨朝之促、今以下り不申候付、未明より裁判吉川六郎左衛門、
御船奉行小田平左衛門、御船頭折右衛門、御供船之水夫多人数召連罷越、
色々致下知候得共、下り不申候付、御船へ六郎左衛門罷出申上候処、大浦左
近右衛門方江右之段、御船奉行へ相届候様ニ被仰遣、追付左近右衛門御船
江罷越、ヶ様之節、御届之儀ハ御町奉行江被仰達候儀故、鈴木飛弾守様江罷
出、委細御届ケ申上候得ハ、追付御役人衆可被差出与之御事之由申上ル

〃従事より御船へ為問安、金僉知罷出、吉田六左衛門江御口上申達候ハ、今日
茂不順ニて御滞留被成候得共、弥御替被成間敷与珍重奉存候、然者、従事乗
船之儀今朝茂裁判其外御役人中被差出、下知被致候得共、下り不申、気之毒
奉存候、何とそ早々下り候様ニ被仰付被下候様ニ奉存候、御見廻旁問安を
以申述候与之儀也、御返答、古川繁右衛門を以如仰、今日茂不順ニ而致滞留、

御同前気之毒存候、併、無御替、珍重存候、然者、其許乗り船今朝も役人共
差出、為下候得共、下り不申候段申聞候付、則公儀御町奉行江申達、今日中
ニ御下し被下候様ニと相願候間、定而今昼下り可申候、御見廻旁、預御使、
被入御念儀存候由、相応之御返答被仰遣ル、右——金僉知江御菓子・茶御振
廻被成、繁右衛門挨拶仕ル

〃 午ノ刻、鈴木飛弾守様与力大西作左衛門、北條安芸守様与力吉田宇右衛門
屋形船ニ而小田平左衛門乗り船へ被参、両御町奉行より御差図ニ付、川渡
人足轆轤屋等召連参候由被申聞候付、平左衛門幷阿比留伊右衛門、大坂役
岩村伝右衛門立会、下し方申談、下知仕ル、其外、御船附、上乗も召連罷出ル

〃 川渡人足罷出、船据り居候所之洲、船たけニ幅三間程堀、船下し候節者従事
船之人数不残陸へ揚、船ニハ従事・上々官・小童一両人・通詞下知役上乗り計
乗せ置、申ノ刻、巻胴四挺ニて船無別条下ス

〃 公儀ら被差出候船おろし諸道具幷人足、左ニ記

　　　　渡人足百拾五人
　　　　同船拾五艘
　　　　轆轤八挺
　　　　同船四艘
　　　　同人足弐百四拾人

　　巻綱四房

　　　　但、此方ら綱八房用意いたし、持越候得とも、公儀ら出候付、此
　　　　方之綱ハ不相用候由、平左衛門申聞ル

〃 朝鮮船ニ相附候兵庫迄之上荷積候、渡海拾弐艘御梶取浦田一郎右衛門、上
乗召連、廻船惣代方へ罷出、受取来候付、通詞下知役幷上荷、宰領之御徒江
申渡、只今迄積居候、三拾艘之、上荷船より右拾弐艘ニ積移し、朝鮮船一艘
ニ二艘宛相

　　一拾石船一艘　　　　　　一四拾石一艘
　　一八拾船一艘　　　　　　一七拾石二艘
　　一百石三艘　　　　　　　一百拾石一艘
　　一百卅石二艘　　　　　　一百五拾石一艘

　　〆渡海船拾弐艘

〻醍醐様御家司より年寄中江来候書状并書付、左ニ記ス、

　　以別紙、得御意候、御六ヶ敷御座候得共、此書付之趣御一覧被成、御
　　吟味被成候而有無被仰聞被下候ハ丶、可忝候、無拠、御方より御頼に
　　て御座候付、御用繁中御座候得共、奉頼候、於御許容者、別而大納言
　　殿御満悦可被成候、恐惶謹言

　　　　十一月九日　　　　　　　平川大隅守
　　　　　　　　　　　　　　　　高津越後守
　　　　杉村采女様
　　　　杉村三郎左衛門様
　　　　大浦忠左衛門様

一大使政堂省左允正四品

　　　慰軍上鎮将軍賜金
　　　魚袋揚規成

一副使右猛賁衛少将正五品

　　　賜金魚袋李興晟等
　　　二十人入京

　右者往古、来朝之事、旧記所見候、当時、此官階在之候哉、唯今之三使官
　職候歟

一五礼義　一芝峰類苑

　右朝鮮印板国禁之由ニ候、其儀候哉

〻右之通尋来候付、左之通書付返書ニ相添、差越、初ヶ條者製述官へ相尋、書
　付させ、今一ヶ條、雨森東五郎存寄也

　　　覚

一官階之儀、御書付之趣を以製述官へ相尋候処、左之通返答仕候

　　　楊規成、李興晟二人倶未
　　　有聞而、其官衛、則高麗王
　　　氏朝所称

一五礼儀・芝峰類苑、何茂朝鮮之板本ニ而御座候、朝鮮之儀ハ国事之他方江相
　知候儀を殊外大切ニ仕候故、此二書ニかきらす軽キ書籍ニ而茂一切禁し候

て、日本江ハ差渡不申候、只今、世間ニ有之候ハ、皆壬辰之変ニ持越候書物
共ニ御座候、以上

右、一ヶ条ハ雨森東五郎存寄、一ヶ条ハ製述官江相尋候答也

　　御別紙致拝見候、御書付之趣、朝鮮人江相尋候処、別紙之通申聞候故、
　　書付差上候、且又、被差越候御書付致返進之候、此旨、宜被仰上可被
　　下候、恐惶謹言

　　　　　　　　　　　　　　　　　大浦忠左衛門 判
　　十一月十四日　　　　　　　　　杉村三郎左衛門 判
　　　　　　　　　　　　　　　　　杉村采女 判

　高津越後守様
　平川大隅守様　御報

十一月十五日　晴天北東風

〃寅ノ上刻、御船より三使方へ御側歩行大浦甚五右衛門を以被仰遣候ハ、今
　日者順風之様ニ船頭共申候、船拵等可被申付候、夜明候て、弥出船仕候ハヽ、
　従是、御左右可申入之由被仰遣候処、委細致承知候との御返答也

〃御与力津田三太兵衛方へ采女方ち、以使、申達候者、今日者順風之様ニ相見
　申候、定而三使出船可被仕候間、漕船等之御用意被成被置候様ニ申遣、得其
　意候由申来ル

〃御船より御側徒古村甚兵衛被遣之、弥今朝、御出船被遊候間、三使乗り船
　段々、先達而出船被致候様ニ可申遣候、殿様ニ者跡より御出船可被成との
　御事ニ付、右之趣、高畠団蔵を以三使方江申遣

〃卯ノ上刻、三使船段々御出船、副使船ハ御差図無之内、先立而被致出船候付、
　高畠弾蔵遣し、差留候得共、最早帆を掛、被出ル、正・従ト船ハ御船漕出し
　候を見届、出帆被仕ル

〃御与力津田三太兵衛方江采女方ち又々使遣之、三使船段々出船有之候間、
　御届ケ申入候由申遣

〃三使、午上刻より未中刻迄卜船共ニ兵庫江追々着船

〃殿様、未上刻、兵庫御着船

〃三使乗り船・卜船共ニ漕船之伝間、公儀より出ル騎船ニハ十艘ツヽ、卜船ニ
ハ四五艘ツヽ相附

〃御船御着船ニ付、為御祝詞、高畠団蔵、御船江遣之

〃三使方江当所御着之為御祝詞、高畠団蔵遣之、唯今、旅館江揚申候、見合候
而御揚被成候様ニ可申進候之旨申遣、御返答相応也

〃三使乗り船ニ田城沢右衛門遣之、御勝手次第陸へ御揚被成候様ニ申遣候処
ニ、正使より御返答ハ、今日ハ揚り申間敷之由被申聞ル

〃旅館より梶井与五左衛門、正使船ニ乗せ、韓僉知を以正使江為申達候ハ、先
刻、以使、陸江御揚被成候様ニ申遣候処、今晩ハ御揚被成間敷由被仰聞候、三
使衆被仰合候而御揚不被成候哉、天気合茂不宜、其上、上荷等茂積移し申候、
殊更、此間久々御船計ニ御座候而御退屈可有御座候間、陸へ御上り、御休息
可被成之旨申遣候処、韓僉知、三使江申達候処、正使返答被申聞候者、三使申
合候而先刻申入候、弥、揚り申間敷之旨被申聞ル、依之、役々船ニ乗ル

〃采女并六郎左衛門、小早ニ而帰り掛ケニ御船へ御着船之御祝詞、且又三使
陸へ不被揚候段御案内申上ル

〃御馳走人松平遠江守様御役人中如参向也

〃御賄御代官石原清左衛門殿・森山又左衛門殿

〃遠江守様并御賄方、御馳走書請取之、刻限附等相添、御船へ遣之

〃三使乗り船之荷物上荷、船ニ積居候を不残、本船ニ積移し、梶、兵庫江揚置
候分、不残、乗之ル

〃遠江守様より采女・三郎左衛門乗り船へ参着之為御祝詞、御使者清水久左
衛門被差越、相応之御請申上

〃遠江守様ゟ三使銘々江以御使者、生鯛二、真鴨三、鶏卵百被遣之

十一月十六日　晴天西風泙

〃三使衆、丑ノ中刻、兵庫浦出船

〃三使、出船前ニ遠江守様ら以御使者、三使銘々江鱸五、石脊十五、猪肉一桶
　被遣之

〃御馳走人松平遠江守様より参向之通漕船被差出ル

御家老	田中三郎左衛門
御用人	柴田権兵衛
郡方	八木庄兵衛
大目付	吉田又左衛門
兵庫支配	高木新兵衛

　右之面々、一船ニ乗組、浦口迄被罷出候付、為挨拶、采女・三郎左衛門方
　ら高畠弾蔵申渡、寒気茂強候間、御勝手次第御引取可被成候、入御念、御
　出之段、対馬守并三使江可申聞旨申遣

〃明石之沖通船之節、御領主松平左兵衛督様より参向之通漕船数艘被差出ル、
　兵庫より之漕船ニ替ル

〃明石之前通船之節、松平左兵衛督様より御使者松田与三左衛門を以三使
　銘々江粕漬鯛一桶、蜜柑一籠、酒二樽宛并上々官江粕漬鯛一桶、酒二樽被遣之

〃未ノ中刻、播州、室津着船

〃正使・副使方江高畠弾蔵、使ニ申付、今日者日高ニ御着船目出度奉存候、旅
　館も設被置候間、御揚、御休息可被成哉之旨申遣候処、正使不快に有之候故、
　若陸へ揚り候而風ニ中り候而ハ致難儀候付、今日ハ揚申間敷候、明日ニ而
　茂逗留いたし、病気茂快候ハ丶、此方より御左右可申進候間、此旨、殿様江
　宜申上候様ニとの返答也、副使江直ニ罷越、御揚候様ニ申達候得ハ、正使不
　快ニ付、不被罷上候故、拙者ニも揚申間敷候よし被申候旨申聞候付、御船へ
　弾蔵を以右之趣申上ル

〃榊原式部大輔様より旅館御役被致候付、杉村三郎左衛門并裁判吉川六郎左
　衛門、三浦酒之允罷上り、御役人中江遂面謁、三使、今日ハ船揚り不被仕候
　段致挨拶

〃榊原式部大輔様ら御使者を以三使銘々江蒸餅一器、鯛二尾、酒二樽宛、并
上々官江蒸餅一器、小鯛一折、酒一樽宛、上判事、良医、製述官中江黄橘五
籠、鰄魚五器、酒一樽、中官黄橘三籠、鰍魚三器、酒三樽、小童中江黄橘一
籠、鮒一籠、酒一樽、下官中江黄橘六器、塩鯛六器、酒六樽被遣之

〃殿様より三使江御使者裁判吉川六郎左衛門を以被仰越候者、此次之御馳走
場牛窓迄者道法纔十里程御座候、順能候得ハ、不及申、押船ニ而茂多くハ日
高ニ着船有之ニ而可有御座候、若日高ニ有之とて直ニ御通船有之候而者、
公儀御差図を以設被置候御馳走所ニ対し無礼ニ相聞、其上、各御乗船之内ニ
而茂、拙者乗り船ニ而茂、相後居候ニ無御構、御通船候而者、跡船同所迄難
罷越、日吉利合ニて散々ニ繋船仕候様ニ罷成候而ハ如何敷候間、各御乗り
船ニ而も、自分乗り船ニ而茂弥御馳走場江致繋船、船数相揃候以後、日高ニ
有之、出船被成可然様子ニ候ハヽ、其節、申合、出船仕候様ニ可致候、尤、
右之段、牛窓ニ限不申、何之御馳走場ニても右之通御心得被成候様ニとの
御事ニ付、則韓僉知・金僉知を三使船揚場ニ呼揚、御口上之通申達候処、三
使銘々江申入候処、御口上之趣承届、御尤千万ニ存候、弥、其通相心得罷在、
出船之儀者何時茂御差図次第可仕与之御返答也、且又、今朝兵庫御出船之
節、太鼓御打せ被成候処、従事船ニ而批判被仕候者、前以御出船之之(ママ)
節者太守より御使被下候以後、太鼓御打せ被成、出船仕候処ニ、今朝ハ前以
之御知せ茂無之、直ニ太鼓御打せ被成候、三使之内、相痛候歟、又者故障有
之、出船御理申事茂可有之処ニ、押付たる被成方之由批判被仕候、重而、御
心入ニも可罷成哉と存、御内意申上候由、通詞下知役小田七郎左衛門、通詞
小松原権右衛門申聞候付、右御使者之席ニ六郎左衛門、上々官ニ申達候ハ、
今朝、出船之節、兼而使を以不申進、直ニ太鼓を打せ被申候付、従事御乗り
船ニ而不敬成仕方之筋ニ御批判有之たる由承之候、此段ハ御心得違と被存
候、一番太鼓ニ船仕廻被仰付、二番太鼓ニ碇を揚、三番太鼓ニ出船被成候様
ニと之義、対府ニ而堅申合置候、然処、去頃、前以、使を以被申候ハ、陸へ
御揚御座候故、直ニ太鼓為打候而者大分之荷物、御乗せ方致延引、其上陸ニ
て御食事被相調候故、旁急ニ有之、御難儀可被成と被存、前以、使を以為御
知、被申候、今朝之通船仕廻被成候節者、直ニ太鼓を以為御知申入、少茂差
支候事無之、兼而申合候通間違無之段、従事へも具ニ申達、外之御両人江も、

右之趣御同意申置候様ニと、上々官に申達候処、則三使江申達候処、裁判申
聞候通承届、尤至極ニ存候、委細之所ニ心付不申、兼而者御使被下候処、今
朝ハ御使不被下候故、右之段致批判候得共、成程合点仕候間、此後共船住居
之節ハ前以、御使ニ被下候ニ不及候間、弥太鼓を以出船仕ニて可有之由返
答有之

〆御船奉行小田平左衛門より差出候書付之趣、三使騎船并卜船之船頭・上乗
り之者江左之通之書付之趣、一通ツ、銘々相渡

　　　牛窓前ニ高藻御座候、番船出し置候、其外地方之浅ミハほうじ、葉付
　　　竹さゝせ置申候

　一牛窓より下津井江押渡り候節、途中ニ而若西風強成候者、日頃ち一里
　　計、東恵比須浦と申所へ御船官船共漕寄せ掛ケ候様ニ申付置候事、

　一日比、瀬戸押廻り之船筋有之、汐早之所広ミより船数押込候而ハ別而
　　気遣ニ存候、官船船筋を能段々ニ乗候様ニ仕度事

　一若、途中ち西風ニ成可申天気と、御船役中茂見分候者、下津井迄御乗
　　込なく、久須見か鼻より地方江乗込、御船官船共余程沖ニ掛ケ申度存
　　候事、此所、陸之方干汐ニハ遠干潟ニ成申候、然共、久須見か鼻出張居
　　申候故、下津井之方ちハ西風ニ掛り、宜御座候、併、右之上手、渋川村
　　之前より長キ瀬御座候、是ニハ段々岨番船差出し、尤夜者篝を焼候様
　　ニ申付置候、右之瀬之下、久須見か鼻之手前ち大畑之前江入、御船官
　　船共ニ掛ケ可申と存候、右之瀬長く御座候間、案内船并漕船ノ楫ニ随、
　　官船も入候様ニ仕度奉存候、船筋悪敷而風瀬ニ居申候者、難儀可仕と
　　内々得御意置候、兎角、西ニ添雨抔持候而、西風ニ成可申、天気ニ相見
　　候ハゝ、右之場所ニ掛ケ申度御座候、又、西風ニ気遣無之、天気ニ御座
　　候得ハ、下津井之内、田之浦前、先年之掛ケ場ニ官船御掛ケ可被成候、

　一下津井之上口、久須見か鼻汐行悪敷、早キ所ニ而、沖之方ニ悪敷岨御
　　座候得与引落申候、依之、此所漕船付候而茂汐悪敷ハ中々被乗不申所
　　ニ而御座候、但、下りハ満汐ニ而構無御座候

　一下津井より一里計下少地方江寄り、能地嶋と申、切々之嶋并岨四五ケ
　　所茂御座候、殊外、汐早之所ニて引落申候、急ニ除ケ候而ハ聞不申、大

船ニ而茂、引付申候、此所、案内船并番船差置申候、漕船之楫次第、官
船之楫茂取向ケ候様、別而仕度事

　　以上

　　十一月

十一月十七日

〃寅ノ中刻、御船より兼而被仰合候通一番太鼓打之候付、三使騎船・卜船共ニ
　船拵いたし、二番太鼓・三番太鼓打之候付、三使船・卜船共ニ頭漕二艘ツヽ、
　天道船等参向之節之通相附、其外信使附役人乗り船ニ茂夫々漕船相附、室
　津出船、但、漕船之数等参向之通也

〃榊原式部大輔様御家老竹田十左衛門、物頭鈴木平内、銘々早船ニ乗り、為見
　送、浦口迄出被居候付、取次役高畠弾蔵使ニ申付、今朝ハ順能、三使衆出船
　被致、珍重存候、各ニも是迄御出張被成、御苦労ニ存候、御勝手次第御引取
　被成候様ニと申遣ス

〃午ノ中刻、三使衆段々牛窓江着船

〃采女・三郎左衛門、裁判役六郎左衛門・酒之允、先達而小隼より旅館へ罷出ル、

〃御召船忠左衛門方へ采女・三郎左衛門方ら取次役高畠団蔵、使ニ申付、殿様
　并三使衆、是迄御到着、奉恐悦候、依之、正使・副使、船揚り可被致哉と存候
　付、我々儀先達而旅館へ罷出、大煩守様御役人衆江致対面、挨拶等も可仕候、
　然ハ、今日ハ未日高ニ茂有之候故、直ニ下津井辺まて御通船被遊間敷候哉、
　左様候ハヽ、船揚り被致候儀ハ大形ニ可申入候、如何様共、思召寄之趣被仰
　聞候様ニと申遣候処、相応之返答有之、日高ニハ候得共、今晩六ツ時ならて
　ハ、汐能無之旨、御船頭とも申候付、迚も御出船ハ難成候故、当浦御繋船被
　遊筈ニ候、就夫、三使衆大坂出船以来、何方之御馳走場ニ茂船揚不被致候付、
　以後之差支ニ可罷成段如何敷候、従事ハ病気之事ニ候間、正使・副使計成共、
　船揚被致候様ニ能々申達候様ニとの返答ニ付、裁判役酒之允、三使船へ差
　越し、兼而御設被置候御馳走所へ御揚無之段ハ以来之差碍ニ成候所有之、

如何敷御座候間、正使・副使御両人計成とも被成御揚可然旨申遣候処、正使
儀風気ニ有之候故、今日者船揚仕間敷候、従事茂素り病気未全快無之ニ付、
船揚無之候、副使計旅館へ揚り可申との返答有之よし、酒之允罷帰申聞候
付、則団蔵使ニ申付、副使計船揚可被致との事候、若一宿被致候ハヽ、我々
内一人陸江一宿可仕候旨、忠左衛門方へ申遣候処、被入御念被仰聞候趣致
承知候、副使船揚被致筈候由、珍重存候、一宿之儀ハ先刻御使者被遣候節、
止宿被仕間敷との事候故、多くハ一宿者有之間敷と存候旨返答申来

〃 未ノ中刻、副使船揚有之候付、采女・三郎左衛門、裁判六郎左衛門、客館寄
附之北之方ニ罷出居、玄関被揚候節、立居候也

〃 三使并上々官・上官・中官・下官宿付、其外新規小屋掛建継等、諸事御参向之
通也

〃 漕船等之儀義御参向之通也

〃 大煩頭様より御使者武田茂助・松本庄左衛門・桑原彦左衛門を以被遣之御音
物之品、左ニ記之

　　　　三使銘々江鴨一籠、杉重一組、樽一荷宛

　　　　上々官江江鴨一籠、菓子壱折、樽一宛

　　　　上判事・学士・良医江多葉粉三箱、雉子三籠、樽三荷

　　　　上官江多葉粉三箱、鴨三籠、樽三荷

　　　　次官江多葉粉三箱、雉子三籠、樽三荷

　　　　小童江たはこ三箱、雉子三籠、樽三荷

　　　　下官江たはこ六箱、干鯛三籠、樽三荷

〃 牛窓江被差出置候役人、委細御馳走帳ニ有之候付、略之

〃 大煩頭様御家老池田主殿儀、采女・三郎左衛門詰間江被罷出候付、対面何角
相応之致挨拶

〃 大煩頭様より副使并上々官以下不残煮餅御振廻、引続上官以上江ハかきの
飯出献立、左ニ記之

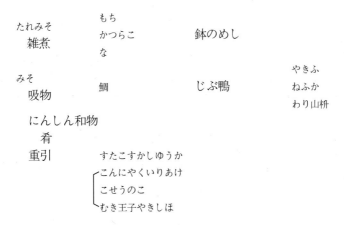

たれみそ　　　もち
　雑煮　　　かつらこ　　　鉢のめし
　　　　　　　な

　　　　　　　　　　　　　　　　　　　　　やきふ
みそ　　　　　　　　　　　　　　　　　　ねふか
　吸物　　　　鯛　　　　じぶ鴨　　　　わり山枡

にんしん和物
　　肴
　重引　　　　すたこすかしゆうか
　　　　　　　┌こんにやくいりあけ
　　　　　　　│こせうのこ
　　　　　　　└むき王子やきしほ

〃上官・中官・下官宿、町内ニ御設有之候得共、副使計船揚有之、附々之面々手
　遠ニ居候段如何敷、殊ニ旅館手広く有之候付、末々迄旅館へ被召置可然旨、
　御馳走方へ申達、不残副使附之朝鮮人、今日者三使屋へ罷有ル

〃副使、申下刻、乗船被仕ル

〃大烦頭様御内上泉治部右衛門方ら吉川六郎左衛門・三浦酒之允方へ手紙に
　て従事不快之段、大烦頭様御聞被成、御城下より為御見廻、御使者被差越候、
　直ニ従事船江御使者可差出候哉、亦ハ夫ニ及間敷候哉、将又正使不快ニて、
　今日者陸揚茂無御座候付、御見廻之御口上可被仰遣候哉否、返答ニ申聞候
　様ニと申来候付、最早今晩被相休候、楽茂相済候故、裁判両人方より従事方
　へ御使者之趣委細相通し、返答承届、自是、可申進候、将又、正使方へも御
　見廻之御口上可被仰遣之由被入御念御儀存候、乍然、当時之痛ニて軽キ義
　ニ御座候間、御見廻被仰越候ニハ及間敷候旨及返答

〃右同断之訳ニ候故、三郎左衛門取次役井手藤十郎使ニ申付、従事船へ遣候、
　大烦守様より御使者被差越候趣、通詞下知役へ申含、上々官を以申達候処、
　被懸御心、御見廻、預御使者忝奉存候、何茂中ら相心得宜御礼申入呉候様ニ
　との返答ニ付、六郎左衛門・酒之允方より右之段委曲口上書相認、右藤十郎、
　使ニ申付、上泉治部右衛門方へ遣候付、旅館迄差越候也

〃大烦頭様御家老池田主殿方ら三郎左衛門乗船へ使者を以、今日ハ於御乗船、
　対馬守様江父子共御目見被仰付、難有奉存候、忠左衛門迄御礼申上候得共、
　猶又御序宜頼存候与之口上申来候付、相応之返答申遣

十一月十八日　北東風、昼過ら少雨降

〃 寅ノ上刻、牛窓出船

〃 大煩頭様御家老池田主殿、早船ニ而矢寄崎迄被罷出候付、采女・三郎左衛門
　 方より井手藤十郎を以是まて御出被入御念儀存候、三使江茂可申達候、順
　 茂能候間、三使被致出帆候、御勝手次第御引取被成候様ニと申遣

〃 朝鮮船、其外船々江漕船・水木船・綱碇船等御参向之通也

〃 船奉行梶浦丈右衛門、室津より備後、鞆迄附廻り

〃 郡奉行富田甚之允、御領分之境水嶋迄海上用事承として附廻り

〃 生駒喜左衛門下津井辺迄釜嶋まて水船致用意附廻り

〃 池田要人、備後、鞆迄附参ル

〃 小堀喜左衛門、海上用意承として御領分境、水嶋迄附参ル

〃 郡奉行今枝忠左衛門、日比沖ニ而用事承として水嶋迄附参ル

〃 下津井沖相東江郡奉行西村小四兵衛、用事承として被罷出ル

〃 下津井江物頭南条八郎・小崎彦太夫差出被置

〃 香取儀右衛門下津井より水船召連被罷出ル

〃 下津井通船之節、大煩頭様より三使銘々江たはこ一箱、鰹節一箱、樽一荷宛
　 来ル

〃 申上刻、備後、鞆着船

〃 采女・三郎左衛門并裁判酒之允、旅館へ罷出ル

〃 従事船早く着船ニ付、高畠団蔵遣之、旅館へ御揚被成候様ニ申遣候処、病気
　 故揚り申間敷との返答也

〃 正使・副使方江通詞下知役川村太郎左衛門遣之、旅館へ御揚被成候様ニ諸事
　 御用意有之候、御勝手次第御揚被成、申遣候処、正使ハ風気ニ付、揚り申間
　 敷候、副使ハ正使聞合候而如何様とも可仕与之儀ニ付、御船へ右之趣、太郎
　 左衛門を以申上、御使者を以今一応御揚候様ニ被仰遣旨、忠左衛門方へ
　 申遣候処、則御使者を以可被仰遣与之義也

〻正使・副使之船へ通詞広松茂助遣之、雨茂降候故、明日ハ順茂有御座間敷と
　存候、旅館江御揚、緩々御休息被成候様、奉行中茂申候由、軍官へ御進メ被
　申候様ニ申含遣、其後、裁判酒之允を茂申遣候処、度々入御念、被仰聞候故、
　正使・副使共ニ揚り可申与之義也

〻阿部伊勢守様御家老真杉又兵衛、御用人岡田求馬・大野杢へ采女・三郎左衛
　門致面談、旅館御設被入御念候段挨拶申達、扨又、正使・副使、追付被揚候
　筈ニ御座候、従事揚り不被申候故、右、正使・副使ニ相附揚り候朝鮮人中官・
　下官共ニ脇屋にてハ手遠ニ御座候間、旅館之内ニ皆々居申候様被成候様ニ
　申達、其通用意有之

〻正使・副使、酉上刻、旅館福善寺江船揚被致、采女・三郎左衛門、例之通本堂
　薄縁類ニ立而罷在

〻阿部伊勢守様より御使者を以三使并上々官以下江御音物被遣之、裁判酒之
　允取次、上々官を以申達候処、三使より御礼口上、韓僉知罷出、申達ル、尤、
　従事ハ船ニ被居候付、御音物之品、通詞下知役持参仕ル、委細、御音物帳ニ
　有之ニ付、略之

〻伊勢守様より正使・副使、其外旅館へ揚り候朝鮮人江煮麺・吸物・御酒御振
　舞被成ル、献立、左ニ記ス

　　　　一正使・副使并上々官・上官へ

　　　　　　すまし　　　煮麺

　　　　　　ミそ吸物　　鯛切身
　　　　　　　　　　　　ねふか
　　　　　　　　　　　　とうふ

　　　　　　肴　　　　　雉子焼鳥
　　　　　　　　　　　　すし

　　　　一中官、下官江

すまし	煮麺
吸物	とうふ
	にしめとうふ
肴	こち
	水こんにやく

〻伊勢守様より被差出候御役人、左ニ記之

備前下津井へ附使者	物頭	森戸勝左衛門
	郡奉行	小高平八郎
領分境迄御迎	代官	内田平助
		手代壱人
	家老	真杉又兵衛
	用人	岡田求馬
鞆仙酔嶋沖迄御迎	鞆奉行	不破此右衛門
	船奉行	高田段右衛門
		物書一人
	吟味奉行番頭格	磯太左衛門
同要害番所江為待請		後藤新八
	大目付	山岡治左衛門
三使旅館江為待請	用人	大野 杢

惣而、御馳走向出勤之役人并番人等其外諸事、来聘之通申付置也

〻正使乗船之町上乗市左衛門と申者、瀬戸内不功ニ有之、要用難相達差支、且又副使乗船之上乗吉兵衛儀、昨日、於船中、水夫と致口論、既ニ朝鮮水夫ハ七ツたゝき、彼方之法ニ被行候付而、吉兵衛義其侭ニ難差置候間、右両人被差替被下候様ニ通詞下知役より申出候付、則両人共ニ今晩中ニ取替候様ニ小田平左衛門方へ申遣

十一月十九日　昼前晴天、未ノ刻ら雨少降

〃巳之刻、鞆御出船

〃為御見送、伊勢守様御家老真杉又兵衛、浦口迄被罷出候付、采女・三郎左衛
　門方より高畠弾蔵為使遣之、是迄御出、御苦労ニ存候、三使へ可申達候、最
　早、御引取可被成旨申遣、相応之返答也

〃桃嶋と申所ニ而御船御繋被成候故、信使奉行方より御船ニ申遣候ハ、御船
　茂御繋被成候様ニ相見申候、三使船ハ如何可仕候哉、最早だゝのみも近く
　候故、たゝのみ迄為漕候様ニ可仕哉之旨申遣候処、然ハ未日高ニ有之ニ付、
　弥為漕候様ニとの御事ニ付、其段三使船へ申遣し段々漕之

〃酉ノ中刻、三使船たゝのミ着船

〃殿様、追付御着船

〃たゝのミハ安芸守様御領分、暮に及候付、繋方無心元候付、采女方ら以使、
　所々代官衆・名主方へ遣し、及暮候間、かゝり火ニ而茂被燃候様ニと申遣候
　処、代官ハ居不申、各主罷出、委細承届候由ニて燃火被仕ル

十一月廿日　晴天西風

〃芸州忠海御滞留

〃今朝、三使方より泙能候付、出船いたし度之旨被申聞候得とも、潮悪候付、
　瀘せ候儀難成候旨申遣候処、漕船等呼被集、騒キ候付、御船奉行小田平左衛
　門江申渡候ハ、不順ニ付、出船難成之旨申遣候而茂承引無之、漕船を呼被寄
　候間、差留、此方より不申達候内ハ朝鮮人ら何分ニ申候とも漕船一艘茂被
　差出間敷候、若、差図無之所ニ朝鮮人申倪ニ被相附候ハゝ、御迷惑ニ可及旨
　申達させ、差留

〃昼時より段々西風強罷成候付、三使陸へ被揚候様ニ可申達候間、裁判吉川
　六郎左衛門・三浦酒之允陸へ被揚候而、宿ニ可罷成所見分被致候様ニ、勿論、

通詞下知役二三人同道被揚候様ニ申渡

〃六郎左衛門・酒之允、陸へ揚り、見分仕候処、誓念寺と申浄士寺、手広く有
之候付、則三使宿ニ申組候、尤、信使附諸役人中宿等茂申談、夫々ニ宿札打
候由申聞候付、三使方江高畠弾蔵、使ニ申渡、海上も波立候間、陸へ御揚り
可被成候、御宿申付置候間、被仰合、御揚候様ニ申遣候処、正使・副使ハ申
合、陸へ揚り可被申之由返答有之、従事ハ未夕病気御快無之候故、揚申間敷
之由返答有之候付、右之趣直ニ弾蔵、御召船へ罷出、大浦忠左衛門へ申達候
様ニ申渡、差遣ス

〃申刻過、正使・副使、松平安芸守様御領分忠海宿寺、誓願寺江被揚、止宿被
仕、依之、杉村采女・杉村三郎左衛門、裁判吉川六郎左衛門・三浦酒之允、其
外小役人、旅館へ相勤ル

〃殿様夜ニ入、御宿江御揚り被遊候付、御機嫌伺として高畠弾蔵差上ル

〃忠海迄被差出候安芸守様役人、左ニ記之

　　西尾市兵衛・御牧小右衛門・西山杢左衛門・親見平八・福田左五右衛門・
　　木本助左衛門・渡部与一兵衛・坂本茂四郎・山沢利左衛門・横山武兵衛・
　　玖嶋半左衛門・片山喜助・田中恒右衛門

　右之面々、旅館江相詰、下知被仕

〃三郎左衛門・酒之允儀者従事船揚無之故、夜ニ入、乗船仕ル

〃下行之儀備後鞆御領主阿部伊勢守様より被差越ル、今晩・明朝之分被相渡

十一月廿一日　晴天西風

〃忠海逗留

〃杉村采女・杉村三郎左衛門、裁判吉川六郎左衛門・三浦酒之允、旅館誓願寺
　へ罷出ル

〃松平安芸守様御内御牧小右衛門・親見平八・木本助左衛門・渡部与一兵衛、旅
　館へ被罷出候付、六郎左衛門対面、何角相応之致挨拶

〃殿様、昨晩為御休息、陸江御揚、御一宿被遊、今日又々御乗船被遊候也

〃今日、逆風ニ而当浦御滞船ニ付、兼而江戸表より来候諸方御頼之書画書せ
候付、重之内御酒等致用意、差出候様ニ彼方江可被申渡旨、大浦忠左衛門方
へ采女方より手紙を以申遣、追付重之内御酒出来候由ニ而、為持来候付、
上々官・上官中其外書画いたし候面々江振舞候也

〃松平安芸守様御家老浅野内膳、惣奉行井口宗左衛門、三使忠海繋船之段承
候付、蒲刈より罷越候由ニて安否為尋、西尾十兵衛同道、旅館へ被罷出候付、
三浦酒之允取次、上々官韓僉知を以申達候処、正使・副使より相応之返答有
之候付、則酒之允取次、右両人江申達ル、左候而年寄中詰間へ被出候付、三
郎左衛門対面、何角相当之致挨拶

〃正使・副使徒然様子ニ相聞候付、従殿様杉焼料理か、又ハ煮麺ニ而も御見廻
向ニ被差送可然存候旨、忠左衛門方江采女・三郎左衛門方より申遣候処、御
膳番大浦甚左衛門江申渡候得とも、杉焼之儀ハ肴もの無之、急ニ難成由申
聞候故、煮麺用意申付候、吸もの肴用ハ見苦敷候而も急ニ用意差越可申旨申
来、追付御料理人坂本等相附、旅館へ来候付、其段正使・副使江上々官を以
申達、差出し、尤上々官迄之分用意被差越候付、是又御振廻被成候段申達、差
出候処、両使より上々官を以相応之御礼有之候付、其段手紙を以忠左衛門
方江申遣ス

〃従事騎船之町船頭上乗り喜平治と申者、痛有之、断申出候付、久右衛門と申
者乗り代り候様ニと、小田平左衛門方より申付候、然処、参向之節、乗り候
半右衛門と申者、従事達而被相望候段、金僉知方より従事騎船之通詞下知
役小田七郎左衛門江申聞候由ニて、通詞阿比留利平次を以吉川六郎左衛門
方江申越し、其段、六郎左衛門取次、申聞候故、右半右衛門義従事望と申、
船中之儀ハ大切成事ニ候故、望之通ニ半右衛門乗り替り候様ニ、小田平左
衛門江可被申渡旨、忠左衛門方へ手紙を以申遣候処、得其意候旨返答ニ申
来ル

〃安芸守様より上官以下江煮麺・御酒御振廻被成度之旨、小牧小右衛門方より
酒之允迄被申聞候付、御勝手次第ニ御出し被成候様ニと申達候処、追付煮麺・
御酒・吸物等出ル、勿論、正副江茂出可然旨、上々官申候付、両人江茂出之、

〃右、御同人様より御使者菅平助・足助九兵衛・今中金左衛門を以左之通被遣
候付、酒之允取次、韓僉知を以申達、御目録差出候処、三使ら相応之御礼有
之候付、酒之允取次、御使者へ申達ル

　　　太田紙一箱、塩鯛一桶、三原酒両樽宛

　右、三使銘々江御目録料紙、大高堅御名御実名有之

　　　右、同品宛

　右、上々官銘々御目録御料紙、大高也、御名計

　　　鰹節二箱、諸口紙二箱

　右、上判事・製述官・良医中江

　　　鰹節三箱、諸口紙三箱

　右、上官中江

　　　鰑一箱、半紙弐箱

　右、次官中江

　　　鰑二箱、半紙四箱

　右、小童、中官中江

　　　鰑二箱、半紙四箱

　右、下官中江

十一月廾二日　西風晴天泙

〃今晩七ツ時過、御船ら御側歩行津留四郎左衛門、御使ニ而忠左衛門方ら三
郎左衛門方江申来候ハ、風茂泙候間、御出帆可被成候、正使・副使江其段申
達候様ニ申来候付、通詞下知役方江内意知らせ遣、御使四郎左衛門、旅館へ
遣之、追付三郎左衛門并酒之允、旅館江罷出、上々官を以右御使来候間、
早々御仕廻被成候様ニと申達ル

〃卯後刻、正使・副使乗船被致、内波戸ハ潮干候而通船難成候付、東之方大波
戸江被罷越、此所茂干瀉ニて波戸際ニ小早着不申候付、御船奉行小田平左

衛門罷出、致下知、御馳走方へ申達、波戸際より小早迄之間、頭漕之小早七八艘一列ニ並、正使・副使波戸鳫木之上ニて輿より下り候て、歩行ニ而小早江被乗移ル、此小早、阿部伊勢守様より附参り之本漕小早也

〃正使被乗候内、副使波戸江相控被居候処、安芸守様御家老浅野内膳、波戸江被罷出居候付、上々官朴同知ニ酒之允相附参り、正使・副使より只今致乗船候、此間ハ緩々致休息、諸事預御心遣忝存候との御挨拶有之

〃朝鮮人不残乗り候て、追付御船・三使船共ニ忠海出船、漕船ハ阿部伊勢守様より附参り之漕、輌出船之通相附ス

〃蒲州浦口江朝鮮船乗掛候処、潮能、未日高ニ候故、直ニ御通船からうと辺迄も御湯せ被成、 如何可有御座候哉之旨、 三郎左衛門方より御船へ申上候処、空相茂曇り候様ニ相見候由、御船頭申候故、今日ハ蒲刈御泊船可被成旨申来、

〃三使船、未申刻、蒲刈着船

〃采女・三郎左衛門并六郎左衛門・酒之允、旅館へ罷出ル

〃三使乗り船へ通詞下知役米田惣兵衛遣、奉行中より着船之祝事、且又、旅館御設茂有之候間、御揚休息被成候様ニ申遣候処、委細入御念儀存候、乍然、正使ニハ風気に有之、副使ニハ腹痛気ニ候故、船ニて致養生居候間、今日ハ揚申間敷候、明日、不順にて滞留候ハヽ、申合、揚り候様ニ可仕与之儀ニ付、追付殿様より御口上ニして、裁判吉川六郎左衛門遣之、右之段上々官を以申達候得共、右同前之返答ニて揚り不被申也

〃御船江右之通三使船揚不被致候段、西山多右衛門を以御案内申上、扨又、殿様御宿之儀安芸守様より被入御念、被仰付置候由承り候間、少之間成とも御揚被遊可然奉存候、於御内意者其段被仰上候様ニ忠左衛門方へ申遣候処、則申上候得ハ、弥御揚被遊、御馳走方御家老・御用人中へ御宿ニて御逢被遊、追付御乗り被成筈ニ候由申来ル

御家老	熨斗目長上下	浅野内膳
惣奉行	熨斗目半上下	天野伝兵衛 井口宗左衛門
三使上々官馳走人	同断	西尾十兵衛 市場武助

右被罷出候付、采女・三郎左衛門致面談、旅館御丁寧ニ御設有之ニ付、三使

船揚之儀申達候処、正使ハ風気ニ有之、副使ハ腹痛之由ニて揚り不被申、
明日不順ニ茂候ハ丶、申合、揚り候様可仕与之儀ニ御座候、勿論、従事ハ痛
有之、兼而断ニて何方ニ而茂船揚不被致候、旅館御設段々御丁寧ニ御座候
由挨拶仕、勿論、忠海ニ而諸事御手番宜候段挨拶等仕ル

〃安芸守様より三使并上々官以下江御使者菅平助・足助九兵衛・今中金左衛門
を以御音物来候付、三浦酒之允取次、上々官を以申達候処ニ、三使より御礼、
上々官罷出、申達、音物者通詞下知役山本喜左衛門受取、夫々之乗り船へ相
渡、御音物之品ハ左ニ記之

　　　煙草一箱、塩鮎一桶、蜜柑一籠
　右、三使銘々江

　　　右同断宛
　右、上々官銘々江

　　　塩鮎三桶、酒三樽
　右、上判事、学士、良医江

　　　鮎三桶、酒十樽
　右、上官中

　　　塩鮎一桶、酒二樽
　右、次官中

　　　塩鮎二桶、酒十樽
　右、小童、中官中江

　　　塩鮎三桶、酒十樽
　右、下官中江

〃吉川左京殿より信使迎として、横道又太郎、当所まて被差越、旅館へ罷出、
裁判酒之允へ口上申聞候ハ、左京申候、三使、是迄無異、御着可被成、珍重
存候、為御迎、使者被差越候付、御安否相伺候との義也、通詞下知役七五三
本右衛門を以上々官方へ申遣候処、三使へ申達、相応之返答有之ニ付、酒之
允申達ル

〃松平民部大輔様より為御迎、沓屋八郎左衛門被差越、御家老毛利若狭・毛利伊
豆方より三郎左衛門方へ之書状持参、為届、乗り船へ被罷出ル、返礼状遣ス

〃当所、安芸守様御下行段々被入御念、無滞相済而、阿部伊勢守様御下行、是又被入御念、無異儀相済候由、平山左吉・大塔貞右衛門、案内申聞ル

〃芸州蒲刈迄松平民部大輔様ゟ御迎之御使者杏屋八郎左衛門・吉川六郎左衛門、乗り船ニ罷出、被申聞候ハ、家老共申付候て、参上いたし候、防州上関、三使船揚場、正徳信使之節者参向ニハ此節之通申付置候処、御下向之節者冬海ニ候故、右之揚場ニ而者船附無心元存、別而一ヶ所申付、御帰国ニハ其揚場へ三使之御乗り船附、陸揚有之候処、仕構不宜候哉、船々相附候節、三使御乗り船之内、揚場ニ中り、少々相痛、揚場も余程損し申たる義ニ御座候、此度茂御下向ニハ冬向ニ成候故、何れ之揚場を用意候方可然哉と色々吟味仕仕(ママ)候処、先年後ニ設候所ハ海底石原ニ而上ニ沙土少々有之候所故、柱之建方不宜御馳走と存候、新ニ申付候場所、却而不宜、此度之通最初より申付置候場所之方、結局ハ宜候と吟味相極候付、此度ハ新規揚り場不申付、やはり御参向之節之揚場相用ヒ置候、先年一ヶ所相増候を、此度相減候段、御馳走を麁抹ニ仕候様相聞候てハ、迷惑ニ存候付、右之次第各江得御意、具ニ申達、御家老中にも被仰達被下候様ニと被申聞候付、六郎左衛門返答申達候ハ、揚場之恰好宜様ニ被仰付候段ハ御馳走方御吟味次第之儀ニ候故、何れ之道ニ茂丈夫ニ有之、快揚り乗り罷成候様ニ被仰付候様ニと存候、被入御念、被仰聞候趣、家老共へ具ニ可申聞よし、致挨拶被罷帰ル

十一月廿三日　曇天西風

〃蒲刈御滞船

〃三使方江采女・三郎左衛門方より高畠弾蔵を以申遣候ハ、今日ハ逆風ニ而御滞留、御気毒ニ可被思召と存候、只今之様子ニ而ハ御滞船可被成候、船中御退屈ニ茂可有御座候間、旅館江御揚、御休息被成候様ニと存候、弥御揚被成候ハ、我々義先達而罷出、見合、御左右可申入候、其節、御揚可被成候段、上々官を以申達候処、正使返答ニハ、此間不快ニ御座候故、船ニて養生仕候方、勝手ニ宜候間、罷上り申間敷候与之義也、副使ニハ痢病気に罷在候付、是又船ニて保養仕度候由、従事ハ未病気快無之候故、猶又揚申間敷与之

返答也

〻副使痢病気有之ニ付而、為御見廻、従殿様、御使者被遣之、御口上、金僉知
　を以申達、相応之返答也

十一月廿四日　晴天西風

〻芸州蒲刈御滞留

〻三使、一昨日蒲刈江着被致候得共、一度茂旅館江不被揚候付、今朝、従殿様、
　三使へ御使者幾度又右衛門を以被仰達候者、旅館之儀ハ従公儀、御差図ニ
　て御設被置たる事候間、責而三使之内御一人成とも、御揚被成度義存候間、
　被仰合、御揚候へかしと被仰遣候処、返答ニ正使者寒病仕候付、船ニクツロ
　を仕置、罷在候故、揚不申候、副使ハ頃日申進候通り之病気故、御断申入候、
　従事之儀者兼而御存知之通之病気故、揚不被申候与之返答也

〻松平民部大輔様より迎之御使者杏屋八郎左衛門、采女乗り船へ被参、不順
　ニ付、被成御滞留、御退屈ニ可被思召候、為御見舞、致伺公候、吉川六郎左
　衛門江茂同然ニ申入候与之義也、高畠弾蔵取次之

〻松平安芸守様より御使者菅平助・足助九兵衛・今井金左衛門を以左之通被遣
　候付、吉川六郎左衛門旅館へ罷出、請取、夫々ニ差遣ス

　　　　三使銘々江椙原一箱、粕漬一桶宛
　　　　上々官銘々江右同断
　　　　上判事、製述官、良医江干鯛二箱、煙草二箱
　　　　上官中へ干鯛四箱、煙草四箱
　　　　次官中へ干鯛一箱、煙草壱箱

〻味木立軒方ら申来、左之面々、旅館へ罷出、安芸守様御用之書物仕候付、被
　下物、立軒方より六郎左衛門方ニ送り来候付、夫々ニ為持相渡ス

　　　　　　　　　　　　　　　┌　製述官
　　　　　　杉原二束宛　　　　│　成書記
　　　　　　　　　　　　　　　└　朴判事

〃下行役平山左吉・大塔貞右衛門より筑前領下行物之儀ニ付、左之通書付差出
候付、銀ニ而被請取候儀ハ甚不宜候間、未収四日分ともニ現色ニ而可被請
取候、其上ニても決而現色不相揃候間、銀ニて請取呉候様ニと、彼方役人中
達而断被申聞候て、各ニ茂現色ハ難成と被存、極候ハ、、其節ハ此方へ可被
申聞旨申渡

　　　　口上

　　御参向之節、地嶋ニ而下行之品不調ニ有之、三使ら下官迄之下行日数
　　四日分相滞候付、赤間関江積越し、被相渡候様ニと申達、下行奉行梶
　　原十左衛門、赤間関江被罷越候処、御定式之十種物計積参被申候付、
　　其訳申上、御差図之上、十左衛門へ申達候ハ、御定式物はかり御渡被
　　成候而ハ、朝鮮人決而請取不申候間、右四日分之下行魚・菜等迄無残、
　　下向之節、於藍嶋、請取可申候、若壱州へ直ニ通船候ハ、、壱州迄被
　　持越候様ニと申断置候、其節、十左衛門申聞候ハ、右十種外之下行之
　　儀現色ニて相渡候義甚差間、難儀仕候間、何とそ銀ニて請取呉候様ニ
　　と被申聞候得ハ、其儀ハ難成事ニ候間、弥下向之節、現色ニ而被相渡
　　候様ニと申達置候、参向之仕形を以相考候得ハ、此度、右四日分之下
　　行、仮令御定式之十種物ハ揃置被申候得共、魚・菜迄無滞、相揃置可被
　　申段無心元奉存候、然者、於藍嶋、十種計用意有之、其余ハ差支候間、
　　銀ニて請取候様ニ被申聞候ハ、、如何可仕候哉、其期ニ至、是非現式
　　ニ而被相渡候様ニ申達候とも、必埒明申間敷様ニ奉存候、左様御座候
　　而、若御着之翌日抔御出帆被成候ハ、、其分ニ而捨り被成可申茂難計
　　奉存候、朝鮮人之儀茂以来之例ニ成り可申と存、十種物計を請取、其
　　余ハ捨テ可申とハ申間敷与存候、殊、十種之外ニ茂鯛・鰑・鰹節・鶏・た
　　まこ之品ハ此度、公儀より御定之員数をも被仰出候得ハ、四日分未収
　　ニ成切り候段如何敷可有御座哉与奉存候、依之、私共存候ハ、三使・
　　上々官迄ハ魚・菜共ニ現色ニ而請取、上判事ら以下ハ兼而下行請取役
　　之判事并軍官へ申談、能合点仕せ候上、藍嶋御着船之節、右四日分之
　　下行無残御揃置候哉と相尋、現色ニ而ハ用意難調候間、銀ニ而請取呉
　　候様ニと理被申、弥現色ニ而被相渡候儀難成ニ相極り候ハ、、其節、
　　私共ら之申分ニ、朝鮮人江御定外之銀子相渡候儀難成事御座候故、銀

ニ而御渡候へとハ難申候、現色ニて御渡候儀ハ迎茂難成相見候、此上
ハ可致様無之候間、十種之品計下行渡場へ御配へ候へ、其上ニて朝鮮
人江我々より申聞、十種物ハ相揃候得共、其外之品ハ急ニ相揃不申候
間、其分ハ払ニ仕候へ、其価ニ而何茂好ミ品を相調へ遣候様ニ可致と、
何とぞ申諭見可申よし申達、其通ニ相済、右下行代銀員数之儀ハ彼方
役人衆と申談、尤下行請取判事・軍官存寄を茂承届候而相極、右之銀
者直ニ買物番ニ相渡し、如何様とも御差図御座候様ニ仕候而如何可有
御座候哉、夫共ニ繕事と相聞可申候故、右之仕形宜ケル間敷と思召候
ハ、、未収之分ハ致用捨候様に上々官を以能得心仕候様ニ被仰渡可被
下候、左様ニ相渡候ハ、、下行目録ニハ魚・菜を除、十種之御定式物計
を記し可申候哉、魚・菜等ハ入レ不申候とも、目録ニハ魚・菜を茂盛付
させ可申候哉、御差図被仰付可被下候、此儀ニ付、頃日、私共ら存寄
一ト通り申上、思召を承り候故、又々此段申上候、右之様子ハ御参向
之節、忠左衛門殿江茂御聞被成たる御事ニ御座候故、御連名ニ仕、差
上申候、以上

　　　　　十一月廿三日　　　　　　　大塔貞右衛門
　　　　　　　　　　　　　　　　　　平山左吉
　　　　　杉村采女様
　　　　　杉村三郎左衛門様
　　　　　大浦忠左衛門様

十一月廿五日　晴天中、西時々雪少々降ル

〃蒲刈御逗留
〃三使衆為見廻、采女・三郎左衛門方より高畠団蔵、使ニ申付、差越
〃御老中様方其外江戸諸方より御頼之書画、并当所御馳走人松平安芸守様御
　望之書画、今日、書せ候付、韓僉正・朴判事・西岩・月岩・翠軒陸へ揚り、旅館、
　上判事房内ニ而書画仕ル、依之、通詞下知役田城沢右衛門・河村太郎左衛門、
　通詞広松茂助・斎藤市左衛門・小田吉右衛門相附揚ル

〃右同断ニ付、画師ニハ平山甚四郎茂相附居、書せ候様ニ可被申渡旨、忠左衛門方へ采女・三郎左衛門より手紙ニて申遣

〃御用之書画為致候付、朝鮮人へ重之内御酒被成下可然旨、忠左衛門方へ相談申遣、出来参り候付、通詞下知役支配ニて夫々振廻候也

〃安芸守様御好ミ之書画いたし候付而、右五人之朝鮮人江二汁七菜之御料理御振廻被成、菓子等出ル、御馳走方より夫々ニ支配在之

〃忠左衛門方より手紙を以、段々ニ逗留ニて御馳走方御物入ニ罷成、気毒存候、就夫、味木金蔵、御船へ罷出候付、立軒迄申遣候ハ、御行規之為メ、御燈被成候挑灯ハ各別見掛、一ト通ニ遠方へ御燈被成候義ハ無益之事ニ候間、御省被成可然候、滞留之事ニ候間、着岸之節之通ニ無之候而茂可相済候間、無用之儀者成丈御省キ候様ニ申遣候、兎角、御馳走方無益之御費無之様ニ、以裁判、挨拶いたし可然旨申来候付、御紙面之趣尤存候、幸、六郎左衛門、陸へ被居候故、其段具ニ可申遣旨及返答

〃幾度六右衛門方へ采女・三郎左衛門方より手紙を以朝鮮人陸揚り不仕候付、御家中并通詞下々ニ至候而迄陸へ止宿不仕候様ニ、兼而申渡置候、風呂ニ揚候ハ、仕廻次第早速乗り候様ニ可被申渡候、依之、御徒目付・下目付被相廻候へ、扨又、味木金蔵儀ハ立軒依願、止宿之儀勝手次第被差免置候間、此旨、御徒目付・下目付にも被申渡置候様ニと申遣

〃副使騎船ニ乗り居候通詞下知役貝江庄兵衛・三郎左衛門乗り船へ罷出、副使船房内寒へ候付、四方を犬皮ニ而囲被申候付、三寸釘弐拾本入用之由ニて御調被下候様ニと、朴同知を以被申聞候段、庄兵衛・酒之允迄申聞候、纔之品ニ候故、御馳走方へハ難申入候間、遣し候様ニ彼方江被申渡、調り候ハ、直ニ副使船へ持参、右庄兵衛ニ相渡候様ニ、使之者へも可被申付旨、忠左衛門方へ采女・三郎左衛門方ら手紙ニ而申遣

十一月廿六日 晴天、西風

〃不順故、蒲刈滞留

〃三使船江采女・三郎左衛門方より井手藤十郎、使ニて申遣候ハ、御気分如何
御快御座候哉、今日茂不順ニ而御滞留可被成、御退屈と奉察候、今日ハ長閑
ニも御座候間、御養生かてら旅館へ御揚、御休息被成如何可有御座哉、御安
否伺旁、以使、申上候よし申遣候処、正使・従事ら之返答、為問安御使入御
念儀存候、陸揚之儀被仰聞候得共、風気等瑳と無之ニ付、揚不申候由、副使
ら茂御使入御念儀存候、昨日ハ少々快方ニ候故、夜前ハ余程浮し候而致難
儀候、陸揚之儀被仰聞候、昨日、旅館へ軍官遣、検見為仕候処、火燵等ハ御
用意茂有之候得共、陸ちハ船ニて致養生候方宜候由、良医茂申候故、揚り不
申候、明日・明後日迄茂不順ニて致滞留候ハ、、其内揚り可申与之返答也

〃采女・三郎左衛門御船へ為伺御機嫌、参上仕ル

〃昨日、書余り之書画、今日茂写字官・画員、旅館ニ而調候付、通詞下知役・通
詞相附、旅館へ揚ル、依之、煮肴・御酒、昨日之通御船へ申遣、致用意、出之

十一月廿七日 晴天西泙

〃卯ノ中刻、蒲刈御出帆

〃為御見送、安芸守様御家老毛利内膳、浦口迄被罷出候付、采女・三郎左衛門
方より為御挨拶、使高畠弾蔵遣之

〃漕船等参向同前

〃午ノ下刻、津和江御着船、三使茂跡ら参着

〃御船へ采女・三郎左衛門方より為使、高畠弾蔵遣之、今日ハ寒之入りニ候処、
泙茂能、是迄御着船、互珍重奉存候、潮茂直り候ハ、、家室江茂為御押可被
成候哉、如何思召候哉否可被仰聞之旨、忠左衛門方へ申遣候処、返答ニ申参
り候ハ、今七ツ時、潮直り、是より家室迄三里有之候故、為御押可被成候得

共、家室之儀ハ浦茂狭ク、大分之船繋所も無之、其上瀬かましき所之由、七ツ時、押出し候而茂夜ニ入可申候間、明朝未明ニ御出し被成可然之旨、御船頭共申候間、今日ハ当所御泊船可被成候故、其段、三使方へ可申達由申来候付、則右之趣、三使方へ申達ス

十一月廿八日 晴天北嵐

〃殿様三使衆、卯中刻、津和御出船、漕船等参向之通

〃上関西泊江松平民部大輔様、吉川左京殿、御迎之使者其外関船等数艘飾有之、尤迎之漕船等も数十艘相見ル

〃瀬戸之潮不宜候付、正使・副使乗り船并ト船、西泊ニ暫繋之

〃戌上刻、潮直り候付、不残上関江漕入

〃従事乗り船ハ暮前潮時、能候内、瀬戸被通之ル、采女・三郎左衛門乗り船も同前漕入ル

〃采女・三郎左衛門乗り船先達而上関へとく繋船候付、三郎左衛門取次役井手藤十郎、使ニ申付、正使・副使船に遣し、是迄御到着被成、珍重奉存候、乍然、只今汐悪敷候付、浦口へ御掛候由、追付御馳走方へ申達、漕船数艘差出し可申旨申遣ス、勿論、従事方江茂船之祝事申遣

〃裁判六郎左衛門儀小早ニ而乗頭漕相附、西泊ニ遣之、正副并ト船漕込候迄致下知、同前ニ戌上刻、上関へ参着、直ニ旅館へ相詰

〃三郎左衛門并酒之允其外役人中、旅館へ相詰ル、采女儀風気ニて旅館へ不揚

〃采女乗り船ニ民部大輔様御家老毛利若狭、参着之為届、被罷出被申置ル

〃通詞下知役田城沢右衛門、信使奉行中より使ニ申付、三使方へ申遣候者、今晩ハ風立、殊瀬戸口より吹通し候付、御船中御難儀ニ茂可有之候、其上、此間数日船計ニ御座候而御疲茂可有御座候間、旅館へ御揚、御休息被成可然旨申遣候処、被入御念候趣忝存候、如仰、風立候得共、存之外、船中静ニ有之候故、此分ニ而ハ上り候ニ茂及不申候、後程ニ成、強く風等吹候ハヽ、揚

り申儀茂可有之、返答申来ル

〆酒之允御使者ニいたし、正使・副使方江申遣候者、爰許ハ瀬戸之吹通し故、西風強候而ハ波立候間、陸揚り有之候様ニと申遣候得とも、今晩ハ揚間敷候、若、明日ニ茂不順にて及滞留候ハ、、申合、揚候儀も可有御座旨御返答有之

〆吉川左京殿役人中左之通被罷出候付、三郎左衛門対面、何角相応之致挨拶、

家老	宮庄図書
惣奉行	香川安左衛門
三使馳走人	二宮六郎左衛門
用人	目加田次郎左衛門
同	森脇一郎右衛門
目代	森脇三郎右衛門
図書添役	香川権右衛門
	大草市郎右衛門
	平佐源右衛門
本〆役	山田弥兵衛
	東武左衛門
	宮庄幾右衛門

〆松平民部大輔様御内福間藤左衛門、於旅館、信使奉行詰間江被罷出候付、三郎左衛門対面、相応ニ致挨拶

〆民部大輔様より三使并上々官以下江御使者を以御音物被遣之、今晩船揚無之候付、直ニ乗り船へ被致持参、通詞下知役江相対之上ニ而被差出候様ニと、福間藤左衛門へ六郎左衛門・酒之允申達ル、御音物、左ニ記之

　　三使銘々江

　　　桧重一組　　　但、一重干菓子、二重餅菓子
　　　鰯一箱
　　　御樽一荷　　　宛

　　上々官銘々江

　　　桧重一組　　　但、一重干菓子、二重餅菓子
　　　串鮑一箱
　　　御樽一荷ツ、

上判事・製述官・良医中江

　　菓子折一合　　　　但、餅菓子
　　干鯛一折
　　御樽一荷

上官并次官中江

　　菓子大折一合　　　但、餅菓子
　　干鯛一折
　　御樽二荷

小童・中官中江

　　菓子大折二合　　　但、餅菓子
　　干鯛二折
　　御樽三荷

下官中江

　　菓子大折三合　　　但、餅菓子
　　干鯛二折
　　御樽五荷

湛長老江

　　桧重一組　　　　　但、一重干菓子、二重餅菓子
　　香茸一箱
　　御樽一荷

〃吉川左京殿ゟ三使以下江使者を以音物来ル、三使騎船ニ持参、差出

　　三使銘々江

　　　岩国紙一箱
　　　鰹節一箱　　　　宛
　　　清酒両樽

　　上々官銘々江

　　　岩国紙一箱
　　　乾鱈一箱　　　　宛
　　　清酒一樽

上判事・製述官・良医中江

　　餅一折

上官、次官中江

　　同断

中官中江

　　同断

下官中江

　　同断

十一月廿九日　晴天

〻上ノ関、御逗留

〻正使・副使乗り船江三郎左衛門、取次役井手藤十郎、使ニ申付、今日、不順
　ニ而御滞船、気之毒可被思召と存候、此間、数日船計ニ御座候て、御退屈可
　被成、致察候、爰許ハ西風強く候得ハ、波立候間、旅館江御揚、御休息被成、
　如何可有御座候哉、御見廻旁、使を以申入候旨申遣候処、返答ニ申来候ハ、
　不順ニ而爰許滞留、気之毒存候、如仰、数日之逗留ニ而致退屈候間、朝飯相
　仕廻候ハヽ、申合、陸ヘ揚可申との義ニ付、其段忠左衛門方ヘ直ニ藤十郎を
　以申遣

〻杉村三郎衛門・裁判三浦酒之允、旅館ヘ揚ル

〻正使・副使、午后刻、旅館ヘ船揚り有之候付、忠左衛門方ヘ三郎左衛門方よ
　り手紙を以申遣、従事義ハ病気未全快無之候付、陸ヘハ不被揚候也

〻三使船揚り之節ハ国書先達而被揚候得とも、今日ハ国書船揚り無之

〻松平民部大輔様より上関江被差出置候役人衆・年寄中、詰間ヘ被罷出候付、
　三郎左衛門対面相応之致挨拶、則左記之

　　　　　　　　　　　　　　　毛利若狭
　　　　　　　　　　　　　　　村上監物

草苅太郎左衛門

福間藤左衛門

志道六左衛門

井上半右衛門

木梨右衛門八

沓屋八郎左衛門

河野茂兵衞

平野十郎右衛門

橋本治左衛門

橋本弥右衛門

橋本弥右衛門

〃民部大輔様より三使銘々江枝柿一箱・鮮鯛一折宛、上々官銘々江蜜柑一籠・
生鯛一折ツヽ、御使者草苅太郎左衛門・井上半右衛門を以被遣之候付、酒之
允取次、上々官を以差出候処、相応之御礼有之

〃正使・副使船揚り被致候付、従殿様、為御見廻、御使者幾度又右衛門被差越、
朴同知を以御口上申達候処、被入御念、御使者被下、忝奉存候、不順ニ而
段々逗留仕候付、陸へ揚り、緩々休息仕候、此上ニ茂風強く成候ハヽ、直ニ
今晩一宿仕ニ而可有御座候との御返答也

〃吉川左京殿より正使・副使以下へ煮麺、かきの飯被差出候付、手組左記ス

　　　　三使并上々官江

```
熨斗
煮麺        こせう紙          再進 押
                                   鯛
                          吸物     ふくさ
                                   ゆ

           煮貝
           上ケかまほこ
煮冷        ほたこほう
           久年母

                          食      さし
                                   はし

  引而
```

なんはん煮　　　上ケ玉子
　　　　　　　　松茸
　　　　　　　　ねき

煎鳥鴨

　　小皿　　　　切柚
　　　　　　　　ひともし

のつへい　　　　はりこ
　　　　　　　　里芋
　　　　　　　　椎茸

酒盃

名酒三種

　　　肴

唐海月

菓子

　玉の井　　　　敷砂糖
　　　　　　　　のし

置くわし

やうかん　　　　久年母　　　　ふわ餅

上官江

煮麺　　　　こせう紙

盛合　　　　上ケかまほこ　　　　　　　角たい
　　　　　　衣豆腐　　　　吸物　　　ねき
　　　　　　椎茸　　　　　　　　　　ゆ
　　　　　　牛房

小皿　　　　ひともし　　食
　　　　　　きりゆ

肴
唐海月　　　かつを
置くわし　　かん　　　　ふわ餅　　　久年母

〃吉川左京殿より三使銘々江蜜柑・久年母・柚子、上々官銘々江同断、上判事・学
士・良医中江蜜柑・久年母一籠、上官・次官中江同品二籠、小童・中官中江蜜柑
二籠、下官中江同断、以使者、被送之、六郎左衛門取次、夫々ニ相渡ス、上々
官を以相応之御礼有之、但、従事之音物ハ彼方より直ニ乗り船ニ持参也

十一月晦日　晴天西風

〃上関御滞留

〃杉村三郎左衛門并三浦酒之允、旅館へ罷出

〃波戸場ニ三郎左衛門罷出、上々官呼出、従事安否承り候処、別而不被相替候
　由申聞

　　　蜜柑　一籠　　　　　上々官三人中ら
　　　鶏　三羽　　　　　　韓僉知より

　右、殿様江進上仕候付、忠左衛門方江三郎左衛門方より被差上候様ニと手
　紙相添、足軽、使ニて御馳走方持夫ニ為持遣ス

〃毛利若狭、旅館江罷出、三使安否被伺候付、酒之允取次之、朴判事を以申達
　候処、入御念、忝存候との挨拶有之、朴同知・金僉知ハ船ニ罷在、韓僉知ハ
　不快ニ付、朴判事を以申達ル

〃諸方御頼之書画、旅館ニ而為書候付、其段、忠左衛門方へ申遣、例之通役方
　より重之内、致用意、差越、写字官・画員ニ御振廻被成ル

〃今晩ハ裁判吉川六郎左衛門、陸へ上り候付、旅館江罷出ル

十二月朔日　晴天西風

〃逆風ニ付、上関御滞船

〃寅上刻、正使・副使、朝拝之式有之、御馳走方より幕二張、幕串薄縁、筵竹等、
　先規之通被差出之、場所、御馳走方より拵之

〃采女義風気ニ付、旅館へ不罷出

〃三郎左衛門并六郎左衛門・酒之允、其外役人中旅館江相詰

〃三郎左衛門義御船江当日之為御祝詞、且御機嫌伺之為〆、罷上

〃毛利若狭・宮庄図書、三使江当日之御祝詞、安否被相伺、吉川六郎左衛門取
　次之、韓僉知を以三使江申遣ス

〃殿様より三使方江当日之祝詞として御使者吉川勝左衛門被遣之、則韓僉知
　を以申達、相応之御返答有之

〃大浦忠左衛門儀三使安否、当日之為祝詞、旅館へ罷出、朴同知・韓僉知を以
　三使江申達ス、暫、挨拶等有之、追付退出

岩国半紙十束宛　　　　　　　｛梅軒
　　　　　　　　　　　　　　南潤
　　　　　　　　　　　　　　月岩
　　　　　　　　　　　　　　西岩
　　　　　　　　　　　　　　翠軒

　右、吉川左京殿より此間、御頼之書画調候付、被相送候段、横道又太郎持
　参ニ付、通詞下知役米田惣兵衛請取、夫々ニ相達ス

〃通詞下知役貝江庄兵衛儀副使船上乗り被仰付置候処、此程、痛差出難相勤由、
　裁判六郎左衛門・酒之允を以書付差出候付、差当り無拠、相聞候付、被差替、
　為代、七五三杢右衛門被仰付ル

十二月二日　晴天西風

〃上関、御滞留

〃大浦忠左衛門方より手紙を以申来候者、今日ハ少々風茂吹廻れ候付、沖見
　ニ遣候処、浪強く候故、御出船難成由申聞候由ニ付、右之趣、正使・副使江
　朴判事を以申達候処、両使返答ニ被申候者、先刻、船将等より茂其通申聞
　候、今日之出船難成之段被仰聞、被為入御念候御事候、何とそ、明日抔者出
　帆有之候様ニ能々御相談被成候様ニ与之儀ニ付、右之趣、御船へ申遣ス

〃殿様、此間御風気被成御座候付、民部大輔様役人衆・左京殿役人衆へ御逢不
　被成、今日、御船江被罷出候様ニ可申達之旨、忠左衛門方より申来候付、其
　段、酒之允を以双方之衆へ申達、被相揃、御船へ被罷出、御目見被仰付ル人
　数、御供方へ記之

〃左京殿家老宮庄図書義先規無之候得とも、吟味之上、今日初而被成御逢、其
　外之面々、参向之通也

〃御船忠左衛門方江三郎左衛門方より手紙を以申遣候ハ、民部大輔様御内、
　信使方御用承り、福間藤左衛門、酒之允迄被申聞候者、逆風ニ付、三使爰許
　滞船ニ而、殊従事不快ニ付、船揚無之候、其段、民部大輔様江御家老中より
　可被申上候、乍然、未従殿様、公儀江御案内不被仰上儀ニ御座可被差扣哉之
　旨内證被承合候、尤、此方より赤間関より御継船被差登儀ニハ候得共、爰許
　数日滞船、殊従事未不快ニ而陸揚り茂無御座候段、直右衛門殿方迄被仰遣、
　如何可有御座候哉、御内意ニ候ハ、直ニ書状為御認、被遣候ハ、御馳走
　方へ頼候而彼方之書状、同前に被差越候様ニ可仕候由申遣ス

〃通詞下知役七五三杢右衛門義副使乗り船へ之上乗被仰付置候処、痛有之候
　而及御断候付、代として山本喜左衛門被仰付候間、酒之允を以申渡

〃上々官方江采女方より為音物、杉焼仕立之、差越之

十二月三日　西風泙、上関出船、笠戸浦着

〃寅ノ上刻、大浦忠左衛門方へ杉村三郎左衛門方より使を以、只今ハ泙能、海
　上静ニ相見候、如何、御出船被遊候様子ニ而ハ無御座候哉、若し、此分ニ而
　御漕せ被成候儀ともに候ハヽ、前広為御知候様ニと申遣候処、返答ニ申来
　候ハ、御船頭中江相尋候処、余程泙候様ニハ有之候得共、先、此分ニ而ハ御
　出船難成旨申候、弥、御出船被遊候ハヽ、前方早々知らせ可申旨申来ル

〃卯ノ上刻、御船ら御側歩行大浦甚五右衛門、御使ニ而申来候ハ、今朝者西風
　ニ候得共、泙能候故、御出船被遊候、浦口迄御漕せ被成、若御通船難成候
　ハヽ、又御戻し可被成候条、正使・副使江茂申達、早々乗船有之候様ニとの
　義ニ付、得其意存候旨、忠左衛門方へ㒵返答、早速三郎左衛門、裁判酒之允、
　旅館へ罷出、上々官を以御船より御使来候趣、申達ル

〃松平民部大輔様役人衆、旅館江被罷出候付、三郎左衛門対面、今朝ハ泙能候
　付、被致出船候、此間数日滞船、何茂御心遣、御苦労ニ存候与之義相応ニ致
　挨拶

〃吉川左京殿より被差出置候三使御馳走人二宮六郎左衛門江上々官対面、両
　使ら之口上、此間ハ三使数日逗留被致候処、何角預御馳走、忝存候との一礼
　有之候付、酒之允取次、六郎左衛門へ申達ル、尤、民部大輔様御役人中江此
　段、御達被下候様ニと申達ル

〃正使・副使、辰上刻、乗船御召船ら三番太鼓打之候付、三使乗り船并卜船共、
　漕船等参向之節之通也、相附、上関出船、尤信使附役人中乗り船ニ茂御参向
　之節之通、夫々漕船被相附候付、同前ニ漕出

〃民部大輔様御家老毛利若狭・吉川左京殿家老宮庄図書、早船より浦口迄為見
　送、被罷出候付、三郎左衛門取次役井手藤十郎、使ニ申付、今朝ハ泙能被致
　出船候、為御見送、是迄御出、御苦労存候、御勝手次第、御引取候様ニと挨
　拶申遣ス

〃浦口漕出候節、宮庄図書・香川安左衛門・横道又太郎、小早より采女・三郎
　左衛門乗り船へ被参、出船之祝詞取次之者迄申聞置、被罷帰ル

〃采女・三郎左衛門乗り船笠戸浦口江、未ノ中刻時分、先達而乗り掛相扣居候

処、御召船御通船、直ニ笠戸浦江御繋被遊、三使乗り船并卜船、采女・三郎左衛門乗り船茂同前ニ繋船

〃笠戸浦在番数田次郎左衛門、浦口迄小船より被罷出、采女・三郎左衛門乗り船ニ被参、御馳走として水木・明松・魚・菜致持参候旨被申聞候付、水木者所持いたし候、魚・菜之儀ハ何方ニ茂及御理候、被入御念、忝存候旨、取次之者より相応之致挨拶、差返候也

〃民部大輔様御内、村上監物・志道六左衛門、小船より采女・三郎左衛門乗り船ニ被罷出、着船之祝詞申聞被罷帰候付、以使札、一礼申遣

〃吉川左京殿使者山田半蔵、三郎左衛門乗り船ニ被罷越、三使以下へ乍軽少、目録之通致進覧候付、是迄致持参候、如何可仕哉之旨被相尋候付、案内者附可申候間、直ニ三使船へ持参被致候様に申達候処、則其通被致ル、三使銘々江香茸一榼、鮮鯛一折五宛、上々官江椎茸一榼、鮮鯛一折三宛、上判事・学士・良医中江鮮鯛一折、上官・次官中へ右同断、小童・中官中江右同断、下官中へ右同断

十二月四日 晴天西風

〃卯上刻、笠渡出船、三使船其外漕船、昨日之通相附ス

〃申上刻、防州向浦着船

〃三使船へ采女・三郎左衛門方ら当所着之祝詞として高畠弾蔵遣候

〃当所在番松平民部大輔様御家来平山勝右衛門、水・木・炭為御馳走、被罷出被入御念候段挨拶為致、水計致受用也

〃沓屋八郎左衛門当所着之祝詞として被罷出

十二月五日　西風

ゝ不順ニ付、防州向浦御逗留

ゝ三使衆安否為尋、采女・三郎左衛門方より井手藤十郎使ニ申付、差遣候処、
何茂被相替候事無之との返答也

ゝ下行役大塔貞右衛門今暮、采女乗り船ニ参り申聞候ハ、今晩より明朝迄之
下行無相違、相渡候、就夫、三使ら被申渡候由ニて軍官申聞候ハ、此度ハ三
使船江炭薪余慶ニ有之由ニて今日相渡り候薪茂半分程、我々中江相渡候、
御供船之内ニ不自由有之方江分ケ遣候ヘ、御払候て、代銀を遣し候様ニ与
之訳ニ而ハ無之由被申候、就夫、御召船ニ居候御勘定手代方より売物買物
役方江御船江薪差支、陸調茂自由ニ成兼候間、朝鮮人方払薪等有之候ハ、、
相調申度之由申越候、折節、右之薪有之候、如何可仕哉之旨、貞右衛門申聞
候付、采女申渡候者、代銀なしニと申候而者如何敷候、弥、御船之方江入用
ニ候ハ、、彼方へ相渡、代銀茂売物役方へ請取、軍官方江相渡可申候得共、
軍官ら右之申分ニ候得ハ、三使之差図と相聞候付、容易ニハ請不申、其上、
差支候事茂出来可申候間、篤く申諭、代銀相渡候様ニ可被仕旨申候処、委
細奉得其意候、右之薪茂売物役へ相渡、価之儀も宜様ニ取計可申之由申聞、
罷帰

十二月六日　西風

ゝ不順ニ付、向浦御滞船

ゝ三使衆安否為尋、采女・三郎左衛門方より高畠弾蔵、使ニ申付、遣候処、
上々官罷出、被相替候事無之よし申候由申聞ル

ゝ御召船大浦忠左衛門方ら申来候ハ、昨夜ハ風強有之候、依之、三使衆、陸へ
被揚候様ニ可被仰遣候処、当浦ハ里遠く、其上浦浅ニ有之候故、御出船之支
ニ茂可罷成と存、差扣置候、如何可仕哉之旨申来候付、裁判吉川六郎左衛門
江申渡、通詞下知役陸へ被揚、宿之様子見分被為仕候而、其上ニて御船江ハ

可申遺旨申渡候処、下知役米田惣兵衛陸へ揚ケ、当浦役村上吉右衛門江致
対談、宿之様子承合候処、吉右衛門・惣兵衛ニ申聞候ハ、此度三使御宿之儀
者がう之村へ用意申付候得共、三使船御繫場より遠方と申、潮干ニハ通用
も不宜候間、尾泊り江御揚り候様ニ可被成候、寺を御宿ニ可仕候、民家茂六
拾軒程有之候故、官人衆宿ともに用意可申付候、道法りハ御繫浜より十四
五丁有之、道ハ径ニ而幅三四尺有之候得共、難所ニ而ハ無之由、勿論対馬守
様御揚り被遊候而茂御宿之心当ハ仕置候由被申候由申聞候付、惣兵衛直に
御召船へ罷出、右之趣、忠左衛門へ申達候様ニと申渡ス

〃采女為伺御機嫌、御召船江罷出、三使陸揚之儀忠左衛門申談候処、今日ハ風
茂和かニ罷成候故、陸揚之儀被仰遣候相談相止ル

〃采女・三郎左衛門、三使船へ罷出、安否相尋候処、何茂被相替候事無之

十二月七日　晴天西風泙

〃卯ノ上刻、御船より一番太鼓打之候付、三使騎船并卜船共ニ段々船拵いた
し、夫より二番、三番之太鼓打之候付、卯下刻、向浦出船漕船等、此間之通
夫々附候也

〃未ノ下刻、三使船・卜船共ニ本山江着船

〃長州丸尾崎通船之節、在番水戸彦右衛門より使を以、魚・菜色々参り候得共、
差返

〃本山在番工藤伝兵衛より魚・菜参り候得共、断申達、差返

〃今晩本山繫船ニ付、三使衆若し陸揚り可被仕哉と存、吉川六郎左衛門へ申
談、通詞下知役須川嘉右衛門、陸へ揚ケ、在番工藤伝兵衛致対談、宿之様子
相尋候処、伝兵衛返答ニ申聞候ハ、万一三使衆御揚り被成事も可有御座と
存、家居麁草ニ有之、手狭ク候得共、三使衆宿一軒、上々官一軒、其外官人
宿并役人中宿迄用意仕、尤対馬守様若御揚り被遊候為、御宿一軒用意仕置
候由被申候付、嘉右衛門一々遂見分候処、宿者手狭ニ有之候得とも、畳等茂
新ク敷替、構茂新規ニ出来、手水鉢等迄用意有之候由、罷出申聞候付、右之

趣、御船へ罷出、大浦忠左衛門へ申達候様ニ申渡ス

十二月八日　晴天東風泙

〃三使、卯中刻、本山出船、漕船等当所着船之通相附

〃午中刻、長州赤間関着船

〃杉村采女并吉川六郎左衛門、旅館へ揚り、致検分、通詞下知役米田惣兵衛を
　以三使方へ申遣候ハ、今日ハ順能、是迄御着、珍重可被思召と存候、旅館御
　設茂有之候、其上、泙風故、出船難成候間、陸へ御揚り、御休息可被成之旨
　申遣候処、正使・副使ハ弥陸揚可被仕候、従事ハ少々快候得共、未暁と無之
　候間、揚り申間敷候与之義也

	民部大輔様御家来	
	家老	毛利伊豆
	大番頭	内藤与三左衛門
		村上図書
	殿様御宿見合	宍戸権之助
	三使・上々官馳走人	能美蔵人
		大和四郎左衛門
		周布右内
		小幡源兵衛
		福間藤左衛門
		志道六左衛門
	使役	杏屋八郎左衛門
		橋本治左衛門
		橋本弥右衛門
		能美新左衛門
		御郷助左衛門

　右、旅館江被罷出候付、采女遂面謁

〃正使・副使、未ノ上刻、旅館江被揚ル、道筋、鋪物等諸事、参向之通也

〃民部大輔様より御使者を以三使銘々江干菓子一箱・串蚫一箱・御樽一荷宛、
　上々官銘々江干菓子一箱・鯣一箱・御樽一荷宛、上判事・製述官・良医中江菓
　子折一、上官・次官中江同断、小童・中官中へ同二、下官中江同三被遣候之、
　尤、六郎左衛門取次、三使江上々官を以申達候処、相応之御礼有之候也
〃吉川左京殿より当所迄為見送、横道又太郎被差越、旅館へ罷出、三使江之口
　上被申聞候付、吉川六郎左衛門取次、上々官を以申達候処、相応之返答、
　上々官罷出、申聞ル
〃風景為見物、副使本堂江被罷出、御馳走方より茶、たはこ出ル
〃正使・副使、今晩旅館止宿被仕筈ニ付、御船へ通詞下知役川村太郎左衛門を
　以申上

十二月九日　雨天西風

〃赤間関御滞留
〃民部大輔様より左之通、今日、三使并上々官以下へ御振廻被成候由ニ而大
　和四郎左衛門、裁判六郎左衛門を以被申聞候付、則上々官を以三使へ為申
　達候処、受用可致由被申候付、其段、夫々ニ申達ス

皿
むし蚫
焼鯛
椎茸
牛房

小皿　香物　　　茶碗　菓子
やうかん
信濃餅
山吹餅

大ちよく　水砂糖

皿　小板かまほこ　　　茶碗　吸物
なよし
生豆腐
ゆ

茶碗　生皮煮鴨
いり酒
わさひ

平酒　泡盛　　梅酒

右者三使江

生菓子
やうかん
信濃餅
山吹餅

煮酒
砂糖
やうし
鮑
焼鯛
牛房
椎茸
香物

吸物
なよし
生とうふ
ゆ

ふわへ王子

平酒

〃殿様夜前、伊藤左内宅ヘ御一宿被成、今朝巳ノ上刻、雨止申候付、被遊御乗
船ル

十二月十日 晴天穴西風

〃 赤間関御滞留
〃 御船忠左衛門方へ采女方より高畠弾蔵遣之、昨夕ハ風波強く御座候得共、殿
　様益御機嫌克可被成御座候与奉恐悦候、未風茂烈候間、今日者陸江御揚、御
　休息被遊、如何可有御座候哉、従事茂今日抔ハ揚陸可被仕様ニ、上々官茂申
　候、弥、被揚候ハ、、御案内可申上之旨申遣候処、忠左衛門方より返答ニ、
　夜前ハ風波烈敷候得共、愈御機嫌能被成御座候、御船ハ存之外、ゆり不申候、
　今日ハ陸ヘハ御揚被成間敷与之御事之由被申越ル
〃 従事茂今日旅館江可被揚候処、今日ハ甚寒し申候、未、快無之候間、揚り申
　間敷よし被申越候旨、上々官申聞ル

十二月十一日 曇天西風、時々雪降ル

〃 赤間関御滞留
〃 従事義正使・副使江被申談候儀有之由ニて、卯中刻、旅館へ被揚候付、采女・
　裁判六郎左衛門早速旅館へ罷出ル、三郎左衛門儀ハ夜前船に乗り候時、昼
　時陸へ揚ル
〃 従事船揚り被致候段、御船江御案内申上候付、忠左衛門方へ采女方より手
　紙を以申遣
〃 民部大輔様より三使并上々官ち次官迄左之通御出し被成度与之事ニ付、　其
　段、上々官を以三使江申達候処、被入御念、忝存候、弥勝手次第御振廻被成
　候様ニとの事ニ付、其段、裁判方より御馳走方へ申達ル、則左ニ記ス
　　　　　大皿ニ盛、台ニ据ル

　　　　　　久年母
　　　　　　枝柿　　　　　三使銘々并上々官銘々
　　　　　　杉やうし

鉢ニ盛合

久年母
枝柿　　　上官ら次官迄凡

〻伊藤左内方より通詞下知役方へ家督之為祝儀、紙并鰹節相贈候、如何可仕
哉之旨申出候、下知役之義持役無之面々ニ候処、此度相贈り候者全く信使
ニ付遣し候筋ニ相聞候故、返進為致候方可然哉と存候、乍去、祝候て、遣し
候を不残返弁為致候茂如何ニ候間、鰹節計致受納、紙ハ返進為致可然哉と
存候、如何可申付候哉、存寄被申聞候様ニと、忠左衛門方へ両人方より手紙
を以申遣候処、返答ニ申来候ハ、下知役之儀地役無之面々ニ候処、此度相贈
候ハ、全信使ニ付、遣し候筋ニ相聞候、其上、下知役江請候様ニ被仰付候
ハ、通詞中ニも遣し可申候、左候而者多人数ニ罷成、弥以宜ケル間敷候故、
請候様にと申渡候儀ハ同意ニ不存候、乍然、鰹節計請候様ニ可申付義ハ吟
味次第いたし候へ、願者、是共ニ致返進候様ニ申渡可然旨申来候付、其通可
申渡候処、右令書載候通祝候而遣たる儀ニ候故、紙ハ致返弁、鰹節計致受納
候様ニ裁判六郎左衛門を以申渡ス

〻正使乗り船之房内囲被申付候付、凡四寸程之釘拾弐本入用ニ候間、御調被
下候様ニと、上々官を以被申聞候、纔之品ニ候故、御馳走方へハ難申入候間、
役方へ被申渡、三寸釘・四寸釘・四五本宛被差越候ハ、朝鮮人江見せ候而
右両様之内を被用、相済事候ハ、其通可申渡候旨申遣候処、其段御船奉
行ニ申渡候付、早速三寸・四寸釘参候得共、釘腰しよわく難用候旨申候付、
五寸釘拾弐本早々調遣し候様ニと裁判方より船奉行方へ申遣、　則来候付、
韓僉知江相渡

十二月十二日　曇天東風

〻寅中刻、御船ら三郎左衛門方へ御使、御側歩行大浦甚五右衛門を以空相も
𥱏とハ不相見候得共、泙風ニ付、被成御出船儀茂可有之候間、正使・副使
早々御仕廻、御乗船被成候様ニ、御出船之儀ハ御船より太鼓御打せ可被成

与之御事申来候付、則甚五右衛門、旅館へ遣、通詞下知役を以上々官へ申達、
三使早々御仕廻被成候様ニ可仕旨申遣ス

〃 三郎左衛門并六郎左衛門、追付旅館へ罷出、乗船之催促仕ル

〃 毛利伊豆、其外御馳走人并重立候役人衆へ上々官ニ六郎左衛門相附出、滞
留中御丁寧之御馳走御心遣、忝存候よし、三使より御礼口上申達ル、相済而、
三郎左衛門致面談、相応之挨拶仕ル

大硯壱面一箱 新田たはこ一箱 但、百把ツヽ	宛	南川 梅軒 南澗 月岩 西岩 翠軒

右者民部大輔様ら上関以来、書画御頼被成候付而被遣ル、六郎左衛門
承り、夫々ニ申渡ス

〃 殿様より民部大輔様へ御使者幾度又右衛門被遣之、旅館へ罷出候席ニ、三
使江早々御仕廻被成候様ニ御使者被差越候趣、上々官を以申達候処、奉得
其意候、追付乗船可仕与之返答也、

〃 正使・副使、寅下刻、乗船被仕ル、重立候役人衆玄関并波戸場ニ被罷出、

〃 正使・副使乗船即刻御船并三使船出船

〃 毛利伊豆、小早ニ而浦口迄被罷出、采女・三郎左衛門方より高畠弾蔵を以挨
拶申遣ス

〃 大里前ニて小笠原右近将監様ら漕船数艘被差出、民部大輔様ら之漕船ニ引
替ル、水船・綱碇船等参向之通也

〃 三使船、申下刻、筑前藍嶋へ着船

筑前守様ら御迎

小倉境迄	船奉行	筑紫弥平次 松本主殿
浜口迄	御家老	野村太郎兵衛

右、小早ニ而被罷出ル

〻三使方江信使奉行方より高畠団蔵を以当所着之祝詞并旅館へ御揚り可被成
　哉之旨申遣候処、正使・副使ハ追付揚り可申候、従事ハ見合、不順之様子ニ
　候ハヽ、後刻ニ而茂揚可申与之返答也

〻采女并酒之允、旅館へ罷出ル、三郎左衛門ハ遅く着船仕候付、正使・副使、
　船揚り以後罷出ル

〻正使・副使、旅館江被揚ル、船場之節、重立候役人衆、波戸場へ被罷出ル、筵
　道・薄縁等諸事参向之通御用意有之

		御家老	野村太郎兵衛
御馳走奉行		中老	黒田八左衛門
惣奉行		用人	林又右衛門
三使馳走奉行			大野十郎太夫
上々官馳走奉行			杉村清左衛門
殿様御用達			森彦左衛門

　右、太郎兵衛・又右衛門・彦左衛門江采女・三郎左衛門致面談、右之外役人
　御馳走書ニ有之

〻松平筑前守様より御使者を以三使銘々江干菓子七種・餅菓子三種・煮染十一
　種一器、蕎麦粉一椀・昆布一箱・干鯛一箱・樽一荷宛、上々官銘々江右同断、
　上判事・製述官中江菓子一器・干鯛四箱・手柳四、上官中江折箱三組・干鯛三
　箱・樽三荷、次官中江折箱一組・干鯛壱箱・樽一荷、中官中江折箱三組・昆布一
　折・塩鯛二折・樽三荷、下官中へ折箱三組・昆布一折・塩鯛二折・樽三荷被遣之

十二月十三日　晴天東風

〻丑中刻、御船ら御側徒津留四郎左衛門、旅館江被差越、只今之様子ニ有之候
　得ハ、順風ニ而候、月落之様子見計、出船可仕儀ニ候得共、左様ニいたし候
　而者段々及延引候故、早々御仕廻、御乗船候様ニとの義申来候付、采女承之、
　旅館へ罷出、通詞下知役を以上々官江申達、三使へ通達候様ニ、右四郎左衛
　門差遣し、追付采女并裁判酒之允、旅館へ相詰ル

〻正使・副使、丑下刻、乗船被仕ル

〃寅上刻、御出帆、三使茂同前、出船也

〃浦口迄筑前守様御家老野村太郎兵衛被罷出候付、采女・三郎左衛門方より高畠弾蔵差出、挨拶仕ル

〃漕船等参向之通也

〃壱州浦口迄三使船并諸船為迎、漕船鯨船・伝道船数百二十六艘段々被差出ル、

〃右同所へ為迎、松浦肥前守様御家老熊沢蔵人被罷出ル

〃未上刻、壱州風本御着船、三使船も段々着船、正使・副使早速船より旅館江被揚、御馳走之次第、参向同前

〃殿様より三使江当所参着之為御祝詞、御使者吉村脇左衛門被遣之、朴同知・韓僉知を以三使へ申達、相応之御返答也

肥前守様御役人

家老	熊沢蔵人
壱岐国押役	小倉孫之允
奉行	稲垣杢太夫
風本押	熊沢隼之允
御馳走人	関太左衛門 岡文太夫 松野太郎左衛門

右之面々、旅館へ被罷出、蔵人、三使安否被相尋候付、六郎左衛門取次之、上々官韓僉知を以申達、御返答相応、右之面々江韓僉知申達

〃松浦肥前守様より御使者を以三使銘々江昆布一箱・干鯛一箱・鰑一箱・御樽一荷宛、上々官中へ右同断、上判事・製述官・良医江昆布一箱・干鯛一箱・御樽一荷被遣之

〃正使・副使方ち韓僉知を以、采女儀、正副居間ニ罷通候様ニ被申聞候付、致伺公候処、正副、韓僉知を以被申聞候者、今日ハ順風ニ而是迄参着、珍重存候、太守茂弥御替被成間敷と存候、此間ハ度々御使者・御使被遣、被入御念儀ニ御座候、宜、御心得可申達之旨被申聞ル、夫ち三郎左衛門茂罷出、両人共被致対面、挨拶等有之候付、相応之御答申入、退出仕ル

〃殿様、今昼時、御茶屋へ被成御揚、御馳走方御役人衆へ御逢被成ル

十二月十四日

〻不順ニ付、風本御逗船

〻熊沢蔵人・小倉孫之允、三使安否為尋、旅館江被罷出候付、韓僉知罷出、正
　副使江申達候処、相応之返答也

〻杉重一組宛、松浦肥前守様より三使銘々ニ被遣之、御使者古川半平六、裁判
　吉川六郎左衛門取次、上々官韓僉知を以差出ス

十二月十五日　晴天

〻風本御滞留

〻松浦肥前守様御家老熊沢蔵人、壱岐国惣押役小倉孫之允、奉行稲垣杢太夫、
　三使安否為尋、御馳走役岡文太夫同道、旅館へ被罷出候付、裁判吉川六郎左
　衛門取次之、右之面々江申達ル、相済而、三人共ニ年寄中詰間へ被罷出候付、
　対面、相応之致挨拶

〻殿様ら今日、三使并上々官江杉焼料理御振廻被成筈ニ候間、其段前以上々
　官へ内意いたし置候様ニと、大浦忠左衛門方より手紙ニて申来候付、則上々
　官へ右之趣申達ル

〻追付御船より杉焼料理仕立、御料理人糸瀬源右衛門相附、坂本之者等召連、
　旅館江罷出、煮立候而、夫々出之、尤、吸物・御酒茂出候也、相済而、上々官
　を以相応之御礼有之候付、其段、忠左衛門方へ申遣ス

十二月十六日　西風

〻風本御滞留

〻杉村采女并三浦酒之允、旅館へ罷出ル

〃殿様より三使方へ御使者幾度又右衛門被遣之、打続不順ニて可為御気毒候、
　昨今、寒気茂強御座候、弥、御替不被成候哉、御見廻として御使者申入候与
　之儀也、朴同知を以相応之御返答有之

〃湛長老、旅宿江製述官御招候付、罷出ル、通詞小田四郎兵衛、尤御馳走方よ
　り足軽相附ス

〃副使入用ニ付、朝鮮人三人近所之野辺へ蓬取ニ参候付、此方并御馳走方足
　軽相附、罷越

炭拾俵 薪三拾把	ッ、	｛ 杉村采女 杉村三郎左衛門
炭壱俵 薪五把		雨森東五郎
炭拾俵 薪拾五把		通詞下知役中
炭壱俵 薪五把	ッ、	通詞 ｛ 嘉瀬伝五郎 斎藤惣左衛門

　　右、正使・副使ら被相送ル

十二月十七日　晴天西風

〃三使江湛長老方ら安否為尋、使僧来ル、韓僉知を以正使・副使江申達候処、
　相応之御返答、右同人、使僧へ申達ス

〃逆風ニ付、風本滞留

〃裁判三浦酒之允を以下知役中江申渡候ハ、通詞中旅宿へ狸皮相調、朝鮮人
　江売り申候由、御馳走方より被申聞候間、通詞中江狸皮狸皮(ママ)相調候儀
　急度無用ニ仕候様ニと厳敷可申渡之旨、梶井与五左衛門江申渡

〃通詞斎藤惣左衛門家来、下関にて乗り後申候付、召呼候為、同苗市左衛門家
　来、下関へ差越申度旨、昨日、願出候付、差免、与頭方より通切手出之、市

左衛門江酒之允方より相渡ス

　　　人参拾匁　　嘉瀬伝五郎

右者病気ニ有之候付、三使方より為服用被下之由、韓僉知申出候付、弥拝
受仕候様ニ申渡、御礼として同姓藤四郎罷出、韓僉知を以三使へ申達ス

十二月十八日　晴天西風

〃不順ニ付、風本御滞船

〃熊沢蔵人・小倉孫之允、三使安否為尋、旅館へ被罷出候、吉川六郎左衛門取
　次之、申達候処、韓僉知を以相応之返答有之

〃従事船へ乗り被居候付、両人中ら安否為尋、井手藤十郎差遣

十二月十九日　晴天時々雪降

〃風本御滞船

〃杉村采女・杉村三郎左衛門、裁判吉川六郎左衛門・三浦酒之允、旅館へ出仕

〃殿様より三使江御見廻之御使者として幾度又右衛門被差越、御目録を以三
　使銘々江五花糖一楕宛被遣、次ニ上々官中ニ同一楕被成下ル、但、従事方へ
　之御音物ハ直ニ乗り船へ被遣之ル

| 奉　呈 | 謹封 |
| 何大人閣下 | |

　　五花糖一楕

　　　　計

　　己亥十二月日　平　方誠

〃右、三使銘々、真之御目録、但、料紙大奉書袋入ニして

〃 打続不順ニ而久々爰許逗留ニ付、御馳走方御造作強く候、然処、三使乗り船
并卜船共ニ炭薪等者焼余り候程有之、差支無之候故、暫ハ右両様五日次ニ
被入候儀被差扣候様ニ御了簡被成、如何可有之哉之旨、上々官を以三使江
申達候処、成程尤ニ存候、当時、不差支事ニ候間、先暫炭薪之儀ハ被相渡候
儀被差扣可然与之返答、上々官を以有之候付、則裁判六郎左衛門江申含、関
太左衛門江対面、右之趣委細申達、以来之例格ニ罷成儀ニ而ハ無之候、当分、
炭薪不自由ニ無御座、優数ニ有之候故、当時之了簡を以三使ら茂右之通被申
候、勿論、入用之節者可申入候間、其内ハ被差扣可然候間、此段御役人中へ
も具ニ被申達様ニと六郎左衛門申達候処、太左衛門返答ニ、段々御心を
被附、宜御了簡被成被下無御隔意、被仰聞候段別而忝奉存候、右之通ニ被添
御心被下候得ハ、万端いたし能候而大慶仕候、早速、家老共へも可申聞之旨
被申聞ル
〃 右同断之訳ニ付、下行役平山左吉・大塔貞右衛門方へも手紙を以炭薪之儀ハ
先五日次ニ入候儀者被差扣可然旨委細申遣ス

十二月廿日　晴天北風

〃 杉村采女・杉村三郎左衛門并裁判吉川六郎左衛門・三浦酒之允、旅館へ罷出ル、
〃 熊沢蔵人・小倉孫之允・稲垣杢太夫、三使安否為尋として旅館へ被罷出候付、
上々官を以申達候処、相応之返答、韓僉知罷出申達ル
〃 鯨一唯取候て、本浦へ漕込候付、朝鮮人見物仕度旨申候付、御馳走方へ乗り
船之儀申達、小船拾艘計用意候て、上々官・判事・軍官、罷越、尤、三浦酒之
允、通詞下知役河村太郎左衛門、通詞相附ス

(終わり)

下向対府在留中信使奉行毎日記

享保四己亥年

　信使記録下書　下向対府在留中信使奉行毎日記

十二月廿一日　晴天東風

〃 子ノ中刻、御船ら御側徒を以三使方へ被仰遣候者、只今順風与相見へ申候
　二付、船拵等申付候、三使も早々御仕廻、御乗り候様二与之御事二付、采女
　儀裁判三浦酒之允、旅館江罷出ル

〃 肥前守様御家老熊沢蔵人・小倉孫之允・稲垣杢太夫・関太左衛門旅館被罷出
　候二付、采女挨拶いたし、上々官韓僉知罷出、三使ら滞留中御馳走之御礼等
　述之

〃 正使・副使、子之下刻、乗船被仕ル

〃 御船御漕出し被成ル、三使船茂段々出船

〃 為御見送、御家老熊沢蔵人、浦口迄被罷出候付、高畠弾蔵差越、為致挨拶ル

〃 対州迄為御見送、松垣七郎兵衛被罷越、被召連候漕船之員数、左記之

正使乗船	[	漕船四枚帆弐艘、伝道弐拾かこ 百六人
同供船		漕船天道八艘、舸子三十弐人
副使乗船	[	漕船四枚帆弐艘、伝道弐拾艘かこ 百六人
同供船	[	漕船伝道八艘かこ 三拾弐人
従事乗船	[	漕船四枚帆弐艘、伝道廾艘かこ 百六人
同供船	[	漕船伝道八艘、舸子 三拾弐人

一信使奉行乗り船弐艘、漕船伝道五艘宛

一下行方役人乗り船三艘、漕船伝道弐艘宛

一輪番和尚乗り船、漕船伝道五艘

一通詞船六艘之漕船伝道船壱艘宛

一御供渡海六艘之漕船伝道壱艘宛

一御召船漕船、鯨船八艘

一信使護送役乗船五拾六丁、住吉丸漕船伝道五艘

〃午ノ下刻、殿様御国御着船、三使茂段々着船

〃府内田舎ら漕船数艘出ル、別帳ニ有之

〃平田隼人并諸役、為御迎、小早ニ乗り、やら崎迄罷出ル

〃御船江采女方ら高畠弾蔵遣之、殿様、三使ら先立而御揚り被遊候ハ丶、其段
　三使へ可申達之由申遣候所ニ、波戸之支も有之候故、弥殿様御先へ御揚り
　被成筈之由申来り候ニ付、其段、三使乗船江申遣ス

〃采女・三郎左衛門、裁判六郎左衛門・酒之允、先達而揚り、旅館西山寺致見分、
　夫々ニ申付ル

〃殿様、未上刻、波戸ら御揚り被成ル、御行列、別帳ニ有之

〃三使茂追付段々ニ旅館江被揚ル

〃三使并下官迄御饗応被成下也

〃三使方ら御屋鋪江為問安、鄭判事・小童一人・通事壱人・使令弐人差上之、御
　着之御祝詞也、通詞下知役児嶋又蔵并通詞松本仁右衛門、御横目頭津江伝
　八・大小姓目安重平内・組横目壱人相附

〃殿様ら三使江御使者杉村伊右衛門、参着之御祝辞、御目録を以左之通被遣之

　　　　　果品台備

　　　　　　　計

　　　　　己亥月日

　　　右、三使銘々、真目録奉書紙

　　　　　杉重一組

　　　右、上々官参人中江

　　　　　杉重一組

　　　右、上判事・製述官・良医江被成下之御目録、奉書草書

〃采女并裁判両人、其外小役人、御饗応相済候迄旅館へ相詰ル

〃三郎左衛門儀ハ御屋鋪江罷上ル

十二月廿二日　朝雨天、昼ら晴天

〃三使船為通用、御参向之節ハ鯨船壱艘宛相附候ニ付、此度茂壱艘宛被相附候様ニ御船奉行へ申渡ス

〃売物買物役之儀、爰元ニ而ハ御参向之通、御供之役人ハ構イ不申、爰元ニ而被仰付置候町人ら用事相達候様ニ、勿論御参向ニハ朝鮮人ら望候品、通詞下知役承り、裁判ら證印出シ相調候得共、左様有之候而ハ売掛等ニ罷成、如何ニ候故、此度ハ天和・正徳之通売物買物役と朝鮮人と相対次第ニ売買いたし、売掛ニ決而不罷成候様ニ可仕旨、三浦酒之允を以申渡ス

雨森東五郎
味木金蔵
橋部正左衛門
江崎忠兵衛
船橋忠右衛門
梅野市郎右衛門
西山多右衛門
通詞下知役中

　　右之面々、旅館江御用ニ付、罷出候節ハ身分之御行規被差免候付、其段、御横目頭江申渡ス

〃先例ニ付、御屋鋪へ上々官三人自分之為御祝詞、罷上り候ニ付、於扇之間、にうめん・吸物・御酒等御振舞被成ル

上々官三人
使令六人
小童三人
通事壱人
通詞下知役　米田惣兵衛
通詞　脇田利五左衛門

　　右之通罷出ル

十二月廿三日　晴天

〃杉村采女・杉村三郎左衛門、裁判吉川六郎左衛門・三浦酒之丞、使者屋へ出仕

〃来ル廿五日、三使御屋鋪江御招請、御案内之御使者平田隼人相勤候付、狩衣
　着、使者屋迄罷出、太庁之様子承合、能時分知せ候様ニと裁判方ら通詞下知
　役へ申含置、尤、裁判三浦酒之允、御馳走役内野弟右衛門・小野惣右衛門服
　紗麻上下着、先達而旅館江罷越居、追付時分能候旨申来候ニ付、隼人儀使者
　屋之内南之方石垣際御横目番所脇之門ら通、旅館塀重門ら入候節、通詞下
　知役田城沢右衛門・須川嘉右衛門服紗布上下着、塀重門際迄罷出ル、裁判酒
　之丞、御馳走人両人庭中程ニ罷出ル、并上々官三人共ニ為迎、縁之下薄縁迄
　罷出候付、手を挙、致会釈、直ニ客座二ノ間ニ着座、通詞朝野才兵衛を以御
　口上申含ル、御口上

　　　対馬守申入候、弥、御堅固御暮可被成与珍重存候、然ハ、来ル廿五日、
　　　屋鋪へ致招請度候、三使共ニ御揃、御出可被下候、為御案内、以使者
　　　申入候、尤、後刻以参可得御意候との儀也

　右御口上、上々官三人共ニ承之、早速三使ニ申入候所ニ、追付上々官罷出、
　三使ら之口上、被入御念、御使者被下、殊来ル廿五日、御饗応可被下之由、
　忝奉存候、三使共ニ相障候儀無御座候故、致参上、御礼可申上候との御返
　答有之、次ニ隼人自分之口上左記

　　　弥、御勇健海路無御障、御到着被成、珍重奉存候、旅館手狭ニ御座候
　　　へ共、御船中御疲、御休被成候様ニと奉存候旨申達候処、追付上々官
　　　を以相応之挨拶被申聞ル、相済而罷帰り候付、右之役々并上々官茂初
　　　之所迄罷出ル

〃殿様、今日御堂へ御参詣、御帰り掛ニ旅館江御出被遊候筈ニ付、万松院江御
　入被成候節、旅館用意出来候段申上、巳ノ下刻、附番之者罷出候付、采女・
　三郎左衛門・忠左衛門狩衣着、裁判両人・仮与頭杉村斎宮布衣着、先達而旅
　館江罷越

〃以酊湛長老茂使者屋迄御出候様ニと兼而被仰遣置候付、殿様御出前、使者
　屋迄御出、御待合被成ル、

〃殿様火消番所前辺迄御出被遊候段、附番之者ら遂案内候節、以酊和尚江挨拶仕候ハ、対馬守追付被参筈ニ候間、太庁表門迄御出、御待合可被成旨申入候処、追付御出被成ル

〃太庁塀重門外之鳶木下迄筵四枚並堅一通り鋪、門之内ハ向拝縁下迄薄縁三枚並敷之、御作事掛罷出、下知仕ル

〃殿様御直垂被為召、午ノ上刻、太庁ヘ御出被成ル、御先道具ハ御参向之節、旅館江御出被遊候節之通ニ、漂民屋西表門前ら南之方ヘ差置、鉄炮大将ハ御使者屋前通り、道脇ニ罷有、御弓ハ札之辻ら南、下官屋之前ニ掛差置、御弓大将ハ札之辻之前ニ罷有、長柄ハ上道ニ差置、長柄奉行者久田道下り口ニ罷有ル

〃殿様唐門鳶木之下筵之際ニ而下輿被遊、上々官三人鳶木之下迄為御迎罷出ル、年寄中三人・裁判両人・斎宮、鳶木之下ニ罷出、堪忍仕ル

〃殿様御下輿被遊候時、旅館表門ら以酊和尚御出迎候而、殿様ら少跡ニ御歩行、上々官三人御先導仕ル、采女・三郎左衛門ハ御側左右ニ相附、御供之組頭御用人、其外御供廻り之面々、御徒士迄茂唐門之内ニ入ル

〃御持筒五挺、肩助三張ハ塀重門之内北手ニ差置、台笠・立傘・投鞘之御鑓大鳥毛白熊御持鑓等茂北手之方ニ持居候也

〃殿様、塀重門御入被成候節、南之方ヘ簱・武器を持、朝鮮人立並、楽器吹之

〃殿様本堂ヘ御揚被成候時、三使縁頬南之方ヘ被出向、殿様ハ北之方ニ御立、御互ニ御手を被揚、御会釈被遊、本堂北之方毛専之前ニ御立被成ル、続而、湛長老是又、三使与互ニ手を被挙、会釈有之、座ヘ御通り、三使茂毛専之前ニ立並、殿様・三使一同ニ二揖被成、相済而以酊庵と三使二揖有之、相済而、御双方毛専之上ニ御着座、尤毛専新敷ハ三使方ヘ無之候付、御送使方ら五枚差出

〃西山寺儀被召連候先例ニ候得共、久々病気ニ罷有、今日ハ不罷出也

〃殿様御後ニ樋口久米右衛門并御太刀持古川繁右衛門・御刀持鈴木政右衛門・御脇差杉村斎宮布衣着、相詰ル、湛長老後ニハ会下弐人罷有ル

〃殿様、忠左衛門被為召、三使御挨拶之御口上被仰聞候付、上々官之内韓僉知呼出し、中座いたし、右御口上申達ル

〝殿様ゟ三使、御口上

　　　長途御堅固御到着被成、御同然珍重存候、旅館茂手狭ニ御座候得共、御心安事ニ御座候間、御逗留中緩々御休息可被成候、為御見舞、致祗候候、従事ニハ久々御病被成候得共、段々御快珍重存候

〝三使御返答

　　　如仰、此程ハ無事致到着、大慶存候、御自分様へも御堅固被成御座、珍重奉存候、房内茂宜我国へ居候同然ニ緩々致休息候、未船中之御草臥も可被成御座之処、為御見舞、預御出、忝存候、従事ゟ別而御返答被仰聞候通、拙者儀病気罷有、久々不掛御目候、病中ニハ度々御尋忝存候

〝人蔘湯出ル

〝殿様ゟ御口上、先規之通御出船祝申候而、明後廿五日、屋敷へ可申請由、前刻、以使者申進候処、御出可被成由御返答ニ被仰聞、忝存候、何之興も無之候得共、弥被仰合、御出可被下候

　　三使御返答

　　　明後廿五日被召寄、忝存候、先規与被仰下候付、弥可致祗候候

　　三使ゟ口上

　　　此度ハ御介抱故、首尾能相勤、別而忝存候、御当地へ罷着候得ハ、致安堵、朝鮮国同然心易休息仕候、併、新年茂程近ク候間、出宴享相済候ハヽ、早々乗船いたし候様被成可被下候

〝御返答

　　　此度ハ遥ニ御同伴いたし候処、公義向首尾能、御勤被成、大慶存候、拙者儀も無別儀相勤、喜申候、然ハ、新年も近ク候間、宴享相済次第、御乗船被成度之旨得其意存候、兎も角茂御勝手ニ宜様可仕候

〝三使ゟ口上

　　　先頃ゟ度々申入候破船殞命之儀、何とそ宜様ニ御了簡被成可被下候、此儀相済不申候而ハ、我々儀朝廷ゟ叱を請、難儀仕事御座候間、能様ニ御済被成可被下候

御返答

　　　破船殞命之儀付、被仰聞候趣承届候、右之段、先頃、以短簡、被仰聞た
　　　る事ニ候間、委細返翰ニ相認、近日進可申候間、左様御心得可被成候

〃右相済而、御帰り被遊候ニ付、御礼式最前之通三使御迎ニ被罷出候所迄被
　罷出、御会釈、如初、其外役々最前之所迄罷出、堪忍仕ル

〃采女方ゟ三使江上々官を以私儀東武江之使者申付、近日中乗船仕筈ニ御座
　候旨申達候処、三使共ニ対面可致候間、三郎左衛門同前ニ罷通候様ニと、
　上々官を以被申聞候付、両人共ニ正使之居間へ罷出候付、通詞広松茂助召
　連、罷通候所、三使ゟ茂介を以被申聞候ハ、此度ハ往還共ニ心遣被致苦労ニ
　存候、采女儀東武江之御使者被罷越候段承之、別而大儀ニ存候、三郎左衛門
　ニハ我々送りとして朝鮮迄被相越候由、是又御大儀ニ存候、左候ハ、、重
　而緩々可致対面与珍重存候与之挨拶有之候付、相応之返答申達ル

〃又々、正使并従事ゟ茂助を以破船殞命之儀何角与被申聞候付、返答ニ申入
　候ハ、被仰聞候趣承知仕候、対州ニ而ハ古来ゟ両段ニ相立、国中一統ニ存居
　申儀ニ御座候、乍然、右之段、我々ゟ御返答可申入様無御座候、委細ハ近日、
　大守ゟ以書簡、御返答可被申入候間、委細其節御覧候ハ、、可相知段申入ル、
　委細之儀破船殞命帳ニ有之

〃殿様、今日、旅館へ御出被成候、為御礼、三使ゟ上判事之内金判事、御屋敷
　へ罷上候付、小童壱人・通事一人・使令弐人召連、罷上ル、尤、通詞下知役七
　五三杢右衛門・通詞岩永源右衛門相附罷上ル

〃右乗り馬弐疋、常之通出馬方ゟ差出ス

〃信使帰帆之節、乗り渡之通詞、左之通被申渡候様ニと町奉行へ申渡ス

　　　　　　正使船　　　　　　　　　　山城弥左衛門
　　　　　　副使船　　　　　　　　　　小田四郎兵衛
　　　　　　従事船　　　　　　　　　　朝野才兵衛
　　　　　　正卜船　　　　　　　　　　阿比留儀兵衛
　　　　　　副卜船　　　　　　　　　　広松茂助
　　　　　　従卜船　　　　　　　　　　小松原権右衛門

〃御横目中江相渡候書付、左記之

為問安使、御屋鋪へ上々官罷出候節、中之門外ニ而下乗仕候様ニ可被仕候、
上判事以下罷出候節ハ仮令駕籠ニ而罷出候共、下馬所ニ而下乗仕候様ニ可
被致候、以上

　　　十二月廿三日　　　　　　　　年寄中
　　　御横目中

十二月廿四日　雨天

ゝ杉村采女・杉村三郎左衛門并三浦酒之允、御使者屋江罷出ル

ゝ三使方へ問安大石宇平太、旅館へ罷出候付、御馳走人小野惣右衛門同道、罷
　出ル

ゝ湛長老ら使僧を以韓僉正方へ御返物被遣候付、旅館江右同人、同道仕ル

　　　　　　　　　　　小田村弥七

　　　右ハ御関所ら信使渡海日和利為相談、御船頭平山又右衛門被仰付候処、
　　　病気ニ付、為代、被仰付ル

ゝ信使帰帆ニ付、六艘船へ御借し被成候綱碇之儀、小田平左衛門方ら存寄、書
　付被差出候付、弥其通可被仕旨申渡、書付、左記ス

　　　　　　覚

一今般、信使帰帆ニ付、六艘船共ニ先例之通為用心之綱壱房・碇壱頭宛、御借
　渡シ被成筈ニ候、然者、漸々陽気ニ移り候故、難風難計奉存候、右、壱房壱
　頭計宛ニ而ハ風波ニら難繋留儀茂可有之候哉、今臨時ニ綱弐房宛・碇弐頭宛
　御借渡シ被成度奉存候、夫共ニ御存知被成候通り、大坂上下何方ニ而も御
　馳走ら被差出候綱碇・員数程ハ無御座候得共、責而右ニ申上候通り、被仰
　付間鋪候哉、素り御余慶之綱碇、曽而無御座候間、御召船を初五拾六丁立、
　五拾丁立、船附之内を御借シ可被成ら外無之候間、弥、御借渡シ被成御事ニ
　候ハ、、其分を右御船々ら用意可仕候

一右網碇御借渡シ、御規定被成候而も彼船々江者積せ置不申様ニ被仰付度奉
　存候、尤、積せ置候而ハ無用捨、無益之場所江も繋可申候、上乗り之者茂御
　乗せ置被成候得共、彼者共申分なか〴〵承引仕、朝鮮人共ニ而ハ無之候故、
　船中ニ而濡綱をふミ付仕候歟、又ハ簀板之下江操込置候ハヽ、腐らかし可
　申と致推量候、大切之綱ニ候故、麁相ニ罷成候儀如何ニ奉存候間、飛船等小
　早一艘御仕立、灘廻り所々ち相応ニ被漕被相附、綱碇御積被差越候ハヽ、何
　方ニ而も入用之節ハ村船壱艘宛六艘ニ被相附、繋船被仰付度奉存候
〻右飛船小早御仕立被成候儀、大振ニ相見へ候へ共、小船弐艘共ニ而ハ、碇・
　綱共ニ大キ有之候ニ付、積切不申候、尤、小早江碇拾弐頭、綱拾弐房積候而、
　未透間も有之候ハヽ、五日次荷物之内ニ茂何そ御積せ被成候へかしと奉存
　候、御入目之儀ハ小船弐艘ら小早御仕立被成候方、乍縷も御益ニも罷成候、
　右之趣、存寄候ニ付、奉窺候、御下知次第、用意可申付候、以上

　　　　　　　十二月廿四日　　　　　　　小田平左衛門

十二月廿五日　晴天

〻今日、御屋鋪江三使招請ニ付、時分之御使者吉村勝左衛門被遣之、熨斗目麻
　上下着、相勤
〻御使者屋へ裁判吉川六郎左衛門、早天ら相詰ル
〻今日之御規式、左記之
　三使服

三使倶着黒雲紋団領	烏竹帽
	黒靴子
宴羅後倶着藍雲	道袍
	着笠

狩衣		年寄中
		寺社奉行
布衣		組頭
		御用人
		大目付
熨斗目長上下		諸役人
御用掛故素袍	御勘定	畑嶋浅右衛門
素袍着筈ニ候へとも、三使前ニ罷出候御用も無之ニ付、半上下着之		雨森東五郎
熨斗目麻上下		大小姓役人

〃三使、午ノ上刻、御屋鋪江参上、唐門之外石壇之上、地伏際ニ而下輿、歩行、信使奉行唐門之際迄出迎、惣年寄中切石中程迄出迎、一礼仕、先達而御広間へ導之、三使御玄関江被揚候迄ハ上官以下御玄関前左右ニ立並、三使衆御寄附与御広間之間、静ニ歩行有之、順々ニ御広間江被通候、以後、楽器・簾・鑓持等御庭へ通し、鑓掛御広間、御庭東之方へ建之、青細引相添置、簾・鑓結付ル

〃殿様御衣冠御釼帯被遊、御太刀・御刀・御脇差ハ御用人持之、三使、御広間南之縁ニ至候節、橘梠之間与扇之間、柱切ニ御出迎、三使と御立並、一同御会釈之御手ヲ被揚、殿様・三使と御立並被成、中段ニ被為入、三使ハ東之方、殿様西之方、御膳部之前ニ御双方御立並、殿様、三使と二揖被成、以酊庵と三使と又二揖有之而、殿様初之御立居之所ら上々官・上官之官迄ハ拝礼御受被成ル、三使茂立座、次官迄之拝礼相済、正使より上々官を以次官・中官以下之儀曲泉ニ御掛被成候而、拝礼御受被成候様ニと御挨拶有之、何茂曲泉ニ御掛り被成、此時中官・下官拝礼仕ル

　　　拝礼次第

〃上々官三人ハ中段敷居之内ニ入、一帖目ら一同ニ真之二拝仕ル

〃上判事・写字・軍官・判事・能書、今日ハ不罷出、医師ハ縁頬ニ而中段之前際ニ二行ニ立並、真之二拝仕、次官ハ下段南敷居際ら一統ニ二拝仕ル

〃小童ハ薄縁ら拝礼

〃中官ハ薄縁之外仮縁ら拝礼

〃下官ハ御庭ニ而筵之上ら拝礼

　右、拝礼相済而、上々官御呼被成、大浦忠左衛門を以三使江之御口上

　　　今日者申請候処、何茂御出被下、忝存候、何之風情も無御座候へとも、

　　　緩々御語被成候様ニと存候、此程ハ致伺公、得御意、珍重存候与之御事、

　右之通被仰達候処、相応之御返答有之、御双方一統ニ箸御取、御同前御戴被

　成、御膳部之品被召上候而、御盃御銘々出ル、殿様与正使と御盃一度ニ出し、

　次ニ副使、従事之盃出之、台共御取被成、相揃候而、御双方御見合せ、一同

　ニ御戴被成、被召上、畢而又一同ニ御戴被成、御盃台ともに通イニ御渡被成、

　三献相済而、忠左衛門を以上々官を御呼被成、三使江之御挨拶ニ

　　　御帰国祝候而御盃事可致旨

　被仰達、三使ちも相応之御挨拶有之而、四献目一統ニ出ル、正使、殿様与御

　盃前之様、御盃台共ニ御両手ニ御取被成、初之通り御同然ニ御戴被成、直ニ

　通イニ御渡被遊、正使之盃と御取替し被成、御同前ニ御戴被成、台を御左之

　御手ニ、御盃を御右ニ被為持、被召上候而御盃を台ニ据、御見合被成、双

　方一度ニ御戴被成、御通イニ御渡被成、五献目、副使六献目、従事次第、右

　之通ニ御盃事被遊、引続而、三献出之、前後九献ニ而納、相済而、御口上

　　　御退屈ニ可有御座候間、暫御休息可被成候、祝候而能申付候、緩々御

　　　見物可被成候、后刻、罷出、可掛御目候

　右之通御挨拶被遊、最前之通御膳部之前ニ御立、二揖被成、引続以酊庵も

　又ニ揖有之、九老ノ間ニ襖・障子ら御入被成ル

〃三使并上々官・上判事等冠服被着替ル

〃今日、三使御招請ニ付、以酊庵被仰請、午ノ中刻、御屋鋪江御出、奥御書院

　江御居附、御料理出ル、御相伴平田隼人

〃殿様御裏付御上下被為召、御広間中壇ニ御出、西之方屏風ニ而囲之、御見物

　被遊ル

〃正使・副使、御広間中壇東之方、屏風ニ而仕切、見物被仕ル

〃従事儀者寒気被痛、見物之儀御断被申候付、橘梠之間を屏風ニ而囲之、火鉢

　等出之、休息被仕、御能見物不被仕候

〃上々官・上判事・上官迄ハ縁頬ら、中官以下ハ御庭へ薄縁敷之、見物被仰付ル

〃御能初之、鶴亀、巳、羅生門

〃御能之内、御菓子・吸物・御酒出ル、委細被献立帳、記之

〃御能相済而、三使樆梠之間ニ着座、暫休息被仕ル

〃殿様、奥江御入被遊ル

〃殿様御狩衣被為召、上壇西之方へ御着座、此ノ時三使も上壇ニ被揚、御床之前ニ御銘々御茵之前ニ御立、二揖被成、御茵ニ御着座、御菓子・花台出之、引続、御茶御銘々ニ出之、御互ニ御戴被成被召上、相済而上々官御呼、忠左衛門を以御口上

> 今日ハ申請候へとも、何之御馳走茂不申入、御残多存候、今度ハ江戸迄致同道御心安、得御意候処、近々御帰国ニ候へハ、別而御残多存候、私儀年若ニ有之候処、各御心能御相談被下候故、万端首尾能相済、御心入故と忝存候、御草臥も可被成候間、御平座被成、御酒抔参り候様ニと被仰遣、御双方御平座被成而、後段出之、被召上、相済而上々官を以御口上、御六ヶ鋪可有御座候得共、祝候而又々盃事可仕旨被仰遣、三使ら相応ニ御返答有之而御盃出之

〃殿様与正使・副使・従事御盃事被遊候次第、前ニ同し、八献相済而、納之台出之、此時三使ら上々官を以、今日ハ段々御馳走被仰付、忝奉存候、最早、御酒御納被下候様ニと御挨拶有之時、殿様ら御返答

> 今日ハ何之御馳走茂不申入候処、緩々御語被成、大悦存候、御残多ハ存候得共、寒気も強、終日御苦労存候間、御差図ニまかせ、御酒茂納可申候、何とそ一盛参り候様ニと被仰遣ル

右之御挨拶相済而、銀之間鍋出之、一篇廻り、銚子納ル、御茶出相済而、三使ら上々官を以、今日ハ被召寄、御馳走被仰付、忝存候、最早可罷帰旨被申候付

殿様、御返答御口上

> 今日ハ何之興も無之、御残多存候得共、御草臥可被成候間、御心次第ニ可被成候、近日、御旅宿へ致伺公可得御意旨御返答被成、右之通忠左衛門を以御挨拶被成、御双方御茵之前ニ御立、二揖被成、三使退座、

最前御迎ニ御出被遊候所迄御送被成、御一揖被遊候而御入被成ル

〃年寄中詰所之儀、高盛・御膳部・御規式之内者御上壇南之方縁類ニ相詰ル、
　御居酒盛之内ハ中壇西之障子際ニ相詰ル

〃三使、酉ノ上刻被罷帰ル、送之式、迎之時、同前

津江権平

　　右ハ三使帰館之御使者并嶋台三ツ、三使へ御送り被成ル

先乗り	小野惣右衛門
	俵主膳
	樋口右衛門作
跡乗り	仁位貞之允
	加納左助
	井上兵右衛門

〃今日御饗応之式、御飾道具等ハ御供方之日帳ニ記之、并御献立ハ御献立帳
　ニ有之

十二月廿六日　晴天

〃杉村采女・杉村三郎左衛門、裁判吉川六郎左衛門・三浦酒之丞、御使者屋へ
　相詰ル

〃破船殞命之儀ニ付、大坂表ニ而三使ら被差出候御返簡、今日、大浦忠左衛門
　為御御使者、被差越候付、御使者屋へ上々官韓僉知・金僉知相招キ、御返簡
　相渡ス、従殿様之御口上有之、委細之儀破船殞命帳ニ有之

通詞	⎰	小田四郎兵衛
		阿比留儀兵衛

　　右ハ、今度信使ニ付、被差渡候通詞之内ら右両人ハ直ニ朝鮮へ引残り
　　申付候付、此旨、被申付候様ニ、町奉行山川作左衛門江申渡ス

〃三使以下朝鮮人江先規之通被下物有之、御供方之日帳ニ具ニ有之故、略之、

田中善左衛門為御使者、持参ニ付、大庁奉行小野惣右衛門、旅館へ致誘引、
夫々ニ相渡ス

十二月廿七日　晴天

〃杉村采女・杉村三郎左衛門并吉川六郎左衛門・三浦酒之丞、御使者屋江罷出ル、

〃三使方江問安、大石宇平太罷出候付、御馳走人小野惣右衛門、旅館江同道仕ル、

〃三使以下江御返物被遣候付、鈴木政右衛門熨斗目長上下着、御馳走人小野
惣右衛門裏付上下着同道、旅館江持参、上々官を以御目録差出候処、三使ち
相応之御礼口上、上々官を以被申聞ル、上々官其外、判事中へ之御目録茂
上々官を以夫々ニ相渡ス

のしめ半上下	御送使掛	大浦甚兵衛
和巾半上下	手代	永留弾平 / 三井田与右衛門 / 亀川正助
羽織袴		下代壱人 / 組之者四人 / 持夫廿人

　　　　　右之通御返物釣台ニ載せ、為持参り、通詞下知役へ夫々ニ引渡ス、

〃御返物之品委細御供方日帳ニ有之故、略之

〃采女儀和巾裏付上下着、三使為暇乞、旅館江罷出候処、正使・副使可致対面
与之儀ニ付、正使居間へ罷通、日本礼ニ而真ノ一礼仕候処、彼方茂手を被揚、
答礼有之、韓僉知を以、此度ハ対州之役人・侍・通詞迄殊外致苦労候へとも、
取分采女儀ハ遥く朝鮮迄罷越、夫ち江戸往還ともニ被相勤、殊押通し、又々
江戸へ被罷越、別而苦労ニ存候、随分、息才ニ被相勤候様ニと懇意ニ被申聞
候付、相応ニ挨拶申達ル

〃正使ち、昨日ハ対守ち破船殞命之御返翰被遣候、御書面之内、差支候文句有
之、朝廷へ難差出候付、御書改被下候様ニ、上々官を以申達候、定而各ニも

可承と存候、弥、御改被下候様ニ頼存候、我々ニも相当り候文句有之候、ヶ
様之儀者文句掌り候者之仕業与被存候由被申聞候付、成程、夜前、上々官ら
委細申聞、承り候、弥書改進せ申筈ニ御座候、定而、今日中、改進せ申ニ而
可有御座候、惣而、日本人ハ文章拙く御座候故、厚キ所ハ薄ク書キ、重キ所
ハ軽ク書候様成儀可有御座候、此度ニ不限、朝鮮江差越候書翰ニも左様之
儀間々可有之候、其段ハ御了簡被下候様ニ申達ル

〃 正使ら、此度ハ惣而対州与此方何之出入かましき儀も無之、首尾好相済、珍
重存候、重而信使ニ被渡候、三使年若成人ハかど立候事も可有之様ニ存候、
数百年隣交之事候ヘハ、諸事睦ク無之候而難成事候、大守ニハ御年若ニも
候間、各諸事物毎得与簡弁いたし、以来ともニかと立候儀無之様ニ可被取
計与之儀ニ付、御尤奉存候、朝鮮人と日本人とハ言葉通シ不申候付、事ニら
両下違も可有之候得共、数年隣交厚顧之事候故、諸事睦ク無之候而難成候
ヘハ、聊疎略ニ不存候間、左様ニ思召候様ニ申達ル

〃 従事らも韓僉知を以可掛御目候ヘ共、此間風気ニ付、不致対面候、此度ハ諸
事苦労被致候由、懇ニ被申聞ル

〃 正使・副使ら最早対面いたし候も今日迄ニ候間、祝候而盃事可仕由ニ而、膳
部出、御酒二通出ル、正使・副使ニも銘々盃ニ而被給ル、相済而、如初、真ノ
礼仕、罷帰ル、正使・副使答礼、初のことく有之

〃 采女儀、今晩乗船仕ル

〃 昨日被遣候破船殞命御返簡之内、三使望ニ被任、公作米之一件、御除被成、
御書改被遣候、御返簡出来いたし候付、御使者屋江上々官韓僉知召寄、采
女・三郎左衛門相渡候処、追付韓僉知・金僉知罷出、御直シ被下候御返簡受
取置候と、三使被申候段申聞ル

〃 三使ら当所下着之為御祝儀、殿様ら若殿様へ鄭判事を以御音物有之

鄭判事

小童壱人

通事一人

使令弐人

通詞下知役　　　小嶋又蔵

通詞　　　　　　阿比留利平次

跡乗御横目頭　　内野弟助

　右之通相附、罷出ル、御屋敷ニ而煮麺・吸物・御酒・菓子出ル

〃御音物之品有之、御供方之日帳ニ記有之故、爰略之

〃小田村弥七病気ニ付、御関所迄罷越候儀難成由ニ而御断申上候、然者、差掛
　たる事候故、何とそ繕罷越候様ニ被申渡、其上ニ而も難相勤候ハ、御楫取
　之内、功者ニ而御船頭中西折右衛門致相談、相勤候人可被申付旨、小田平左
　衛門方へ申遣ス、則弥七へ押而申渡、御請申上候由、平左衛門方ら申来ル

〃製述官・書記三人、今晩以酊庵被召寄候付、小童壱人・通事一人・使令二人・
　下官壱人罷越ス、尤、通詞下知役米田惣兵衛、通詞田中伝八・福山清右衛門、
　大小姓御横目安重平内相附、参ル

〃朝鮮人荷物、御使者屋ニ預置、銀子等も有之候付、不寝番之儀組頭中へ申遣
　候処、鈴木弥三兵衛并組之者弐人、不寝番仕ル

十二月廿八日　北東風、雨降

〃今朝、上々官於旅館、通詞下知役江申聞候ハ、権僉正儀病気ニ有之、船ニ乗
　り居候処、今朝暁、病死仕候由申出候付、杉村三郎左衛門方江通詞下知役
　方ら通詞嶋江惣左衛門を以申聞ル、依之、同役中申談候而、遂御案内ル

〃従事儀右権僉正病死ニ付、為検分、巳ノ刻船江被乗、巳ノ下刻、又々旅館江
　被揚ル

〃海岸寺江三浦酒之允方ら以手紙申遣候ハ、権僉正病死ニ付、死骸、船ら揚、其
　元ニ而荷拵用意等為致、出来次第、船ニ乗せ申筈ニ候間、左様被相心得候様

ニ申遣ス、諸事用意之儀ハ御勘定畑嶋浅右衛門へ申渡シ、作事掛へ申渡ス

〃権僉正死骸、船ら揚候而海岸寺へ遣候節ハ、為行規、浜御番所御徒横目壱
人・組横目二人相附、罷越候様ニ、酒之允ら浜横目方へ以書付申遣ス

〃三使方ら申聞候ハ、権僉正死骸之儀人柄も違イ申候故、冠服着為致、其上を
箱ニ入候様ニ可為仕候間、左様御心得被下候様ニ申聞候付、御勘定畑嶋儀
右衛門、御作事掛りへ申渡シ、外箱之内かき炭を入れ、尤板ニ而間を狭ミ、
其外を箱ニ入候様ニ申談ル、委細、御作事方へ記之置也、但、段々夜更候付、
棺拵等遠方ニ而難成候ニ付而、浜番所之前、燈籠之下浜ニ而拵ル、委細、奥
へ書載有之

〃殿様へ礼曹ら之御書翰、三使被持渡候ニ付、御返簡被為認、平田隼人御使者
ニ而、昨日持参仕筈ニ御座候処、三使方故障之儀有之、今日巳ノ后刻、旅館
江持参、狩衣着、御返簡ハ狭箱ニ入、為宰領、足軽両人羽織袴、持夫之者対
之着物着仕、隼人騎馬之先へ為持之、御佑筆大浦陸右衛門、岡部幾右衛門熨
斗目半上下着、隼人儀御使者屋江罷出、旅館承合候内、待合居ル、裁判三浦
酒之允先達而旅館へ相詰居ル

〃旅館ら只今罷出候様ニ申来候付、御返簡入狭箱、先達而陸右衛門・幾右衛門、
太庁平重門ら入り、寄合之間ニ居附、隼人着座候時、御返簡を狭箱ら出し、
白木台ニ据、同間之正面ニ直し置、上々官を以三使江之御口上

　　　今日者悪鋪天気ニ而御座候へ共、弥御替り被成間鋪与珍重存候、然者、
　　　礼曹ら之御書簡、各御持載被成候を、此度返翰相認遣之候、宜被仰達、
　　　御届可被下候、此段、為可申達、以使者、申入候由、韓僉知を以三使へ
　　　申達候処、御返簡奥へ持参仕ル

〃三使ら御返答ニ被申聞候ハ、太守ら為御使者、御越、御苦労存候、正使・従事
儀ハ不快ニ而、不掛御目候、副使対面可仕候間、居間へ罷通り候様ニ与之儀
ニ付、隼人罷通り候処、副使被立居候付、隼人儀ニ揖仕ル、副使答揖有之

〃此時、副使へ隼人御口上、韓僉知を以申達候ハ、先刻申入候通太守ら礼曹江
之返簡、此度各へ御渡し被申候間、宜様被仰達可被下候由中候旨申達候処ニ、
副使返答ニ被申聞候ハ、此度之礼曹江御返簡、草案見申候所ニ、少々不宜
所も有之候へ共、差而支へニも罷成不申候付、朝廷江ハ我々宜様ニ可申達

候間、御心易可被思召之旨、太守へ可申上由被申候付、隼人返答ニ申達候ハ、
役人共学文拙く候故、左様ニ可有御座候、何分ニ茂宜様ニ被仰達可被下由
申入ル、又、副使被申聞候ハ、此度ハ太守公江府往還、御苦労之上、御心添
を以我儀茂首尾好相済、致大悦候、殊、役々末々迄も殊外大儀被致候、御
厚情之段甚忝存候、幾重ニも節く被仰達、可被下候旨被申聞候付、相応ニ返
答仕ル、此外、自分之咄等被致候付、相当之挨拶仕ル

〃御返翰之数、左記之

一三使持渡、礼曹江之御返翰壱通、別幅壱通

一同以酊庵之返簡壱通、別幅壱通

一同万松院之返簡壱通、別幅壱通

> 右壱箱ニ入、箱ハ黒塗、内金紙ニ而張之、金入之袋に〆革緒付ル、白
> 木台ニ載之、御書翰并別幅之品、別帳ニ記之、但、以酊庵ゟ之別幅之
> 品ハ彼方ゟ御用意被遣之也

〃別幅之品、御送使掛大浦甚兵衛熨斗目半上下着、太庁へ持参、上々官へ相渡ス、

〃権僉正死骸拵之儀海岸寺へ遣之筈ニ候処、船ゟ揚候儀段々及延引候付、何
茂申談、浜御番所燈籠之下ノ浜ニ蓬囲をいたし、此所ニ而箱、其外之拵等申
付ル

〃権僉正死骸、此方小船を以佐須奈迄先達而送り遣し候へ、佐須奈出船之節
ハ同前ニ釜山へ被差渡可被下之旨、三使ゟ被申聞候付、田舎ゟ漕船ニ参居
候内、小船二艘申付、死骸乗り候船之上乗り番手一人、為警固、今一艘ニ御
徒目付仁位三右衛門、足軽一人相附、差越ス、誓紙等組頭大目付方ニ而被申
付ル、佐須奈江之添状、三浦酒之允方ゟ遣之、佐須奈渡海之儀ハ三使護送使
杉村三郎左衛門方ゟ差図有之筈ニ候間、其通被相心得候様申遣ス、通切手
送状之趣等、酒之允方ゟ委ク申達ル、浜横目内御番所前ゟ死骸乗之、丑ノ刻
役々引也

〃三使方へ上々官韓僉知を以申達候ハ、乗船段々及延引候而ハ如何ニ候、殊
暮候而ハ波戸崎差支も有之候故、御仕立候ハ丶、早々御乗船被成候様ニ申
達候処、御返答ニ、今日太守ゟ御目録被成下、夫々ニ配分仕、其上、手前仕
廻方、何角と手間取申候故、今晩ハ乗船難仕候、明朝、未明ニ乗船可仕候間、

左様可相心得与之儀也、右之趣、同役中へも申達、其上、御用人中迄御案内
申上ル

十二月廿九日 晴天

〃三使衆、今朝乗船ニ付、杉村三郎左衛門并裁判三浦酒之允早朝より旅館へ
　相詰ル

〃三使、辰上刻、乗船被仕、御用人中へ以手紙、御案内申上ル

〃三使今朝乗船、直ニ出船之筈ニ兼而相極り居候処、北穴西風烈ク、出船難成
　候故、久田浦へ被漕廻ル、就夫、三使ら上々官を以信使奉行迄被申聞候ハ、
　先規、我々当浦出船之節、太守為御見送、浦口迄御出被成先格ニ付、此度も
　御出可被成と存候、然共、今日ハ逆風強候故、久田浦迄廻り居、洋次第ニ出
　船可仕候付、其節、御出被成候段、急場ニ而御苦労ニ存候故、御出被成候同
　然ニ御座候間、御用捨被下候様ニ被申聞候付、御用人中迄以手紙申遣候ハ、
　右之趣、三使被申上候間、殿様ニハ今朝、志賀白木辺迄御見送ニ御出被成候
　様ニ申上ル

〃殿様辰上刻、御羽織袴被為召、船頭番所之前ら鎮鑰丸ニ被為召、御座船へ御
　乗り移り、白木之前辺ニ御繋船被成御座、但シ、先規ハ波戸ら被為召候ニ付、
　朝鮮人見掛之為、御先備御跡騎馬共ニ被召連候得共、此度ハ波戸ら御召被
　成候而ハ、三使乗船ニ差碍候故、船頭番所前ら御召被成候付、御先御跡騎馬
　ともニ不被召連也

〃以酊庵へも御使者を以拙子儀、三使見送ニ罷出候、貴僧ニも御出候様ニと
　被仰遣ル

〃三使乗り船江御使者を以今日ハ風浪強、久田浦迄御乗廻り被成候付、為御
　見送罷出候、船越ニ可掛御目旨、被仰遣候所、相応之御返答也

〃御船高欄ニ畳鋪、曲菉を振上ニ日覆仕、参向ニ御迎ニ御出被成候節之通り、
　用意申付ル

〃殿様御直垂風折御烏帽子被為召、高欄之上曲菉ニ御依り被成御座、三使之

船段々ニ押出し、正使之船、御船と並候節、大浦忠左衛門扇をあけ、相図仕
候時、殿様と正使、一同ニ曲菉ら御下り、曲菉之前ニ御立向、御互ニ二揖被
成、畢而又曲菉ニ御依り被成、副使・従事船押出し候節も、右同然ニ御礼式
有之、相済而御召船浦内ニ押入、御装束被召替、鎮鑰丸ニ御召移り、波戸ら
御揚り被成也

大浦忠左衛門

　　右ハ大紋着、高欄御左之方ニ罷有、相図之扇を揚ル

		樋口久米右衛門
与頭		大浦兵左衛門
御用人	⎰	鈴木政右衛門 古川繁右衛門
大目付		樋口五左衛門

　　右ハ布衣着、御太刀・御刀・御脇差持之

青襖着	御小姓六人
麻上下着	御側歩行二人

　　右、御側歩行ハ朱御傘指之

右之外、御奥廻り面々麻上下着、医師外科、茶湯ハ十徳着高欄御渡之方へ相
詰ル

〻今日歳暮ニ付、御鏡餅、三使并其外御使者小野惣右衛門を以被遣之、三使乗
　船被致候付、波戸へ上々官三人ともニ呼上ケ、夫々御目録渡ス、左ニ記之

白木台	御鏡餅	一備
ぬり台	鰤	二喉
	樽 但、壱斗入	一荷

　　右ハ三使銘々ニ被遣之、御目録大高

白木台	餅	一備
ぬり台	鰤	一喉
	一斗樽	壱

　　右ハ上々官銘々被下之

台なし	餅	四備
ぬり台	鰤	三喉
	三斗樽	一

右ハ上判事・学士・良医四人中ニ被下之、但、先向之上判事一人分ハ引之

餅	四十二備
鰤	五喉
三斗樽	弐挺

右ハ上官中へ被下之、但、先向之軍官弐人分引之

餅	壱石突　小数千弐百
鰤	五喉
三斗樽	三丁

右ハ中官中ニ被成下ル

餅	壱石五斗突　小数千八百
鰤	七喉
三斗樽	四丁

右ハ下官中へ被成下ル

〃三使、久田浦へ被廻候付、大小姓横目壱人・御徒横目壱人、旅館へ相勤、宿横目番所ニハ組之者壱人宛、久田浦滞船之内ハ相勤させ、頭役ハ引候様ニ申渡ス

〃三使、久田浦へ乗船被致候前ニ府内中為相図ニ、兼而申付置折廻り番所へ相詰候山伏貝を吹立候得ハ、山伏宿々ら罷出、府内中貝を吹廻ル

〃三使乗船久田浦へ被漕廻候付、浜幷上道之木戸を開キ、往来人通シ候様ニ、尤南岳院下之木戸ハ先、出船迄ハ往来、差留候様ニ申渡ス

(終わり)

다사카 마사노리(田阪正則): 선문대학교 국어국문학과 부교수.

고려대학교 일반대학원 국어국문학과 비교문학 전공, 박사학위를 취득하였다. 쓰시마번의 종가문서를 통해 조선 후기 조일 관계, 특히 문화교류 면에 관해 연구하고 있다. 논문으로는 "ハングル写本『崔忠伝』と『新羅崔郎物語』", "1747년(英祖23) 問慰行을 맞이한 對馬藩의 동향", "1746년 관백승습고경차왜 접대: 종가문서로 보는 다례 이후", "무진년 통신사행 절목 중 구관백전(舊關白前) 예단 및 배례 강정에 관한 고찰", "무진년 통신사행 절목 중 집정 인원수 강정에 관한 고찰" 등이 있다.

이재훈: 경희대학교 글로벌 류큐·오키나와 연구소 연구원

경희대학교 일어일문학과를 졸업하고, 동 대학원에 진학해 석사·박사 학위를 취득하였다. 전공은 일본근세문학으로 쓰시마번의 종가문서를 활용하여 조선후기 통신사를 입체적으로 재현하는 데에 관심이 있다. 논문으로는 "기해사행의 당상역관: 대마도 종가문서에서 등장양상을 중심으로", "통신사와 화재: 화재의 양상과 일본측의 대비", "호소이 하지메 초역본『해유록』: 그 번역 양상을 중심으로" 등이 있다.

기해년도 조선통신사 봉행매일기 번각

© 경진출판·다사카 마사노리·이재훈, 2021

1판 1쇄 인쇄__2021년 10월 10일
1판 1쇄 발행__2021년 10월 20일

엮은이__다사카 마사노리·이재훈
펴낸이__양정섭

펴낸곳__경진출판
　　　　등록__제2010-000004호
　　　　이메일__mykyungjin@daum.net
　　　　사업장주소__서울특별시 금천구 시흥대로 57길(시흥동) 영광빌딩 203호
　　　　전화__070-7550-7776　팩스__02-806-7282

값 33,000원
ISBN 978-89-5996-829-9 93830

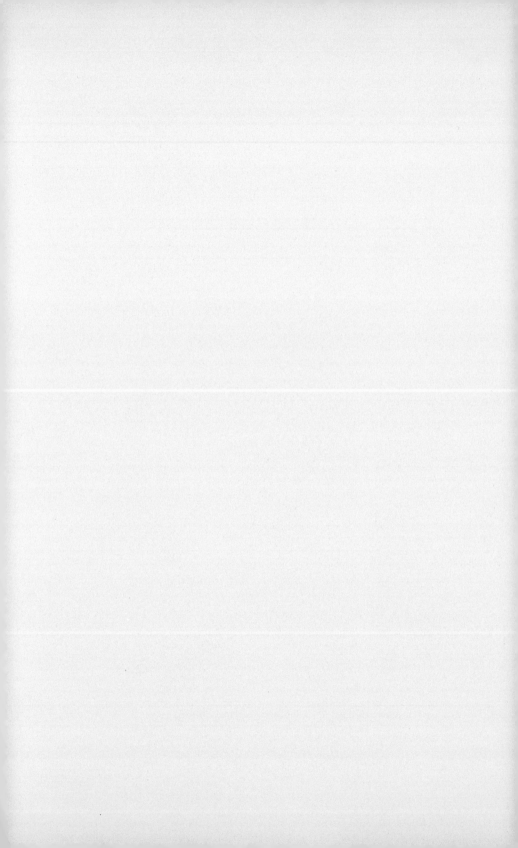